I0522833

恬淡散人

五陵原

美国成功出版

五陵原/Wu Ling Yuan

恬淡散人/ Shugang Zhang 著

本书由恬淡散人授权美国成功出版在美国独家出版发行

所有权利保留。未经书面许可，不得以任何方式复制、传播
All Rights Reserved, including the right to reproduce this book or portions
thereof in any form whatsoever.

印刷版国际书号 ISBN(print)：978-0-9971569-8-0
国会图书馆编目号 Library of Congress Control Number: 2020903533
电子版国际书号 ISBN(ebook): 9781087867182

出版人：张忠卿
特约编辑：刘雁
封面设计：高岚
定价：US$ 45.99 (印刷版)
　　　 US$ 33 （电子版）
出版：美国成功出版
美国·旧金山·2020

目　录

自 序

这方土地脉理旺相，霸气十足，天地间无处不腾浮着一派王者气象。

位居要冲地带的五陵原东阻黄河，西亘陇山，南依秦岭，北靠九嵕。东出函谷则撼动河洛，西进散关则逼临巴蜀，南下武关则尽收江汉，北越肖关则漫卷西羌，闭关自守则天下莫入。如此关河形胜之地，封疆裂土，成王称霸堪当其宜。

自古及今，除十数代王朝将其依为建都立庙之京畿重地，单驾崩宾天的帝王陵寝亦多达七十余处。而陪侍左右的帝后皇妃、王公大臣犹星月拱日，也就益发难以计其确数了。

距此下行东南方向数十里处，即是被希拉克美誉为世界第八大奇迹的秦兵马俑坑。它是秦皇横扫六合、并吞八荒之铁甲军团的真实写照。攻城略地，马上杀伐，成就一统霸业，进而位极人尊，尽享荣宠，是这位始皇帝毕世营求。兵马坑中弩机咬合戈矛森森，甲胄如霜杀气腾腾。始皇帝活着营营如斯，死亦依依恋栈，个中况味，真个是难于言说。

登临五陵莽原，极目寰宇，俯瞰天地万象。三山五岳争奇竞秀，江河迤逦一泻千里，三秋桂子十里荷花，沃野连畴稻香鱼肥，洛阳花开牡丹吐艳，清明上河丽人弄影。江山如此多娇，能不遂生南下牧马，投鞭渡江之志，引得无数英雄为之折腰？

历史就是座热热闹闹、嘈嘈杂杂的戏台子，铿铿锵锵你方唱罢他登场。江山固然多娇，可真争将起来岂属儿戏？那可真是一寸山河一寸血；累累白骨，又岂止无定河边？血沃土地多产异物，白骨撑起的台面唱尽人间闹剧。

"王侯将相，宁有种乎？"一拨拨扯旗造反争江山、抢天下潮流中，人人怀揣一个美梦。可这般一轮又一轮争抢下去，天下何得宁日？百姓何得福祉？宗庙社稷又何能承祧永固？历经连年不断的阪泉、涿鹿郊野等多番大战，有贤者临世，史上禅让一制应时而兴。尽管传言尧之禅位于舜，乃迫于时势不得已而为之，然毕竟启公天下之先河。有鉴于人情之险诈诞妄，独夫之骄固贪鄙，尧遂遗真言，或作铁律，即所谓"人心惟危，道心惟微，惟精惟一，允执厥中"。可叹世情诡异，终究沦为刍狗，人心与道义从来就没持平。仅禅位至第四代之伯益，即被禹之子嗣启所杀，政治权力由传贤变作传子，公天下至此又作家天下。

这是一个很要面子的种族。禅让听起毕竟堂皇，合于唐尧遗世的十六字真言，先王庙堂上飘香的烟熏气还算不曾散尽，此后便有了汉献帝禅位于魏文帝，魏元帝禅位于晋武帝，梁敬帝禅位于陈武帝，唐哀帝禅位于梁太祖等等。乍听起来，倒也温婉，实则成了遮蔽在刀剑丛中一袭华丽面纱，较明火执仗抢夺而言，更叫人脊梁骨渗冷气。

帝王者，坐拥天下，至贵至富，轻易禅人，岂非笑谈！

"等贵贱，均平富"等诸如此类的呼号，童话般美丽诱人。待到天下既定，大功告成，富贵者愈显富贵，尔等鼎铛玉石，金块珠砾，狗马实外厩，美人充下陈，朝歌夜弦，此乐何极！而贫贱者益发贫贱。"四海无闲田，农夫犹饿死"，甚而上无片瓦，下无立锥之地。他们的权利唯有付出，"任是深山更深处，也应无计避征徭"。先贤"允执厥中"的金科玉律成了弥天笑谈，世界又回复到它铁板一块的本来面目，又为下一轮争抢种下孽根。

王朝兴替，风水轮回构建的只是一个个丛林世界。我曾惊叹于封建时代一任官贵之称谓，别具奥义："牧"，比如汉末的刘表为荆州牧，袁绍为冀州牧。牧者，放养牲口也。古人还把官贵们戏称为"肉食者"，皇权赋予这些肉食者以放养权利，行使这项权利的手段除了一根鞭子，还须有几只牧羊犬之类。牠们或者被放养，或者被圈养，或者被驯养，都是为了产出。既然被放养、圈养或者驯养，那自然都是些"草食者"。如此这般，"肉食者"与"草食者"的位份以及供需关系，也就这么给铁定了。

"肉食者"自当富贵，"草食者"亦该当贫贱。没有富贵，哪有贫贱？没有贫贱，又哪来富贵？这叫互为因果，两相陪衬。这块地面上，人跟人不是求同，而是求异。黄鳝泥鳅一般长，岂不乱了套路？"肉食者"岂可与"草食者"混为一谈？官宦贵胄们又怎可与草民们平起平坐？据此，我又晓得了百姓其所以被称作"草民"或者"草根"的缘起了。除此而外，所谓"苍生"、"黎庶"、"细民"、"布衣"、"匹夫"、　"黔首"、"屌丝"云云，也无一不透着无忌无讳的低贱与卑微。

说到贱民，即念及鲁迅笔下的贱农闰土。少年时代的闰土，那是在一轮金黄的圆月下，一个项带银圈、手执钢叉、刺向一匹猹的何等英武的少小儿男！数十年后，当面色灰黄、眼睛红肿、头戴一顶破毡帽、松树皮般裂开的手捏着一支长烟管、身子瑟索着，骨子里透着卑贱的他，再次见到如今已"阔起来了"（杨二嫂语）的当年小伙伴时，竟怯怯地叫了声"老爷"。此番照面，闰土仅要去了周家的香炉和烛台等几样细小物件。贱民们身陷命运泥淖无力自拔时，总是把希望付托给神灵。"学而优则仕"，孔乙己学而未果，连半个秀才都没捞到，又何谈一官半职，沦为贱儒当为命运之必然。他的哀不在伸开五指罩定碟内不多的几颗茴香豆，也不在因偷窃被丁举人家打折腿骨，哀在一个读书人竟爬着行走，把手脚变成了爪子。鲁迅笔下还有一位贱妇，那就是"木刻似的，只有那眼珠间或一轮，还可以表示她是一个活物"的祥林嫂。她之哀也不在丧夫改嫁，甚而不在于狼吃阿毛，哀在四老爷家拒绝她染手祭器。此人贱得连敬天地祭鬼神的资格都给剥了去。

没有位份，贵贱立判，何来荣宠！

那是五黄六月里赤日炎炎的一段日子，娘亲颈项上套着幅黑色麻布包袱，双膝跪倒在收割后的麦茬地里，被汗水浸透、缀满补丁的深蓝色土布衣衫紧贴背部，平直冲向午间太阳。濡湿的衣衫边缘，是屡次汗水反复干结后凝成的一圈淡淡白霜。那是食盐的结晶。娘亲就这么爬行在五陵原黄土地上，一手拄地，一手捏着一把笤帚，疯狂挥扫地上浮土。土中，有收割时打落的、零零星星的麦粒。当浮土被扫成一堆堆墓丘状，娘便丢下笤帚，伸出让麦茬戳烂的手，把浮土捧进包袱。包袱里土装满了，又袋鼠般捧着跪地前行，把土倾进背篓。

我的娘不是在扫麦，是在收拢散碎败落的生命。

十二岁的我之使命，便是把土背回村子，转手给村东涝池旁的姐姐。姐姐把背篓里的土刨进一只细密筛子，再沉到水里晃荡。涝池之水对村子而言，功用可谓大矣。夏月天孩子们拿它洗澡，农人们拿它饮牲口，修房造屋拿它和泥。最常见的是村妇村姑们拿它搓洗衣物，当然，其中也不乏小儿胯下裤子。时间长了，那水便浑浊得泛绿，表层浮着泡沫，散发着刺鼻气味。

待污水把筛子里黄土溶尽了，底层便显露出星星点点金黄色麦粒。每每至此，姐姐双眼闪耀着兴奋光点，蜡黄面部涌现出鲜有的红晕，像一位初为人母的少妇，对一条鲜活生命举行庄严洗礼。

从娘亲扫麦的黄土地，到姐姐淘麦的涝池，是一个孱弱少年背负着一座泰山，在一趟又一趟完成一项神圣的生命接力。背篓里那个沉啊，直觉得全身尚未坚实的脆骨嘎扎作响，随时都可散碎成一堆渣子。有一回，娘亲把半背篓黄土促上我的肩头，我那两条麻杆腿晃晃荡荡，在麦茬地里打起摆子。一股劲气没憋上来，就那么噗通一声，连人带背篓倒翻地面。

这一倒，我就再也不想爬起来了，只巴望着就这么一直倒下，直至生命终结。那一刻，一个十二岁青葱少年，真真切切感受到生的屈辱和艰难，冲娘亲说了句很像成人的话。我说：娘，人活在世上，咋这么辱贱呢！

娘亲听得此话，先是一愣。接着，她那干裂的嘴唇开始发抖，后来越抖越快，一把把我揽进怀里，汪天大哭。娘边哭边说：我娃落生在这个家里，造了大孽了！娘没本事，亏欠我娃太多了！

从此，我落下个干咳毛病。那咳嗽声连不起来，也咳不出痰来，整天只是干打雷，就像喉咙眼里卡了鸡毛。记忆中，我幼年乃至少年时代从未看过医生，也从不知药丸为何物。有时发热，身子烧得天旋地转，眼前鬼影幢幢，直想伸手抓天。娘便捏一撮白糖，拿开水化开喂我。娘常说白糖水退烧。后来咳得厉害了，村上人传言，这娃莫不害了痨病？痨病是要死人的，父母亲这才着了忙。父亲接过娘递过的老蓝布手巾里十几个鸡蛋，把我领进阡东镇一家老中医堂馆。老中医按按脉息，察察面相，问问过往，听听干咳声气，喟叹着说了句我至今仍记忆犹新的话。他说：这么小个娃娃，咋就把力伤成这样了！

寄蜉蝣于世，渺沧海一粟，数十年后，当日那个背黄土伤了力分的寂寂少年，考上一所高等院校，且通过自身努力，争得一纸副研究馆员高级职称。古文字堆里把长时未能考取功名称之为"久不售"。不售者，就是没能把自己卖出去。这场交易成功与否，是贵与贱、富与贫的分水岭。那年月考上大学，就等于把自己售给官方，这辈子铁饭碗算是捧定了。此举意义非凡，它昭示着从此将不在五陵原黄土地上刨食吃，甚而子女都将以别样面目存活于世。由此，我身上似乎也盈溢了些许贵气，这从乡人们眼神及言谈中即可分明地感觉出来。亦由此，我体悟到范进中举后其所以痰迷心窍沦为疯人的缘由了，也体悟到落魄者徒发"天孙老矣，颠倒了天下几多杰士；蕊宫榜放，直叫那抱玉卞和哭死"之浩叹的那份憋屈了。

扯旗造反打天下是件须得血拼的事，考取功名何尝不是？假仁义道德之名，行鼠偷狗窃之实的诸端为逐贵争利而奔走的人们，又何尝不是在血拼？这般营生，本钱愈大，获利愈丰。曾佩六国相印的苏秦，未曾显贵时落寞还乡，"妻不下纫，嫂不为炊，父母不与言"。你说不血拼行吗？

不拼不行，拼又极为不易。是以国人活得悲苦。

公众场合，人之自我感觉大都良好，本人亦难免俗，惜哉底气不足，遭讥于人。年纪随世情渐炽而渐长，罩在头顶那道原本就不甚惹眼的光环，跟野草梢头露痕一般，哪经得起烈日炙烤？早年身上盈溢的那丝淡淡贵气，尚不如某些虫豸后窍里喷出的足可自保的烟雾。

那年年节期间，村民们集结于村委会大院晒太阳。有乡人言之凿凿，冲本人阐发宏论：恢复高考后，你们这两级大学生了不得！如今领导干部位子上，全都是你们这帮人。接着，乡人们眉飞色舞，七嘴八舌，其博闻强识竞相以显，言某某村某某人在某省某市某县某地当了厅长、部长、处长、县长、局长云云。

作为高考制度恢复后第一届大学生，在这种场合，我本人之位份便成了绕不开的话题。有乡人甚是警策地把话题导向在下：你老兄也混得不错啊！满肚子文章，网上都能搜到名字。我讪讪回应：说来惭愧，跟行政人员不同，本人吃的是专业饭，凭职称拿工资，享待遇。我把话题切入"职称"、"待遇"这等酸腐措辞，以期为自己捞回点颜面。乡人不明就里，自会刨根问底。即有知情者言说副高职称对应行政副处级，也就是副县长级别，出公差坐火车可享受软卧待遇。这跟货架上物品一样，你是个何等货色，就该摆在何等货位上，排序和价码是乱不得的。

自以为这番解构，足以捞回点颜面，实则大错特错。我分明觉察出默默不语的乡人们情状诡秘，或隐隐然灿露窃笑，或愤愤然面现不屑。职务也好，职称也罢，五陵原有其固有认知，乡人们关心的是那些五花八门的称谓后面带不带长。有行伍者还乡探亲，戎装加身，很是英武。乡人听说他荣任军中参谋，莫不肃然起敬。有位年轻时上过战场、身上满是伤疤、荣膺过勋章的老者，也是"文革"期间国民党"残渣余孽"、如今的抗战老兵发问：你没问问到底是参谋，还是参谋长？乡人回话说：只听说参谋，没听说参谋长。老者莞尔而笑：参谋不带长，放屁都不响。

先贤有训："民为贵，社稷次之，君为轻。"民何以为贵？史上有位睿智的贵妇有言："苟无岁，何以有民？苟无民，何以有君？"此言对先贤遗训当作绝妙解读。民之所以为贵，实则贵在其值，并非贵在其格。一旦拥有，即为牧主，拥之愈藩庶，家业愈丰饶。历代封建王朝之交戈攻伐，芟荑天下，收割生命，无非为放养权之争。被放养者虽值甚昂，格却至贱，当然也就死不足惜了。况且物以稀有为珍，愈少就愈加金贵。野火烧不尽，春风吹又生，只要不至于断根绝种。东汉末年黄巾起事至三国混战，举国丁口由5007万降至767万；安史之乱，丁口由5292万降至1699万；黄巢起事，丁口由496万户降至120万户；明末举国丁口上亿，满清入关后仅余1400余万，期间扬州十日及嘉定三屠，更是磨牙吮血，杀人如麻。

经辛亥举义两千年未有之变局，至共产党闹革命建立新中国，华夏历史与文明将进入一个更为醒人耳目的全新变局，其势在必行，无可逆转。窃以为，新时代之中国运势取向，唯系于独具远见卓识之"四字真言"，那就是"不忘初心"。何谓初心？初心是一个组织、一个政党诞生伊始的政治主张，以及为保证实现这一主张对全社会最初的庄严承诺。重拾初心，兑现承诺，自必万方乐奏一派祥和，天地众生喜乐安康，诸般纠葛也自必化于无形。吾等庸常百姓、普罗大众温饱之余，亦将拾起散落满地的颜面。

2019 年 8 月 28 日

第一章　高台明戏教化人

五陵狂人黄伯昂一生都在想，他这辈子该活多少岁。

两千多年前头一声万岁，就是从他脚下这块地面喊起。除了万岁，后来还有了九千岁、八千岁。这些称万岁千岁的人都是官，如果把不是官的布衣降格为百岁、九十岁、八十岁，即便照这样排卜去，还有个八娼九儒十丐的说法。那么，他这个被排到卖屁股的女人后面的九等公民，这辈子该活多少岁，实实不敢乐观。

五陵原在关中平原最高处。它雄踞古城咸阳二道原上，毗连数县，其上横卧着五位帝王巍峨的冢疙瘩。除此而外，还有环绕着墓主们的嫔妃媵嫱、文臣武将们的小一点的冢疙瘩，这才不至于孤单了他们。偌大一块盘龙栖凤的风水宝地，夹缠在泾渭二水的一清一浊间。当年一曲红绡不知数，为一名长安歌妓争缠头的五陵少年，即出于此。

高陵的楼，泾阳的塔，比不上咸阳的冢疙瘩。关中大原上的人，都把这些陵寝叫冢疙瘩。从五陵原扩展开去，莽苍的渭北高原上历朝历代，大得骇人，多得碍眼的冢疙瘩，把这块地面装点得霸气十足，又芜杂得鄙陋不堪。春和景明之日，冢疙瘩上野草闲花，葳蕤挺秀，如果把它们捉对儿捧作一处，形似当年倚红偎翠的昭仪和婕妤们的肥臀丰乳；到了秋冬萧瑟之日，草木枯萎，枝叶凋零，散落开来的冢疙瘩，又如一条赤身跣足的丑汉满身的脓包。

渭水桥边不见人，摩挲高冢卧麒麟。千秋万古功名骨，化作咸阳原上尘。五陵原狂傲书生黄伯昂，就曾多次冲着一堆堆冢疙瘩慨然兴叹。

如今已是满清坍台，陕西光复的第二个年头了。这年年末，因翠花楼老鸨逼良为娼，无赖子牛八舍财纵妓，公堂决狱祖恶惩善。王官镇醉八仙酒楼上，黄伯昂×娘啕老子，把陵邑县县署知事骂了个鬼吹火，七歪八倒行至一座冢疙瘩旁，一时尿急，官道上为了遮人眼目，便掩身冢疙瘩背后，冲墓堂堂口撒了泡老尿，不期被近旁撅着大屁股，给奶羊挑草的大脚片子李快嘴撞见。

大原上的人，清明寒食，扫坟祭祖，面对近旁的冢疙瘩，顺道上没有谁忘记了烧香，疏忽了礼拜。他们祷祝着显赫英灵荫庇，寄望于沾溧皇家恩泽。那里面埋的，哪个不是呼风唤雨的角儿？怠慢了他们，老祖宗坟头，就别想沾一丝皇家脉气——五陵原上人如是说，也如是做。

敢冒不韪，对其大不敬者，仅黄伯昂一人。

"我说黄家兄弟，你两手撮起，嫂子还以为作揖呢，却原来是一柱冲天上香呢。亏你还是个读书人，给皇爷爷、皇奶奶的香就这个上法？你都不怕陪葬把门的兵卫子把你的蛋核揋了！"

"哈哈哈哈……这贼婆娘！你知道这堆冢疙瘩埋的谁？她还是个皇后呢，那腰身呀，舞技呀，还真他娘像只飘起来的燕子！这柱香上着上着，就……就香头上灭火啦！哈哈。"

"应该越烧越旺才是。好兄弟，你还年轻轻的，可别学麻苏二的破土枪，一搂扳机就塌火，却从机头上冒了烟，兔子没打着，反倒燎瞎了眼窝。"

"我说这贼婆娘，还真瓜（偻）呀！弓上得硬了，要崩弦的，你把砸蒜锤当甘蔗啃，能嚼出水来？不崩了你那对铲屎嗑尿的大板牙才怪呢！"

"嘻嘻嘻嘻……我说你这念书人，真把书念到屁眼去了。嘴敞得跟车门一样，这些臭肠烂肚子，原上只有你才吐得出口。让你家石佛爷听见，心里不咒死你才怪呢！"

石佛爷说的是黄伯昂的胞兄黄伯贤，两家素来不睦，早已分锅另爨多年了。其人以贤良端方著称，也是原上一洞大仙。

"好了好了，别磨闲牙了。我说兄弟，你也快奔三十的人了，可别挑挑拣拣花了眼，整天念记着公主呀，皇后呀，花仙子呀，骚狐精呀，我就不信这么大个五陵原，没一个好女子入得你的法眼！要不，嫂子帮你瞅拾一个？"

"好哇！不过本人择妻，有个标准。"

"啥标准，说来听听？"

"起码有一点，要符合嫂子你的长处。"

"哟！嘻嘻嘻，你还真抬举我了。说说看，嫂子哪一处合了你的窍道？"

黄伯昂抬脚起步，趸近李快嘴身侧，抡起手中折合起来的扇骨，朝李快嘴滚瓜溜圆的肥臀敲了过去。

砰然一声脆响，黄伯昂爽然朗笑。"哈哈哈哈……就朝那里瞅好了！"

李快嘴遭对方猝然一击，身子骨闪了个趔趄，随即摸着屁股，冲倒背双手、乐呵呵一路前去的黄伯昂跳脚笑骂。

"嘿嘿嘿嘿……我把你个挨刀子的，就知道寻嫂子开心！老娘屁股烫心呢，可别半夜三更走了火！"

提起五陵狂人黄伯昂，自不免要说到王官镇黄家。说到黄家，绕不开的话题就是黄门的家世。当年朝廷"徙民五陵"，将全国各处王公大臣、贵戚豪强迁居此地，把这里造作成一块国之息壤。可想而知，把众多闹海蛟龙圈在一道河面上，那可真是要多热闹有多热闹。从此，大汉朝的五陵原，成了通过粗细静动各道脉管向全身泵血的心窝子。

依据散散落落的断篇残简、族谱卷帙，黄家似乎也是"徙民五陵"期间，被当朝摆弄过的杂七杂八的脉系之一。仅此一点，便知也有些来头。江河奔流，大浪淘沙，历朝历代的五陵原，有折腰的英雄，沦没的豪强，也有重新崛起、头角狰狞的仕宦显达。大凡在五陵原站牢了脚跟的人家，用李快嘴的话说，那都不是平处卧的。

从黄伯昂这一辈上延五代的高祖时期，黄家即华堂鳞比，田连阡陌，富甲一方。积善人家的黄门乐善好施，一手拉枣杆、一手执破碗的丐帮人众，自不免常来赏脸。赏脸一词，黄家人听着不甚入耳，然前来赏脸的人，有一部分心里确是这么想的。老子吃你喝你，是瞧得起你。你黄家凭啥这样富？老子肚子跟害了臌胀一样，光气都吃饱了！

原上至今还流传着关于黄家一桩逸闻趣事。是为了邀买人心，怕遭了劫掠，还是想受人尊敬，落得个好名声？有些叫花子想不通，只是听黄家一位长工透了风，黄家老太太放了话，说是吃了咱家的，喝了咱家的，到头来还不得巴（拉）在咱家地头上？有个人称二愣子的，就是不信这个邪。一天撑饱了肚皮，大踏步登上通往咸阳府的阳关道。老子今天把屁眼憋肿，就不朝你黄家地头上巴！

不知奔了多少个里程，反正累得腿脚发了麻，憋得脸红脖子粗。眼看到了临县界坂，二愣子一边撒脚狂奔，一边解开裤带，连那只讨饭的破碗也给跰成八扎子。到了十万火急那一刻，但闻一声大响，屁眼里放焰火般，刹那间摆了一道丈二长的稀屎阵。

二愣子捡了块土疙瘩，释然地揩着屁股，笑嘻嘻暗自揣想，这一回总算没便宜了黄家。可一打问官道上荷锄护青的老农，二愣子登时便直了眼。他妈卖×，紧跑慢跑，咋还是巴在了人家地头上！？

自此以往，二愣子有气不打一处来，每当在王官镇的破庙里歇足了瞌睡，看看日头偏了西，便吆喝他的同伙们，"走，我孝顺媳妇把饭做好了，咱吃去！"

这些闲言碎语，偶尔不免飘进黄家人耳朵。五陵原毕竟厚道者居多，他们对这些人颇为不屑，奉劝黄家假以颜色。一生仕宦、告老还乡的主人家黄老太爷不以为意，说是黄门宁肯得罪一个君子，绝不得罪一个小人。他望着大原上千百年来一朝比一朝恢弘、一代比一代嵯峨的冢疙瘩，捋着髯须，意味深长，喟然嗟叹："有朝一日，天下大乱，若是有人起事，就是这些光棍的好时月。"

走进当年的黄家大院，立感砭人肌肤，由不得你后背生凉，自觉一下子矮了人一截。单门前狮子滚绣球的拴马桩，就一字儿排列了三根。每根拴马桩旁的花岗岩上马石，面子上光得珠圆玉润，王官镇妇人们争着当锤布石用，从早到晚你争我抢，热闹得跟逛皇会一样。

当户一面照壁，石条奠基，琉璃作瓦，雕花錾朵，檐角翼然，比陵邑县鲤鱼跃龙门的文庙照壁排场多了。巍峨的门楣青砖上，镌有一面阳文大匾，铁钩银划，凸显着四个大字——凤翥龙翔。王官镇的人虽然好奇，然大多识字不全，又不求甚解。先是对大匾添了几分茫然，因茫然而神秘，因神秘而仰慕，因仰慕又平添了几分敬畏。

不敬畏也没法。踏进黄家大院正厅，当户一面戳人眼目的金匾，就足以让乡民们激灵灵打个尿颤。那可是嘉庆皇帝的御赐亲笔，"紫阁毓秀"四个金光闪闪的大字，光耀着黄姓一门的前世今生，至今提说起来，也给五陵原人脸面上增色不少。

黄家高祖黄腾蛟饱读诗书，科场仕进，风生水起，因平叛回疆和卓木的黑水营一役，粮草转运途中鞍马劳顿，不失战机，放了一任道台。曾祖时代业绩平平，到了祖父黄琪葆时代，以文职官员监军部伍，围剿白莲教齐二寡妇一战调度有方，决断得宜，仕途上登峰造极，放了一任正二品督宪，五陵原上赫然出了位封疆大吏。那面御赐金匾，就是在黄琪葆卸任退养、荣归故里时，当朝皇帝赏了份不舍的人情。

星移斗覆，日月更迭，如今的黄姓一族虽说稍现颓势，然残垣上斑驳的砖雕，断壁下鼙鼓般敦厚的柱顶石，屋顶上虫子噬朽了的飞拱斗檐，仍昭示着黄家的荣耀，延续着宦门的余威。加上后辈人丁中再度崛起了两对响当当的人物。一对是黄伯朝、黄伯臣合家共处的兄弟俩。因其父长期卧病，独立支撑家门的老大黄伯朝，经营着五陵原这个一等一的首富之家；在外闯世面的老二黄伯臣，系大清国北洋天津讲武堂出身，如今出任秦陇复汉军第三标标统。另一对是黄伯贤、黄伯昂兄弟俩。人称石佛爷的老大黄伯贤虽为一介布衣，却是个望重德劭的乡贤；老二黄伯昂就是那个陕西末科举人、曾留了个半拉子洋、才高八斗、放浪形骸、执教村学、陕西巡抚八抬大轿也抬不进省府衙门的大狂人。陵邑县历任县署要员走马上任，倒还真没见哪个越门而过。

年方二十五岁，手下统有近千十号人马的秦陇复汉军第三标标统要订亲了。谁家堪配与五陵首富攀亲呢？当然要数桃花坞谢家了。除了黄门一族，谢家家世不输于大原上其他任何一家。

谢家以医道起家，世世代代薪火相承，千般方剂救人性命、把按脉相决人生死，常有鬼神莫测之效。被尊为药王的孙思邈，就出生在五陵原以北的耀州地面，中华医道在这里是有传承的。大清国太医院外廷"六值"班子里的御医、吏目、医士，常在乾清、慈宁等六大宫院行走的这一干人众，从没少了出自五陵谢家的角儿。鉴此，五陵原上的人称其为太医谢家。谢家有这等来头，不发也难。

谢门一族哪个女子才配得上貌若潘安、才情逸兴、披挂一身肩头上飘着金丝绒穗儿的戎装、挎刀挂炮（驳壳枪）、蹬着大皮靴，从王官镇东头开踩，连西头都打闪的黄伯臣，进而纳作此人的妻室呢？

谢家自有人在。此人年满双十，芳名婉卿。

秀才学医，笼中抓鸡。大抵不通文墨、学养孤陋者难成名医。谢家书香与药香相氤互氲，本是家门遗风。说到才情、悟性及天赋俱佳的谢婉卿，初承岐黄绝学妙技，且有剥茧抽丝、探微知著潜势。至于生得如何，不好评说，只是原上人但见谢家千金出门，无论达官贵人之辈，引车卖浆者流，人人争睹为快。这让人联想到汉乐府《陌上桑》里的秦罗敷。

谢家老父将着如银髯须，沉吟半晌，虽颜面上稍现难色，终究还是讷讷然吐了口。"谢家门槛低，檐角矮。既然黄家人瞧得上眼，那就订个日子，让琪藩叔家里主事的来一趟。"谢父口里这么说，心里却暗自嘀咕：除了我谢门，无论你攀大原上哪家亲，都失的是你黄家的面子。

谢父说的琪藩叔，即是黄伯臣已经过世的祖父黄琪藩。言下之意，谢家算是应承了这件事，让黄琪藩的儿子，也就是黄伯臣他大黄崇义前来谢家提亲就是了。

媒婆李快嘴欢天喜地，从账房里支了赏钱，颠到黄崇义家报讯去了。她心里比谁都清白，这点赏钱，只是个小小的彩头，只要这门亲事落了点，老鼠拉木锨，大头在后面。

其实，李快嘴一门心思，想把娘家亲侄女若水说给黄伯臣，谁知话刚出口，就让人家给顶了回去。想起这件事，她就由不得骂人。我家侄女，叫你背见（方言，意即暗地里瞧瞧）一次，你都懒得见！那么好的女子，不高不低，四尺六七，不胖不瘦，一百左右，不白不黑，桃花颜色，哪一点配不上你！真的见上一面，要是还入不得你的法眼，那才真叫×把眼戳瞎了！

不过，黄家主事的黄崇义得了怪病。这病怪得蹊跷，连御医世家的谢门都人人束手，个个乏策。黄崇义能否亲自登门为二儿子提亲，尚未可知。

谢家老母打发丫鬟佩瑶，把这件事透给了女儿。知女莫若母，谢家千金，非同寻常人家短了见识的小家子气儿，惯常里许多事情，都得由着她的性子，更别说自个的终身大事了。谢母怕女儿气不顺，可别把这么好一门亲事给弄得戗住了。

谢婉卿背过脸子，淡淡地笑了笑。她见过此人。陕西光复那年，黄伯臣执缰跨马，胸前交叉的武装带上，扎着一朵猩红猩红的大红花，随着浩浩荡荡的队伍进了西省朱雀门。威风八面的他，踯躅在他那一标人马的最前头，看上去却甚是平和。特别是流露在嘴角那一丝和悦的浅笑，让当时的谢婉卿芳心轻轻颤了一下。在后来的日子里，她偶尔也想起过他，只是隐隐觉得，那身挎刀带枪的披挂，与那一抹和悦的浅笑是那样不搭调。

"这娃心太软了！我黄家日后还指望他成啥事呀？"这是其父黄崇义对二儿子伯臣小时候不无怅惘的印象。

九月在户，十月蟋蟀入我床下。秋风萧瑟，随着第一片黄叶落地，它们不知从何处来，钻进一个小儿屋子，寻求托庇。时令把生的严酷传递给那些渺小的生命。小伯臣不知道它们吃什么，把馍揉成馍花，撒在炕沿底下。一天，小伯臣望着父亲的脚面嚎啕大哭。黄崇义丈二和尚摸不着头脑。

"呜——呜呜呜呜……你把我蛐蛐踏死了……呜呜呜呜……"

黄崇义抬脚一看，果然踩死了一只蟋蟀。他摇了摇头，悻悻然拂袖而去。

做妈的盘膝坐在炕头上，一边摇着纺车，一边给她的官儿娃讲古传。五陵原上的妇人，大抵都喜欢把怀里的娃儿们称官儿娃。吆喝赖床的小儿起身，说我官儿娃乖！伺候小儿喝汤药，说我官儿娃乖！将奶头摘落小儿嘴巴时，也说我官儿娃乖！

炕头靠墙一侧的木架上，撑着一口镶铁裹角的铜扣大木箱，箱面上是一幅彩绘，画着一座庙，庙里是一个破衣烂衫的妇人，庙外是一个拎着布囊的小儿。

"安安他大不要安安他妈了，他妈就住进了这间破庙里，连吃的喝的都没着落。安安在上学的路上，把自己吃的米每天抓一把出来，放在土地爷那里。那些米鼠不吃、鸟不啄，等攒多了，便拿着去送给破庙里的妈妈……"

斜依在他妈身侧的小伯臣，两只眼眶里的泪水直打转儿。

"安安他妈以为这米是偷来的。她说，妈饿死也不吃你偷来的米，把安安关在庙外，不准进门。安安哭着对他妈说，妈妈呀，这米不是偷来的，是我一把一把给你攒下的。他妈隔着门缝，抓了把米一看，这些米有陈的，有新的，颜色深浅都不一样，这才知道冤枉了安安，打开庙门，把安安抱在怀里汪天大哭……"

"哇——呜呜呜呜……"

倏忽之间，儿子伯臣滚翻炕头，两只脚丫子蹬得车轮子一般，声如裂帛，抱头嚎哭。孩子他妈大惊失色，一把抱起伯臣，瞿然惊叹："天啦！我娃这是咋了？眼泪跟耙刨一样，咋就哭成这样子了！"从此，小小年纪的伯臣，看见那口箱子就哭，他妈只好挪了个住所，抱着儿子搬进另一间屋子。

这些陈年旧事，外人不得详知。不过原上的人早有公议，都说这娃性子绵。其实还有两件事，原上任何人尚不得而知。那还是在天津讲武堂就读时，偶尔海泳，见一赤身疯妇，沿滩跳笑，后面除一哭闹着喊娘的小儿，就是一群瞧光景的无赖子。黄伯臣一怒之下，挥动拳脚，一顿饱打，把一帮地痞二流子揍了个落花流水。他捧着些许食物，让那孩子哄着饥饿的疯人穿上衣服。临去，黄伯臣轻抚着孩子散乱的蓬发，瞩目幽幽的海，"孩子，在别人眼里，她是个疯子；可在你的眼里，她永远都是你的亲娘。你一辈子都要记住……"

一个风雪迷漫的隆冬，假日归乡的他见得天津站月台上，有一被人丢弃的襁褓。一个弱小的生命在风雪中哀啼，撑出襁褓的一只腿既细且歪，明显比另一只短了一截。一个经见天光不到一年半载的小儿，被他的亲人遗弃了。显然，他不会被人收捡。收捡了他，等于收捡了苦难。那孩子的哭泣愈来愈见轻微。他匆匆地来，又要匆匆地去了，难道就这么在人世间走了一遭？

黄伯臣大衣里紧紧裹着那一小儿，坐守月台，这一坐就是一个通宵。雪花翩然飞舞，为他的躯壳裹上了一层莹洁的、厚重的铠甲。在远去天国的路上，他想留给这个小儿来自人世间的最后一丝温热。

破晓时分，东方天际透出一抹亮色。掩身于一堵残墙后面、一直在窥视着月台的一位妇人，陡然间发出一声瘆人的厉叫，一头扎向月台。那声厉叫，势若丘峦崩摧，堤坝溃毁。

讲武堂总办曾拍着黄伯臣扛枪的肩头，语重心长，言辞恳切："兄弟，你怕是走错了门路，投错了行当。义不理财，慈不掌兵，当兵的总要上战场，这身行头，披挂在你的身上，只怕是太不相称了。"

黄伯臣第一次实弹射击，惊怵地想象着那一晶亮铁丸，攒入肉身是何等感觉。西安内城城墙下，他亲身践行了这一点，三点一线，瞄准垛口上的一名清军，扣动扳机的那一刻闭上了眼睛，且手臂抖动了一下。这样一来，自己倒没啥感觉，对方有没有感觉，这就不得而知了。在随后的对射中，硝烟弥漫，枪炮隆隆，因为不清不楚，几十发子弹打出去，收效如何，心坎上也就不怎么纠结。其实，讲武堂样样科目排列优等的他，本可枪枪索命，声声勾魂。

当黄伯臣率领他那帮反了正的队伍，冲上西安城头，立即展开一锅粥般的混战。他与一位清军把总缠斗在一起，被对方压在城墙拐角处，且脖颈被铁钳般的双手死死掐定，以至眼翻舌翘，呼吸不得。

不可啊！不可就这么死去！他的耳畔，回想着父辈的嘱托；他的肩头，承载着家门的厚望。一个声音高叫着——不可！万万不可就这么死去！

当你占尽了机宜，也就是卖出了大破绽的时候，每每这个时候，对手最易翻梢。得势的把总短处是占住了手，失势的黄伯臣长处是腾出了手。失势者奋起最后余威，就近抓起青砖地面上一把钢刀，朝把总后颈上轻轻一划，乾坤颠倒，云泥立判，说起来就这么简单。他掀翻了把总，爬起身子，钢刀当嘟一声落了地，再一看自己那只手。

黄伯臣手上自此沾了血。

从古到今，五陵原上割韭菜一样，刀剑下一茬又一茬死人。偶尔遇到灾年，也死。大凡乱世灾年，狼豺猖獗。十多年后的民国十八年，狼连死人都懒得吃，专吃鲜活活的小娃。一旦开口吃娃，就意味着牙缝里钻了血。原上的人都说，狼牙缝里钻不得血，一旦钻了血，再就封杀不住了。果然，不管是独狼还是群狼，只要有一头牙缝里钻了血，周围十里八村，三天两头，总有娃儿们接二连三地被叼了去。

……

今天，有人把英年得志，前途无量的黄伯臣陡然间推向谢婉卿，她一时半会，还真找不出一个推拒的理由来。

用媒婆李快嘴的话说，我把谢家的门槛都踢断了！此前，凡是大原上有头有脸的人物，像磨坊里摇箩柜一样，说媒的把他们齐茬茬过了一道，没一人合了谢家女儿的心思。李快嘴背地里曾恶毒地诅咒说，老娘就不信了，看你将来还能找个×上扎了花的！

会找找对头，不会找找门楼。话虽如此，可真要找起来，大抵都找的是门楼。世情如此，谁也没法。李快嘴搬来的门楼，一座比一座气象不凡，谢婉卿不见其人，先闻其势。对她这样的女子，势是压不住的，况且太医谢家本就不乏其势。她想找个对头，这在大原上也许是个例外。

其所以把黄家这门亲不冷不热地应承下来，一则黄伯臣是所有提亲人选当中唯一谋面之人，婉卿觉得他长得很顺眼；二是那一身戎装，让她觉得帅气，一种爱慕英雄的情结，若明若暗地潜隐在这位淑女心头；三是听说此人心地善良，王官镇的人都把他夸得跟一朵花一样；再就是自己年岁也不小了，这样耗下去也不是个事。她实在不想让父母为此再受煎熬了。

黄伯臣与谢婉卿唯一一次晤面，确切地说是一次背见，是在一处名叫静观庵院的地方。谈情说爱，有无状况，总在那最初的一瞥之间。有感觉，一瞥就足够了；没感觉，即便脸对脸贴在一起也冰凉。关中人给娃瞅媳妇，男女双方是见不得面的。只有把媳妇娶进门，做丈夫的或做媳妇的，这才知道对方是个光脸还是个麻子。好在那阵子黄、谢两家，还无谈婚论嫁之说，只可作偷窥论。

年近二十的谢婉卿，终身大事已显得很紧迫了。世无英雄，也绝不可让竖子妄逞，因而就这么拖了下来，她自己也急。在静观庵院抽签的路上，黄伯臣碰到了马拉彩轿中蒙头遮脸的谢婉卿。人都说谢家千金才貌双全，艳若天人，是五陵原上一绝，今天无妨瞧瞧看。

家教甚严的黄门二公子，麻着胆子做了回登徒子，扮作下地劳作的田舍郎，徒步十余里，尾随彩轿畏缩缩、羞涩涩、战兢兢一路前去。

连黄伯臣自己都说：色相害人啊！

幼年的他常随母亲下地，把娘粘得很紧。母亲蹲在棉田里枝叶茵漫的丛茏中小解，右顾右盼，装作没事一样。一阵窸窣之声，尚还悦耳。他问："妈，啥响呢？"娘说："蛐蛐叫呢。"

凡涉色相，在原上实属男女之大防，自须坚拒力避。娘怕娃学瞎了。年岁渐长，详作察辨，昔日岁月，几番斯螽动股，蛐叫虫鸣，与现时的声息似曾有别。有些事越是神神秘秘，越是逗弄得人心绪木乱（心情烦乱）。他自幼对这些事勤于思、尚未敏于行。

这个签抽得不甚妙。

三月三庙会上，谢母已经替女儿婉卿，在静观神尼那打了一卦。神尼扳着鸡爪般的指拇，掐了掐八字，撂下话说："你家千金，于本年六月望日始，运交红鸾，菊黄时刻，有望联姻。"

谢婉卿敬过香火钱，冲香炉内上了三炷香，捧着签筒，跪在观音堂前的蒲团上闭目默祷，樱唇翕张，微微而动。

鸡皮鹤发、仙风道骨的静观神尼打坐一侧的蒲团上，缓缓捻动檀香佛珠，似乎对眼前这位出身医道世家的大家闺秀格外留意。

谢婉卿抖动签筒，摇了几摇，有一根签跳出签筒，落于地面。丫鬟佩瑶一把抓起竹签，凝目注视着签上的文字。谢婉卿漫不经心，将目光轻移了过去。那签的正面，标有下下签三个黑漆字样。

佩瑶吸了口冷气。

谢婉卿只是淡淡笑了笑，她本来就不甚信奉这些，是她娘逼着来的。

佩瑶翻转签的另一面，其上字迹甚小，隐约注有一行谶语：

> 秀外慧中色艺绝，天妒红颜福命薄；历尽魔劫终回首，青灯黄卷念弥陀。

这一回，镇定自若的谢婉卿，心中微微动了一下。

观音堂上，雍容淡雅的观世音浅笑微微。

丫鬟佩瑶识字无多，对那段谶语不甚了了，但观主人行色，情知不妙，也就没敢多嘴，一把拉起谢婉卿，匆匆出了观音堂。临去，佩瑶回过头来，冲堂内撂下话说："日后别来这破地方了！"

静观神尼拧转鸡皮般满是褶皱的脖颈，一双浑浊的老眼，闪射着一毫晶亮之光，望着婉卿背影，传去一声蚊蚋般轻微的偈子。

"檀越兴许，还会再来……"

静观庵院门一侧，蹲伏菜畦薅草的黄伯臣歪着脑袋，透过左臂腋下，仅把对方瞅了一眼，热腾腾的心儿就是一阵狂跳，且久久难于平复。男女之恋，玩的就是个心跳。用佛家的话讲，这叫着了心魔。

　　黄、谢两家的亲事，顺理成章地推进着。年逾六旬的黄崇义，差人携带礼金，请教阴阳先生堪破天，把上太医谢家为二儿子伯臣提亲的黄道吉日，确定在五月初六。这天上午，黄府伙计赶着马拉轿车，在大门口照壁前等待多时。

　　堂屋内的黄崇义困坐太师椅上，左右两只麻杆一样消瘦的手臂，各搂着步云、步霄两个小孙孙，蹙着只剩下一张腼皮的老脸，纵横交错的纹理缓缓地舒展出一抹笑意，把孩子们爱怜地逗弄一番，这才把他们推给他妈，也就是长子黄伯朝的媳妇杜秀梅——原上更多的人只叫她黄杜氏。

　　当黄崇义两只鸡爪子手，把着椅子扶手，站起身子，在一名女仆扶持下，行至门外照壁前，尚未登上软轿，一位摇着拨浪鼓的货郎担惹了个祸端。

　　"嗨！来了来了都来了！穿不成的烂袜子，拿来给你换卡子；拆了被儿的烂套子，拿来给你换哨子；你姐你妈的油头发，拿来换个泥娃娃……"

　　叫卖之声一语未了，斜对门徐家的花斑狗冲货郎担一声啸叫，黄崇义立马发作起来，就势翻倒地面，一把捞起女仆腿杆，张口便咬。

　　黄家上下人等，随时都防着这一手。黄崇义呲起的牙口落了空，立马开始自残，拿少毛多折子的脑袋撞马拉轿车车辐。街头几个闲杂人等一哄而上，将其青蛙亮肚，贴着地皮牢牢按定。其人又挣扎着抽出一只手臂，揪扯自家耳朵，耳朵落空后又开始嚼舌。女仆麻利把一柄木质捣蒜锤儿塞进主人嘴里。这位贴身女仆平日里把锤儿揣在裤腰上，随时随地，以应非常之需。

　　黄崇义忌狗忌坟忌墓忌冢疙瘩，这些物事最易触发犯病，平时足不出户，目不斜视，耳不旁听。

　　眼看当家的亲赴谢家为二儿子订亲之事没了着落，女主只好邀远房同门宗亲黄崇仁，也就是黄伯昂他大代行其事。

　　太医谢家人露风说，黄崇义发了癔，这病根子在心上，心病还需心来医。原上人闻所未闻，惑然莫解，至今无人晓得，此人到底着了什么魔。而黄家满门更是无人知晓，当家的因何事、在何地、跟何人娘能把相府千金嫁给一个穷书生？做他的白日梦去吧！"

"《火焰驹》里的李彦贵和黄桂英，被人害得跟龟孙子一样，要不是他哥哥李彦荣立了功，升了官，他们两个还想结婚？结个辣子！"

"《华亭相会》中的张梅英，要不是遇见包拯，她跟高文举的表亲姐弟夫妻有团圆的那一天吗？小心儿想都别想！"

"《生死牌》中的王玉环跟黄秀兰，还有黄知县的义女黄秋萍，要不是碰上南包公海青天微服私访，还有她们的命在吗？别说三姐妹争着去死，就是不争也活不了！"

"《游龟山》里的田云山、田玉川父子，要是没有布政司董威帮他一把，早让湖广总督卢林砍了脑袋。"

……

一出又一出，一场又一场高台明戏，似乎都在阐发着、印证着一个从古到今颠扑不破的真理，被黄崇义信手拈来，作为乡土教材，劝导着他的儿孙们树雄心，立壮志，豪迈地走上一条辉煌的人生之路。

"娃呀，草民百姓是猪，是羊，从古到今任人杀、任人宰，自己根本做不得自己的主。要么命里遇贵人，说不定还有救；遇不到贵人，就只有自己救自己了。"

"咋个救法？"小小年纪的黄伯臣问。

"只有混出个人样来，才能给自己留条活路。"

"咋样混出个人样呢？"

"我娃先好好把书念，书中自有颜如玉，书中自有黄金屋。"

黄崇义把黄家中兴的希望，全都寄托在二儿子黄伯臣身上。去年腊月高人的一番话，更加坚定了他的信念。

五陵高人身着一袭半新不旧青袍，挂一根结头上疙疙瘩瘩的竹杖，蹬一双编制细密的芒鞋，半尺长的银髯抖抖，筛动起来的大袖飘飘。平日居无定所，除了经常歇脚的牛角湾文殊院，走到哪里，歇到哪里。

有一天高人路经王官镇，黄崇义连拉带扯，将其拖进家门。

"老神仙，我想托付您，给我的两个娃瞅瞅相，看看他们将来有多种下了如此之深的心病。

鉴此，太医谢家几位执牛耳者，想撩摸撩摸这一罕见顽疾，却老虎吃天，无从下爪。

黄谢两户口头订了亲，紧接着还得下聘礼。下了聘礼，摆了订婚宴席，这才算是千锤打锣，一柸定了音。五月半间，谢家忙里忙外，备设酒宴，准备款待黄家下聘的客人时，婉卿怯怯地跟她大声言："即刻劝退黄家，下聘之事，就此作罢！"

谢家老父当头着了一记闷棍，一屁股塌在椅子上，干瞪一对松泡眼，半晌泛不上一句话来。家门之中，有女若此，情知不可强拗，拗也白拗。这咋得了呀！给人家黄家咋交待呀！？

黄伯臣接获谢家终止下聘口信，不由得冷森森全身一阵寒凉。那是从骨子里透出的寒凉，足以把心凝成冰。除了几个上了年岁的长者，五陵原上跟我一般年岁的后起之辈，好像还没有谁比我职位更高了。除了我，还有谁配娶她呢？

黄伯臣何以首先想到的是自己的职位？这还得从他幼年说起。

幼年的他常被父亲黄崇义牵着去看戏。看戏干啥？高台明戏教化人嘛！父亲时常如是说。黄崇义想，这娃心太软，兴许是当年苦情戏看得多了。

"娃呀，你说，窦娥的冤情，是谁替她洗清白的？"

"窦娥她大窦天章。"

"她大为啥能替她洗清冤情？"

"她大在京城做了大官。"

"她大要是不做官，窦娥的冤情洗得清洗不清？"

"洗不清。"

"我娃开窍了！"

……

"娃呀，你说秦香莲找的是谁，替她把冤伸了？"

"找的包相爷。"

"为啥要找包相爷？"

大出息。从今往后，您云游到王官镇，我黄家任您吃，任您住，这里就是您歇脚的地方。"

高人从不指靠艺门谋生，名义上并非相面先生。正因业无所从，术无专攻，却料事如神，高深莫测，却似乎成了七十二行路路通的八角身子——原上人把具备多项能耐的人称八角身子。经纶世务，鸢飞戾天者叩请他天下大势；寻常百姓请教他旱涝年成，儿孙福报。他大抵是不给人面子的，今日饿得心里发慌，腿杆酸软，实在走不动了，想在五陵首富家里打个尖。高人也食人间烟火。

"娃呢？"

"先生给老二补课业呢；老大给羊割草去了。日头落了山，都快回来了。"

"别等了。领我去看看。"

"看啥呢？"

"他们的住处。"

黄伯朝、黄伯臣兄弟二人房间，一张大炕上铺着一面印着贯钱图案的老蓝布单子。左面的半边单子，单面朝脚跟部位下方缩去；右面的半边单子，单面朝枕头部位上方移去。这一下一上，使得平铺在大炕上的单子摆成个扯角子。

高人望望被夜眠的身子带动着、极力上移的右边单子。

"谁睡在右边？"

"是我家二小子黄伯臣。"

"把你老二好好作务。"

高人话中有话，其中好好两个字咬得特重。

黄崇义察言观色，心中一凛。果然厉害，单凭睡觉的单子，就把我家聪明伶俐、人见人夸的二小子料定了。然不免心有余憾。

"那我大小子黄伯朝呢？"

高人望了望大炕左面竭尽下缩的单子，嘴角现出一圈小小的、满是皱褶的窝儿。

"这娃乖得很啦！从古到今，人都像了他，天下就太平了，秦皇的宗祧前，也就不会二世就倒了香炉，到如今只怕都三四十世了。"

"只有包相爷能替她伸冤。"

"要是找个卖蒸馍的，能不能替她伸冤？"

"不能。"

"我娃还灵性！"

……

"娃呀，你说，寒窑里窝了十八年的王宝钏，后来为啥坐了昭阳殿？"

"她男的当了西凉国王，后来又当了皇上。"

"他要是在队伍里当个丘八，王宝钏能坐上昭阳殿吗？"

"大，啥叫丘八？

"丘八就是上面一个丘字，下面一个八字，合起来是个兵字。"

"大，我明白了。"

"明白啥了？"

"薛平贵要是个当兵的，后来没当上国王皇上，王宝钏还得窝在寒窑里。"

"嗯。我娃把白蒸馍还没糟蹋！"

同样的问题，当问到还比黄伯臣大两岁的哥哥黄伯朝时，当哥哥的却说，不给窦娥伸冤，她哭呢。问到伸雪秦香莲的冤情，他说包相爷有铜铡呢。问到王宝钏为啥坐了昭阳殿，他说她嫌寒窑里冷得很。黄崇义不免吹胡子瞪眼睛。

"我把你个吃馕食的，天生下就是个打牛后半截的坯子！"

手执鞭儿，终年四季跟随在老黄牛后头，摇耧播种，耙抹打碾，在泥土中刨着衣食，维系着自己和他人的生计，是这片土地上农人的宿命。别人轻慢了自个，自个也就跟着自贱了。

黄崇义的谆谆训诲，在黄伯朝、黄伯臣两兄弟的幼年不绝于耳。

"《柜中缘》里的李都堂，不是后来官复原职，还有他儿子李映南的活路吗？李映南没了活路，许翠莲能落得个好结果吗？"

"《玉堂春》里的苏三，多亏她男人王景隆当了山西巡抚。不然的话，苏三坟头的草都半拃高了，他们夫妻还想团圆？团圆个刷子！"

"《西厢记》里的张君瑞，要不是后来中了头名状元，崔莺莺她黄崇义暗自沉吟，这话是夸我伯朝呢，还是损我伯朝呢？咋听着烟山雾罩的，叫人摸不着头脑呢？

不过，有一点高人说得奇准。黄伯朝从小到大，乖得跟绵羊一样，没跟父母顶过一次嘴，没跟左邻右舍、乡里乡党红过一次脸。甚至乖得没了主意，你说这块地里点瓜种豆，他绝不会埋蒜栽葱；你说驴跟马交配，会生出一个四不像来，他绝不说是个骡驹子。有时他大就地里的活路、庄稼的作务征求他的意见，他说大说咋作就咋作。

黄崇义养了这么个儿子，却不知是好是歹，是祸是福。聊以自慰的是他从来没给家里惹过祸，添过乱。眼见得他这般德行，偶尔也不免气得发毛。唉！我真想朝你驴×的腰上抡一闷棍，看能不能打出个屁来！

黄伯朝把书没念成，自个儿却没小觑了念书的好处。他说，一把瘪豌豆撒出去，总有几颗冒芽头的。塾师王先生详解君臣父子，让他明白了做人的道理——这就是他最大的收成。

我黄伯朝没别的本事，既然做了泥鳅，就不怕稀泥迷了眼。豆腐世下（天生）拿刀切，再软也是个方正的，就是当个顺民百姓，也得有个顺民百姓的样子。果然，书没念成的黄伯朝声望却不低。

不单他这么想，黄伯朝还这样训导着儿子步云、步霄。

黄家老大毕竟还有令其父欢欣之处，他替黄崇义生养了两个胖墩墩的孙子。在黄崇义眼里，黄步云、黄步霄小哥俩，又是黄家新生代的希望。我黄家连添双丁，家门旺相啊！

私塾里刻苦就读的黄伯臣，起先对"颜如玉"不甚了了，便去请教师父。老学究沉吟半晌，还是直白晓畅地告诉了他。"孩子，书中自有颜如玉，说的是只要把书念好，将来就能娶到一房美貌的媳妇。"

谨言慎行的老学究，又为何把话说得这般直白？他有他的想法。虽然这话对一个小孩子讲，棒槌剔牙缝，有些夯口，但讲了总比不讲好。这关乎孩子的未来。这娃生得灵性，书念得不错，孺子可教哇！将来前程远大着呢。有些事，就是要让他从小就想着，念着，心里也好有个奔头。人的心劲害怕得很，人要是横下心劲干一件事，没准还真就干成了！

少年时代的黄伯臣，脑子里一片春光旖旎、金碧辉煌。

颜如玉不是常人配得上的；黄金屋不是常人住得起的。所以，我日后一定要做一个非常之人。

黄伯臣与同宗远房兄长黄伯昂一起参加童子试，经县、府、院三级会考，同年中了秀才，时人喜称黄门双璧。在此后大清国陕西丙午末科乡试中，黄伯昂一举夺魁，高中榜首解元，而黄伯臣却名落孙山，铩羽而归。这对其父黄崇义的打击是致命的，并由此引发了一件令人毛骨悚然的非常事件，这一非常事件的始作俑者，便是黄崇义其人。不过，它像沉埋在五陵原上某个冢疙瘩之中的秘密一样，除了天知地知，只有两人知晓。这两人即是大原上阴阳先生堪破天和黄崇义本人。

非常事件之后，汹汹然不可一世的黄伯昂命运即刻出现拐点，在世人眼里，走上了一条邪路。有头面人物说，黄伯昂要是不走邪路，秦人响应武昌首义，陕西光复后的秦陇复汉军大统领自必姓黄，不会姓张。黄伯昂自此日薄西山，每况愈下。而黄伯臣的人生却就此风生水起，蒸蒸日上，以优等生员，一举考取大清国天津讲武堂。该堂本届生员之中，偌大陕西独此一人。

大病一场的黄崇义起死回生。他其所以敦促儿子考取讲武堂，自有他的道理。丙午以往，世间再无科举一说，天下人从此断了科考仕进之路，这就迫使他不得不替儿子别辟蹊径。

我看这大清国气数快要尽了。大原上高人都发了话，说是天狼星现了形，天下大乱不可避免。生逢乱世，习文不如习武，马上博取功名，来得猛见效快。只要我娃一脚跨出讲武堂，就是攥着刀把子的红顶大官人了。一旦大清国断了龙脉，就扯旗放炮反那娘的！王侯将相，宁有种乎？王先生这话说绝了，从古到今，你争我抢夺天下，我黄家为啥不能在七十二路诸侯当中，参他一股？

事到如今，黄伯臣身为一标之统，功业有成，听说近期又有荣升的兆头，真个是前途无可限量。而黄伯昂却越混越霉，徒怀满腹珠玑，空具鸿儒虚名，只落得个竹篮打水一场空。

按说，二儿子黄伯臣仕进有成，势头不差，黄崇义也该长长舒口气，过几天欢喜日子了，然病情却越来越沉，愈演愈烈，以至发展到今天，形同槁木死灰，只比僵尸多了一口气，一旦犯起病来，随时都有跨鹤西去之危。五陵原只有阴阳先生堪破天一人知晓，八年前由他出谋划策，黄崇义亲手实施的那桩非常事件，一石三鸟，成就了一个人，败亡了一个人，伤损了一个人。

……

黄伯臣以为，谢婉卿是自己生命旅程中注定了的颜如玉。世间恐怕再也没有一个女子，能让我的心几乎跳出了胸腔。一看见她，连气都有点喘不过来。除了她，这辈子决然不会对别的女人动心了，我黄伯臣岂可就此作罢！行伍出身的他，经过一天天血的磨洗，如今变得坚毅而任性。

第二章　金蟾天书

　　提起谢婉卿拒绝接受黄家聘礼的缘起，只因昨日发生的一桩偶发事由，且牵扯到一个要害人物，他就是五陵狂人黄伯昂。黄伯昂与黄伯臣虽属同门兄弟，从曾祖往后便分了权，上下连皮隔了四代人，亲缘关系已疏淡得很了。

　　王官镇有个老抠，新开张了一家店铺，须贴上幅楹联以壮声色。那么，由谁来运笔呢？当然了，大清国陕西末科头名举子黄伯昂他是请不动的、也是请不起的。请不动，是因为他根底浅、份量轻，不知逊了陕甘总督多少筹。陕甘总督索求此人一幅墨宝，鼻子碰的不是灰，那么他呢？说到请不起，是因为黄伯昂的字没价关（估值底线）。为什么没价关？因为他再穷，从来不卖字。

　　他本来也想凭这手艺门捞点钱。无论是箍盆箍瓮的，钉锅钉枰的，吹糖人捏泥娃娃的，糊灯笼炸油麻花的，都凭艺门吃饭，谁敢说写字不是桩艺门？既然是艺门，我写字卖点钱把谁吃屎路挡住了？可他后来就是一个钱都不卖了。

　　"你崽娃子咋也想得起买我的字了？"

　　"您老的字写得好么！"

　　"好在哪里？"

　　"要是不好，陕甘总督庚大人为啥花脚猫一样，三天两头朝您老家里跑？”

“庚大人是庚大人，我问的是你。”

“那还用说，您老名头都被抬到天上去了，字还有不值钱的？”

百人一腔千人一调的回话，让黄伯昂犯了老大心病。哦，这些屁股蹾地眼上翻的贱蛤蟆，原来认的是官家大老爷，信的是扑风捉影虚名声，从来就没认过自己那本账，信过自己那双眼，家都全让别人给当了。

黄伯昂一挥而就，拎着一幅写好的斗方，说是你来取。结果，从低矮的茅房院墙撇出来的，是一团揩了屁股的宣纸。自此，他认定卖字的人卖的是名，至于字到底妙不妙，没几个人知道。他的臭名值了钱，买字的孙子就不值钱了。世上的孙子本来就多，恨不得把当了官的、出了名的架在脖颈上。人家撒泡尿他当冲澡，人家放个屁他当搧风。我黄伯昂最见不得的，就是那些孙子辈。哪怕杀猪宰羊之辈，引车卖浆者流，人一辈子，要把自己看得值重些！小人物裆里不比大人物少二两肉，胸脯脯也没见短了堆头，都是人生父母养的，谁矮谁多少啊！

他没卖过，不等于他的字母鸡暖蛋不挪窝。遇到合了窍道的人，他大书特书，分文不取。可有些人却背着他拿去变现，将巴掌大一块斗方炒上了三十颗袁大头。他自个却穷得胯骨磕炕边，从早到晚嘎嗒响，有时连陕南大脚板茶叶都接济不上，一把宜兴紫砂，偶尔还泡着沙果树叶子。

有一年除夕，牛八揭去了他家门前一幅春联，七拼八凑沾起来，把缺胳膊少腿的字铰下来卖个个，一个字换了二斗麦。

老抠店家请不动，有人能请动，这人就是牛八，即那个攒了半年钱，兴冲冲进了翠花楼，不曾想遇到个被人逼良为娼的小丫头。牛八心里疼啊！那小丫头像他十三岁抽羊角疯抽死了的小妹妹。他把她架上肩头翻过墙，自己却被县署知事打了沟板，屁股肿得发面一样，半月天气挨不得板凳。知事图的是自己进出翠花楼方便。花哨点的，都被人放跑了咋办？

用逗弄性言语辱贱他人，关中人叫拿尾巴梢儿打人。 牛八先拿尾巴梢儿朝店家脸上扫，把对方扫得发了毛，这才好办事。

"我说胡掌柜，你也太抠了吧！听说你连你老婆都抠。一幅烂衫衫，都破成渔网了，猪尿泡奶子甩得跟打沙包一样。你却说自带胡椒眼，穿着凉快。"

随着大家伙儿一阵哄笑，店家恨得牙根疼，一对眼睛都绿了。

"你老婆抠抠也就抠了，听说你连儿媳都抠！一条裤衩穿得开了裆，大伙猜他咋说？他说我娃蹲茅坑，权当图个方便！"

店家立扑过去，使了个括脚（扫蹚腿），把牛八括倒，左膝抵住脑袋，使了个肉枕，挥拳便打。

牛八五尺高的三寸丁身材，撑着个耳轮以下一圈短刷刷黄毛、顶子上瓦光锃亮的脑袋，那面目上的鼻子眼窝，斜看顺看摆的都不是地方。跟他打个照面，能把人气得一佛出世，二佛生天。就凭牛八这身堆头，还真不够店家收拾。

突然，店家发出一声杀猪般的嘶叫，原来他被牛八下了坠。这一招是跟李快嘴学的。李快嘴与人对阵，遇到男人抄命根子，遇到女人抹裤子，到了紧要关头奋发一击，从无失手，每每立于不败之地。

"你个老狗，不是要写幅对联吗？老子今天给你搬一洞大仙来。拿多少响圆，说！"民国银元侧楞起来，轻轻一吹，作莎鸡振羽之声，原上人都叫它响圆。

"搬谁？"

"除了关中大才黄伯昂，其他人老子还懒得侍侯！"

"搬你娘个脚后跟！大风底下说散话，那洞神仙，是你这死猫烂狗搬得动的？！"

"如果老子搬了来，你说咋办？"

"我三颗响圆预当（准备）着！"

"君子一言！"

"驷马难追！"

事情进展得出奇顺当。其实也在情理之中。黄伯昂曾在一个卖折扇的穷书生扇面上运笔挥毫，稍作点染。那人上了趟西省，回来便置了二亩地，这事尽人皆知。

日头偏西，学娃们散了学，黄伯昂锁上关帝庙破门，一手摇着折扇，一手拎着只褡裢，穿行在回家的街面上。褡裢一头揣着一瓶烧酒，一头揣着火刀纸裹着的半斤猪头肉。褡裢本该搭在肩头，黄伯昂嫌有辱斯文，偶尔用及，总是肠肠肚肚拎在手上。褡裢里的两件物事，是他晌午在醉八仙酒楼，特意给老父捎带的。其父黄崇仁跟有家有室的大儿子黄伯贤过活，跑单帮的黄伯昂平日里倒落得个自在。

正行走间，斜刺里突地窜出一道黑影。尚未醒过神来，来人麻脚利手，噗通一声当道坐定，双腿盘曲，两臂环抱，从上到下，牢牢箍定黄伯昂右腿，并以其为轴心，扎了个猴儿抱柱之势。

此人随即抬头仰面，冲黄伯昂挤眉弄眼，作温婉媚笑状。

各色闲杂人等，从王官镇街头旮旯狭巷，呼啦一下围作一处。谁都知道，今天有好戏看了。黄伯昂摩挲着那颗瓦亮瓦亮的秃顶，莞尔而笑。

"这位仁兄……"

"在下牛八，人称赖子牛。专事讨债揽官司，打牌掷骰子，说媒拉皮条。当然，有时也干点无本买卖。嘻嘻。"

"失敬失敬，原来是一方高人啊！哈哈哈哈……牛八兄弟，大哥我想必也欠了你点什么？"

"欠老门子了！半月前醉八仙酒楼上的八宝甜盘子，酥肉蒸鸡炸丸子，一斤老西凤，八两杏花村，只顾红吃海喝，可本人帮你垫付的那几个响圆，该还我了吧？"

"噢！你说那笔酒帐啊？好说，大哥我还欠了你点什么，不妨今天一块作个了结？"

"去年腊月，您趁我媳妇上茅房，把她袄儿（裤子）带抽了去，也该还我了吧！"

"哈哈哈哈……我说牛八兄弟，这第一笔账嘛，你看大哥我手头也紧巴；至于你媳妇的裤腰带，大哥我也老大不小了，不花眼却花了心，这由得了人嘛？你看这两件事，能不能拿别的什么……抵抵帐总该可以吧？"

"看您说的，兄弟我等的就是这句话。别说您金口玉牙，一口唾沫一颗钉，就是放个屁，在我耳朵里，都跟雷吼一样。"

"那……醉八仙那笔酒帐……"

"哪儿话啊！您老早结了！是小跑堂麻苏二私吞了，翠花楼嫖婆娘了。”

"那你媳妇的裤腰带……"

"这又是哪儿话呀！她自个不小心，掉茅坑里去了，关您啥事啊？"

"哈哈哈哈……"

礼失求诸于野。牛八兄弟虽说为人狡赖，可翠花楼上仗义纵妓，不惜破财招灾之行，愧煞了那些道貌岸然的正人君子。一官二吏、三僧四道、五医六工、七匠八娼、九儒十丐这他娘几个台面上，十二相里没牛八，就因为他连个正当营生都没有。五陵原上连狗见了都想咬两口的角儿，我今天偏要给足面子！狗眼里赏面子的人，人眼里不一定有面子；狗不给面子的人，在人看来未必没面子。

大清国陕西末代头名举人，要给胡掌柜铺面题联了。店家门前观者如堵，闹闹嚷嚷。从桃花坞谢家别院消暑归来的谢婉卿，也正好赶上了这场热闹。

起初，轿子内的谢婉卿不明就里，丫鬟佩瑶爱凑热闹，遭到主人断然回绝。

"小姐，您知道是谁在那显摆？"

"一个街头卖字的吧。"

"唉！我说黄先生啊黄先生，你字写得再好，除了我家琴棋书画、无所不通的大小姐，五陵原上还有谁能瞧出个窍道来？与其写给那些端大老碗吃馍食、放响屁的粗人看，还不如屁股撅起，朝沟蛋上画娃娃！"

"佩瑶……你说的黄先生，可是……"

"八百里秦川的黄才子啊！"

"贺大叔，停轿。"

"吁——"赶轿的车夫一勒缰绳，驾轿车的健骡打住了蹄脚。

"小姐，您不是急着回府吗？停轿干啥？贺大叔，咱们还是上路吧。"佩瑶诡谲地瞟了主人一眼。

"佩瑶！你说此人……果是弱冠之年，高中清廷陕西乡试丙午末科解元，在西省城南大慈恩寺石碑题名，断然回绝陕西巡抚高官厚禄，三秦大地振臂一呼，聚文人义士响应武昌首义，如今执教村学清苦度日，人称关中大儒的黄伯昂黄先生？"

"哟哟哟哟……提起这个人，您咋头头是道，跟板车倒核桃一样，比他老娘还清白？"

"佩瑶！"

"我听快嘴姨说，那人自称眼高过顶，目空一切，把方圆百十里的小家碧玉、大家闺秀都说成是庸姿俗粉，没一个入得他的法眼，到如今还是光棍一条，没有婚配呢。"

"人家婚配不婚配，干你何事？"

"跟我当然不相干了，可他跟小姐您好有一比。他翘，您比他更翘！什么陕西省参议员、督军家的三公子、咸阳曹百万留过洋的大少爷，在您大小姐跟前，还不碰了一鼻子灰？"

"佩瑶，少说两句。"

"不说嘴痒！他凭啥那么翘？就凭那副死猪不怕开水烫的狂劲？可我家大小姐您翘，翘得有来头。原上谁不知道咱家才貌双全的大小姐，羞死西施，臊死貂蝉，气死华清池里洗个澡、水面上油花子都漂了一层的杨贵妃！"

谢婉卿索性登上对面华岳楼，唯恐人多碍眼，瞧不仔细，又惹得丫鬟佩瑶一阵戏谑。

有关黄伯昂各种令人耸然动容的传闻充耳不绝，只可惜缘悭一面。今天，谢婉卿岂能失此良机。她倒要瞧瞧，这个曾被大清国洋务派选送出国、留学西洋的天之骄子，听说学不务正，被一个叫凡尔太（今译"伏尔泰"）的洋人的书迷乱了心志，让朝廷废除了学籍的狂痴，到底是何等人物。

黄伯昂确是眼高过顶，目空一切，任何事由，不肯让人。可有一件事情让他对自个颇为不屑，这源于他要了一次小天真。有时候要点小天真无关痛痒，反倒叫人觉得妩媚可爱；可在筋骨眼上玩天真，足以让你伐毛洗髓、脱胎换骨重新做人。每每念及此事，黄伯昂总是想抽自个耳光。

却看妻子愁何在，漫卷诗书喜欲狂。辛亥革命，一家伙推翻了帝制，老子天下第一的皇帝，就此从龙椅上滚了蛋。我华夏一族走向共和，天下为公了。也就是说，从今而后，天下再也不姓嬴了，再也不姓刘了，再也不姓杨了，再也不姓李了，再也不姓赵了，再也不姓孛儿只斤了，再也不姓朱了，再也不姓爱新觉罗了，从此天下统统姓了公。不管你是临时大总统，还是讨饭拉枣杆的叫花子，天下是你的，也是我的！咋？你大总统又咋的了？莫忘了，龙椅早成了冷板凳，如今你跟我坐的是一条矮脚板凳。既然是一条板凳，就不分高下，得相互敬称着点。你一抬屁股，闪的是我；我一抬屁股，闪的也是你。你娃把事弄清——有人心里冲临时大总统暗自嘀咕，其中就有黄伯昂。

白日放歌须纵酒，青春作伴好还乡。正当黄伯昂落座醉八仙酒楼，放歌纵酒，喜极而泣之时，却从《申报》上瞧出了一些别样的端倪。此人暗自嘀咕：这咋有些不对窍道呢？既然天下都为了公，大总统不大总统，只不过是替天下人支差跑腿的公仆而已，谁当谁不当还不是一个样？可事实上并非如此。跟抽筋剥皮一样，你看把姓孙的难受的那个样子，最后还是不得不让了位子，让给了一个攥刀把子的——刀把子是铁打的，分量沉，用场大。

更让黄伯昂心胆震颤的，是五陵原上一位年高德劭的老学究，义正辞严，气壮如山地放出话说，谁人胆敢剪除本人辫子，将不惜以颈血溅其面门！接着，老先生追随不食周粟的伯夷、叔齐二位古圣先贤，矢誓继做大清国遗民，昂首阔步，上了终南山，说是要去种豆采薇。

辛亥一役，全国各地，响应武昌首义者甚众。大清国气数已尽，战事大抵流水落花，一触即溃，转瞬间鞭敲金镫响，齐唱凯歌还。唯陕西响应首义最早，而战线至广，耗时至长，战事至烈。人血又把五陵原浇灌了一茬。外省人到得关中，当地人总有一句是褒是贬、模棱两可的话：你把这地方莫小瞧了！

一边饮着水酒，一边呛出眼泪的黄伯昂低头一看，一只骏黑的老狗逡巡至脚下，想是嗅到了酒菜的芬芳，不住点地冲他摇着尾巴。他捋了捋老狗的尾巴，实想将其摆顺，也好弄得端庄一点，别老是这么摇来摇去的了。可是，黄伯昂徒劳无功，那东西依旧摇来摇去，越摇越欢。

狗嘛，终究是狗；人嘛，总得有点人样。黄伯昂夹起一块肉团，丢给了老狗。噗通一声，老狗前腿着地，跪卧在他的面前，吧嗒吧嗒，忘情地嚼食着那块肉团。

黄伯昂遽然一惊，瞪大了眼睛。

趴在柜面上的酒家笑嘻嘻开了腔。"我家黑子，桌子底下吃惯了，也学精了，就会讨人欢喜。"

"嗷！连世面上的狗，都成了精了。"

黄伯昂温柔地摩挲着狗身，从狗背到狗腿。当他摩挲到前膝部位，那里虽厚，却也绵柔。

黄伯昂想到了自己祖父黄琪葆，做了那么大的官，膝盖骨顶在丹墀下，面对嘉庆皇帝，爬得展妥妥的，还得口口声声，自称老奴。其实，他大可不必替祖上抱屈。除了最顶端龙椅上堂堂皇尊，无论居庙堂之高，还是处江湖之远，年头一长，只怕膝盖骨上都得起了茧子。

继而，京畿地面和陕西省府一应头面人物庆呀贺呀，朝呀拜呀，红帖子跟雪片一样朝上飘，白银子跟流水一样往上送，舌头伸得一个比一个长，尾巴拉得一个比一个低。用黄伯昂的话讲，一个个欺着欺着抱人家的粗腿，生怕落在了别人后头。

黄伯昂一杯老酒下肚，醍醐灌顶，恍然大悟。

皇王爷龙椅暖了两千多年，怎么一时半会就会凉了？即便龙椅凉了，煨了两千多年的人心凉得了吗？天真啦！我黄伯昂做了半辈子稳婆（接生婆），咋就把娃牛牛当脐带给铰了！五陵原人把小儿的鸡鸡叫牛牛。牛多膘壮！牠象征雄健，雄健预示着一个家门的蕃昌。

古树梢头，几只黑老鸹的聒噪，扰得黄伯昂一阵心烦。他望了一眼屋檐前那颗大得中空了的皂桷树。它老而不死，还年复一年地结着皂角，冬日里像刀子一样，就悬在人们头顶。

黄伯昂想着想着，就又想抽自己耳光。醉眼朦胧中，他瞅着醉八仙门外旗杆上那面靛蓝酒帘儿。醉八仙，这酒家的名儿起得多好！人他娘醉了，起码有两大妙用。一是醉了高兴，人一高兴，对世间诸般不顺眼的玩意，看着都顺眼了；二是人醉了便犯糊涂，人一糊涂，也就不会说长道短，满口胡嚼了。将这两大妙处集于一身，便契合了傻子的特性。傻子整天都乐呵呵，要多亲和，有多亲和。

黄伯昂倒也真想当个傻子，一天到晚，无忧无虑多清爽，多福气！人生识字忧患始，大悔当年多读了几天书，成了桩大麻烦。难怪大成至圣先师谆谆训诲，民可使由之，不可使知之。

不过聪明之人，也有他的长项。起先，这家酒楼醉的是八仙，就是不醉人。无论酒家端上来的是老西风，还是杏花村，黄伯昂一边细细地品，一边两个指拇捻着酒盅，斜觑着酒家坏坏地笑。这笑让酒家全身皮张发麻。遇见真佛，哪敢再烧残香。往后，黄伯昂品到的，自是别样一番滋味了。

　　黄伯昂瞅定了那面蓝盈盈的酒帘儿，又由不得不胡思乱想。不想不由人啊！大清国那阵子，这家酒楼上挂的是一面杏黄色帘儿，如今挂上了一面蓝盈盈的帘儿。帘儿变了，酒的成色与味气却没多大区别。

　　就酒而言，挂着什么样的招牌，不一定卖着什么样的酒。招牌只是个招牌，酒的名堂就多了，它随着酒家心意，随意勾兑，任由添加，标注看起来是你最想喝的，喝到口里却是让你翻肠倒肚的。

　　他断定世面上的酒帘儿，只会越来越翻新，越来越花哨；售出的酒，自是什么货色都有。至于这一面面帘儿挂到哪朝哪代，这些堵气窝心的坏水兜售到何年何月，他一时还拿捏不准。

　　窥谷忘返，望峰息心。当年干同盟会时的万丈豪情，到如今黄瓜打驴，一买卖下去，就短了半截子。黄伯昂冷了心，淡了念，他只想做个看戏的。唱戏是疯子，看戏是瓜子。你爱登台伴狂疯张，你就伴狂疯张去，我当我的瓜子好了……

　　黄伯昂折扇哗啦啦合作一处，撩起袍幅，大喇喇落座店铺前雕花太师椅上，优雅品茗，不怒自威。

　　"承蒙黄先生赏脸，屈就敝号亲笔题联，真是我胡门祖上积下的阴德。听说您双手写得梅花篆，今天就请露一手，让我们这些粗俗之辈开开眼，沾您点仙气。"

　　店家打躬作揖，殷勤备至。此人买进时秤锤里灌铅，卖出时白酒里掺水，太会做生意，王官镇上的人送了他个雅号——胡老抠。

　　"不必客气。不知胡掌柜要黄某写点什么？"

　　"生意人嘛，当然图个财旺利丰。有您文曲星的帖子，财神爷敢不给面子！"

　　"爽快！这么说，黄某可真得竭尽全力，最大限度满足胡掌柜的心愿了！"

　　黄伯昂撩袍而起，神光激滟，声若洪钟。

　　"来一只耀州粗瓷大碗。金粉伺候！"

　　此时的谢婉卿在佩瑶牵引下，步态轻盈，婀娜多姿，翩然登上店家对面华岳楼，透过藤蔓盘绕，周边爬满牵牛的窗户，清澈的眸子，牢牢落在黄伯昂身上。

　　接下来的场景，就不得不令人大跌眼镜，且叹为奇观了。

"操家伙！"

随着黄伯昂一声吆喝，牛八一扫惯常的嬉皮笑脸，神色凝重，满面肃然，探手入怀，摸出一只硕大无比、全身泛着金色的癞蛤蟆，双手捧掬，单腿跪地，敬呈黄伯昂面前。

黄伯昂探手抓过癞蛤蟆，放置桌面，朝牛八丢了个眼色。

"有劳牛八兄弟，请将金蟾两只金足束起。"

牛八摸出一根金箔丝线，小心翼翼，将蛤蟆两条后腿扎束一起。

黄伯昂迟迟摸出一枚铜钱。

"有劳牛八兄弟，请将这枚仅存于世、不可复得的大夏真兴赫连勃勃制钱，纳入宝物金口。"

牛八接过铜钱，烫手似地，在两只手心传倒数轮，将其塞进蛤蟆口中。

大原上头名举人，与街头无赖的这对绝配刚一出手，就把塞满街巷的乡民惊了个大张口。

"嘻嘻嘻嘻……小姐，他这是要成啥精……"

华岳楼上，佩瑶一语未了，竟瞅见平日里不苟言笑的主人，粉面如花，绽开了一抹少见的惊喜之色。

"佩瑶，你看着，接下来，还有更好瞧的！"

黄伯昂扬臂抖袖，跨了个马步，一手抓起蛤蟆，一手捞起瓷碗，将蛤蟆肚腹塞入金粉碟中，饱蘸汁液，放置在桌面上的一幅红纸顶端，又用那只粗瓷大碗，将蛤蟆严严扣定。尔后，黄伯昂紧按瓷碗，左旋右转之同时，碗沿叩击桌面，哒哒有声，不绝于耳。

整个运行过程中，黄伯昂行云流水般轻挪马步，衣袂飘飘，灵动的身影翩若惊鸿，矫若游龙。

顷刻之间，一对纸幅上面，各留下五个错落有致、轮廓似呈圆形的图案。图案上线条粗细不一、纹路纵横交错、看似金光闪闪，实则为几个形迹诡异的黄色大斑点。

黄伯昂挥洒已毕，轻弹双手，一撩袍服，大马金刀，落座太师椅上。

牛八不失时机，挺身而出，双手各拎一条纸幅，做古装剧中花旦模样走起碎步，两条纸幅形似水袖一般飘飘拂拂，且口中念念有词，作镲钹鼓乐之声，绕场三匝，旋转如飞。

"锵锵锵锵……锵锵锵锵……锵锵锵锵……"

牛八最后一声清脆响亮的"锵"字落点，扎了个极富夸张意味的金鸡独立之势，亮了个彩头相，将一对纸幅、两排斑点顺顺溜溜展现在众人面前。

满街上登时爆发出一阵哄然大笑。

华岳楼上的佩瑶笑声成串，丰盈的身子已是花枝招展。而她的主人，却把春笋般纤细而白皙的指拇，缓缓移近樱唇，拿瓠齿轻轻嘣了一下，眼睛雾蒙蒙的，有些湿润。

佩瑶望着主人，面现讶然之色。

谢婉卿渐渐平复了起伏的心胸，面呈不甚自然的常态。

"佩瑶，你只管静心听着。接下来，他要发宏论了。"

"是吗？"激灵的佩瑶，已捕捉到主人形貌的些许异常。

……

胡掌柜神情惶惑，兼以尴尬，以至于哭笑不得。

"黄……先生，您……这是啥意思？该不会是要笑我吧？"

"这是什么话！"黄伯昂忿然作色。

"那……这只蛤蟆……"

"错！那叫金蟾，少说也有十年高寿，是一只通了灵性的宝物，怎可与寻常蛤蟆等而视之！"

"那……它也能拿来写字？"

"大错特错！今天这字不是黄某所写，是它写的。"

"它也会写字？那它到底写了些什么？"

"它写了些什么，岂是尔等泛泛之辈参悟得透。我且问你，黄某的字值多少钱？"

"据说市面上一个字，少说也得十几个响圆。当然，黄先生从来不卖字，都是那些宵小之徒转手倒卖的。"

"那么，你看今天这幅字值多少钱？"

"您说是那只蛤蟆……不！那只金蟾写的字？……不好说，不好说。"

"今日这幅金蟾天书，即是富可敌国的大商巨贾，黄金千两，只怕难求。看来你胡大掌柜福薄命浅，消受不起，并非有缘之人啦！"

众人听得一惊一乍，啧啧连声。胡掌柜瞠目结舌，惊疑参半。

"牛八兄弟，点火，焚化了它！"

牛八连忙团起一捧废纸，划了根洋火，将其引燃，拎起那幅对联，作势向火堆丢去。

此举立刻引发众人一片惊乍之声。

胡掌柜慌忙上前，立马将牛八挡定。

"且慢！黄先生，恕在下眼拙。这幅金蟾天书到底有啥妙处，还望您金口玉牙，给小可提个醒。"

"你可听说过刘海戏金蟾的典故？"

"乍听着有点耳熟，可就是……"

"此事就发生在咱们关中阿姑泉欢乐谷中。吕洞宾高足刘海在此修道成仙，功德无量，法力无边，降服了一只为害地方的蟾妖，并断其一腿，遂成三足。从此蟾妖放下屠刀，立地成佛，归顺刘海门下。从此以往，那只三足金蟾将功补过，赎还罪孽，使出咬金吐银的独门功夫，助刘海招财进宝，济世活人，造福天下。"

众人听得出神入迷，议论纷纷。

"识多见广啦，难怪人称黄才子！"

"黄举人满肚子文章，天下少有！"

……

胡掌柜一会瞄瞄那幅对联，一会摸摸金蟾背肌。刚一触手，又烫手般缩了回去。

"难道你没见过西省的商家，大堂上恭奉的，都是一只铜铸的红眼金蟾吗？我一沓黄裱，三柱高香，从终南山黑虎玄坛赵公明座前，请来的可是个活宝哇！今天，这只金蟾口中咬的，是一枚举世罕有的赫连勃勃铜钱，这就等于给你家铺面上，栽了颗摇钱树，衔来个钱种子。三年五载，说不上咬回来的，就是一座金山。如此福缘，打着灯笼哪儿找去！常言说宝剑赠烈士，红粉赠佳人，看来我黄某人今天是走错了门路。牛八兄弟，焚联收金，打道回府！"

胡掌柜听得此话，一时猴急，又是哈腰，又是作揖，冲黄伯昂苦苦哀求，赔礼道歉。

"黄先生，您大人大量，别跟我这糊涂虫一般见识。都怪我有眼无珠，白馕了五十年干饭。这幅天书，还有那只金蟾……不！那尊财神，我收下了！"

当然，那三颗响圆的赏钱，是非讨回来不可的。当即就地交割，各得其所。牛八临行时吩咐店家，这只金蟾，早晚三炷香，小心侍候着。怠慢了它，还咬金吐银呢，咬你个卵子！

"哈哈哈哈……"黄伯昂一撩袍幅，哗啦一声掀开折扇，大笑而去。

婉卿芳心儿，在第一眼瞅见黄伯昂那一刻，便冷丁震颤了一下。此后，随着其人蛤蟆书联的潇洒飘逸，继以金蟾纳财的连珠妙论，一颗心儿便打鼓般咚咚地狂跳不住。打及笄之年，萦系心窝子最隐秘处的一线情丝，一下被搅作一团乱麻。潜意识中，一个若续若断、若有若无的声音，似同空谷跫音，回响耳畔：冤家……冤家……

黄伯昂仪态闲适，信步打华岳楼下的街巷走过。

婉卿心头一紧。一瞬之间，此人将从眼前消失，像雨后的虹霓，眩目的多彩，终将一刹间化作虚无。她心中再度一紧，冲佩瑶急促发话。

"投他！"

二楼窗户周遭，除竞放嫣红的牵牛，还盘绕着一条青藤，藤蔓上缀有一串青皮葫芦。

有物从天而降，击中黄伯昂肩背。

此人一愣，打住脚跟。随见第二次坠物飞至，黄伯昂的目光，终被牵向那孔窗户。

伫立窗前的谢婉卿，款款除去遮阳帽下薄若蝉翼的护面轻纱。

一个乌云盘顶、钗光鬓影、艳若天人的韶华女子，兀然灿现出庐山真面。

黄伯昂冷丁吃了一惊。

哦？天下竟有这般令人惊艳的女子！造化奇绝，天心不公啊！咋就把千般柔媚，万种婵媛，钟灵于此女一身？

"嘻嘻嘻嘻……"

佩瑶串串银玲儿似的朗笑，使得黄伯昂察知僵立多时、目无转睛的己身已多失态，急回首转身，作从容状即行离去。然脚下一晃，踩入道旁阴沟，一屁股跌坐路面，连手中折扇亦丢落一旁。

"哈哈哈哈……"佩瑶的笑声，这阵子已狂放得有些肆意了。

脖颈已然难由自主，黄伯昂面目再次转向那孔窗户。

周遭是牵牛的一抹嫣红，点染着那人的回眸一顾。

那人巧笑倩兮、美目盼兮，亦娇亦羞，似嗔似喜，如怨如慕，千般情状，夺人心魄。

黄伯昂心头，像是被针扎了一下，一阵刺痛。

黄伯昂一路行来，心头不免怏怏。唉！才貌不匹古难全啊。只可惜卓文君班婕妤、苏若兰李易安、柳如是鲍令晖者流，既才德兼备又玉貌花容者，自古及今又有几何？黄金易得，知己难求哇！唉！罢了，罢了。

第三章　娶妻当娶阴丽华

谢婉卿拒绝黄家下聘，眼睁睁这门亲事落了空，把两头通吃，打算从显赫富有的两户家人捞上一把的李快嘴，气得关起门来，窝在自家房角跳脚大骂。

人家伯臣家那么好的主儿，叫你架在二梁上拿火烤，你哪里值了钱了？女人家嫁汉子，穷也罢，富也罢，老也罢，少也罢，丑也罢，俊也罢，从古到今，天下女人一条命，迟早还不是难逃那一吊肉！人说女子无才便是德，这话说得实实的！弹得一手琴咋了？画得一帖画咋了？识得几个字咋了？难道你的沟门子眼眼，也跟着值钱了？越过今日门，没有后面店，我叫你找，我就看五陵原上，还有哪个金×银卵子，能胜过黄家二小子！

好在黄伯臣对谢婉卿这门亲没死心，把一桄红纸裹得硬邦邦的响圆丢给李快嘴。

"李家大姨，管人家咋说，谢家这条路别断了。进了这家门，话咋说，事咋办，您比我掂得来轻重。这几个小钱，拿去贴补贴补家用，我袁大叔身子骨一直不精神。"袁大叔指李快嘴的丈夫，外号袁大头，因为他的光头颇似民国响圆上那颗髑髅。

李快嘴把那桄红棒棒一撅两段，白花花的响圆滚落满地。李快嘴心跳口颤，缓上一口气来，那张快嘴，便笑得跟扯脚火镰一样。

李快嘴有个好品性，那就是受人之托，忠人之事。她在走街串巷的货郎担那里，买了麦秆细几架五色丝线，说是要在一只红裹肚上扎花绣朵。这个红裹肚说是预当给她儿子的，想借谢家女公子的巧手手，给裹肚上摆弄几个字。摆弄啥字呢？当然是长命富贵了。

其实，她儿子还没生出来，如今尚在巴望当中。

此举正中谢母下怀，她早就想教导抗拒女红、不肯屈就的女儿做做针黹了，这一招倒是个不错的诱因，与李快嘴很快便染络在一起。原上人把热乎叫染络。

进得谢门，李快嘴眼观六路，耳听八方，哪怕有人打个屁，她都知道是从那扇门缝里钻出来的。心里暗自嘀咕，你家女儿终究要嫁人，我就看你把那货朝哪个台板上放呀。只要你露出蹄蹄爪爪，休想逃过老娘双眼！

李快嘴旁敲侧击，不时给谢母吹吹看似不着边际的耳风。在关中，这叫拿尾巴梢儿打人。

"您听说了没，咱原上出人啊！有个带兵的，使两手盒子炮，沣峪口把白狼（朗）打得落花流水，朝河南方向揭瓦了！"原上人把逃跑叫揭瓦。

谁都知道，这个带兵的指的是谁。

"扎花绣朵的事，是小脚女人的活路。你家婉卿手儿提的，是描龙点凤的画笔；手儿弹的，是梧桐树上招凤凰的弦索。常言说秀女秀女，学点扎扎绣绣的功夫也好，好鞍配好马，秀女爱英雄嘛！"

一旁缠着丝线的谢母莞尔而笑。

"……昨晚咱王官镇戏台子上唱皮影戏呢，演的是《姊妹易嫁》，大姐姐您看来没？"

"唉，这些日子心里木乱，没咋出门。"

"姐姐素华，自小跟毛家娃订了亲，可她老多嫌人家，当父母的，只好把妹妹素梅嫁给了毛家娃。谁知毛家娃咣当一声，中了状元，摇身一变，成了毛大官人。当姐姐的肠子都悔青了，恨不得一头撞死！"

"哦，这戏编得真巧。"

"那不是瞎编的，都是瞎眼窝世人做出来的。没听人常说，男怕投错行，女怕嫁错郎。女儿家，如果遇不到个好下嫁，这辈子就造大孽了……"

可惜李快嘴落脚农家，也真糟蹋了那副材料。

黄家二小子如今又非前番可比。往日的秦陇复汉军，被京畿来的剿匪督办改了名号，黄伯臣的第三标改作陕西北洋军中第三团，标统的叫法也换作团长。在剿灭扶汉讨袁军战事中，三团屡出奇兵，连番得胜，被督军大人擢拔为北洋陕军第四旅参谋长。黄伯臣心犹未足，又得其父面授机宜，宁为鸡头，不做凤尾，没舍得丢弃团座的位子，带着他那千十号弟兄驻防五陵，把大营扎上了咸阳二道原。

黄、谢两家亲事没了着落，黄伯臣意兴怅惘，谢婉卿心有旁骛。就在这令人愁肠百结、心事浩茫的日子里，谁也没谁料想到，一家养女百家求，一马不行百马忧，驴槽上又伸出个马嘴来。

谢母将一盏沏好的盖碗茶水，递给坐于堂屋桌案右侧的丈夫。

"他大，这些日子，咱卿儿茶饭不思，也懒得梳洗。看气色，像是有些不大对劲。"

"这孩子气性执拗，眼界太高。为她的婚事，得罪了那么多达官贵人，如今还是没个着落。唉，我都愁死了！"谢家老父接过茶水，不曾入口，一声浩叹。

谢府伙计贺老大轻脚轻手，进得堂屋。

"老爷，有位客人求见。自称什么龙家二小子……"

正在品茗的谢父一愣，双手似乎抖动了一下。杯中茶水，漾出少许，濡湿了他的右手。

"来人可曾报出名姓？"

"说是叫、叫……叫什么龙宝山。"

"龙家二少爷？"谢母先是怵然一惊。

嘭的一声，谢父将茶杯掷落桌面，站起身子，在堂屋里踱了一圈。

"来人可带了什么东西？"

"两个脚夫，挑了两副担子，装着两口朱漆箱子，两箩绸缎料子。"

"该不会……不会是冲着咱家婉卿来的吧？"

"咱谢家与龙门三世结交，作为通家之好，当年指腹为婚，将咱家婉卿许配给龙家二少爷，倒也确有其事。但自从龙兄当上哥老会终南山堂香主，响应武昌首义，败在清廷新军手里，被陕西巡抚点了天灯，他的四个儿子，后来又投了河南母猪峡扶汉讨袁的白大都督。都二十多年过去了，没见龙家再提起过这事啊？"

"看来，龙家二少爷今天是求亲来了。他要不来，我还真把这事给忘了。"

"要紧的是龙家四个混小子，两月前在丰峪口败给北洋陕军，三个都丢了性命。如今千亩地里一棵苗，就剩下龙二少爷，领着几个残兵败将，上了终南山牛蹄岭，落草为寇，当了土匪！"

"这事我也听人说起过。"

"我谢家是啥家世？咱家婉卿是咋样一个女子？咋能嫁给土匪为妻？此事断不可行！老贺，你就说老爷我偶染风寒，卧床养病，不便会客，打发来人上路！"

"是，老爷。"

贺老大匆匆离去后，谢母神色忧戚，顾虑重重。

"既然人家来了，总该见上一面。"

"见面？你让我当面悔婚？"

北洋陕军第一师三团进驻五陵那天，一辆屎巴牛（屎壳郎）小汽车，把督军大人连同他的一面手书金匾，一起送至王官镇黄府门前。

锣鼓家什震耳欲聋，火铳的轰鸣更像雷吼一般。县府知事打拱作揖，送往迎来，活跃得风车轮子般，一身玄色府绸衣裤，忽闪忽闪作飘飞状。

王官镇的乡民们，把黄家屋院围了个水泄不通。人们一个个俯首缩肩，面呈浅笑，冲戎装在身、威风八面、座下一匹高头大马的黄伯臣打着招呼，随后私下里说些温良而精诚的话语。

"黄家的祖坟上，不知沾了那位王侯的脉气？"

"黄家这一代，又出了个顶门杠子！"

"我娘说，黄大官人小时候，他娘还托我娘，在他穿的红裹肚上绣了个金麒麟！"

"他小时候戴的银牌牌，还是我王银匠二舅爷亲手打的呢！上面刻着荣华富贵四个字，如今他真的富贵了。"

"真想不到哇，当年跟我顶牛磨马的臣臣，如今如今成了黄大官人。"一位唤作牤牛的汉子说。

顶牛是弯着腰杆子，脑门对脑门一个劲地顶！看谁把谁顶个沟子蹾。磨马是楔在地面上的两颗钉绷起一条绵线，把两节分了叉的草头搭在棉线上，而后拿着破盆片子烂瓦块，一个劲摩挲钉子盖儿，那分了叉儿的草头，便骑马一样奔向对方，一个想把一个挤落马下。

无论顶牛还是磨马，当年的臣臣屡战屡败，当年的牤牛愈战愈勇。如今，牤牛却在当年的手下败将面前当了松沟子——原上人把怯场畏缩者叫松沟子。

此人的确成了松沟子，直愣愣望着马上的黄伯臣，就不由自主地撅起屁股朝后缩。

黄伯臣真真切切感受到，一个显露头角的人，只有回到生他养他的那片土地上，功业方显辉煌，声望方得鸿隆。古人云，富贵不归故乡，如衣锦夜行。此言不虚啊！

督军那面亲题金匾"三秦柱石"，没有挂在黄家二门楼子上，而是挂在了黄家祠堂。这是黄姓远近宗亲一致呼声，意在言传身教，以励后昆。

督军大人亲自主持升匾仪式，亲临现场者除父辈之中的黄崇仁、黄崇义两个远房兄弟，子辈人中黄崇仁一脉的黄伯贤、黄伯昂两兄弟，黄崇义一脉的黄伯朝、黄伯臣两兄弟，当然是非到不可的。黄崇义、黄伯臣父子理当是唱主角的啰。除此之外，孙子辈中还有黄伯贤膝下一个小女儿黄天香，黄伯朝的两个儿子黄步云和黄步霄。再就是其他支系的黄门宗亲，大大小小、老老少少总计三十余人。

黄家祠堂牌位前，供着一面象牙笏板。此物传自哪朝哪代，战乱频仍，几经辗转，宗谱散轶已不可考，反正它出自黄门，这一点确无疑义。

从黄伯昂、黄伯臣这一代上溯四代的曾祖黄西堂，对此物情有独钟。他时常捧着它训导两个儿子，即黄伯昂的直系祖父黄琪葆、黄伯臣的直系祖父黄琪藩两兄弟，并参详一篇古人的文字，言之谆谆，情之切切。

每当吟至"'妪每谓余曰：某所，而母立于兹。妪又曰：汝姊在吾怀，呱呱而泣，娘以指叩门扉曰：儿寒乎？欲食乎？吾从板外相为应答。'语未毕，余泣，妪亦泣……"总是涕泗滂沱，泣不成声。当吟诵到"比去，（大母）以手阖门，自语曰：吾家读书久不效，儿之成，则可待乎！顷之，持一象笏至，曰：此吾祖太常公宣德间执此以朝，他日汝当用之"时，先是瞅瞅自己手中的笏板，也就是如今供在黄家祠堂的这面笏板，继而望望两个儿子，双目炯然有神，绽放光华。

主座上的黄崇义，今日一扫往日的病容与疲态，脸上泛起少见的光泽，眼睛里绽放着两束晶亮光点，看上去确比往日里焕发了许多。一抹成就感，隐隐地挂在他那褶痕重叠、纵横交错的嘴角。

不知是谁家一只翘尾巴小狗，单捡人多的地方钻，悄没声息从黄伯贤胯下溜进了祠堂。

伯朝、伯臣两兄弟，扶持着老父亲，在祖宗神堂前的青铜香炉里，颤巍巍上了三炷香，窝下身子，朝历代先祖行三拜九叩之礼。这是升匾之前的第一项议程。

黄崇义把着地面上的蒲团，跪倒身子，伏地叩首的那一刻，那只缩在供桌桌沿下的小狗，背脊高高拱起，屁股一撅，拉了胮枞枞屎，直直地墩在了黄崇义面前。

问题的严重性、严肃性，在于黄崇义这个头叩下去，面前那个屎橛子，将确凿无误地戳在他的脑门上。

黄伯贤那个名叫天香的宝贝女儿，忍俊不禁，率先噗哧一声，嘿嘿笑了起来。有几个掂不来轻重的年轻后生，掩口葫芦而笑，喉咙眼的笑气憋得吭哧吭哧。

黄伯昂率而直前，一脚把那只小狗拨得滚了个蛋子，没好气地笑骂一声。

"你个不长眼的畜牲，拉胮臭狗屎，都要找个显摆的地方！"

黄伯臣那张英气勃勃的脸，一下子拉了下来。

接下来发生的事情，恐怕连黄天香那个天真可爱的小姑娘也笑不出声来了。

举手投足间，但见黄伯昂一把挠起供在祖宗牌位前的象牙笏板，朝脚下的那橛狗屎一铲，便将其挑了起来，就势朝祠堂左侧敞开着的窗户一撒，那橛干巴巴、硬扎扎的狗屎便腾飞而去，刹那间没了踪影。

黄伯昂 弃之若敝履般，将象牙笏板朝香炉里的香灰中一丢，一撩袍幅，稍欠腰身，冲叔父黄崇义作了个请的动作。

"哈哈哈哈……"督军大人声雄气壮，发出一串响遏行云的朗笑，把手中匾牌递给副官，冲黄伯昂肩头就是一拳。

"我说黄伯昂呀黄伯昂，早就听闻，关中鸿儒黄大解元，行事乖张，非同凡响！今日一见，果如其然。哈哈哈哈，本督军真算是服了您了！"

督军大人话刚落点，跪在地上的黄崇义白眼一翻，栽倒地面，口吐白沫，双臂狂抓，两腿翻蹬，陈年老病登时发作起来……

尽管父母没有明言谢家目下面临的危机，终南山牛蹄岭的风，也已吹进谢婉卿耳朵。还有那个尖嘴利舌的李快嘴，在婉卿面前，尾巴一抬，即知她要拉啥屎。除此而外，她心中还牵系着另外一个人。

不来都不来，说来便都搅合在了一起。往昔岁月，从来不像这些日子，心神是这般的烦乱。

丫鬟佩瑶心思何等细密，她怎会窥不破当日华岳楼楼上楼下那一幕？这天，佩瑶作男儿状，哗啦一声，甩开一把折扇，打冥想中的主人一旁走过。

婉卿目光触及那把折扇，遽然一惊。

当日黄伯昂楼下失态，一跌摔倒，丢落的折扇被有心人佩瑶悄悄捡了去。

婉卿抓过那把折扇，左翻右转，开开合合，眼目中满是惊喜，掺杂着潮热。

"佩瑶妹妹，你我虽为主仆，情同手足，有些事情对你也无须避忌。自从那日华岳楼上，与黄公子不期而遇，姐姐的心，一下子像是被人掏空了一样。其实……姐姐心中，装着一个人，这个人只是个模模糊糊的影子。自从见了黄公子，我才发现，这人居然是他……"

"小姐，那您……决定放弃他那个远房兄弟……"

"鱼与熊掌，不可兼得。悔叫夫君觅封侯，古人都做得到，何况如今都民国时期了。其实，过一辈子山水田园日子，反倒少了许多俗务，无须仰人鼻息，处世率性而为，合于我跟他的性情，也躲开了官场的凶险。我又不缺吃少穿，靠他当官捞钱，养家糊口。仔细想来，跟他过一辈子，确也不失人生一乐。"

"也好，既然小姐瞧着那个大狂人顺眼，是他前世修来的福气，只怕是越发癫狂了！"

"不。此人心性，不可以常人论，他绝非重色轻才的粗俗之辈，虽说见了一面，但连我是谁都不清楚，只怕是我一厢情愿，人家未必买帐。"

佩瑶摇着那把折扇，作男儿踱步状，在黄伯昂执教的关帝庙晃来晃去。

"姑娘，这把扇子，恐怕来路不正吧？"

"偷的！抢的！你管得着吗？"

"说说看，是掏钱赎回呢，还是落个顺水人情，物归原主，奉还在下？"

"这把扇子，千金难买，您就别打歪主意！"

"哦！一把破扇子，到了姑娘手里，价码咋就一下子翘上天了？我倒想讨教讨教，它哪里值了钱了？"

佩瑶哗啦一声合上扇子，敲打着自己的左手掌心。

"如今这把扇子，已不是往日那把走风露气的破扇子了！听说黄大才子，好歹也算五陵原上一个人物。有人在扇面上题了幅上联，如果有人对得出下联来，这把扇子分文不取，拱手相送；如果挣破脑袋，半晌憋不出一个字来，我就一把把它撕了！"

佩瑶哗啦一声，展开扇面，平摊胸前，扎了个灵动妩媚之势。扇面上一行挺秀柔逸的字迹，赫然展现在黄伯昂眼前：

狷介男儿傲骨拄地一腔霸气凌霄汉

黄伯昂见得此联，乍然色变，伸手便抓。佩瑶嗖地收回扇面，藏于身后，挺起发育得蓬蓬勃勃的前胸，冲黄伯昂一耸一耸，甚是欺人。

"咋？这破庙烂学堂，如今可只有咱俩，你想咋？非礼呀？"

黄伯昂连番退缩，讪讪而笑。

"哪里哪里，姑娘说笑了。如果本人双眼不拙，此联定然出自谢家千金、五陵名媛婉卿之手！"

这一回轮到佩瑶吃惊咋舌了。

“咦？你咋知道的？”

“本人在西省书院门见过她的一幅字画，识得她的笔迹。不信，让我瞧瞧落款。”

“哦！看来，有人早就歪了心思。”佩瑶捂住嘴巴，诡谲一笑。

那幅上联一侧的一行蝇头小楷，正是“空谷秋芳”四字。它是谢婉卿的自号。

秋芳为兰之别称，语出晋人傅玄“秋兰荫玉池，池水清且芳”句。谢婉卿的自号，参其奥义者，关中道上仅此一人，那便是黄伯昂。

此刻的他已隐隐辨识出对方，即是那天华岳楼上陪侍在那位美貌女子身边的姑娘。一个大胆推论，顿然令他神色大变，心身颤栗。丢落于华岳楼下的折扇，此刻握在此女手中；此女又是陪伴谢家名媛的丫鬟；而折扇上的题联，又是谢家名媛亲题。如此说来，华岳楼上那位美貌女子，不是谢家千金，又当属何人？

造化多舛，天心不公啊！上苍把绝色奇才，尽集于谢门闺秀，区区一身，这还叫天下女子怎样一个活法？

任是黄伯昂心高气傲，目空一切，此刻也是心头一紧，身子一缩，不由自主地露了怯，落了虚。大凡男女之间，相互愉悦者，在最初的那一刻莫不露怯落虚。这是对倾慕的一方流露出的最真切的感受。

怯和虚，注定了命中的冤家。

黄伯昂屏息敛气，稳住心神，一把攥住佩瑶双手，目光灼灼，瞅定对方。

“姑娘，我今天要你一句话，半月前华岳楼上那位女子，是不是谢家大小姐？说！”

佩瑶的一双手被攥痛了，又麻又疼的酸胀感，挟着一股异样的温情，撞击着一颗突突跳动的心。多年后的她一直回味着被一个强有力的男人糟害着的那种揪心的痛和甜，苦与乐。

率直且略显淘气的佩瑶，情态发生了奇妙变化。她不再嬉闹，不再与人拌嘴，只是红着脸子，默默地点了点头。

又是一个多情的种。

黄伯昂松开双手，紧攥双拳，冲向高空，可着嗓门，发出一声咆哮般的喝吼……

回得谢府，佩瑶稍敛心神，进得婉卿闺阁。

谢婉卿形色一敛，似感不祥，没有勇气面对丫鬟带回家的消息。

往往寄情太重，最易自伤。

"小姐，不知咋跟你说呢。"

"捡要紧的说……"

"临走时，他雷吼天地的，狂叫了一声。"

"一声啥话？"婉卿看似坦然，然一只柔荑般的素手，紧紧攥在一起。

"说是做官要做执金吾……"

"娶妻当娶阴丽华！"谢婉卿樱唇微抖，声息颤颤，一口把后面的一句接了下来。

"你咋知道来？"佩瑶瞪大了眼睛。

"是当年文武兼备、韬光养晦的汉光武刘秀的一句话。"

"刘秀？那阴丽华是谁？"

"一个贤惠美丽的乡下女子，也就是与后来唐太宗的长孙皇后、朱元璋的马皇后齐名，被世人尊为后宫三圣母的东汉光烈阴皇后。"

佩瑶愀然容动，不再说什么了，只是心里暗自嘀咕。看来人精配人精，黄公子的冤家对头，只能是她了。尔后和婉地笑笑，将手中折扇塞给对方。

"还有呢。自己看去。"

婉卿缓缓地、不能再缓地掀开扇面。她知道那里面藏着什么，她怕藏着的那些，一不小心，成了易碎的琉璃嘎嘣。

在自己那幅题联一侧，一行刚劲飘逸的字迹映入眼帘：

妖娆倩女鬼才欹天万缕媚香袭长安。

哗啦一声，谢婉卿把展开的扇面捧拢一处，迅疾朝里屋奔去。佩瑶紧跟着出得门户，绕行至里屋窗外，透过窗花孔洞，隐隐可见软弱无力、依身红柱的主人，攥着那把折扇，在默默地流泪，脸上绽着楚楚的、令人心痛的笑。

以黄伯昂的秉性，他是无须请人提亲说媒的，原打算由自个出面，登门求亲。后来一想，此等冒昧大为不妥。谢家是何等人家？你不讲礼数，人家未必不讲。再说，他要给足谢家面子，打算请同盟会元老、反袁义士、也是自己的莫逆好友余先生出面，为自己来保这个媒。

黄伯昂与余先生过从甚密，余先生送他的那匹骏马，至今仍拴在黄家的槽头上。除此而外，他身无长物，一份像样的彩礼也预当不起，只有这匹俊健的骒马，是他的至爱，也是他颇为自得、足以在人前炫耀一番的宝物。

不期第二天收到佩瑶送来的一纸薛涛彩笺，上面是谢婉卿亲题的一首小诗：速归农家院，来去意留连；提篮采桑去，亲着麻苎衫。

黄伯昂一览而过，顿然眉头紧锁，满面惶惑。

"佩瑶，谢家出了什么事？"

佩瑶心头一颤。天啦，这都是些啥人？这几句话跟谝闲传一样，寡淡得凉水一般，啥也看不出来呀。小姐是咋告诉他的？他又是咋看出来的？

这是一首藏头诗，取每句前面一个字，即为"速来提亲"一语。谢家若无不测变故，婉卿绝然不会不知自重，贸然提出这样的请求。

第四章　三头异兽的撕咬

一场劫难，随着那场艳遇的乍喜不期而至。

后花园凉亭内，佩瑶调色，婉卿作画，主仆二人情致极佳。

就在此时此地出了事。一帮身着杂色衣裤，腰间别着短枪的粗莽汉子，呼啦一下，跳进院墙，把亭内二人团团围定。

后花园古木蓊郁，僻静幽深，且远离内室，禁绝闲人入内。

但见一人五短身材，燕颔虬髯，抱着双臂，不紧不慢，绕婉卿作画的石桌踱了一圈，甚是消闲的样子。

婉卿稍转蜷颈，将来人瞄了一眼，继续作画。

她已大抵瞧出此人来头，早前父母曾提及牛蹄岭一事。

来人冲谢婉卿抱拳作礼。

"谢大小姐，有扰您的雅兴，鄙人这厢赔礼了。"

"来者何人？"婉卿明知故问。

"一晃二十多年，彼此自然都生疏了。不过，当年龙、谢两家指腹为婚，与您从小互定终身、结为儿女之亲的二少爷龙宝山，想必您还记得吧？"

"敢问好汉，当年指腹为婚一说，龙二少爷可曾知道？"

"当然了。"

"既然指腹为婚，想必龙二少爷当时尚在母腹之中，他是如何知道的？"

"自然是听长辈们说起这事。"

"请拿出凭据来。"

来人稍事沉愣。"难道长辈们红口白牙，说出的话作不得数了？"

"既然没有凭据，即使当初谈及此事，也可能是长辈们逢场作戏，开了个玩笑；或者是酒后失言，信口说说罢了。如今时过境迁，风流云散，还望好汉休提此事！"

"大小姐说得未免太轻巧了。终身大事，怎可当做儿戏，随便说说？"

"正因事关重大，非同儿戏，这才不得不谨遵周公之礼，奉行婚嫁规章，三媒六证，互换婚帖。怎可于谈笑之间，轻言儿女终身大事，演绎出一场指腹为婚的笑话来？"

来人哑然失语，无言以对。谢婉卿愤然而起，置笔桌案。

"如果本小姐与龙二公子出生以后，均为女命，或者同属男身，难道也要强行配做夫妻不成？"

来人情态大窘，稍现愠怒之色。

"我龙宝山今天算是领教了，不愧人称关中才女！请谢大小姐随我走一趟，指腹为婚一事，到底作数不作数，牛蹄岭上接着聊！"

"要是本姑娘难以从命，又当如何？"

"如果文请不动，只好武请；礼请不动，只好兵请了。"

佩瑶眼见得不是路数，张臂拦在来人面前，将主人严严护定。

"谁敢动我家小姐一指头，我跟他玩命！光天化日，强抢民女，还有没有王法！"

"跟土匪讲王法，姑娘你不觉得好笑吗？"

龙宝山朝手下丢了个眼色，佩瑶即刻被拖离一旁。

"土匪抢人啦……土匪抢人啦……"

几人合伙，将一团败絮塞入佩瑶嘴巴，并将其扭押起来。

此刻适时来了另一帮人。

有三十多个当兵的，在一位长官带领下，叠着罗汉翻越围墙，慢条斯理围过来，两陪一戳在十多个土匪面前，彼此似乎并无多大敌意，手中长短家伙，根本没有指向。

土匪与当兵的面面相觑。乱世兵匪含混，也未必水火不容。

谢婉卿一把拉住佩瑶，掉头便走，一头钻进通往内室的门户。

不存转危为安的侥幸，没有得救的喜悦，有的只是一种前所未有的感觉，活在恐惧中的感觉。

……

谢家别院天降神兵，是由原北洋军改换了旗号的靖国军。

黄伯臣审时度势，带着他那标人马反了正，做了陕西靖国军右翼军一位步兵团长。

在此之前，其父黄崇义拖着病体，叩问高人天下王气所在。高人的竹节拐杖指了指南方。南方是姓孙的把持的广州军政府，靖国军又是广州军政府在陕西布下的一张网。

黄崇义乘着轿子，亲临北洋军三团驻地，督促儿子。

"赶紧反。带上人马，连夜另投新主！"

第二天午后，黄伯昂提着两封红纸包裹的点心，轻快洒脱登上谢家门。他要自己替自己提亲，这在五陵原又破了天荒。

当佩瑶把黄伯昂登门拜访的消息传给谢婉卿，惊喜使得她一吐舌头。

"天啦！还真是个热沾皮。"

谢父听得伙计贺老大通报，说是王官镇黄伯昂登门求见，显得有些愕然无措。"哦！他来我家何事？求医问药吗？这还真是个稀客。请！快快有请！"

谢父与谢母谈及黄伯昂其人，眉飞色舞，津津乐道。说是此人少年得志，中了大清国陕西头名举人那年，在西省书院门前披红挂彩，跨马游街的时候，正好让他撞见。

"你没见那个阵仗，扯街两行的男女老幼，甚至连三寸金莲的裹脚老太婆都上了阵，更别说那些眼红耳热的大姑娘小媳妇了，谁不想看看高头大马上的新科解元？不想看看那个面如冠玉的翩翩美少年？大街上的胭脂香粉，气浪冲天，把人都能熏倒！那可真是春风得意马蹄疾，一日看尽长安花！”

"我看他也是威风要过头了，到头来还不是落了个村舍里的教书先生。"

"妇人之见！真是妇人之见！黄公子是啥人？陕西巡抚大轿抬过他，北洋军阀洋车接过他，广州军政府的烫金帖子请过他。就是眼下，听说近日兴起的靖国军，还请他去当军师呢！他要是看重这些，高官得坐，骏马任骑，金山银海唾手可得。就是坐在家里，足不出户写上几幅字，也抵得上庄户人家半个家当。咱谢家虽说财大气粗，毕竟是个行医的，人家能瞧在眼里，算是高抬咱家了！"

谢父急趋而出，打拱抱拳，陪着谦恭的笑脸，把手提两封点心的黄伯昂迎进客厅。

"哎——哟哟哟哟，黄先生光临敝舍，未曾远迎，老夫失敬！实在是失敬了！"

"哪里哪里，区区小辈，岂敢劳动尊驾相迎。今日冒昧叨挠，如不见弃，已是多多赏脸了！"

"这哪儿话呀！劳您大驾光临，就是赏我谢家一个老大的面子，只怕请还请不动呢。"

"尊驾客气了！来来来，这是我一大早专程从西省买回来的德懋恭糕点，当年逃亡西安的西太后都闻香下轿，垂涎不止，可谓我秦地一绝哇！您瞧瞧，清香松软，余温尚存啊。要不要尝一口？"

黄伯昂解开桌面上一封点心，双手捧向对方。

"哎——哟哟，这叫我咋好意思？却之不恭啊！那我就托您的口福了。"

谢父喜滋滋拈了一个点心，咬了一口，翘动着山羊胡须，一边咀嚼，一边大加赞赏。

"不错！真不错！不愧为我西省名点，上品美食……"

谢父一语未了，但见黄伯昂一头跪倒当面，磕起头来。

"岳丈大人在上，请受小婿一拜！"

谢父闻言，大吃一惊，囫囵咽下口中点心，不由瞪直了双眼。

"哦！这是什么话？谁是你的岳丈？"

黄伯昂爬起身子，一撩袍幅，大马金刀落坐左侧太师椅上，翘起二郎腿，偏着脑袋，斜睨了谢父一眼。

"当然是岳丈大人您了。"

"我？我何曾认过你这个女婿？"

"您收了在下聘礼，怎可当面反目，难道想悔婚赖账不成？"

"本人何曾收过你的聘礼？这纯系子虚乌有哇！"

"那我且问你，您刚才吃的什么？"

"哈哈哈哈……黄先生今日此行，出手不凡啊！难道你凭两封点心，就想娶走我家婉卿不成？您也太异想天开了吧！"

"哦！这么说，您是嫌这份聘礼轻了点啊。那好，我今天就跟您算算这笔账。当年清廷巡抚，被手下反正新军困于城中，许以十万雪花银，求黄某出城，说服同年好友、新军头目张奋翮退兵撤围。从城内到城外，不足区区十里，尚值白银十万两。那么，本人为了这份聘礼，起早贪黑，走夜路往返西省几十里地，该值多少银子？"

谢父闻言，面呈苦笑且显愠色，正待反驳，又被对方抢了话头。

"这不过是区区一点跑路钱而已，还有大笔账目，尚未清算！"

"哦！嘿嘿，那你今天不妨一块算算，老夫倒要看看，您的算盘珠子，拨的到底有多精，也好让我开个眼界。"

"好哇！常言道千里送鹅毛，礼轻情意重。两封点心倒值不了多少钱，可那份情意值多少钱？您给我好好估量估量！"

此言一出，直听得谢父既气恼又好笑，张了张口，一时半会没泛出一句话来。

黄伯昂反客为主，斟了一杯茶水，捧于谢父面前。

"岳丈大人，请用茶。可别吃得噎着了。"

抹不下面子的谢父接过茶水，不由得苦笑连连，莫知所以。

"老实说，德懋恭这点心还好吃么？"

"好吃！好吃！真好吃！"谢父不无揶揄地打趣道。

"今天，我叫您吃石头巴瓦碴，好吃难消化！"

扒在客厅窗户外面的婉卿与佩瑶，笑得哼哼叽叽，一路跑向闺阁。

谢家再高的门墙屋院，是挡不住土匪的。

就在黄伯昂登门求亲的那天晚上，龙宝山没有出面，其人手下三瓢把子王砭，本为鸡鸣狗盗之徒，先用迷香把闺房里二位女子迷倒，肩膀上架起软得面条一样的婉卿，与几个喽啰，合伙用绳子将其拽出院墙，填进一顶轿子，抬着她如飞而去。

靖国军一班人手，是在丰峪口通往终南山牛蹄岭必经道口截住了他们。黄伯臣不相信上次落败的龙二公子会就此罢手，带了几个弟兄，在此已恭候多天。

这一次动了手。当兵的狙击了那帮人，趁其不备，抽去抬轿子的喽啰们腰上家伙。论拳脚上的功夫，王砭技不如人，败在黄伯臣手里，且被一柄利刃伤了左腿，血流如注，难以立足。

没得说的，土匪们自愿腾出轿子，抬着领头的打道上山，把业已醒转过来、仅穿一袭轻纱般单薄睡衣的温软女子，丢给一帮当兵的。

黄伯臣一把将婉卿丢上肩头，打发士兵们回了大营，孤身一人上了路。他不容几近半裸的婉卿，在他的士兵们面前遭受窘辱。

婉卿的娇躯，架在一副宽阔强悍的背脊上，显得那样的无力，无助。那人的肩头，是那样的暴横而不由分说。任凭她百般挣扎，乃至挥动柔软的绣拳，捶击着对方的肩胛，反倒与他越贴越紧，每一处温软的肌肤，都在与一具健韧的、暴凸的肌肉揉搓般研磨着，有如把两个泥人，揉碎了捏作一处。

一浪高过一浪的冲击，过电一样，让生平第一次与一位珍惜若命的女子如此肌肤相亲的他，如梦如幻，销魂蚀骨，从每一个毛孔中渗出的，全是从未体验过的情与爱。他庆幸把她背在背上，没有抱在怀里。不然，他真怕爆裂般的挤轧，揉碎她娇弱的骨骼。

谢婉卿再也不敢挣扎，待宰的羔羊般，任人按压、摆弄。心儿狂跳不住，似感灵魂被人绑架，百骸却在浮游、飘升。无尽羞惭、委屈，还有那隐隐的绵柔、从未体验过的灵与肉的悸动，折磨得她嘤嘤哭泣。

"呜……呜呜……呜呜呜呜……放下我、放下……求求你……呜呜呜呜……"

内心如此丰富、强大的女人，在暴力面前，像个孩子。

一个声音，在暗夜中回应着她。那声音听起来，温婉得像一头母羊，一边舔舐着刚刚落草的羔羊身上羊水，一边发出的咩咩叫声。

"婉卿……别哭了。你连鞋都没穿，怎么走？趁着夜晚，不把你送回去，天一放亮，你这身穿着，怎么见人？在这荒天野地里，没有车，没有马，我只能背着你……把你送回家……"

谢婉卿嘤嘤低泣，反作嘶哭之声。

一路上，一种时有时无、时浓时淡、沁人心脾的馨香，让大步疾行的黄伯臣如醉如痴。

那是从谢婉卿衣袂上、体肤间散发出来的一种来自法兰西挈瑞米牌香水的味道。其父在西省开设的寿春堂大药房，与来自异域的商界洋人偶有往来，并代理经销几品新奇洋货，拿贵妇人、阔小姐用的化妆品做个搭配，招引得生意出奇红火，这种鲜见的香水便是其中之一。

谢婉卿梳妆台前的一瓶香水，就是这种品牌的法兰西香水，让李快嘴顺手牵了羊。她骂咧咧暗自嘀咕，这害人精还嫌骚不够，把香水喷在身子上招蜂引蝶呢，都不怕蜇死你！采死你！世上好东西，都让有钱人糟践了。老娘今天也开个洋荤，咋了？犯法了？

不过，李快嘴没舍得用，有时拧开盖子闻闻，跟过烟瘾一样。因为它，或者说间接地因为它引发的祸端，足以改写多人命运。这是后话。

人一辈子，会遭遇许多偶然。偶然是命，逃不过，躲不脱。

黄伯臣使命落空，谢婉卿未能回家。不在算计当中，婉卿二次遭劫。

吸取上次谢府后花园教训，龙宝山怕就怕再次着了靖国军那帮人的道儿，安排手下王砣劫人，自个带着几个得力助手，留下断后，以应不测。结末的局面，是靖国军人马在丰峪口附近秘道上布了网。当黄伯臣匹马单枪，背着婉卿，送归谢府，暗夜中神差鬼使，与断后的龙宝出一行撞了个头顶头面蹭面。

这一回又没得说。几把驳壳枪同时顶着黄伯臣脊梁、腰眼。沉沉暗夜中，这些亡命之徒，说不准真会指拇弹烟灰一样，撸上一火，那这辈子真算是不明不白玩完了。黄伯臣撞倒南墙不回头，是有股牛劲，但他掂得来轻重，分得清缓急。

黄伯臣把心中至爱，乖乖送给牛蹄岭匪首龙宝山。

婉卿娇躯，驮在第二个人肩头时，那才真叫绝了望。

黄伯臣提调重兵，攻取牛蹄岭的请求，遭到靖国军右翼司令长官婉言拒绝。

"兄弟，不是老哥不给你面子。我军响应西南护法，与北洋倒戈城防张司令相约，内外夹攻，一举拿下西安。目下大战在即，岂可将我部主力，投向无谓战场？再说了，你收拾的那帮人，正是我军争取收编对象。牛蹄岭的人，可是扶汉讨袁白朗义军的余部哇！"

黄伯臣疯了，狂了，军营里颠着颠着兜圈子，看啥啥不顺眼，大皮靴见谁捣谁。手提两把盒子枪，劈哩啪啦放空炮。

司令长官苦笑连连，摇头晃脑。"呵！此人勇略兼备，城府之深，出人意表，却也有沉不住气的时候。英雄难过美人关啦！"

黄伯昂倒插一杠子，染指谢门，丫头佩瑶两头串通，如何逃得过李快嘴双眼？其人高抬双臂，猛击大腿面子，无可奈何惊叹一声。

"瞎了！这下瞎了！绿叶配红花，乌龟配王八，这两个人精红眼对绿眼，鳖瞅蛋一样瞅到一块，跟狗娃子连裆一样，×上带螺旋着呢，扯都扯不开。我还老鸹守死狗，守在谢家捞屁呀！"

她想把这消息传给黄大官人，觉得吃了人家那么多黑食，不宜肚子里沤成臭屁，从嘴里放出来。人家怪罪下来，还说我这个媒婆没本事。

这咋办呀？李快嘴想来想去，想到了自己娘家侄女李若水。

李快嘴走东家串西家，用她的话说，在大原上牵的红线，跟蜘蛛织网一样，能把五陵原狗男女一网打尽。为啥骂人家狗男女呢？因为磨破嘴皮跑断腿的她，没有几家人封给她的红包，让她觉得实诚。可牵来牵去，就是没把自己心头肉般的亲侄女牵出门，这让她脸上无光，愧对哥嫂。

李快嘴娘家哥哥是个晚清秀才，养了这么一个宝贝疙瘩女儿，临咽气时床前托孤，流着眼泪说，妹子，你在咱原上见的世面广，走的路子宽，我把我水儿娃托付给你了。你一定要给她寻个高门槛。我娃寻不下个好下家，哥死不瞑目……

李快嘴心里清楚得很，高门槛的含义十分明了，却不简单，对方必须是声名显赫的官宦人家，这一点哥嫂俩早就给她吹过耳风。

做嫂子的打孩子抓周那天起，就怀着炽热的希望，幻想着女儿的未来。女儿抓周时，抓到了一个官帽——那是她自个象征性缝了个木瓜大的红顶子。

从此，嫂子抱着小小的若水，手上拍拍打打，嘴里念念叨叨。

"水娃水娃快快长，我娃长大跟官长。八抬大轿两头晃，嫁给官长把福享。吃的油糕油麻糖，穿的绫罗软又光。绸缎被窝双人躺，打个闷屁嘣嘣响。"

其兄学究诸子，穷通百家，因为在乡试这个台面上打了绊磕，断了仕进之路，空怀济世之才，到头来只落得个百无一用，逢人便讲，他这辈子把书白念了。

李快嘴的哥哥，临死前非得让女儿嫁个高门槛，事出有因，说来话长。

当地有一王姓富户，眼看着李家搲入王家大块土地的一小块良田碍事戳眼，暗地里移了地界。关中地界，除了地面上的地垅，还有一道暗记，那是在地下搲入一眼深深孔洞，将石灰灌入其中，倚之为永久性标志。王家以做了手脚的新界为据，声言李秀才将他娘的新坟，埋在了王家的地垅里，一张纸状，将李秀才告上陵邑县衙。

穷不跟富斗。结果可想而知，那块搲入王家土地的一大半，让人齐茬茬讹了去。

富不跟势斗。哥老会终南山堂陵邑分堂堂主，是李秀才姑俵哥的二舅子。二舅子手下统着万把号会众，闹起事来，惹得县太爷丢官掉乌纱的事，在道光年间已有先例。结果县老爷推翻原判，把那块地又断给李秀才。

势不跟官斗。王家不知仗的财大气粗，还是通过歪门邪道，搬动了咸阳府府台大人。这一下来头就大了，府衙以平息争田夺产，民间械斗为名，开来一帮挎刀提枪的官兵，把李秀才丢进大牢。其实，被逼急了的李秀才，拿头把王家主事的曳（顶撞）了个沟子蹾，王家主事的爬起来屁股一拍，连土都没沾。原上把拿头顶对方，叫"拿头曳人呢。"

当然，那块田地的归属，又发生了戏剧性转换。

李秀才出狱的那天，王家怙恶不悛，用一桶稀屎迎接他。

李秀才家头门，让人拿屎裱了。

母亲坟也给人刨了，并毁弃棺材，把一个已经亡故的人暴尸荒野。

秀才这才从骨子里感觉到了恐惧，对赫赫皇权构架起来的官家无尽的恐惧。

李秀才临死没能咽下这口恶气。只有以毒攻毒，以官治官，除此而外别无他方。他把希望寄托在女儿身上。如果女儿命大，有幸嫁个像当年五陵原上大官人黄琪葆那样的人，被朝廷封个诰命夫人，我看姓王的狗×一家咋活呀！不把那一家人连根铲了，才是怪事！

李秀才人世间最后一桩心愿，是巴望女儿若水将来嫁个大大的官人。

若水姑娘粗通文墨，精于针黹，性情温婉可人，至于长相，那更没得说的。用亲姑姑李快嘴的话说，浑身上下，该凸处凸，该凹处凹，走到人前风摆杨柳一样。头发溜溜黑，脸蛋粉粉白，搭眼一看，把人骨头都能麻酥。拿她的话说，每次回娘家，就爱跟我家侄女钻一个被窝。你没见那一身肉，白得跟一窝银子一样，叫我这个做女人的都眼馋，恨不得咬上一口。别说他谢家女子俏，跟我侄女站在一起，论身板，论模样，谁输给谁还真把不定呢！的确，秀才的女儿若水姑娘，即便是早年朝廷选秀，也绝然不失为上上人选。

然而，做兄长的托付给妹妹的使命，却至今未能完成。

李快嘴心痛啊！想起自己下嫁袁大头家时，双亲过世，长兄为父，为了给她添置一份象样的陪房，哥哥卖了陪他大半辈子的一把紫砂茶壶，嫂嫂变卖了她娘家陪送的一对金镯子，这才把她一顶花轿，吹吹打打，风风光光送出娘屋，嫁进袁家。

一想起这些，李快嘴真想大哭一场。

也好！老娘还巴不得你跟谢家的婚事泡了汤，正好给我侄女腾了巢，空了窝。给人说了一辈子媒，把自家侄女捎顺不出去，还不如一头碰死。好我的黄大官人，你等着，老娘这张狗皮膏药，别叫贴上，一旦沾到你身上，连皮带肉都撕不脱！

黄伯昂沿呲牙咧嘴的石阶蜿蜒而上，闪身进入山石间天然形成的一道拱门，两把钢刀，同时交叉着架上他的脖颈。

伯昂哗啦一声，合起折扇，扇骨击打着架在脖颈上的钢刀，随着一声铿然脆响，朗声发话。"呵呵，好硬的钢火！"

面对伯昂赫赫威势，两名喽啰神色一愣，垂下手中钢刀。对面一人一腿撑地，一腿蹬在一面石头上，手里灵动地翻转着一把驳壳抢，冷眼旁观着黄伯昂一举一动。

伯昂冲对面那人抱拳发话，声气铿锵。

"烦劳这位兄弟，向你家掌瓢把子的通报一声，就说五陵原黄伯昂求见！"

听得此话，那人猛乍一怔，即刻将驳壳枪捅入木鞘，面相肃然，冲来人抱拳作礼。

"哦！原是黄先生大驾光临。怠慢了，在下怠慢了您。且请稍待片刻，在下这就去通报。"

牛蹄岭七星殿，其实是凹入山体的一处巨大石窟。石窟顶端悬吊着一架七星灯，每颗灯均用死人骷髅做成，缕缕光束从骷髅的孔洞透出，在阴暗的石窟中交织成一幕诡异的图案。

石窟正面高台上的豹皮椅座内，斜歪着哂笑微微的龙宝山。他背后木架上，横陈着一把带鞘的阔刃九环大砍刀。木架上方壁立的石面上，悬挂着一面紫檀木匾额，其上大书忠义盟三个朱漆字样。

哂笑着的龙宝山，将手中一封书信丢向座前桌案。

"呵！黄伯臣信使刚一离开，老大哥黄伯昂跟脚就到。今日个牛蹄岭七星殿好热闹哇！"

黄伯臣派手下副官一行三人，一大早送来一封书信，声言如其不把劫持民女，即行送归本家，胆敢愚莽行事，誓将发兵终南山，踏平牛蹄岭，届时玉石俱焚，死无噍类云云。

黄伯臣得悉其远房兄长黄伯昂，居然也染指于谢门姻亲，且为谢婉卿推阻下聘定亲一事直接原由，不禁动了匹夫之怒。我还以为此人有多大来头，从中插了一杠子，你不就是个惶惶若丧家之犬的落魄文人罢了。如果败在你这样的角儿手里，我此生的付出与努力、成就与地位，岂不像草芥一般，在世人眼里变得一钱不值了？

除了对谢家女子铭心镂骨的爱，黄伯臣人生价值取向遭受挑战，迫使他在这一场不见烟火的攻掠战中，决然不会偃旗息鼓。

黄伯臣派出几路人马，把牛蹄岭及桃花坞谢家严密监控起来，随时把握各方动态。

龙宝山心虚的是黄伯臣。真要硬碰硬打起来，我手下这帮弟兄，未必是官军对手。他的父兄们吃尽了官军苦头。再说，为了自个一己之私，把兄弟们的命搭进去，我龙宝山良心不安啦！

可是，昨晚半路上探了一下婉卿口气，她一门心思，钟情的却是老大黄伯昂。黄伯昂目下虽属一介平民，可在五陵原上的声威却大得骇人，听说督军大人的屎巴牛小轿车，路过他家门前都得绕着走。

龙二少爷还真没想到，刚一出手就树了来头这么大两个情敌。下一步该怎么走，一时半会，心里没个谱儿。想来想去，觉得读书人十有九都是软骨头。既然老大先找上门来，就当着他的心上人谢婉卿之面，煞煞他的威风。也让这个一脸傲气的大家闺秀，看看她钟情的这个男人，到底是个啥货色。

谢婉卿在一名健妇搀扶下，随跛着腿脚的王砣进了七星殿。

王砣腿上曾着了黄伯臣家伙，如今还没好利索。

"大哥，我把嫂夫人请来了。"

坐在几把椅子上的几位小头目，还有站在石窟周围执刀背枪的喽啰们，全都齐茬茬瞅定了美艳的嫂夫人。他们嘴上或心里都这么叫，既然掳上山，做压寨夫人是铁定了的事。

"去，把那个丢了点的给我拎进来！"

江湖中人把疯子叫丢了点。龙宝山也不知道，到底该怎么称呼这个竟敢只身独闯土匪窝子的大狂人。

谢婉卿落座于龙宝山身侧的一面柱顶石上，此石来自附近毁弃的一座古庙。石面上铺着一幅印花布垫，形似富贵人家的绣墩。

龙二少爷惶惑的眼神，与婉卿幽怨的目光始一碰触，便虚怯而散漫地移向石窟以外。

天际，是朵朵幻化无常、飘移不定的浮云……

龙谢两家渊源颇深，可上溯到谢婉卿祖父那一代。

太平军扶王陈德才攻取西安那年四月，哥老会终南山堂香主、五陵原富户龙腾跃毁家纾难，把万贯资产充作军用，以济太平军断炊之需，率领会众一举投了太平军，并挟裹原上一批难民入了伙，其中包括御医谢家三弟兄之一的谢老二，也就是谢婉卿直系先祖。军旅之中，攻掠杀伐，死伤甚众，医道世家的谢门人众，自然成了奇缺人才。婉卿先祖被人掳入了军中，与乡党龙腾跃的荐拔不无瓜葛。

龙腾跃被扶王委以旅帅之职，婉卿先祖也成了太平军伤兵营医官检点。在转战关中东府途中，婉卿先祖给龙腾跃包扎伤口时，曾委婉劝诫过同乡。

"你龙家在五陵原呼风唤雨，富甲一方，你老哥有妻有室，有儿有女，日子过得好好的，弄这事干啥呢？"他说的弄这事，显然是指跟着扶王兴兵造反。

"燕雀安知鸿鹄之志哉！"龙腾跃望着婉卿先祖，不无遗憾地摇摇头。

在后来的日子里，龙腾跃反倒回过头来鼓励婉卿先祖。

"乡党，跟老哥好好干，咱兄弟俩联手打江山！只要把事弄成，咱不想真龙天子，也不指望封候拜相，弄个知府知县，总该没啥麻大。"原上人把问题叫麻大。

"这可是提着脑袋整事呢，风险太大了。"

"从古到今，没有哪个皇上把江山拱手让给你。哪一朝、哪一代不是从人家手里抢来的？夺来的？想坐江山，就得抢，就得夺，就得杀，就得砍；前人夺，今人夺，后人还得夺。夺江山有瘾呢，这事没商量。"

"想夺人家江山的千千万万，知府知县的位子有多少？人人都成了坐轿的，那谁抬轿呢？"

"这就看谁命大了。"

"我就不信，世人会把脑袋编在裤腰上，拿性命去赌这捕风捉影的事。"

"那你说，从古到今，扯旗造反的一拨又一拨，这么多人都卷了进来，为的是啥？"

龙腾跃一句话，把婉卿先祖问结嘴了。

是啊，这么多人卷进来，到底为了啥……

柞水蚂蝗沟一战，龙腾跃把婉卿先祖从死人堆里刨出来，谢家先是欠了龙家一条命。到后来，当扶王皖西长山宁死不屈，服毒自尽之日，龙腾跃率手下百余众，冒死杀出一条血路，保婉卿先祖突出僧格林沁重围，临行时托付了两件事。其一，回归五陵原后，替他把儿子养大成人。他说的儿子，即是后来的龙老英雄、龙宝山的父亲。其二，陕南商山某隐秘处，藏有一笔备用军资，取其一半，用作龙、谢两户资财，营运生计，留一半作日后东山再起之需。这一回，谢家又欠了龙家一份情。

婉卿先祖劝他潜回陕西，隐姓埋名，蛰伏五陵原，留住一条性命。龙腾跃声言，再也无颜面见江东父老，仰天长啸，拔剑自刭，追随他的扶王去了。

婉卿先祖败也龙家，成也龙家，龙谢两姓遂成生死世交。龙宝山的奶奶和父亲，孤儿寡母，无依无靠，就是在婉卿先祖的帮衬护持之下，逃过清廷扑杀，躲过一场灭门之祸。

龙家人传承性脑后生有反骨。龙宝山之父长大成人后，取还商山秘藏军资，聚合哥老会余众，子承父位，又做了哥老会终南山堂第十六任香主，与同盟会首脑中三十六弟兄，于大雁塔歃血订盟，扛起反清复汉大旗。此人兵败后被陕西巡抚点了天灯，他的四个儿子，包括如今的龙二公子又投了白朗义军，扛起扶汉讨袁义帜。后来，死里逃生的龙宝山率众上了终南山牛蹄岭，又打出一个忠义盟的招牌，眼看着又将再竖反帜，只是目下城头变幻大王旗，乱象纷呈之际，一时半会还没瞅准对头。

正因龙、谢两姓渊源之深，由来已久，到了谢父这一代，两家人走得更加染络。后辈人中的龙宝山和谢婉卿，几乎把对方的家都当成了自己的家。一块长大的他们耳鬓厮磨，两小无猜，在童年的日子里，留下了许多美好的记忆。

事到如今，一个严酷的问题摆在他们面前。

人称龙老英雄的宝山之父，当年见得龙、谢两家二位隆起肚腹的女人，亲姊妹一样整天聚作一处，言笑晏晏，即兴发话，还真有指腹为婚之倡。且当时的谢父笑谈之间，丢下话说，哈哈，她们要是生得个一儿一女，那可真是天作之合啊！

七星灯下，是用三块石头撑起的一口大铁锅，锅内燃烧着红彤彤的炭火。执掌刑罚的二瓢把子、白面书生赵良栋，用火钳夹着一副名为"铁背篓"的洋铁桶中的木炭，一根一根丢进锅里。

大铁锅里的炭火越烧越旺。今天有好瞧的了，牛蹄岭匪众们神气活现，情绪亢奋得跟大铁锅里的火炭团儿般炙热。

黄伯昂摇着折扇，赶集逛会般瞧着光景，进得石窟，与谢婉卿目光闪电似的刚一碰触，魂悸魄动，双方身子均为之一颤。

龙宝山目光灼灼，黄伯昂眼中隐现一丝浅笑。

"来者是客。雄踞牛蹄岭的一方霸主，居然不懂待客之道。看座！"

随着黄伯昂一声怒喝，众人身子均为之一震。

龙宝山冲王砣丢了个眼色。

黄伯昂一撩袍幅，落座大铁锅旁一把椅子上，随机又是一声暴喝。

"上茶！"

当一碗茶水摆上一只圆顶矮脚小凳，作为主人的龙宝山颜面挂不住了。"是好是歹，牛蹄岭也算是尽了待客之道。那么，阁下的拜山之礼，又在何处？"

"本人此番拜山，只提了两个空捶头。除此而外，别无长物。倒是黄某人穷志短，还想向总瓢把子讨口饭吃呢！"

"好说！不过，牛蹄岭的规矩不能改。本人不妨送你一只背篓，下次拜山，多少捎带点稀罕玩意上来。今天，我教你长长记性！"

随着一声断喝，龙宝山手中马鞭，啪啦一声，抽向座前桌案。

王砣等人应声而动，将那只掏空了木炭的铁背篓，强行背在黄伯昂背上，并将其押跪地面。

"龙二少爷，有什么奇招妙着，尽管使出来。黄某接着就是了！"

赵良栋火钳夹着大铁锅里的火炭团儿，一块接一块投进铁背篓，吭当吭当，琅然有声。

第一个急红了眼的是谢婉卿，但见她哀嚎一声，扑向前去，却被背后那名健妇扭住膀子，纹丝难动。

吭当吭当，彤红的火炭团儿，仍在不住点地投向铁背篓。

起先，人们嗅到一股布料烧焦的糊味。继而，皮肉经火炙烤的焦臭，由淡而浓，如丝如缕，扑入鼻翼。

黄伯昂背部，发出吱吱声响，冒起一缕淡淡蓝烟。

但见他牙关紧咬，眉额紧蹙，闭阖双目，头脸及颈项上汗流滚滚，浑身筛糠般打着哆嗦。任是如此，自始至终，一声不吭。

"啊——"

随着一声裂帛般的哀嚎，谢婉卿挣脱健妇束缚，立扑过去，将赵良栋推翻倒地，抓起黄伯昂肩头铁丝串成的背篓系儿，使劲一扯，那只铁背篓便脱离了黄伯昂背脊，晕黄的火炭团儿，滚得满地都是。

谢婉卿抱起瘫倒地面、已然昏厥过去的黄伯昂，颤颤的右手，试图抚向对方背部。当眼目触及那一片惨象，串串泪珠，挣出闭合的眼睑，哗哗地只是流啊，流啊……

婉卿的心疼啊！那疼法，就像被人把心紧按在砧板上，手里攥着剪刀在狂扎。

龙宝山把头侧向一边，拉得老长的脸子阴沉极了。

石窟内鸦雀无声。匪众们抽着脸子，悄悄然呈环状站立一匝。原来这场热闹并不怎么好瞧。

醒转过来的黄伯昂，冲抱着他半截身子的婉卿凄然一笑，理了理她额前那缕散乱的秀发，朝座前的龙宝山爬了过去。

黄伯昂抓着龙宝山座前桌案的腿脚，晃荡着撑起身子，直面相向，目眦尽裂。

"龙二少爷……你、你欺负我是个读书人，你、你以为读书人都是软骨头？秦始皇坑儒坑不完，还留有种在……读书人的骨头，硬起来，能扛鼎担山！今天……我……我叫你、叫你见识见识，啥叫真正的读书人！"

龙宝山再度将马鞭抽向桌案。

"威风耍够了没？如果要够了，就谈谈正事。黄先生此番上山，所为何事？"

"只有几句话，动问阁下。"

"说说看！"

"请总瓢把子，当着众位弟兄之面，重申一遍牛蹄岭山规。"

龙宝山倏然一怔，坐直身子。

"关中道上无人不知，威震八方的牛蹄岭三大山规。第一桩，劫富不劫贫；第二桩，夺财不夺命；第三桩，强男不强女！"

黄伯昂声嘶力竭，身子似感不支，晃荡着一把扶住桌案沿角，喘了口浊重粗气，抱起双拳，朝四周的众人作了个罗圈揖。

"牛蹄岭的好汉，正因有了这三大山规，大伙虽然落了草，当了胡子，终南山的穷苦百姓，见了你们，面子上还得打声招呼，递杯茶水。你们的父母兄弟，妻子儿女，在邻里乡党面前，还勉强抬得起头来。清明寒食，四时八节，你们还多少有点胆气，给祖宗坟头上炷高香。就连你们的死对头，北洋军阀的达官贵人们，冲着牛蹄岭放个狗屁，只怕还得砸了自个的脚后跟。因为他们种植鸦片，广开妓院，倒卖文物，血腥敛财，草菅人命，连土匪都不如！"

黄伯昂喘了口粗气，缓了缓精神。

"可如今呢？就在这牛蹄岭上，却有人背信弃义，蔑视山规，食言而肥，光天化日之下，明火执仗，强抢民女，把屎盆子扣在自己头上，也扣在众位好汉头上！"

黄伯昂一把抽出兵器架上一杆梭镖，拄于地面，稳住身子，怒视着石壁上面那副匾额。

"这贼窝子里，居然恬不知耻，还亮出了忠义盟的名号！且问你们忠在何处？义在何方？是忠于牛蹄岭的山规，还是义在维护一个弱女子的尊严？"

谢婉卿凝望着黄伯昂，目不转睛，泪花闪闪。

"就冲这一点，我黄伯昂今天，非砸了这块挂羊头、卖狗肉的招牌不可！"

黄伯昂言罢，战战兢兢、又气壮山河地一抖手中梭镖，哗啦一下，将那面招牌撬落地面，丢弃梭镖，就手抄起近旁楔在一只木墩上劈柴火的开山大斧，倾尽全力，一阵狂劈乱砍，把那面招牌剁得木屑纷飞，支离破碎……

谢婉卿秀口翕张，亦惊亦忧，且喜且悲。

众人面面相觑，莫知所以。

龙宝山盯视着冷汗淋漓、气喘吁吁、仆倒在地的黄伯昂。

"姓黄的，好威风啊！起来，接着再来！"

黄伯昂抓着斧柄，强力支撑起身子。

"龙宝山，我再问你，可曾记得你的父亲——被陕西巡抚点了天灯的龙老英雄！？"

……

黄伯昂紧闭双目，口唇抖动，神情异常悲苦，声音苍凉幽咽。"一晃七八年过去了……当年的龙老前辈，是何等英雄，何等壮烈啊！他硬是被人从脊背上挖了个血窟窿，将桐油灌进胸腔，塞进一条胳膊粗的油捻子，通天透亮的天灯，整整燃了一个晚上啊！"

黄伯昂双目朦胧，泪光闪闪。

"……即使这般，龙老英雄面不改色，骂不绝口……临行之际，憋着满腔恶气，一口热血，还喷了陕西巡抚文瑞老贼个红脸血头发！"

黄伯昂浑身打抖，悲苦万状，凭借手中斧柄竭力支撑，这才没一头栽倒。

龙宝山浑身战栗，紧咬牙关，双目幽幽，似同枯井。

石窟内亘古洪荒般静得碜人。

"每逢龙老英雄忌日，我黄伯昂没忘了为他老人家上柱高香，化道纸钱。黄某拜天拜地拜父母，除此而外，龙老英雄也值我一拜。我黄伯昂人前何曾流过一滴眼泪，可每每想起庚戌年九月初三的那个晚上……"

言及于此，黄伯昂悲不自胜，泣不成声。

"没想到……没想到哇！这样一位英雄，一位高山仰止、鬼敬神钦的老英雄，却……却养了个好儿子……一个霸气十足、为所欲为、强抢良家女子的好儿子……一个不管人家愿意不愿意，唯我意志是从、好恶是取的好儿子……"

黄伯昂一撇开山大斧，抬头仰面，双臂高扬，声若雷鸣。

"龙老英雄，您精魄不灭，英魂长存，您看看呀！看看……您的好儿子……都、都干了些什么——"

谢婉卿胸中一腔悲悯，眼中无限爱怜，注视着虚脱般晃荡着身子的黄伯昂，口唇翕张，欲言又止。

龙宝山徐徐站起身子，阴阳怪气地开了腔。"看来，黄先生今天上山，是为谢大小姐打抱不平，讨还公道来了？”

“是又如何？不是又如何？”

“难道肚子里就没揣着个小九九，替自己打打算盘？”

“大丈夫立身于世，言无不可告人，事无不可明心。今天上山，既为人间打抱不平，又替自己讨还公道。被你龙二少爷强抢豪夺的良家女子，既是谢家的大小姐，更是黄某的未婚妻室！”

“哈哈哈哈……未婚妻室？我还以为我抢了谁家小娘子。说了半天，原来婉卿姑娘是您的未婚妻室。她能做您的未婚妻室，为啥就不能做我没过门的媳妇？难道只有您这个村学里教书的先生才配爱她，我这个牛蹄岭上的山大王就不配爱她？”

“住口！”黄伯昂勃然大怒，踉踉跄跄抢前一步，身子几乎贴上了龙宝山大腹便便的腰身，像两只斗狠的公鸡一样对峙起来。

“龙宝山，你给我长点记性！臭男人们在一起，什么狗屁都可以放，唯独不可轻言一个爱字。一旦出口，就要做好随时为她去死的准备！”

谢婉卿的眼泪，刷拉刷拉，滂沱而下。

“你也配说一个爱字？你掂出这个字的分量了吗？我黄伯昂百无一用，但婉卿姑娘不慕虚荣，不图富贵，能诗能画，知书达理，跟着我起码还能过上几天消停日子，你龙二少爷就不同了。”

黄伯昂缓了口气，身子一闪，几乎栽倒。

“从古到今，无论谁坐了天下，眼皮子底下能容得了土匪？无论谁当了土匪，最终能落得个好结果？你想让一个医道世家、书香门第大家闺秀，一个贤淑良善、才艺双绝、志趣高雅的柔弱女子，跟你上终南山当土匪婆子？

谢婉卿满腔幽怨，溢于形色。

“既然爱一个人，就要勇于担当，敢于牺牲。一个高高凌驾于他人之上，不惜把自己所爱推入火坑，你不觉得这种爱，有失一个男人的体面吗？”

龙宝山哗啦一声，抽出背后木架上那把九环大刀，在黄伯昂眼前挽了个刀花，九副钢环发出一串磕琅琅声响。

谢婉卿闻声色变；在场所有人一惊一乍。

黄伯昂高仰头颅，神情自若，双睛一眨不眨。

"当年的龙二少爷，与通家之好的婉卿姑娘两小无猜，情同兄妹。"

哗啦一声，龙宝山将九环大刀架于右肩。

"姓黄的！你今天口口声声，说这个不配，那个不配，好像只有你才配得上婉卿姑娘。那好，究竟是谁红口白牙，卖弄口舌之巧，只可惜空口无凭，凡事都得见个真章！我龙宝山今天当着众位弟兄的面，向婉卿姑娘表个心迹，让苍天做个见证！"

龙宝山抢前一步，叉开左手，将五指按于桌案，九环大砍刀磕琅琅一阵锐响，于空中翻了个弧形刀花。

当啷一声，锋刃挟风雷之势，砍向桌面。

众人眼见得一根小拇指头，在半空中翻了几个鹞子，蹦落地面，弹弹跳跳地静止下来。

众人刹那间为之瞠目，惊呼连连。

谢婉卿颜面凄凄，双目幽幽。

黄伯昂步履蹒跚，立稳脚跟，挺胸仰面，发出一声龙吟般朗笑，恢弘声浪，震得七星灯上粉尘烟灰，簌簌飘落。

"哈哈哈哈……龙二少爷，你今天也太让黄某失望了！"

黄伯昂轻蔑地冲龙宝山伸出一根小拇指。

"你姓龙的充其量也就算得上这个罢了。拿刀来——"

黄伯昂一把抢过龙宝山手中的大刀，哗啦啦一个轮回，将刀背架于肩头。"智伯家奴为报主恩，生漆涂身，口吞火炭；樊於期自愿授首，将大好头颅交与荆轲；岳家军部将王佐，自断右臂，借以取信兀术。黄某无所作为，耽于儿女私情，不敢自比古圣先贤，但为了心中至爱，却也敢以性命相托！"

谢婉卿似感不祥，惊惧参半。

龙宝山眼神飘忽，疑虑重重，神魂不定。

"当着众位好汉之面，本人不妨也来献个丑。黄某今天亲手卸了这条胳膊，以此表白对一个女子那份情和义。就此盟誓，永不相负，天地共鉴，鬼神无欺！

黄伯昂毅然将左臂摊架桌案，挥动那把九环大砍刀，随着一阵哗啦啦锐响，挟披风破空之势，砍向自己臂膊……

"住手——"

又是一声女人裂帛般磣人嘶叫。

黄伯昂为之一惊，那把大砍刀随着手臂抖动，为之一震，悬于空中。他寻声望去，一半惊喜，一半幽怨，淤满了谢婉卿双目。

婉卿轻移碎步，款款而至，纤纤素手抓着刀背，将它从黄伯昂手中接了过来，沉甸甸抱在自己怀里，水汪汪的双眼，如烟如雾，把对方好一番打量。

尽管对这个男人钟情备至，但她还是把他小量了。

许久，谢婉卿才把视线移向锐气尽失、委顿不堪地倒卧在豹皮交椅上的龙宝山。那张陌生的面孔，与童年的模样儿，一时间怎么也难以重合……

与之毗邻的平民居住区，房屋低矮破旧，把桃花坞谢府巍峨门厅，富丽屋舍衬托得愈显鸿隆。两只大红灯笼高高挂起，朱红盖钉的两扇大门漆刷一新，一副大户人家的景象。

家家户户门前都粘贴了春联，远近不时发出爆竹的钝响，宣示着又一年年节来临。

总角小儿们竹棍上均挑着灯笼，其造型大都是些寻常的、鄙陋的八扎灯笼、火罐灯笼、公鸡灯笼、鲤鱼灯笼、牛粪扑塌灯笼等等。其中燃放一支蜡烛，光亮透过色调不一的纸质，发出朦胧的晕红。

谢婉卿穿着光鲜，皮毛护脸，脚穿狮子头绣花条子绒棉鞋，小公主般挑着一只灯笼，笑嘻嘻走出谢府大门。

她手中这只灯笼，非但形体较大，且仿宫灯造型，呈四棱形状，周围镶有透明玻璃锡纸，并粘贴着财禄福寿四个大字，其间灯火烁烁，其下流苏飘飘，真个是别致美观，出奇好看。

"快来看啊！看婉卿的灯笼！"挑着只烂兮兮牛粪扑塌、身上棉袄鹑衣百结、绽出了败絮的一名壮实小儿发声呐喊。

谢婉卿周围，顿时涌来一群打着灯笼的小儿。

大家议论纷纷，啧啧赞赏："婉卿灯笼真好看！"

"婉卿姐姐，让我打打……行不？"

　　说话的是一个穿着破烂，衣衫单薄，头发也有些蓬乱，手里什么也没有的小姑娘。谢婉卿把手中灯笼递给她。她小心翼翼地打着那只宫灯，笑嘻嘻走了一圈，把灯笼还给婉卿，脸上露出满足的笑。

　　谢婉卿接过灯笼，掏出两只糖果，塞进小姑娘的手里。

　　来谢门做客、陪伴着婉卿的龙宝山，打着一只"长命富贵"大灯笼。龙家有个传统，灯笼只打长命富贵，四兄弟人人如此，年年如此。

　　壮实小儿看看婉卿的宫灯，又看看那破衣烂衫小姑娘。她正在吱溜吱溜品着婉卿给她的高级糖果。

　　壮实小儿便拿手中牛粪扑塌，去撞婉卿手里的宫灯。

　　谢婉卿惶惶避让。壮实小儿精脚不怕穿鞋的，越撞越来劲。其他小儿也跟着起了哄，一霎间，有四五只各色灯笼，接二连三朝宫灯撞去。婉卿避让不迭，那只宫灯跟着其它灯笼，先后燃烧起来，变作一团火球。

　　"宝山哥……他们……欺负我……哇……"谢婉卿丢了手中竹棍，掩面哭泣。

　　龙宝山撇了长命富贵灯笼，挽起袖口，一头冲向壮实小儿，就此厮打起来。壮实小儿居然不支，落于下风。

　　呵！你个外来的小杂种，跑到我们桃花坞撒野来了！

　　其他几个穷孩子纷纷投入战斗，街面上陷于一片混战。

　　面对四五个小儿联手围攻，龙宝山毫不怯阵，愈战愈勇，拳脚兼施，不时有人栽了跟头。他跟他大练拳脚，已非一年半载。

　　众小儿眼见不支，除三个被摔倒的小儿外，其他两个心里落虚，先后住手，退缩一边。龙宝山大获全胜，趾高气扬。

　　"谁敢动婉卿妹妹一根头发，我龙宝山取他一条人命！"

　　婉卿目光移向抱在怀里那把大刀。

　　她右手握住刀柄，左手托着刀背，将其轻轻上移。当刀刃移近蝤蛴般的脖颈时，众人为之一惊。

　　谢婉卿轻抬左手，揽起一缕青丝，噌地一声，将其割了下来。

　　当啷一声，大刀落地。

谢婉卿捧着那缕秀发，款款走近龙宝山，双眼迷蒙，秀口翕张，清音悠远而苍凉。

"宝山哥……你，记得吗？那年正月十五，婉卿被人欺负，是你挺身而出……你还记得吗，你当时说过的一句话？"

龙宝山眼神迷惘，嘴唇抖索，欲言又止。

"你说，谁敢动婉卿妹妹一根头发，我龙宝山取他一条人命……身体发肤，受之父母，不可轻弃。如今，我要把它交给我生命中另一个亲人。"

谢婉卿满脸凝重，神情肃然，跪倒在龙宝山脚下，将那缕秀发平托于怀，一字一顿，斩钉截铁。"宝山哥，在你眼里，婉卿一根头发，足可抵得上一条人命。今天，婉卿要用这缕青丝，换我黄郎一条胳膊！"

依靠着桌案的黄伯昂听得此话，泪水唰地一下，似江河决堤，奔涌而出。

龙宝山噗通一声，跪伏地面，颤抖着双臂，接过那缕秀发，将其紧紧地拥揽于怀。泪，就像不断线的屋檐水，簌簌而下。

婉卿掏出一方洁白丝巾，轻轻揩拭着龙宝山满脸泪痕，柔声细语，似风穿梧桐，雨打芭蕉。"宝山哥，婉卿小时候，有你保护，心里安然，活得踏实。如今，婉卿长大了，要走了……你……还护着我吗？"

"只要宝山哥这条命在，还是那句话！谁敢动婉卿妹妹一根头发，我龙宝山取他一条人命！"龙宝山仰天咆哮，吼声若雷。

"宝山兄弟——"黄伯昂一个箭步，抢上前去。

"黄大哥啊……"

两个男人紧紧抱在一起。

龙宝山那只断去一根指头的手，鲜血淋漓，紧紧攥着那缕秀发，搂定黄伯昂燎泡累累、血肉模糊的脊背，嘶声号哭，龙吟狮吼。

"姓黄的……我把我妹子……交给你了……你可别再让她少了一根头发……呜——呜呜呜呜……呜呜呜呜……"

谢婉卿丝巾掩面，泣不成声。

石窟中，人人双眼淤红，泪痕斑斑……

第五章　一窝白菜叫猪拱了

不行，我得看看去！看看这两个热沾皮沾到一块了没。

李快嘴急切希望黄伯昂跟谢家女儿沾在一起，最好马上摆轿抬人，或者先把生米做成熟饭，让猪把那窝白菜拱烂，彻底断了黄门官人娃娃念想。

李快嘴边走边想。五陵原上，好像还没有哪个官府衙门里冒了梢的，能冒过如今的黄伯臣。看这势头，黄家娃迟早得放一任道台，我侄女若水，还指望嫁给他，有朝一日替她大杀仇呢。有一台戏叫《庚娘杀仇》，庚娘手硬自己杀，我侄女心慈手软，就叫男人替她杀。我哥把世事看透了，不走这一步没指望。

她要找一个名叫秋叶的女人，打听打听狂人近日动向。

秋叶是黄崇仁家老大黄伯贤女人。石佛爷黄伯贤与老二黄伯昂分锅另灶，一个大庄园被一堵墙分隔，兄弟俩各住一边。所以，墙那边的动静，墙这边比旁人摸得清。

李快嘴吹吹拍拍，捏捏摸摸，染络得亲姊妹似的热贴对方，瘦得细脚伶仃的叉尺（关中方言，谓丈量土地的器具）一样的秋叶，却是不温不火，冷面相应。她对谁都这样，所以没人见怪。

从秋叶口中得知，黄伯昂跟土匪争婆娘，自个闯了牛蹄岭，他大都没禁断（制止）得住。

对黄伯昂所为，其兄黄伯贤颇为不屑，说是有这样一个兄弟，脸面无光啊！再白的兔娃，掉到染缸还干净得了？追女人都追到土匪窝子去了，寻了这么个捡破烂的好地方。亏他还是个念书人，不知都念了些啥乌七八糟的书，把黄家人脸都踢光了！

用李快嘴的话说，天香她娘瘦得干柴棍似的，一把火都能点燃。为啥这般瘠瘦，这跟他男人黄伯贤不无瓜葛。

黄伯贤何以人称石佛爷？因为他做人做得干梆硬正，从来不近女色，镇子里再俊俏的大姑娘小媳妇，他从来连正眼都没瞧过，人称坐怀不乱的柳下惠转世，千里送京娘的赵匡胤再生。下辈人中，谁家女人只穿衣袄长裤，腰部没裹裙子，一旦叫石佛爷瞧见，恶狠狠张口便骂，羞先人，你精屁股出门见人呢！所以，王官镇的女人们见了他，笑嘻嘻的脸子马上拉得瓜蔓一样，一个个贼眉鼠眼，出溜出溜，从他身边一掠而过。

王官镇以北黄土岗子上，有个专司送子的娘娘庙，庙里原先有尊石佛爷雕像。黄伯贤愤然作色说，男神咋能跟女神供到一个庙里？神都不知道避嫌，那人呢？这不是教唆世人学瞎吗！在他倡导下，人们把石佛爷抬到庙后一间破茅草房，锁了起来。

后来茅草房年深日久，益发破烂，前来求子的女人们一时内急，偶尔找到茅草房寻个方便。有同伴就说了，你看石佛爷一旁蹲着呢，眼睁得跟牛卵子一样，你大白屁股撅起，也不嫌趄眼（不招人爱）？女人们便说，石佛爷跟伯贤叔一样，不是神人就是圣人，从来不动凡心，只管撅你屁股撒你的尿。

自从大伙送了伯贤叔石佛爷这个雅号，遭其当众斥责的那些妇人，在众人心目中，便成了不正经的女人，心里哪得没气？有气又咋办？朝破茅草房的石佛爷身上出啊。她们一边恶毒诅咒，沾了老娘秽气，我叫你倒一辈子霉运！一边撅起屁股，专门朝石佛脸面上照，要么翘起腿杆，涮涮涮朝石佛爷身上浇。更为已甚者，有个心肠很歹的女人，也就是那个被黄伯贤骂作精屁股出门的女人，拉了脬便便，香烛一样直戳戳蹲在石佛爷面前，一时间找不到土蛋（土疙瘩）揩屁股，撅起肥臀朝石佛爷手臂上蹭。

黄伯贤是王官镇一洞神佛，一方圣贤。有了他，镇上的风气淳得少尘无灰，空明澄碧。

黄姓门风家规，早有传承。先祖黄琪葆时代已竖标杆。那已是大清国末年的事了，大官人告老还乡，颐养天年之际，适逢炎夏六月，溽暑熏蒸，族中妇人们久困家屋，蠢蠢思动，有的说是去八仙庵、南五台进香消暑，有的说是去慈恩寺、楼观台观景纳凉，闹闹嚷嚷，纷纷扰扰，搅得大官人心绪甚是烦乱。

黄门家规，女人是轻易不可出门的。门前大照壁把大马路严严实实隔离开来，过往行人，想眼角梢瞭一眼黄家屋里女人都难。今天这帮乱了心思的少教要造反了，你说主人家黄大官人焉得不恼？好，尔等要野，老夫今天就让你们野个够！

大官人提调车马，载着妇人们和几麻袋西瓜，洋洋洒洒登了程。一路上妇人们边吃西瓜，边赞不绝口，老人家想得多周到，大热天的，只有西瓜解渴，还能消暑。当妇人们吃饱了西瓜，大官人大大小小一鞭赶，把她们请上一艘逼仄的画舫，可着西省兴庆湖飘来荡去。

妇人们心旷神怡，满船上飘的都是欢声笑语。可飘着飘着就有点不对劲了。怎么了？所有的妇人们，肚儿憋得溜溜圆，一个个都想小解了。画舫上只有敞开的一个空间，连藏个猫儿的地方都没有，可大官人就是没让船靠岸。

妇人们憋屈难忍，均感不支，有的紧攥手帕作抽筋状，有的手把画舫栏杆，拱腰缩肩，扎着马步的两腿直哆嗦。大官人自然知晓，这阵子火候差不多了。

仰靠太师椅上的大官人，咕噜噜吸了口水烟，眯缝双眼喷了口烟雾，像是自言自语，絮絮叨叨嘚嘛说，你看这一湖两岸，人山人海的，想方便方便，都没个地方。好在捅捅鼻孔，打个喷嚏，倒也可以应缓急。

妇人们耳听得打个喷嚏，竟可缓解尿急，既感佩老人家见多识广，又得救似的口念弥陀。这下好了，不然可咋得了哟！妇人们纷纷撩起头上青丝，捏着纤纤发梢，手忙脚乱撩弄起自家的鼻孔眼儿。

灵验极了，接二连三的喷嚏声雄气壮，响彻云霄。

可接下来的情状就大大不妙了。随着嗓门眼儿里一声大响，肚腹之中巨大爆发力，冲开了一道早被压迫得岌岌可危的闸门，一霎间堤崩坝溃，江河奔流，一泻千里。妇人们全都一铺沓坐在船板上，下半截身子，跟从水里打捞出来一样，整得整个画舫汪洋恣肆，一片狼藉。妇人们一张张臊红了的脸子，比西边天际火烧云还灿烂。

后来的日子里，每逢春和景明、炎夏酷暑，老人家故作姿态说，要不要出去走走。妇人们听得此话，即刻羞红了脸子，扭头便走，一溜烟消失得无影无踪，再也无人提起到野外浪荡的话题了。

……

每年二月二龙抬头那天，大原上每家每户，朝铁锅里挖几瓢粉尘般细密的黄土未子，把大火烧起来去炒。等炒到黄土噗噗地泛泡冒气时，把晒得干崩崩的玉麦（玉米）挖上一瓢，混进黄土里去炒。接着，噼噼啪啪的爆响，比连珠挂鞭还响得欢。原先瘦掐掐的玉麦粒儿，戏法般变成了一个个棉花朵儿般的白花。妇人们把锅里的混合物挖进筛子，筛出的玉麦花儿倾进了升斗，用筛进锅里的热土接着去炒。

白嫩嫩、香喷喷的玉麦花儿，是每个原上人童年的美好记忆。

黄门有位善思的妇人，常想这玉麦粒儿，埋进滚热的黄土中，咋就一转眼崩出了那么大一朵白花儿。她想不通，她的后来者们一代接一代想，仍不明了这其中的窍道。

四十多年后垂垂老矣、行将就木的黄伯昂，坐在他家破落的门户外尘灰铺面的柱顶石墩上，怀里抱着一把塞满沙果树叶子的茶壶，枯井般幽深的双眼，注视着王老汉手中铁葫芦一样的手摇爆米花机，仍思索着同样一个问题……

秋叶的瘦，其夫黄伯贤何以导致其瘦，乃至她又何以嫁作黄家妇，说来话长……

据丫鬟佩瑶讲，桃花坞村外铁佛寺，近日扎了一连靖国军，崇义叔家二少爷亲自坐阵，在咱原上安营扎寨招粮子（当兵的）。

黄伯昂自然知晓，他那个心性执拗、撞倒南墙不回头的远房兄弟念的什么经。龙宝山的意思，是敬鬼神而远之，让义妹最好别与此人照面，以免别生枝节，建议谢婉卿回避几日，大兵总有撤走的时候。

"照面又咋了？吃人呀！"黄伯昂说。

"最好别惹官军。"龙宝山祖宗三代，都吃了官军的亏，这迫使他跟官军打起交道来分外留神。

"惹惹他又咋了？"

"官军是干啥的？是给皇王看家护座的，惹了他们，就等于犯了皇威。皇威是轻易犯不得的。要犯，就多少要有点本钱，哪怕拎着脑袋，一次就把狗×的龙鳞给揭了！"

黄伯昂讶然望着龙宝山。他惊讶于一个草野莽夫，居然道出这么一句挖根刨底的话来。

再说，谢婉卿也坚持缓几天回家。她一想起那天夜晚，半裸着被那个人背着夜行的尴尬。她真不想再与此人照面了。

那么，谢婉卿又将在何处落脚呢？此地便是桃花坞谢家别院。

桃花坞谢家别院地势隆起，远离尘嚣，古木参天，周围溪流涓涓，环境甚是清雅。原先仅有一间看守桃园的茅庵，后经谢家几番修葺，将其变为一处绝佳的消夏避暑之地。

夜色中，龙宝山从后山黄泥沟山僻小径，攀梯拽缒，把义妹谢婉卿送下山，躲过了黄伯臣安插在丰峪口的探子，却没躲过心眼稠得跟马蜂窝一样的李快嘴。龙宝山派人把丫鬟佩瑶，从黄泥沟秘径接上山时，被李快嘴跟了梢。此人为了娘家侄女，更为了其兄临终之前重托，摊上功夫，昼伏夜出，在黄泥沟秘径出山口草垛子里窝了三天。

一桩非常事件，一个骇人阴谋，正在酝酿。它将把五陵原搅个昏天黑地。

李快嘴眼睁睁看着丫鬟佩瑶陪婉卿进了桃园里谢家别院，龙宝山上了牛蹄岭。而得意忘形的黄伯昂，颠着蹒跚步坐上一挂马车，前往岳丈家报信并疗理脊背上烧伤去了。其人暗自嘀咕，人狂没好事，狗狂挨砖头，别让谢家这颗熟烂了的桃子，把你吃得噎死！

掌灯时分，李快嘴一把将黄伯臣拉进桃花坞铁佛寺一间净室，咣当一声关了门。

"兄弟，那妖孽从牛蹄岭脱了身，大狂人跟龙二少爷不但没翻脸，也不知咋样说和的，如今比跟你这个远房兄弟还染络。"

黄伯臣心里咯噔一下，直觉得浑身发冷。令他担心的事到底还是发生了。

龙家那个浑小子，包括自己在内，还真不一定是我那个远房兄长的对手。不！死也不能输给这个人！输给了他，不但丢了心上人，还丢的是我的面子。一个在五陵原呼风唤雨的权势人物，如今把人活到这么高的位份上，咋反倒在别人眼里，连一个落魄的穷书生都不如了？

丢了谢婉卿，丢的是他的魂；毁了他的官威，毁的又是他的神。神魂散了，人也就没救了。黄伯臣面临一场从所未有的严酷挑战。

"她们主仆二人，如今躲在谢家桃园茅草庵子，不敢回家，这不明明避的是你么。兄弟，瞌睡遇见枕头，连老天都成全你呢！听嫂子的，把谢家小姐身破了！"

"你胡说啥呢！"黄伯臣既惊且怒。

"亏你还是个带兵的！带兵的凭啥取胜？凭的不是抱在一起滚蛋蛋，跟人死缠烂打，凭的是打蛇打七寸，凭的是一刀子下去，朝心窝子扎！老娘跟人对阵，不揪头发不抓脸，只抓要命处。"

这一点，黄伯臣少年时代倒也是亲眼所见。有一次为了袁家黄牛啃了王家青，李快嘴男人袁大头，被牛高马大的王二霸压在地头上，膝盖朝脑袋上使了个肉枕，木碗似的捶头，捶布一样擂着脊背。李快嘴就地一个驴打滚卷了过去，一把抄住王二霸卵子，说是老娘的龙凤爪，今日个掏俩雀雀尝尝鲜。王二霸哭爹喊娘叫祖宗，不得不狂搧自家七八个老大耳光了事。

"谢家女子，非比小户人家没教养、少见识的蠢丫头。你竟敢叫我跟人家动粗，弄得面子上都不好看，将来在一起咋处呢？"

"那你说说看，除了这一手，你还有啥法子？带着队伍打上门，把人家抢到你家里不成？"

"……"

直到现在，黄伯臣发挥出类拔萃的军事才能，也丝毫想不出一个可行的应对之策。

"越有教养，越有见识，就越看重自家的面子，越守老先人留下的规矩。对付这种人，只有按倒把活给做了，才能服服贴贴拿下马。你姑婆没教养？没见识？她是咋死的？你忘了？你黄家祠堂前的贞节牌坊，是当摆设的吗？"

李快嘴这话，刺在黄家人的痛处。黄伯臣的姑婆，也就是大官人黄琪葆、其弟黄琪藩的妹子黄红雨，当年的才情相貌，又何曾输给今世的谢婉卿？其人所赋小诗《闺怨新题》，曾被录入光绪版陵邑县志。其中"但得门庭显，无悔觅封侯。烈女轻别离，怨妇空白头"句，至今仍为人传颂。

不幸发生在一个隆冬的夜晚，黄红雨洁身独处，清雅静好的闺阁遭了天火。说是天火，有点玄虚，却成后来人们传闻中的一致定论。其实，镇上有仇官嫉富者，把一件浸了桐油的破棉袄，抟作球状，点燃了火苗，插在一根竹竿上，借着狂吼的风势，战场上火炮一样轰进黄家。木质构架的楼阁见火即燃。火借风势，风助火威，待黄红雨跟两个丫鬟醒过神来，为时已晚。

王官镇整整红了半边天，赶来救火的乡邻们成群结队，眼巴巴瞅着那场弥天大火没奈何。三个女子狼奔豕突，冒着烟火，耳听得满头乱发被火苗燎得吱吱作响，手牵手逃下二楼，冲出火窟。

未等人们松过一口气来，一场益发匪夷所思的灾难接踵而至。

灼人眼目的火光中，但见三个赤条条的雪白身子，奔出户外。

其中一条身影，稍事迟顿，扭头返向而行，一头扎入火窟。

黄家人清理废墟时，黄红雨被人从余烬中刨出来时，其惨不忍睹之情状，当时就晕倒了两名伙计。不曾想这位即将远嫁固原总兵、才艺出众、月貌花容的十七岁少女，当年待字闺门所赋《闺怨新题》一诗中"烈女轻别离"句，竟一语成谶，真的这么走了。

黄琪葆、黄琪藩两兄弟大哭一场，厚葬了亡妹遗骸，当月便上了一道提请朝廷旌表的奏折，换来了黄门祠堂前一座牌坊。于是，黄家人脸上挂着的失亲之痛，变作尽享世人尊崇的荣耀与自得。

黄家后人黄伯贤，平日里把牌坊打扫得干干净净，一尘不染。去年还称了二斤绿红漆，把斑驳的木质表面重刷了一道。

"兄弟，你姑婆当年丢了性命，却留下了名节。在咱原上，除了像嫂子这样上不了台面的贱人，有些人把名节看得比命重。去，听嫂子的，把谢家女子活做了。到那一步，除非她不要命，一头碰死。还想活在世上，就要保住名节，得把那场忤孽事烂在肚子里，捂得严严实实，只有天知地知，你知她知！"

"你说……她真的就、就认了？"

"不认还想咋？一脬屎只有埋起来，才能落个光堂，谁愿意把它刨出来？埋着不臭抄着臭，臭来臭去臭自己，连猫娃子都知道盖屎呢！"

"那……她会心甘情愿？"

"不情愿又咋的了？我就不信，被猪拱了的白菜，还能卖得出去！就是有人拾便宜，五陵原上大狂人会捡这个破烂？再说了，那阵子除了你，我看她的屁股，还好意思朝哪个男人怀里撅！"

此妇泼悍刁蛮，心性狡狯，尖嘴利舌，长处是受人之托，忠人之事，心思细密，处事老道。这是黄伯臣对她的总体印象。思来想去，他觉得此人一番言语，不无道理。

黄伯臣心思有些活络了。

君子可欺之以方。黄伯臣无疑是个仁人君子，即便那次强行背着谢婉卿奔突夜行，最初那一刻想到的，只是急于救人，绝非趁人之危。

那天晚上，我心里没怎么多想，就对她用了强。她挣扎了一番，最后还不是服服贴贴，扒在我的背上？男人大都强悍，女人天性柔弱，强悍的男人用了强，说不准柔弱的女人真就认了。

那个难忘的夜晚，从谢婉卿身上散发出来的那种淡淡的馨香；一双纤纤素手，箍着他颈部的那种若及若离的麻痒；鼓突的酥胸，随着急促的步点，上下颠簸研磨的那种温热；纠结着的双手，偶尔触及薄若蝉翼、滑若凝脂的亵衣，碰触到对方盈润臀部那种心灵的震悸，使得此刻的黄伯臣浑身上下，再度烧灼起来，一颗突突跃动的心儿，使劲撞击着胸腔，憋得他声粗气喘，面红耳热。

李快嘴跟黄伯臣双双约定，明晚掌灯时分，等她消息。

有道是问世间，情为何物，直教人生死相许。世人拿命赌情，情之为害，可见一斑，更别说初恋中的黄伯臣，用情之深，就跟不乏恶意的巫婆，朝这娃心窝子种了一道蛊。那种蛊毒跟白蚁啃木头一样，跟蝗虫吞庄稼一样，迟早把他的心儿都得掏空。

莎翁有言，说是恋爱中的女人，往往都是最愚蠢的。人蠢了，自必会做出一些蠢事来。那么同样陷入爱河，且将遭受灭顶之灾的男人黄伯臣，如今已经不单是蠢不蠢的问题，而是疯不疯狂不狂的问题了。一旦用情之深，到了发疯发狂的地步，你说他还有啥事干不出来？这就叫色胆包天。起了色胆，心里烧得团团转，犯难行事，无所遮拦。

古人言，赌近盗，色近杀。黄伯臣为情之所钟，心之所爱，如今到了把脖颈朝刀头上抵的程度。此刻，擅于摊煎饼的李快嘴，火候把握得十分老道，心里不免暗自嘀咕：这一回，这娃真的凉不下了！

　　谢家坚拒下聘彩礼，黄伯臣婚配遇阻，对其父黄崇义打击不轻。他不相信五陵原还有黄家娶不进门的媳妇，是不是我儿屁股底下的位位还不够高，肩头上扛的牌牌还不够亮？为此，他又犯了一次病。

　　探究黄崇义病根，还得从黄姓一门魔咒般家族演进史说起。

　　从黄家高祖再上溯两代，估且将其称作第一代吧。这代人穷愁潦倒，一事无成，让黄门家世跌入空前绝后的低谷。养了个儿子，也是个当吹鼓手的料。哪里死了人，是他的福音，也是他的盼头。只有死了人，他才有生意可做；有了生意，才能挣点零花钱，换取几尺掩身护体的遮羞布，称几斤调味上劲的青疙瘩盐巴，顺便落个肚儿圆，回来时尚可偷偷摸摸，朝怀里揣几个软蒸馍，也好让妻儿老小填填肚子。

　　第二代吹鼓手儿子死了老子，没钱置办棺木，迫不得已，娃把他大双折窝在一起，扎了个抱膝圈腰，缩肩垂首之势，装进一口破箱子，算作替老人送终的寿材。这倒还说得过去，毕竟还没像有些人家那样，实在没法，就拿席片子一卷了事。

　　问题是在抬埋他大时出了个大拐。关中人把诡异事件叫出拐。

　　老天爷凑欺头般下起瓢泼大雨。鬼不走干路，这倒也属常情，而紧接着发生的事，就叫人撞破脑袋都想不通了。

　　那一年的那场雨，下得奓天大，人都说是天河决了口。抬埋死人的几个年轻后生们，只顾了避雨，把破箱子扔在道旁，呼啦一声作鸟兽散。

　　随着一道惊天动地的劈雷打闪，从二道原一侧的峭壁上，劈头盖脑塌下一面坡，把那口破箱子埋了个严严实实。

　　吹鼓手儿子跪倒泥水之中，睃寻着不见了影踪的破箱子，悲不自胜，嚎啕大哭。

　　从那天起，做儿子的天天挖，夜夜刨。他要把他大刨出来另行安埋。

　　一天，五陵原阴阳先生堪破天的先祖路经此地，瞧了瞧凭空垮下的一面坡，撑起罗盘仪，撅起屁股瞄了半晌，随后踏罡布斗，绕着小山包般的土堆子走了一遭，不禁乍然色变，叫绝不迭。

"天啦！百年不遇，千载难逢啊！娃呀，你千万别再刨了！"

"不！我要把我大刨出来，重新安埋，呜呜呜呜……"

"娃呀，你知道这是咋回事吗？这叫天葬！"

从此，大原上人才晓得，世间还有天葬一说。

"娃呀，你已经破了你大的脉相。如果再刨下去，你把你黄家的福缘，就刨得连一点气丝都没了。"

此人口头这么说，心里也这么想，只是后面的话，怕将天机泄尽，遭了报应，没敢吐口罢了。

你瞧瞧，瞧瞧垮下这面坡的走势，除左青龙、右白虎环而抱之，藏风聚水而外，奇的是正巧背依九嵕山上唐王陵，成了这块宝地绝佳的玄武脑。更妙的是明堂之前，一马平川，直直指通渭河古渡，气聚货殖之地，水汇砂环之湾。如此妙境，就是打着灯笼哪儿找去？黄家先祖，到底修得咋样一场功德，老天咋就把那老东西安顿得那么妥贴！

堪破天先祖大原上放话说，你们走着瞧，王官镇黄家后世不发，挖我双眼。

到了黄家第三代，也就是高祖黄腾蛟那一代，果然一举成名，放了道台，把沉入低谷的黄门一把拖上台面，从此走向中兴，重焕光彩。

然而，人们惊奇地发现，老天赏给黄家人一颗金元宝，芯子里却夹裹着一块生铁疙瘩，叫人总觉得不那么美气。黄家富一代、贵一代，紧接着就要穷一代、贱一代。

高祖黄腾蛟那一代富贵了，曾祖黄西堂那一代就背了运，三更灯火五更鸡，读书倒很用功，可连童子试中考个秀才都难。生意场中更是赔得一蹋糊涂，基本上吃的是上一辈的老本。

到了祖父黄琪葆、黄琪藩这一辈人又发作起来，老大黄琪葆一个不留神，混了个二品封疆大员。而接下来的这一代人，又应验了令黄家人沮丧的魔咒。黄琪葆的独子黄崇仁老实巴交，念书的时候把孔子的事栽给孟子，老子的话安给孙子。黄琪藩的独子黄崇义心比天高，命比纸薄，名份上是个太学生，却还是拿钱捐的，当了几天陵邑县师爷，因县太爷断案时，作为师爷的他张冠李戴，混淆了卷宗，一手酿成一桩冤案，当即卷铺盖走了人。

接下来，黄家又有了盼头。黄家伯字辈中又要出人了！

那么，伯字辈中出的这个人是谁呢？当然，最有可能的，非黄伯昂、黄伯臣两个远房兄弟莫属。那么，到底是他俩齐茬茬一起冒了尖，还是浮上去一个，沉下来一个？

黄崇义脸色一沉，心里一紧，登时浑身渗出层虚汗。

要是我娃黄伯臣，像上上一辈我大那样，人家老大蹬了二品督宪，我大却是个没名没份的草头百姓，到那时候咋办？

黄崇义的心难以消停了。当崇仁家二小子一举中了乡试解元，自家二儿子伯臣名落孙山，黄崇义坐不住了……

月牙儿穿过烟尘般朦胧的薄云，在明与暗的转换间，导引着两幢人影，踏行在桃枝扶疏的垅畦间。风儿，柔柔地扫过脸颊，像一只温软的手，在爱抚着你。

李快嘴说，她亲眼看见，那个不晓事的丫鬟去王官镇办货，被她姨妈拖到家里，帮着拐线绽穗子去了，如今还没回来。

愈靠近那间清雅整洁的屋舍，黄伯臣的心愈是跳得急，颤得慌。

屋舍正面的墙壁，在月色朗照下莹洁如雪，白得晃眼，让人由不得想摸一把。

紧靠墙壁的篱笆上，爬满了牵牛。攀攀牵牵的藤蔓，延着一道道木架，一直攀上房头，铺展在密集摊放着的瓦上。缀在藤蔓上的蕾儿，静夜中柔柔地缩作一团，浸润着莹莹的夜露，蕴蓄着韧性的张力，静待着明艳的阳光，将它鼓鼓地撑展开来，期待着一个惊艳的、怒放的明天。

黄伯臣双手平摊，把着墙壁，稳住焦躁的躯干，平息着浊重的呼吸。

李快嘴灵巧的手中，揑着一把刃薄如纸、切割润梭的黄蜡、刮削梭子木芯的小刀，从门缝里伸了进去，轻轻地戳，缓缓地挑，是那样地专注、沉着。

门内的木闩，在慢慢地、平直地朝一个方向推移。

一声轻微声响，门开了。

黄伯臣双手把着两扇门沿，欲进又止。李快嘴手贴对方脊背，温柔地推了一把，从外面阖上门扉，轻微得几乎悄无声息。

一抹淡淡的馨香，扑面而来。黄伯臣又一次捕捉到那种令人沉醉的馨香。

在那个奔突急行的夜晚，就是这种来自异性的馨香，曾令他如痴如醉……

李快嘴把娘家侄女若水姑娘接进家门，打发男人袁大头下了地，关上里外两道门户，烧了一锅热水，把缩在染布的大木盆中、脱得精光浪荡、嗷嗷直叫的若水一番好生搓洗。搓着搓着，当姑姑的就由不得气鼓鼓漫骂起来。

狗×姓黄的真不知好歹，这么白净俊巧的女娃，就是释迦老祖见了，只怕是一身的佛骨，都得酥散了架子，哪一点配不上你，要老娘抹洗得光光堂堂，朝你怀里硬塞。我李贤惠这辈子哪做过这样的亏本生意！"

李快嘴大号李贤惠，不过王官镇上的人没谁愿意叫。人都说，如果连这婆娘都称得上贤惠，那世上的女人，岂不是都成了魔鬼！

娘家侄女的话好说。她知道，这女娃性子柔，听人说，自己却少主见。她问，想不想嫁个大原上最有权有势的人？

若水脸子一红，羞于启齿。

啪地一声，侄女粉嫩的臀部，登时印下姑姑巴掌留下的一道五指印。

"说！"

"想。"

"想不想嫁个浓眉大眼、白白净净的精壮小伙？"

"想。"李若水的脸子益发热涨。

"想不想替你屈死了的老子出口恶气，把王家满门王八羔子煮的吃了？"

"想。"

"想不想吃香的、喝辣的、穿绸的、盖缎的？"

"想。"若水想起母亲搂着儿时的她，口里吟唱的那曲耳熟能详的歌段。

"把小时候你娘唱的歌段唱一遍！"

若水面现难色，羞于启齿。

李快嘴的巴掌又高高悬于空中。她想把侄女推向一个非常时刻之前，先煨煨火，煽煽情。为啥娃娃们成婚的当天晚上闹洞房呢？就是给娃们热热身子，把心里火苗子烘起来，做起活来顺当。这是乡俗。李快嘴觉得有必要替侄女补上这一课。

"……水娃水娃快快长，我娃长大跟官长。八抬大轿两头晃，嫁给官长把福享。吃的油糕油麻糖，穿的绫罗软又光。绸缎被窝……"

若水吟诵到此，不再往下念了，羞得双手捧起脸子。

李快嘴适时开导，循循善诱。

"我乖娃听着，杀猪免不了一刀子，是个女人，迟早要过这一关。女人世下叫男人作践的，不作践这辈子就白活了。不过这事上瘾呢，跟吸大烟一样。有些女人，一天没人作践，急得抓天挖地，像猫娃子爪爪挠心一样。你可别学那些没出息的，男人家碰上一指头，就软的发面一样，桶子都挺不起来了。"

李快嘴说的桶子，原上人指的是身板。

大木盆子里的若水姑娘，已是羞臊不堪，扭头缩腰，把身子躲靠在木盆一侧的墙旯旮。

最后一道工序，也是至关重要的一招，是朝侄女身上、头上喷香水。李快嘴没想到当初顺手牵羊摸来的这瓶香水，今日派上这么大用场，不无自得地赞美着自己。老娘每走一步，把后面八步路都瞅好了，这就叫本事！

李快嘴喷喷嗅嗅，嗅嗅喷喷，把个大活人像一堆面团一样戳来攛去。多亏是人，要是个动物，莫不还会提起尾巴调理一番？她主要把握的是浓淡，人家婉卿就把握得恰到好处。既不可浓，浓了显得俗气；也不宜过淡，太淡就少了味气。一个大字不识得几箩筐的乡野村妇，居然深谙细节之于成败的决定性作用。

不败在此人手中，那才成了怪事。

……当黄伯臣再度嗅到这种浓妆淡抹、相得相宜的熟悉得沁入骨髓的味道，已不再是那个晚上的如痴如醉，而是情难自已，如癫如狂了。那天晚上，心中包藏的，只是倾慕的愉悦；今天晚上，胸腔涌动的，是沸腾的岩浆。

曾经扒在姑姑家村外老槐树背后的李若水，第一眼瞅见铁佛寺外招兵旗下的黄伯臣，心儿便一阵突突狂跳。

做姑姑的，要把这个女子做为牲礼，献上她那亡父不灭的幽灵驻守的祭坛，将背负家族重托，完成一个神圣的使命。

若水姑娘走向祭坛的同时，也心甘情愿地把自己托付给这个英气勃勃的男人，这个让她看一眼就喜欢得心里隐隐发疼的男人。何以如此决绝？因为姑姑拍着胸脯，给她打了保票。

"我娃放心，大不了先奸后娶，拜堂成亲是迟早的事。只要他沾了你的身子，青石板上钉金钉，我娃这辈子就是他的人了！只要姓黄的敢打个磕腾，看老娘不打进黄门，把黄崇义那张老脸抓成兰草花，叫他黄家满门，众人面前连狗都不如，在大原上别想抬起头来！"

李若水对姑姑这方面本事深信不疑。

姑姑从来不受人欺。她常说的一句话，是大人物有大人物的活法，小人物有小人物的活法。小人物本来就活得少皮没脸，世上受辱贱的都是咱们这些小人物，动不动叫人按着脑门跷尿骚，如果再不活得硬气些，迟早都得让大人物像臭虱一样掐死！

原上人把臭虫叫臭虱，还把一只腿从人家头顶上轮过去叫跷尿骚。李快嘴丈夫袁大头，小时候到西省去讨饭，叫一个挎着马刀的千总跷过尿骚。二赖子牛八，在后来的日子里，也被王官镇那个姓赵的警察所长跷了尿骚。就连若水他大李雪松，那年输了官司，也被王家人大街上当着乡里乡党的面跷了尿骚。

跷李秀才尿骚的是王六十的二小子王豹，当时只有十五岁。王豹他大何以取了这么个名儿？这源自王六十他大六十岁那年生的六十，取此响名，以志纪念。六十岁男人养得出儿郎来，这本身就预示着王家的中兴。

李、王二姓原上斗法，李家输了官司，被人屎裱大门、掘墓暴尸后，李雪松形同一条断了脊梁的老狗，走路拉着腿，一股风都能吹倒，再也没能挺起桶子。可就在这时，硬是被王家二小子堵在王家围子的大街上，当着那么多开老碗会的乡党，指名道姓要跷他的尿骚。

原上人吃饭端的都是粗瓷大老碗，且喜端到街上跟乡亲们边谝闲传边吃饭，或者蹲着，或者站着。人把这叫老碗会。

　　李秀才想给这娃磕头求饶，可那样一来，岂不更丢了面子！鉴此，他冲王家二小儿抱拳作礼。这位小哥，抬头不见低头见，乡里乡党的，请给我这死老汉留个面子。

　　留个面子，这是李秀才对那娃唯一请求。王六十的二儿子到底还是没给他面子，一把按上他肩头，将其压得坐倒地面，右腿轻快地一抡，从秀才秃顶上一扫而过。

　　牛八被赵所长跷尿骚时，在那一瞬间脸子也稍稍红了一下，这看起来好像也是个面子问题。当时，他真想学李快嘴，朝那狗×裆里下个坠。可他没敢，那人跷尿骚时，腰杆上盒子枪的红樱子，在他脸上扫来扫去。牛八红脸儿顿时转为笑脸，望着对方作了个媚态，给人当了孙子，以免惹来更丢面子的事。

　　后来别人嘲笑他说，牛赖子，咋连你都叫人跷了尿骚？牛八说，大原上叫人跷尿骚的一大片，又不是我一个。他跷我的，就有人跷他的。当年的黄大官人，把官做得那么大，趴在皇王爷面前，还不是口口声声称奴才？皇王爷跷他的尿骚，是瞧得起他。就是叫他从裆里爬过去，他敢不爬？我牛八算个啥？

　　那人听得牛八说得在理，也就不笑他了。

　　袁大头小时候西省讨饭，给人跷了尿骚后，也觉得在同伙面前没了面子。果然，从此以后，没人再瞧得起他，一下子被搁在了那个圈子的最底层。叫花子队伍也分台板，一层一层的，从高到低，把人搁在各自相应的位份上。多年后，袁大头不无困惑地对婆娘说，那阵子，我还以为，一个小叫花子，只要填饱肚子，就活得跟神仙一样快活。没想到人心没底，除了填饱肚子，还想给自己多多少少，争点体面。

　　李快嘴说，人皮难背啊！

　　……

　　在谢家扛活三十六年的忠实伙计贺老大，以剪枝施肥为名，在谢家主仆住进此地的当天晚上，就把牛车赶进桃园，夜晚就躺在停靠桃园精舍不远处的车厢里。更何况没等到第三天晚上，贺老大扯起一张席子，在牛车上编了个凉篷，苫上夭夭桃枝，拉着不露行迹的主仆二人，揣着一大摞香火钱，以香客名义，在这天太阳落山前，早已住进了北山顶上的静观庵。

人去屋空的精舍，这天晚上住进了个不速之客。

窗户把月色切割成一束投影，射在朦胧中的床铺下半段。

一袭被夜色抹去亮点的桃色薄单，轻苫着一具玉山横陈的下半截身子。那修长而丰盈的柔肢，把桃色薄单疏理得起伏有致，轮廓分明。

黄伯臣颤颤地、轻轻地、从脚底下揭起那袭薄单，也揭开一场玫瑰色的仲夏夜之梦。

柔柔的月色，陡然碰触到那皑皑的白，一下子使得昏暗的屋舍有些晃眼。一双焦渴的、淤血的双眼，似被灼伤了一般紧紧闭阖起来。

月牙儿一头扎进一团厚重的云翳。

世界在那一刻狂癫了，疯魔了。天在晃，地在抖。一个粗粝的声音，迸发着阵阵含混不清的狮吼，像一头猛兽在吞食一块鲜肉。一个轻若蚊蚋、细若虫鸣，说不上是哭、还是在叫的声声娇喘，听而消魂，闻之蚀骨。梦幻中猛兽的唇吻，在揭除着被掳者的皮脸；而柔荑般的素手，亦化作箕张的利爪，直透颠踬者的肌肤。汹汹然翻江倒海之势，使得莹莹玉山，溶作碧水，万缕柔骨，融为粉齑。

风住雨歇，夏日之夜万籁俱寂。

一个男人的手臂，此刻魔幻似的轻柔。它把那袭薄单，摸索着盖上一具微微泛着亮色的驱体。那人仍在哀哀地、嘤嘤地低泣娇哼，似乎把那袭薄单抻了抻，蒙住了不见形迹的头脸。

此时，月牙儿又从云翳中钻了出来。

那人的一双纤纤天足，从薄单内露了出来。

黄伯臣蹲伏地面，双手捧着那双莹润得牙雕一般、挺秀得佛掌一般娇小的天足，像捧着一件圣物，在他沾染着泪痕的脸上轻抚着、摩挲着。

一个细小的声音，似同来自远古，来自洪荒，因其悠远而沉雄，在另一方耳畔，留下永生的回鸣。

"婉卿，我的亲人……从今往后，生，我俩一块生，死，我俩一块死……过些天，我把聘礼亲自送到你家去，咱们中秋节前就结婚……我带着队伍，驮着礼炮，抬着八抬大轿来娶你……"

黄伯臣朝那只左足轻轻吻了一口，在即将别去的那一刻，见那莹洁的掌心，有一颗暗暗的黑点，在月色中还算分明。他伸出手指搓了搓，辨出那是一颗暗痣。

那是黄伯臣在那个夜晚，对那个女人唯一的、明晰的感官记忆。

回程中他还在想，娘说过，脚心衍（痣），踏金板。婉卿，我这辈子，一定让你享尽人间的富贵荣华！

第六章　龙马义冢

　　说到王家围子李雪松之死，还得从那次让王六十二小子跷了尿骚说起。该李科场偃蹇，潦倒终生，愤而不平，找到五陵高人，求他指点迷津。那阵子，他正处于被对门王家人辱贱得即将气死、然尚未气绝的要害关节。

　　高人那天渭河里吊了两个王八，坐在矮板凳上，望着铜脸盆里的鳖娃子，人眼对鳖眼，正相互呆呆地对瞅。李雪松说明来意，高人一声不吭，朝面盆大小的锅里加了两瓢水，把两只鳖娃子丢了进去，盖上锅盖，便朝灶门里塞了些柴草，烧起火来。

　　最初的两只鳖娃子爬在锅底，有水润着身子，相依相偎，甚是惬意。随着水温升高，它们便变得不安分起来，由最初的蠢蠢欲动，到后来的焦躁不安，再由焦躁不安到最后的亡命冲突。一只雄健的鳖娃子顶翻锅盖，爬了出来；另一只瘦小的没爬出来，肚皮朝天，被活活煮死。李雪松眼睁睁看着高人做完了这一切，便呆楚楚坐在灶门前，闭目养神，打起瞌睡。

　　"老哥，我大老远跑着来，问你的事，好歹告我一声。"

　　"我告你了啊！"高人愕然相望。

　　"你哪里告我了啊？"李雪松亦显愕然。

　　高人指了指那只爬出铁锅，高高蹲伏灶台上闭目养神的鳖娃子。

"你说，这只鳖娃子为啥顶破脑袋，也要顶翻锅盖，从锅里爬出来？"

"因为……因为锅里水深火热。"李雪松沉吟着说。

"这不就结了！"高人双手一摊。

李雪松明白，高人的确回答了他，且告诉了他该怎么办。

"老哥，我实在没有那个力分，都爬了半辈子了，就是爬不到高处去哇！"李雪松言至于此，悯然生悲。

高人瞪了李雪松一眼，一把拎起锅里那只鳖娃子腿脚，丢落案头，朝肚皮上撒了些盐巴，撕着腿肚子大吞大嚼起来。

李雪松泪飞如雨，泣不成声。他知晓，高人又告诉了他，爬了半辈子，没能爬倒高处的结果，一把抓住高人胳膊。

"老哥，不甘心啊，我不甘心受这份煎熬，被人一口一口撕着吃了……"

"既然爬不到高处，又受不得煎熬，也好办，跟我走！"

高人一把拉住李雪松，双双来至村头牲口配种的桩上。

所谓桩，是一副两边栽有固定栏杆的木架，跟学堂里孩儿们练筋骨的双杠一般，只是前面呈封闭状态，其空间以正好装得下一头畜生为度。它是给配种的畜生定制的框架，叫它左不能左，右不能右，前不能前，甚至后不能后。因为后面有头膘壮雄健的畜生堵着牠，只等着趴在牠的身上昂昂气壮、爽爽快快发泄一番。

自古及今，桩都是给遭受奸辱的畜生定制的法器。牠愿意也罢，不愿意也罢，一旦被牵上桩，就由不得牠了，只能规规矩矩，老老实实，没有丝毫挣扎的余地，只能任凭趴在身上的健驴儿马，拿粗而且长、长而且挺、挺而且坚的雄器，朝牠身子里疯戳狂捅。

这天前来配桩的是五陵首富黄家的牲口。黄伯朝牵着一头草驴，伙计头福旺牵着一匹骒马。牵着草驴的黄伯朝跟那头草驴一样温顺，一手牵着缰绳，一手温柔地轻抚着驴脊。那驴就被轻而易举地牵进桩。一头雄健的儿马急不可耐，几乎挣脱了桩主手脚，朝那头草驴立扑过来。草驴回过头来，搭眼一望，似显畏怯之色，试探着左冲右突了一番，觉得无可旋踵，也就抿起耳朵，塌下后腰，作出自我牺牲且忍辱负重姿态。

那头雄健儿马腾身而起，人立而嘶，一个猛子便爬上草驴背脊。桩主手法灵便，娴熟至极，左手一撩草驴尾巴，右手托起儿马二尺多长坚挺雄器，照准草驴核心部位，响亮吆喝一声，一个起字尚未落点，便连根没入草驴肚腹。于是，那物事就像小伙手中打胡基（土坯）的锤子，一耸一耸，欢势极了。

再看那只草驴。牠此刻的四蹄，似不胜负荷，晃晃然做撑持状；腰身似不胜压迫，畏缩缩作收拢状；浑身似不胜酥麻，抖索索作战栗状；双目似不胜迷蒙，泪涟涟作悲喜状。既然无可脱逃，何不姑且受用一番。

一旁的黄伯朝仍一手牵缰绳，一手轻抚驴项搔着痒儿。搔在驴身上，似乎舒服在自己身上，也显得很受用的样子。

草驴跟儿马子交配，生下来的，肯定是个杂种。

黄伯朝拉着草驴抢了个头桩，下来才轮到福旺拉着的那匹骒马。

原上人骂人有时很恶毒。王官镇隔壁子两邻子有个婆娘甲跟婆娘乙吵了架。婆娘甲想跟婆娘乙和好，一天大清早两个婆娘开得家门，打了个头撞。婆娘甲主动上前打招呼，"嫂子，今日个起得这么早，下地去吗？"不曾想婆娘乙只顾前面走路，一声不吭，腿杆抢得飞快，给婆娘甲来了个大面不理。婆娘甲这下脸搁不住了，冲着前面的婆娘乙跳脚叫骂。此人跳得虽高，声气却不甚响亮，"狗×跑得那么欢，跟疯了一样，急着抢头桩去！"

这回婆娘乙脸搁不住了，调转身子，杀奔前来，立马跟婆娘甲撕挖在一起。昨日刚下过一场白雨，街道上的车辙里水水浆浆。抱作一团的两个麻婆娘死缠烂打，满地翻滚，一刹间变成两只泥母猪。王官镇女人打捶闹仗，出手狠辣，不是下坠就是抹裤子，这一手都是跟李快嘴学的。如今是两个女人对阵，裆里少了悬坠，自然无可挖抓，那就只有抹裤子了。婆娘甲边抹边骂："老娘把你袄儿抹了，免得上了桩挡挂！"婆娘乙也边抹边骂："老娘也把你袄儿抹了，免得撩你尾巴！"二人旗鼓相当，各擅胜场，各自都抹了对方裤子。只是在众人心目中，心情跟春光都稍显黯然了点，只因二人屁股上涂满了稀泥。

高人冲李雪松丢了个眼色，转身欲将离去。李雪松知道，今日桩上一行，高人回答了他第三个问题，气冲冲接踵而至，一手揪住高人衣领，一手指着高人脑门，气得眼中淤血，浑身打抖，酱红的脸上满是耻辱。

"你……你你你……你这叫弄啥呢？要笑人吗？我、我、我李雪松好歹也是个读书人，就是爬不到高处，又受不得煎熬，也……也也也不能雌伏在别人胯下，受人欺辱啊！难道你让我斯文扫地，贱如娼门，当一个让人踢一脚哼一声的猪狗，做一个叫人当尿罐子使唤的贱人？！"

"这也不行，那也不行，那你还想咋的？也好，今日个老子把你侍候到底。你如今还有最后一条路。这条路要走就走，不走去球！"

高人言之已毕，反手揪住对方，再度把李雪松拉往桩上。

福旺试图把那匹骒马拉进桩，却就不那么容易了。

这匹骒马原本是匹军马，曾上过战阵的，原是余先生送给黄伯昂的一匹坐骑。此马浑身漆黑，膘肥体壮，四条长腿，撑起一副俊健身子，周身皮毛光得跟绸子一样，与昭陵六骏之一的特勒骠好有一比。数年前余先生把一匹骜马送给了一个狂人。

说来蹊跷，这马到得黄伯昂手里，人马之间还真投了缘。当时谁爬上牠的脊背就撂谁的绊子，镇子上的雒大勇等一帮冒失小伙，甚至包括爱马如命的黄崇义家伙计头儿、人称神鞭的福旺在内，莫不被摔得鼻青脸肿。黄伯昂没敢贸然爬上牠的脊背，牵过缰绳，搔着牠的脖子，先是跟牠悄悄说了阵体己话。

马儿呀，我只说我是个犟拐拐，如今看来，你比我还犟。好样的！对了我黄伯昂的臭德行，看着谁不顺眼，就把狗×给翻里整！自己的脊梁自己做主，像咱俩这号下家（角色），不是啥鸟都可以落在咱脲（头）上垒窝的！如今老伙计把你交到我手上，我这个半辈子一事无成的倒霉蛋儿，也不知配得上配不上你？有缘了咱俩就聚，没缘了就此别过，谁不欠谁，就当这辈子没打过照面好了！

言之已毕，黄伯昂一揪缰绳，脚踩马镫，忽地一个上蹿，干净利洒地跃上马背，在场人众莫不替他捏着把冷汗。

可雒大勇、福旺等人手壳脑（手心）的汗白捏了。那马一扬脖子，嘘嘘然欢快地嘶鸣了一声，身板却纹丝未动。黄伯昂轻轻拍了拍那马儿的脖颈，一勒嚼口，牠便飞也似地在三月三庙会场子上兜起圈子。大伙拍手叫好声中，黄伯昂但觉眼前树倒墙翻，耳畔呼呼风响，身子快得都要飘了起来，却平稳得跟毡一样，没一星半点颠踬之感。马背上的他不禁暗暗叫绝。我的天啦！黄伯昂何德何能，这辈子竟交上了这么匹神俊的龙驹！

当黄伯昂连醉八仙酒楼掺了假的酒水也喝不上口，马儿的草料更是难以为继时，不得不秦琼卖马，另打主意。草料不继、卖钱换酒的话难于启齿，他找了个堂而皇之倒也切合实际的理由，脸贴着那马儿的脖子说，马儿啊，我这人就因这个倔脾性，一辈子活得不得志，吃的苦头就更别提了。我不想让你跟我学，想把你寄养在庄户人家院子，给人家拉个磨，磨一磨你的气性。咱俩的缘分永远散不了，到时候我手头宽展了，再把你接回来。

黄伯昂爱马是爱马，关键是不忍心让牠在自己手里变作瘦马猴子，吩咐原上一个牛马经纪说，给牠寻个老诚的庄户人家，但不可白送。这样的神驹，又是我黄伯昂名下宝骏，白送也没人敢要。只有出钱买了牠，牠才是别人家的牲口，别人才可能疼惜牠。我就权当把牠寄养在别人家，磨一磨牠的劣倔性子，到时候老子发达了，出大价码把牠再赎回来就是了。

不成想那个经纪人见利忘义，把马拉到三月三庙会牲口市场，让黄伯朝出高阶给买了去。卖的钱越多，经纪抽的份子就越多。

即便是颗朱玉，到了愚夫蠢汉手里，无异瓦砾。黄伯昂不曾想到，他跟这匹马儿就此一别，竟成永诀。这件事在他原本就难以愈合、时刻都滴着血的伤口上，又大把大把撒了层盐。

此等神驹，岂可骈死于槽枥之间？到得黄伯朝手中，桀骜不驯，拒不拉磨拽犁，更别想把牠套到大车上去。每每拥脖加身，鞍鞯落背，即胡踢乱绊，跳踉大嚷，一蹄子把手执长鞭的福旺险些踢了个仰绊。拉不得车磨，耕不得田地，总不能把这个白食货闲养着。黄伯朝思量再三，有了主意。不如把这挨锤子的拉到桩上去，配个种，说不定还能下个好马驹。

那匹儿马随时都处于亢奋状态。这也由不得牠，从不套车套磨拉犁拉碾子，有嫩苜蓿拌豌豆吃着，干的就是胯下的营生。只是在牠长达六年的桩上生涯中，还从未瞅拾到有这匹骒马那么养眼的下家。

莫不畜生眼里也有美丑之分，妍媸之别？想必也是有的，就拿今天抢了头桩的那匹草驴来说，无异于把娃褙子误当沾布（抹布）、终日蓬头垢面、弯腰驼背的邋遢婆娘，浑身的驴毛要么打着旋儿，要么斑秃了一块，要么上面还糊着粪尿，咋看咋不舒服。而福旺牵着的那匹骒马何等华贵！何等高雅！何等俊健！何等英武！如果那匹草驴是个邋遢婆娘，这匹骒马就是一位贵妇，一位皇后。

单看那匹儿马的表现，就足以说明问题。一个夜晚的养精蓄锐，上了头桩，本该至为亢奋才是。可当牠一瞅见那匹骒马，比瞅见抢了头桩的草驴来，亢奋得何啻八倍十倍。但见牠倏忽间变得焦躁不安，嘘嘘地喷着响鼻，尾巴扫得飞欢，就像楼观台清虚道长手中作法的拂尘，动辄前蹄腾空，作跃跃欲试状，全身的肉都哗啦啦颤抖起来，胯下的物事早已劲键得垒球棒子一般，陡然间朝上一翘，把肚皮抽得啪啪响，牵着牠的桩主被拖得脚底下直打绊子。

骒马尚未进桩，儿马子便拖着桩主奔突过来，一头扎向骒马的后胯，急不可耐地拿鼻子去嗅、拿嘴巴去顶骒马的水道。骒马稍稍偏着脑袋，似乎连正眼都没瞧身后那个猥琐的家伙，只是斜乜了牠一眼，暗地里前腿挂地，运劲发力，后半截身子猛地一抬，双蹄一扬，就像两副大铁椎，霹雳般呼啸而起，那匹儿马脖子上立马着了家伙。

这个蹶子尥得既准且稳，既狠且辣，儿马猝不及防，突遭蹄击，连回旋余地都没有，以至后腿收缩，全身下挫，一屁股塌在地上，把剧痛的脖子摆得风车一样，鼻子里发出一阵尖锐嘶鸣。

高人跟李雪松站立一旁，只是静静地看。

刚一闪身露面，骒马就赏了儿马个见面礼，也给了桩主跟黄伯朝一个警示。那两人同时发声感叹：这狗×跟牠的主人一样，咋也这劣佣！

黄伯朝拖着缰绳，撅着屁股在前面拉，福旺手执长鞭在后面赶，硬是把骒马吆不进桩。桩主一看今日来的这个主儿不调教，也抄起一根短把儿牛皮鞭子，增添了个人手。他怕挨蹄子，侧着身子，拿短鞭朝骒马后腿弯上抽。福旺的长鞭炸雷一样，在半空里甩得叭叭响，单朝骒马头顶上着家伙，可就是鞭梢舍不得沾牠的耳朵梢儿。

如是这般，仍然莫措手足。骒马的缰绳把黄伯朝拖得跌跌拌拌，脚下跑落了一只鞋子。但见牠偏着脑袋，抿着耳朵，屁股扭着扭着朝桩主正面撅，一只腿弯得跟弓一样，随时准备起蹄。桩主惶惶退避，叫苦不迭。这狗×一蹄子上来，不把老子踢到天上去，才是怪事！

桩主是个比驴还犟的下家，螃海（蟹）一样，跟人竖起来横，跟牲口也竖起来横。跟人竖起来横，横的是他婆娘。当年他婆娘娶进门的第一天晚上，就跟新妇来了个霸王硬上弓。那女子见他生得跟黑旋风一样，心里害怕，出嫁时穿了件特制的夹层短裤，拿一根细铁丝捅进裤腰环儿，三扭两扭扣了个死疙瘩，晚上抱着裤腰，跟祷告一样窝在炕上不起身，虽被他男人扒了外衣，然使出牛大力气，内裤却怎么也抹它不下。新妇腰身纤细胯骨宽阔，裤腰又拿铁丝勒着，这叫人如何个抹法？新妇被她男人折腾得发了忙，从大炕上滚翻地面，又从地面钻进了卷席筒。那席子是张细密的竹篾凉席，被主人卷了起来，靠在墙角，逼急了的新妇将其拖倒，一头钻了进去。时当盛夏，那张凉席原本是要铺在炕上的，只因新婚头一天，炕头上须见落红，这才铺了床水绿色洋布单子。

新妇顾头不顾尾，钻进卷席筒，只可惜后半截身子还露在外面，给了男人个天赐良机。他把卷席筒重新扎束了一番，新妇的上半截身子便被结结实实捆在席子里。可那只裤腰被铁丝扭得太紧，还是个老虎吃天无处下爪。男人踌躇再三，思得一计，从针线蒲篮抄了把剪子，慢工出细活，悠悠闲闲，给新妇那只特制的夹层短裤开了裆。

桩主跟牲口踅起来横，横的是那些孱驴骜马。就黄伯朝拉来的那匹草驴而言，桩好像是给牠们天生的，牠们也好像是天生下进桩的材料，温顺得跟贵妇人怀里抱着的咪咪猫一样，人家在牠后腰上想怎么爬就怎么爬，想怎么压就怎么压，想怎么顶就怎么顶，眯起眼睛承受就是了。这样的坯子见得多了，桩主也就轻慢了牠们，不屑了牠们。如果遇到个劣倔牲口，桩主便顿时来了兴致，就像遇见他当年拿铁丝扎裤腰的孱媳妇，比急着上桩的叫驴儿马还亢奋。

做主子的莫不霸气十足，就像皇王爷面对他的臣民，即便此人只是个桩主。哼！老子栽这副桩为的是啥？就是为了收拾你们这些毛不顺的。到了我的桩上，还能由了你不成！你想替你做主，说不进就不进了？老子一辈子做别人的主做惯了，见不得你们这些毛不顺的自作主张。你不情愿，老子偏要把三尺长的驴圣马鞭给你硬塞进去！叫你心里难受得跟×戳一样！

桩主以往还干了件阢陧（丌心）事。他把一匹骒马跟一匹儿马的眼睛用黑布蒙住，拉着牠们上桩交了配。完事之后，除去了马儿眼睛上的黑布。儿马一看，对方竟是牠的亲娘，从此之后蔫了鞭，成了一头活着的废物，再也上不得桩了。骒马一看，对方竟是牠的亲生儿子，低头纳闷，眼中蓄泪，此后不久便绝食而亡。

万物有灵，何况黄伯朝今天牵来的骒马，大狂人座下的一匹神驹。

这匹马劣倔得过了头，桩主亦亢奋得过了度，一时间脸热心跳，眼睛里布满血丝儿，近看像蛛网，远看像害了红眼。但闻此人大喝一声，兄弟们，抄家伙！

他所吆喝的兄弟们，是一帮常来桩上看热闹的帮闲，大都是些游手好闲、没婆娘没娃的二流子。这些人来这，受用的就是那一刻。他们既可一饱眼福，有时帮个小忙，桩主又无须发赏钱，一方两便，何乐不为？况且当牠家、做牠主、逆着牠性子来，方显本色和权威，干起来特激动人心，也特有成就感。即便是一匹马，由了牠的性子，就由不了我的性子。牠受辱了，就轮到我尊荣了。

那些人手执梢头上绾了活套的绳索，丢在马蹄底下，单等牠踩进活套，猛乍一收，套紧腿杆，便合伙朝桩上拖。骒马两条后腿、一条前腿都给人套了起来，合十多人之力，喊着号子，朝前拖拽。再加上黄伯朝等人前面拽着缰绳，后面还有手执短鞭的桩主，朝牠背脊上疯狂抽打，就是一座小山丘，也得给人抬了起来。

高人拉了一把李雪松，说是咱们站远点，小心血溅在脸上。

任是如此，那马仍在与人死扛，瞪着眼睛，抿着双耳，将滚圆的屁股撅成弓形，一会儿朝左偏，一会儿朝右摆，众人身子也波浪一样，被那马儿拖得左右偏转，就是把牠那颗不屈的头颅，再怎么也拖不进桩。

进不了桩，人就当不得这匹马的家，就无从对牠实施切实有效的奸辱。跟反作用力一样，这么多人，当不了一匹马的家，就等于马当了人的家，也就意味着马在精神层面把人给奸辱了。每个人肚子里都憋着一股闷气，手忙脚乱、咧眉瞪眼、默不作声中，无不怀有一个共同意愿，一个撞倒南墙不回头的决心。今天无论如何，都要叫儿马把这狗×的捅了！

黄伯朝知道这头性口不调教，可没想到牠配个桩竟这么作难，更想不到牠到底作难到了啥地方。一边拽着缰绳，一边骂不绝口。跟婆娘怀娃一样，不就是配个桩嘛？我就不信，儿马子把你能×死，看把你难场的喔（那）样子！

黄伯朝一辈子不理解的事多了。

有一次，他跟福旺一起地里扬粪，被过路的北洋军拉了夫，晚上歇在农舍里。当兵的把屋子和檐前砖头台阶占满了，剩下几个民夫没处安顿。一个当官的老总说，后院猪圈里还有间猪房房，主人家早把猪杀了，倒也干净，你们把它收拾一下，凑合一晚上。民夫们宁愿睡在撂天地里受冷冻，淋露水，也没人肯钻猪房房。只有黄伯朝肯听老总的话，抱了捧麦秸，把猪房房铺得软软活活，一个人宽宽展展、舒舒服服睡了个通宵。

黄家家业大，不但开的有染坊、醋坊，还有油坊。油坊里的生涯最难熬，特别是夏月天，又要炒棉籽、上蒸锅，里面真个热得跟蒸笼一般。原上人榨的、吃的通常都是棉籽油，菜籽油是个稀欠，只有富裕人家一年到头吃上那么十天半月。诸多作坊，女人大抵都去得，就是油坊去不得。从老祖宗那里传下一个规矩，油坊里劳碌的汉子，一般是赤着身子的。一则太得沤热，衣衫贴在大汗淋漓的身子上不怎么好受，二则油坊里的人跟油打交道，免不了浑身都沾满了油腻，再干净的衣衫，不出半天，保你撑将起来，能当油布雨伞。试想，满身油垢的衣衫，穿在满身臭汗的身上是何等滋味？到得民国，洋人的精细物件慢慢传进中国，比如洋碱、洋火、洋蜡、洋糖、洋布、洋伞、洋鞋洋袜子、洋围脖洋头巾、洋布衫子太平洋单子，向来粗犷的原上人日月，也慢慢过得细发起来。体现在油坊里的变化，就是大伙或穿一件薄若蝉翼的洋布短裤，或系一条以油攻油的油布裙帘，借以遮掩羞丑。可黄伯朝依旧恪守成规，赤身露体。炒棉籽的时候，拿谷草裹包子的时候，油包上榨子的时候，冲榨擂楔子的时候，黄伯朝的身子在晃，胯下的物事也跟着晃。每至于此，其他人便斜乜着眼睛扫，扫视黄伯朝那悠悠然颤动着的物事，把吭哧吭哧的笑声化作劳动号子，使得尴而尬之的场面消于无形，表面上看起来都跟没事一样。黄伯朝无知无觉，永远都沉浸在劳作的欢悦中。

不是你当我的家，就是我做你的主。人与马的对峙，到了真正意义上的紧火时刻。如此僵持下去，如何了得？这可急坏了主人黄伯朝。此刻只有他明白，作为人的一方，还有一把力挽狂澜的杀手锏，至今仍闲置在那里，未能派上半点用场。

"福旺，你手里的长鞭，是用来戳你婆娘的吗！到了这阵子，你还跟个蔫驴一样，缩在一旁看热闹！我养你这个白食货捞×呀！你今日不把牠给我吆到桩上去，就给老子卷铺盖走人！"

吃人家饭归人家管，福旺遇到了生平不曾遇到过的难题。

　　福旺给人当伙计，从十六岁进了黄家门，摇耧耕地，耙抹打碾，吆车套磨，打了大半辈子牛马驴骡的后半截。跟牲口混的时间长了，又是凭赶牲口吃的那碗饭，对做农活的牲口有了感情，手里有的是梢头跟刀子一样灿火（锋利）的长鞭，周身有的是在五陵原叫得上号子的驯牲口功夫，可就是下不了狠手，平日只是摔个炸响的空鞭，在头顶上吓吓牠们，除非遇到没上过笼套的劣倔骡马，不得不让牠长个记性，在日后地头上、磨杠上的生涯里敛敛性子。在他的长鞭下，还没有驯而不服的劣倔牲口。可是，当他从三月三庙会牲口市场上把这匹骡马拉进黄家大院，简直爱得害心疼，跟闻屁一样，腮帮子贴着光得黑绸子一样的马屁股亲脸脸，没迟到早岔开五指，朝骡马脖子挠痒痒，每天拌草喂牲口，总是朝牠槽头上多加三把豌豆瓣子。

　　骡马本属军马，自然也没上过笼套。拉犁架不上拥脖时，套磨戴不上暗眼（遮眼的棉质器具）时，驾车屁股耸不进车辕时，福旺的长鞭，就是舍不得朝骡马耳朵梢上招呼。黄伯朝不免恼怒，叫骂他说，你那么爱牠，牠是你婆娘吗！你干脆别上你婆娘的炕了，跟牠卧到槽头上去！今日临行前，黄伯朝就对福旺办了招呼，如果这畜生今日上不了桩，咱就扛着！意思自不待言，今日配不了种，咱俩个就别回家，不回家就没饭吃。饿肚子的滋味不好受，地头上的活路，有时没法按时收工，福旺体验得多了。

　　黄伯朝此言一出，福旺由不得打了个尿战。比起卷铺盖走人，不吃饭饿肚子算个屁，福旺握着长鞭的手在索索打颤。黑马呀黑马，福旺今天对不住你了。你今天给人低个头，弯个腰，也不过就是进个桩，叫那匹儿马子在你脊背爬上一回。你本来就是匹骡马，天生下受辱贱的，你那么硬气做啥呢？可我就不同了。我为你丢了饭碗，我婆娘娃靠谁养活？难道让他们把嘴缙住不成？吸风巴屁不成？你在人前硬气，有你硬气的本钱，大不了把那条命搭上。可我没这个本钱，就是把我这条老命搭上，我把我婆娘娃丢给谁呀？他们在世上咋活得下去呀？

　　老先人极会配制人，据此发明株连法，连坐法。再劣倔的人，哪怕跟犟驴骜马一样，一旦祸及妻孥，殃及六亲，也就不得不掂量掂量了，正如福旺此刻所想。尽管黄家不会把我婆娘娃咋样，但断了我的活路，就等于断了我婆娘娃的活路；杀了我，也就等于杀了他们。

　　福旺还有一重不得不向骡马下手的理由，且是一重聊以自慰的理由。你当刽子手爱杀人？人是好杀的？他吃的就是那碗饭。你当当官的爬在皇帝老儿脚下，爱称自己是奴才？奴才是好当的？他们吃的也是那碗饭。没办法，人都要活下去。

意思再明白不过，马若有知，一定会猜想得出，你当我福旺爱削你的耳朵梢？你的耳朵梢是好削的？我端的是人家的碗，吃的是人家的饭，我也要活下去，我一家人都要活下去，我实在是没办法了。

良心稍安，福旺到底还是扬起了那杆长鞭。

行家一出手，便知有没有。号称五陵神鞭的福旺，第一声干打雷般的大音炸响头顶那一刻，便夺了那匹马的三分胆气，身子骨栗栗然缩矮了三分。那么多人连拖带拉，又捶又打，都未能让岿然不为所动的牠如此耸动。

不知马匹的耳朵梢儿，到底是牠的灶门还是命根子，一旦朝那个地方动了家伙，咋就比拿刀子捅牠的心还难受？况且，今天动了那个地方的，是神鞭福旺的鞭梢，是那比刀子还灿火的牛皮鞭梢。

福旺第一鞭的鞭梢，就在那匹马的右耳朵梢上，削了糯米长一道血口。福旺的鞭梢，要削牠的耳朵尖尖，决然不会削了耳朵左右两边；要削糯米长一道血口，更不会深削一丝，浅削半毫。他有把握甫一出手，就把牠的一只耳朵变成两只耳朵，把两只耳朵变成四只耳朵。但他还是不忍心，他对牠太爱了，牠的耳朵滴血，他的心也在滴血。

紧接着，又是几声啪啪炸响，震得众人耳鼓嗡嗡作响，袅袅回鸣之音不绝于耳。毒蛇信子一般的鞭梢，削了那匹马的左耳朵，又去削右耳朵，左右双耳轮番着了家伙。

高人跟李雪松站立远处，仍静静地瞧着光景。

不断炸响的长鞭，不断被削开的耳朵梢儿，不断传导至全身的锥刺般剧痛，把那匹骒马的注意力全都聚集在头顶上，牠那四条挺秀的长腿，以及劲键的身子，在被众人拖拉摆弄过程中失去了自控，到底还是叫人把头颅拖进了木桩。

欢呼声中，有人即刻把套着骒马腿杆的绳索，紧梆梆捆在桩架竖起的四根木柱上。如是这般，四根木柱捆定了马儿的四条腿杆，使其失去了活动的自由，挣扎的余地。那杆锋锐的长鞭，也就结束了它炸雷般的轰响。

五陵原人，又一次见识了高悬头顶的鞭子的厉害。

任是如此，骒马仍未放弃一无休止的抗争。四条腿失去了自由，牠还有一副强项，就跟往昔岁月洛阳的强项令董宣一样。牠用牠的脖颈去撞击桩上横架着的两条木杠。见过两头长颈鹿争雄称霸的人，才知晓有些动物的脖颈，原来也是一手十分了得的利器。桩主一声吆喝，把狗×脖子勒死！有人便拿绳索勒住了牠的脖颈，并把绳子的两头紧紧拴在两只木杠上。人比起畜生来，毕竟棋高一着，如此一来，马儿脖颈摆动起来，就不那么太听使唤了。硬要摆动的话，绳子会勒得牠分外难受；拼命摆动的话，绳子便会勒得牠断了呼气，以至于气绝当场。

脖颈被勒住了，还有一副好身板。就跟希腊神话里大地之母的儿子安泰俄斯一般，只要足跟不离开大地，就有使不完的力气。尽管牠的四条腿难以移动，着地的四蹄依旧可以发力，这股力气支撑着身子，朝左右两边的横木磕撞起来。这股磕撞的力道沉雄无比，刚猛至极，随着身子的左冲右突，但闻一阵嘎扎声响，两条椽子粗细的横木，岌岌然有被扛折之势。桩主见得此情，又是一声大喝。我的妈呀！这狗×咋这劣倔的！快！快搭个手，把桩给我扛住！

众人呼啦一下，一拥而上，伸出双手，抓住左右两副横木，死死朝骒马的身板挤压。打眼望去，此刻的桩就像一只被斩断了的百足之虫，两旁众人斜撑着的腿脚，就像半截蜈蚣匆匆移动的百足。

骒马到底还是被暴力征服了。在人类面前，貌似强大的牠实则很渺小。自从世上有了人，万物大抵都屈从拜倒在他脚下。可这匹马没有，尽管牠被人类剥夺了自由，可牠的心还在抗争。这从牠全身战栗的肌肉、钢鞭一样扫动的尾巴、上翘的嘴唇与鼻孔、裸露的洁白而细密的牙齿、喉咙里粗重而愤怒的嘶声便看得出来，听得出来。

接下来要上演的，当然是最精彩、最豪壮、最激动人心、最令人血脉偾张的一幕。所有人等待的就是这一幕，巴望的就是这一幕，为之付出不懈努力的也是为了这一幕。一个个激动得心跳口颤，嘴唇打抖，脸子烟红（烧热地红），比急着去做新郎官还迫切，还奋激。

那匹儿马被拴在近旁一根猴儿抱柱石桩上，眼睁睁瞅着那匹被人类折腾着的皇后般尊贵的骒马，嘘嘘地喷着响鼻，要么旋风般兜着圈子，要么拿前蹄直刨坚硬的地面，早已急不可耐，胯下的物事蓄势待发，坚挺得像一根顶门杠子。

桩主连颠带跑，把那匹儿马牵了过来，右手习惯性在儿马胯下把玩性揉搓了一把，这是他在给那匹儿马热身上劲。桩上生涯浸淫日久，人与马心有灵犀，意兴相通。此刻的儿马异常奋起，无比昂扬。做主人的朝牠臀部猛击一掌，爆喝一声，一个起字话音落点，那儿马便一个暴蹿，人立而起，跳踉大嗷，身子立马架上了骒马背部。

骒马钢鞭一样扫动着的尾巴，此刻已被一人紧紧抱起，不用桩主再去撩拨，只是左手把骒马左臀朝外象征性一掰，右手娴熟地撩起儿马胯下物事，照直了骒马的水道呼哧一下，长驱直入。凭桩主的经验与手感，无论经他豢养的任何一头叫驴，任何一匹儿马，还从未经见过像牠今天这般雄健，如此刚猛，不由得暗暗叫骂了一声。我的妈呀！这狗×咋跟疯了一样！

这家桩上人欢马叫，就像烈火干柴上冒着泡儿的巨镬，顿时咕嘟嘟沸腾起来。

"嘘嘘嘘嘘……嘘嘘嘘嘘……"

"嗷——嗷——嗷——"

儿马子在嘘嘘嘶鸣，人也在嗷嗷浪叫；儿马子的腰身在狂放地撞击，男人们的双臂也在狂放地推拥。儿马子撞击的是骒马臀胯，能撞倒南墙；男人们推拥的是夹持骒马腰身的横木，能掀翻丘峦。儿马把狠劲用在后胯间，男人们把狠劲用在胳膊腿上。儿马亢奋，男人们也亢奋，似乎在比赛谁比谁更亢奋。亢奋到极致，到沸点，便忍不住更加疯狂地喊，凶狂地叫。

"嘘嘘嘘嘘……嘘嘘嘘嘘……"

"嗷——嗷——嗷——"

桩主心情激动，身体亦随之悸动，甚而有泪从眼角溢出。这是他有生以来桩上生涯的一次壮举，一次盛典，简直奋激得难以自已，便把自己也投入了进去。他似乎还嫌儿马撞击得不够凶猛，拿双掌去推送儿马的后臀。一边强力推送，一边狼嚎般喔喔发声。

"使劲——使劲——再使劲——使劲捅——把狗×往死里整！"

似乎经历了一场鏖兵，血拼的战场烽烟俱净，四野寂然。儿马子喘着粗气，嘴上拉着泡沫丝儿，轻抬四蹄，漫转身子，似乎想舒舒坦坦地打个滚儿。所有男人，把鼓得肌肉跟青蛙脊背一样的一身劲气，在那一阵子得到酣畅淋漓的释放，身子软得跟面条一样，脸上却欢悦得跟佛爷一般，有的一屁股蹾在就地，喘着气儿，有的在慢条斯理地解脱着骒马腿上、脖颈上的束缚。

包括桩主在内，没有多少人再去留意那匹骒马。天地以万物为刍狗，用过的东西，就被人们不经意冷落了，弃置了。桩主以为牠先是被人类征服了肉身，接着又在儿马胯下征服了魂灵，一个灵与肉都被辱贱得跟死鬼一样的畜生，还能造起个啥毛来。

原上人把不甘屈从铤而反击叫造毛，有时也指母鸡跳架发情，其含义近于造反。

只有站立远处的高人看得出，这马跟人没完。

高人如是作断，是有来由的。也只有他留意到、看得出，那匹骒马的头颅，虽与桩主处反向位置，但牠稍稍偏斜的脑袋，及那只幽幽的左眼，一直在扫视着身后的桩主。那只眼睛，在高人眼里，一会儿是一块炭团，一块铁匠铺子火炉里燃烧着的炭团；一会是一道芒刺，一道看似无形却足以穿透铜墙铁壁的芒刺。它把桩主瞅定了。

"老哥……我明白了。这就是你指给我的第四条路？"一旁的李雪松双目迷蒙，一派落寞。

"明白了就好。"高人亦漠然作答。

"可相抗了又能咋样？最终还不是给奸辱了。"

"奸辱的只是牠的身子。牠的精魄，没有被任何畜生奸辱！任何畜生也无从奸辱！"勃然大怒的高人，这几句话几乎是揪着李雪松的领口吼出来的。

五陵高人一生，妄动匹夫之怒，仅此一回。

"如果你还以为牠今天落了败，遭了辱。那么，你再给我往后看！"

李雪松为之讶然。到了这步田地，难道还有后戏？

有人解脱了那匹骒马脖颈、腿杆上的束缚。当最后一重羁绊离了体，但见那匹马儿挺直了呈八字形前后岔着的长腿，身子突噜噜一阵飞抖，全身的黑毛一蓬蓬钢针一样，似乎一下子都直立了起来，刚劲的脖颈朝右上方陡然一扬，黄伯朝便叫缰绳拖得跟跟跄跄，一脚栽了个嘴啃泥。

继而，那马儿泥裹了一样雄健的身板，后半部朝右一扛，前半部朝左一摆，但闻噶扎噶扎一阵大响，那副业已被折腾得活络且坼裂了的木桩，四条栽入地下的腿子，连同两旁撑起的横木相继折断，歪斜倒伏，纷纷落地。

刹那间桩便被毁了，五陵原奸配调教牲口的法器毁了。

那马儿眼角下的皮毛上分明被液体洇湿了一片。再看那洇湿了的皮毛上那双眼睛，此刻几乎都要鼓突出来。

突兀间，那马儿掉转头颅，直直冲桩主奔突而来，随即人立而起，高扬且呈镰刀般弯曲的两只前蹄，收割一样朝桩主顶门挝去。

"我的妈呀——"

桩主发了声摧胆裂心的哀嚎，撒脚便跑。他跑到哪里，那马儿就追到哪里。桩上偌大一块开阔地面，顿然成了人马争锋、立判生死的格斗场。

"快！还不抄家伙，快！快把牠给我截住……"

桩主哀声呼救，可在场人众如痴似呆，听而不闻。

那马儿突兀发难，挟雷霆之势奋发一击，夺了包括桩主在内所有人的心胆。可谓匹夫之怒，不惮于七尺之内，以颈血喷溅龙袍。到了这般地步，谁还迈得动步子？伸得出手去？就连福旺手中的长鞭，也形同一条僵死的毒蛇，耷拉下它的身子。

人又焉能跑得过马儿？那马儿沉下心气，步步威逼，不是把颈项一摆，将桩主扫翻地面，就是掉过后臀，钢鞭般的尾部，似同横贯天际之彗尾，一扫而过，桩主就像肉球一样，可着地面来了个前滚翻。

几个轮回下来，胆气已失的桩主理智尽丧，形同泥塑，神似木偶，岔着双腿，强自支撑着哗哗战抖的身子，呆兮兮静止在那里。

致命的破空一击，就发生在这个时候。那马儿仰天长啸一声，闪电般调转身子，两只前蹄力挺全身，后蹄带动半截身子，陡然间冲天而起。众人眼见得桩主像装着粮食的麻布口袋，打着旋儿飞上蓝天。

桩主被踢折了胯骨，鼻口溢血，从半天上平摔了下来。

第二天，家人给他擦洗身子，穿戴老衣入棺成殓时，发现炸裂了的一对睾丸化作粘液，只剩下一张胞皮。

那马儿再度仰天发声。这一次发出的，是如同龙吟般长长一声啾啾悲鸣。悲鸣之音凄凛至极，惨烈至极，就像拿钢针捅入耳朵眼儿，谁人也不忍卒听。

那马儿跑了，腾雾驾云般飞奔而去。

人们跟随其后，呼啸而去。大伙都急着要去看看，这匹马到底是怎么了？牠要跑到哪儿去？还要去做什么？

众人一路打听，得知那匹马儿去向，一直追到王官镇，追到黄崇义家门前，也是这匹马的最后一任主人黄伯朝家门口，一头撞死在这户人家的照壁上。

据目击者雒大勇等人讲，那马跟疯了一样，一头闯进镇子，嘴里嘘嘘叫着，刺耳极了。街头上正在拾粪的张三老汉、沿街叫卖的货郎担、正拿铁叉刨着晾晒煨底（烧炕的柴草末子）的黄伯贤远房三嫂、抱着娃儿满街跑嘴尖毛长扯是非的婆娘、吃饱没事干走东家串西家的二流子，眼见得那匹疯马闯了过来，一个个吓得吱妈连天，连滚带爬，东闪西躲，眼睁睁看着牠照直朝黄崇义家跑去。跑到黄家门口时，可着喉咙嚎叫了一声，搭起蹄子，弯着脖子，跳起来朝那面照壁撞去。只听得砰地一声，脑袋就碎了，身子跟墙倒房塌一样，倒在了照壁底下。

黄家的照壁高而且厚，雄浑巍峨。它的根脚用关中地区少见的黑色花岗岩石条奠基，顶部的飞檐上面是至今仍启明泛光的琉璃瓦。它虽然不比陵邑县文庙照壁气势宏大，却也是仿照文庙照壁的形制构建而成，且照壁正面的砖雕图案，也依照文庙照壁，雕了个鲤鱼跳龙门的造型。龙门之水，从天而降，在浪翻波涌的激流中，有一尾鲤鱼腾空而起，跃上龙门。其雕工之精细，构思之玄奥，形象之生动，寓意之深刻，可谓五陵一绝。

就是这样一座高耸空中的砖石构建，顶头还托着一蓬蓬活物，那就是琉璃瓦缝隙间纪念塔似的酸酸（瓦楞草）。

酸酸的生命力跟这面照壁一样恒久，一样绵长。照壁不倒，它就不死。少年时代的黄伯臣曾用竹竿戳下一蓬酸酸。酸酸周身上下只有一根杆径，再就是围着杆径生出的一蓬枝叶。那枝叶说到底既不是枝，也不是叶，只是一根根、一圈圈像乌贼腿足一样软而且圆，圆而且长，长而且直，直而且尖的细小棒儿。黄伯臣掰下一根棒儿，填进嘴里慢嚼细品，便品出一味酸酸的感觉。人们叫它酸酸，可见是有来由的。

长在瓦缝间的酸酸，再猛的风刮它不下，再大的雹砸它不倒，再厚的霜杀它不绝，再毒的日头晒它不干，再久的干旱熬它不死。民国十八年年馑，关中地面三年六料（关中人把一季庄稼叫一料）没收成，瞎了所有的庄稼，乃至瞎了滥贱的野草，却没瞎得了瓦楞上的酸酸。它才不管下不下雨，也不管下得及时不及时，合不合季节，依旧生生不息，一无遏止。

少年时代的黄伯臣曾问他大，"照壁上的瓦底下，连土都没有，天气这么干，咋把酸酸旱不死呢？"

黄崇义将着三绺髯须，面含浅笑，从容作答："酸酸底下有水呢。"

黄伯臣就沿着照壁顶端朝下搜索，却到底没能找到水源，就再度叩问他大。他大笑而不答，只是命他再找，再找。黄伯臣找来找去，找到了石雕图案上的龙门之水。黄崇义漫拈髯须，朗声大笑。

"哈哈哈哈……我娃总算开窍了！"

可少年黄伯臣仍在想，那水是砖头刻的，又不是真水，能养得活酸酸吗？就算它是真水，那酸酸的根得扎多深啊？

兴许，酸酸真有一条无形的根。

此后的黄伯臣每每想起他家照壁上的酸酸。酸酸的酸涩味道，伴了黄伯臣大半辈子……

黄家照壁砖雕图案上，那尾鲤鱼与龙门浪涛间涂满血迹，还有散碎了的豆腐脑般的脑浆。

这马儿通了灵性。牠是从这户人家院子里走出的，吃的是这户人家的草料。它是主人的家，也是牠的家，即便死，也要回归这里。是这户人家逼牠干不愿干的事，牠无力抗拒，却可以死相抗。牠要死给这户人家看。

高人坐倒在那匹马儿身旁，抚尸恸哭。他边哭边吼：马呀，你叫五陵原上人咋活呀？

黄家门前，几乎招来了王官镇所有乡民。此番盛况，只有丰稔之年闹元宵耍社火时曾出现过。那时王官镇人满面欢悦，此刻的他们面现忧戚，默然无语。

面对老死了的马儿，人们并非这般模样。

老牛力尽刀下亡。无论牛马驴骡，牠们为人耕作，劳碌一世，到了油尽灯枯、再也爬不起来的时候，有人便提着铡刃，怀着一腔悲悯，惴惴然靠近牠们，最后还是咬咬牙抹了牠们的脖，剥了牠们的皮，拆了牠们的骨，剔了牠们的肉。到了这般时刻，牠们眼睛下面，莫不一片涸湿。有的挣扎着把脖子伸直了，引颈就戮；有的实在没了力气，也尽量把颈项冲向人们，冲向铡刃，就闭上了眼睛。

每每至此，原上人总会以各种理由，把小娃们支开。人们担心小娃们端着碗，吃着牠们肉的时候，想起明晃晃的铡刃，怕割了那颗柔嫩的心。

黄崇义被那位女仆搀了出来。如今鸠形鹄面的他，颤颤地伸出一只手臂，歪斜着极不灵便的身子，朝马尸的颈项间摸了一把，抖动干瘪的嘴唇，从鸡屁股一样几乎噎在一起的眼睛里挤出两滴浊泪。

黄崇义有话说不出口，只有心里跟这匹马儿道了别。

马儿啊，你是个烈性子，我那踢一脚哼一声、猪狗一样活了半辈子的儿，不该拗着你的性子来。我黄家欠你一条命，也不知该咋样还你。我只有把你厚葬了，在你的身后留个土堆堆，让现世的人、后世的人念记着你，念记着五陵原上还有个烈性子马，不愿受辱，把自家碰死在仇家照壁上。

黄崇义手臂如柴，挥洒无力，跟身后的女仆比比划划说了些什么。那女仆当即当着众人的面，宣布了黄崇义一项决定。

"大家听着，我家主人说了。他决定出一百二十个响圆，把这匹马厚葬了，在牠的墓前立个石头碑子，请咱原上高人想几句话，让石匠錾在碑子上。谁想承头揽这个活儿，请报个名。"

这话甫一出口，王官镇的男女老少杂然相许，吵成一团，对黄崇义的妙想拍手叫绝，对他的倡议双手赞成。好汉雏大勇第一个站出来，冲黄崇义抱着双拳，弓起腰身施了一礼，朗声发话。

"二叔，如果还信得过你侄儿，我雏大勇把这活揽了。不过，您的好意我心领了。这马是匹义马，我愿意出义工，不收你的响圆。"

雏大勇掉头转向，冲众人吆喝一声，"在场的弟兄们，我雏大勇其所以承这个头，是因为我敬这匹马。为啥敬这匹马，因为他的骨头比人硬。我老觉得人的脊梁杆子，有时软得跟面条一样，把人活得都没性口硬气。谁愿帮我一把，合伙把这匹义马送上山，给原上人做个样子，让人跟这匹马学着点，把人活得硬气些？"

雏大勇一呼百诺，呼啦一下，当场站出几十个裸袖揎拳的少壮汉子，闹嚷嚷吵成一片，七嘴八舌表达的都是一个意思，愿意跟着雏大勇干。

马儿的葬礼，竟跟原上死了人一般，像模像样摆开了阵势，甚而有些环节比埋人还盛大，还排场。就拿墓坑来说，埋人时墓坑直上直下，能吊入一口棺材就行了。马儿下葬，要平躺着朝下吊，须得比埋人的墓坑大一倍。同理，掏黑堂也是一样，也比置放棺材的黑堂大了一倍。

马儿无棺可睡，黄崇义打发他儿拆了车房两扇大车门板，拿砖头平展展支在黑堂地平面上，让马儿伸展四蹄，宽宽绰绰躺在上面。再就是黄家往日给那马儿拌草的石槽，也被拆了下来，安置在马儿身侧。有了槽头，就须添置草料。草料装在两只口袋里，一只口袋满登登装着铡碎了的苜蓿，一只口袋装着半袋豌豆瓣子。黑堂一侧的洞壁上还掏了个窨窝，里面放着一只瓷碗，瓷碗里装着多半碗清油，沿口上搭了条捻子，拿胡基封闭黑堂前把它点燃，算是给马儿通往阴间的路上亮了盏长明灯。

埋马这天，王官镇所有庄户人家，没一户不出动人手，扛着铁锨，前来为马儿暖墓（填埋墓坑）。暖墓的人不请自到，谁家都要死人，这是原上人从古到今雷打不动的铁律。可也有不来的，比如两家有未了的冤仇，或者有事实在腾不出身子。这匹马只跟黄伯朝有冤仇，王官镇的人对这匹马只有敬重，没有冤仇，所以都来了。

有个寡妇家里没少壮男人，只有个八岁大的娃娃。寡妇说，娃，挈（扛）个掀，给马暖墓去。有同门兄弟见了，说，嫂子，算了，叫娃别去了，他才那么点年纪。寡妇说，不，他一定得去！我要我娃自小就记住，日后活人，要跟这匹马儿一样，活得硬气些。

一个八岁大的娃娃，挈着锨去暖墓，在大原上实属首例，且暖的是一匹马儿的墓，更属千古绝响。多年后，西北大学有个研究民俗的学者，对这件事做了专题考证。当问及王官镇一位当年的亲历者，原上人所谓的硬气，到底指的是啥？老人的一句话，把那位学者给噎住了。他把那句话抄在本子上，就此还写了篇论文。

马儿没孝子，没人替他哭墓。可鬼不走干路，那天下着雨，天在哭泣。

马墓的墓坑挖得大，黑堂掏得也大，出的土就多，填埋的墓堆自然也比埋人大了许多。人世间的事真蹊跷，在莽莽苍苍的五陵原上，满到处埋的都是帝王将相、嫔妃媵嫱们的冢疙瘩，没想到多少年后，它们的左近多了个埋着一匹马儿的冢疙瘩。

　　高人果真想了几句话，刻在马儿坟头碑子上。大意是说，龙腾起之时，在天上云水之间；下潜之时，在地下草莽之间。但绝不在庙堂之上。他说世上最硬的骨头是龙骨，并给碰死了的这匹马儿取名龙马，还给埋这匹马儿的坟墓取了个名儿，叫龙马义冢。

　　在那匹龙马归葬后的第三天，王家围子老秀才李雪松死了。

　　对他来说，不忿而争，无从举步，争而无果，路路不通，那就只剩下最后一条路了。

第七章　嗜血的木驴

李快嘴偷天换日，给黄伯臣布了个迷魂阵。不明实情的他，遮遮掩掩地把这件事透给家人，黄崇义还真以为二小子与谢家亲事有了转机，陡然来了精神，吩咐大儿子黄伯朝说，替你兄弟备份聘礼，比上次还要重，别惜疼钱财。我黄家不为蒸馍，只为汽圆，偏要把谢家女子娶进门！在咱原上，我就看哪个鸡×马犄角，配跟我家伯臣争？

黄崇义一来精神，那个缠了他多年的怪毛病，也犯得不那么勤了。

探究黄崇义犯病心结，除了黄门魔咒般家族演进史，还得从风水这门学问说起。

黄伯昂、黄伯臣两个远房兄弟，一块在书房念书的时候，黄崇义心里就贼贼的。他常听人说，崇仁家二小子不得了，那娃读书咋那么灵性！先生只教一遍，他就跟摇罗柜一样，背得咣当当的。其他娃都傻不愣登的，站在一旁挨板子。后来越传越神，说那娃第一天念的百家姓，第二天念的三字经，第三天考住了王先生。当黄伯昂真的中了大清国陕西头名举人，黄崇义彻底慌了神。

黄门每隔一代，便要出一个大官人。推来算去，这个大官人，就要落在伯字辈这一代了。如今看来，这不明明应在黄伯昂身上了吗？

黄崇义偏就不买这个账。

我大那一代，弟兄两人中，祖上的脉气走了老大那一头，让伯父黄琪葆出尽了风头，我大黄琪藩一辈子窝在家里，几乎没弄成一件事。如今到了儿子伯臣这一代，祖上的脉气咋又走了偏，再次跑到崇仁那一支去了。不服啊！我黄崇义心不甘啊！老祖宗啊，难道你得了失心疯，拿偏刃斧头砍人呢，我大这一支，少了你的香火钱，还是把尿水淋到你的供桌上了？老祖宗，你咋这么偏心啊！

夜半三更，黄崇义窝在黄家祠堂，翻滚着哭，弹跳着嚎，恨不得搬起香炉，把祖宗的灵牌砸了。

后来，静下心思一想，就觉得不大对劲了。手心手背都是肉啊！不管是父辈的黄琪葆、黄琪藩，还是子辈的黄伯昂、黄伯臣，都是黄门亲亲的骨肉啊，祖宗又何必偏这个向那个呢？那么，问题到底出在哪里了？黄崇义挣破脑袋想不通。当他看到五陵原上高高低低、大大小小满地的墓冢时，用他的话说，我一下明白了，心里明得跟镜儿似的。问题出在墓堆上。我黄门高祖黄腾跃他爷是天葬，埋得好，才出了个争气的好孙子；高祖也埋得好，又出了个好孙子，那就是伯父黄琪葆；黄琪葆埋得好，孙子辈又出了个……

想到这里，黄崇义不敢再往下想了，问题却明朗化了。这就是说，伯父黄琪葆的墓堆子，把黄家脉气全占着去了，没给他大这一支冒一点气<u>丝丝</u>。

这可咋办？黄崇义想到一个人，他就是原上人称堪破天的阴阳先生。堪破天把这一门学问精研得通天透亮，黄家历代先祖墓地，都是这家人一包揽勘定的穴位。

五陵原上仕农工商，儒道僧俗，五行八作行行出状元。堪舆一道执牛耳者，当世非堪破天莫属。此人修为高深，每发一语，无不令人瞠目。

"你说，为啥大清国陕西头名举人，出在咱陵邑县？"

这没头没脑的一句话，有谁不堕五里雾中？

"不知道了吧！那你朝西北上瞅。瞅见啥了？瞅见唐王陵了。那你说说，唐王陵像个啥？像个笔架子。这就对了嘛。皇家的文脉朝着咱陵邑县，陵邑县不出人，那才见了鬼了！"

听得这话，人们远行时到得邻县、外县，便多留了个神，发现从那些地方望去，唐王陵成了一堆孤零零、光秃秃的墓冢。大伙这才恍然大悟，原来陵邑县出了头名举人，是大有来头的。怪不得原上人骂人时，说某个人傻，便骂他说，嗯，一看你就是个墓冢。瓜怂墓冢是大原上傻子的代名词。

"寡婆的墓子，为啥杀人八百万，在劫难逃的黄巢四十万大军挖不开？孙连仲连轰带炸，犯了天怒，一阵龙卷风，把寡婆七个当兵的乡党卷上天？"他说的寡婆，指的是埋在五陵西北方向的武则天，当地人都这么叫。

"寡婆冢有土地山神、雷公电母护着呢！那块宝地，是那些乱臣贼子动得的么？寡婆当年派李淳风走遍天下，为她找了块眠龙栖凤的风水宝地，他在那里埋了个麻钱作标记。第二年，寡婆又派袁天罡满天下去寻宝地，寻来寻去，你猜怎么着？"

堪破天一缓语势，烘托一下气氛。

"找来找去，普天之下，二人找的竟是一个地方。袁天罡把一苗银针，插进了李淳风那只麻钱的钱眼里。"

言止于此，听者每每竖起耳朵梢儿，作张口瞪眼状。

"咱这埋人，为啥头朝西北，脚蹬东南，黑堂（墓穴内置棺处）顺着这个方向摆？"

听者大眼瞪小眼，一个个莫名所以。

"共工怒触不周山，天倾西北，地陷东南，从此地势成了趄坡子。如果头朝东南，脚蹬西北，难道把你大你妈颠倒着埋不成？"

众人闻言，嗟呀不已，对堪破天高深学识益发叹服。

阴阳先生子承父业，世代相延，早在堪破天曾祖时期，已奠深厚根基。那时黄家先祖黄琪葆荣登二品督宪显位，在他的家乡五陵原大兴土木，扩宅建邸。

这期间发生一桩怪事，偌大一座庄园，其中一堵墙刚打起来，便哗拉一声倒塌下去。此后再打再塌，连番三次。

这就奇了怪了！

黄家请来阴阳先生，瞧瞧这个拐到底出在何处。

先生说，继续打！打起了，请黄大官人站在墙根底下，我倒要看看，到底是当朝督宪大人的命硬，还是你个无名小鬼的命硬！有本事，你就朝朝廷封疆大吏身上塌！

黄琪葆出将入相，身经多番大战，博取这等显赫功名，颇为自负。我还真没把尔等毛神小鬼放在眼里！偏就不信，今天阴沟里还能翻了船？因而满心乐从，当即穿上蟒袍，脖颈儿串上朝珠，脑门扣上花翎顶带，搬来一把太师椅，贴着墙根，大马金刀挺身坐定，冲那堵土墙嗤之曰："我叫你倒，叫你塌！有本事，就朝我身上塌，把我埋在墙底下！"

此话刚一落点，哗啦一下，那堵墙应声而倒。

不过，它倒是倒了，只是倒向了另一边，把黄大官人避得远远的，就连扇起的风，把他的蟒袍边角都没敢扫到。在场人众一片惊呼。天啦！镇住了！黄大官人到底把毛神小鬼给镇住了！

黄大官人这番更来了底气，袍袖一挥，率尔发话。

"打！把墙再给我打起来！本座今天奉陪到底，我叫你再倒个样子看看！"

当那堵墙第五次打起来时，黄大官人索性搬来他的原配二品诰命夫人，一个披挂蟒袍玉带，一个穿戴凤冠霞帔，夫妻俩紧贴墙根，坐在那堵墙的东西两边。

"我叫你再倒！叫你再塌！我夫妻俩个，今天合伙陪你玩！"

这回更不得了。黄大官人话刚落点，那堵墙第五次倒了灶。

只是这回倒得更奇、更妙。它既不敢朝东倒，也不敢朝西倒，而是直挺挺地坐滑了下去，形成一个高高耸起的土堆，垮下来的黄土，连黄大官人夫妻俩的脚尖尖都没敢沾。

天啦！黄大官人了不得啊！鬼神遇见他，都要避让三分！

从此，五陵原人对官的敬畏，更是无以复加。

到后来，阴阳先生说，此处煞气太重，定有冤魂屈鬼，求告黄大官人，替他鸣冤报仇呢。即刻命人深挖下去，在那堵墙墙根底下，果然挖出了一具白森森的骨头架子。

原来这院庄基的主人，长期在外经商，家中妇人与邻人私通。某年年末，商人回得家来，撞破奸夫淫妇丑行。那妇人情急之下，与奸夫合谋，当夜勒杀商人，并将其就地掘坑，深埋了事。

后来，那妇人一则嫌这儿成了凶宅，住着心里不甚净斑（清爽），二则为逃离案发场所，落个坦然，变卖了这宅庄基，卷包了商人积蓄，与邻人双飞双栖，跑到陕南商山落了户。

原上人说："屈死的他心不甘啊！要不是遇见大官人，一架干骨化成灰，一口怨气也莫想散。草民百姓有×法？活人指望的是官人，连死鬼指望的都是官人！"

兹事体大，影响深远，当时的阴阳先生也跟着出尽风头，都说此人一双凸得鼓鼓的鹞子眼，看穿阳世，堪破幽冥，具驱神役鬼之能，晚间夜行，有四小鬼替他抬轿。有次醉了酒，未能把稳时辰，一声鸡鸣，小鬼们撂了轿子，放蹦子跑了个干净，把此人跌折胯骨云云……

未等黄伯臣二次登门下聘，谢家老父最终还是顺从了女儿意愿，快刀斩乱麻，决定把他家婉卿嫁给黄伯昂。

谢父对这门亲事很有想法。

"女儿，咱谢家虽为医道出身，可人老几辈，也算是宦门之后。为父这辈子虽无功名，倒却也粗通文墨。由于职分所系，与黑白两道、三教九流都有些交往，一生阅人无数，不敢说从未走眼，却也能察知个七厘八分。"

"大，你有话直说。"

"黄伯昂其人，性情乖张，锋芒毕露，为人处事率性而为，不计后果，动不动就干出一件惊世骇俗的事情来。与这种人结为夫妻，实非我儿之福。"

"大，你说的也对。不过此人心性淡泊，不慕浮华，不求富贵，与女儿我志趣相投。远离宦海风波，仕途凶险，过自己平民日子，想必不会招来无妄之灾。"

"我娃说的也对。可有时候你不逗虫，虫却咬手，到那时候咋办？我跟你妈膝下，就你这么个宝贝女儿，一旦有个闪失，咱这一家人如何得了？"

"大，不会的，不会像你顾虑的那样。人说妻贤夫祸少，女儿不敢自榜贤淑，但可以朝那方面尽尽力。到时候，我会温着性子，敛敛他那股锋芒的。"

"娃呀，咋说大心里都觉得不太瓷实。"

"大，我这辈子没遇见他，啥话都好说；如今遇见了他，只怕就不好说了。此人好像是你儿前世冤家，除了他，你娃我无论嫁给谁，怕是只能变成一个活死人。”

“啊！”谢婉卿一句话，把她大噎住了。

紧接着噗通一声，谢婉卿跪在了他大面前。

“终身大事，咱原上自作主张，我是第一人；把主张交给儿女作，你是第一人。让我们父女俩，在这件事上开个先例。大，我跟伯昂这门亲，到底结个啥果子，是苦是甜，你女儿一口吞！感谢上苍把我落生在大的膝下，女儿给你磕头了。”

谢婉卿这一跪，把她大僵住了。

……

没有确凿族谱可考，上溯两千一百多年，西汉王朝徙民五陵之初，王家围子李家是何来头，但无可否认的是，李家的血脉决定了李家人也不是平处卧的。即便秀才李雪松是个软脬（头），其妹李贤惠若得渊源之便，际遇之宜，足可光大李家门楣，甚而淡扫娥眉朝至尊亦不在话下。遗憾的是老天下雹子一样，把她胡乱砸在那块破地方，阻断了与上流世界的勾连，连斗大个字都不曾识得，真真是糟蹋了一块上好材料。

就在她顺手抄走谢家法兰西香水、对黄伯臣与谢婉卿的婚事断了念想，决定不再老鸹守死狗，突然间福至心灵，扬起胳膊，高抬轻落，搧了自己个嘴巴。我咋跟吃馕食的猪一样，瓜得实腾腾的呢！既然谢家女子钟意狂人，这壶不开提那壶，我咋就不知道当这个现成媒人呢？如果把这两个货捏合到一块，老娘好歹替他们保了场媒，日后岂不是有一口吹不透的油水？

李快嘴并不知晓，五陵狂人提着两斤点心，已向谢家下了聘礼。她背着黄崇义一家，又当上了黄伯昂的媒人。当她假托狂人口气，再次登临谢家，黄伯昂、谢婉卿二人婚事已成定局，就缺个礼数上搭桥牵线的媒人。李快嘴瞎猫逮了个死老鼠，捡了个现成便宜。

更要紧的是，她给自己栽了颗摇钱树。李快嘴想，日后手头紧了，就抱着他们摇一摇，那时候拾钱不弯腰，扯起衫子接呢。

黄伯昂把婚期定在七夕这天午后，他处事总有他自以为是的理由。世间神的节、鬼的节太多，连年节都归了春，唯有七夕是个给人过的节，且是专给女人过的祈巧求福节，更是牛郎织女两个有情人相会的团圆节。

黄伯昂觉得选这个日子结婚恰切极了，且深为自己别出心裁沾沾自喜。至于把婚礼推迟到午后四时许，却仅仅图了个凉快，他嫌热，也怕把客人们沤到了，更怕毒辣的太阳晒黑他媳妇的粉脸儿。更奇的是先待客吃饭，后举行婚礼。黄伯昂行事不循常规。用他的话说，填饱肚子，凉凉快快，折腾起来带劲。

婚期前一天，礼笔先生几番思量，趄趄摸摸，最后还是忍不住开了口。

"黄公子，老朽有句话，不知当讲不当讲？"

"先生有何指教，但讲无妨。"

"您择的这个日子，在老朽看来，实为不妥。"

"哦！何以见得？"

"其一，三月清明节，七月盂兰节，九月重公节。每年三、七、九月，人称鬼节，切不可结缡合婚。其二，每月初三初七等六个三娘煞，寡婆作祟，阴神照命，有道是此日婚嫁招祸殃，孤儿寡妇不成双，修房造屋无人住，做官赴任难还乡，实为婚嫁营求、修造出行诸般大忌。其三，每日午时以前，阳气生旺，万物昌荣；午时以后，阴气渐长，物象渐衰。你把婚期偏偏定在了七月七日午后，既冲月忌，又犯日煞，更不合时。虽说有牛郎织女七夕相会之说，但毕竟痴男怨女，离多合少。老朽实实替你和婉卿姑娘捏着一把冷汗啊！"

"哈哈哈哈……先生多虑了。黄某是个半吊子读书人，一生秉持天道，礼敬人道，淡念儒道，小觑神道，大破王道。你今天跟我谈起了鬼道，这倒还真是件新鲜事。先生好意，黄某心领。不过，本人从来不信鬼神，更不惧鬼神，岂可听信这些谈玄弄虚的歪理邪说。我偏把婚期定在这个时辰，看看鬼神能奈我何！"

礼笔先生跌足叹息一声，拂袖而去。

黄伯贤、黄伯昂两兄弟的宅院甚是宽敞，然其内空空如也，不乏豪门气象的建筑，已拆除变卖的不剩几间，却成了操办婚礼的绝佳场所。隔在兄弟两户之间、被一条绳子隔开、搭着玉麦杆子的界墙已被移除，整个大院军营一样，撑满帐篷，摆起上百桌席面。

除了黄、谢两家亲戚同门，前来庆贺随喜的客人们，一个个来头大得骇人。礼笔先生撮着山羊胡须，脑后翘着一根干豇豆似的细小辫子，捏着一副公鸡嗓子高声宣示，逐一报上骑马的、坐轿的、乘坐屁巴牛小汽车的达官显贵、大商巨贾、学界泰斗们的大号。其中有广东军政府余大胡子委派的官方要员，陕西靖国军左翼第九游击支队司令长官吴将军，西北大学徐教务长，陕西总商会杜会长及西省八大商号大掌柜，天下第一福地楼观台清虚真人，西省易俗社三大挂牌须生及四大当红名旦，陕西留洋日本国同乡会会首及博士三学子。

除此而外，还有跟上述一些人根本坐不到一个板凳上的陕西北洋政府人员，比如省府钱秘书长，省府高参议等人。更有脑袋上扣着一顶毡帽、拿帽檐遮着半边脸子的龙二少爷，以及他手下改了装的一帮得力弟兄。不拘政见、不分身份、无论官匪，来的都是客。在这种场合，他们倒也知趣，都睁只眼闭只眼，装作不认识一样。

黄伯昂头戴孔雀翎礼貌，身着青布长衫，胸前挂着朵红艳艳的彩绸花儿，满面春风，抱拳作礼，笑迎四面亲朋、八方来客。

瞧热闹的人就更多了。整个黄家大院，人塞得满满的，跟楼子底下看戏一样，就连大院外面，也扯街两行都是人。

平日难得出户的大姑娘、小媳妇，抱着娃儿遮遮掩掩、睃着双眼喂奶的半大子婆娘们，一个个叽叽喳喳、议论纷纷。人家结婚，把她们激动得眉飞色舞，脸子红扑扑的，比平日里生动了许多，只因今天这两个当事人太不寻常。

"今天不是乞巧节嘛，咋选了这么个日子？"

"七月七织女会牛郎，他们倒会选日子，啥都跟一般人不一样。"

"真没想到，谢家大小姐跟关中大才黄先生配了对！"

"金童配玉女，吕布戏貂蝉，跟戏文里的才子佳人一样！"

"那倒不假，一个是天上文曲星，一个是瑶池七仙女。"人堆里的李快嘴一旁插了话。

"快嘴姨，你把话说岔了，人家七仙女早嫁给董永了。"

"姓黄的招人爱呗。七仙女花了心，改嫁啦！"

"嘻嘻嘻嘻……嘿嘿嘿嘿……"

李快嘴巴不得这两个人精早点圆了房，可心里老觉得七上八下，很不踏实，一早就赶着来观形色，瞧动静。虽说名义上还是他们两人的媒人，却匮乏了抛头露脸的那份胆气。

咳！崇义家二小子，要是把这口恶气咽下就好了……

老大黄伯贤女人秋叶，很敬重她那个本家兄弟黄伯昂，他男人却半个眼都见不得，见不得他兄弟的原因是他兄弟半个眼都见不得他。

秋叶脸顶得平平的，跟她眼前没那人一样。

"兄弟结婚呢，你行个啥礼呀？"

"把你绣的那两幅枕头面子，塞几斤荞麦皮，给他送过去。"

"你是他亲哥，这咋拿得出手？这些年，咱大虽说跟咱过，兄弟三天两头买穿买戴，割肉灌酒，比咱开销多的多，也该记人些好处。"

"鹅毛虽轻仁义重嘛，他不也是两封点心换了个媳妇？"

"亲亲的兄弟，你咋能说出这样的话？"

"他缺啥了？将来谢家万贯家产，都归在他的名下了，人家不惜欠？"

秋叶流着眼泪，准备把当年娘家陪嫁的玉镯子当了，却意外在房子窗户背后搁灯的窑窝里，发现她男人的那只烟荷包，里面塞了六个响圆。她一没顾得多想，二没舍得给爱女小天香买个糖葫芦，赶紧称了一捆棉花，缝了两床缎面被子，绣了一对鸳鸯枕，扯了丈二长两个洋布条子，还剩了三个响圆，一搭里给兄弟行了个礼。

石佛爷黄伯贤也有病，而且病得不轻。与其远房叔父黄崇义那病比起来，相同的是叔侄俩病都得的怪，不同的是叔叔患的明疾，侄子患的隐疾。黄伯贤此病，原上无人知晓，只有他本人心里落泪脸上笑，打碎牙齿肚里吞。

从十二岁那年起，此人阳根即显异象。它时常莫名其妙撅起，一旦撅起，便很不易耷拉下去。此情状随着年岁渐长，不见颓势，愈演愈烈，时常连自己都觉得碍眼，只有缩在墙角一应缓急，或窝在被子遮人眼目。伴随这种不雅情状，随之而来的是满脑子旖思旎想，和一颗蠢蠢欲动的心。

黄家家教不是一般的酷苛，特别是男女之大防、淫靡之乱象，在黄家人眼目中，无异于巨憝大恶，为家风门规所不容。其惩处力度极其惨烈，可谓骇人听闻。

黄门祠堂左右廊阁楼上，各架着一样物事，左边是一副滚桶，右边是一架木驴。

所谓滚筒，其造型犹如一人多高、木质结构的滚圆形中空木桶，木桶内密密麻麻，钉满锋锐钢锥。它的唯一功用，是把男人衣裳扒个精光，塞进木桶，锁上盖子，搬倒了顺着半畛地长一道斜坡朝下滚。它是惩治本族奸夫的法器。

所谓木驴，是一架驴子造型木质器具，以四只木轮替代腿脚，有一活动装置铁杵，形若棒槌，顶端尖削带刺，通过木驴中空腹腔，上下伸缩于驴脊部位。木驴一经推拉，随着木轮运转，便启动了内部玄奥机关，那具铁杵便呈跳跃状活动起来。它是本门族人中失节淫妇专属之极品物件，把扒光了衣物的淫妇绑架在木驴背部，让带刺铁杵承继那阴阳媾合的销魂之乐。

滚筒是否噬肉吮血，无从考据。据老辈们讲，那架木驴确是抖过一次威风，乡人多有言说，只是年事窎远，大抵语焉不详。其实那事发生在大官人黄琪葆的二娘身上，倒也确有其事，族谱除其名讳，并附简约评述。

黄琪葆、黄琪藩两兄弟生父黄西堂，当年还有个兄弟。那娃从六岁起害了痨，拖到十七岁那年，病情加剧，眼睁睁人不行了，黄家把未过门的媳妇迎进家门，想借冲喜驱除病魔，焕发那娃生机。一番折腾，反倒打发他提早上了路，刚娶进门的新媳妇从此守了寡。

大约是在此妇守寡的第七个年头，她跟黄家一个扛长工的大叔好上了。那天大叔赶着马拉轿车，从娘屋马家营将她接回夫家的路上，叫大叔给破了身。她说要小解，大叔就在泾河边上的小树林旁等，这一等，就等了大叔连续抽三锅烟的功夫。

这样等下去不行啊，荒天野地，二娘出了事咋办？

小树林地面上绿草如茵，二娘平展展躺在青草地上睡着了，小解过后的红裤儿，似乎还没扎束停当。

二娘睡姿美极了，一腿伸得挺拔的直，一腿半收着靠在一旁。左手摊于酥胸，右臂散漫地垂靠小腹之间。那两峰突兀丰乳，几欲挣破紧绷绿袄，奔突而出。让大叔心胆俱颤的，是二娘那双毛绒绒的眼皮之间，盈着滚滚欲坠的两滴泪。那晕晕的粉脸似笑非笑，似嗔非嗔，叫人一见，怜得发慌。

作为劳力者的大叔强悍至极，夏日里每每光着上身，把从深水井里搅上来的一桶凉水，浇向自己汗渍渍的身体。一旁洗衣的二娘便斜着眼瞄过去，那人一身的腱子肉，跟黄家槽头上那头大牯牛好有一比。二娘心里柔柔的，温温的，轻一把重一把、紧一把慢一把揉着搓板上的衣物，就眯着眼睛去想，想这人都三十出头了，长得这么膘壮，也没成个家。听说家里太穷，老娘还是个瞎子，没有谁家愿把女儿嫁他。

大叔怯怯地、轻轻地唤，连声唤着二娘，可二娘就是不吱不应。时间长了，大叔便伸手去摇，轻轻地摇动二娘的身子。摇着摇着，大叔的手抓向二娘胸，掏向二娘腰，把二娘那条红裤子唰地一下，跟磨坊里揭豆腐包子一样除了下来。

二娘细皮嫩肉的脸，被大叔那张棱角分明的古铜色脸蹭得一片狼藉，到处都是青伤红印。回到家里，阿家（婆婆）问，脸弄啥弄成这样了。二娘说，半路上，驾轿的儿马子惊了，把我从轿上绊下来了。阿公（公公）不以为然，绊脸咋绊得这么匀？连腮腮帮帮、嘴唇窝窝、鼻梁卡卡（鼻窝）、耳朵梢梢都绊了。那得绊多少个绊子？二娘跟大叔的孽情，从一开始就露了马脚，埋下祸根。

那架木驴浑身上下，都淤着二娘的血，早已干结成黑色，像是刷了层漆。二娘从被架上木驴的那一刻，一直到死，骂不绝口。

阿公气愤不过，扑上前去，蹦着蹦着给了二娘几个嘴巴。木驴上的二娘一把揪住阿公长辫子，把那人头脸按在自己血淋淋的大腿面子上，一口朝耳朵咬去。

临近咽气的最后一刻，二娘还在骂，用一张血口，喷了黄家祖宗八辈。

……处在这样一个家庭，身体超乎常人的生理怪象，无疑把黄伯贤推向一个危险境地。这只滚筒，至今还没沾过人血。要是真沾了人血，那这个人是谁呢？

黄家祠堂阁楼上的滚筒，与来自体内无从遏止的冲动相互撞击、对抗。黄伯贤长此以往，无时不挣扎在这种撞击与对抗之中。他活得比常人艰难，心头千般苦，只有他自知。

黄伯贤的资质，应该不比其弟差，书房之中偶露峥嵘，让王先生都刮目相看……

一次，王先生讲到《礼记·乐记》篇，谈古论今，旁征博引，从"人化物也者，灭天理而穷人欲者也。于是有悖逆诈伪之心，有淫泆作乱之事"，到宋人之"存天理，灭人欲"，讲得眉飞色舞，天花乱坠。听着听着，前排座位上的黄伯贤开了腔。

"先生，人都爱吃好的，这是不是人欲，也要灭？"

"当然了，这还用讲！"

王先生循循善诱，引申生发，从一粥一饭当思来之不易，一丝一缕恒念物力维艰，讲到君子谋道不谋食，痛斥挑肥捡瘦之辈，力倡粗茶淡饭之德。

小小年纪的黄伯贤又问："那孔夫子为啥又说，食不厌精，脍不厌细？"

这娃一句话，把王先生问结嘴了，一时三刻，想不出句对应的话茬来。先生毕竟是先生，如果绕开娃儿们的话题，不直接作答，怕落个狡辩恶名，那将有辱师尊，从此在娃儿们眼中没了面子。尽管如此，仍不得不王顾左右而言他。王先生接着又讲："人欲之害，为祸之烈，无异洪水猛兽，人人得而绝之，避而远之！"

黄伯贤起而又问："先生，哪是不是所有的人欲都要灭？"

"当然了！仁人君子，逢欲必灭。"

"哪连色也要灭吗？"

"色者，酿祸近杀，实为万恶之源，诸罪之魁也。你没见色字头上一把刀，凡我良家子弟，孔门学人，更应绝之戒之，避而远之！"

"那孔夫子为啥又说饮食男女？《孟子》为啥又说食色性也？"

黄伯贤一句话，又把王先生问结嘴了。继而穷追猛打，让王先生心里发堵，一时间气都没喘过来。

"既然食色是人的天性，连天性都灭了，世上还有人吗？"

众位孩童，听得黄伯贤此话，均掩口作窃笑状。

在弟弟黄伯昂眼里，做哥哥的这一回也令他刮目相看，然却仅此一回，再就没啥让弟弟觉得值重的了。

……

许多年后，年逾八旬的黄伯昂，依旧坐在他家门前柱顶石墩上，皮包骨头的一双黑手中，端着的仍是塞满沙果树叶子的紫砂茶壶。

他身后泥皮剥落的厦子房山墙上，只是多了一条白灰刷写的标语，那叫"狠斗私字一闪念"。

一位斑白头发、年逾七旬的老人，把爆米花的葫芦状铁疙瘩机器，藏在黄家院墙一侧废弃了的车房，暗里操作。不藏起来不行啊。窑里家娃在自留地角种了几窝韭菜，拿到王官镇去卖，都叫人当"尾巴"割了。窑里家娃穷，盖不起房，就地挖了个坑，又顺着坑底下掏了个窑住。所以，人都把这家人叫窑里家。窑里家住所形制，跟原上埋人墓坑一模一样。窑里家娃说，我一家就是活死人。

黄伯昂透过车房半掩的大车门户，依旧参研着那架爆米花机。那老汉拿火烧它，不停地烧，烧到一定时辰，搬起来拿脚踩着一放，跟打炮一样，咋就弄出这么大阵仗？是啥东西让一颗小豆豆，爆成那么大一朵花？

爆米花总会发声，还出奇的大，这本来就是在招引。那老汉也被人"割了资本主义尾巴"。那只铁葫芦被人踹翻，老汉连忙去抢，可铁葫芦是热的啊！老汉的双手，被飞烫飞烫的铁葫芦沾去一层皮。

你见过一个年逾七旬的苍头老翁，跪在他人腿下，拍打着大地嚎哭吗？

有蓬头小女女，手中瓷碗脱手，其中干瘪瘪的、被虫子咬过的玉麦粒儿散落满地。那是她娘从生产队里分的、当柴火烧的玉麦芯子梢头抠下的。

今天，娃儿们只是想吃把爆米花。因为它可养命。

黄伯昂扶着拐杖，颤巍巍走过去，把那小女女揽在怀里，把她的脸埋在胸前，将眼睛藏了起来。

镇子上的庄稼汉，面无表情、木讷迟钝的婆娘们，都纷纷把几个小娃娃抱进怀里，藏起了他们的眼睛。

仍是多年后的黄伯昂，再次想起兄长黄伯贤当年学堂里"连天性都灭了"的那句话……

这么灵性的娃，一点也不比他兄弟伯昂差，为啥偏偏书念不进去？王先生哪里知晓，这娃身在学堂，心里却想的是对门他三嫂。三嫂是同门中一个远房兄长的媳妇，人长得白白胖胖，净净斑斑。黄伯贤常想，三嫂是小户人家媳妇，家里穷，是个下负（出苦力）的命，脸跟脖子老晒太阳，还那么白，那她不晒太阳的地方有多白？

没等探讨出结果来，一次巧遇作了圆满解答。

黄门耕读传家，风淳气正，到了黄崇仁这一代，日子走了下坡路，孩子们更须一边读书，一边劳作。他是在三嫂家玉麦地里给奶羊挑草时遇见了三嫂。三嫂扛着锄头，挎个担笼（较大竹篮），棉花地里除草回来，走到自家玉麦地头，前前后后照了照，见得无人，丢下锄头担笼，钻进玉麦地里抹下裤子，解了脬尿。

那次偶遇，三嫂的臀晃花了黄伯贤双眼，也彻底乱了他心思，从此把心就没放在念书上。

眼不见为净，见了心就不易净，身更不易静。旖旎杂念总是难以屏除，怎么办？黄伯贤是个明白人，最好的办法当然还是眼不见为妙。眼睛长在我脸上，捂着说不过去，闭着也不像话，那我不瞅不看行了吧！

时间一长，大家发现，王官镇出了个圣贤。此人面若严霜，心如止水，特别是迎头撞见女流之辈，人都说他脸子板得比磨石还平，要想让他黑眼珠子活泛一下，捎带着瞅抬你一眼，那真算把你抬举到天上去了。

李快嘴人泼，刚嫁到王官镇袁家时，模样也算顺眼，她就不信这个邪。有天街上跟那人打了个头撞，她客气得显然过了头，对方让路让到那边，她也让到那边，如是不依不饶，连续打了十多个头撞，双眼瞅定黄家老大磨石脸，心里暗自嘀咕，我今天就看你个冷崽娃，瞧不瞧老娘一眼！结果大失所望，此人自始至终，眼珠子盯着半空里一个没有目标的目标，连眨都没眨巴几眼。

这天适逢后晌老碗会，王官镇街头好不热闹，呼啦卷来一伙人，看西洋景似的，成心要瞧瞧今天这事咋收场。

咋收场？惹不起你，躲得起！黄伯贤掉头转向，走了回头路。

李快嘴这回人丢大了。她冲那人脊背，手插腰杆跳脚骂。

"姓黄的，有天把媳妇娶进门，老娘看你狗×咋整。你不是连看都不看女人一眼吗？那好，有本事爬到窗子底下听墙根，连生娃都请人替你生！"

黄伯贤此举颇有效验。在后来的日子里，他的脸子板得越来越平，眼珠子定得越来越稳，加上对那些行为不检的男女们义正词严的申斥，把黄门祠堂前他姑婆的牌坊抹洗得光可鉴人，声誉自然也就越来越高。黄家又出了个圣贤，这是王官镇的公论。然他本人却心里落虚。脸子顶得再平，眼珠子定得再稳，心里却咕咚咕咚，跟打鼓一样。他对自己自制力、还有那不争气的怪病实在没信心，没办法。

黄伯贤不惮费神劳心，挣下这个圣名，并非脸面上图光彩。我还要在家门立脚，在原上活人啊！万一做下见不得人的事，就是漏风了，有这么大的名头，说了谁信？

黄伯贤活人活得不是一般难，不是一般苦。

第八章　闹婚

谢家的驴车，为黄家送来一箱响圆，这场婚礼有的是钱花。

黄家大院坐北向南，搭建起一座高台。这座台面，比西省易俗社的戏台子洋货多了。高台三面及顶部锦绣为幕，遮蔽得严丝合缝，仅敞着南面铺设红毡的台口。台口上沿红绒为额，流苏飘坠，金色的穗子阳光下晃人眼目。

高台内正面幕布上，绣着席片大个红双喜，喜字下面是一张摆满果馔的八仙桌，桌案后紧靠帷幕供着黄门历代先祖灵牌。桌案前蹲着三具鼎鬲似的青铜香炉，其内各插棒槌粗细三根香烛。桌案两侧各竖一架大红烛台，烛台上火苗抖动，跃然起舞。

桌案前呈八字形罗列着两排椅座，太师椅上铺绵叠翠，流光溢彩。左面落座的是黄家老父黄崇仁，与其并列的一把椅座空着，椅背内侧仅贴了绺红纸，用金粉书有一行小字，想必是留给亡人黄赵氏的位子了。右边落座的是谢父谢母老两口。黄崇仁憨厚的脸子上，堆满了少见的浅笑；谢家二老左顾右盼，打量着黄家大院诸般盛况，其神采亦属和悦。

高台正中央一字儿并摆两副绣墩。黄伯昂披红挂彩，谢婉卿盖头护面，在一阵鼓乐声中，分左右亦先后落座绣墩。

无避生疏、不分远近、来者不拒的流水宴席待之已毕，高台下帐篷内撤了餐，此刻站满打着饱嗝的观众，其中不乏闻风而来的许多叫花。小娃娃们及个头矮小者，干脆拿桌椅板凳垫起身子。

众人前面，摆放着长长四排椅座，其间就坐者，显然都是些有身份的宾客。这些人衣着光鲜，气度不凡，此刻满面春风，交头接耳风传着有关黄伯昂的奇闻异事。

礼笔先生倒背左手，右手撑扶着搭在鼻梁上的蚂蚱腿眼镜，拱着龙虾似的腰杆，望望西天斜阳。刚一搭眼，太阳便被大片云翳吞没，接着一阵风儿卷来，形成一个漩涡，像从地下钻出一样，刮起黄尘，眯了礼笔先生眼睛。

礼笔先生心里咯噔一下，脸上肌肉一阵紧缩，掏出一方粗布手绢，沾揉了一下双眼，定睛一看，一个身着戎装、脚蹬一双锃亮马靴、稍叉双腿、把双臂抱在怀里的高大身影，静静矗在他面前，矗在了高台下众人面前。

黄家大院，顿然间鸦雀无声。

黄伯臣纵马狂奔，赶赴婚礼现场，一眼看见新郎新娘打扮的一对新人，一股冷气，沿着脊梁杆子直透心窝。苍天啦！那个漆黑的夜晚，背上的你是那样的温软，那样的依附，那样的顺从！后来在桃花坞谢家别院，连那样的事情都发生了，你不是屈就于我了吗？我说出了那句掏心窝子的话，你不是也没有驳回吗？不是也默认了这一切吗？不是也默许了我来你家二次下聘吗？咱俩的婚姻，不是已经既成事实，铁打铜铸，无可更改了吗？怎么转眼之间，你就投身到他人怀抱，把我们之间发生的一切，像一阵风一样吹散了，说没就没了？这究竟是为什么？为什么啊！

此人认死理，无论何种缘由导致眼前所发生的一切，他是决然无可容忍的。黄伯臣的心凉彻了，酸透了。他想哭，大哭一场。个人身份、黄家的面子、男人的尊严迫使他坚忍满腔悲酸，强咽眼泪，挺直了腰杆，把貌似刚烈的一面展示给众人。

黄伯昂叉腿踞坐绣墩，于台下情状视若无睹，哗啦一下掀开折扇，悠闲自在地扇起凉来。盖头遮面、寂然兀坐的谢婉卿似觉有异，一双柔荑素手，垂于胯间，此时似在缓缓收拢，握成两只绣拳。

礼笔先生本是渭河以南人士，并不识得此人。面对眼前这个突然冒出来的老总，虽不明来意，然观其形色，已知来者不善，弄不好还是个硬茬子，一时间心存疑惧，畏畏缩缩后退了几步，便把一对胶锅眼朝主人家瞄去。黄伯昂面相和悦，傍若无人，依旧轻摇折扇，谁也不看一眼。

时辰已到，毋庸耽搁，礼笔先生见机干咳一声，振衣肃容，拿捏着公鸡嗓子，高声宣示："玉皇大帝弄玉笛，王母娘娘敲金钟；鸣锣开道金甲神，九天仙女掌宫灯；文昌阁头魁星亮，引得金凤栖梧桐。黄、谢二人，合婚大典，现在开始。第一项，鸣炮志禧——"

刹那间，黄家大院门里门外，鞭炮齐鸣，火铳声声，硝烟弥漫，直震得人耳朵鼓胀，头皮发麻。

"第二项，礼乐庆瑞——"

高台左侧十六位长短唢呐手，腮帮子鼓得溜圆，手指拇弹得飞欢，齐声奏响了一曲《龙凤呈祥》。他们一边吹奏，一边扭着腰杆，作摇头摆尾状，系在黄铜唢呐上的红绸，随着身子扭动，呈游蛇状摆动起来，煞是好看。高台右边的锣鼓阵声雄气壮，敲打起来有点唬人。四位腰扎红绸、赤裸上身的彪形大汉，围着一面囤一般的牛皮大鼓，各自手提两只棒槌粗细、飘着彩带的鼓槌，擂将起来，戳天晃地，势若生龙活虎，胳膊上的腱子肉青蛙背一样蹙着疙瘩。六名同样装饰的铙钹手，双手各执面盆大一面铙钹，扭动着腰身，有如风摆杨柳，忽而向左，忽而向右，铙钹上的绿色彩带，菜花蛇一样绕着赤裸的上身窜来窜去。

黄家大院轰轰大响，波澜壮阔，一扫礼笔先生眼中那位老总带来的冷寂与萧杀，把喜庆气氛烘得热火到极点。

"第三项，新婚夫妇，礼行感念，答谢四方豪客，八面亲朋。"

礼笔先生宣示已毕，头顶红盖头的新娘子，将被新郎倌牵引着下得高台，向各路来宾们男抱拱女鞠躬，逐一施礼。

那个伟岸的老总，此刻仍叉着双腿，抱着双臂，矗在众位客人面前，把脊背朝向高台。

高台台口中央，设有一道木质台阶，那位老总一双锃亮马靴，紧贴那架台阶底沿，让台上的人无从下台。

礼笔先生怯怯地趄近老总身侧，干瘦脸子挤出几缕笑纹，抱拳作礼，柔着嗓门开了腔。

"来者是客。这位军爷，请赏在下个薄面，敬请贵宾席位就座。"

老总置若罔闻，纹丝未动。

黄家同门中，竟无一人出面调停。他们都把自个掂了掂，在本门这两个角儿面前，所欠份量不是十头八斤，说话无异兜着筛子放屁，从哪个眼儿走了都不知道。

龙二少爷一掀礼帽沿儿，朝手下弟兄使了个眼色。

即刻有两个陌生人迎上前去，也不搭话，一人扭起军爷一只膀子，意欲将其押离台口。不曾想，那人身子骨跟长在那里一般，纹丝未动。陌生人稍事沉愣，对视一眼，同时运气发力，鼓足劲道朝前推去。军爷身板依旧岿然如山，不曾前移半步。

这番下来，两个陌生人不由红了脸，其中一人解嘲说，老子今天饭没吃饱还是咋的了？另一人打圆场说了句捞面子的光堂活，嗬，不愧是天津讲武堂出身！

接着，陌生人拿圈子里的话对了个号，说辫个辫子看看。二人心领神会，猝然发难，各自用两只手去扭对方一只胳膊，意欲致其反拱腰身，进而将其按倒地面。二人甫一伸手，立感对方臂腕如铁，坚硬无比。两相抗衡间，那人似把周身劲道，运于双腕，长啸一声，振臂一抖，两个陌生人立脚不稳，一个踉跄，一人屁股蹲地，一人来了个侧身滚翻。

"哈哈哈哈……"

不知何时，黄伯昂轻摇折扇，下得高台，随着一声响遏行云的朗笑，和颜悦色发了话。"好功夫！愚兄今日与婉卿姑娘喜结连理，合卺完婚，承蒙贤弟前来助兴，不胜荣幸之至！即然来了，就陪着愚兄，把这场热闹赶到底！礼笔先生，开场！"

黄伯昂哗啦一声，合上折扇，一撩袍幅，沿着木阶，大踏步登上高台。

礼笔先生一手撩着袍幅，一手扶着蚂蚱腿眼镜，怯生生随黄伯昂登上高台，吊起公鸡嗓门，拉着拖腔开了场。

"花好月圆，良辰美景；玉人一对……"

"慢！"

一声炸雷般的断喝，使得礼笔先生身子突噜一下，打了个激灵。

此时的婚礼现场，早已乱了章法，宾客街坊、男女老少，尽都涌上前来，脖颈伸得像雁，眼睛鼓得像泡，谁都想看看今天这事咋收场。

礼笔先生将目光移向黄伯臣，又从黄伯臣脸上移向黄伯昂。

"花好月圆，良辰美景；玉人一对，合卺交杯——"

一对玉人相对而立，婉卿轻抬素手，撩起盖头一角，从丫环佩瑶双手平托的银盘中，拈起一盅水酒。黄伯昂酒盅业已在手，正当新婚夫妇右臂相挽，执杯互敬，唇吻轻启，即将共饮之际，突兀间脚下一晃，酒盅落地，身子双双打个趔趄，要不是相互扶了一把，险乎踉跄倒地。

原来，立身高台之下、双睛淤血喷火的黄伯臣，一把扯脱了他们脚下的红毡，朝空中抛去。那页席子大小的毡片，打着旋儿飞向人群外围，扣于站立桌面上牛八那熠熠生辉的脑袋。

同样立脚毡面的礼笔先生，可就没有那么幸运了。随着脚下红毡位移，身子骨一闪，当即摔了个四蹄抓天，龟壳般的背脊搁置台面，翘翘板一样，忽悠了好一阵子，这才爬了起来，伸出双手，一阵摸索。

摸着摸着，礼笔先生摸到了谢婉卿那双蹬着绣鞋的脚上。

千百双惊异的眼睛，愣愣注视着台上几人一举一动。

黄伯昂捡起落于地面的蚂蚱腿眼镜，面呈浅笑，望着礼笔先生，和言悦色发话说："老先生，您在摸啥呀？"

"眼镜，摸我的眼镜。"

"噢，我还以为，您在摸我孩子他娘的脚。哈哈哈哈……"

观众嘻嘻哈哈，笑声遽起。

黄伯昂帮着老先生，将眼镜架于鼻梁，接着又打趣说："当着这么多人，再别瞎摸了。不然，可就为老不尊了哟。"

众人又是一阵哄笑。

礼笔先生呲着走风露气的牙口，讪讪一笑，面上稍现难堪，然也可掬可爱。

偎在她娘怀中的婉卿，撩起盖头一角，将台下黄伯臣望了一眼。那眼神之中，除了慌惑，尽是幽怨。此人执意而为，对我用情极深，可也算襟怀坦荡，胸藏丘壑，处事颇有分寸，今天怎么会这般骄横无理？

黄伯臣出此一手，绝非师出无名，只是他和她都还蒙在鼓里。经桃花坞谢家别院那个桃色夜晚，包括黄伯昂在内，五陵原上几个棱角狰狞的人物，全都被一个村妇玩于股掌之间。

　　黄伯臣思路明晰，研判有据。谢家女子属意于我，最初许亲纳聘已经表明，只是后来黄伯昂插了一杠子，把事搅黄了。把她从土匪手里抢回来那一次，背其夜行赶路，隐隐感觉得出，她仍是喜欢我的。男女之间奇妙的感觉，不易言说却内里通透。还有谢家别院那个夜晚，事后我已向她表明心迹，相约二次下聘，不日迎娶，她也没有推拒啊。据此看来，有些事情，她一个女儿家，对父母家人不好明言，而谢家已答应了与黄伯昂婚事，一而再，再而三反复，必遭物议，做父母的只得强行把她嫁了出去。这说明婉卿下嫁他人，出于违心，并非所愿，大有回旋余地。再者，我把谢家别院那个夜晚发生的一切，背底里跟那个做兄长的挑明了，看他还有何面目继续这场婚礼！

　　黄伯臣绝然不可放弃的，除了谢家大小姐，还有这场婚姻。丢了这场婚姻，就等于丢了身价。一个权势人物的身价是丢不得的。

　　人丛中的李快嘴，心越来越虚，脸皮也崩得越来越紧。天啦！人家都走到这一步了，你还打上门来，有啥意思！看这阵势，做出个冷活来咋办？"

　　事情闹到这个份上，连黄家本门帮忙的支客，都围了过来看热闹，疏忽了自己的职分，有人乘虚而入，把搭在竹竿上的条子偷走了几幅。

　　……

　　黄家大院围墙墙根下，撑着老长老长一圈竹杆，竹杆上一幅挨一幅搭着密密麻麻的条子。每幅条子上都缀有一绺红纸条，纸条上写着送条子的人所在村落，与过事家庭主人之关系及高名大姓。眼下这些条子上，就写着王家围子姑俵弟王和平，高家店舅妈李淑英，袁家寨子二舅赵彦成等等。这些条子多属家织老布，花色艳丽、纹理细密的洋布极少。原上绝大多数人既俭且穷，太奢拿不出，不拿没面子，无论轻重贵贱，礼数到了就行。

　　原上人红白喜事，把条子看得很重，因为它本身就是个亮豁（展示）。一是亮豁送礼的，二是亮豁收礼的。送礼的亮的是礼行的轻重和品质。那东西就在人前悬着，一眼就能瞅穿。有家户实在拿不出顺眼道的东西，笑就叫人家笑去，那没办法。除了礼行轻重，还有个品质问题。谁家媳妇布织的细密，色染得匀称，花子缕得顺溜，花色调得稀样，那她立马就在方圆十里八村出了名，别人家媳妇有事没事都找你套近乎，却装得跟平常淡淡流水一个样，其实是想从你这偷艺门。

你再看这家媳妇，走到街上，连步点都比往常轻快了许多。

收礼的主人家亮豁什么？亮豁的是个人气，看就看、比就比的是谁家过事收的条子多。黄伯昂收到的婚礼条子，在五陵原破了天荒。一个不官不商、不贵不富的落魄文人，何以享有这么旺的人气？一是老虎不吃人，恶名在外。人太有名气了，别人都想跟他扯个近乎，借以抬高自己身价。比如赖子牛八，就常对人讲，有书书写写的事，或者跟官家整事找我好了。我把黄举人搬着来！

他说这话人信，那次给王官镇大抠门胡掌柜拿赖蛤蟆刷对子的事，黄大举人还不是牛八搬来的？除了他，谁请得动黄举人？连当年的陕甘总督，鼻子都碰的不是灰！

至于说到跟官家整事，那就更非黄大举人莫属了。你指望当官的收拾当官的，替你出口恶气？碰不到包黑子，碰到个贪财心黑的咋办？碰到官官相卫又咋办？况且衙门里的台板一层又一层，小当官上面还有大当官，小当官见了大当官，比他娘孙子还孙十倍八倍。就是上面哪层台板上坐了个包黑子，你个小民百姓，跟蚂蚁虫一样，那层台板上的人咋能看见你？秦香莲见包相爷，跟见娃他二舅一样，说见就见了？你没见过那些人物出门摆的阵仗？牵马抬轿的，鸣锣开道的，提刀扛枪的，盾牌护裆的，你想遮道伸冤？你想拦轿告状？只怕还没张口，就叫人家一鞭子抽到路旁的阴沟去了。秦香莲见包相爷是戏，你把高台明戏莫当真，那是给你们这些蚂蚁虫存个念想，不至于让世人活得都没了奔头、一头撞死。

这是牛八借以显示他在黄大举人心目中的威望，常对人说的话。不知凭这些话，还是凭他在黄大举人眼目中的身价，乡人对其不屑的眼神中，尚或掺杂着几许倚重。提起牛八，年长的总在后面加个老弟；年少的总在后面加个大哥。

除此而外，他还有话说。黄大举人就不同了，他头上没扣乌纱，天王老子都不怕。当年陕西巡抚怕过吗？如今陕西督军怕过吗？还有终南山牛蹄岭的土匪，他怕过吗？你没听他说的那句话，说是七尺之内，敢拿颈血溅龙袍。你说，敢拿血溅龙袍的人，他怕谁？怕啥？

除了跟有名望的人套套近乎，抬抬身价，黄家其所以收了这么多条子，还有一重原由，那就是黄伯昂的人缘。

黄伯昂见了谁都谦和。李快嘴有一句概括性综述，说在那人眼里，人没高没低，没贵没贱。只要是个两条腿走路的，他都把他们放在一个台板上。

大前年，一个要饭老汉，讨饭讨到醉八仙酒楼，被店主拿顶门杠子朝外赶。黄伯昂一把拉过老叫花，与自己坐在一张桌子上对饮起来，跟在异乡逢故人般拉起家常。老叫花临走时，枣杆点地咚咚响，昏花老眼闪着浊泪，丢下一句响当当的狠话。我老汉活了大半辈子，不管世人眼窝里咋装我，有大清国陕西头名举人，把我当人看了一回，这辈子值了！

去年腊月，王官镇逮住外乡一个三只手。此人三十老几没名儿，别人称他孙瘸子，因幼年害了小儿痨，平日走路拉着一条腿。这天，他把麻苏二家放养沙果树下的鸡偷了。此人是个偷鸡新手，然师出名门，手段新奇，先朝地面上撒把玉麦粒儿，再把牵于手中的一团乱麻散散落落，盖在玉麦粒上，等鸡在乱麻中刨食时，掩身草丛中的他，便将牵着乱麻的绳子一拽，被乱麻缠住腿脚的鸡们便到了他的笼子。

王官镇的人围着他又打又骂，麻苏二还呸地一声，朝他吐了口涎沫。呼地一声，隔着层破棉袄，麻苏二给人当胸捣了一拳，把他揍了个沟子墩。这一拳是黄伯昂揍的。此人不打偷鸡的，反倒一拳揍在被偷的人身上，不但把麻苏二揍蒙了，也把在场所有人揍蒙了。

"起来！"黄伯昂断喝一声。

麻苏二爬起身子，规规矩矩垂眉竖眼站立一旁。

黄伯昂算是个长辈，麻苏二虽非同门，按镇子上排下来的班辈，他该喊黄伯昂一声九叔。黄在同门中排行老九。

"知道老子为啥揍你皮吗？"

"不知道。"麻苏二实话实说。

"你可骂他，打他，再狠心点，还可剁了他那双贼手，但你不可唾他的脸！"

"他偷人家鸡，本来就没脸。"

"嗬！你说他没脸？"黄伯昂当即朝偷鸡贼脸上捏了一把。"那你说这叫啥？你再摸一摸，看一看，是你没脸，还是我没脸？世上哪个人没长脸？"

"九叔，您把话说明白，叫我日后也长个记性。"

　　"他偷鸡卖给别人当肉吃，吃了喝了便能保住一条命。人活在世上，除了活一条命，还活的是啥？"

　　"还活一张脸。"

　　"这不就结啦！你娃不瓜啊。人有吃有喝保的是一条命，但疯子瓜子也有一条命，他们算个完整的人吗？他们缺的是心，没心了啥也就不想了，啥都不想了，还知道人活在世上有张脸吗？"

　　"我只知道大官人活得有脸面，没想到我们这些人也有一张脸。"

　　"有！树活一张皮，人活一张脸。没脸人就活得没味气了。你看咱五陵原上那些冢疙瘩。疙瘩有多大，埋的那把干骨头活着的时候脸面就有多大。你再看咱二道原黄土岗子上的乱葬坟，那些土堆堆有多大？他们死了能留斗大个墓堆子，已算是老大的造化了，说不定哪天犁头一翻，铁耙一耙，碾子一碾，抹子一抹种了地，不出一年半载，连踪影都没了。自从世上有了皇王爷，脸面大得遮了天，给你跟我这些个小老百姓，只给了指甲盖大个麻雀脸。你是可怜人，偷鸡贼也是可怜人。你今天朝他脸上唾唾沫，这不是揭他那张可可怜怜的薄脸皮是干啥？你还让他在世上活人不活人？"

　　"咱原上人有话，揭人不揭短，打人不打脸。九叔，我知错了，以后再不做辱贱人的事了。"

　　偷鸡贼还了鸡，认了错，拉着一条瘸腿离去时，黄伯昂多问了一句话。"伙计，你家里几口人？"

　　"如今就剩我一个了。"

　　"哦！哪……你还没成亲？"

　　"没。"

　　"家里有土地吗？"

　　"没。"

　　"那你平日凭啥生活？"

　　"腿不方便，没人雇我扛长工，这些年南山给人拉脚呢。一月前，马帮遭青杠寨土匪薛仁龙打抢了，掌柜的死了，脚客们散了。"

　　偷鸡贼说的拉脚，指在终南山马帮中给人拉牲口。

　　黄伯昂掏出五个响圆，灌进那人破棉袄的衣兜里。那是他那一月教书的工钱。

那人眼泪涮的一下，也跟耙刨一样地淌，噗通一声，跪在黄伯昂面前，咋拖也拖不起来。

偷鸡贼说："黄先生，您知道我为啥偷鸡吗？"

"卖钱吧。看来你也没那个吃鸡的命。"

"我偷鸡埋我娘呢。她都死了一月天气了，如今还睡在炕上。"

……

黄伯昂的人缘，用三嫂的话，可作个归结。三嫂即是黄伯贤少年时代，看见人家白脖子，便生发出许多联想的那位同门中的三嫂，当然黄伯昂也把其人叫三嫂。

"唉！我说伯昂兄弟，那人咋那么好的！每次见了面，笑嘻嘻地，不打招呼不抬脚。人家高官得坐，骏马得骑的人么，小到咱陵邑县府知事，大到坐镇西省的督军，哪个敢不给他留面子，可他偏给咱这些活得跟猫娃狗娃一样贱的人赏面子。每次抱娃街上打了头撞，把我娃头发匍（抚摸）上几把，跟你笑嘻嘻拉上几句闲活，我一下就觉得人活得高哉了些。对门我崇义叔家老二，人也没说的，是个好小伙，可就是见了咱这些活在低处的人，老觉得裂裂的。是不是人大小做个官，都要在人前拿架子？"

据此可见，黄伯昂结婚收那么多条子，也算受之无愧。

……

黄伯昂哗啦一声，掀开折扇，冲黄伯臣冷眼相觑。

"兄弟，今天是我与婉卿姑娘大喜日子，你出此一手，是何居心？"

"错！如果说是我与婉卿姑娘的大喜日子，又当如何？"

"哦！哈哈哈哈……这可就麻烦了！"

黄伯臣浓眉上挑，满面肃杀，冲围观人众抱拳作礼。

"各路贵人，各位父老，本人今日前来，一非无理取闹，更非成心搅局，为的是向天地人心讨个说法！"

"哈哈哈哈……蛤蟆打喷嚏，好大口气！好哇，那今天就叫天地做个决断，让人心做个考量！"

"你觉得使奸弄巧，强娶豪夺，让一个贤良淑女违心嫁给你，有意思吗？"

"哦！这就奇了。何为使奸？何为强娶？又谈何违心？今天不道出个所以然来，临走时给我留下舌头！"

"舌头算什么？我黄伯臣今日输了理，项上人头，任尔来取！"

"哦！有此一说，看来你今天是大有来头了。好哇，说说看，鄙人洗耳恭听！"

"我与婉卿小姐婚事，两家有约在先，即行下聘，有人不知使出何种卑劣手断，搅黄了这门亲事。这些姑且不论，婉卿小姐，出于难言之隐，在家人不知情时，由父母茫然做主，下嫁于你，绝非出于自愿……"

"慢！"黄伯昂暴喝一声，势若雷吼，一把揪住黄伯臣领口。"啥叫难言之隐？啥叫茫然做主？你今天把话不说清楚，别想竖着离开！"

挤在人窝里的李快嘴，双腿一夹，有种尿急感觉。

黄伯臣右臂一挥，将黄伯昂手臂格离一旁。"有些事情，不便明言。如果还算知趣，我奉劝你最好闭嘴！"

台上的谢婉卿一怔，伸手揭除盖头时，被她娘拦了一把。此人何等聪颖，暗自思忖，今日此事，背后到底包藏何种隐情？

黄伯臣此话一出，黄伯昂如堕雾中，一时半会也蒙了头，再度扑上前去，抢抓对方领口。

"大丈夫行事，言无不可告人，事无不可担待。你今天不把话说个明白，老子就把你腔子里那副烂肠烂肚抠出来！"

黄门这对远房弟兄，此刻已经扭打在一起。所有宾客乡邻，全都瞪大眼睛，你拥我推朝前挤，把那弟兄俩围在最核心。

黄伯臣奋力一推，将黄伯昂掀离己身，望着对方阴冷地笑了笑。"我暂时还真不想告诉你，你又能奈我何？"

"那我今天就灭了你！要么，你今天灭了我！"黄伯昂怒不可遏，暴跳如雷。

"好说！这倒是个不错的主意，免得多费口舌，无谓之争！"

黄伯臣一言未了，人群中挤出两个挎盒子枪的粮子，从背上各抽出一把大刀，随手一抖，将其倒插地面。看来，黄伯臣有备而来，或许早就预料到今日之事，难以善了。

"哈哈哈哈……没想到黄某一介书生，今日居然要起大刀！好哇，我早就想掂量掂量这件趁手家伙了！兄弟，你哥今天就陪着你玩个痛快，孰生孰死，与他人无涉，只凭舔血的刀头子说话！"

黄伯昂摘除胸前红花，连同头上礼帽，一起丢落身后，使劲一拉，扯脱了所有纽扣，把那件玄色尼料长袍脱离身体，从肩头上甩了出去，一手挽着袖子，大踏步走向左侧那把钢刀。

"慢！"人群中王砼大叫一声，排众而入，一把抄起黄伯昂身前大刀，倒提刀柄，冲黄伯臣抱拳打拱，施了一礼。"阁下双眼不拙，想必还记得，早前丰峪口那位手下败将了？既然有这个雅兴，本人倒想再次领教一二，不知肯不肯赏脸？"

此人丰峪口败阵，输得很不心甘。一是大意失荆州，根本就没把这些当兵的人放在眼里，二是谢家大小姐当时已被几个粮子从轿子上掳走，心有旁骛，急乱中中了人一刀。

那日夜晚，天色晦暗，黄伯臣对对方毫无印象，今日更是无心思量，也不答话，只是轻蔑地冷哼一声，抄刀在手，杀了过来。

黄伯臣恨极怒极，把讲武堂修习的功夫发挥至极致，刚一出手即下杀手，招招致命。一阵叮叮当当兵刃撞击，尽管王砼使尽全力，还是低估了对手，被人一刀刺进左肩，血流如注，歪斜的身子随紧接着飞来的一脚，飞出几尺开外，仰倒在身后的龙二少爷怀里。

龙二少爷也不再掩饰，抹了礼帽，倒抓刀柄，步履沉稳，迎着黄伯臣跨前几步。

有人认出龙宝山。人群中发声呐喊："牛蹄岭龙二少爷！"

围观者一阵骚动，叽叽喳喳，交头接耳了好一阵。

已经血溅当场，眼看又一场拼杀将至，有客人意识到，不便再瞧热闹了。

"依仗蛮力，恃强凌弱，实乃匹夫之勇！"徐教务长说。

"仙道贵生，无量度人。居士何不化却胸中戾气，还天地间一片祥和？"清虚真人掀动拂尘，稍欠腰身，单手抱于腹前，徐徐言道。

"欺人欺到家里来了！也不掂量掂量自己。我今天倒要看看，牛蹄窝里，能翻起多大的浪来！"牛蹄岭二瓢把子赵良栋见龙老大亲自上了手，也不便再藏着掖着，挤出人群，一掀敞开的外衣，手插腰杆，露出揣于裤带缀着穗子的驳壳枪，一旁不阴不阳发了话。

"哟！今天好热闹呀！不就巴掌大一块农家院吗，又不是东海龙王的水晶宫，咋一下钻出了这么多鱼鳖海怪、乌龟王八？既然爱凑热闹，那好，老子也陪着玩玩！"说这话的人，竟是靖国军左翼第九游击支队吴司令。

但见此人解下腰间武装带，一把抓起附着于带子上套装手枪，呼地一声，狠狠砸向一旁高台。高台上面篷的是一层木板，经此一击，嗡声嗡气，倒也颇有声势。

包括黄伯昂在内，谁都听得出，吴将军所言变了味，众人不禁为之一愣。

紧接着，吴将军手下一位文绉绉的参军闪了面，慢条斯理发话说："虽说媒妁之言，父母之命古已有之，然今日两位当事者，是民国时代有思想、有学养的文明人。婚姻大事，总须两厢情愿，如果把这场婚礼继续下去，得到她的人，未必得到她的心。奉劝有些人三思而行，莫学剃头挑子，不知热冷昏了头！"

"不是有人都亮出了家伙吗？老子的家伙，也不是被窝里揣的，裤裆里藏的！"吴将军此言即出，朝身后睃视了一眼。

忽啦一下，追随吴将军而来的四名护卫挤上前来，纷纷拔出腰间两把盒子枪，提于双手，叉着两腿站在黄伯臣、吴将军与那位参军身后。

牛蹄岭来人手提驳壳枪，不紧不慢，纷纷从人窝里冒了出来，居然有十余人之多，大喇喇站立黄伯昂、龙宝山及赵良栋身后，虎视眈眈，与对面靖国军人众形成对峙局面。

人群中的李快嘴，尿快夹不住了，想就此开溜又不便收心，继续缩着脑袋，从人缝里观察事态发展。她关心的是最终结果，它关系到她亲侄女李若水，更关系到哥哥李秀才的临终遗愿。

黄伯昂瞥了眼吴将军，情态诡谲，莞尔而笑。

灰总离火近。吴将军本来是向五陵名士黄伯昂道喜来的，转眼间拉下面皮翻了脸，倒向自己人一边。在靖国军队伍中，黄伯臣威望大的了得，连总司令余大胡子，在多个场合，都对黄团长给足了面子。

前来随喜的宾客及乡里乡党们，没有谁料想到黄家的婚事会闹到这一步。怎么一下冒出这么多冷娃来，一个个还提着家伙。

黄伯臣冲吴将军抱拳作礼，朗声言道："吴司令，您的大仁大义，兄弟我今辈子记住了。不过，如果还信得过您这个不中用的兄弟的话，且请暂退一步，尽可作壁上观，我自己的事自己了，实在不愿把弟兄们扯进来。您尽管放心，兄弟我还不至于当着这么多乡亲的面，丢了您的脸，踢了靖国军的台！"

"好说！不愧是我的好兄弟。今天把看家的本事拿出来，叫那些上不了台板的乌合之众长长见识！"

吴将军手臂一挥，手下护卫收了双枪，退后一步。对面牛蹄岭的人也收了枪，混入看热闹的人群。

龙宝山、黄伯臣猝然发难，同时出手，眨眼间便搅杀在一处，但觉冷气森森，刀影如幕，围观人群急惶惶后缩几步，为他们腾出更大空间。

龙宝山家门几代，以刀兵为伴，造反起家，自然多多少少，均具备一些武学修为，而他在四弟兄中，更是首屈一指。丰峪口麻石滩一战，得以突破北洋军四面合围，与他搅入敌阵，挥刀砍杀，急迫间，让专朝人身上钻窟隆的火器失却效用不无关系。牛蹄岭七星殿上七星灯，即是败在龙家几代人手中江湖豪客们的骷髅凑成，其中有号称关中独行大盗的采花飞贼顾崇凯，横行乡里、欺男霸女的殷天行，把龙老英雄点了天灯的清军把总方正基等。

当然，讲武堂出身的黄伯臣亦非庸常之辈。当时武技科目古今并重，冷热双修。除了火器射击，刀刀剑剑等冷兵器演训也同样中规中矩。学堂里聘任的武师们，都是各武学流派响当当的人物，其中就有晚清年间誉满京华的董海川门下执教弟子。

这二人厮杀起来，可谓棋逢对手，一时半会不分轩轻。

龙宝山情急之下，运刀过猛，侧身门户大开。黄伯臣觑准时机，一刀劈去，龙宝山左臂被划了道血口。如是一招，实为着意而为，就在对方得手之际，胸腹部位坦露无遗，龙宝山挺刃近逼，刀头刺进黄伯臣右肋。幸在此人反应机敏，身法灵动，这才免致不测祸端。血，再度溅了婚礼现场。黄家大院闹轰轰乱成一锅粥。

第九章　水龙诀

　　就在此刻，鼎沸的人群外围，从一张椅子上倒下一个人。此人便是被大儿子黄伯朝背负婚礼现场的黄崇义。突兀间，他又犯了陈年旧病，滚在地上抽搐起来，身子缩得像个拐线虫。

　　黄崇义的病不犯则已，犯则必危，然危而有救。有几次犯病，连太医谢家的人把过脉理，都无可奈何地说，这一回没相（无希望）了，还是料理后事吧！可黄崇义总是奇迹般活了过来。他其所以活了过来，一不是起死回生的灵丹，二不是医家妙术通神，说起来倒也蹊跷，有时仅凭一句话。

　　陕西举义那一年，听说大清国新军被革命党灭了，黄崇义一头栽倒，口吐白沫，脸色发青，滚在地上蹬天抓地，一时半会鼻孔里便没了气。幸亏家门中有个生意人，从西省逃回家中，摇着黄崇义脑瓜子大声喊，你二小子没死，新军成了革命党，你伯臣带他手下反了正，如今都当秦陇复汉军标统了。黄崇义一骨碌爬起来，眨巴眨巴眼睛，啥事都没了。

　　谢家拒收黄家聘礼那一回，黄崇义犯病极重，即便女仆最终把捣蒜锤儿塞进黄崇义嘴里，到底还是慢了一步，让他咬烂了自己舌头，血水流了一河滩。紧要关头，他婆娘捧出一纸委任状，摇撼着她男人身板大喊大叫，咱二小子升官了，你个老狗睁眼看看，盖着红头大印的状子都下来了！黄崇义眼眨毛（睫毛）动了动，一骨碌爬起来，一把将委任状抓到手，眼睛瞪得溜溜圆。

黄家人有个讲究，大凡有关二小子黄伯臣的好事，一般都背过黄崇义，掖着藏着，在紧要时刻一应缓急。那张委任状，是黄伯臣当了团长半年后，靖国军论功行赏，又追加了他个右翼参谋的名号。虽然只是个虚名，在黄崇义耳朵里，无异蛰伏的虫蛇听到一声春雷。

这次犯病势头更猛，黄崇义从椅子上滚下去那一刻，虽说不吐不咬，可风抽得把人直往死里逼，在黄伯朝背上缩成虾米状，背弓得像扣了口锅。黄伯朝分明感觉到，他大紧贴自己脖颈的鼻孔没了一丝气，不得不就地一甩，丢翻街头，鼻梁洼洼都掐出血来，仍没一丝缓转迹象。当即抱起他大脑袋，摇耧样一阵晃荡，嘴巴紧贴耳根发声喊，说是大，你伯臣又高升了，听说要进司令部了。这话是他上月吆着马车，给扎在九嵕山下的营盘里枭了五石军粮，顺道听兄弟说，靖国军总部提调他当右翼军顾问，他没去。今日事急抱佛脚，把这话搬出来咋呼一通，没想到顿生奇效，他大又缓回一口气。

黄崇义曾对外人放话说，我就是咬着牙，赖也要赖在尘世上，一直赖到我二娃放了道台的那一天。

……

听说远房侄子黄伯昂要跟谢家女子结婚了，黄崇义难以置信。他只配圪蹴（蹲伏）在地上，给我伯臣拾鞋带，凭啥娶谢家女子？我家二小子不是没媳妇娶，慢说小小个五陵原，就是在西省娶官家门户的洋媳妇，我娃还鸡蛋里面挑脆骨呢！还是那句话，不为蒸馍，咱图个汽圆。走，背我看看去！

黄伯朝把他大背进黄家大院，那里已是人满为患，只有搬来一把椅子，扶他大站立其上，以便瞧个仔细。看着看着，就看到他二娃跟人动了刀子，这才又一次犯了病。

同祖伯叔兄长黄崇仁家二小子，中了大清国陕西头名举人后，意兴萧索的黄崇义不甘就此沉溺，矢志打破困锁黄门一族经世魔咒，在他这一支系后起之辈，来个颠倒乾坤的命运大翻转，记取历史经验教训，不能让伯父黄琪葆把黄门脉气全都占了去，他把宝押在祖坟风水上，策划并实施了一桩非常事件。

黄伯昂中举那年腊月，黄崇义请来五陵原阴阳界执牛耳者堪破天。那是一个星月无光、天地一笼统的漆黑夜晚，黄崇义把自己连同堪破天反关在一间密室。这间密室在他家堂屋侧室，他家银柜就藏在这间密室的地下室，平日门闩上那只牛卵形双重大铜锁，须得两把钥匙才可打开，一把拴在他的裤带上，一把拴在娃他妈裤带上。

清油灯盏，荧光如豆。两幢身形，影影绰绰。

一只木盘，稳当当置于一面方桌。黄崇义揭开罩着木盘的一袭红绸，灿露出一座白晃晃的山丘。那是一堆高高磊起的银锞，蒸馍大的银锞。

一座银山，把昏冥密室晃得亮堂了许多。

"崇义老弟，你这是啥意思？"

"我想给这五十两银子，寻个下家。"

堪破天身子立马咯森（激灵）一下。我的娃他妈呀！办啥事呢，摊这么大血本？

"啥事，你说！别钻在背势洼洼吓人。我这人气儿轻，见风打喷嚏。"堪破天说的气儿轻，原上人指身子骨枵薄，没抵抗力，老爱着凉感冒头发昏。

"我伯跟我大的墓堆，是不是你定的位？"伯指老大黄琪葆。

"没错，是我定的。"

"他们老弟兄两个，是不是埋在一个穴位上？"

"是。那个地方，是一处马鞍穴，可遇不可求。你爷手里花三十石小麦，二十捆棉花，从破落户胡成手里，把那块鬼不下蛋的乱石滩买到手，还不是听了我爷的话？"

"啥叫马鞍穴？"

"你见过牛卵子么？马鞍穴是我们这一行一句行话，意思是说，这种穴位下方，叫坐台黑虎屁股蹾了一下，风和水聚是聚住了，一丝都没冒，只是分了个岔儿。再把话说得忤孽些，就像女人家一对大奶子，中间的渠渠是风道和水道，把手塞进渠渠上下揉揉看，肯定左右两头打忽闪。这说明啥？说明一处牛眠大穴变成了两块风水宝地。其实这也见怪不怪，鸡都下双黄蛋呢，就连树上的果子，有时也会结出个狗连裆来。"

"你别来深沉的。说得太玄了，我也听不懂。我看重的是我伯跟我大的墓子。"

"那咱就从你伯你大的墓堆说起。马鞍穴的妙处在于一穴可作两用，而你家上辈子也正巧只有弟兄俩，他们百年之后，一人占上一个位子，福荫子孙，两全其美，这是在你爷手里，就当面锣对面鼓，跟你伯你大敲定了的事。你伯殁了以后，抬埋他的时候，虽然我也插了手，也只是把穴口的风头水道顺了顺。如今你伯你大殁了多年了，老弟兄俩左右分开，各占一边，亲亲热热埋在相距不到十几步的地方，一切都妥妥贴贴，顺顺当当，摆得平平展展的，你今天还找我有啥事呢？"

"那我问你，既然马鞍穴的左右两边都是风水宝地，我跟崇仁伯叔两兄弟就不说了，我黄家本来就是隔代旺。到了下一代孙子辈，分了权的两家，说旺理应两头旺，说出大人物本该两家都冒尖才是了，你说对不对？"

"对。应该是这样。"堪破天心里贼了起来。

"那我再问你，崇仁家二小子，跟我家伯臣上的同一个学堂，坐的同一条板凳，拜的同一个先生，同车下了西省，同时进了科场，人家考了个陕西头名举人，我娃在皇榜上，咋连毛都没沾？"

黄崇义一句话，又把堪破天问结嘴了。此人沉吟半响，讷讷言道："科场嘛，风水轮流转，打墙的板子、搅水的吊桶，上下翻着来，你娃还有下一次。"

黄崇义拍着大腿，汪然大哭。

"好我的爷呢，丙午末科……丙午末科呀……呜呜呜呜……不单是陕西，全天下人，从今往后……都、都进不了科场了呀……呜呜呜呜……"

堪破天这才恍然忆起，早前听人说陵邑县衙门前刷出文告，说是大清国从这一年起始，废了科举。

黄崇义喉咙眼儿，抽得跟拉风箱一样，呼哧呼哧说："老哥，兄弟今天跟你讨个主意，你说这事咋办？"

"咋办？我咋知道咋办？"

"你不是号称看破天吗？天都能叫你看破，还看不破我黄家两堆土疙瘩？"黄崇义把堪破天听成了看破天，也不懂啥叫堪破天。

直到这时，堪破天才明白黄崇义把自己夜半三更，严严实实关在这间黑房子，黑眼珠子底下，摆出五十两白银子的原由所在，由不得冷丁丁打了个哆嗦。我的天啦！这人咋做出这样的事来？这不是逼着我犯忌吗？

"兄弟，老哥猛然想起件紧火事。我婆娘她娘家大哥明日个给大头孙子做满月呢，我得给人家凑个份子去，一个早还有十五里路要赶呢。你说的这事，咱兄弟俩日后再议。我先走了。"

堪破天脱身而起，急惶惶去拉门闩。黄崇义稳坐钓鱼台，既没发话，也没揪扯。堪破天拉开了门闩，门扇却没拉开。密室门户，已经从外面上了锁。黄崇义把堪破天拉了回来，坐归原位。

"兄弟，你这就不够意思了。我又不是你黄家家奴，说关就关，说放就放？你啥意思你！"堪破天面现愠色，十分难看。

"你是我请进门的神仙，活佛。我把你供起来，还怕这里庙小，委屈了你呢！不过，钥匙在我婆娘腰带上拴着，我已经交待过了。这扇门开的那一天，要么，走出两个活人；要么，抬出两条尸首！"

堪破天适才离去的那一刻，拧转脑袋，朝木盘内那堆银子瞥了一眼。黄崇义自然有所觉察，心里冷哼一声，抬脚走人容易，只怕你回去后睡不着觉，再想跷我的门槛，那张老脸咋拉得下来？

黄崇义从怀里摸出一把钥匙，当啷一声，丢于桌面。

堪破天稍事沉愣，面部怅然之色稍纵即逝。"咋？放我回去？"

"不！攥着两个空捶头回去，在婆娘跟娃、还有儿媳儿孙面前没面子。佩六国相印的苏秦，当初把事没弄成，提着两个空捶头，千里路上回了家，别说嫂子不做饭，婆娘不下织布机，就连亲娘，跟他连句话都不搭。"

"哦？没想到你老弟也通古今，有这么深的字脉！"

"别糟蹋我，你明明知道我这辈子把书没念成。提到高台明戏，说古道今，肚子还装了些杂货呢。如今活到这般岁数，可这双老眼不昏不花，把世事看得透透的！"

"哪……这钥匙……"堪破天望着桌面上的钥匙，惑然莫解。

"那不是这间屋子钥匙，是我家银柜钥匙。"

"……"堪破天双睛，再度焕发出一抹亮色。

"其它事先别提，我黄家家底你知道，就是把这些银子，撒到水里，听个响声也值！"

"听响声？"

"今晚，兄弟我就想听你个响声。"

"听我啥响声？"堪破天有意识把话往正题上引。

"说，这事有没有办法拾弄？"原上人把收拾整理叫作拾弄。

"唏……唉……"堪破天唏哈了半天，就是只字不吐。

"你害牙痛呢？能不能崩个响屁出来！"

"唉……你……唉！兄弟，你这是把我架到火上烤呢！"说这话时，堪破天捎带着朝桌面上的钥匙瞟了一眼。

"明白了，这说明能拾弄。我要的就是这句话，虽然没吐口，你装你的糊涂，我把明白揣在怀里就是了。只要能拾弄就好，这样一来，一河水都开了。酬金的事，我再添一半，一百两银子，够你一辈子挣了吧？"

堪破天心儿一阵狂跳，说："兄弟，话说到这个份上，你不是把我架在火上烤，是在损我的阳寿了。"堪玻天眼中，分明流露出一抹凄凛而愧疚的神色。

"咋，还要让我加银子？"

"不……不不不不！如果再贪，就不光是损阳寿的事了，那我堪破天连德都失了。我还想在五陵原上走动，还想别人眼里，把我当个人看！"

"哦，兄弟我服你，敬你。我这也是叫人逼的没办法了。我一看见崇仁家二小子，活人活到我娃前头去了，我的心跟刀戳一样！将来那臭小子骏马得骑，高官得坐，把事弄到他爷黄琪葆那个份上，那我这一支还有啥活头？黄崇仁他大黄琪葆把事弄成了，他二儿子黄伯昂眼睁睁又要成大事。我大黄琪藩一事无成，我二娃黄伯臣如果一辈子也混了个精×亮裆，人不像人，鬼不像鬼，你说，这叫我这一门人咋活呀？！"

言至于此，黄崇义泪流满面，泣不成声。

"老哥，我叫你看一样东西……"黄崇义颤抖着双手，从怀里掏出一个绣花荷包，又从荷包里掏出一只白纸包儿，并将其绽了开来，摊于桌面。

堪破天刚一搭眼，心窝子便一阵突突打抖。那裹在纸包里的东西，他似曾见过，是一种白色细密颗粒状物品，那年荒野里给人踏堪墓地，叫一条竹叶青咬了一口，在太医谢家问医时，医家以毒攻毒，在配药时，也只是把那东西仅仅加了米颗大一星半点。如果此物果真是谢家药葫芦装的，该就是那种叫作土信的东西了。这人哪来这么多？他收拾这东西，又想做啥？

"老哥呀……如果我这一门，日后真的落到那一步，我把退路都想好了，就把这东西，掺在我婆娘下的一锅连锅面里，我们全家老少连窝端，一起走……"黄崇义饮泣变作呜咽，骨头散了架子般，顺着桌沿溜了下去，瘫坐地面，泪如泉涌。

堪破天打了个冷颤，浑身剧烈突噜了一下，感觉连头发都嗖嗖地竖了起来。我的爷呀！世上有心劲的人见得多了，还真没见过活人有这种活法！

堪破天把黄崇义扶了起来，坐归原位。一种冰冷如铁的感觉，从对方身子传导过来，连他自己都觉得一阵寒凉，砭人肌肤。此人走南闯北，经多见广，凭那种真真切切的感受，觉得黄崇义绝非装腔作势。对他而言，这种事说不准还真干得出来。堪破天悯然生悲，幽怨地望了可怜兮兮的黄崇义一眼，一脚狠狠跺向地面，仰面浩叹了一声，神情凄然发了话。

"兄弟，老哥豁出损三年阳寿，给你支个见不得人的阴招。"

黄崇义顿时长了精神，双目精光四射，干净利落地站起身子，噗通一声，跪在堪破天面前，一把逮住对方双手，紧巴巴攥在掌心。

"老哥，兄弟求你了。我黄家人决不做人下人！从古到今，老天爷从来就没把人放在一个台板上，草民百姓命贱得很，比狗屎还贱！草民贱的不是吃不饱、穿不暖，这些弹得×疼，最要命的，是贱的脸、贱的心。别人把你的脸不当人脸，随随便便拿脚踢，拿痰吐，拿屎裸；自己心里也把自己不当人，夹着尾巴当奴才，舌头拉得长长地舔别人屁股，叫人家搂屁股踢一脚，连哼都不敢哼一声。草民贱就贱在这地方。我黄家人硬气得很，如果把人活到这个份上，还不如一头碰死！"

堪破天边听边想。这话的确说到交筋处了，以前糊里糊涂活人呢，明明知道给人堪墓地，也是个贱营生，只要有生意可做，多少捞两钱养家糊口，也就心满意足了。黄家人就不同了，人家不愁吃不愁穿，活人活得明白，就开始朝深处想，这一想，就想出麻达了。同样都是一个老祖宗，一股树杈上开花结了果，一股树杈上连个果巴巴（果蒂）都没坐住，你说人家咋看他？自个心里又咋想？世上狗眼看人低呀，这谁有啥办法！就拿我这门营生来说，我爷给柳树店肖家官老爷看了块墓地，后来肖家几辈没出人，不怪自己祖上不积德，三年清知府，十万雪花银，告老还乡时，把贪下的银子埋在花盆底下，偷偷摸摸拿船往回运，只怪我爷走了眼，指着鼻子骂我，说我爷的眼长到裤裆里去了。直到现在，连我这个孙子辈，路过柳树店，都要隔七里远八里绕着走。肖家人放出话说，只要看见原上堪墓地的那家人，就要当众抹了他的裤子，把两个眼窝画在他的沟旦子上。是呀，草民百姓人咋活得这么贱？你不想还不觉得，仔细一想，把人活到最底层这道台板上，确确实实活得没精打采，跟见了人绕圈子的夹尾巴狗一样。哎！啥时候才能一碗水端平，把人放在一个台板上？

堪破天想着想着，对黄崇义一缕悯情，油然而生。

黄崇义攥着堪破天两只手的手越来越紧。

"尽你力份，把我娃搬上去，搬到高台板上，让他活人活出个样子来！黄家不像五陵龙家，动不动扯旗造反，跟人家真龙天子抢皇位。我黄家是本份人，决不当乱臣贼子，只想蟒袍玉带，位列朝班，能封个侯，拜个相，皇王爷就算是把我黄家面子给足了。实在不好弄，放一任道台也行，我半夜睡梦里也笑醒了。就是死，这双眼睛也能闭下了！"

堪破天从对方手中抽出双手，揉搓半晌，深深换了口长气。

"唉！有倒是有个法子，只是……只是太损，连我恐怕都要损三年阳寿了。"

"你看这样行不行，我明天一个早，就去西省城隍庙，提着猪头上高香，叫神把我的阳寿削三年，补给你。只要把我二娃搬上去，他早上放了道台，我晚上笑着死，屁股一拍，高高兴兴走人，连个屁都不放！"

堪破天心头又是一凛。我的爷，这人心劲咋这么大！

"唉！兄弟，你先说，我家祖祖辈辈，给人堪墓地这门手艺咋个样？"

"这没说的，人都长眼着呢，我黄崇义信得过。除了柳树店肖家那个昧了良心的，婆娘不生娃怪椿木炕边。在咱五陵原上，恐怕还没有哪个脑瓜子叫驴踢了，连老哥你都信不过！"

"我家人老几辈，为啥看墓看得这么准？"

"这……这我就不太清楚了。叫我想，既然是个艺门，当然有深有浅，你家人老几辈根底深，悟性高。"

"不！其实我也是个笨人，养了一窝兔娃子，连公母都分不清。其所以还没走了眼，凭的就是一本书。"

"一本书？"

"对，一本书。世上相面的、算命的、卖药的、看病的，卖狗皮膏药的一大片，真正有本事的，一百个一千个里面，没有一个两个。你猜这本书是谁写的？说出来你也未必知道，可三分天下诸葛亮，一统江山刘伯温你总该知道吧？世人只知刘伯温精研河图洛书，推演奇门遁甲，辅佐朱元璋打下万里江山，却没有几人知道，他还留了一本叫《秘本搜地灵》的奇书。传说刘伯温他大刘爌，把他大的骨殖未子，装在一只瓦罐，可怜得找不到一处安埋的地方，突然老天崩了一座山，把那只瓦罐埋进一处金锁玉匙地，到了孙子辈，这才出了个刘伯温。这叫天葬，江南温州地面，到如今还留有一座天葬坟。这本书讲的，就是干我们这一行的窍道。后来，刘家有个后人，不知其名，书上只留了个大号，叫天一居士，自称是青田刘伯温根苗。此人一辈子都钻进了这本书，跟炼铁磨豆腐一样，越炼越精，越磨越细，该加的加，该删的删，又写了一本叫《水龙诀》的奇书。刘家后人学问广，艺门深，可一没做官，二没经商，是个窝在背势注注的穷光蛋，书写出来没钱印，他就一页一页自己抄。我家藏的这本书，就是刘家后人的手抄本。听我爷说，那是个孤本，意思是说，全天下就只有这一本。要问这本书是咋样来的，又得从我曾祖爷说起。这话说起来，简直叫人难以相信。世上有些事情，真是奇了怪了……"

黄崇义关心的不是这些，急忙出言，阻断谈活。

"我说老哥，这些闲传，咱兄弟俩闲了慢慢谝。你先说说，我黄家的事情，到底咋弄呢？"

"看来，你黄家祖坟里的脉气，是顺着偏风冒了，冒到你伯那边去了。我给你明说呢，你伯你大的马鞍穴，是我大手里定的位，后来埋你伯你大时，又都是我前前后后经的手，我咋能事情过后一风吹？你那个远房侄娃放了皇榜，高中头名举人的第二天，我就跑到你大坟上，仔仔细细踏堪了一遍。直到今天，我还是没参透，到底哪里走了胶，让风水冒到那边去了！"

黄崇义听得这活，心里一紧。"咋？没参透又咋的了？难道……"

"你急啥呢？我只说没参透这件事，又没说这事没法拈弄。"

"咋拈弄呢？"

"这本书上，记了一件稀奇事。要把风水从你伯那边，顺到你大这边，其实很简单，照着那件事去做就行了。"

黄崇义神情大振，忽地一下腾身而起，抖擞精神。"老哥，我把我婆娘跟老大媳妇叫起来，厨房里肉肉火火，都是现成的，给咱炒两个菜。我还藏了一坛陈年老西凤，咱兄弟俩边喝边说。咋个相？"

"不，不麻烦了。天都快麻麻亮了。"堪破天不为人察地瞥了一眼木盘内的银子。

"也罢。那你先说，《水龙诀》记了一件啥稀奇事。"

"你知道世上有个叫李存勖的古人吗？不知道了吧？这不怪你，连我也不知道他是哪朝哪代的人。咱们这些人，又不是学府里的先生。"

"这个人又咋的了？"

"书上记的那件事，说的就是这个人如何败亡的。"

"咋样败亡的？"

"败就败在他家祖坟上。"

"他家祖坟上，出了啥怪事？"

"出了件千奇百怪的事。

"啊！到底是啥事嘛？"

"书上说，此人文韬武略，冠绝天下，斩首十万，伏尸百里，打遍天下无敌手，灭一个国家，就跟掐死一只老鼠一样。可是当了皇帝以后，在四十二岁年头上，屁股把龙椅还没暖热，便三捶两梆子，丢了江山亡了命。"

黄崇义听得这话，身子又突噜一下，打了个冷颤。我的妈呀，祖坟上到底出了件啥怪事，亡命丢江山，跟脱袄儿一样，来得这么快！

就在此刻，黄家后院鸡窝里，传来一声雄鸡啼鸣，引得全镇子的鸡都叫了起来。

……

堪破天背着五十两银子，天麻麻亮后离开黄家。这只是第一笔，事成之后，还有第二笔，跟这一样多。

一路上，随着急促起落的步点，褡裢里的银子，发出相互撞磕的声响，在堪破天听来胜似仙乐，如聆纶音。

走着走着，此人详思细想，反躬自问。昨日晚上，我做了场啥事哟！咋越想越不地道了呢？

此刻天已大亮。东方天际，云翳如血，张牙舞爪，奇诡无比……

一场暴雨过后，父辈老弟兄俩的马鞍穴右侧，伯父黄琪葆的墓子曳了。

黄崇义第一个见得此情，他每月无事都要祖坟绕三匝。当年的黄大官人何等荣宠，死后自然也就埋得风光，葬得气魄。由于墓道空间开阔，经暴雨冲淋，渗水下陷，从黑堂后侧西北角曳下去担笼大个窟窿，且曳得极深，一直通达到黑堂里面。黄崇义讶然一怔，我的天！莫非黄门真该我这一支发达了，老天咋行了这么大个方便？

黄崇义见得四下无人，手忙脚乱，在不远处灌木丛中，折了一捧干柴棍儿，把那个窟窿棚了起来，又拔了些茅草之类，散乱丢在上面，使得那个窟窿隐去形迹。

接下来，黄崇义捅着褡裢，褡裢里装着响圆，乘着马拉轿车，下了趟渭河南岸。他告知家人，说是去会一个早年结识的朋友，可赶轿车的伙计福旺，却没见他跟任何熟人打过照面，只是主人家背过他弄回一物。此物装在一只麻袋里，时时刻刻，都堆在黄崇义身侧，一路上片刻不离，就是没人处撒泡热尿，也咧着脖子，一步三回头，朝轿车内的麻袋瞅上几眼。福旺起初以为主人家发了笔意外横财，怀疑麻袋里装的是黄货，可后来见那袋中之物软软的，也没有金银之类发出的碰磕之声，这就益发让他生了疑忌。

既然主人不想让你知道，知趣的人自当免开尊口，这是吃人家一碗饭的规矩。更让福旺惊诧的是，半夜时分到了王官镇地面，黄崇义跳下轿车，扛起那只沉甸甸的麻袋，头也不回拔腿走了人，只是背着身子，丢给福旺一句话。

"福旺，褡裢在车上，里面还有二十几个响圆，你把它揣上。"

福旺遽然一惊。我给你黄家扛一年长工，才挣几个钱？于是便问："东家，你给我这么多钱做啥呢？"

"封嘴呢！"黄崇义仍没回头，话却说得斩钉截铁。

福旺心头一凛，暗自嘀咕。我一路上可啥都没看见。

这是一个不见星月之夜，黄崇义背着那只麻袋，深一脚浅一脚，不知咋样颠到了父辈老弟兄俩的坟头。

刨开那层虚掩着的茅草枯枝，那眼曳下去的窟窿露了出来。

照着黄崇义最初想法，只是把麻袋丢进窟窿，以暖墓名义，最好别惊动崇仁那边，召呼大儿子伯朝，一起把窟窿填埋了就是。可转念一想，此举事关重大，不可马虎。黄门马鞍穴上的风水，能不能从我伯那边，逼到我大那边去，我儿伯臣能不能出将入相，位列朝班，在此一举，须得谨慎从事，尽量把活做得细发些，到时候得下到里面去，把东西摆顺才是。因而，他作了周密安排。

黄崇义从腰间摸出一卷黑色布包，绽了开来，里面是火镰、火石、棉硝和几个半截媒纸卷卷。咔哒咔哒，火镰敲击着垫上棉硝的火石，暗夜中迸溅出一道道耀眼的火星。棉硝被引燃了，再拿棉硝引燃媒纸，噗地一吹，媒纸便燃起一点荧光如豆的火苗。

黄崇义先把那只麻袋推下窟窿，尔后自腰间解下一盘绳子，把绳子一头拴在洞口凸了出来的树根上，一手捏着媒纸，一手拽着绳子，贴着洞壁，朝墓底溜了下去。曳下去那个窟窿，最初原是野兔掏出的洞穴，灌水后越冲越大，因其坡度较缓，倒也利于攀爬。

当年安置黄琪葆的墓道黑堂，是穹隆形一道长条形构建，比常人黑堂大了四倍之多。底座为四棱见方的石条，石条上是用青砖垒起的洞壁及拱顶。而埋葬常人的黑堂，跟家里的红芋窖形制一模一样，哪里还能见到一块青砖。

为防渗漏，黑堂底部石条基座留有间隙，土面未作处理，只是在正中央置放棺椁的地方，用青砖砌起一座尺半高的床子，床子上堕着雕花石板，作为置放棺椁的依托。而常人的棺材直接塌在泥土上，泥土与棺底隔有一层羽子（芦苇），那仅仅是为了把棺材朝黑堂里蹭的时侯，借以减少棺底与地面的磨擦力。蹭棺材时，有好几个人平躺在墓道底平面上，一个蹭着一个的肩膀，最后一人蹭着棺材，把它一寸一寸往里送。躺在墓道底平面的人们，活像只百足蜈蚣。

再说那棺木，分里外两套，里面的一套叫棺，外面那一套叫椁。无论是棺是椁，都是七寸厚的柏木墩子，外面拿土漆刷三道，再拿清漆刷三道，亮得跟镜儿一样，能照出人影来，丢进水里泡三年，休想渗进一滴漏。常人的棺材只有一层，哪里还晓得什么叫椁？即便这般，有的棺木枋得跟箱子板板一样，连黑漆都懒得抹一层。王官镇曾有个穷汉娃埋他大，因棺板太枋薄，起灵上棺罩时，拿绳子一箍，杠子一抬，登时散了架子，把他大夹在木头板板中下了葬。

原上人有个讲究，稍微日子过得到前去的人家，都要给老人的棺材上加点柏木。据说穿山甲穿行地下，专事吸食死人脑髓，此物有个克星，那就是柏木。确切点说，就是柏木里渗出的那股特殊的油腥气。一般庄户人家，有谁敢用七寸厚的柏木墩子割棺材？就是财力充裕，买得起木料，割了出来，只怕他先人还没胆子睡呢。为何不敢？因为他先人的福报没到那一步，消受不起，就会让雷把墓顶揭了。缘此，充其量在棺材顶头，加上一块胡基大小的柏木档，就算是对得起死去的先人了。

再说黄琪葆黑堂的门户，是两扇三寸厚的石门，两边的浮雕，是一对手执拂尘宝扇、俊眉朗眼的金童玉女。门户两边柱形石框上，镌有一副楹联，上联为茔后青山独钟秀，下联为堂前绿水绕长明。常人黑堂门户，是用胡基斜一道顺一道封起来的，有的连稀泥都懒得抹一把。

官人与常人活着不一样，死了仍不一样。这就是原上人常说的那个台板。你把人活到哪一层，人家就把你放在台板的哪一层。

当年的黄崇义已是个大小伙子了，参与了其伯父黄琪葆墓地整个建造过程。他还知道，伯父口里塞着一颗珠子，听他大隐隐透了个口风，说单这颗珠子，就足以让黄家在西省开一座银号。

后来，黄崇义他大黄琪藩死了，下葬之时，只是比别人家父母的棺板厚了点，再就几乎跟常人没什么区别。他对父辈兄弟二人死后天壤之别的起程思虑再三，得出一个结论，他大黄琪藩跟伯父黄琪葆的差别，其实就是民与官的差别。从那阵子起，他就生发了一个浮想，浮想黄门自己这一支儿孙里面，日后有谁死了，能像伯父埋得这样排场就好了。可是，这是有个先决条件的，那就是做官，做大大的官。

黄崇义用即将燃尽的媒纸，引燃另外半截媒纸，从一处破损的洞壁朝黑堂里照了照。倾入黑堂内的大量积水，早在雨后一两天内即被吸干。渭北原上的黄土地，收水跟龙饮鲸吞一般。经雨水浸泡后的黑堂，又恢复了本来模样，那口庞大的棺椁，依旧油光鋥亮、四平八稳、豪雄大气地蹲在那里。

一霎时阴风拂面，冷气攻心，黄崇义身子一抖，猛乍打了个激灵，直觉得头发丝丝都竖起来。他冲着那具棺椁发了句话，说："伯，恶鬼都做不出来的事，你侄儿今晚做出来了。我豁出去了，等着受罚呢，哪怕你的阴魂把我捏死！"

放在哪里呢？这是黄崇义屏住神志，静下心来后思索的一个首要问题。是放在黑堂外面？还是从这处破损的洞壁丢进黑堂？当时堪破天面授玄机之时，没有谈及这个话题。黄崇义就想，凭着人生经验和世间的事理去推想。按理说，把这东西放得越靠近，越深沉，就越能尽快把脉气逼到我大那边去，我二娃自然也就发得越早，升得越快。据此，黄崇义居然生出一个至为歹恶的念头，一个连自己都想搁自己嘴巴、敲自己脑袋的歹恶念头。那就是这口棺椁，如果打得开多好。

最后，黄崇义选取折中之法，把那半截燃着如豆般光亮的媒纸，用手抠着插进洞壁上的泥土内，抱起脚下那只麻袋，解开绳索，把麻袋口儿朝向黑堂，抓起麻袋底部两只角儿，用力一抖，有一物便脱出了麻袋，噗通一声，落入黑堂，滚在了那口棺椁底部的床子近旁。

黄崇义从泥土中抠出那半截媒纸，把光亮伸进黑堂里一照，棺椁底部的床子近旁，分明地躺着一条死去了的大黄狗。

火苗燃尽了，地上地下，尽都陷入不着边际的黑暗。

当初，堪破天在提到那个败得跟崩了冰山一样快的皇王爷李存勖时，提到那本《水龙诀》上，就记载有与这位皇王爷祖坟有关的一件事。书上说，不知是狐狸，还是獾子，在李家祖先的坟茔上掏了个洞。一天，一条大黄狗追赶一只兔子，兔子情急之下，钻进了坟茔里那眼洞穴，狗也跟着钻了进去。无奈洞子太窄狭，大黄狗钻了进去，就没再出得来。此后，那皇王爷屁股把龙椅还没暖热，就叫宫里的戏子给宰了。

结末的综述，堪破天是这样讲的：坟头上的风水，就是人常说的脉气。脉气是一股清纯之气，而黄狗尸身上冒出的，是一股浊污之气。相传道家常拿狗血破阵，一旦对手狗血淋头，再大的法门也就施展不出来了。清纯之气，绝不会与浊污之气互染。也就是说，清气被浊气逼跑了，坟茔里哪儿还有脉气存留？再则，黄狗尸身腐烂发臭，熏得墓主阴魂片刻不得安宁。更有甚者，人狗同眠，尊荣尽失，形同畜类，墓主岂能不开罪于子孙？这就更加速了后世的败亡。

黄崇义此举有无道理可讲，不得而知。此后不久，被朝廷花银子送到海外留洋的黄伯昂，只图挖抓洋人的闲书，不怎么修本务正，被陕西提学使报请朝廷，削了学籍，打回老家，成了地地道道的落魄书生。黄伯臣出得讲武堂，就任军职，先是生擒关中刀客狮子王，继而诱捕豫西流冠首脑鹞子头，解救包括一名把总在内的十二名人质，免却官仓白银一千二百两赎金，给巡抚大人拾回老大面子，被破格荐拔为陕西新军三标七营管带之职。而事主黄崇义从此染下那个要死不活的怪病，如今只比死人多了一口气，随时都可能一跤栽倒，再也爬不起来。

第十章　茅坑勺来一桶粪

黄伯昂自穿自戴，笑嘻嘻重新披挂上新郎倌那身行头，神彩飞扬，谈笑自若，刚才那场浴血大拼杀，在他眼里，好似小孩子家过了场家家。

"敲锣打鼓吹唢呐的，热闹看够了，兄弟们就干点正经事，还不给我敲打起来！"

黄伯昂言罢，一把拎起礼笔先生后领，连推带拉一起上了高台，冲台下众人抱拳屈身，作了个罗圈揖。"愿意留下来的，给黄某助个兴；在这觉得戳眼的，哪里娃多，就到哪里耍去！我这人是个急性子，却偏爱吃个热豆腐。拜堂成亲！"

众人一扫惊愕慌悚之态，各归原位。吹鼓手们又敲打起来，赵良栋、王砬忙着为龙总瓢把子上药，黄伯臣却一把将替他裹伤的两个亲随粮子推离一侧。

礼笔先生扶着蚂蚱腿眼镜，见得丫鬟佩瑶，扶着新娘子娉娉婷婷，走上前来，跟新郎倌并排站在一起，吭哧吭哧清了清嗓门，又接着干起了他的营生。

"一拜天地——"

黄伯昂、谢婉卿双双拱手，朝面南方向屈膝跪拜。

瘫倒地面的黄伯臣，强自撑起身子，晃荡着朝高台冲去，踉踉跄跄，扶住高台沿口。

"二拜……"

礼笔先生一语未了，突然一个扑扒，跌了个嘴巴啃地，平展展趴在高台上，伸出一双鸡爪般的枯手，又开始摸索他的蚂蚱腿眼镜——兀自撑在台口的黄伯臣，扯着他那身长袍下摆，使尽全力揪了一把。

黄家大院悄无声息，一下子清寂得像个废弃了的烂寺院。

黄伯昂抬脚起步，足音跫跫，下得木板台阶，两兄弟冷眼相向，目眦怒张，好似两只斗架的公鸡，就差毛发不曾竖起。

"你今天还待怎样？"

"刚才一战，我并末输给你们！"

"输又如何？赢又如何？"

"我今天跟你是生死较量。既然我还活着，这场较量还没结束！"

血，从黄伯臣肋部伤口汩汩溢出，透过残破衣装，淋淋漓漓，抛洒地面。

"哈哈哈哈……死？如果你死了，我与婉卿姑娘，凤侣鸾俦，琴瑟和好，缺了一个很会欣赏的人，岂不大煞风景？如果我死了，把婉卿姑娘留于何人？难道留给你这号心性凶悍、施暴斗狠的粗鄙之辈吗？你能给她带来什么？你又为她做了些什么！？"

"嘿嘿嘿嘿……"黄伯臣强颜狞笑，笑出了几滴眼泪，"五陵原上，我头一次听说，黄伯臣是个心性凶悍的人……一个偏偏披了身黄皮，却在战场上见了血，就心里发疼的人，在你眼里，成了心性凶悍的人……不过，你说的也对，我今天心性大变，凶悍得还不够！我是在为我心上人凶悍，如果有人让她受了委屈，我就吃了那个人的肉，喝了那个人的血！"

此话甫一出口，高台上的谢婉卿身子骨冷丁抖了一下。

而对面的黄伯昂也由不得一怔。哦，这狗东西吃了啥迷糊药，咋也这么死心踏地？

黄伯臣步履蹒跚，一把揪住黄伯昂领口，稳住了摇摇欲倒的身子。

"你……你居然问我……问我能为她带来什么，为她做了些什么……婉卿姑娘被牛蹄岭土匪，从家里掳了去，是……是我在半路上截住了她，那时候，你在哪里？”

“婉卿最终还不是被掳上终南山？是我黄伯昂独闯牛蹄岭，这才有了这桩姻缘，有了今日这场婚礼。我且问你，那个时候，你黄伯臣又哪里去了？！”

“冤枉——”

黄伯臣一声厉叫，揪扯着对方的衣领前拉后搡，失声哭泣。

“呜——呜呜呜呜……你冤枉我！我当天就、就要带上我的人马……我的一团人马，杀向牛蹄岭……可、可我的顶头上司不答应啊，他下了死命令，军令如山哪……呜——呜呜呜呜……后来，我背着长官，冒死发兵，又被人关了禁闭，这一关，就是七天……关了七天的禁闭啊……呜呜呜呜……你冤枉我……靖国军左翼第九游击支队司令长官，今天就在现场……吴将军，你作个证啊！这人冤枉了我，你站出来做个证啊……呜呜呜呜……”

此刻，哭得恓恓惶惶的黄伯臣，变得可怜巴巴，双手一松，贴着黄伯昂的身子仆倒地面，一步步朝高台爬去，朝谢婉卿所在方向爬了过去。

血，在他的身后划了一道弧线。

“呜呜呜呜……他冤枉了我，婉卿姑娘……他不说实话，我心里委屈啊……呜呜呜呜……你进了土匪窝子，我怎么会不救你呢？我没有坐视不理，没有作壁上观……我被人关在禁闭室，门窗把头都碰烂了……呜呜……”

跪倒地面的黄伯臣，面朝台上的谢婉卿哭着说着，且一手撩起乌黢黢的头发，露出前额发际，那里的皮肤上留有一块清晰疤痕，另一只手指向背后的黄伯昂，像一个在外面受了欺辱的小孩，在向母亲诉说委屈。

“你看……你看啊，婉卿……他、他冤枉我，我在禁闭室里，都快要急疯了，拿头撞墙撞门窗，他却说我不管你……”

言至于此，黄伯臣平摊双手，啪啪啪地拍打着地面，嚎啕大哭。

“呜——呜呜呜呜……冤枉……他冤枉我……呜——呜呜呜呜……”

黄家大院内，街坊乡邻，八面来客，人人冥然肃立，双目潮热。

谢婉卿从娘怀中站起身子，头上依旧顶着盖头，抬脚起步，落地无声，轻揽裙幅，在佩瑶扶持下，款款下得木板台阶，依坐在黄伯臣身侧，随着一阵锐耳的裂帛之声，从自己婚纱衣裙的下摆，撕下一绺轻纱，衬上佩瑶递过来的一幅绢帛，替黄伯臣轻柔地、缓慢地、娴熟地包扎着伤口。

黄伯臣徐徐止息了哭声，软弱无力地依偎在谢婉卿身上，只是身子一抖一抖，剧烈地抽搐着，还伸出一只染血的手，撩起衣衫一角，将伤口裸露给婉卿，心安理得地接受着对方的处置，温顺得像一只拱动于母腹的羔羊。

继而，谢婉卿伸出左臂，轻揽黄伯臣颈项，展开一袭莹洁如雪的丝绢，替不住抽噎着的黄伯臣，轻轻地、柔柔地揩拭着涕泪交流的面目。黄伯臣或抬或侧，尽量把面部各个部位，摆放在最合适的位置，以便于谢婉卿擦拭，是那样的无所顾忌，像是在接受娘亲的爱抚，身子仍在耸动着、抽搐着。

擦拭了这边，又擦拭那边，可怎么也擦不完、擦不净那无可阻遏、奔涌而出的眼泪。

黄伯臣试图闭上眼睛，关闭那不争气的满肚子苦水，可它还是竭力挣开眼睑，肆意奔涌。黄伯臣也就不怎么介意它了，面对自己近在咫尺、曾于梦魇之中为其呜咽、于月下花前为其狂想、于无人之处为其痴笑的可人儿，毫无避忌，旁若无人，切切叙说。且一边叙说，一边抽泣。

"我又闻到了……闻到你身上的味道了……那种味道，那种香气，我一辈子都忘不了……今天，这已经是第三次了，第三次闻到你……你身上这种味道……"

谢婉卿兀然一愣，手中丝绢，静止在黄伯臣脸上。

没有谁看得出，那一袭殷红的盖头背后，是一孔何等惊诧的形容。

人丛中的李快嘴，这一回尿没夹住，喷出了少许，急惶惶掉头转向，钻出人群，逃也似的出得黄家大院，似又不甘就此离去，犹疑半晌，又折转回身子。

谢婉卿再怎么沉稳、镇定，心儿还是猛然震悸了一下。怎么会是第三次呢？除了此刻这一回，还有就是他把我从宝山哥那帮人手里抢回来，背着我夜行的那一次。除此而外，再就不曾与他谋面啊？

满院宾客、乡邻及黄姓家门中人，有两个人心中极不平静，也极其纷杂。一个是黄伯贤，一个是黄伯贤的婆娘，即瘦女人秋叶。

黄伯贤一直跟他这个亲弟弟尿不到一个壶里，他知道弟弟的病在哪里害着。不就是嫌我太正经了吗？可你知道不知道我的难处？我不装得正经一点，还让我在这一方土地上立脚不？你把书念到那个份上，却啥也没捞到，到如今只落了个虚名。名气再大有啥用？能吃还是能喝？如今年岁也老大不小了，婚事一直耽搁到今天，好不容易跟谢家定了亲，没想到今日成亲的时候，却撞上这么桩丧气事。

黄伯贤其实是个面冷心热之人，他面子上若不顶得平平的，蹙得冷冷的，在别人眼里，就没法让人视为石佛，敬若圣贤。石佛也好，圣贤也好，一般都法相庄严。也许是庄严惯了，当婆娘秋叶提到给兄弟结婚行礼的事，他当时丢了几句冷活，其实心里真为弟弟高兴。能把谢家女子娶进门，也算是给咱黄家人撑了门面。你成了家，哥也就不操你这份心了。

黄伯贤自然知道，在婆娘眼里，他两兄弟裂着呢，平日里一个不理一个，管心里咋想，一张鸭子嘴梆梆硬，拉不下面子，这才撇了几句不热不冷的凉腔。其实，窗子背后窑窝里那六个响圆，几乎是他手头所有积蓄，也是他专意留给婆娘，让她为兄弟结婚行个薄礼。

后来，当黄伯昂成了御医谢家乘龙快婿，谢家万贯家财，交由当女婿的一手掌管，黄伯昂提了猪尿脬大一个布口袋，走进老大黄伯贤家门，跟打着照面的哥哥没张腔，喔嘟一声，丢向一张漆皮斑驳的方桌，就差没砸折那张破桌子的四条矮脚腿，冲着嫂子秋叶招呼道："嫂子，这几个响圆留到你这，把屋里的事安顿一下。"

黄伯昂仓促言罢，掉头而去。

秋叶绽开布袋，当时便傻了眼，蒙了头。做嫂子的不傻，她估得出，就凭这一口袋响圆，足可翻盖一座深宅大院，连颠带跑，追上兄弟，拖住他的长袍。她想捎上那袋响圆，再给她添只胳膊也拖不动。

"兄弟，使不得！万万使不得！你凭空甩给我这么多钱，想把你嫂烧死呀？"

"咱大还要吃，还要住呢！别小家子气，想咋用就咋用。"

秋叶一屁股跌坐当院，想扯大声哭一场。

当时的黄伯贤，把自己关进靠西侧院墙的那间厦子房里。他拉开贴满窗花、却早已烂得窟窿眼睛的方格子窗户，望着兄弟远去的背影，眼泪唰地一下，拿袄袖子沾都沾不及。

兄弟，你如今阔了，还能想起我这个当哥的。从今往后，你跟谢家女子好好过日子。咱没坐官，这也没啥，像你那二杆子脾气，不坐官也好。都快奔三十的人了，以后再别干那些飞火事情。咱大就世（生养）下咱亲弟兄两个，你过得顺当了，哥心里也就烫热了……

今天，总管分派给黄伯贤的事务，是擦桌子抹板凳，收拾待客的席面。此时，他手里还捏着一条湿漉漉的抹布，一直戳在人群当中，眼看着弟弟的婚礼给人搅了局，心里跟咽了只苍蝇一样烦。后来，又看到远房兄弟黄伯臣，拼死拼活跟亲兄弟争媳妇，那个伤心欲绝的样子，又勾得他热了眼，落了泪，弄不清这三个人，到底遭的是咋样一场孽情。

他婆娘秋叶的事务，是与几个同门媳妇，一起提茶送水看座招呼各路客人。从两个同门兄弟开始闹腾的那一刻起，她的心就疼得跟拿手揪一样。再到后来，又为这两个痴情男人，为了一个女人拼死拼活，不惜搭上性命感动得泪流满面，泣不成声。

世上咋会有这么痴情的男人！谢家女子，这辈子算是把人活出来了！要是换了我，就是如今一头碰死，这辈子也值了！

想着想着，瘦女人秋叶想到了自己……

秋叶是黄崇义婆娘硝石村亲妹子的女儿。那时候的秋叶年方一十七岁，生得肤色润泽，白里透红，身子丰腴得鼓突突，紧绷绷，浑身上下，发育得蓬蓬勃勃，走在人前，特别是走在男人跟前，不由你不感到有点煏人。煏人是靠近火堆的那种感觉。

原上人有话，说是好男一身毛，好女一身膘。这话让少年时代的黄伯贤浮想联翩，想着想着，就想到对门他三嫂，直到遇见后来的秋叶，才算是众里寻她千百度，蓦然回首，那人竟在地下深处的一孔苕窖中。

黄崇义家啥都不缺，就缺人手。当家的是个病腔腔，肩不能扛手不能提还要女佣早晚侍侯着。老二伯臣进了讲武堂，老大伯朝领着一班伙计，忙地里营生，日出而作日落而息，一天两头不见人，连饭都要女佣送。时逢寒露，眼看霜冻将临，北畛子坡头底下，那块背势洼洼的一片红芋还没挖，再不把它打折回来，就烂在地里了——原上人把红苕叫红芋。

远房侄子黄伯贤，前来二叔黄崇义家帮工。那天，二姨硝石村她妹子的女儿秋叶，也在姨妈家，帮着主人纳鞋底缝铺盖备寒衣。

黄土高原上的红芋窖很深，上下约一丈见许，窖壁上掏有脚窝，可脚蹬手攀以通上下。窖底沿平直方向，掏进一孔窑洞似的空间，用于置放红芋，以避隆冬的酷寒。

地面上的二姨，把红芋装入担笼。黄伯贤把一笼一笼的红芋，拽着绳子吊入窖底。秋叶一人在窖底下忙活着，把担笼里的红芋一个一个卸了出来。末了，还要把散乱的红芋转入窖内，集中堆放。这是个既琐烦又细发的活路，须得经由二人转递，轻手轻脚，小心码放，一旦蹭破外皮，自必易于腐烂不利存贮。这就有了秋叶与黄伯贤地下活动的由头。

在窖窝里那盏清油灯盏照耀下，秋叶圪蹴着的身子，因体态丰盈而衣裤绷体，肌肤鼓突，轮廓分明。地底下暖暖的气温，及不住点的繁忙劳作，使得她汗流满面的脸子，益发红润鲜活。

当黄伯贤陡然出现在秋叶眼前，她轻轻叫了一声，下意识双臂交叉，紧抱腰身，将屁股撅向窟洞最深处一个角落。黄伯贤下得窖底，猛一搭眼，见得妖娆的秋叶这般扭捏作态，即刻心跳气喘，血脉偾张，急忙将头扭向一边，平息了一口涌上腹腔的浊气。

黄伯贤非常态的特异体征，其本人并不自知，他以为天下所有男人，见到钟情异性均艰于自控。今天，秋叶是他见到所有异性之中，令他至为心悸魄动、艰于自控的一位女性，他甚或将此视作一种灾难。兴许，此人生命旅程中灾难性时刻真的来临了。

黄伯贤啥也不看，低头捡拾着红芋，神光却并未落在红芋上。一边的秋叶怯怯地靠近、徐徐地伸手、款款地接放，演练般适应了一阵子，这才悄无声息地劳作起来。

那一缕灯捻子上的火苗，随着清油的渐尽而收缩，窖里的光亮也因其收缩而暗淡。红芋的转递过程中，两只手臂的偶尔碰触，触发着黄伯贤灵魄的震悸，使得他的手臂僵劲而有力。暗淡成了失慎至为恰切的理由，对背身蹲伏着的秋叶来说，那些棱角分明的红芋们，走向已越来越不是地方，每一次劲道十足的擩戳，总伴着一声女人呻吟般的尖叫。

"嗯……嗯哼……别……不是地方……不……不是……"

地面上的二姨上了点年岁，耳背眼花，仍不失农人本份，从来就没闲着。此刻，她正剥除着一堆小个头红芋外皮上的泥巴，准备晚上蒸着吃。

"秋叶呀，你喊叫啥呢？"

秋叶连忙噤声，黄伯贤替其作答。"你侄女说，把红芋没搁对地方。"

窑内随即推拉翻滚，吞咬厮扑，夹杂衣扣揪扯、布帛开裂之音，无异鹅鸹狗斗，狼虫争食。秋叶声喑气喘，哀哀求告，其凄切颤音，让黄伯贤越发意乱神迷。

"别……呜呜……别扯……烂了，都撕烂了……嗯……嗯嗯……"

"秋叶，你又喊叫啥呢？"

秋叶即刻噤声，还是黄伯贤接嘴应答。"你侄女说，把红芋皮泚（磨擦）烂了。"

……后来，泪盈盈的秋叶，一把抓过吊担笼的绳头子，偎在黄伯贤怀里，说："你狗×把我害了，我再也没脸见人了！咱原上的乡俗你知道，我这么好的女子，今辈子只有嫁给瞎子瘸子，瓜子乜子（半傻），背后还要给人戳脊梁，连娘家父母，都没脸出门见人了。从今天起，我烂都要烂在你手里！你不娶我，我今晚就吊死在你黄家门框上！"

"我这辈子，不把你娶进黄家门，不等你上吊，我先吊死在你前头！"黄伯贤一把掀开秋叶，把自己裸露的胸膛拍得嘭嘭响。

"你红口白牙，说话算数不？"

黄伯贤一手搂着秋叶腰身，一手从对方滑腻的丰臀底部抽了出来，觉得粘粘的，有些沾手，凑近灯前一看，是血。

黄伯贤扬起那只手，朝自己嘴上抹了一把，说："我黄伯贤这张血口，今天给你发个毒誓。我这辈子如果变了心，不把你秋叶娶进门，就让天打五雷轰，死在五黄六月没人埋，化成一滩黄水！"

秋叶一把捂住黄伯贤嘴巴，两行泪水滚豆豆，长拉拉从那张笑脸上落下地，一头扎进黄伯贤怀里，朝他肩头上咬了一口。

秋叶这一口咬得极重，黄伯贤肩头上，至今还留有两排细密的牙痕。

黄崇义的婆娘有幸当了回媒婆，把她姨侄女说了给远房侄儿黄伯贤。这桩婚事进行得出奇顺当，硝石村来人街头巷尾，在王官镇上做打听，回去后把黄家娃夸得一朵花似的。

"那娃没说的！咱女子嫁过去，一辈子吃不了亏。不愧是大官人家后人，人家家教本来就严，世上再也没有教养那么好的娃了，规矩得跟抱在怀里的猫娃子一样！那么大个王官镇，没一人敢说那娃半句不是，敢放那娃半个闲屁！"

秋叶她大她妈听了，当然高兴，当月便请上官营秦瞎子掐了两个娃的八字，接了黄家的聘礼，预当女儿的陪房。不到半年天气，黄家选了个黄道吉日，吹吹打打，一顶花轿，把秋叶姑娘抬进家门。

黄伯贤把新媳妇爱得害心疼，冬日里的被窝中，他把她两只笋白笋白的脚瓣瓣，夹在裆里煨暖暖。黄家冬日不点炕（烧炕），黄伯贤火气旺，热炕头烧得他睡不着觉。

不觉不意间，新媳妇蓬蓬勃勃、势不可挡地显了怀。其实，她在娘屋时就显露出端倪。秋叶很鬼色（机灵），一直拿条白布束着腰，她人又生得丰腴，别人都当她女大十八变，越长越富态。

一天晚上，当秋叶把这个枕头风吹给她男人，黄伯贤一轱辘从被窝里爬起来，精沟浪荡蹲在炕头上发了呆，一张脸变得裱纸一样黄，双手拍着大腿外侧，一迭声叫起苦来。

"瞎了！瞎了！这回巴下了！"

巴下了原本说的是拉了胯粪便，当它出现在特定语境中，便意味着一场祸事的来临……

"佩瑶，扶你家小姐登台拜堂。"黄伯昂话语轻柔，丢给佩瑶的一道眼神却异常凌厉。

佩瑶强行拖起谢婉卿身子。

谢婉卿在起身离去的那一刻，将黄伯臣左手摘离自己胳膊，透过护面盖头，似曾向对方默默颔了颔首。

主仆两人，抬脚起步，移向高台前木板台阶。

数步之后，谢婉卿不由自主地打住了脚跟，拧转那蜻蜓般的脖颈。

谢婉卿拖在地面上的裙幅，被卧倒地面的黄伯臣牢牢抓在手里。

他凝望着谢婉卿的那双眼睛，充满着惶惑、惧怯与不甘。

黄伯昂眉峰上挑，双目灼灼，一把捞起地面上那柄带血的钢刀，奋力朝地面砍了下去。攥在黄伯臣手中的一片裙幅，脱离了主体，成了孤单单一把轻纱。

黄伯臣在两名贴身粮子的扶持下，站起身子，随即甩脱手下搀扶，颤颤地、坚毅地走向黄伯昂。

"你以为这一刀下去，就、就斩断了我与婉卿的亲缘？"

"哦！是谁赋予你与我妻子的亲缘了？

黄伯昂何等人物？他从对方语气中，即刻嗅出异样味道，一是直呼其名，婉卿后面少了个姑娘或小姐的提称，二是亲缘一语。素无瓜葛，何谓亲缘？黄伯昂警觉起来。

黄伯臣既不作答，亦未予理睬，捧着手中那一袭断纱，趋前一步，朝向背身侧立的谢婉卿。

"婉卿……我知道，你是迫于大原上的习俗，迫于父母之命，甚至……甚至迫于难言之隐，顾及所有人的面子，这才……不得不嫁给了那个男人……这是我能够想象得出，你嫁给那个男人的所有理由。除此以外，到底还有什么原因，让你最终决定嫁给那个男人，我就不知道了……但我、我知道，你心里有我这个人……这就够了！如今，事情闹到这一步，避，已无可回避，退，已没有了退路。我不得不把一切都挑明了……"

在场所有人众，心头荡然一动，隐隐感觉到这三个人物背后，莫非还藏着什么不为人知的隐秘。

谢婉卿稍转身子，与黄伯臣相向而立。黄伯昂拧转脑袋，将惑然目光扣定在黄伯臣脸上。

"好汉做事好汉当！是错，我认；是过，我背；是罪，我顶！黄伯臣生得一幅啥嘴脸，今天就不遮不掩揭给大家……婉卿，我相信，你本来就是个提得起、放得下的大胸襟、大气量女子，绝不是那种琐琐屑屑的小脚女人……况且，你是个无辜的受害者，只要不瞎了双眼，歪了心肝，世人会凭着良心看你，想你……"

话越说越变了味道。黄伯昂不由捏紧拳头，前行一步，一双喷火吐焰的眼睛，烧得灼人。"黄团长，有话请讲！"

黄伯昂的这句话，几乎是从牙缝里挤出来的。

"你心热得很啦！你都不怕我那几句冰冷森凉的话丢出来，把你的肝肺激炸了？！"

黄伯臣一言即出，把黄伯昂噎了个张口结舌。

"到了那个时候，我奉劝你脱了这身行头，把你的嘴脸裹得紧紧的，滚到一处没人的地方，痛痛快快哭一场！"黄伯臣言之已毕，冲黄伯昂轻蔑地冷哼一声。

黄伯昂脚下打了个绊子，后退了一步，干瞪两眼，愣在那里。

黄伯臣步步颤颤，沿着木板阶梯，攀上高台，叉开双腿，面向众人，强行撑着身子。血，从似已迸裂的伤口透过包敷，点点滴滴，沥洒台面。

"黄门亲朋，八方来客，王官镇的父老兄妹们！六月二十一日昏黑之夜，太医谢家婉卿姑娘，被牛蹄岭一干人众，从闺房中掳掠而去。是我拦路截击，出手救护，并背着衣不遮体的婉卿姑娘，夜行七十余里！始于那天晚上，我跟婉卿姑娘，便有了肌肤之亲！"

黄伯臣目光如电，扫视了台下一眼。"终南山牛蹄岭那帮好汉，如果还敢说句不昧良心的人话，就请站出来，当着众人吐个口，说说这是不是事实！"

黄伯昂心中一寒，身子打了个哆嗦。这狗贼咋把这事都抖了出来！听说那天晚上，婉卿是被靖国军的人救了一回，也猜想到就是此人出了手，可当时也没朝细处想，谁知当晚还有这样一场事！怪不得这狗×咬住婉卿不松口！

此事没有谁比黄伯昂身后的王砣更清楚了。他与抚着伤口、盘坐一侧、调息身子的老大龙宝山对视了一眼，冲高台前行一步，与黄伯臣咄咄逼人的目光始一碰触，便斜乜着移向一边，且打住腿脚。此人虽说粗莽率性，想替黄伯昂与谢婉卿遮掩一二，却羞于启齿，不好当众造谎。

那么多围观的，尽都交头结耳，叽叽喳喳，面部情态各异，众口纷杂语焉不清，现场陷于一片哄闹声中。

众人风议稍事平息，莺鸣鹏啭，一阵琅琅清音，回萦众人耳畔。

佩瑶紧紧搀扶、以防不测的谢婉卿开了腔。

"六月二十一日夜晚，的确发生过这件事。他说的一点不差。"

黄家大院即刻安静下来，人们把眼神齐苤苤投向谢婉卿，似试图透过那一袭护面红纱，窥摸此人此刻作何情态，又想了些什么。

血，淅淅沥沥，滴洒在高台地面。黄伯臣面色腊黄，额头挂满汗珠，身子摇摇欲倒。那两个粮子，健步纵身跃上高台，架住黄伯臣身子。

黄伯臣试挣脱两位粮子搀扶，未能凑效，也就不再挣扎，冲着台下的黄伯昂，又是一声啸叫。

"黄伯昂，把你两只驴耳朵竖起来！要不要再喂你一颗开心丸？老子还有好听的！"

黄伯昂浑身打颤，指向对方的右臂一个劲突噜噜晃动着。

"你狗×今天不怕……不怕给人敲掉满口白牙，有话就说，有屁就放，老子今天跟你耗上了！"

"婉卿下了牛蹄岭，根本没回桃花坞。当天晚上，她住进一个僻静的地方，那就是十里开外的谢家别院。说说看，这是不是事实？！"

黄伯昂眼珠咯崩咯崩转了几转。那阵子，靖国军在桃花坞一带招兵买马，为避开这个瘟神，婉卿是在别院住了几宿。这事除了谢家二老、丫鬟佩瑶、伙计贺老大，还有宝山兄弟跟他手下两个护送下山的人手知道，再就没有谁知道这件事了呀！这狗东西是怎么知道的？难道又发生了什么事？

黄伯昂的头发几乎都要竖了起来。

"六月二十七那天晚上，就在谢家别院那间茅舍，我跟婉卿，已经有了夫妻之实！黄伯昂，你个狗贼听清楚了，从那天晚上起，婉卿已经是我的人了！"

黄家大院，有如平空炸响一记闷雷，大伙全都蒙了头。

黄伯昂突发狂颠，连滚带爬，转眼之间便攀上木阶，扑向黄伯臣，并将其掀倒台面，二人随即扭打滚翻在一起。

院内顿时炸了营盘，众人前推后涌，一齐挤向高台。

两位拉偏架的粮子，一面试图分开二人，一面朝黄伯昂拳打脚踢。王砣看不过眼，一个鹞子翻身，跃上高台，三拳两脚，便把一个粮子击倒地面。

那个倒地粮子，随手抽出装于木质盒套内的驳壳枪，在翻身而起的前一刻，把大张机头的枪管顶上王砣胸膛。而王砣手中的驳壳枪，已在无知无觉间，顶上那位粮子的腰眼，实则比对方还早了一步。

这两人各自用枪口使劲戳着对方，你进我退，或者我进你退，斗鸡似的红着双眼，互不相让。在行家眼里，谁都知道，这二人此刻情状，危殆至极，随时都有失手走火、命丧当场之可能。靖国军一方的吴司令、牛蹄岭一方的龙宝山，均率各自人手，跃上高台，将对峙的双方两两分开。

龙宝山一帮人拖扯着黄伯昂，吴司令一帮人拖扯着黄伯臣，而这两兄弟又相互撕扯着对方，硬是不肯松手。身后的人扯得急了，两兄弟双手虽已松脱，黄伯臣军服上衣五颗纽扣，嘣嘣嘣被揪落了四颗，骨碌碌滚落地面。而新郎倌黄伯昂的长袍，被人从领口部位扯起，一把撕了个敞胸露怀。

除了理智尽失、心志昏蒙的两兄弟，喘着粗气，相互仇视地瞪着目眦尽裂的双眼，黄家大院悄然无声，地下落根针都能听见。

噔噔噔噔，脚步声甚是轻微，听闻于耳，却似空谷跫音。

谢婉卿漫拈纱裙，轻移莲步，款款登上高台。

人们都在看，看她将作何举动；人们都想听，听她将作何分说。

谢婉卿轻抬玉臂，漫衔素手，柔荑双指，徐徐除去掩面盖头，露出为人鲜见的庐山真面。

那是何其安祥、何其淡雅、何其自若、何其从容的一副美艳绝伦、超尘脱俗的容颜啊！

惊魂未定、缩身人群中的李快嘴，从心底里发出一声惊叹。我的娘呀！无论是大户人家小姐，还是小户人家女子，遇到这种事，只怕早就跟失了阵山、炸了营盘一样浑闹起来，要么一头扎进她娘怀，哭哭闹闹再也没脸见人了。你看她，竟跟没事一样，还把盖头都摘了！我的天啦！这到底是个啥人！我咋都跟这样的人打上了交道？在这人跟前，我李快嘴岂不是太短了斤头、失了份量？

"客人们，乡亲们，伯臣哥哥一番言词，情真意切，出于至诚。我谢婉卿相信，他绝非那种信口雌黄、妄言欺诈之辈。但是，这件事扑朔迷离，太得玄虚，真相有待查明。我只能告诉大家，本人下了终南山，于六月二十五、二十六两天，的确在我家桃林别院住了两宿。至于伯臣哥哥言及二十七日夜晚之事，本人不得而知。因为二十六日一早，我与丫环佩瑶，乘坐我家佣工贺大叔牛车，以香客身份，住进了二十里外北山顶上的静观庵院。"

"婉卿——你……你……"黄伯臣失神般瞪直了的双眼，死死瞅定谢婉卿，发出一声令人毛骨悚然的啸叫。

"哈哈哈哈……"

紧接着，黄伯昂却发出一声声雄气壮的开怀畅笑。但见他手臂一轮，甩脱赵良栋、王砣等人束缚，冲上前去，一把揪住黄伯臣敞开的领口，冲高台下涌动的人潮高呼大叫。

"各位宾朋父老，时逢七夕，鹊桥相会，黄某与婉卿小姐大婚之日，高朋满座，乡邻云集。就在这样一个大喜日子，有人来势汹汹，大闹婚礼，偏偏触我的霉头，砸我的场子，臊我的脸皮！更有甚者，连做梦都想不到，竟然有人黑了心肠，烂了心肝，欺人犯忌，污言秽语，满口喷粪，平白无故把屎盆子，扣在一个无辜的女子头上！五陵原太医谢家，是何许人家？谢门千斤小姐，是何许女子？一个知书识礼、洁身自爱的贤良淑女，竟遭人平地栽赃，如此污辱！是可忍孰不可忍？！"

怒极气极的黄伯昂松脱手臂，飞起一脚，奋力踹向黄伯臣心窝。

黄伯臣一不作声，二不回避，根本无视黄伯昂的凶狂，只是双目一眨不眨地瞪视着谢婉卿。那对幽幽双眼，深不见底，有似一口枯井，此刻被哀怨与绝望塞实、填满。

爱恨交织的他，直楞楞瞪视着谢婉卿，嚼烂了自己舌头。随着黄伯昂那窝心的一脚，一道鲜血，从黄伯臣口中喷涌而出。

黄伯昂不依不饶，高台上一蹦半尺高。"我今天叫你闹，叫你闹就闹个够！你不是张嘴就污人清白吗？你不是满口喷的都是粪吗？我今天叫你污个够！喷个够！去！哪位兄弟，到后院茅房里捞盆屎来！我叫你接着污，接着喷！"

人群又是一阵喧哗、骚动。

黄伯臣双腿没了一丝力气，再也无法支撑自己的躯体，在两个粮子的架持下坐倒地面，瘫软如泥。血，从脱落了包扎的伤口汩汩奔涌，比最初负伤时更见惨重。一位粮子急忙解除了两条绑腿布，替黄伯臣裹扎着肋部伤口。

情急之下，黄伯昂不知出于无心，还是有意，喊了句有失分寸的污俗（肮脏）话。不曾想人群中有个帮闲，专干一些啼笑皆非的下作事，还真从后院茅坑勺来一桶粪便。此人便是王官镇出了名的赖子牛八。

此人何以表现得如此积极？他一生最恨的就是官家人，翠花楼嫖娼事件，作为好心人的他，却叫县府知事抹去裤子打沟板，事后每每屁股不疼害心疼。还有王官镇的那个警察所长，平白无故专跐他的尿骚。想起这些窝心事，就在没人处跳着跳着骂。你妈那个八子了的，老子人活得再窝囊，好歹也是个两条腿走路的人，也是个档里藏着根如意金箍棒的大男子，这些人模狗样的东西，咋就把我这号人没当人看呢！今天整治的是个官家人，而且是个陵邑城头踏一脚，全县都忽噜打闪的大人物，伤就要伤这种人的脸，臊就要臊这种人的皮！这些狗×的把我的脸当屁股，老子还把你们的脸（头）当夜壶呢！

还有，最顺了牛八心思的，整个五陵原只有黄伯昂一人。他常半夜三更窝在被窝里，或者做梦，或者遐想。做着做着就笑醒来，想着想着就心花怒放，不能自已。伯昂老哥那么大名气，陕甘总督都不给面子，那次给胡老抠店铺门前写对子，咋就赏给我那么大个面子？这人把我这号猪嫌狗不爱的人，咋就拾到他的眼窝里去了？这个问题一直困扰着他，直到现在仍百思不得其解。

人敬我一尺，我敬人一丈。只要心思对了路，他本来就是个要袜子连鞋都会脱给人的人。今天，牛八终于等到一个报效知已的大好时机。他想，这活路只配我这样的人去干，别人未必听他使唤，就是想听他的，也未必伸得出手去。屎多臭，多脏！

"来了——来了——臭巴巴来了！谁想凑欺头，就往前面站，只要不嫌稀屎裱了脸。"

哗啦一下，拥挤的人群纷纷闪避，给三寸丁身板、双手拎着一桶稀屎、朝左右轮来轮去、迈着蹒跚步前行的牛八让开一条康庄大道。

当一桶稀屎真的蹲上高台，黄伯昂稍事迟疑，最终还是脱了身上那件被人撕得稀哩哗啦的礼袍，恶狠狠挽起两只袖子，一边叫骂，一边抓起粪桶里的木瓢把子。

"贱人者自贱，污人者自污！我叫你个狗贼污，叫你个狗贼喷！今天就叫你狗贼这张臭嘴喷个够！"

当黄伯昂端着一瓢粪便，一步步逼向黄伯臣时，瘫倒高台上的他，一手攥着台板，一手哆哆嗦嗦指着黄伯昂，盈着泪光的双眼阴寒透骨，砭人肌肤，口中少气无力，讷讷连声。"你……你……"

紧接着，哇地一声，不知是从咬烂了的舌尖渗出，还是气炸了肝肺，一股热血，再次从黄伯臣口中喷涌而出。

耗尽最后一丝力气的黄伯臣，人也随即昏死过去。

砰地一声大响，吴司令朝空中放了一枪。

高台上几个靖国军人众，与对面赵良栋、王砣等牛蹄岭汉子，各自纷纷拔出短枪，再次形成对峙局面。

吴司令把冒着缕蓝烟的左轮手枪，捅入腰间皮套，拧转粗壮脖颈，冲黄伯昂厉声喝斥。"黄伯昂，老子今天给你打个招呼，别欺人太甚！"

司令长官亲自背起人事不醒的黄伯臣，在几个粮子扶持下，下得高台，出了黄家大院，走向停靠照壁根脚那辆小车。

当时，黄家大院一声枪响，李快嘴那脬老尿，再也没能夹得住，湿着下身从人缝中挤出来，撒丫子跑出黄家大院，一路上胆颤心惊，叫苦不迭。我的妈呀，这事漏包了咋得了哟！这回巴下了，我咋做了这样一场事！

第十一章　�天大火

天上人间，神仙伴侣，无过黄、谢二人。他们在桃园谢家别院另起新居，衔香泥筑新巢修造精舍，依花偎翠远离尘嚣，除了去王官镇村学执教，闲暇时节点瓜种豆自给自足，过起世外桃源般惬意日月。

黄伯昂雄风尽展，拈弓搭箭一矢中的，刚满十个月，便养了俊眉朗眼的胖大小子。办满月酒那天，黄伯昂在老屋院子大摆筵宴，为其子取名黄天柱。媳妇谢婉卿望着抱在嫂子秋叶怀里的儿子说，你咋不起个黄天霸，让他长大后跟你一起狂。嫂子秋叶笑嘻嘻接嘴说，咱黄家一个狂人，都闹腾得不得了，再添一个，非闹腾得翻了天不可！

这是瘦女人脸上少见的笑容。她跟兄弟伯昂和弟妹婉卿合脾气，在他们跟前心里敞快。

一旁的黄伯贤不插话，只是脸面上稍显悦色，却不失其惯常的庄重与威严。

世道再瞎，活得再苦，大原上的人学会了苦中作乐。

不然咋办？苦也是一天，乐也是一天，世上有苦死的，没听说有乐死的。太医谢家家门中有人说，人苦到极处，苦得实在撑不住了的时候，就需要笑，这跟久旱盼甘霖一个道理。可明明那么苦，又怎么笑得出来？人没法，老天爷有法，老天爷在捏人的时，就把这法儿捏弄到人身上去了。是啥法儿？这法子就是叫你变疯、变瓜。没听说瓜子笑多、乳牛尿多嘛？

谢家人还说，凡是疯了瓜了的人，都是厉害下家。大原上厉害人多，所以从古到今出疯子，出瓜子，哪个村子没有三五个？

至于黄崇义这样的人，虽说没疯没瓜，谢家人说，那病跟疯跟瓜是近亲，却比疯子瓜子更遭孽。疯子、瓜子犯了病会疯张会欢笑会唱歌，甚或翩翩起舞扭秧歌，脱了裤子满街跑，黄崇义想笑笑不出，想哭没眼泪，只有嚼自己舌头。

黄门中的黄伯贤，也曾担心自己哪一天疯了。好在他会装，经这么一装，人便变得正经起来。正经人不怒自威，受人尊敬，安享荣宠，怎么会平白无故地疯了？

黄伯臣虽然没意会到、也不屑意会到这一点，可骨子里潜隐着疯的因子。谢家同门中人说，崇义家老二大闹黄伯昂婚礼那天，多亏哭出来。如果把眼泪憋在肚子里，这娃今辈子就完了，我料定他走不出黄家院子。意思是说当场便会发了疯。

由此可见，哭并非是个太糟糕的事，爱哭的人都善良，黄伯臣就是这样的人。比如戏台子上演的苦情戏，有的人哭得汪汤汪水，有的人别人再苦再悲与他没关系，就是一颗眼泪都不流。五陵原四处游荡的那位高人曾经说过这样一句话，跟不流眼泪的人打交道，一定要多留个心眼。

论及黄伯臣将疯未疯话题的那个人，是谢婉卿他大的一个伯叔兄弟，排行老二，此人就凭指拇蛋儿往别人腕子上一按，决人生死，从来不出三个时辰，具鬼神莫测之效。这话说的就是此人，人们送了他个阴森的尊号，背底里叫他谢无常。

黄伯昂对此不屑置辩，视为笑谈，可他有时憋闷起来，恨不得搬个石头去塌天。原上人也送了他个五陵狂人的雅号，狂与疯仅距一步之遥，没听人常说疯狂疯狂，他却从无自觉。好在黄伯昂狂起来，有时不失天真可爱，也会苦中作乐。怎么个作法？其中之一便是耍社火。

走遍天下，社火的鼻祖在五陵，境界在原上，境界之中的最高境界在王官镇，而黄伯昂则是王官镇社火的总设计师。那些踩高跷、跑竹马、舞狮子、耍龙灯、采莲船、或者是桌子上站两人，手扶刀刀枪枪招摇过市的那些个玩艺，比起王官镇社火，羞人得只配朝地缝里钻。

再看看王官镇社火的气魄。那是在一张八人扛抬的八仙桌上，竖起一根擎天铁柱。那根铁柱说高可达数丈，说弯就像张飞手中的丈八蛇矛，而景致往往就在这一弯一绕之间。

比如说要扮个三战吕布虎牢关的古传，桌面上站着的，是手持双股剑的刘备，刘备剑尖上挑的是张飞的脚后跟，张飞的丈八蛇矛上站的是关老爷。更绝的是关老爷云长的青龙偃月刀刀头上，交叉着一把带月牙的方天画戟。而最顶头的那个人，自是倒立着手抓戟柄的温侯吕布。

再拿《铡美案》说吧，原上人把这出戏叫包公铡陈世美，那一架床子才叫绝呢！最底层是老韩琪一手执刀，抹向自己脖子，另一只手托塔天王似的托起左手牵冬哥、右手牵秋妹的秦香莲脚后跟。秦香莲头顶上踩的是陈世美，陈世美头顶上架着一把虎头铜铡。最顶层的包黑子双手紧握铡刀把柄，呈燕子抄水状，来了个凭空大俯冲。这架床子有两个看点，一是那把铡刀，表层沾贴着一种银箔纸，在太阳照射下启明泛光，晃人眼目，跟真的铡刀似模似样；二是陈世美脑门子与铡刀锋刃接交处，冒着一堆血红色泡沫，像三伏天的酵面，发得噗哧噗哧，叫人看在眼里，要多新奇有多新奇，要多解气有多解气。

扮演社火角色的娃儿们，大抵都是镇子上生得俊眉亮眼的男娃娃，小女女。这些娃儿们跟他们的祖辈父辈一样，颇具秦人之风，生来就是个贼胆大，穿戴着花里胡梢的古装戏曲服饰，被固定在高高的铁架上，进行起来晃晃荡荡，大都面无惧色，镇定如常。

大凡选定上床子的孩子，由镇子上承头的事先通知，从前两天就开始纯吃少量鸡蛋，不然的话，床子上一绑就是两三个时辰，巴尿起来怎么办？收场之后，承头的主事们，便为主家送去一笼笼（小竹篮）糖果，算是对娃儿们的补报，或者说是奖赏。虽然不挣钱，镇上的人还都巴不得选中他家娃娃上床子。一旦中选，就说明他家娃儿生得俊俏，日后说媳妇嫁婆家，连身价都抬高了一截子。李快嘴给人说媒时，就每每提及说，那娃那年上过床子的，妆的是白袍小将薛仁贵，或者说那女女床子上妆过七仙女，人采没说的！有一次给一个富人家孩子说媳妇，在女方那面露了嘴，说是那娃床子上扮过陈世美，女娃他大怕将来的女婿移情别恋变了心，结果砸了一门亲。

一架床子一个民间耳熟能详的故事，一个故事一个花样翻新的构架。当连续不断的七八架社火床子，被身穿白色老布短袖衫、腰扎随风飘舞红绸子的膘壮汉子们，喊着号子抬将起来，雁阵般一字儿摆开，跟在一辆载着一面磨盘般牛皮大鼓、四名赤膊壮汉抡着棒槌一样八根柳木鼓捶的牛车之后，浩浩荡荡，打王官镇三月三庙会会场走过，那才真叫塞巷遮道，人山人海。原上人说，错过三月三，叫人发熬煎；硬挨一闷棍，不舍王官镇。那些长年劳碌在地垅间的精壮汉子，还有被禁锢家门的小媳妇大姑娘，在那个时节难得出游一次，开心一回。一些楞头小伙子，挤着挤着看脸子红艳艳、粉朴朴的祝英台、七仙女、玉堂春、穆桂英。那些小媳妇大姑娘们，则追着追着看眉清目秀、英俊威武的赵子龙、梁山伯、高文举、田玉川。看着看着，心头便甜甜的、疼疼的，涌起无可遏制的旖思旎想。

世间无论何种行当，均有相争，有争名的，有争利的，有的名利俱争。社火这个行当，主要争的是个名。紧挨着的石桥镇久居下风，可就是不服王官镇这根葱，于是便唱起了没完没了的对台戏。每年正月十五灯会，两家社火在石桥镇上耍；到了三月三关王爷庙会，两家社火则在王官镇耍。一旦对台戏唱将起来，众目睽睽，阵线分明，输赢自有公议，谁家拽过去的人多，就算是谁家擅了胜场。

这一年，也就是黄伯昂成婚的第一年，王官镇社火输给了石桥镇。为何这一年失了手？春宵苦短日高起，从此君王不早朝啊！王官镇社火总设计师黄伯昂身陷温柔乡中，来了个放任自流大撒手，你说这家的社火赢得了吗？人群被对家子拽得所剩无几，秋风扫落叶般，呼啦一下卷到石桥镇那边去了。眼睁睁败局已定，直到这时黄伯昂才着了慌。

不行啊！这太丢人了。自己这个被尊为打造社火床子构架的圣手书生，落得个贪色误事的丑名，折了面子事小，原上各路富豪人家筹措的襄助资金落了空，忙活了半个多月的这帮人工钱由谁开？甚或娃儿们眼巴巴盼望着的一把糖果也落了空。大人们都好说，给这些哭得清鼻眼泪的鼻涕将军咋交代？这类烧火燎毛的烦心事又不是没遇到过。即便我把这笔开支顶了，原上人一般都硬气，谁又肯领你这个情、赏你这个脸？

黄伯昂没头苍蝇一样窜来窜去，最后窜到老屋大院，又由老屋大院窜进厨房，见得他婆娘谢婉卿，与嫂子秋叶娴祜（妯娌）俩，正忙着为镇上耍社火的汉子们做晚饭，一霎间情急智生，脱了上身里外三层青布长袍短衬衫，除去顶上缎面瓜皮帽，露出肩明泛光的脑袋瓜子，也不怕烫热，抖手朝后锅的铁锅底下抹了一把锅墨，把自个的脸面抹得五麻六怪，居然还双手伸进她婆娘衣衫底下的腰胯间，从婉卿肚皮上抽去了那副鸳鸯戏水花裹肚，系在自个上身赤裸着的肚腹上。

正在揉着面团的谢婉卿、提着扎刀（菜刀）切肥肉的秋叶，怎么也想象不出这人今天咋的了，眼睛翻得咯嘣咯嘣发了呆。

紧接着，黄伯昂再创惊人之举，一头钻进谢婉卿后胯，抱着她的双腿，将其高高驮上肩头，撒脚便跑。

打扮得怪模怪样的黄伯昂，肩头上驮着他婆娘谢婉卿。谢婉卿身穿芙蓉出水花衬衫，裸着两条玉琢牙雕般挽起袖头的光胳膊，攥着一双沾满白絮的面捶头，伴着声声瓦片蹭铁锨般的尖叫，擂鼓一样，在黄伯昂光脑袋上捶来捶去。而此刻的黄伯昂脚下踩着秧歌步，嘴里喊着咚咚锵，跳跳蹦蹦、翩迁起舞，兀然出现在石桥镇社火队伍一旁。

顿时，社火队伍周边的人群中，哄然响起一阵高亢的笑闹之声，笑声风一样扫过万头攒动的人群，就像一阵风扫过千顷麦浪，人头全都齐茌茌扭向了这边。就在这时，有人高声大叫——黄大举人！更有人朗声高呼——谢家大小姐！

黄伯昂眼见得火候已到，架着他婆娘撒脚便跑，朝王官镇社火队伍奔去。这一下不得了，咆哮着的人群，跟牵着鼻子一样被吸引过来。而后面尚未知情的人潮，更以为前面耍的是哪般西洋景，全都前奔后涌卷了过来。那番情状，才真叫江河直下，排山倒海。刹那之间，石桥镇社火观众被卷了个一干二净，要不是占着肩膀，弄不好连那些抬着社火床子的人，也得稀哩哗啦跑个精光。

当天晚上，回得谢家别院，忙活了一整天，又被她男人当众作践的谢婉卿换了行装，套了件素雅衣裙，独自坐在寝室梳妆台前，粉黛稍染，画眉轻描，匆匆收拾了一番。

进得寝室的黄伯昂，在谢婉卿身后踱着步子，望着镜子里妻子的粉面桃腮，不无揶揄地朗声吟哦。"一枝红艳露凝香，云雨巫山枉断肠；借问汉宫谁得似，可怜飞燕倚新妆。"

白天的事情，谢婉卿心里有气，黄伯昂不思赔理谢罪，犹自鸣得意，这叫人怎得不恼？

黄伯昂何种德性，谢婉卿焉得不晓，想是早有准备，暗暗从妆台底下抽出一根擀面杖，跳起来追着便打。黄伯昂抱头鼠窜，钻进一面方桌底下，兀自挤眉弄眼，冲谢婉卿扮着鬼脸。谢婉卿一手插腰，一手提杖，倒也威风凛凛，故作嗔怒之色，朝桌子底下一声娇叱："出来！"

"就不出来！"

"你出来不出来！"谢婉卿手中擀杖，朝桌下晃了几晃。

"男子汉大丈夫，说不出来，就不出来！"

人狂莫好事，狗狂挨砖头！李快嘴又拿这话骂黄伯昂。黄伯臣闹婚那件事，她觉得狂人把那娃整得太狠了，心里一直憋着口气。弱者总会博得他人同情，况且，李快嘴得了黄伯臣家酬金，又反过来×弄人家，直接导致那场滔天大祸，心里有愧，便替黄伯臣骂黄伯昂，捡最恶毒的话骂。

我叫你狗×骚情！我叫你狗×轻狂！你以为娶了谢家女子，你就占了便宜？从古到今，凡是长得稀样（漂亮）的女人，都是害人精，生就一副克夫的命！戏文里演得没回数了，妲己貂婵就是样子，嫁谁害谁，嫁谁克谁。让谢家那个狐狸精，把你吸干咂净，黑明黑夜吸，从早到晚咂，把你咂得油尽捻子干，瘦成干骨头，爬到炕上起不来，总有一天死得僵僵的，不知道是被人害死的，还以为是自己乐死的。

李快嘴从箱子角儿摸出一个响圆，提上篮子，直奔镇上刘二家肉铺，如今的她身怀六甲，得补养补养。一路上边走边骂，骂着骂着，使起那钱来，心里便觉得慰贴了些许。

李快嘴那张带毒的损嘴，魔咒一样，把黄伯昂咒准了。婚后的黄伯昂，随着蜜月的结束，也结束了人生的蜜月。他被省府督军大人，关进陕西模范监狱。

事情的起因，关系到一场学潮。

那天，西北大学徐教务长等一干人众，匆匆忙忙，直奔王官镇关帝庙村学校舍。"黄老弟，巴黎和会邦交失利，北洋政府丧权辱国，国事糜烂至此，你却在这里一心教读圣贤书，可真沉得住气啊！"

"哈哈哈哈，徐兄啊，你这可就冤枉我了！昨日夜晚，不才秉烛夜书，一份讨贼檄文业已脱稿，正准备自费印刷，发散三秦大地，唤起民众，与贼人势不两立！"

"好哇！看来我等找对人了！赵家楼熊熊大火，引发举国烟尘，西安学生已经组织起来，如今就缺一名德高望众的帅才。"徐教务长指了指身旁一位青年学生，"这位是西北大学学生代表，今日前来，就是搬你这洞大仙出山来着。"

那位学生代表，客客气气冲黄伯昂鞠了一躬，说："黄先生，北洋政府决定在巴黎和会签署丧权辱国合约，激起国人极大愤慨。我三秦学子响应北京学运，如今已组织起来，成立西安学联。您是陕西学界名流，文坛泰斗，敢作敢为，众望所归。大家一致公推您为西安学联督导，出山主持大局。"

黄伯昂拍拍学生代表肩头，朗然发话。"小伙子，别看我年长了几岁，要说去闯督军府，黄某给你们打头阵！"

西安学生上街游行，在督军衙门前请愿示威，因未得明确答复，继之以抵制日货，满街烧抢。一伙学生，冲进端履门一条胡同，烧了亨通商行日货货栈，误致一名看守货栈聋哑伙计烧伤致命。后又因损失甚巨，商行掌柜巨额家资荡然无存，一时间想不开，竟一头撞死在督军衙门前砖墙上。

一连出了两条人命，督军下令逮人。黄伯昂挺身而出，一肩担了全部责任。

前些年小儿们沿街传唱、诅咒种植鸦片的童谣，出自黄伯昂之口；揭发盗卖国之瑰宝昭陵六骏、文呈广东军政府的黑状，出自黄伯昂之手。你说这人气人不气人？可谓瞌睡遇见枕头，督军大人早就想把此人的毛捋顺捋顺，只是苦于没个由头。

这一年，是黄伯臣的灾年。

几乎半年天气，他都没能缓过气来。这个气，是他负伤后的元气，更是他受辱后的血气和神气。元气易复，年轻轻的他吃几顿好饭、睡几场好觉，跟长途跋涉的驴打个滚一样，爬起来啥事都没了。可血气和神气就没有那么容易恢复了。

道门劝人无为，儒家劝人忠恕，佛陀劝人空寂。一把剃刀，如果真能了断万千烦恼丝，对于把功名权位视作生命的黄崇义父子而言，那还不如拿它抹了脖子。

如今的黄伯臣心里堵上了样别的东西，那就是恨不得拿刀子把仇人零刮碎割了的深仇大恨，以及恨不得把脸抹下来塞进裤裆的奇耻大辱。心里堵上了生铁疙瘩一样沉重的仇恨，顽石一样不可化解的耻辱，又怎么能打起精神头去一了不世功业？一个人背负着这么沉重的行囊想往高处攀，无异痴人说梦，半道上不摔死他，岂非没了天理？

黄伯昂婚庆大典上所遭所遇，把黄伯臣推送到命运的十字路口。要么寻个出处，把仇恨的岩浆喷射出去，把耻辱的脓血排遣出去。这才可能轻装上阵，抖擞精神，去干他要干的正经营生。一旦把这副虐心的行囊再背下去，总有一天要被压得从半坡上摔下来，落得个业毁人亡的可悲下场。

一头伤痕累累、气息奄奄的大虫，蜷伏在一个没人处，一边没精打采地舔舐着血迹斑斑的伤口，一边寻思着生的出路。

有些仇恨与耻辱，可随时间的流逝，渐渐随风而散；有些仇恨与耻辱，将会像毒蛊一样种在身上，把一个人整整糟害一辈子。黄伯臣遭受的，就是那种足以整整糟害他一辈子的仇恨与耻辱。

以其人之道，还治其人之身。只有把我的仇恨与耻辱，以同样的或者是别样的方式方法，以对等的尺度与分量转嫁在对方身上，让另一个人一辈子都活在仇恨与耻辱当中，那样的话，我自个岂不就一身轻松了？

据此，黄伯臣到底搜腾出一个妙不可言的法子。

独居半年天气的婉卿，整日以泪洗面，轿车上抱着装响圆的箱子，四处奔走，求托他人，设法搭救丈夫出狱。

年节将至，婉卿原准备回娘家过年，事先打发丫鬟佩瑶，揣了三十个响圆，回了坡头村自己家中。年关到了，人家一家也要过年团圆呢。

当贺大叔的马拉轿车走到大道路口，谢婉卿改变了主意，打发贺大叔自个回去，告诉家中父母，就说这些天等男人消息，择不开身子，正月初上再来看望二老双亲。她抱着娇儿天柱，又折回了谢家别院。

谢婉卿改变主意，其实不无道理。辛亥革命元老、丈夫莫逆好友余先生极力斡旋，且通电广州军政府，对陕西北洋政府舆论施压，加上婉卿凭借雄厚财力，疏通关节，督军大人口气已经松动。徐教务长亲自登门，丢下话说，这些日子，你家伯昂很有可能无罪开释，你们夫妻团圆的日子为时不远了。别提谢婉卿多高兴了，挂着泪珠的脸子笑成一朵花。

婉卿心想，后天就大年三十了，督军人心要是肉长的，也该让我夫妻二人、一家三口过个团圆年了。如果他真的年前被开释，我回了娘家，他回到家里，进不了门咋办？

谢婉卿临行改变了主意，留了下来。冥冥之中，这一改变，竟彻底改变了她的人生。

这年腊月三十，下着大雪，五陵原上白茫茫的一片。随着夜幕降临，大雪没有止歇，且愈降愈烈，后半天粒状冰霰，变成了铜钱大的雪片，飘在人的脸上，像眉梢上沾了朵棉絮。

本来，迎接黄伯昂出狱的徐教务长，敲锣打鼓、燃放排鞭的学联成员，以及一干学界同仁共同约定，当天午后为黄伯昂把酒接风，洗耻雪辱。还计划等雪住路开，陪送他乘坐学府公车回归故里。黄伯昂的心早就飞到了他的妻儿身边，这阵子劝他饮酒，无异饮鸩，劝他坐等，更是如坐针毡。

黄伯昂从陕西模范监狱一头扎出来便犯了狂，踏着半尺厚的积雪，冒着被西北风刮得眯眼的雪花，一路吼着秦腔回了家。

"窑门外拴战马将心疼烂，
　夫望妻妻望夫擦泪不干。
　三姑娘你本是千斤女眷，
　跟随我薛平贵苦受磨难。
　天不幸曲江池妖马作乱，
　害苦了众黎民昼夜不安……"

黄伯昂唱着唱着，想到妻子婉卿，那么好的女子，跟了我这个半吊子冷娃，让她提心吊胆，难得过个清净日子，由不得落下几滴泪来。

雪越下越大，黄伯昂的精神头却丝毫不减。到了晚上，雪地里的夜路益发难走，有时一脚踩空，踏进雪底下车辙碾压的阴沟，一个绊子跌下去，整得浑身是雪，他却笑呵呵爬起来又跑，心头只想着一件事，我媳妇这阵睡了没？说不定还点着灯，抱着娃，隔窗望着漫天大雪，夜半三更等着我……

到了，到了，终于快到家了！此时已至夜半时分，谢家别院那幢精致的阁楼上，窗户内果然透着光。

黄伯昂眼中一热，有泪在眼眶中汪汪浮动，一颗心儿跳得急如鼓点，咚咚作响。

"婉卿——"

一声虎啸龙吟般的呼唤，是在他距别院阁楼尚有里许的地方发出。

阁楼原本是堆放杂物的，丈夫入狱后，两个女人孤单，便搬了两架竹床，住上了阁楼。

两架竹床中间的木板地面上，放着一只矮脚小凳，凳子上放着一只火盆，火盆里旺旺的炭火，把阁楼上烘得暖暖的。床头柜子上，蹲着两盏玻璃罩儿煤油灯。灯光下，谢婉卿稍显笨拙地纳着一只小巧的鞋底。身旁，是悬吊空中的一只摇篮，小天柱蜷缩在摇篮中，已经沉沉入睡。他娘手中那只小鞋，就是给他做的。婉卿还称了两捆棉花，准备学着纺线、织布，学裁剪、做衣衫，装褥子、缝被子，给孩子，也给丈夫跟她。佩瑶是把针线活好手，婚后的婉卿跟着侍女学，很投入，但一时半会，还不精到，毕竟不像琴棋书画，不像望闻问切，不像医籍药典，那些才是她的长项。谢婉卿初涉家庭生活，品味人间烟火，自有别样一番滋味，感到既新鲜，又充实，有时忙乱起来，颠颠跑跑，嘻嘻哈哈，快活得像个孩子。

大年三十之夜，因一场茫茫大雪，远远近近爆竹的顿响，在天一擦黑便零零星星收了场，接着便是天地一笼统的昏黑，漫漫寒夜的阴冷凄清。

这个夜晚，谢婉卿心里极不平静。手中的那根针，有两次戳痛了手指。伯昂到底啥时才回来？这是她近日从早到晚思虑的唯一一件事。

远在里许开外的那声啸叫，被怒吼的西北风挟裹了去，传到严严关闭着门窗的阁楼上，声威已然消尽。可那隐隐一声呼唤，在谢婉卿耳畔有若雷鸣。这声音她太熟悉了，它的穿透力极强，有时候不在听闻，而在感知。

谢婉卿心头陡然一震，眼睛遽然一热，哇地尖叫一声，一掀被子，纵身跳下竹床，颤颤抖抖爬下木梯，抽开门闩，哗啦一声拉开门户，跷过门槛，一脚踩进半尺厚的积雪。

直到此刻，随着一阵刺痛般的阴寒，谢婉卿才意识到，自己下阁楼时，连鞋子都忘了穿。当她折转回去时，又连门户都忘了掩上。风卷着雪花，呼呼飘落屋内，在桌椅底下、檐墙旮旯里打着旋儿。

当谢婉卿第二次下得阁楼，一个银妆素裹的雪人，已赫然站立厅堂中央。

谢婉卿已记不得怎样到了丈夫的怀抱，只觉得他那多时不曾洗理的胡茬，刺猬一样，连揉带戳，擀面一样碾压着自己娇嫩的面颊。即便是洞房花烛之夜，她也不曾感觉到、不曾经历过如此暴虐的蹂躏。那种揉戳、那种碾压的感觉，是那样的刺痛，那样的麻痒，那样的烧灼，那样的令人浑身战栗，令人如痴如醉，令人魂悸魄动，令人把这个世界一切的一切都遗忘了、丢弃了，唯独迷恋着此刻的存在，甚或把她当作生命的全部意义，亦无不可。

不知过了多久，谢婉卿就这么溶化在丈夫的怀抱中，伴着嘤嘤的、娇笑着的、娇喘着的哭泣。

滴答滴答，水珠儿不住地从黄伯昂身上，滴落脚下青砖铺墁的地面，随即被干渴吸噬，消解。

爱之温热，溶尽了黄伯昂一身冰雪。

突然，不知从厅堂内哪个角落，传来一声阴冷的喊话。

"如果热火够了，请把身子分开说话。"

这句话来的是那样突如其来，猝不及防，匪夷所思。

它的语气不缓不急，语音不高不低，语势不顿不错，语调不卑不亢，听起来甚是平和。可在黄伯昂和谢婉卿听来，却如同出自森罗殿催命判官之口，身子冷不丁打了个哆嗦，头上的毛发几乎都要竖了起来。

黄伯昂夫妻俩将头拧向厅堂内一个角落，分开了身子，一只手仍紧紧牵着，直面发出声音的所在。

阁楼上一线晕黄的光束，从那架木梯上沿方形孔洞影射下来，照亮了厅堂左侧的一角。这一角光亮，与敞开的户外积雪相映互衬，给了屋子内一抹亮色。

一个身披斗篷、遍体积雪、威武高大的身影，叉着双腿、抱着双臂，气壮如山地挺立在厅堂门户一侧。夜之晦暗，遮掩了来人面孔，此刻不知作何形色。

黄伯昂将谢婉卿紧紧抓着他的那只冰冷的手，从他的左手摘离开来，前行一步，抬头挺胸，面对来人铿锵发话。

"哦！来得早，不如来得巧，你还真来得是时候！"

"迟也罢，早也罢，这一天迟早要来的，谁也躲不开。"黄伯臣语气中，夹杂着些许感伤。

"欢迎啊！来就来吧，又不是第一次找上门了！说说看，这一次，你又待如何？"

黄伯臣抽出抱于胸前的双臂，双肘猛然一抖，那身落满积雪的斗篷便抛离了身子，一只手转瞬间捞住领口，将其甩出户外。

户外，像是有人接住了那袭斗篷，只是屋内无人留意那些。

黄伯臣前行一步，与黄伯昂冷眼相向。"这番前来，倒也不作他想，只为证明一件事情。"

"噢！要证明什么，有屁尽管放！"

"去年七夕，阁下与婉卿小姐大婚之日，鄙人曾当着黄门亲朋、四方佳宾、王官镇那么多乡亲之面，是你逼着我，不得不把不该说的话说了出来。我跟婉卿小姐婚约在前，已结情缘，就在这处往日的谢家别院，有了夫妻之实。这些居然不能取信于你，反遭殴辱。今天，本人要把与婉卿小姐曾经发生过的、真真实实的一切，就在这里重新演示一遍，借以向您证明我此言无虚！向世人证明我黄伯臣无讹！向天地证明我黄伯臣无欺！"

啪地一声，黄伯昂一个耳光抽了过去，把黄伯臣搧了个趔趄。紧接着，黄伯昂叫骂声声，拳脚交加，不住点地落在黄伯臣身上。黄伯臣挺身而立，一不还口，二不还手，一任对方连踢带打，只是轻抬右手，沾了沾嘴角上流下来的一线血痕。

一阵狂风暴雨般的殴击，黄伯昂犹未解气，指着黄伯臣的鼻子尖儿破口大骂。"你个不知进退的狗贼，两次都欺人欺负到家里来了！胡说八道，满口喷粪，平白无故污人清白！黄家咋出了你这样一个败类，把祖宗八辈的脸都踢尽了……"

黄伯臣一把揪住黄伯昂领口，紧握拳头，以眼还眼，以牙还牙。"黄伯昂，老子今天打上门来，就是来寻你的晦气！你这个心术不正的奸佞之徒，不知耍了何种手段，拆散了我跟婉卿的姻缘！在那天婚礼现场，你们夫妻俩一唱一和，为了顾及自己面子，颠倒黑白，掩盖真相，让在场所有人，反倒把我当成了胡搅蛮缠的街头无赖，血口喷人的卑鄙小人……你……你你你还拿一桶粪便来污辱我……让我在五陵原上颜面无存，生不如死……一想起这些，我死的念头，已经都不止十回八回了……呜——呜呜呜呜……"

黄伯臣言至于此，悲愤得呜咽着哭出声来。

"今天，到了跟你算总账的时候……今天不捞回我的面子，不收回我的尊严……我、我就一头碰死！"

黄伯臣一拳下去，便把黄伯昂击得踉跄倒地，鼻孔里的血涮涮直流。随后继之以拳脚。他的拳脚不像黄伯昂那样疾如风雨，却招招见血，式式夺命。铺天盖地的风雪中狂奔了半天半夜，早已疲累不堪，回来后又遭逢如此祸端，黄伯昂哪里是讲武堂出身的军旅中人对手？

从猝然事发的那一刻起，谢婉卿就一直站立一旁，没有像泛常女流之辈那样浑闹蛮缠，只是静观其变，任其发作，以泄其威。她自感今夜之事难以善了，自己蒲柳弱质，艰于阻遏，仅凭辞令言说，自是苍白无力，毫无补益。非常时刻，再次显现一个大家闺秀沉稳持重风范。

黄伯臣的拳脚力沉劲猛，狂暴至极，虚弱已极的黄伯昂哪里经得起这般摧折。谢婉卿不得不放下她那高贵的姿态，仆倒地面，抱住黄伯臣一只腿。黄伯臣愕然望了婉卿一眼。在他的心目中，这位女神般高贵的女子，怎么也像村妇一样，撒起泼来？

谢婉卿的高贵，不在血统，缘于修为。再高深的修为，无法了断人的七情六欲。黄伯臣重拳殴击，暴烈踩踏，施加在她男人身上，蹂躏的却是她此刻那颗千疮百孔的心。她别无选择，要制止此人对她心爱的人如此施暴，只能以暴制暴，挺起她荏弱的肩膀。可是，处于极度狂躁状态的黄伯臣，根本对她不曾理会，那条强有力的腿拖着她滚来滚去，如同一块肉球。她的存在与否，与黄伯臣行为无关。

黄伯昂丧失了最起码的反抗能力，任人摔打、殴击，神志已处半昏迷状态。黄伯臣致命一击，是在谢婉卿一口咬向他的腿杆时，将黄伯昂架上肩膀，狠命朝地上那么一摔。经此一摔，黄伯昂直挺挺躺倒地面，纹丝不动，失去了知觉。

谢婉卿在万般无奈之下，抹起黄伯臣裤角，紧贴着皮肉，在黄伯臣的腿肚子上咬了一口。这一口咬得极重，那两排细密的牙齿，钻进了肉缝。

黄伯臣身子猝然一抖。肌肤的剧痛，伴着心灵颤悸，合成一种从未体验过的感受，荡入他全身每一个细胞。那种剧烈的冲击，有椎心的痛，也有绵绵的甜。黄伯臣惊奇发现，把自己交给一个深深钟爱着的人去糟践、去施虐，竟然还有一种别样的感受。

阁楼上那孩子狂躁的哭声，其实从底层风暴卷起的那一刻便开始了。他绝然不会明白，这个非同寻常的夜晚，已经或者将要发生的一切，将彻彻底底、完完全全改变包括他在内所有人的命运。迷一样的未来，在等着这个摇篮里的孩子，莫不是冥冥中感知到那地狱般的苦难，他哭得是那样伤心欲绝。

隐隐听得，阁楼上咚的一声，随即传来那孩子一声揪心的尖嘶。这些动静告诉谢婉卿，她的孩子很可能从摇篮里翻了出来，落在了阁楼的地板上。

婉卿哀泣一声，爬行着移近木梯，匆匆攀上阁楼。

咚咚咚咚，皮靴踩在木梯踏板上的声响格外洪亮，黄伯臣也跟着上了阁楼。

谢婉卿抱着那个哭得再也哭不出声来的孩子，蜷缩在竹床床头，望着眼前这个高大、雄健、面孔阴沉、情态肃然的男人，眼神中充溢着的，有惶惑，有惊惧，更多的是乞怜与哀求。一个高贵的女人，此刻竟变得如此软弱无助，像一只待宰的羔羊。

一股淡淡的馨香，那种令黄伯臣再熟悉不过、且终生难忘的馨香，又一次扑进他的鼻孔。

黄伯臣不容分说，一把夺过婉卿怀里的孩子，将其轻轻放进摇篮，叉开双手十指，铁钳一样抓住谢婉卿双肩。

"婉卿……"黄伯臣颤颤发音，柔柔吐语，如同一对沉溺爱河的恋人，在悄悄地叙说着情话，"咱俩就在这里……那件事，去年七夕那天，你没有承认……当着那么多人，你也不好说什么，我不怨你。我也希望你别怨我，我也是迫不得已，只想着咋样把你争到手，才当众说出了那件事，为的是让那个人死了心……可是，你一句话，就把我推向绝境……我虽然不怨你，但我恨你，恨你一句话，把我的尊严踩在脚下，让我在原上没法活人……"

谢婉卿依然清醒，理智。那件既诡异又诞妄的怪事，一旦被他铁心认定，任何解释都是白费口舌。与其如此，不如缄默。

"我失去了你……永远失去了。但今天晚上，我要报复你和你男人。用他的话说，污人者必自污之，也让他尝尝被污的滋味！也要向你、向你男人、向大原上所有人证明，黄伯臣不是一个瞎说白道的无赖，不是一个污人清白的小人！"

谢婉卿浑身打了个激灵。一种几近绝望的哀情，从骨子里渗了出来，毒虫一样爬上心头，开始撕咬、吞噬。完了，我谢婉卿人生一场好戏，才刚刚开演，就要谢幕了。

对于黄伯臣，谢婉卿打几年前第一次看见，就一直没有丝毫恶感。他忧郁的眼神隐含善良、渴望，伟岸的身躯蕴蓄着活力、激情，俊朗的眉宇间充溢着期望、憧憬。这些，让曾经几近赤裸的她被强行架于肩头，在暗夜中奔驰颠踬的那个时候，想诅咒他都找不到一个恰切的词语来，竟然还那般驯服地扒在他的背上，有时还不得不双臂搂紧他的脖颈，轻轻地耸动着鼻翼，吮吸着从他身上散发出来的热腾腾、濡着汗腥味的那种男人特有的气息。

虽然他不像黄伯昂那样，见上一面，就像一把火，即刻便打破谢婉卿生命的平定与沉寂，陡然间便引燃不可遏止的汹汹气焰。可黄伯臣在谢婉卿心目中，亦占居着一个甚是特别的位置。她也曾深思熟虑，想丈夫的这个远房兄弟，在自己的心目中到底属于何等角色，连她自己都没能给出一个结论，只觉得与他见不见面、交往不交往都不陌生，而且还感觉到与他之间，有一丝不即不离的亲切，有一丝不温不火的暖意。

即便到了此刻，谢婉卿仍在内心千遍万遍地搜寻，搜寻对方如此暴行不可饶恕的理由，以便唤醒对此人的恶感与仇视。可是，黄伯臣其所以为所欲为，到底有没有它的合理性，她一时半会，心里还真不怎么了然。心底纯良的人，往往易于自责。我谢婉卿真的做了什么对不起他的事吗？尽管当众否认那桩事关重大、子虚乌有的事情势在必行，这就无可避免地伤害了眼前这个人，且伤得很重，很惨。在那种场合，足以把尊严、声望、地位看得比命还重的他这种人一辈子都给毁了。

尽管如此，尽管到了这般境地，谢婉卿没有忘记自救，没有放弃最后努力。聪颖慧黠的她清楚，要征服眼前这个人，须从此人最柔弱处着力。她想好了这样一句话：伯臣，即便算是我毁了你，难道你就忍心一报一还，也把我毁了吗？你知道你此刻在做什么？你在毁灭我，毁灭一个家庭。

越是爱得深沉，貌似牢不可破的结合，越是脆弱得像琉璃咯崩一样，稍有碰触，即可碎为齑粉。大原上人有一句话，说是淡淡长流水，念念不到头。即便是夫妻，也劝人把情看得稍淡一点，那样才能长久。别把情燃得太旺，那东西是个奢侈品，经不起猛烈的燃烧，那样会很快把一切都熬干的。而黄伯昂、谢婉卿夫妻俩的情份，已经燃过头了。

谢婉卿想以被对方深爱着的自身，即将遭遇的灾难性境遇，唤醒黄伯臣内心固有的良善，让苦难就此止步。

这兴许并非身陷深渊的一根稻草，说不定还真能救她一命。黄伯臣在奋力剥除她的衣饰时，尽管不得不用强使横，但仍顾恤着她的身子，生怕把她哪里弄疼了。如其真的眼看着她的心被撕裂，他能否手下容情呢？

一切都像是上苍注定了一样，谢婉卿的劫数到了。

也不知黄伯臣是如何折腾的，蜷腿坐压在婉卿背部，正在解除对方最后一幅遮掩。婉卿羞臊已极，只顾抬起双臂，揪扯对方的胳膊，把话到嘴边的说辞给咽了回去。

是讲武堂出身的他擒拿格斗、一招致敌的功夫立生效验，还是蒲柳弱质、心身俱疲的谢婉卿反抗无力？反正一个本来繁复拖沓的过程，在这二人之间变得轻松自如。下来的事情，纵是释迦佛祖，也无力回旋了。

"婉卿……除了你，我对女人的心死了……我这辈子，再也不想把心思用在女人身上了……你是我这辈子的至爱，唯一的至爱，我把心今辈子就留在你身上了！让我再做一次男人……婉卿，让我的心往死里疼的你呀！如果你还可怜我……还可怜我这个世上最可怜的人……你、你就让我再做一次男人…做最后一次男…！"

黄伯臣拖着哭腔，完成了他发自肺腑的哀哀叙说，凄凄话别，以远远超乎往昔谢家别院那次最初的暴烈，向这个让他的心疼得要死的女人，发起肆虐般凶狂。

黄伯臣双臂，紧紧搂着谢婉卿胸腹，像是一道铁箍，致使她非但喘不过气来，连骨骼都被挤轧得咯叽作响，时有断裂之虞。下体狂暴的鼓荡，犹排空巨浪，所到之处，堤决坝溃，丘峦崩摧。

那张竹质床榻，咯嗟咯嗟叫个不停，犹如风暴肆虐下的一棵蚀朽中空的老树，干倾枝折，即在转瞬之间。黄伯臣喉咙里的嘶吼，似同猛兽利爪踩踏着猎物时，嘴里发出的那种呜呜呜叫。谢婉卿双手掐着对方脖颈，指甲缝里已然浸入血色，从她喉咙里发出的那种嘶叫，尖锐得足以刺穿铜墙铁壁。除此，还有摇篮里那个男婴惊悸的哀嚎。阁楼上诸般声响，互为勃豁，绵绵不绝，是浪起鱼跃的欢娱，拟或曲终人散的挽歌？

祸不单行，一场更为惨烈的滔天祸患接踵而至。

晃荡的竹质床头，早在二人相持之时便发生位移。那床的一只竹腿带翻了那只木凳，木凳上的火盆翻落下来。从那时候开始，红彤彤的木炭节儿，便散落在干燥的楼板上，烧灼着底下的木板，从底层炙烤着另一张床头的竹质床面。

此刻的黄伯臣，世间万物对他而言已不复存在，哪怕天塌下来亦浑然无觉。最后一阵狂荡，又使得晃荡着不时攒动的床头，顶撞到架于两只条凳上的木箱。一盏粉色玻璃罩煤油灯翻落下来，滚向两床相间之处。

轰然火起，发于转瞬之间。先是脚下楼板，与早已炙烤得焦黑的竹质床头明火大作，接着是床上的被褥、紧贴床铺的三包袱蓬松的棉花，继而是头顶上双层芦席铺设、糊着一层纸张的顶蓬，从顶蓬一直燃到最顶层的竖椽横檩、棚板苇箔。

烟腾火起，大势即成之时，黄伯臣居然无视火舌舐面，烈焰燎身。情之为累，欲之为害据此可见。

一个冬日，天干地燥，这些原本就惹火的物件，在一个相对狭小的空间内集中堆集，见火即燃。黄伯臣抡起一条大被，试图扑灭此刻的火势，无异于飞蛾扑火，已经为时太晚。

灾变突发，火势轰然腾起，谢婉卿亦得以脱身。那一刻，她万般惊恐，尖叫一声，一把抢过摇篮里的婴儿，身子蜷缩得像只蜗牛，把她的儿子严严实实裹在胸腹之间。黄伯臣手中大被一张，扑向腿子也已燃起火苗那张竹床，将缩在床上的母子俩囫囵一裹，抱至通往底层出口。此刻呼呼风响，撩起一股火舌，扫向他的面门。黄伯臣脚下踩空，裹着谢婉卿母子的大被脱手，滚落阁楼地板，而他自己则肉球一样，顺着楼梯滚下阁楼，沉沉摔落地面，顷刻间失去知觉。

夜色中，突兀间传来一声枪响，在漫天飞雪与北风怒吼声中甚是凄厉。

迷蒙雪野中，两条身影冲火光方向飞奔而来，他们是牛蹄岭上的龙宝山与三瓢把子王砣。

搭眼望见谢家别院烈焰冲天，龙二少爷乍然色变，心胆俱裂，朝空中放了一枪。

去年夏日的牛蹄岭上，龙宝山把童年时代两小无猜，耳鬓厮磨的谢婉卿认作义妹，并发下冲天鸿愿，这辈子将永远担负起对她的护佑之责。从黄伯臣大闹婚礼那天起始，他的心就一直悬着，没有一天落在实处。黄伯臣其人的心性手段已然领教，就不得不着意留点神了。他想，谁敢保证，那只斗败了的公鸡，甘愿服输，就此收手？

黄伯昂夫妻选择定居谢家别院，龙宝山就曾多次提出异议。后来亲临现场踏堪，见得此地背依丘峦，面水而居，左临一条指向陵邑县城的通衢大道，右面散布多处村落，人烟辐辏，倒也不算荒僻。兼以草木葱茏，鸟语花香，的确不失为一处家居妙境，这才调集人力，帮黄大哥与义妹建起了这座宽敞舒适的两层精舍。

黄伯昂因西省学联举事，闹出人命被逮入狱后，仅有两个女人，守着一个婴儿，住在这么空旷的所在，龙宝山心里就更加没了着落，多次下山探望，并与周围做庄稼的几个农人拉上关系，为每人称了三斤卷烟叶子，希望他们与谢家别院的住户，邻里乡党之间，如果事有缓急，互相有个照应。

大年三十这天，龙宝山后半夜起得身子，一睁开眼心里就玄玄的，绕着七星殿走来转去，立坐不安。今天都大年三十了，黄大哥听说还没放回来，义妹她们孤单单的，这年咋个过法？想着想着，便一骨碌从豹皮交椅上蹦了下来，召呼王砣准备点野味，背了两条狍子腿下了山。

雪野中传来那一声枪响，惊醒了抱着人事不省的黄伯臣、一时间莫知所措的一个粮子，他是黄伯臣此行的一个随从。此人即刻背起主人，逃出阁楼底层，恍然间消失在茫茫雪野。

当龙宝山、王砣二人近得阁楼，火光中眼睁睁看见一个粮子，背着一人逃出精舍，因不明就里而无暇顾及，便一头扎进烟雾腾腾的精舍底层。冲在前面的龙宝山打了个绊子，一脚栽倒。后面的王砣瞧得分明，他是被地面上横躺着的一个人绊了一跤。此人即是被黄伯臣殴击得昏死过去的黄伯昂。

　　婴儿焦躁而低微的阵阵哭声，在狂风与烈焰交织的呼呼大响中忽高忽低，时断时续。龙宝山眉头紧蹙，目光如电，从黄伯昂身子上扫向阁楼。大哥的踪迹有了，那我义妹呢？既然娃在阁楼上，我妹子也一定在阁楼上。到了这个份上，儿离不开母，母更抛不下儿！

　　龙宝山于底层卧室抢过一条大被，塞进左侧厨灶间水瓮，浸得湿漉漉的，朝身上一裹，在王砣扶持下攀上木梯……

　　此刻的那位粮子，驮着他的主子一气跑出了二三里地。肩头上的黄伯臣被颠得醒过神来，两只耍枪弄棒的手，蕴蓄仅存残力，鹰隼的爪子般掐住了那位粮子脖颈。想必谢婉卿母子此刻仍身陷火窟，黄伯臣急火攻心，方寸难安。

　　那粮子与背上的主子一起倒伏雪野。粮子滚了个蛋子，翻身坐起，把死猪般纹丝不动的黄伯臣抱在怀里。主人喉咙里冒出阵阵微弱气息，那气息与语音夹缠不清，粮子费了老大精神，才隐约辨出，那是主人向他发出的"救人"指令。

　　都这般光景，这般时辰了，那人咋个救法？粮子显然有些迟疑。主人却挣扎着抽出随从腰间的驳壳枪，把枪头抵上对方腰眼。再瞧主人家那双眼睛，像两把锥子，对直一瞧，能刺穿他的黑眼仁子。没办法，主人家的意志违拗不得，那粮子即刻丢下黄伯臣，朝远处火光闪烁的所在跑去。

　　那把驳壳枪跌落雪地，寂无声息。黄伯臣再度昏厥过去。

　　到得精舍，粮子见得此时火势已缓，即硬着头皮扎进底层房间，一探究竟，权当尽心而已，寄望于兴许还会有人存活。就在此刻，即将燃尽的阁楼废墟，参杂着瓦片及断壁残垣轰然倾塌，把一个年轻轻的娃娃埋在了里面。

　　龙宝山除下身上皮衣，想先裹住谢婉卿母子身子。当王砣战战兢兢剥去沾濡在婉卿身上烧焦了的棉被灰烬，两个男人即刻捂住自己双眼，将身子扭向一边。

　　眼前情状，让这两个拎着脑袋、过着刀头上舔血生涯的草莽汉子明白了，啥叫惨不忍睹。龙宝山栽倒雪地，抱着脑袋一阵狂野翻滚，把周围的积雪碾得遍地沟槽，口里发出困兽般嘶鸣。"龙宝山——你不是人……你个混蛋不是人啊……你就这样护着她？你把你的义妹……难道、难道就护佑成了这般模样……你当初咋样应承她的！你还有脸活在世上……呜——呜呜呜呜……"

　　理性尽失的龙宝山一翻身子，长跪雪地，开始狂搧自己耳光，满面泪痕的脸子，一阵啪啪作响。王砣奋力扭住宝山胳膊，怒喝一声，"黄大哥一家三口，生死不明，现在不是难受的时候，你放清白点！"

　　轰隆一声，谢家别院那幢房子轰然倒塌，也就是那位年轻粮子被沉埋火窟的当儿，气浪把烈火掀向四方，从高处望去，像平地绽放出一朵红莲。

　　这场奓天大火创造了一个奇迹，这个奇迹是一位母亲创造的。抱在谢婉卿怀里那个孩子，居然毫发无损。当时，她把一切凡是能抓到手的东西，都缠裹在婴儿身上。

　　龙宝山背着皮衣包裹着的谢婉卿，袋鼠一样，把那婴儿用一条扎腿布巾，兜在肚腹之间，望着平躺雪地、昏然无觉的黄伯昂，焦躁万般地原地兜着圈子。他不知道该做何处置。

　　首先想到的是黄伯昂。黄大哥经此惨变，凭他那火暴脾性，醒过来后，看到这样一场结局，非疯了不可，到时候谁拿他有办法？

　　"砣子，背上黄大哥，找一户人家，雇一挂马车，连夜晚送他上山。记着，你我二人，立个君子协定，今天晚上发生的一切事情，不要告诉任何人。特别是黄大哥，他看见我义妹成了这样，非一头碰死不可。谁露了口风，拔谁舌头！"

　　"放心好了，我掂得来轻重。别说拔舌，我把这条命押到你手里！"王砣言辞肯切，率然吐口，随后把黄伯昂架上脊背，掉头而去。

　　龙宝山仍在原地兜着圈子。把义妹送到哪去呢？送回娘家，给她父母怎么交待？她大她娘那么大年纪，看到独生女成了这般模样，一口气上不来咋办？

　　此刻，龙宝山背后传出一丝轻微声息。那声息极尽轻微，如同枯叶落地，蚊蚋振羽。龙宝山仅依稀捕捉到三个字——静观庵。

　　龙宝山神魄一动，想起义妹有一次曾嬉笑晏晏，谈及她婚前曾去静观庵求签一事，不由得仰天慨叹，这人世上，是不是啥都有定数？

　　兴许，静观庵成了谢婉卿注定的归宿。

第十二章　图的是我女婿的威

黄伯臣到底还是跟李快嘴娘家侄女李若水结了婚。

李快嘴欣喜谢家别院那桩移花接木的污俗事没露出破绽。好哇！没露包就好，叫老娘这大半年虚惊了一场。接下来，也该干点正经事了。

数月前，李快嘴咬咬牙，花一个响圆，雇了娘屋左邻财东家一辆马拉轿子，挺着显了怀的肚子，跟她侄女一排排坐了，走了趟九崚山下的兵营。这一回她没敢给侄女身上喷香水。她把那东西连瓶带水一砖头砸了，灌进了院子里的渗井。用她的话说，贼没赃，硬似钢，老娘把赃先销了，我看他谁有×天的本事，能把老娘咋个相！

见了黄伯臣的第一句话，是黄大官人，嫂子到娘家熬了些日子，娘家人硬要送我回咱镇子上，路过乡党的营盘，渴得喉咙眼冒烟呢，想讨口水喝，不知赏不赏嫂子这个脸？

兵营里岂是闲杂人等出入的场所？黄伯臣想，你看她这话说的，把人硬往墙角角逼呢，不支应一下，我黄伯臣岂不是在乡党面前摆了官架子，连一口井里吃水的街坊都不认了？

李快嘴的第二句话，是蝗虫吃了田，少不了雇工的钱。上次的事，虽然把事没弄成，刚出炉的肉包子，叫你先尝了个鲜！吐了个脆骨子出来，有人一口接着去，还当冰糖葫芦着啷呢，也不知尝没尝出腥气？没有功劳，也有苦劳，反正嫂子我把心尽到了！

这番言语，无异打了个哑谜，把黄伯臣身后几个属下，及兵营门前的卫兵听得云遮雾罩，她和黄伯臣心里却是小葱拌豆腐，一青二白。并暗示性告诉对方，虽然未能实现最终目的，我李快嘴尽心尽力了，没白拿你工钱；捎带着把仇人黄伯昂辱贱一番，给对方解解气；另外，你还得记我个人情，那口鲜不是白尝的。

听说去见黄伯臣，李若水一路上心儿跳得咚咚响，跟她姑姑说话时脸也红了，声也颤了，气也粗了，再次遭到李快嘴抢白。哼，看你那点出息！我就知道你个猫娃子的嘴，沾不得腥。看你那一身贱肉，天生的害货！哪个男人把你娶进门，也不怕损了自家阳寿。我今天给你交待清楚，可莫光贪了被窝里的事，忘了你大是咋死的！如果真的嫁给他，把那件事没办成，你这个肉包子，那才真叫喂了狗了！你大的阴魂从坟里钻出来，非把你掐死不可！

一想到家族的使命，李若水即刻稍敛心神，再也没敢往别处多想。此刻听得轿帘外面，姑姑对黄伯臣的那一番言辞，心儿又突突地跳了起来，脸儿也自感一阵阵火影影的烧腾。

黄伯臣没想到轿子里面还有一人。当李若水被她姑姑捏着一只手扶下轿子，营门前出现一道灼人眼目的景致。眼下又是一个燎人的炎夏时节，李若水穿了件薄若蝉翼的水绿色旗袍，这也是李快嘴一咬牙，打发人从西省茇源绸缎庄买回来的。这身行头在原上尚未时兴，有一次督军大人巡察陵邑地面，从屎巴牛小汽车里爬出来的督军夫人，对李快嘴有很大启发。她又一咬牙，掏钱请县城里专为贵妇人、阔太太设置的明媚厂子铺里的梳头婆，参照督军夫人模样，把若水姑娘一番好生梳理。当侄女以全新面目出现在她面前时，把李快嘴惊得傻叫了一声，一句颇具总结性评语脱口而出，我的妈喔呀！这不成了捞鱼的胳膊过河的腿，吊死鬼的头发吃娃的嘴了吗！李快嘴嘴上这么说，别提心里多高兴，暗自嘀咕了一句，亏她还是督军夫人，把那身行头都糟踏了，跟我侄女敢一条板凳上坐吗？敢一个台板上站吗？不气死她也得羞死她！

李若水下轿子的那一刻，右腿一弯，旗袍侧面的那条缝便大张旗鼓划拉开来，那个白呀、腻呀，当即便晃花了两个卫兵的双眼。当李若水被她姑姑牵着手，袅袅婷婷走向军营，本来面向门外站岗的两个卫兵，全都折转身子朝了内，两眼发直，一个劲瞅着若水旗袍下兜得梆紧的那两瓣左右滚动的美臀。

落在后面的几名下属军官中，有个参谋悄悄一抬手中马鞭，朝左侧那个卫兵手中长枪的枪杆上一戳，咯噔一声，那杆蹲在地上、握在手里的长枪便倒了地，而那个卫兵兀自望着若水远去的背影，继续发呆，引得众位军官哄然大笑，拿马鞭抽着他的屁股叫骂不绝。

打若水下轿的那一刻，李快嘴便拿眼角梢儿瞟着观察黄伯臣。

黄伯臣第一眼望见李若水，也着实愣怔了一下。咦！这是谁家女子？咋长得跟婉卿姑娘这般相像？无论是个头、胖瘦，就连肤色、脸形也有几分相像。李嫂曾经跟我提说过，她娘家有个亲侄女，叫……叫什么来着，记不清了。此人莫不就是她那个侄女，竟长得这么白净？

李快嘴察其神色，心中暗暗欢喜。嗯，有门！听说这货发过誓，说是这辈子不再动女人的心思了。既然不动心，你瞅住眼盯我侄女弄啥呢？鳖瞅蛋哩吗？

此人是个热沾皮，第二天便到了黄崇义家，坐在这个病老汉身边，吹吹拍拍，一会儿弹弹他肩膀上的灰，一会儿把他脑袋上的黑尼瓜皮帽子扶扶正，染络得像那人的亲女子。

"我说崇义叔，娃儿们已经照过面了，你伯臣殷勤得很，见了我侄女，眼窝都笑得眯成一条缝了。又是端茶递板凳，又是摆碟抹桌了，富平的琼锅糖，礼泉的天鹅蛋，三原的蓼花糖，西省的德懋恭点心、黄桂柿子饼，光吃货就摆了一河滩，把我侄女当神敬呢！"

李快嘴此刻的话，十句里面，九句半都是演义出来的。

黄崇义关心的不是这些。他第一句话问，这女子她大是干啥的。李快嘴接嘴说："王家围子李秀才你不知道？字门深的了得，双手写得梅花篆，大年三十给人写对子，门口站队的能排半里路！"

"哦，是他。这人我知道。就是那个跟王家人为地坂子的事，输了官司，活活气死的那穷秀才。不过，是读书人就好。"

李快嘴心里一紧，暗自思忖，这老崽娃病得瘦成两张皮，大风底下一盏灯，说不定哪天一头栽倒就没气了，心里咋还这么清白？

"我再问你，这女子祖上是个啥根基？"

李快嘴心中一喜，这回有得话说了。"好叔呢，多亏您老提起，我把这事咋都忘了。我爷手里，还坐了一回阳陵知县呢！正二八经的青天大老爷呀，坐过衙门大堂的！若水姑娘，就是他亲亲的重孙女。要不，我侄女咋那么知书识礼呢？根子正得很！"

"错！王家围子李福德，嘉庆年间，出任阳陵县丞，秩正八品，比知县低了一个品级呢。"黄崇义斩钉截铁纠正道。

黄崇义此言即出，又把李快嘴惊了个大张口。我的天啦，这老崽娃成了精了，连我爷名字都记得清清楚楚。知县呀县丞呀，咱不懂这些狗×缠麻线，不过还真听我哥说过，我爷虽然当过县官，可一辈子都没坐到正位子上。这老崽娃可能说的就是这件事。

黄崇义对近百年陵邑县出的县级以上官员了如指掌，县志未必有他脑子记得全。此人早就晓得王家围子道光末年出了一任县丞，却不知道此人便是那个穷秀才的爷爷。秀才不具备做官的资格，黄崇义知道他们是个读书人就行了，并不留意其门阀出身。

"可惜呀！常言说灭门的知县。你哥李秀才要是坐了官，也别说放不放道台，就是一屁股坐上县太爷那个位子，我叫他王家试试看！还霸人田产呢，只怕人家看上他老娘，连自己的婆娘女子都贴给人家！"

李快嘴让黄崇义驳得心里直打鼓，不知道这老崽娃心里是咋想的。正犹疑间，黄崇义干梆硬正发了话。

"这门亲事，我应承下来了！"

李快嘴心中一喜，正要回嘴说几句感谢奉承话，话茬子又被黄崇义接了去。

"大头家的，知道你叔我为啥应承下这门亲事么？"

"我侄女人材好么。谁不知道她是五陵原上一枝花，跟谢家女子好有一比！"

"世上好女子多的是，拿鞭子赶呢！"

"她大是个秀才，叔敬的是读书人。"

"念书的千家万家，坐官的一家半家。穷秀才一钱不值！中个举人，只算是跷进官家的门槛，有位没位还说不定呢。只有中了进士，紫纱蟒袍通天冠，大红顶子孔雀翎，那才算是青石板上钉金钉，靠得实实在在的。"

"哪……好叔呢，你把我考住了。我还真想不到，你看上我侄女哪一点了。"

"我满意你娘家侄女，有两个说头。其一，她爷手里坐过官。"

"你不是说只是个县丞，品品子短了一截吗？"

"是个官儿比民强。再咋说，也算个上了品级的朝廷命官。只要李家有那个根基就好。她祖爷手里当过县官，将来她的儿子、孙子就不能当知府、知州？"

"噢。啥蔓蔓结个啥蛋蛋，我知道了。那其二呢？"

"其二嘛，把李家女子娶进门，入了我黄门家谱，她就是我黄家子孙后代的活先人。我要把她李家遇到的那些呕心事，修进我黄家家谱，让后世的儿孙们看在眼里，记在心里。如果不走当官这条道，草民百姓有活路没活路，不用别人讲，他活先人就是例子！"

李快嘴听得这话，只觉得头皮痒痒的，都要冒出汗来了。我的爷呀！这老崽娃心劲越来越大了，怪不得他二小子挎刀带炮，当了那么大的官。继而一想，这话说的多实在。我死乞白赖把这么俊俏的侄女给人家怀里攉，还不是尊了我哥的命，图的是背靠大树好乘凉。不然的话，谁把王家有啥办法？王六十那狗东西的二儿子，当年跷我哥的尿骚，岂不是接着还要跷我碎侄娃的尿骚，祖祖辈辈就这样给人辱贱下去，这人还有个啥活头？

李快嘴说的碎侄娃，指李若水唯一的小弟弟李若冰。原上人把小叫碎，小娃叫碎娃，小舅子叫碎舅，小女孩叫碎女子，骂人时往往骂对方是个碎怂。那孩子今年都十六岁的人了，至今见了王家人，用李快嘴的话说，跟贼盯出路一样，恨不得找个墙角角躲起来，比老鼠见了猫还慌张。

让李快嘴至为想不通的是，世上有些可怜人，不敢惹人家势大的人，专门欺负比他更可怜的人。她对王官镇那些一块涝池里洗衣服、树底下纳鞋底的大姐小妹们说，要说比我李家高一头大一膀的人，朝咱这下贱人跷个尿骚还想得通，谁叫人家钱大势大官大面子大呢。你王家是个啥东西？不就是比我李家有钱吗？可为了打那场官司，讹去我家那几亩地，还不够孝敬衙门里他野老子，如今鸡飞蛋打一场空，刨了我娘的坟，拿屎裱了我李家门，把我哥活活气死莫要说起，如今还欺负到我的寡妇嫂嫂跟她一双小儿女头上了。

同伴们无不对恶人谴责一番，对受害者慰藉一番，接着问如今咋个欺负法。李快嘴撩起衣襟，擦了把红红的眼睛，什么话也就不说了。她有苦说不出，有些事不便道破，道破了伤面子。

王家主人王六十，养了齐茬茬三个儿子，长得枪杆一样，如今一个接一个都快成了人。他大给这三兄弟都起了个响亮的名字，老大叫王虎，老二叫王豹，老三叫王彪。他们从小到大，把欺负李家孤儿寡母当作必修功课。他们小的时候朝李家院子撒砖头瓦块，李家房头上的瓦没浑全过，屋里经常漏水，房顶上换瓦都换不及。再长了几岁后，爬上李家院墙周围的椿树梢头，朝李家院子旮旯夹巷瞧光景，其中包括后院里的茅厕。如今都快长大成人了，便生出更奇巧的法门，在李家后院茅厕围墙外面掏了个洞，兴趣一来便屁股撅起，爬在洞外朝里瞄。若水她娘用破衣、烂衫、胡基、枣刺，从里面把洞堵一次，人家从外面掏一次，整得娘们几个平日不敢蹲茅坑。一月当中，李若水有十多天，都不得不托身在姑姑家中。

王家围子是泾水边上一个异姓杂居的大镇子，约有一千四百多个丁口。有一孙姓乡约，汇同该村多位段、牌、闾、邻四长，以及耆老豪绅二十余人，进得王家，当面锣对面鼓，指着王六十和他婆娘的鼻子打过招呼。孙乡约说，姓王的，我今天把话撂到这，不从严管教你那三个孽障，再把李家孤儿寡母那样作践，王家围子就没有你王家插脚的地方！你一家就从村里滚出去！

王六十发誓赌咒，说从今往后，他们再敢欺负李家，不打断他们的狗腿，我把姓颠倒写！

把自己姓氏颠倒写，是原上人发誓赌咒时一句响亮的豪言壮语。可当时谁也没醒悟到，王字颠倒着写，还是个王字。　这就跟王官镇有个姓李的贼娃子，跟人发誓赌咒具异曲同工之妙。他曾对逮着了他的外村人说，我要是日后再偷你家东西，就让我跟了我婆娘的姓。此咒在关中人耳朵里分量极沉，卖姓等于背弃祖宗，至为令人不齿。可外村人不曾知晓的是，原来他婆娘也姓李。

提到王姓，听着叫着都显得霸气，五陵高人探根究底，言此姓攸关"天理"。

前几日，省府教育厅视学主任特邀关中某鸿儒于关中书院讲学朱子，言及存天理灭人欲句，有书生问天理者何。鸿儒曰，天理者，为人泛常之需也，如饥则适量以食，渴则适量以饮，寒则适量以衣，弱冠婚之以妻、及笄配之以夫，是为依乎天理，适可而止，相宜为度。

又有书生问人欲者何。鸿儒曰，私而利己，无视公义；贪而无度，蚕食鲸吞；淫而不节，永无餍足。是为人之大欲，尽须灭而绝之，方为君子。

复有书生问，先生，有豪门人家，娶妻纳妾，常达三五人者，这是不是人欲？鸿儒说："豪门妻妾成群，窳困者鳏寡孤独，是为不患寡而患不均，有失天和，欲之大也，恶之彰也！"

"明星荧荧，开妆镜也；绿云扰扰，梳晓鬟也；渭水涨腻，弃脂水也。请问官墙之内，是天理还是人欲？"说这话的，原是那位五陵高人。

众位生员扭头望去，但见讲坛左侧回廊栏下石阶上，仰卧着一位蓬发跣足的乞丐，一双芒鞋丢于身侧，一手把握竹节拐杖，敲打着一只驮着魁星石碑的石龟龟头，一手揎着把残破的芭蕉扇儿，搭在敞开的瘦骨嶙峋的肋间。

这话锋芒毕露，说得尖刻无比，像刀子一样直戳鸿儒脊梁。言下之意，百姓中有人娶妻纳妾，即可视作人欲，那么，秦始皇一统天下，把六国国王的女人一鞭子赶到阿房宫，全都成了他一个人的女人，洗刷头脸的胭脂水把渭河都染红了，你说这是天理还是人欲？

鸿儒想说这是天理，显然有悖天道，违逆人心，岂不是当着众多书生之面，出言无状，自甘微贱；想说这是人欲，省府衙门其所以出钱雇他来这里讲学，就是要灭百姓的人欲，不然的话，人都欲望膨胀扯旗造反，美其名曰替天行道，一代接一代从别人手里夺江山咋办？麻烦就麻烦在高人此刻把官家抬了出来。如果说皇王爷的人欲亦可灭之，这无异灭了皇权皇威，岂不是大逆不道，形同谋反？如果说不灭吧，那岂不是又成了只许州官放火，不许百姓点灯？

鸿儒早听得五陵原有一高人，只是未曾谋面。这会听得此人言语，观其形色，不敢怠慢，仓促之间，只有拿几句搪塞的话救个场子，拾个面子，冲那人抱拳一揖。"朝堂之上，恩威尊宠，当与草野乡愚有别，自有国之仪礼成规，典章定制。是为天理，不可轻言冒渎，认作人欲。"

鸿儒口中，官墙之内的那些，都成了天理。

"哈哈哈哈……"一阵狂放浪笑过后，高人一骨碌翻身而起，用竹杖梢头蘸着鸿儒座前石砚中的墨汁，在身后的粉墙上写了个里字，"还是让我这个瓜子来讲讲你嘴里的天理。"

接着，高人两横一竖再一横，在里字的左边从上到下写了个王字，问鸿儒，"这是个啥字？"

"理字。"鸿儒说。

"呸！"高人朝理字左边那个王吐了口唾沫，撩起破袖，将其擦得干干净净。继而，高人拐头子再蘸了蘸墨汁，又两横一竖再一横，在里字的左边从下到上写了个王字，再问鸿儒，"这是个啥字？"

"理字。"鸿儒又说。

高人前后两次，为里字左边一正一反，均加了个王字，挂着竹杖，摇着扇儿，飘然远去。

有人把高人视为疯人，冲其背影轻而蔑之。

鸿儒面目，败若死灰，仰天叹曰："鄙人浸淫诗书，穷经皓首，直到今日方才明白，夫子当年四处碰壁，不为人所待见，惶惶然若丧家之犬的原由了！"

书生之中，有人对那一疯人所为不甚了了，特向鸿儒求解。

鸿儒曰："只要是王，反过来倒过去都是理。"

自至，鸿儒闭门罢教，再也不见他登坛讲学了。

……

黄家把当初行谢家的聘礼，原封不动行给了李家，它足以让原上养女之家心动眼热。可是，当黄家把下聘的箱笼抬至李家，却遭到若水她娘的断然拒绝。是李家日子富裕，不在乎于此？是李家蒙生悔婚之意？显然这些都不成立，若水她娘有她的想法。

她娘说，我女子嫁你黄家不图财不图利，图的就是我女婿的威。嘴上只是含含糊糊这么说，心里的话却明白晓畅不过。我就是要借你这只猫吓老鼠呢！猫逮住老鼠先干啥？不是逮住就一口吞了，那样太便宜了它。先压在爪爪底下要，跑了再逮，逮住再要，拿爪爪拨着拨着要，拿牙垫着垫着咬，等要颇烦（乏困）了再下口。从今天开始，老娘不把你王家满门屎要出来，才是怪事！

若水她娘向乘龙快婿提出的第一个要求，是开上一连队伍来接亲！

黄伯臣起初并不清楚王家围子李家的冤情，以为岳母大人只是图个排场，撑个面子。丈母娘头一次开口，这个脸是非赏不可的。这些天全团都在野营拉练，以野外作训名义，让刘强兄弟七连在王家围子休整休整，顺路打个尖也说得过去，便满口应承下来。

若水娘心头一热，眼窝一潮，想扯起嗓门大哭一场，连忙揪了揪女婿娃笔挺的军装下摆，又叉开手指，梳理了一下对方额前的乌发，一股爱怜之情油然而生，要不是碍于身份，她真想朝女婿娃额头亲上一口。

她非常清楚，女婿娃的这个举动，无论是对王家、还是对李家而言，事关重大，意义非凡。它标志着王、李两家一场生死之争，将就此拉开序幕。她等这一天，等得太久、太苦了。

这女人心机太深，甫一出手，便来了个敲山震虎。迎亲的那天，一辆浑身擦得乌油油、车梢头别着大红花的屎巴牛小轿车，率先开进王家围子，停靠在李家门前，也停靠在王家门前。王、李两家门对门。小轿车后面，是身着军人礼服、足登皮靴、肩披绶带、胸前佩了朵大红花、跨在一匹高头大洋马背上的新郎倌黄伯臣。大洋马两边，是两名腰挎两把盒子枪，行走左右两边牵马坠镫的勤务兵。

新郎后面，是由八人组成的一个军乐方队，他们人人身披绶带，手执一杆稀奇古怪的洋喇叭，吹将起来，倒也声势浩大。他们是靖国军第九游击支队司令长官，特意为手下得力干将调配的助兴军乐队。

乐队后面，居然还齐茬茬跟着扛枪带炮的一连队伍。

王家围子男女老幼，倾家而出，人潮填街塞巷，阻断了通道，连古树枝头、断垣残壁上爬的都是人。王、李两家门前热闹非凡，盛况空前。

身着轻纱婚服、打扮得温文典雅、模样儿长得让人心里搔痒害疼的新娘子李若水，在仪表堂堂、八面威风的黄伯臣手捏手牵引下，娉娉婷婷，袅袅娜娜，抬脚起步，犹如绝尘仙子，临风飘举般从家门中冉冉而出。两位伴娘紧随其后，撩着新娘的拖地裙幅走向那辆小轿车。

随着一阵噼里啪啦的爆竹及火铳的大响，刘连长一时心血来潮，为了给黄团长的迎亲仪式以壮声威，指挥一班士兵，列了个长队，整齐划一，冲天放了三响排子枪，把迎亲声势推向高潮。

那一班士兵的枪口，正冲向对面王家家屋上方。

王家围子很多人，在观看李家嫁女热闹场面的同时，不时把眼睛瞄向对面王家紧紧关闭着的门户。他们心中无不发出一声同样的感叹。不得了，这一回王家巴下了！

　　王家紧紧关闭的门户背后，狗一样爬着一家五口，即王六十跟他婆娘金串串，还有他们的王虎、王豹、王彪三个儿子。

　　他们透过门缝和门板裂缝，以及那条残破不全的门槛缝隙，注视着门外的动静，虽然看到的全是人腿，但心里清白地感觉得到门外所发生的一切。

　　王六十面色败若死灰，双目幽幽，深不可测。

　　长得枪杆子一样的三个浑小子，这会儿威风扫地，稚气未脱的面目上尽是恐惧。

　　四十多岁的金串串身形略胖，人到中年，还算富态，此刻四肢无力，爬卧在门后左侧。当门外那阵排子枪枪声骤然响起，一脬老尿滂沱而出，洇湿了她身后一大片地面。

　　托身牛蹄岭的黄伯昂放话，早晚要提了黄伯臣项上人头。这话传到黄伯臣耳朵，其人不以为意，哂而笑之。哼，莫不想借助牛蹄岭那帮人，跟老子来个硬碰硬？他倒巴望着武力上有个掂得出份量的对头。

　　只是在大婚的那个洞房花烛夜，生出了件意想不到的事端。他哭了，哭得伤心欲绝，死去活来，随后便拔出挂在衣架上的驳壳枪，把大张机头的枪口顶上了自己脑袋。是李若水立扑过去，抱住了他的胳膊。尽管如此，那枪还是在弯来扭去的揪扯中走了火。

　　若水当然理解。遇到这样的事，都不足以悚然动容，悲催泪陨的话，那这种人就太可怕了。

　　夜半三更的洞房中响起枪声，又让堂屋隔房里的黄崇义犯了病。

　　黄伯臣经往日谢家别院首次媾合，对男女之间那些事儿稍有所谙，在大婚的当日夜晚，发现新婚妻子没落红，当即犯了匹夫之怒，沉下脸子，揪着对方头发，脑袋撞墙问究竟。并危言胁迫，说是将连夜草拟一纸休书，明日一早打发她回归娘屋。

　　心不藏机的李若水，哪里经得起这般挤轧，心儿慌得就差没蹦出喉咙眼来，双膝跪倒炕头，抱着丈夫腿杆，一五一十，把为了攀他这根高枝，以达向王家围子仇家讨还公道，姑姑李快嘴如何窃取谢家法兰西香水，进而促使她假扮婉卿，于谢家别院李代桃僵一应情由，滴水不漏地吐了出来。

　　这话听得黄伯臣瞪直了双眼，一把扳起李若水的左脚脚掌。那里有他在那个昏黑的夜晚唯一记忆。果然，那只光脚板儿，非旦依旧圆润挺秀得如同佛掌，且掌心正中那颗暗痣赫然犹在，比往日朦胧月光下的色调明晰多了。

　　黄伯臣一屁股塌在炕上，非旦双眼发直，连身子都僵了。

　　让他百思不得其解的惶惑终于有了答案。大闹黄伯昂婚礼那天，当谢婉卿当众否认谢家别院所谓夫妻之实，黄伯臣一直在注视着对方的眼睛。后来，谢婉卿那双澄明碧透、平和温婉、神不藏奸的双眼，便时不时浮现在他脑际。黄伯臣从最初的愠怒、怨怼，慢慢的回复到后来的冷静与思索。这是一双说谎的眼睛吗？如果有人睁着这样一双眼睛，当着那么多人、在那样一种非常时刻撒了个弥天大谎，那这个人便不是一般意义上的可怕了，除非是一个神魔般的巨奸。

　　正因脑子里涌现出这般不可思议的想法，由此也隐隐感觉到，从那个夜晚的谢家别院到后来的大闹婚礼整个事件过程，似乎显露出某种说不清道不明的玄虚。但是，它毕竟缺乏依据，无法驱散塞满肺腑的怨怒，于是便有了后来的谢家别院那场奔天大火。

　　这么说，是我错怪了婉卿！冤枉了婉卿！甚至，对远房兄长黄伯昂也做得过了头！直到今天，谢婉卿生不见人死不见尸，派人四处打听，至今毫无音信。一场轰轰烈烈的爱与恨、情与仇，来得快，去得更快，像一阵风刮过，就这么结束了？

　　黄伯臣感到人生是这样虚幻，这样悲凉，当时就想到了死，便从衣架上拨出了枪。

　　此刻，一个时辰前还欢爱得又哭又叫的李若水，这阵子却像一只被人遗弃的小狗，蜷缩在他男人的脚下，眼神里充满着惊惧与委屈，两行泪水滴答滴答，不断线地流，把身子下面的床单濡湿了一大片。

　　痴痴望着李若水的黄伯臣心猛地一疼。我死了，这个女子咋办？莫不让她出嫁头一天就守了寡？这可怜的女子，为报家门之仇，把自己在那个昏黑的夜晚，不明不白、心甘情愿地送给了我，我这辈子再亏了她，真是连猪狗都不如了。

　　黄伯臣一把将李若水抱在怀里，拿手抹去她满脸泪水，朝她粉嫩的腮帮子上亲了一口，说："若水，别哭了。事情已经到了这一步，谁也没法挽回了。我不怨你，也不休你，你还是我的媳妇，只要我还活着，就会好好待你……”

哇地一声，李若水放声哭嚎起来。丈夫一席话，是被打入地狱的死囚，闻听到大赦的纶音，出自圣口的敕命。

黄伯臣连忙捂住她的嘴，悄声说道，不敢这样哭，黑天半夜的，人家还以为咱俩怎么了，再把别人都吵醒来，多丢人。

刚才那一枪，已经惊扰了半条街。

这个夜晚，黄伯臣紧紧地抱着他媳妇，一直坐守到雄鸡啼明、东方破晓。李若水在他的怀里撒着娇，要他别为难她姑姑。黄伯臣说，我就是一枪把你姑毙了，又能咋？你放心，我既恨她，又感激她。她让我明白了，装在我心里的那个女人，事实上并不属于我。在谢家别院的那个夜晚，是你姑姑把你推进我的怀里，让我假借你的身子，跟心中最爱的那个人共宿一处。。那次虽然没挨着那人身子，可心总算与她捆在了一起，做了场精神上的夫妻。看见你，我就会想起她，我会像爱她一样爱你，一辈子都爱着你。

李若水又想嚎啕大哭，没敢哭出声来，驯顺地偎在他的怀里，只是不住点地淌着眼泪。她想，我李家祖上积了什么德，让我嫁了这么好个男人？从今往后，有我男人撑腰，我李家人，在王家围子终于熬出头了。我要叫我男人，把王家那几个坏东西好好收拾一顿，给我大我妈我兄弟出口气。

心底浅得像半碟子凉水一样透明的李若水，却原来想的只是把那几个坏东西好好收拾一顿，这哪里是坟墓中屈死的李秀才所寄望的？可后来的结果，却远远超出了若水的想象，它让她看见了世上有一种无形的东西，看见了那东西的狰狞面目。它也让她明白了什么才是人世间最可怕的，那东西可怕到足以让人恐惧而死。

紧紧搂着李若水的黄伯臣，整整半个夜晚，嘴巴一刻也没有离开妻子的眼角眉梢，粉面桃腮，就这么想着吻着，吻着想着。黄家的中兴，全都押在我一人身上，我人活得风光了，才能收住我大那口吊命的气丝儿，我死了咋办？给我大咋交待？退堂鼓打不得，这才走到半路上，离目的地还远着呢！

黄伯臣生的苦难与挣扎，路途尚远，如今还看不到尽头。

第十三章　清流飘孤

　　山门紫檀匾额已蚀朽得少棱没角，静观庵三个阴文大字倒还清晰可见。匾额左侧的落款隐隐约约，仅可模糊辨出洪武四年几个字样。

　　传说静观庵始祖，倒还不是三姑之一的尼姑，却是六婆之一的药婆。此人出身医道世家，家传渊源极深，可到了她这一代断了男丁，仅存一女。此女性情节烈，终生未嫁，行事不让须眉，继承家门绝学，以药婆名份行走江湖，后来颇攒了些银钱。到了暮年，即大兴土木，建此庵院，延徒传艺，养空门修行之性，兼济世活人之德。

　　或因战乱兵燹，年馑灾异，或者视为家珍，密不示人，诸多前人发明创造的绝门技艺相继失传，唯远避红尘的这一方净土，有一些绝学却得以延续光大。道观寺院，往往存留着许多世间罕有的奇异之物，独到艺业。

　　静观神尼为本庵第十四代传人，因其对某些疾病的把握疗治独步江湖，出于夸赞敬仰之情，当地人便对她冠以神字，倒把青萍师太的名号给忘记了。静观神尼有两桩奇闻，多为百姓称道。

　　光绪二十四年，陵邑北面山区某地有妇人难产身亡。两天后，家人举办丧礼，棺材抬到半路上，遇见出门化缘的静观神尼。神尼指拇一点，从山间小路石面上，沾起一滴从棺材缝隙漏了出来的血迹，拿右手拇食二指捻了捻，察了察，一挥拂尘，拦住送葬队伍发话说，此妇未亡，不可造次！

众人听得这话，无异痴人做梦，不但不予理睬，且骂咧咧口出秽语，假以颜色。神尼不愠不躁，温言软语发话说，敬请主人当场开棺，经贫尼验视调理，如其不能还阳复生，贫尼甘受重罚，但凭众位檀越论处。

原上人有个计较，大凡人死，入殓封棺后，是不得再行开棺，让尸身暴露于天光之下的。这非但是对死者的大不敬，且将对生者招致无妄灾殃。正犹疑间，有人认出神尼身份，报出她的威名，主人家这才硬着头皮开了棺。静观神尼翻了翻死者眼皮，号了号死者脉息，捻动拃半长一苗银针。第一针下去，死者睁开了眼皮；第二针下去，死者坐起了身子；第三针下去，死者哇地一声发了音。

那孩子最后也生下来了，不过早已窒息而亡，大人却是的的确确活了过来。至今，静观庵静室里，还悬着这家主人送的一面匾牌。

原上有个曾随左帅西征军进疆，跟洋毛子交过手的兵娃子，后来因军功捞了个营千总之职，老来害了一种罕见的怪病。此病发作起来，浑身奇痒难耐，似同蚂蚁爬在伤口上，刀子扎破皮肉不觉痛，恨不得拿头去撞墙。可怜四处求医，均无效验，发动手下当兵的，多方探访天下良医，搜寻民间验方。陵邑一行伍中人，听得静观庵出了个神尼，处置疑难杂症，多有效验，遂登庵问疾，把上司犯病时的诸般症状，原原本本叙说了一遍。神尼闻言，深思熟虑一番，医不言病，却跟那当兵的扯起闲话，打问那个营千总往日在边庭的行为嗜好、饮食习惯等一应情由，随后拈笔挥毫，开了一具处方。

当兵的抱着试试看的想法，顺路在西省谢家分号寿春堂大药房抓了两包药，拎回防营去孝敬长官。当日药铺当值的是个见习药剂师，原上人叫学手子，也没怎么仔细审断，就懵懵懂懂把药给抓了出去。第二天午后，药房掌柜回得店堂，检视昨日方剂，发现神尼开具的那个单子，惊得一屁股从椅子上滑落地面，招呼店内一应人等，即刻打点细软，卷铺盖收摊子，赶快逃命，能跑多远就跑多远。

大凡用药，剂量分寸拿捏至为要害，特别是一些虎狼之药。掌柜分明见得那具处方，把毒性极烈的砒霜下到这般剂量。在他眼里，这具处方无异于给人下毒，用药者必遭暴毙，绝无生理。而这副药又是个当兵的抓的，且那当兵的言之凿凿，指名道姓说是给某某营千总抓的，那个凶神恶煞般防营里的千总大人，常年扎在西省做生意的大掌柜又焉得不知？

　　药房内一干人等，驴驮马载，打点行装，正要起程，眼见得一帮当兵的一路啸叫，飞奔而至。掌柜愀然长叹，完了，我这辈子算是活到头了。不曾想那帮人的头儿，正是那位防营千总大人。此人非但没死，反而红光满面，意气风发，冲药房掌柜作了个揖，跪倒地面纳头便拜，口口声声，称道对方为再生父母，活命恩人。

　　此人出身寒门，当年随军出征塞外酷寒之地，一到冬天，苦不堪言，便凭借当地出产的一种粗劣水酒御寒，土著们在制酒过程中掺入少许砒霜，据说这样产出的酒酒性特烈，一旦饮用那种酒，浑身冒汗，遍体燥热。此人就是凭借这一口，耐过了大西北一个又一个凛烈的严冬，而体内毒性日积月累，攻入脏腑，发于肌肤，到了晚年便越来越发作得厉害了。

　　静观神尼了知此情，知此人因长期过量饮用此酒，体内即产生对此毒物的依赖，须以此毒为引，非达此量则无以凑功。趁其内热燥汗，百窍开合之际，疏导药性直达三焦，迫使邪毒贯通腠理，随汗发散，自可毕其功于一役。

　　营千总喝下头一剂汤药，尚不到半个时辰，只听得腹腔之内，呼噜噜声若雷吼，紧接着全身冒汗，隐隐有白气随汗蒸腾而出，只觉得像是猪八戒吃了人参果，浑身上下三万六千个毛孔，没有一处不舒坦。待两副药分四次服完之后，遍体轻松，陈年怪疾豁然而愈。

　　当初神尼开具处方时便放话说，无论此疾有治无治，佛门与兵家无争，无须再次登门，扰我庵堂清修。这样一来，倒让谢家大药房落了个大人情，却也把神尼的名声扬了出去。

　　静观一门开山始祖，曾有一纸遗训传世，由三世衣钵传人勒石于后院洗心池畔石碑之上，据此可见此门规章之严，施术之谨，德义之隆。其文曰：

　　　　日月流转，天地轮回；阴阳五行，相生相克。人生于世染百疾，天蕴万物祛杂疴。有火必有水，无水万象殁；有疾必有药，无药生灵绝。世间万类，有悖有合；口腹所进，莫不为药。犹矛相与盾，如履适于脚。世无不治之疾，惟有庸常之医；妙手妙于对症，慧眼慧于格物。穷究物理，探本溯源，以发百草之性；明察征候，透彻表里，以断致疾之根。医之大端，惟在于此。凡吾静观弟子，毋论出处先后，非文渊勿览歧黄，乏慧根毋跻杏林。人可自误，不可误人。手揣惴心，足履薄冰。医之所误，不误则已，误则致命，罪莫大焉。务须慈心怀柔，众生平等；囊无不义之财，目无贵贱之分。济世活人，惟我要务。剖肝胆以示人，烛脏腑以明心。

老迈苍苍的静观神尼形销骨枯，有如一根历尽风雨剥蚀的朽木，却不失其超尘脱俗、仙风道骨气象。她此刻正打坐在庵堂内观音塑像一侧，阖目静思，超然物外。

在香火弥漫的烟雾中，传出静观神尼苍老而沙哑的声息。

"静修我徒。"

一位看样子较为年轻的女弟子，头戴一顶青布小帽，一袭缁纱束于小帽顶端，遮住此人头脸，怀里抱着一个婴儿，从一间侧室走了出来，寂然落坐神尼一侧的蒲团上。她便是投托空门的谢婉卿，静修是她的释门名号。

"师父有何吩咐？"

"为师近来，自觉五内澄净，灵台空明，只怕行将圆寂。有三件大事，须得托付于你。"

"师父……"静修颤颤的声息，听来甚是忧戚。

"静修我徒，你天性纯良，聪慧贯顶，禀赋绝佳。为师晚年得以与你结缘，实属师门之幸。"

"师父谬赞了。"

"其一，静观一门，世代相传药王孙思邈《千金方》副本秘籍，为仅存于世唯一孤本，其中数样丹药配制，具培元存真、醒神续命效验，堪为我华夏一族杏林瑰宝。为师将它传授于你，望勤修苦读，精研参悟，以期济世活人，造福天下苍生。"

"静修谨尊师父训诲。"

"世人尊我为静观神尼，盛名之下，其实难副。凭你聪明颖悟，天纵奇才，加上你俗门太医谢家根基，日后假以时日，定当青出于蓝。"

"不敢。能得恩师真传十之二三，已是拙徒造化了。"

"其二，为师去后，由你继承衣钵，为我静观一脉第十五代传人。"神尼遂把一枚镌有莲花图案的金质钻戒，扣于静修左手无名指上，"自今日始，由你继任静观庵主职分，执掌庵堂佛事。"

"师父……"

"其三……"言至于此，神尼面现忧戚，摇了摇头。

"师父，您尽管吩咐。"

"你身孕在腹，已有三月。为师诊你脉相，阴阳胎元，实难把握。如果所料不差，这第二胎可能是个女命。"

静修心身戮悚，遽然一惊，一手抱持婴儿，一手轻抚腹部。

"如其实为女命，一朝分娩，是去是留，可自作主张。怀中这一男婴，不可长此以往，留养庵堂，须得替他找一个去处。"

"师父……"静修闻言，大戚大悲，五内如焚。

"一则莲花座前，养育子息，有碍悟道清修；二则庵院之内，留养儿男，有碍佛门清誉；其次……"神尼伸出鸡爪般的枯手，撩开搭在那婴儿褓裸上的纱巾，"此儿眉目俊朗，骨骼清奇，一生福泽绵长，日后出将入相，建树不朽功业，尚未可知。万不可羁縻空门，暴殄才具，自毁绵绣前程。"

"哦！"静修透过护面缁纱，像是痴痴地凝神注视着怀中婴儿。

"这一带泾水源流，其势平缓，下游人烟辐辏，民风淳朴，不乏贤良敦厚的善男信女。明日午时，为师度你清流漂孤，让他追寻自己的归宿去吧！"

……

水面漂浮一方木板，木板上是一只木盆，木盆里是一只褓裸，褓裸里是那个已经昏昏睡去的婴儿。

绳子的一头，系在木板梢头，另一头牵在枯坐河畔、闭阖双目的静观神尼手中。长跪河沿的静修，把一只红色锦囊揣进那个婴儿怀中，徐徐操起一把利剪。

"断——"神尼之音，苍凉而悠远，似同来自远古洪荒。

静修把箕张的剪口伸向绳索，那只手在嗦嗦抖动。

"断……断……断……牵而连，连而牵，无牵无连；断而续，续而断，无断无续。牵牵连连，断断续续；断断续续，牵牵连连……"

剪口翕张，咔嚓一声，剪断了绳索。那副木板，载着婴儿顺流而去。

河面平缓，波澜不兴，艳阳下浮光跃金，碧水鳞鳞。

睡去的婴儿是梦是魇，不得而知，似笑非笑的脸子上，鼻翼猛然耸动了一下，却依然沉迷在他的幻境中。他，就这样开始了全新的命运之旅。

女尼静修，亦步亦趋，尾随而去……

第十四章　老汉看瓜

若水姑娘出嫁后的第三天，李家境况便出现了微妙的变化。

一是李家的两户远房同门中人，开始了与李家寡妇的走动。那两个体格粗蛮、长相憨蠢、平日街上走路都拶（压低）着脑袋的半大小子，按班辈排行应该管李家寡妇叫声二姨。他们主动找上门来，说是二姨你一个妇道人家，我兄弟若冰年纪小，身子骨单薄，日后家里有啥力气活，就招呼我们两个。说着，一人扛起水担，一人拎起木桶，说是要去井上给二姨搅水。他们想去姐夫的队伍里吃粮（当兵），有自家人提携，将来还想混个带兵的。

渭北高原井深，单小儿胳膊粗细的井绳，盘起来就够一个膘壮小伙扛。水井有多深，各处不一，大致相当，也没人精确丈量，人们便给出个公约数，三十六丈深。百姓口里流行着一个歌段，其中就有几句与井有关，说是鸭子窝里不养鸡，莫把女子嫁陵邑，陵邑路远井又深，把着辘轳骂媒人。原上人苦，凭吃水用水即可见一般。有些人遇事想不通，觉得实在活不下去了，就去跳井。跳井是原上人寻死的一种既方便快捷、又死得彻底的首选。时常会听到这家婆娘跳了井，那家娃他大又跳了井。经见得多了，也就不以为意了，这里的井十口有八口都死过人。每每听得死者的老娘，坐在井边撕心裂肺地哭，边哭边吟唱着说，哎——养命的井，害人的井呀……

原上的女人，无论哭别人的丧，还是哭自家屋里的死人，往往都是唱着哭，能哭出悠长哀婉、音韵高昂、柔情悦耳歌声，像秦腔曲牌里的苦音慢板。大苦大悲，大哀大痛是它的标志性特质。

这两个半大小子的父辈们，在当年李秀才遭人欺辱时不开腔。到了他们这一辈，李家寡妇与若水若冰姐弟俩遭王家下一代欺辱的时候，他们也不开腔。直到今天，他们才冒出了头，跟名曰自家人的李家寡妇套起了近乎。

二是李家来了个皓首说客。此人识文解字，知书达理，跟当年的李秀才颇有私交，在王家围子镇上有些声望。此人受王六十重托，从怀里掏出颜色发黄的一叠纸，展了开来，平摊在李家寡妇面前的方桌上。那是当年李家被讹的那块土地的地契。

来人说，王家人托付我，代他家人向你李家陪个不是，那块地原封不动还给你李家。都吃的是一口井里的水，抬头不见低头见，从今以后，王、李两家，把那页子揭过去。人与人之间积了私怨，这里人叫谁跟谁结了页子。

李家寡妇板着面孔，平静如水，把那张地契重新折叠起来，用双手捧着递给对方，说："不是我不给先生你面子。常言说宁可直中取，不可曲中求，我李家人不是鹰钩鼻子鹞子眼，掏了人心挖人胆，只想飞起来吃人的禽兽。这东西来路不正，还怕脏了我的手。它是从哪里来的，麻烦先生送还到哪里去。"

又过了些日子，一天傍晚天色麻麻黑，街头上不见几个行人，王六十怀里揣着地契，惴惴然叩响了李家门户。

李家寡妇哗啦一声，拉开门两扇，门槛后面长身而立，把定门户，冲来人冷冷发话说："啥事？"

"嗯……我说雪松家的……"

"听着呢，说话！"

"嗯……我……想跟你说件事。"王六十听得街头有人走动，朝那里怯怯瞥了一眼，"方便的话，能不能到你屋里……借一步说话……"

"黑天半夜的，不方便。要说啥话，等明日日头偏了西再说！"

眈当一声，雪松家的关了门两扇，随后听得插合贼关子的声息。

贼关子是门户关键上一种巧妙装置，一旦关上贼关，贼娃子休想从门外面拿刀子拨开。就是从里面开门，也得指头塞进一处小小窟隆，挑起其中的木质机簧，门户才打得开来。

日头偏了西是啥时候？分明是吃晌午饭的时候嘛。看来，这贼婆娘是要当众出我的丑了。王六十暗自思想着，灰溜溜进了自家门。

明日个到底进不进李家门？这对王六十来说，又是一个难题。那阵子，正是镇上的男人们街头上或蹲或站、边谝边吃开老碗会的时候。

第二天日头偏了西，王六十还是硬着头皮，找到了李家门前。他有他的想法。在这块地面上，从古至今，有权有势的人想弄死几个人，那还不跟碾死几只蚂蚁一样？更莫要说如今又是凭枪杆子、刀把子说话的乱世。我王家还得在原上住下去，活下去。

乡井乡井，乡再穷，井再深，不到万不得已，不忍背井离乡。五陵原上的人恋土，恋乡，恋家。

那阵子，街头上老碗会正开得热烈。

王六十装作落落大方，胸无芥蒂的样子走近李家门前。

若水她娘坐在门槛后面的一只矮脚板凳上，早已等候多时。

"雪松家的，吃过饭了？"

"早胀饱了！"

王、李两家人刚一搭上话，立刻罢了老碗会，引起满街人的高度注意。

"雪松家的，咱两家那些陈谷烂糜子的事，我不说大家也知道，今天也就不藏着遮着了。把话说开，谁的不是谁担着，该赔情的赔情，该还债的还债。有理不打上门客，你总不会把我堵在门外头说话吧？嘻嘻……"

王六十笑容可掬，态度谦和，一番言辞既当众赔了情，也直奔主题，点明了此行的目的，应该说是措词严谨，礼让在先，给李家给足了面子，也把自己推向道义制高点。我把礼数走在头里，人都长着一双耳朵一对眼，再不领情，那就是你的不是了。

在场老碗会成员中，有一位银髯飘飘的智者面呈浅笑，微微颔首，尔后似乎又摇了摇头。此人心里暗自嘀咕，这崽娃算是走了一步高棋。不过，你两家的页子，不是赔情赔地便能揭过去的，后面还有好戏看呢！

"这么说，你是想跷我李家门槛了？我李家的门是给人开的，不是哪个死猫烂狗想进就进得来的。要进李家门，也可以！若冰，把狗牵开，把洞腾出来！"

一边的儿子若冰，连忙拽着狗链子，把他家的看门狗从大门左侧的狗洞里牵出来。

那里的墙根底下，有个孔洞。其作用有二，一是下暴雨渗井排水不及时可以排水，二是提供给看门狗一个偃仰进出的孔洞。那只黄狗平日总是卧在院内，把头伸出孔洞，翻着眼睛注视过往行人，一旦方圆丈许范围内出现情况，便立即扑出来狂吠撕咬。

雪松家的这话甚是伤人。谁都听得出，想进我李家门，狗洞大开着，你爬就是了。

街头上的老碗会又开了起来，仅在一瞬间。大家又开始说今年的庄稼，说近日的旱情，吸溜耀州大老碗里的长面，用收回注意力的方式给王六十一点面子，却不时用眼角斜睨着李家门前的动静。

王六十的脸一下从脖子红到额茬上，瞪了雪松家的一眼，掉头便走，大踏步进了自家屋门。哼！老子低三下四求到你门上，你反倒狗坐轿子，不识抬举，还真把自己当回事了！既然给脸不要脸，那老子就给你个×戳脸，从今往后不招拾你行不行？你女婿官再大，势再大，我就不信他还能把我一家子毙了！

此后的日子里，隔三岔五，总有左右两边挎着双枪的勤务兵，骑着高头大马，交替着朝李家门前跑。每当那匹高头大马，朝街头上那根猴儿抱柱拴马桩上一拴，发出一声嘘嘘嘶鸣，那勤务兵身后两把盒子枪啪啪地拍打着屁股，飞也似地朝李家院子一颠，只要对门王家人看在眼里，心儿无不像霜打了的肭茄子，一下蹙成了一圪塔。

若水她娘通过若水的枕边风，吹进黄伯臣耳朵的话这么说，你看我孤儿寡母一家人，势薄力单，在镇子上也没个靠头。叫你手下的兵娃子，抽空常来看看，权当给你丈母娘壮胆去了。黄伯臣一想也对呀，老人家是得有个照应，人家把女子嫁给我，图的是啥？于是，他去总部开会时捎回来的糕点、糖果，军营里有时吃不完的白杠子蒸馍、或者自已出钱割上二斤肉，让勤务兵源源不断地送了来。

那天娘儿俩正喝着红小豆麦仁稀饭，就着腌黄瓜咥白杠子蒸馍。娘问："当兵的腰里吊的那些铁蛋蛋，叫啥弹来着？"

"手榴弹。我听刘叔说的，那东西开了花不得了，死的人倒撂撂呢！"儿子李若冰口里的刘叔，即黄伯臣手下那个叫作刘强的连长。

"你不是常去兵营里耍吗，给娘摸一个回来。"

"娘，你要它做啥？想炸谁呀？"若冰稍现惊愕之色。

"不炸谁。"

"那你要它弄啥呢？"

"耍呢。"

"你拿手榴弹耍呢？"儿子心里益发骇然。

"记着，那东西咋个使唤法，一定要记准！"

过了些日子，若冰果然摸回一颗手榴弹。若水她娘拿在手中看了看，掂了掂，说："像个砸蒜锤锤。"

"不敢拿它砸蒜。小心砸爆了，当场就没命了！"

若冰手把手教会了她娘使唤方法，重点强调说："拉了把后面的绳子，一定要马上摔出去，越快越好，万万不敢攥着不松手！"

又过了些日子。

那是一个鸡啼雀噪的平明，天色晴好，熏风怡人。王六十与三个儿子早早起身，四人围着一只裂了口的黄铜脸盆里的半盆水，洗的洗，擦的擦，洗过脸后便该下地了。早该春耕了，这一年勤恳的王家人落在了人后头。

金串串朝后院走去。后院是茅房的代名词。她一边走，一边抽着裤带。这里的人解大手时，先把裤带抽出来，搭在脖子上，而后才抹了裤子，作下蹲动作。

但闻轰然一声大响，火光冲天，后院右侧角落里的猪圈顶子被掀了起来，一时间檩断椽折，瓦片横飞，满院都是随着火光飞溅的杂物。

王家人这回真的巴下了。金串串大便失禁，一脬粪便全都拉在裤裆里，当时便栽倒地面，昏厥过去。

两只受惊的克朗猪，疯了一般狂扑乱撞，可着院子如飞般狂奔着，嘶叫着。其中一头单朝人窝里撞，一下子踏翻了那只铜脸盆，把正圪蹴着擦脸的王六十顶了个四蹄抓天。

王家屋院，陷入地狱般的惊怖之中。王六十挣扎了半晌，未能爬起身子。年纪最小的王彪坐在地上，抱着脑袋嚎啕大哭。王虎王豹兄弟俩咯崩咯崩瞪着双眼，面面相觑，身子筛糠般打着哆嗦。

这一回，若水她娘把王家人的胆夺了。

王六十挺不起桶子（身板），是王虎王豹兄弟俩把他架着拖回厢房去的，连鞋子都掉了一只。

三兄弟中的王豹是个火爆脾气，当下牙一咬，捶头一攥，冲着他大发了话。"大，我看这贼婆娘，把咱家人往死里逼呢！要么跟她拼了，大不了一命换一命！"

"娃呀，那样的话倒也痛快，咱们父子四个打上门去，把那贼婆娘想咋处置，还不就咋处置。把她狗×撕成苜蓿都不解气！"

到了秋日，原上人为了腾地，把苜蓿连根挖了喂牲口。苜蓿根粗而且韧，须得顺着茬口，把它从梢头撕成一绺一绺的长条儿，随后拿铡刀铡成短节儿，牲口这才咬得动，嚼得烂。粗一点的苜蓿根，有时能撕个七八绺。

撕苜蓿是原上男女老少最爱干的活路，那气味清香极了。

王六十狠不得把雪松家的撕成苜蓿。

"娃呀，可你想过没有，这样一来，王李两家，就都走到绝路上了。如果把对门那娘儿俩灭了，咱这一家子还能活下去吗？李家女子女婿早就想朝咱王家开刀，正愁找不到茬口呢。这等于拿咱家四条命换人家两条命。那个烂婆娘命多贱，贱得一脬屎一样，猪都不拱，狗都不闻，拿咱们的命去换她那条命，咱王家不是赔大了！你再看看，看把你娘吓成啥了？如果再闹腾下去，你娘就是不给对门子整死，也得给活活吓死。你娘一辈子受苦受累，抓养你们弟兄三个容易吗？眼看着你们一个个快长大成人，日后娶妻生子了，她也该享几天清福了，却没想到遇上这样的事。你娘一辈子苦哇！再把她吓出个三长两短来，咱王家可咋得了呀！"

言至于此，王六十悲从中来，失声痛哭。

"大，那你说咋办？难道就这样让人欺负！"王豹仍于心不服。

"娃呀，势不跟官斗。官家的权势大得没边没沿啊！咱原上人为啥没死没活拼着坐官呢？你看王官镇黄家二小子那阵仗，人家可是攥着枪杆子、握着刀把子的官家人啊！跟人家斗，就等于把脖子给人刀刃底下支呢，除非你不想活了……"王六十说着说着又呜咽起来。

"大，你光呋（哭）有啥用！这样不行，那样不行，总得想个法子，把这事摆顺了啊！"依旧是王豹在说话。

王虎、王彪两兄弟空有其名，实则无威，是当地人说的那种软脓（头）。

"大丈夫能屈能伸，当年韩信，还钻过人家的裤裆呢！咱是个啥人？有多大面子？不过就是个草民百姓，本来就活得少皮没脸的，还怕丢人折马伤面子？明日个，我就从对门的狗洞洞钻进去，看那贼婆娘咋说！"

王豹闻言，悚然一惊。"大！"

"娃呀，你爷手里，给咱糨的这股线，其实是把咱王家害了。咱王家当年赢了官司却输了理，在大原上一直抬不起头来。我就当给你爷赎罪呢。就是吃刀咽剑，让我一人肚里吞！"

话说到这份上，王六十陡然间平添了几份豪气，挥袖抹去满面泪痕，酥软的腿杆子也长了几份力气，站起身子，一踮一踮，走向裤裆里兜着一胯粪便、仍躺在地上哭得死去话来的婆娘金串串。

随着平明时分王家后院那声巨响，王家关门闭户一整天。镇子上每个涝池里洗衣的妇人、赶着牲口驾着犁的男人、手执铁铲到街头路口拾粪的张三老汉，凡是经过王家门前，莫不再度发出一声共同的叹息。这一回，王家人真的巴下了！

第二天午后，天气似乎比往日更加晴好，赶赴老碗会的人自然也就越多。

王六十揣上那张地契，满面肃然，以赴死般的勇气跨出家门，大踏步走向李家门前。

此刻的他情态平和自然，亦不失庄重，声音不高不低，语气不卑不亢，叫了声："雪松家的。"

谁都估摸得到，此后将有非常事件发生。顷刻间结束了老碗会，整整一条街死寂得荒漠一般。

若水她娘轻飘飘步出屋院，谁也不看，一边纳着鞋底，一边将串着线绳子的针尖朝额头上的油头发上抿了抿。

"啥事？"若水她娘的话平和极了。

"哈哈……你装！你就给我装！"王六十面呈笑意，不无自我解嘲，亦不乏缓和气氛之意。"好我雪松家的，哥今天给你装孙子来了，你就是唾到哥脸上，哥连擦都不擦，让它自己干去，谁叫我王家上一辈做下丢人事呢！"

"我没长吐人的舌头。有事说事。"若水她娘仍谁也不看，手头纳着鞋底，口头直奔主题。

"哈哈哈哈……好妹子，年纪不大，忘性还不小，你还不知道哥今天蹑摸到你家门口做啥来了？小时侯，我私下里跑到王官镇看大戏，半夜才回来，我大把门关了，不让进门，我就是从我家狗洞洞爬进去的。如今都成半打子老汉了，没想到还想要个二杆子，从洞洞里溜上一回。"

此话一出，人人惊悚，个个心寒。

"不过，你家的洞洞，被那只老黄狗溜得光溜溜的，钻进去一定顺溜得很。哥今天要钻，就钻钻你家的洞洞！"说这话时，王六十脸上隐现着一丝浅浅的狎笑。

人群中那位银髯智者一捋髯须，莞尔而笑。嗬，这崽娃子！今天做下这么辱贱的事情，五陵原上，开天劈地以来，恐怕都是头一回。人都快要变成狗了，还捎带着把李家寡妇的皮臊了一顿，给自己捞了点面子。

听得此话，若水她娘这才抬起头来，把王六十看了一眼。这一眼不带凶光，却不怒自威，含意极其复杂。

扯街两行的乡民，把眼神全都扫向那只狗洞。

狗洞的状况较往日发生了一些变化。它变大了，如今足可容人爬进爬出。今日一大早，若冰他娘即吩咐他，用挑草的小铁铲，挑开了砌在狗洞圈子外围的砖头。一切都在若水她娘意料把握之中。

王六十想用调笑和洒脱来缓释或消解即将遭受的屈辱，可到了即将面临的这一刻，却怎么也调笑不出口，洒脱不起来了，让昨夜整整一个通宵反反复复、深思熟虑的预案化为泡影。他最初的预想是冲着乡亲们抱拳作礼，哈哈大笑着说句冷不叽叽的玩笑话，而后扎个金鸡独立之势，像戏台子上跑龙套的一样，一头扎向墙洞，钻过去就是了。

此刻的王六十，只是冲着满街的乡党们展现出一张挤出来的笑脸。谁都看得出来，他那似笑非笑的双眼闪烁着盈盈泪光。

人挺直了脊梁的身躯，在爬倒的这一刻竟是如此之艰难。

历经了几多岁月苍桑，人从四足爬行进化到今天的直立行走。在这个过程中，人一步步远离了兽类，告别了蛮荒，慢慢地蒙生了耻感，开始用树叶兽皮来护体遮羞，这才活得多少有了点尊严。

今天，王六十的这点权利，要被剥夺了。

精神的崩溃，使得行为变得十分掣肘。王六十动作僵滞，眼泪花花，先是跪倒身子，随后四肢着地，开始爬行，朝着狗洞缓缓爬行。

王六十抬起一双汪汪泪眼，触及面前那个洞开的狗窦，突然双手拍打着地面，汪天大哭。

"天啦——呜——呜呜呜呜……苍天啦——你看看，你睁开眼睛看一看，看我王六十在做啥呢……你看一看、看一看……呜——呜呜呜呜……"

王六十的哭叫，凄凛得像夜半三更古树梢头鸱枭的啼鸣，撕扯着每一个人的心。

王六十开始撞墙，用自己的头颅撞击狗洞上面的墙壁。

血，把李家屋院的土墙，还有王六十的额头浸染得斑斑点点。

"乡党们——王家围子的乡党们，快都来看啊……呜——呜呜呜呜……看王六十钻狗洞呢……世上有啥把戏，能比这个把戏还好看……错过了这一回，一辈子都没机会了……呜——呜呜呜呜……"

乡民们无分老幼，人人肃立，形容悲悯，内心恻然。

惟那一银髯老者，仰首苍天，眼中泛着一汪浊泪。天啦！李家婆娘凭的是啥？到底是啥东西，有这么大的法力，能把人作践到这地步？

王六十到底还是从狗洞里爬进了李家，爬行到这家主人雪松家的脚下。

若水她娘坐在一张小方桌旁边的矮脚板凳上。方桌上放着一把白瓷茶壶，一只细腻白釉茶碗。她仍一针一线纳着鞋底，不时在额前油头发上抿抿针，淡定如水，谁也不看。

儿子李若冰站在他娘身后，若冰身后还站着李家同门中的那两个后生。

李家院子挤满了人，几无插脚之隙。

"若冰，倒水。"若水她娘头也不抬，淡淡地说。

儿子若冰稍显笨拙，朝茶碗里传上半碗白开水。

那水仅冒着淡淡的一丝热气。

平地上坐起身子的王六十，哆哆嗦嗦，从怀里摸出那张地契，捧在胸前。当汪汪泪眼一触及那张地契，又勾起积压心头的无尽悲情，再次失声痛哭。

这张地契，融入了王、李两家人太多太多的血与泪。

"雪松家的……呜——呜呜呜呜……我今天给你李家陪不是来了，领罪来了，送地契来了……你把它收下，从今天开始，咱王李两家，把那页子揭过去，咱们还是对门，还是乡党……雪松家的，你接着，给我吐个口信……好不好……"

王六十长跪在若水她娘面前，双手捧着那张地契。

若水她娘这才放下手中的针线活，脸顶得平平的，不温不火，翘起枯瘦的兰花指，从对方手中衔过那张地契，绣缓地将其展了开来，一双幽深的眼睛，便钉在了那张地契上。

若水她娘喜怒不形于色，谁也看不出她此刻所思所想。

唯那位银髯老者，昏花的双眼依稀见得，那女人平平的胸腹外面，那件薄薄的衣衫在一起一伏。

当年的秀才夫人是何等美丽，在周围十里八村都是叫得上号子的俊俏媳妇。如今的她，已消尽了往日的颜色，纯乎沦为一个体瘦容枯的村妇。并非尽然都是岁月无情，美人迟暮，严酷的境遇，剥夺这女人心目中一切美好，包括她心爱的秀才丈夫，还有她那如花容颜。

秀才李雪松被活活气死的那天晚上，若水她娘一夜之间，花白了头发。

镇子上的所有人，包括对王家颇有恶感的一些正义人士，此刻均有一个共同的心愿，都希望王李两家把这个页子揭过去，冰释前嫌，泯却仇怨。原上人日子都过得苦，如果再苦上加苦，这人又咋活得下去？他们对此充满着希望，王家主人今日这悲壮的一爬一钻，应该消解李家婆娘心里的怨恨了。

只有那个银髯长者，心里沉甸甸的。此人自进得李家的那一刻起，一双昏花的老眼，一刻也没有离开李家婆娘那张脸。他知道，一个紧要关头到了。在这个时候，如果有个面子大点的人站出来，打个圆场，说几句干梆硬正的话，兴许对消解这两家人的冤仇大有裨益。他本人相信自已在王家围子人心目中的地位与影响，也相信从自已口里丢出去的几句话，砸到地上一个坑，绝不会轻飘飘一地鸡毛满天飞。但是，他不敢低估眼前这个女人。在这个女人面前，他对自己缺乏信心。

银髯老者对若水她娘早有看法：这婆娘绝对不是平处卧的。

若水她娘看似冷冰冰的，把那张地契足足瞅了一锅烟功夫，这才款款地把它重新折叠起来，摊在桌面上，用两根纤细的指头紧紧压着，朝王六十所在的方位平推了过去，说出的话语，听起来云淡风轻，就像跟一个熟人拉家常。

若水她娘说："人吃地一生，地吃人一口。算了，还是给你王家留着。你王家人多，随后埋人费地方。"

在场所有乡民，听得此话，身上直起鸡皮疙瘩。

跪地求情的王六十顿感头发丝儿都竖了起来。

李家拒绝接收地契，这说明什么？说明王家还要挨人整，一家人还要活在吓破了胆子的恐惧之中。这样的日子王家人过够了，王六十简直不敢想像，此后还会有何种厄运降临在他一家人头上，念及于此，心中大戚大哀，摊开双臂，一把抱住若水她娘一只腿，大放悲声的同时，身子也就平展展摊在了地上。

"啊——嗬嗬嗬嗬……雪松家的，我王六十求你了，求到你的脚下了……你就松松手，放过我一家老小吧……啊——嗬嗬嗬嗬……雪松家的，我王六十死的心早都有了……昨日个夜里，你知道我是咋样熬过来的吗……我想一掀铺盖跑出门，一头钻到井里去，都不想今天遭人这样辱贱啊……人活一张脸，树活一张皮，我王六十日后咋在原上活人呀……我反反复复地想，翻来覆去地想，整整想了一晚上哇……可到了今天，我到底还是从你家狗洞里爬了进来，我王六十在你面前……当了一回狗，你的心就是石头变的，也该放过我一家了哇……啊——嗬嗬嗬嗬……"

王六十摇撼着若水她娘的腿杆，一把鼻涕一把泪，湿透了对方的半截裤腿。

"啊——嗬嗬嗬嗬……我跳了井，倒死了个利索，可留下三个还没成人的娃咋办呀！他们靠谁呀！他们的媳妇，连一个还都没娶进门呢……还有我婆娘、我婆娘……啊——嗬嗬嗬嗬……我可怜的婆娘啊……"

　　一提到他婆娘，王六十肝肠寸断，痛不欲生，像小孩子一样，躺在地上撒起泼来，两条腿风车轮子一样一阵狂蹬，两只鞋子全都脱了脚。

　　"啊——嗬嗬嗬嗬……啊——嗬嗬嗬嗬……我婆娘苦哇！她这一辈子苦、苦、苦……跟了我这个穷汉娃，没享过一天福，却一连给我生了三个娃，她实在苦得没法了……啊——嗬嗬嗬嗬……雪松家的，我把你叫声娘，把你叫声婆，你把我婆娘饶了，饶了我婆娘吧……我婆娘都被你吓得巴到袂儿里了，她再也经不起吓了……你再吓她，非把她吓瓜不可……你把我婆娘吓瓜了，我这一家人……可咋活得下去呀……啊——嗬嗬嗬嗬……雪松家的，我王六十求你了，你就饶了我这一家子吧……饶了我王家，给我王家留条活路吧……啊——嗬嗬嗬嗬……"

　　李家屋院一片唏嘘，特别女人和那些娃儿们。

　　这时的若水她娘，拿起了桌面上的针线活，把针在油头发上抿了抿，又纳开了鞋底，对身外的一切视而不见，听而不闻，安闲淡定，一如恒常。

　　银髯老者从若水她娘脸面上收回目光，双手拄拐，仰望晴空。

　　空中，有鹰鹞在盘旋……

　　王家人的恐惧，这才只开个了头。

　　泾水岸边的王家围子，距九嵕山三团住地不甚遥远，黄伯臣平日走丈母娘家，倒比回王官镇家中方便多了。李若水生产以后，反倒住在娘家的时候多，一则有她亲娘照看小外孙，二则夫妻二人往来走动也方便。

　　黄崇义给他的这个小孙子，取了个更响亮的名字，随老大黄伯朝两个儿子黄步云、黄步霄的步字辈，叫作黄步蟾，寓义明显不过，期盼着长大后的他，有朝一日蟾宫折挂，飞黄腾达。

　　那孩子满月之后，便随他娘回了卫婆（外婆）家。当然，寡婆（姑婆）李快嘴是非得陪着他不可的。若水奶水短，三十出头的姑婆才生下她女儿袁冰兰不满一年，那对噗噜噜的大奶子，产下的奶水非但食之不竭，还源源不断朝外冒，时常上衣前襟两片湿。做姑婆的李快嘴又给这娃当了奶娘，说起来倒也好笑，却得到爷爷黄崇义极力赞成。黄崇义有自己的想法，只是不足为外人道罢了。他觉得李快嘴虽系一介村妇，却也算是出自宦门人家，跟儿媳若水源出一族。人说小时候吃谁奶，长大后就像谁，如果让祖祖辈辈都没啥出息的瓜婆娘当了奶妈，把我孙子喂得变了种咋办？

这天，李快嘴背上背着她女儿，坐在河沿给娃洗褯子。

隐隐传来一阵狂躁的小儿哭号声。李快嘴抬头一看，我的妈呀！她当即便惊叫起来，急忙抹起裤腿，冲向河道中流。好在不曾涨潮，水势平缓，李快嘴从没膝深的河道上，一把抓住那方木板，从其上的木盆子里捞起那只褯褓。

"我的天啦！这是哪个瓜婆娘，咋想出这法子撂娃呢！"

李快嘴把那哭得抽了筋的婴儿抱上岸，第一桩要务便是母性习惯动作，撩起衣襟，将鼓突的奶嘴子填进那婴儿口中。哭声戛然而止，那孩子嘴巴灵巧，也很得劲，一口叼住奶子使劲嗫，李快嘴隐隐感觉有点疼。真个有奶便是娘，这是她对这孩子最初的印象。

吃饱喝涨了的孩子，打了个嗝儿，便张着泪汪汪的双眼，瞅着李快嘴的脸子看。李快嘴撩起袖头，擦了把那孩子的面目，又哇地一声叫起来。"我的妈呀！这娃高鼻子大耳朵，长得俊眉亮眼，一看就是个整大事的材料，将来肯定不是平处卧的，他娘咋就舍得把娃撂了？我跟这娃缘份咋这么重！偏不偏，巧不巧，咋就叫我给从河里捞到了？"

李快嘴心猛地一疼。这种疼，是对某人某物爱得过头了的那种隐疼。原上人把好看的女子叫长得心疼，意思就是叫人看着害心疼。李快嘴将那张能说会道的火镰嘴伸过去，把那娃腮帮子脸蛋儿，鼻子尖尖耳朵梢梢齐齐亲了个遍。老娘年岁大了，大头又是个病腔腔，以后恐怕再也难生养了，正多嫌头胎生了个女子，老天爷好像长了眼，麻利给我添了个小子！

她似觉孩子胸前有物，掏出一看，是个红色锦囊。在李快嘴眼里，那东西倒像她老汉袁大头那只烟荷包，只是比那只老黑布片子缝的烟荷包好看多了。这么金贵的包儿，里面装的东西肯定值价！李快嘴想到了响圆，又当即骂了自己一句，我这人咋这么贱皮，这么正经的事情，我咋光往歪里想。她说的正经，实则为庄严，只是一时想不出个合适的用语来。

李快嘴朝河畔的草地上铺了件待洗的干衣裳，解下背上的小冰兰，跟那娃一块放在衣服上。两个没长牙的小崽娃便呀呀呀要在一起，相互揪扯起对方。李快嘴心里又是一疼。天啦！这两个小冤家，莫不也是一对缘分？刚坐在一起，就热沾皮撕挖开了。

撕挖是打闹的专属含义。不过倒也贴切，动物界一奶同胞的小崽儿们，一块玩耍时没有不撕挖的。

李快嘴捧护着那只绵囊，朝四周扫视了一眼，见得周遭无人，这才坐倒地面，小心翼翼解开那只锦囊。

锦囊里面，有一只造型精致小巧的银马，背部鞍鞯上有孔，孔洞里穿着一根红色丝绳，可供胸前佩戴之用。马腹左右两侧，各铸四个细密字迹，其文为戊午庆生，爱子佩存。这是黄伯昂在镇上王银匠那特意定制的一件佩饰，满月那天挂在了儿子黄天柱的脖颈上。

再就是六个响圆。除此而外，还有一方折叠起来的素白纱巾。李快嘴把它绽了开来，刚一搭眼，便心里一颤，双眼发热，眼眶内有泪水在浮动、闪烁。她看得出那是有人咬破指头，在纱巾上写的一幅血书，笔划粗细不一，血色浓淡有别，有的地方血色淤积，已成黑红颜色。李快嘴不识字，不知所云者何。

这娃他娘是个啥人？为啥要把这么乖的娃撂了？血书上都说了些啥？难道这娃是个私生子？那个男人又是干啥的？看样子，他娘识文解字，不是个一般的乡下婆娘，一定有说不出、道不尽的难处、苦处，要么咋会拿血书托人呢？这事千万张扬不得，一来我不舍这娃，二来人家父母有隐情，也得替他们瞒着点，还是先悄悄养着。

李快嘴想对这娃想象中的亲娘说点什么，又怕让人听着去，再次朝四下里扫视了一眼，依旧没见有人，这才不高不低、却气壮山河地冲着河道上流发话说："那个不知名、不知姓的妹子，姐跟你有缘，这娃跟姐更有缘！你放一百条心，好妹子！我李贤惠对天发誓，从今天起，这娃就是我亲生的。不！比亲生的还亲。只要有我喝的一口汤，就有我娃吃的一碗饭。我袁家亏天亏地，也不会亏了他！"

如此庄严的许诺，其实都是些面子上的话，还有一句不足为外人道破的话，装在李快嘴心里。她打算把这娃养大，供他念书求学，指望他像当年的黄琪葆一样，改换门庭，光宗耀祖，让他们袁家在原上活出个人样来。除此，李快嘴心中最隐秘的地方，还藏着掖着一个偶像，这个偶像，便是当年黄琪葆身披凤冠霞帔的诰命夫人。寻常女人想的是吃喝穿戴，李快嘴想的是尊贵荣宠。一念之差，品味立判。

静修当日沿岸追踪，不舍昼夜，终究看到了孩子的去处。李快嘴她认识，为了她跟黄伯臣那桩婚事，此人里出外进跑断腿，没少进太医谢家门。

庵主静修从心底里诵了声佛号，跪倒在河畔不远处草木掩映的低洼处，双手加额，贴于地面，冲着她和那个孩子共同的恩人李居士，施以膜拜佛祖般的至尊礼仪。

自那孩子漂流到此，一直到李快嘴打点衣物，匆匆离去，静修就一直这么膜拜着。此刻，她仍膜拜着被她视作居士的那人远去的背影。

泪，打湿了地面上的野草闲花，在斜阳下露珠一样晶莹，剔透……

黄伯昂与其远房兄弟黄伯臣之间的龙争虎斗，自谢家别院那场夯天大火之后，彻底败下阵来。这一回他伤的岂止是体无完肤，连心都给人捅了个血窟窿。

恶虫猛兽之间的打拼撕咬，大都发生在健硕的雄性之间，它们争的是个权利。统治、占有、支配乃至奴役，何其壮哉！大可为此搭上性命，亦在所不惜。败下阵来的一方，往往蜷缩在一个山旮旯，眼中流着泪，心里滴着血，拿舌头去舔它的伤口。舔着舔着，即便是缓上一口气来，苟延性命于一时，那块地面也就再也没有它的立脚之地，甚或生存之意义亦将不复存在了。

黄伯昂没死，算他命大。

活过来的他没敢再去谢家别院，他怕他看见那堆废墟后，一头栽倒，又爬不起来了。他托宝山兄弟把那块废墟封了。怎么封的？给废墟周围栽了道篱笆，插了块木牌，牌子上写了一行字——终南山牛蹄岭封！

关中道上，这块牌子是一面金牌，是一道赦命。盘踞在北面的九嵕山一带、南面的终南山一带大大小小股匪多如牛毛，而实力最强的当属牛蹄岭，其次才是青杠寨、酒奠梁。再说牛蹄岭的根基，本是早年扶汉讨袁义军队伍，黑白两道，还没有哪家不给面子。老百姓就更没说的了，谁愿把不疼的指头朝磨眼里塞？

原上人传言，说是有朝一日，黄举人成了气候，要亲手安埋亡妻。要在她的墓前立座丈八高的石碑，还要建座石牌坊，立两排石人石马，寡婆（武则天）的坟有多排场，他女人的坟也要多排场。这股风是谁放出来的，从何处刮过来的，不得而知，反正人都这么说。

此话并非空穴来风，黄伯昂确实想仿照五陵原西北角寡婆陵形制，为妻子婉卿建造一座谢氏陵。狂人曾扬言说，女皇又咋了？在我眼里，想把谁当女皇，谁就是女皇！

黄伯昂也没再回王官镇，好面子的他无颜面见乡中父老。更惧于登临谢门，他不知该如何向谢家二老交待。

第二年，痛失爱女的岳母大人驾返瑶池，他愧对岳母亡灵，惧于前往奔丧。这天又接到岳丈大人病危消息，来人撂下话说，婉卿之父，有要事当面交待，临终不见女婿一面，死难瞑目。

这一回，黄伯昂不闪面是不行了。

岳丈大人临终前拉着女婿手，又把另一个女儿许配给黄伯昂，这个人便是谢婉卿的丫环佩瑶。原来，爱女婉卿死后，老两口把佩瑶认作义女。何以认他家仆人作了义女？就因这女子是个当之无愧的义仆。

谢家二老本就年事已高，体虚气微，闻听独生爱女葬身火窟，当即便瘫倒了一双，从此卧床不起，形同废人。佩瑶把饭做熟喂着吃，喂了这个喂那个，端屎接尿擦身子，洗了衣服换被褥，吃喝拉撒一包揽，比孝敬自己亲娘亲老子还尽心。

谢家老两口常流着泪，对前来看望他们的亲朋好友、邻里乡党说，佩瑶是个活菩萨。

爱女谢婉卿遭难及其母瘫倒三月之后，谢母趁佩瑶后院洗刷之机，滚下炕头，爬出房舍，跳了院子里的渗井。

随着爱女婉卿离世，一个豪富之家，处处显现着颓败之象。一场暴雨过后，封盖渗井的磨盘曳了，也没人收拾。谢母本来想跳井，可她无论如何，是爬不到远在街头西边半畛地远的井台上去的，只有跳了自家院子的渗井。

女仆佩瑶几乎未加思索，也跟着跳了下去。黄土高原上的渗井，渗水渗得快，尽管如此，井水还是漫过了佩瑶脖颈。她肩膀上架着谢母，就这样直挺挺地在水里站着，浸着，冻着。等得有人觉察，已是第二天早上的事了。当众人七手八脚，把两人打捞上来，佩瑶牙关紧咬，脸色发青，身子僵直，甚至有人扳着她发了青的腿足，连打个弯儿都难。三天三夜，口始吐语，面部方显血色。

佩瑶创造了一个奇迹。无人知晓、亦无人想象得出，那整整一个晚上，这女子是如何挺过来的？

　　黄伯昂一口应承下来，说是安埋了亡妻之后，便与佩瑶行再婚之礼。这个世上，再也不会有第二个谢婉卿了，这就决定了他再也不会如火如荼地去爱了。如果说此后身边还需要一个伴儿的话，佩瑶应该是最合适不过的人选。首先，她侍奉过婉卿，黄伯昂觉得与她亲近、投缘。佩瑶在岳丈家代行了他的责任与义务，是他的恩人。常言说一个女婿半个儿，他自感他这个女婿连一分一毫为人之婿的责任都没尽到。还有，这女子模样生得端庄。往日曾听婉卿提及一事，说上官营秦瞎子摸过佩瑶骨相，断言佩瑶是个旺夫之人。黄伯昂不信这些，他只是觉得佩瑶心底厚道，胸不藏机，身子骨结实，模样看着顺眼。

　　当着岳丈，黄伯昂爬倒地面，额头点地，给佩瑶磕了个头，说："你代婉卿跟我，对二老尽了大孝。我代婉卿跟我，给你磕个头。今天先拜过你这个恩人，日后再认你这个妻子。"

　　佩瑶一番拉扯，没能阻止得住，憋红了脸子，说："你是主子，我是下人，没有主子给下人跪拜的道理！"

　　"在我黄伯昂眼里，人人平等，没有主仆之分、贵贱之别。"

　　佩瑶听得这话，情难自已，由不得落下泪来。这话，她在当日的大小姐口里也听过，且大小姐也是那样真真切切对待她的。念此暗自庆幸，我这辈子，哪来这么大福气，又遇到一个把人看得一般高的人。

　　若水领着儿子黄步蟾，提着一篮黄艳艳的杏子，前往娘家看麦子黄时，听兄弟若冰说，她娘迫使对面王家人来了个狗钻洞，爬进咱李家院子，还给了王六十个撅沟子伤脸。若水深感她娘做得过了头，说："娘，你咋把人不当人呢……"

　　若水一语未了，啪地一声脆响，她娘在她脸上又留了道红朗朗的五指印。"你等着！你大今晚从墓子里钻出来，非把你驴×掐死不可！"

　　若水时常梦到她大李秀才。她大或者抱着头蹴在堂屋的墙角角哭，那哭声哀伤极了，若水听着听着，就想一头钻到井里去。或者梦见他大披头散发，满脸是血，伸出钉耙齿齿一样尖利的爪子，飘风一样撵着抓人。若水一听说她大从墓子里面钻出来掐人，浑身蹙起鸡皮疙瘩，登时便惧怯得低眉竖眼，一语不发。

　　她娘干梆硬正交代说："老娘是个跑龙套的，只拿尾巴梢梢把王家人轻轻撩摸了一下，正主还没出场，好戏还在后头呢！回去给你男人说，叫他操家伙，带队伍，把王六十的狗头给老娘提了！”

李若水心里又是一寒。我娘心咋这么毒的？

回得军营，娘的旨意不敢违，话又不想原样说，夜晚间便偎在黄伯臣怀里，一把鼻涕一把泪，把李家的血海深仇，从前到后，既不添油，又不加醋，一件不落地如实叙说了一遍。

黄伯臣闻言，当即披衣而起，坐在床头。“以前也听说你李家跟王家结过页子，可没想到王家狗贼，竟然把人欺负到这般地步！简直灭绝人性，天理难容！”

“那……你是咋想的？”

“这口恶气，我替你李家出！”

“你咋出呢？”

这话把黄伯臣问结嘴了。是呀，到底如何替岳丈大人洗雪冤情，出出这口恶气，心里一时半会没了底。我身为军人，一团之长，总不能插手地方讼事，涉足民间恩怨吧？更别说明火执杖打上门去，那岂不跟土匪一样，叫上司与地方百姓如何看我？

黄伯臣激于义愤，贸然出语，在妻子面前夸下海口，已是覆水难收，但总得有个交待才是。思忖再三，灵机一动，不妨先探探李家人的心思，便一把抽出挂在床头上的驳壳枪，啪的一声，朝贴墙靠放的柜子上一摔，说：“难道这玩艺是吃素的吗！”

闻此一言，李若水脸子惊得煞白煞白，坐起身子，扳着丈夫双肩，苦苦哀求说：“别杀人家！千万别杀……那怕把王家人狠狠打一顿都行，不要你把人家杀了！”

李若水的双眼，充溢着真诚与惊惧。

黄伯臣的心骤然间悸动了一下，很是强烈，婚后第一次出现这种触及心坎的悸动。他把妻子若水紧紧地抱在怀里，注视着她白皙的蛾首，清朗的双目，以及两道眉宇间拉得长长的眉心。他听他娘说过，鼻梁上两道眉毛间眉心越宽，人越善良。小时候他娘就曾这样夸过他，如今，他又看到妻子两道弯弯的娥眉之间，竟然也是那样的宽阔。

这个夜晚，夫妻二人就这么相依相偎，各自都亲吻着对方，一直坐到天亮。黄伯臣说，苍天有情，也算没太薄待我，把你送到了我的身边。李若水最怕丈夫带兵打仗。她说，你活一天，我也活一天；你哪一天死了，我也跟着你死！

黄伯臣捂住若水嘴巴，"咱家步蟾还没长大成人呢，咱俩都死了，把他丢给谁去？"

三个贼匪，在黄伯臣防区打劫，折断了主人家一条腿，掠走百十个响圆，被刘连长堵在村子里一条死胡同，打死了两个，把剩下的一个押往团部。除了鼠盗狗窃的小毛贼，凡携枪械四处抢掠的匪类，依照本部规矩，一律验明正身，就地枪决。

押赴刑场之际，此人提出一个请求，要给常兴店他妹子当面捎句话，说这是他最后一桩心愿。黄伯臣说，我满足你这桩心愿，捎句啥话，我一定派人转达你妹子。那人说，我要亲口告诉我妹子。黄伯臣没再理会，那人即被强行押赴刑场，一路上嚎咷大哭，甚是惨凄。

"妹子，哥这辈子对不住你了！哥妄口嚼舌，说话不算数哇！哥死了，没面子去见父母，没法给咱大咱妈交代啊！妹子，从今天起，咱家就剩你一个人了，哥再也顾不上你了……呜——呜呜呜呜……"

哭叫声哀绝凄绝，令黄伯臣不忍卒听。于此，他叫停行刑人手，问："你到底有什么心愿未了？难道真的就不可告人吗？"

噗通一声，那人跪在黄伯臣脚下。"老总，事到如今，我就把我的心事说出来，你听也好，不听也好，我就当向天明个心……呜——呜呜呜呜……"

"说吧。如果有回旋余地，我一定满足你的心愿。"

那人说，他妈生下他妹子不久，便害血痨丢了命。过了几年，他大贫病交加，临咽气时托付给他一件事，说是你妹子年纪小，从今往后没了爹妈。除了你，世上就再也没亲人了。你是咱家男子汉，将来一定要把你妹子风风光光嫁出去。此人当即跪在他大面前，发了个毒誓，说他如果不把妹子风风光光嫁出去，就一头碰死在二老墓碑上。可后来连他妹子的命都养不活，只好把她送了人。再后来，他妹子的养父养母年老力衰，家境贫寒，他妹子没了指望，养父养母反倒指望他妹子养老送终。他便开始为他妹子攒陪房，攒来攒去也没攒几个钱，便索性当了土匪。前天，他把一袋响圆埋在他大他妈隔葬墓子的坟头上，今天要给他妹子捎的那句话，就是要告诉她，哥给你攒的陪房埋在啥地方。

黄伯臣闻言，半晌一言不发，散漫的眼神，注视着没有目标的空际。

提着驳壳枪的执行人刘强问："大哥，你说咋办？"

黄伯臣抓住那人肩膀，将其揪了起来。"守信于父母，重情于胞妹，我敬重你是条汉子！这个心愿，我陪你去了结。"言罢冲刘连长说："兄弟，暂缓行刑。牵匹马来，我陪这位仁兄走一趟。"

黄伯臣与那人并辔而行，一位卫兵纵马紧随其后，另一名卫兵飞马传报那人他妹子，已经去了常兴店。

到得那人父母的隔葬坟头，另一卫兵已陪其妹等待多时。

此女年方十八九岁，人都叫她水妹子，本姓不得而知，六岁时被哥哥送给常兴店方家，在养父养母身边长大成人，生得一头乌黑长发，一条大辫子垂至腰际，麦子肤色，面相端庄，不显美艳却看着温婉亲切，一身补丁摞着补丁的衣衫陈旧至极，却不失整洁，且又合体，使得发育完好的身板，看起来甚是健美。

马上那人到得坟地，这兄妹俩就呆呆地凝视着对方。许久，做哥哥的率先发了声，叫了声妹子。水妹子怯怯地叫了声哥哥，便朝那匹高头大马疾奔过去。那人被五花大绑的身子，从马背上滚落地头，被水妹子抱起上半截身子，兄妹二人，就这么拥坐在父母坟前，两双眼睛相互打量着，不可遏止的泪，只是一个劲地流。

"水妹子，你都长这么大了，哥十二年没见你的面了。"说这话时，那人的嘴唇抖得厉害，显得有些结巴。

"哥，你咋才来看我？你把你妹子忘了，你把她小小个人，丢下就不管了吗？"

"哥没本事，没力份养活你，没钱给你做陪房，哥没脸见你的面呀……呜——呜呜呜呜……"

言至于此，兄妹二人泪如泉涌，汪天大哭。

马上的黄伯臣，急忙将头扭向一边。

这兄妹俩有流不完的眼泪，说不尽的心里话。眼睁睁日头偏了西，黄伯臣一把提起那人身子，亲手替他解开身上的束缚，说是这位兄台，赶紧办你要办的事。

那人跪倒在父母墓前，从燃放香蜡表纸的墓口黑堂底部，搬起两块砖头，底下露出一个小洞，又从洞子里拎出一只布袋，其内叮当作响，一听就知道装的是响圆。

那人把布袋塞进水妹子怀里，说："妹子，这是哥给你预当的陪房，足可把你风风光光嫁出去，连给你养父养母送终的钱都够了。哥的这桩心愿了了，死了也好给父母作个交代！"

水妹子抱着那袋响圆，呆楚楚望着她哥，一言不发。

那人抬头，望了望天上。

青天一碧如洗，游移着幻化不定的白云，不知飘至何方。

那人怅然言道："本来，在你出嫁的那一天，哥想大操大办一场，眼看着把你送出门……如今看来，哥是看不到那一天了。后面的日子，你自己看着过，哥再也顾不上你了……哥临走托付你一件事，替哥收个尸，把哥埋在父母身边……清明寒食，给咱大咱妈上坟的时候，别忘了给哥坟头上压张纸。"

那人交代给他妹子的这几句话，口气甚是果决。言罢噗通一声，跪在黄伯臣脚下，脑门点地，磕了三个响头，"老总，粮子我见得多了，还没见过粮子里面，有你这么仗义的人！我的心愿已了，死而无憾。来世变牛做马，再报你的恩情！请送我上路！"

此人言之已毕，将双臂反剪后背，作了个自缚动作。一名拎着绳索的卫兵，便把他捆绑起来，押向那匹高头大马。

黄伯臣抬脚起步，跨马登程的那一刻，噗通一声，水妹子又跪在了他的脚下，拦住去路，双手捧起那袋沉甸甸的响圆。

黄伯臣神情一愕，"你这是做什么？"

"我要用这袋响圆，换我哥一条人命！"

黄伯臣心头一悸，眼眶里再次一热，望着天上说："这钱，是你哥送给你的陪房，它的份量很沉，谁也承受不起。"

"比起一条人命，它轻得跟鸡毛一样。我就是穿着这身补丁衣服出嫁，谁家愿娶就娶，不愿娶拉倒，这辈子不嫁人，比凉水还淡。求你把钱拿上，把我哥命留下。"

黄伯臣心头一疼，依旧望着天，不敢去看脚下这个女子，声音颤颤地说："你不觉得，这桩生意……太亏了吗？"

黄伯臣说的是大实话，她哥哥的一条命，此刻只在他的头一摇一点之间——这块地面上，从古到今，一个人随便即可当另一个人的家，作另一个人的主。世上还有什么东西，能让人如是心生恐惧？

而水妹子却全然会错了意，以为对方在说反话。她认为这桩生意，自己占了太大的便宜。

"老总，在别人眼里，我跟我哥的命不值钱。我兄妹俩的命再贱，说到底还都是两个活辣辣的人，再难再苦，还都想在世上活下去。在我的眼里，我哥一条命，给座金山也不换。我知道凭这点钱，换不回我哥一条命来，那就把我搭上！"

黄伯臣悚然一惊，直楞楞望着水妹子。

水妹子把那只袋子丢在脚下，里面的响圆琅然作响，紧接着身子一扑，摊坐地面，紧紧抱住了黄伯臣的右腿，泪汪汪的脸贴在他的大腿面子上。

"老总，我知道我也不值钱，可我还长着两只手，是个下负的人，啥活都能做，还是个没出门的黄花闺女。我给你当奴做婢，侍侯你一辈子。只要保住我哥一条命，我这一生不嫁人了。"

泪光在黄伯臣的眼眶扑漾漾打着闪儿，他不得不再次仰起头。

"妹子，别说瓜话了……把你今辈子误了，就是保住这条贱命，哥这后半世也活不安然，比死了还难受！"一旁涕泪滂沱的哥哥，狮吼般冲着他妹妹大叫大嚷。

水妹子不予理会，摇撼着黄伯臣的腿，依旧涕泪汪汪，苦苦哀求

黄伯臣感到那条腿被人越抱越紧，连血脉都有些不畅了，隐隐觉得有点麻木。而对方的两只手，几乎要抠进他的肉中，一阵阵的刺痛甚是剧烈。

"老总，收下我……还有这点响圆，请你一块收下。水妹子活了十八岁，第一回开口求人，你答应也得答应，不答应也得答应！摆在我兄妹二人面前的，只有两条路，要死一块死，要活一块活……"

一阵凛凛的风刮来，把坟头上那颗香椿树的一片枯叶，刮落在水妹子头上。

黄伯臣轻轻衔去那片枯叶，抓住水妹子的两只胳膊，试图把她拖起来。

"水妹子，起来。"黄伯臣话语轻轻的，柔柔的。

"我不。你还没答应我呢。"水妹子汪汪泪眼，紧紧盯着黄伯臣。

"答应，我答应你就是了。"

水妹子的泪脸上，登时便舒展开来，绽开一朵绵甜的笑意。原来，这女子人一活泛起来，竟然也是这般好看。她站起身子的同时，一把挠起那袋响圆，温顺地站在黄伯臣身边。

黄伯臣亲手解开那个做兄长的身上绳索，说，你走吧。

那人睁着梦一样迷蒙的双眼，并没有即刻离去。

黄伯臣与两名卫兵，一齐走向各自的座骑。

水妹子抱着那袋响圆，紧紧跟在黄伯臣身后。

黄伯臣拧转身子，这才意会到，这女子一诺千金，自卖己身，真的把自己当成他的奴婢了。

"水妹子，别跟着我。跟你哥说说话，留在你养父养母家里，日后找个本份男人，好好过日子吧。"

"老总，你不要我了？"水妹子眼神中满是愕然。

"我答应的是放了你哥，并没答应收你的钱跟人。"

"那……我跟我哥欠你这么大一份情，咋报答你呢？"

黄伯臣的心又是一疼。这女子咋这么义气！

"不用报答，这其实没啥大不了的。"

"不！这份恩情太重了，不报答你，我的三寸良心，不得安然。哥，你也吐个口，丢句话。"

那人疾步行至黄伯臣面前，与其妹噗通一声，双双跪倒。

"老总，从今天起，我这条命交给你了！"那人干梆硬正地说。

"老总，我是个女儿身，没啥大用。从今往后，早晚三烛香，九叩首，求菩萨保佑你一生顺顺当当，多福多寿，多子多孙。水妹子对天发誓，活到哪一天，拜到哪一天！"

黄伯臣的双眼又是一热。

"老总，如果你有用得上兄弟的地方，请发个话！"

黄伯臣苦笑了笑。我用你干啥？你又能做什么？念及于此，突然间就想到一件事，沉吟半晌，这才字斟句酌开了腔。

"兄弟，临别之际，留给你两句话。"

"请讲。"

"此去西南方向二十里许，有个名叫王家围子的镇子，镇子上有个名叫李雪松的秀才。"

那人等了半晌，黄伯臣的话却没了下文。那人闯荡江湖十余年，自然明白，有这半句话就足够了。

"兄弟记住了，请留第二句。"

"话不可说尽，事不可做绝。"

黄伯臣言之已毕，一抬左脚，踩着马镫，翻身上马，紧勒嚼口，双腿一夹，一阵风上了马，一溜烟飞奔而去。

水妹子兄妹冲着三骑远去的方向，手拉手跪在地上，直到眼前的人马，消失在由青泛黄的原野尽头。

……

那个匪人的来头并不寻常，黄伯臣以为只是三个合伙作案的流冠，并非大批出动的匪类，因而未加深究。

此人名叫武一甲，身为终南山酒奠梁二瓢把子，其妻薛蛮媚子，更是青杠寨寨主薛仁龙的丫头。此番随带两个弟兄下山，意在为他妹子送那一袋陪房钱，对这一带关防地理并不熟悉，临时起意，打劫了当地一富户人家，结果撞在了黄伯臣的枪口上。

这天早上，鸡都从架上跳下来刨食了，围着破铜脸盆抹脸的王家三弟兄，还没见他大他妈下炕。

老大王虎圪蹴在院子里，平摊双手，在脸盆里寸半高的水面上蘸了蘸，抹了两把脸，拧干那条比两只巴掌大一些的老蓝布手巾，擦了把脸，递给老二王豹。王豹把手巾在水里透了一下，扭干擦脸时，抹过脸的王彪已站立一旁，等着二哥手中的那片手巾。

老大走向前院牲口槽头，说："咋还没见大跟妈下炕呢？"

是的，往常这会，他娘把院子也扫了，鸡也喂了。他大给牲口早拌好了一槽草，连牛圈都垫了。兄弟三人惑然踅近上房门前。老大问："大，妈，你俩咋这时候还没起来呢？"

屋内不闻作答，却隐隐听得一阵呜呜呜的叫声。那叫声，跟半夜车房里狼猫（公猫）跟咪猫（母猫）瞅住眼叫春的声音一模一样。兄弟三人满目惶惑，面面相觑。

"不行！得进去看看，大跟妈一定出啥事了。不知是身子不好，还是咋了？"老大当即作出决定。

王豹卸下镰上的刃片，塞进门缝，把木闩一丝一丝移动着拨了开来。吱呀一声，王豹推开门户，兄弟三人，见得眼前情景，全都后退了一步，且哗啦一声，合上了门户。

老大老三，圪蹴在院子里抱头哭泣。老二王豹双目怒张，紧咬牙关，把两只拳头捏得嘎巴作响。

王六十夫妻二人，浑身上下一丝不挂，口里塞着的，像是一只臭袜子。他们的脖子被一根绳索勒着，绳子的两头捆在两只腿弯上，脑袋紧紧地蜷在胯裆中，拱起的两条腿夹着头部，被捆绑着的两只胳膊搂在双腿腿弯儿部位，整个人体，如同肉球一般，缩作一堆，像那种受到惊扰、缩成球状的簸箕虫。由于头脸无从全然贴近胯裆，夫妻二人的私处便分明地裸露在外面。

顽劣的孩童们，野地里挑草挖菜时，有时兴起，便合伙把其中一个小伙伴整成这般模样。原上人把这种整人的法子，叫老汉看瓜。

昨天夜里，王六十夫妻俩被人老汉看了瓜。

这事怎敢传扬出去，叫王六十夫妻还出门不出？还见人不见？王家人又一次品尝到屈辱的滋味。有人可以让有些人屈辱地活着。一些人一辈子就那样活了下去，一些人却不甘就此苟活，所以便有了士可杀不可辱一说。

大约是在三更时分，睡梦中的王六十夫妻，被人拿臭袜子堵了口。布帘子掩了窗户的灯光下，桌面上倒插着一把明晃晃的钢刀，椅子上坐着阎罗王，身后站着一个执笔判官，两旁一左右，站着手提锁链的黑白无常。他们的面相和穿着，与传说中阴曹地府里面的鬼物一模一样。

阎罗王说："王六十，李雪松秀才的阴魂，把你告到本座帐下了。世上被人毒死的、勒死的、掐死的、杀死的人多的去了，可气死的倒还真不多见。你跟你大本事大得很啦！一不毒他，二不勒他，三不掐他，四不杀他，只餤给他一口恶气，就能把活活一个人气死，本座真是服了你了！既然阳间黑白颠倒，善恶不分，不能给冤魂一个交代，那阴间就不得不插手了。从今天晚上开始，本座跟你王家满门耗上了！"

这天早上，太阳都三杆子高了，王家的头门还紧紧关着，且从院内传出阵阵哭声。有王六十压抑的呜咽，有金串串放浪的哭叫，还有儿子王虎、王彪隐隐的啜泣声。

若水她娘敞开大门，把纺车搬到门口，一屁股蹋在玉麦棒棒皮子编织的蒲团上，双手灵便，两臂活泛地纺起线来，把纺车轮子摇得风快，线穗子比陀螺转得还欢。此妇一时兴起，居然唱起戏文。

童年乃至少女时代，若水她娘除模样长得俊俏，还天生一副好嗓门。小时候上过社火床子，扮过《柜中缘》里的许翠莲，《游龟山》里的胡凤莲。少女时代进过陵邑县隆庆戏班子，《三击掌》中一曲"老爹爹莫要那样讲，有平贵儿不要状元郎"，每发此声，响遏行云，戏台子底下莫不叫了号子。后来嫁给李秀才，因戏子是个低搭（下贱）行当，折秀才的面子，此后也就再也没登台亮相了。那些年李家未生灾变之际，王家围子有婚丧嫁娶等红白喜事，女人伙里连推带拉，总是叫嚷着要她唱两句。若水她娘推脱不过，难拂众人情面，偶尔也来几句清唱，莫不博得乡党们齐声喝彩。那时候的若水她娘，人活得谦和、合群，在满镇子人心目中乡修（人缘）极好。

可惜这些美好的记忆，如今都成了昔日黄花。

今天，她唱的是《柜中缘》里面许翠莲的一段唱。

许翠莲来好羞惭，
悔不该门外做针线。
那相公进门有人见，
难免得背后说闲言。
又说长来又道短，
谁人与我辩屈冤，
这才是手不逗红红自染，
蚕做茧儿自己拴……

一边紧关门户，里面传来哭丧般哀嚎声。另一边门户敞开，戏文唱得莺鸣鹂啭，声声入耳。有人打街头走过，不禁为之侧目，头发梢儿几乎都竖了起来。

有几次，手提菜刀片子的王家二小子，说是要跟李家那个贼婆娘拼命，都被他大抱着腿拖了回来。王六十说："捉贼捉赃，捉奸捉双。弄出人命关天的大事，官家审断起来，那些人来无踪去无影，别说姓名，连模样都看不清，咱公堂上给人家咋交代？如果李家来个死不认账，说那些人不是他家指派的，谁把他们能咋样？那样一来，咱就输了理，人家等于借官家的刀，把咱一家零刀碎割了。"

二小子王豹虽说秉性凶悍，却不糊涂。如果这时候出手，摆在桌面上说的话，王家未免师出无名，还可能让人反咬一口。加上他妈他哥他兄弟反复劝说，这才松了手中的刀把子，却把劲儿攒在心里。君子报仇，十年不晚，李家贼婆娘，你等着好了！

半月后的一天，老大王虎赶着牛车，到北壕去拽垫圈的黄土，把牛跟车丢在北壕里，人却不见了影踪，直到晚上点灯时分，还没见回来。王家人慌了，到了第二天清早，王家的门扇上钉了把刀子，刀尖上扎着一片老白布，白布上用血刷着一行字，王家人更慌了。

金串串涮地一声，一脬老尿立马倾泄在裤裆里。自从被人整了个老汉看瓜的那个夜晚始，她就彻底夹不住尿了，整天裤子湿漉漉，眼珠子转动起来，也较往常迟滞了许多，整天丢三拉四，採面（和面）忘了放碱，蒸出来的馍酸的凛牙。

那片血淋淋的白布上说，让王家老二自缚双臂，前往终南山酒奠梁替换他大哥。如其爽约，不能按期抵达，将把老大大卸八块，一天一件子，抛进王家院子。王家人这才晓得整治他们的正主，原来是一伙令人闻风丧胆的山大王。

摆在桌面上说的话，这就更跟李家人沾不上边了，李家女婿的队伍，还多次出动剿过匪呢。明眼人心里却不这么想，兵匪一家，既然是一家，有啥事不能商量？有的兵也抢人，而且名正言顺。此后河南过来了一帮镇嵩军，有了那身行头，抢起人来名义就变了。他们说，我打国民军，帮你除内贼，是你们的救星，饭总是要吃的，衣总是要穿的。

王家人就更不会这么想了。我王家与土匪往日无冤，近日无仇，他们为啥要找我王家的襕襜（麻烦）？即便是被土匪绑了票，可绑票绑的都是富豪人家，我王家这副干骨头，能榨出个几滴油水来？况且，换人不拿钱换，却叫拿人换，这又是啥意思？

王家人眼里看到的是土匪，心里想的是土匪背后那个人。至于土匪背后那个人的背后是什么，他们看不到，也不屑往深里去想，就如同他们意识到恐惧源自黄伯臣所处的位置，以及他手中攥着的枪杆子，却未必晓得是什么力量，把这两样东西的威力放大到极限，足以吓破人的胆子，压碎人的骨头，让人活得比狗还贱。

人玩人，能把对方玩到时时刻刻都活在恐惧当中，那是一种境界。

王家人看不到，想不到，有人却看到了，想到了，此人便是黄伯昂。牛蹄岭在原上埋有眼线，有关黄伯臣及地方民情政务等一应重大事由，均在掌握之中。

王家老二抖擞精神，仗着一股义愤之情率然前往，说是去就去，我看你樊大麻子还能把老子×咬了！

王豹此行，还果然换回了王家老大。

不醒人事的王虎，被两个老实巴脚的山民抬回王家围子。他被人折断了一条腿，骨头茬子都从皮肉里面戳了出来。他娘金串串当即闭了气，昏死过去。王六十抱着大儿子的断腿，哭了个昏天黑地。

大儿子的腿骨，刚被太医谢家老二谢无常接上，将来是站立起来，还是就此倒卧终生，尚未可知，王家门扇上，再次插上一把同样的刀子，钉了同样一块血淋淋的白布，只是上面的字迹换了两处名称，又通知小儿子王彪去酒奠梁换老二王豹。

王六十夫妻彻底崩溃了。这就意味着王家后人中，三个枪杆子一般高的半大小子，每人都将断条胳膊折条腿，甚至都将变为废人。如此一来，王家天就塌了。

这天天刚麻麻黑，金串串的两条腿，沉逾千斤，也不知是咋样挪过那条街道，趔近李家门口？一看见若水她娘，无异大白天撞见鬼，心里一怵，双腿一软，一仆塌瘫在地上。

金串串爬进了李家院子。

若水她娘装着没看见，继续忙她手中的活计，把凉在院子凉绳上的衣服收进房子。金串串跟着爬进若水她娘房间，叫了声雪松家的，声泪俱下，就再也呜咽得说不出话来了。

若水她娘叠好衣服，拧转身子，似欲跨出房门，金串串一把抱住了她的双腿。

"雪松家的……呜——呜呜呜呜……当年咱姐妹俩，一前一后，嫁进王家围子，又是对门子两邻子，染络得跟姊妹似的……呜——呜呜呜呜……那一次，你还教妹子唱过戏文……妹子、妹子我有一回，还帮你缝过你女子的花裹肚……咱姊妹俩个，从前到后有啥过不去的？都是那些瞎男人，狗×吃饱没事撑的，让咱王、李两家，结下了这么大的页子……呜——呜呜呜呜……好姐呢，看在妹子的份上，看在咱都是女人的份上，求你饶了王家……你我如今都是奔五十的人了，咱如今活的都是儿女的人，你把我三个娃那样作践了，你说妹子还咋样活下去呀……呜——呜呜呜呜……求求你，妹子今天给你服个软，好姐呢，放过我王家吧……你把我王家整到这一步，心里有再大的怨气，想必也该出出来了……再不敢了，你再不敢下硬手了，再不放过我王家，妹子一家五口，可真就没一点活路了……雪松家的……我的好妹子，杀人不过头点地，我跟我男人，如今败在了你的手里，活的连一条狗都不如……人把狗打一棍子，狗还要汪汪叫两声。你如今就是拿刀子戳我，妹子连个屁都不敢放……好姐呢，你还要咋的……你还要咋的？我的好姐哟……呜——呜呜呜呜……"

若水她娘瘦削的身板，就这么直直地戳在房间，脸顶得平平的，一动不动，只是干瘪的胸部在一伸一缩地起伏着，谁也从她的脸上看不出，此刻到底在想些什么。

房门前，站着三个半大小伙，他们是若水的小弟李若冰，还有若冰两个远房同门哥哥，也就是李家得势以后前来套近乎的那二位仁兄。今天帮他姨搬玉麦梛梛、挖玉麦杆子，忙活了一整天。他姨炒了两个菜，打了一斤酒，让儿子陪着他俩，在厢房吃饭，听得对门王家婆娘前来认罪求饶，丢下碗筷，拥到这边房子门外瞧光景。

"你们几个，把她拉开，送她回她屋里去。"若水她娘不温不火。

那两个十六七岁的半大小伙，便揪着金串串上衣后襟，两只胳膊，一阵拖拉。金串串一边哭嚎，一边死死抱住若水她娘双腿，不肯松手。于是，那二人拳脚相加，一阵殴击，甚而拽着金串串两条腿，试图将其拖离他姨的身子。

就在此刻，金串串发出一阵令人毛骨悚然的尖叫，形同一条待宰的猪狗，被人架上砧板之际，在松开若水她娘双腿的同时，莫名其妙且不可思议地抹下了自己的裤子。

金串串狗一样爬在地上，宽阔的大腰裤子垮落于双腿弯儿，亮晃晃的屁股便扎眼地朝向众人，全然裸露了出来。

若水她娘脑际陡然间浮想起多年前的一幕。那时她刚嫁入李家，三天后回门时，丈夫牵一头毛驴，把她送回火石寨娘家，走到村口，在碾子旁边的空场上碰见一个耍猴的，驴背上的她便顺路瞧了几眼。有一场景，给她留下不灭印象。每当耍猴人高高举起鞭子，那只红红的光屁股母猴，便高高翘起尾巴，把屁股撅给了耍猴人。

猴王一旦在它的种群取得统治地位，从此将拥有至高无上的权力，所有母猴都将为其支配，它们莫不雌伏在它的脚下。这只母猴想必是习惯了献媚，当它落入人类的罗网，惧于更加严酷的境遇，就只有献媚于它新的主宰者了。

若水她娘自然不明白动物界的这些规矩，最初甚是诧异，惑然莫解，后来想着想着，便暗自莞尔而笑。连猴都成了精了，它害怕那根鞭子，那样是在向拿鞭子的人讨好呢。

此后的公元一九三一年冬天，由西北大学几个男女学生，在西省钟楼一侧的场子上，演出了一场街头小戏，名叫《放下你的鞭子》。

若水她娘隐隐意识到，这婆娘所以这么不知羞，是因为我手中提着一根鞭子。若水她娘并不拥有这只鞭子，只知道它是女婿娃黄伯臣赐给她的，至于又是谁赐给女婿娃那根鞭子，这根鞭子何以具备这么大魔力，她就无从深究，且懒得费那个思量了。

金串串有一种感觉，这种感觉，就跟头顶上悬着根鞭子一样。

若水她娘一把拉过自己儿子，将若冰推出门外，瞪着眼睛发话说："回你自己屋里去！"

那间房子的门户，从里面关了起来。若水她娘便直戳戳站在门外面，竖起耳朵听，用眼角梢朝门缝里瞟，听里面的动静，瞟里面的光景。

房子里的声息，像是被人架上砧板、刀子已经捅进了脖子的猪狗，喉咙里一边溅射泛着泡儿的血沫子，一边发出绝望的、最后的、拉着丝儿的呼哧呼哧的喘息。

金串串一边喘息，一边哀嚎，一边吆喝。

"雪松家的……呜——呜呜呜呜……叫、叫你儿子也来、也上……呜——呜呜呜呜……让他把你的恶气，也朝妹子裆里出……呜——呜呜呜呜……雪松家的，我的好姐呢，这一回你心里该渥耶（舒服）了吧……呜——呜呜呜呜……这一回，你该放过我王家了吧！呜——呜呜呜呜……"

　　若水她娘一直戳在门外，在静静地听，冷冷地瞟，脸子仍然顶得平平的，没有一丝变化，瞧不出个喜怒哀乐来。

　　人把人竟能糟踏到这种地步？

第十五章　摘个瓢儿去

十五岁的李若冰心虚了，第二天一个早，便跑到军营，找到了他姐姐。他姐跑进团部，扳着黄伯臣的膀子，说话都带了哭腔。"你还不去看看，我妈把王家人，都快要整死了！"

黄伯臣问明情由，毛发倒竖，惊得瞪直了双眼。他没料想得到，那个被他放纵了的流寇，却原来很有些来头，正因有些来头，办起事来，自然也就非同凡响。多亏他还留了句后话，把事不可做绝。要不，王家很可能已经灭门了。

从黄伯臣手里捡回一条命的武一甲也在想。王六十欠下恩人老丈人家这么大一笔血债，按说杀了他也不为过。但恩人叫我把事不要做绝是啥意思？思来想去，得出一个结论，那就是不要他们的命。只要不死人，咋样收拾他们都行。武一甲打算把王家满门整成废人，从每人身上卸个零件。只是心里一直在打鼓，这样不知合不合恩人的心思？是不是对王家太客了点？这样报得了报不了人家的大恩大德？

此人正准备卸王家二小子一条胳膊，突然飞马奔来三个官军，打头的刘连长，指名道姓喊武一甲山前答话。

黄伯臣为此飞马走访常兴店水妹子，这才晓得她哥哥名叫武一甲，得悉这个大号，自然也就晓得了此人身份。

刘连长说，团座有命，让你立刻放人，从此不再与王家为难，并掏出一张公文纸笺，那是团座手书的一封信函，其上盖有靖国军第九游击支队三团团座大人私章。

武一甲唯唯诺诺，连番抱拳施礼，跟对干大回话一样，口口声声，说是恩人叫我咋办就咋办！

王家二小子王豹被放下山后，没回王家围子，就此远走高飞了。

此后没多日子，黄伯昂孤身一人下得山来，找到九嵝山脚下军营，被门岗拦在外面。一位勤务兵探询身份，黄伯昂说，你就跟你团长说，他哥黄伯昂找他问话。

黄伯昂的大名原上何人不知？况且又是团座的哥哥。勤务兵不敢怠慢，径直把他领进团部。

黄伯臣人没在。

黄伯昂坐下身子，勤务兵一杯水刚刚摆上桌面，巡防归来的黄伯臣提着马鞭，进了团部，猛一抬头，竟发现黄伯昂大马金刀坐在椅子上，当即便楞在了那里。

自谢家别院那场滔天大祸之后，这两个冤家兄弟就再也没见过面了。黄伯臣感到非常意外，以至于乱了心志，仓促间不知如何是好。

黄伯昂挺身而起，扬起右臂，紧紧攥着的一记老拳，挟千钧之势，直冲黄伯臣面门。黄伯臣被一拳击倒，沉沉地躺翻地面，鼻孔里即刻渗出一缕血丝，只是幽幽地望了黄伯昂一眼，抹了把鼻子上的血迹。

一旁的那个勤务兵拔出腰间驳壳枪，却不知如何是好，呆兮兮怔在门口。

黄伯昂揪住伯臣领口，将其身子拖了起来，再度继之一拳。这一拳甚是凌厉，黄伯臣倒地之际，血流从鼻孔中喷涌而出，仍幽幽地望着对方，既不开口，也不还手。

黄伯昂再度揪起黄伯臣身子，晃着右手铁拳，横眉相向，目眦尽裂。"黄伯臣，你知道我今天为何揍你！你……你把人欺够了没有？辱够了没有？你有本事，就让我黄伯昂臣服在你的脚下，那才算你把人活到高处了！你叫我服呀！叫我臣服你呀！"

说着，黄伯昂第三记老拳出手。这一拳凌厉至极，躺在地上的黄伯臣落了颗牙齿。

黄伯臣抹了把满嘴血迹，幽幽地瞅着黄伯昂，只是轻轻地、怯怯地说了句话。他说："我把那人认错了……王家不会有事了。"

临去，黄伯昂跺着脚板，冲黄伯臣厉吼一声。

"黄伯臣，你个狗东西记着，把王家满门杀了，也就那么大个事。但你别把人当猴耍，请放下你的鞭子，给人留个面子，让人死了有个鬼样，活着有个人样！"

就在黄伯昂干梆硬正撂下这句话，即将迈步离开团部之际，身后突然传来黄伯臣一声呼叫，一声轻轻的、怯怯的呼叫。

"九哥……"

黄伯昂身子似乎抖了一下，打住了脚跟。

"九哥，谢家别院的事……我错了。"

听得黄伯臣这话，黄伯昂猛乍打了个激灵，身子一抖，缓缓转过身子，微眯着、且泛着泪光的双眼凄绝哀极，那里面融入着什么样的哀伤？望见那双眼睛，让人对整个世界都要绝了望。

黄伯昂挪动双腿，颤颤抖抖向黄伯臣走来。那双腿沉极了，像是从没膝深的淤泥中拔出。但见他哆哆嗦嗦抬起右臂，指向黄伯臣，发青的嘴唇颤得突突直跳，一字一顿，声嘶音哑地说："你、你竟……你竟敢跟我提……提起、提起谢家别院……呜——呜呜呜呜……"

一句未了，黄伯昂悲不自胜，嚎啕大哭，像是被人抽了筋，拆散了骨头架子，整个身子软烂如泥，仆塌一下瘫坐地面，泪水又耙刨一样，以至糊模了双目，眼前一片迷蒙。

"呜——呜呜呜呜……你、你你竟敢跟我提……提谢家别院！黄伯臣，你好大的胆子……竟然有勇气……在、在我黄伯昂面前，吐出这样四个字来……呜——呜呜呜呜……黄伯臣，我今天找上门来，不是为了谢家别院的事……不是、不是为了那件事……那笔账，不是这样一个算法！呜——呜呜呜呜……不要、不要轻提那件事。不、不要啊……呜呜呜呜……"

黄伯昂全身软得跟面条一样，几乎是一步步爬向团部大门，手扒着门板，这才晃晃悠悠站起身子，哀怨地望了背后的黄伯臣一眼，便晃荡着摇摇摆摆的身子，向军营大门走去。

一路上，黄伯昂声雄气壮，汪天大哭。

"呜——呜呜呜呜……我的妻呀！呜呜呜呜……我的儿呀……呜呜呜呜……婉卿呀，天柱呀，你们母子俩、母子俩……如今在哪里……呜——呜呜呜呜……我的妻呀，我的儿呀！呜——呜呜呜呜……"

营房前，散散落落站满了靖国军官兵。他们一个个肃然伫立，面向这个大放悲声的男人，眼神中充满了惶惑。有什么伤心事，能让一个豪壮男人，哭成这般模样？

黄伯臣痴痴地、呆呆地伫立团部那扇窗户前，耳听得黄伯昂豪雄哭叫，瞩目他那一步一摇，晃荡颠踬的背影，面颊之上，血泪交流……

这几年黄崇义精神头稍事好转了些，主要得益于二儿子黄伯臣大婚之后，喜得贵子，官场得意，一路顺风。他只犯过三五次病，都是偶尔被谁家黄狗惊扰，或者看见原上谁家的坟墓或者高大巍峨的冢圪垯，要么就是夜里梦魇中犯了病。这些都跟他与阴阳先生堪破天密谋的那件事有关。

那件拾掇祖坟风水的事，被黄崇义视为人生壮举，同时也成了他这辈子不可救赎的亏心事，以至害了这么个要死不活的怪病。这就像一个人吃了一副药，救了心的同时却伤了肝。世上的事情，大都难于两全，黄崇义却无怨无悔，哪怕遭了天谴，一跤栽倒，立马蹬腿翻眼咽了气，也死而瞑目了。不过，这笔踢脸丧德的良心账不能不还。鉴此，他私下立了个遗嘱，锁在炕上枕头旁边的一只小木匣子里，交代他婆娘说，等我哪天一头栽倒闭了气，这只匣子，由我二小子亲手开，除此谁也不准动！

遗嘱其实很简单，只有一句话：死后不进祖坟。

黄崇义死后不进祖坟，有双重重大含义。其一，他已花重金，托堪破天给他另外点了一处牛眠穴，如今拿四根桃木橛儿，把那块地都封了。这人谋虑深，想得远，他指望把他埋个好地方，以利于福荫孙子辈，以求黄家世世荣昌，代代风光。其二，他死后无颜面见祖宗。没脸面见祖宗，那自然就不宜往一处埋了。

不过，黄崇义这半年遇到一件揪心事。陕西靖国军近年来建制涣散，步调不一，且纷纷然风流云散，别作它图，眼睁睁没了奔头。我二小子到底继续干靖国军呢，还是投靠冯大将军的国民军？黄崇义多次乘轿前往牛角湾文殊院，请教高人不遇，只好连夜奔波，寻到九嵕山脚下，冲着儿子黄伯臣拐棍点地大声吼："儿啊，还不快投新主，王气飘到南方去了！"

黄崇义说的王气，指从南方打过来的北伐军。而冯大将军的人马，如今跟北伐军伙在一起。

其实，黄伯臣的三团，一月前就接受了国民军改编，号称陕西国民军二十七旅一〇八团，不日将与友邻队伍一起开拔，接手西省防务，抗击从河南打过来的镇嵩军。

这已是黄伯臣第三次易帜了。

黄伯昂何等人物？黄崇义父子尾巴一翘，他即知要拉啥屎。为了争娶谢家女子，同门之间拼得血水里面捞骨头，你父子俩争的不就是个面子吗？当然也不排除伯臣兄弟对婉卿的一片痴情。跟皇王爷选秀一样，从古到今，世上的好女子，都是给显赫人养的，我一个精×亮裆的落魄书生，打破了这个神话，你们就心里不高兴了？脸上不光彩了？

你不是要跟我比显赫吗？那好办，我黄伯昂想要个争的怂，在人前扎个八面威风的吊样儿，那还不跟王官镇张三老汉拾牛粪一样，不就提着铲儿起个早吗？

用上官营算命先生秦瞎子的话说，黄伯昂命中遭逢十恶大败，跟沙场上两军交锋一样，倒霉的一方全军覆没，无一生还，凶险到了极点，只怕这辈子要玩完了！他自个也觉得，要了结与黄伯臣之间的吴越之仇，就目下情状无异痴人说梦。要跟那位兄弟爽爽快快玩一把，须得打起精神，想想别的办法了。于是，一场孽龙闹海的大戏开了场。

一天，黄伯昂一只烧鸡，半碗烈酒喱饱肚子，朝那身少颜无色青布长袍上扎了根腰带，把一柄大刀片子倒插后背，向总瓢把子宝山兄弟招呼了一声，说是要出去走走。

山上的众位弟兄们，眼见得黄举人如是装扮，甚是诧异。

龙宝山问："大哥，你这是要去干啥？"

"摘个瓢儿去。"黄伯昂淡淡地说，语气轻松极了，像是到他在山上亲手开辟的那畦菜园子里去掐根黄瓜。

众人闻言，嘿嘿作笑。

摘瓢儿是黑道上的一句切口，意思是取他人项上人头。

龙宝山也想笑，但出于对大哥的尊重，只是咧了咧嘴，没笑出声来。他又问："摘谁的瓢儿？"

"酒奠梁上的樊大麻子呀。"

"哈哈哈哈……"这一回大伙笑得甚是放肆。

黄伯昂有自己的想法。此非异想天开，而是谋定而动。

我遭了大难后，死猪一样被兄弟们背上山，一个读书人就这样不明不白落了草，在这背势洼洼一待就是几年。既然是个读书人，读书的目的为何？自必意在明理，明理又当如何？理当情通理顺地去干一点该干的事情。如今世道太瞎了，百姓们太苦了。为啥太瞎太苦？除了官府衙门中人争权夺利、横征暴敛、贪赃枉法、种植罂粟谋财害命，还有大大小小一股股多如牛毛的土匪。既然落到这步田地，无妨就从这步田地做起。我要把这些寄生在终南山的孽根瞎种，像恶竹一样砍了，像毒草一样铲了，拉起一支民间自卫武装。你黄伯臣不就仗着手下有千十号人马，动不动拿势胁人吗？老子想拉杆子、带队伍，还不像张三老汉拾粪一样？到时候石锤捣碓窝，不妨来个硬碰硬！

酒奠梁是终南山股匪山头之一，其势力仅次于牛蹄岭和青杠寨。其大瓢把子樊大麻子力大无穷，善使双枪，杀人越货不计其数，是匪类之中叫得上号子的恶虫。其人手下有三百多号杆子，二百多条洋枪。

这一回龙宝山也笑了，笑得很灿烂，但还是没敢笑出声来。他想给大哥发热的脑袋上浇瓢凉水，劝说他几句，又顾虑当着众位弟兄之面，伤了大哥面子，只有眼睁睁看着他，背着大刀片子，走出七星殿，沿着石阶一步一步下了山。

龙宝山知道，黄大哥行事率性而为，往往出人意表，别人劝是劝不动的，拦是拦不住的。

通往酒奠梁的半道上，有一处名叫黄泥巴岭的所在。此刻的黄伯昂便仰躺在岭上一颗大树下，颠了半天山路，他有些累了。

一头毛驴上，跨着一位丰艳美妇。毛驴的缰绳，牵在一个俊童手中。他们像是一对主仆，一路上说说笑笑，朝黄伯昂所在方向走来。

"干儿子，脚下麻利些，老娘渴得嗓门眼冒烟烟。"美妇瞄了俊童一眼，慵懒地说。

"好，干娘你坐稳了。驾！"俊童朝毛驴后背抽了一鞭，鞭梢儿扫向驴背的同时，朝上一划，正好扫在美妇丰腴的臀部。

"哎哟！你个挨刀子的，把老娘当驴赶呀！"

"你倒渥耶，老子两条腿都累得转筋了！"

"嘿嘿，白天我骑驴，晚上你骑老娘得了。"美妇妩媚地一笑说。

"哼！只怕又让樊大麻子骑了，还轮得上我！"

"再别提那头狼不吃狗不啃的麻猪，一想起他老娘就败兴，就恶心！"

此妇便是酒奠梁二瓢把子武一甲的妻子，青杠寨匪首薛仁龙的女儿薛蛮媚子。那个牵驴的半大小子，不过是她的一个娈童，名义上却是她的干儿子。这天回了趟娘家，如今正奔波在回山的路上。

突然，驴背上的薛蛮媚子警觉起来。

前面大树下黄伯昂身边，那把大刀在西斜的阳光下闪闪发光。

当主仆二人打大树下走过，薛蛮媚看似双手自如地抄在腹部，那只按在底部的右手，始终没松腰间短枪把儿。然而，仰躺着的黄伯昂却纹丝不动，居然还望着驴背上的妇人，甚是和悦地笑了笑。

薛蛮媚子擦起眼角梢儿，把黄伯昂仔仔细细瞄了几眼。但见此人身着藏青长袍，头戴黄绸镶边绛色缎面瓜皮帽，脚登一双圆口千层底鞋子，浑身上下，纤尘不染，干净利落。再瞧那张英气勃勃、方正俊美的白净脸子上，一双大眼眉如剑锋，神若朗月，一派书生意气，丈夫风节。

好一个风雅大气的读书人！这是薛蛮媚子口里说不出，心里感觉到的第一印象。见得此人，薛蛮媚子心意浮荡，顿生好感，同时凝神蹙眉，疑窦遽生。

只是他拿把刀干啥？难道一个白面书生也想拦路打劫不成？

那头毛驴已踮过大树丈八远，薛蛮媚子猛地回转头来，发现那人仍在瞧着自己的背影，便冲着他抛了个媚眼，一轮大腿，轻佻地跃落驴背，笑嘻嘻朝黄伯昂走来。

一旁的俊童惊奇发现，平日霸道泼辣、蛮不讲理的干妈，这会儿竟变得温顺起来，扭着身板站在那人面前，双手捏弄着红袄的衣角，脸子上似乎还泛了点红，稍显羞涩开了腔。

"这位先生，你坐到这干啥呢？"

"歇凉呢。"黄伯昂心气从容，正色作答。

"我看你像个读书人。"

"夫人好眼力。在下是读过几天书。"

"那你拿把刀做啥呢？"问这话时，薛蛮媚子微微一笑。

"秀才造反。"

"嘻嘻，嘻嘻嘻嘻。"

薛蛮媚子笑得欢心，却不像往日任何一次那么放肆。平日里听到遇到可笑的事儿，此妇笑将起来，声若串铃，势若奔马，胸前一对肥大的奶子，抖得比两兔傍地走还欢势。

黄伯昂通过牛蹄岭各路眼线，对武一甲为人、与妻子及大瓢把子樊大麻子之间的微妙关系、利害冲突了然于心，谋定而动，随薛蛮媚子上了酒奠梁。他以牛蹄岭参军身份，亮出与龙二少爷拜八兄弟关系，以及自己名号，酒奠梁自樊大瓢把子以下人众，莫不奉为上宾，肃然以仰鼻息。薛蛮媚子更是一惊一乍。我的妈呀！原来他就是那位响当当的大清国头名举人。真是缘分，我咋就把这样一洞大仙，搬到咱这小庙来了？

洗尘宴上，黄伯昂当着大小头目之面，慷慨陈词，历数历朝草莽豪杰，最终莫不英雄气短，穷途末路，奉劝酒奠梁众位好汉，把人马拉上牛蹄岭，效清廷团练乡勇旧制，合兵一处，拉下山去，建立一个保民自卫队伍。一可落得个自身清白，免遭物议；二可衣食无忧，取用于民；三可娶亲成家，过常人日子，免遭不测之横祸云云。

樊大麻子脸面上装作大彻大悟的样子，叹服黄先生远见卓识，气概非凡，又是翘起大拇指赞赏，又是点头哈腰敬酒，说是容兄弟们一块合计合计，一定给您个答复，心里却暗自嘀咕，说的倒好，那你咋不把牛蹄岭的人马，拉到我的山头上来？牛蹄岭是啥人？酒奠梁又是些啥人？我手上沾的血，你能给我洗干净？

黄伯昂何许人也，怎得把宝押在此人身上？此行目标，唯在武一甲夫妻二人。

一名巡山的喽啰，送来牛蹄岭大瓢把子龙二少爷的拜贴，说是来人立等山门，有话要说。

　　牛蹄岭龙宝山亲临拜山，樊大麻子哪里还敢怠慢，急忙邀约武一甲等几个头领，迎下山去。龙宝山、赵良栋、王砣等一干人众走上前来，双方抱拳作礼，客气了一番。龙宝山板着面孔，硬梆梆摔出几句掷地有声的话，说是其一，黄先生此番上山，出于本人意愿，并非龙某支使；其二，先生所议之事，何去何从，悉听尊便，牛蹄岭绝不强人所难；其三，义兄黄先生人身安全，如有不测，龙、樊两姓，从此将不共戴天，牛蹄岭与酒奠梁绝不同处于世。言之已毕，抱拳作别，掉头而去。

　　樊大麻子冲着龙宝山等人背影，陪着小心，一再作出庄重承诺，直到他们下得山门石阶。随后登高远眺，果然山下伏有人马，除了两挺机关枪，像是还架有一门小炮。

　　龙宝山说的都是大实话，但对黄伯昂此行极不放心，不惮兴师动众，敲山震虎，专程赶来，给樊大麻子打了个招呼。

　　樊大麻子终于把心放在腔子里，孝敬活先人一般，把黄伯昂好生招待了几天，说是随后发派信使，跟牛蹄岭随时通气，一顶软轿，把客人护送下山，回了牛蹄岭。

　　黄伯昂此行，暗底里已把武一甲夫妻拿下马来，如同一道双蛊，种于樊大麻子死穴。

　　半月之后的一天晚上，二瓢把子率手下一帮众人，根据眼线早在半年前瞅拾的目标，前往涝峪口楼观台就近，打劫一家在西省开有多家商号的富户。其妻薛蛮媚子，自是成了樊大麻子消遣对象。

　　樊大麻子住处为一结固板房，一侧的木棚里住着几个扎手的铁杆护卫。每次夜邀薛蛮媚子议事，先是朝她浑身上下一番摸索，口吐秽语，说是让爷们瞧瞧，这骚娘们今日个水旺还是火旺，其实是在揣摸她身上是否藏有利物之类。

　　这天晚上，薛蛮媚子身上果然藏有一物，要搜出它来，须得有些心智才行。她借对方解溲之机，从脑后挽起的头发箜箜（发罩）中，抠出一个小纸包，将其内粉状之物抖进茶壶。那蠢物每次发骚之后，有个饱饮茶水的习惯。

　　死猪一样鼾然不醒的樊大麻子，是被薛蛮媚子用裤带勒死的。黄先生吩咐的事，她乐意干，且特别卖力。再则，她对这条麻猪厌恶透顶。

前往涝浴地面打劫的武一甲虚晃一枪，半夜里率众折转回来，看到他婆娘提着一盏马灯，在板房窗口晃了几晃，便把一颗炸弹扔进板房一侧的木棚子。

武一甲夫妻联手，与手下心腹除了樊大麻子几个得力干将。众人见得姓樊的命归阴曹，纷纷投向二瓢把子，除了十多个走散的而外，第二天一个早，酒奠梁一干人众拔寨登程，提着樊大麻子人头，浩浩荡荡上了牛蹄岭。

包括龙宝山在内，当初都把黄伯昂所谓摘个瓢儿当了趣话，樊大麻子的瓢儿果真给他摘了，未免叫人乍然色变。说破了倒也见怪不怪。

当初，武一甲死前履行对亡父承诺，兄妹情深，为其发送陪房，说明其人可资信托；因姓樊的辱其妻室，挟恨已久，说明其人雪耻之心固已有之；作为二瓢把子，其人手下亦有一帮死士，说明其人可资利用；把关中道上居于霸主地位的牛蹄岭依为后盾，说明其人一旦发难，自会陡增一份胆气。据此，黄伯昂以为此事可行。

然说到底亦仅此而已，你姓黄的算老几？武一甲为啥要买你的账？他不买账，因为他不欠谁的账。那么，捏也要捏出一本账来，这本账，偏要你欠在姓黄的名下。

机缘发白偶尔，王家那个死牛罄犟的二小子，被武一甲放归后，没回王家围子。那么，他去了哪里？黄伯昂猜想，他是寻仇去了。谁是他的仇人，当然是李家寡妇了，要动李寡妇，除非他不想要他大他妈他哥他弟的命了。那么，仇人还有谁呢？当然就追到酒奠梁武一甲头上，可那人是个硬茬货，凭他的力份动不得。动不得他，他总不会是石头缝里蹦出来的吧？

果然，王豹打听来打听去，到底打听到姓武的老家，又从老家打听出他有个妹子，自小送给常兴店方家。

据此，黄伯昂提了一把刀，这才说是要去摘樊大麻子的瓢儿。

一切均在黄伯昂意料之中。王豹到得常兴店，先是在方家外围趑摸了半天，发现家里只有两个瞎眼聋耳朵、一股风都能吹倒的棺材瓢子，和姓武的他妹子，总共只有三口人。

第二天，水妹子孤身一人，前往野地里去擢苜蓿菜蒸圪垯。

苜蓿是个耐旱肯长的贱物，对农家而言，却也是个好东西。在此后不久的民国十八年，国民政府号召民间广种苜蓿，人畜两用，足以养生活命。苜蓿是原上农人的至爱，没有它，不知又有多少人家灭了门，绝了户。

把擭回来青油油、嫩汪汪的苜蓿菜，在清亮的凉水里淘上一遍，搭于案板，撒上几捧面粉，搅匀和均了，再搭进甑笆里去蒸。蒸熟了的圪垯便粘作一体，晾温后拿筷子搅散了，拌在耀州老碗里，调上油泼辣子花椒盐，麸皮米糠柿子醋，就着绿豆麦仁吃起来，就凭那口清香劲儿，请你进馆子都懒得去。

方家没有几亩土地，又哪来的苜蓿？尽管经得主人许可，水妹子仍觉得没面子。苜蓿地的主人说，水妹子，大白天不敢去，叫别人看见，都跟着去擭就瞎了。你晚上去，悄悄擭上一笼笼。

笼笼比担笼小得多，就像升子跟斗，主人家没敢说让她提担笼。

苜蓿跟韭菜一样，割一茬长一茬，只是比韭菜长得高，生得快。那王豹莫不生来就是个叼着吃的，活脱脱像个豹子，潜伏在近乎半人高的苜蓿里，窥探着冒出半拃高嫩秧儿的苜蓿地，伺隙而动。

朦胧月色下，除了秋虫唧唧，四野悄然。

蹲在地上只顾擭苜蓿的水妹子，哪里料想得到，身后竟隐伏着一只大虫，且近在咫尺。当她被人按倒后，还没来得及叫出声来，眼前便晃起一把亮光光、尺半长的杀猪刀子。

黄伯昂讶然发现，那崽娃居然割断水妹子裤带，把刀子插在一边苜蓿地里，将一只膝盖抵在水妹子后腰上，正强扒她的裤子。怪不得这崽娃子装作叫花子，白日里蹲在方家门前，愣愣瞅着出出进进的水妹子发呆，原来夺命之前，意在窃色。

未等黄伯昂出手，有人已经替他出了手，此人便是龙二少爷手下的王砣。

当黄伯昂提着一把大刀，说是要去摘个瓢儿，龙宝山哪里放心得下，打发王砣沿路跟踪，一旦事急，也好有个照看。

黄伯昂把王豹指着鼻子臭骂一通，以不再找水妹子褴褛为誓，放了他一条小命。

水妹子找到酒奠梁，在山门前跟她哥打了个照面，说："哥，要不是黄先生，你妹妹早就给人奸杀了，如今跟你会面的，只能是她的魂。黄先生说了，当土匪没有好下场，只是迟早的事，你妹子除了整天为你提心吊胆，见了人脸上也不光彩。日后先生上了山，叫你咋做就咋做。他是个好人，只会把你朝正路上引，不会把你往阴沟里推。妹子虽说有了陪房，长兄为父，还指望你亲眼看着把我嫁出门。"

黄伯臣当初放了他一马。如今，黄伯昂又救了他妹子一条命。

武一甲说："看来，咱武家跟黄家人缘份不浅……"

第十六章　年馑

五陵生民记忆中一场空前灾荒，降临之前是有征兆的。

关中平原少竹，仅见于园林及阴湿低洼的沟壑之间。这年春夏之交，位于桃花坞铁佛寺后院草圃中的竹子开了花。那花极为罕见，因而也显得甚是怪异，先由枝丫梢头绽开一个燕麦穗子状长条形苞蕾，再由苞蕾中吐出一缕缕拉着丝儿的白絮子，像农家屋里弹灰除尘的掸子，随风飘荡，还散发着一缕幽幽的香气。有人见得此物，视为奇观，逢人便讲，却没怎么逗得起大伙兴趣，因本地此物本就少见，或以为那本来就是一种开花的竹子，连瞧都懒得去瞧。当这话传进五陵高人耳朵，此人点着竹杖，拖着芒鞋，亲往铁佛寺查验了一回。高人甩了竹杖，双手捧着竹子开出的花絮儿，枯井般幽深的眼窝里，有湿热的浸润之物在泛动。

除了冬末不着边际的干打雷，枣树不着时辰的开白花，再就是这年夏秋之际，连发大雨，绵延两月不绝，河水暴涨，毁坏庄田房舍的事，时有听闻，甚而闹出人命，不是听说禹王村雨下塌了房子，把王七老汉活埋了，就是豆腐刘家刘世宽的孙子，被泾河里的大水漂到河南去了。原上人没有不骂的，骂老天爷烂了尿眼，连裆都夹不住了。只有高人站在大雨底下，冲老天爷念叨着几句感恩戴德的话，说是老天爷呀，你情份重啊！还知道给世上留几个人种。

高人心里想的，是这场罕见的秋雨，无异于即将押赴市曹的死囚那最后一顿断头饭。断头饭总须让人填饱肚子，因为吃了这一顿，就没下一顿了。

到了秋分时节，人们紧抢慢赶，总算在阴雨空档播上了小麦。大伙沉浸在麦种泥窝窝，明年吃白馍馍的喜悦之中，有人开始筹谋丰年大计，或翻修破漏不堪的厦子房，或给娃儿把媳妇娶进门。

一进入冬季，直到年前年后立了春，却就没怎么飘雪花了。从西北上刮过来的干哨哨风，像旱龙吸水，整整刮了一个冬天，把地墒哂了个油尽捻子干。于是，人们就等待春天，春上定然会下雨的，只要有一场透雨，今年麦子就收了。遗憾的是这只是个美好的期盼，老天爷并不作美，一场牛毛细雨都不肯施舍给你。

地里的青苗，随着和煦的阳光噌噌噌直往上冒，可冒到半截腰上，就像被人从脚后跟上割断了板筋，连桶子都挺不起来了，麦子还怎么长？如果再没一场透雨，地里尺半高的麦子，那可是死娃抱出南门，真的没救了。有一天，老天阴沉得厉害，像王家围子李家寡妇的脸，大家都说老天爷要开眼了。只可惜应了卦书上的一句话——密云不雨。到了午后，一场风把乌云刮得一丝不剩。老天爷就这样，一次又一次娆眼着原上人。有妇人开始哭泣，男人开始摔碟子瓣碗，因为再有几个火爆的毒日头，地里的麦子真可一把火点得着了。

李快嘴也急了。不怕老天着旱，就怕长材吃饭，他跟前的一对儿女，跟饿狼一样，这一料庄稼倒灶了，这两娃咋活呀？女儿袁冰兰倒莫要说起，她是亲生的。把儿子袁天刚饿死咋办？将来给人家父母咋交代？于是，她想到了求雨。

原上人求雨的方式是洗碾子，李快嘴出面，主导了这场深得人心的重大活动。傍晚时分，王官镇街头墙旮旯里的碾子前，已供起龙王爷的灵堂。那物件本须请纸活匠糊制的，李快嘴自己舍不得出钱，出面筹钱，又懒得跟一些啬皮婆娘磨牙拌嘴，便借麻苏二他大的灵堂作了替代。麻苏二去年死了他大，没过三周年，灵堂还没烧。把鬼物拿来敬神，她也不怕亵渎了龙王爷的圣灵。据此可见，人穷好将就。

滚动在人烟辐辏的村舍间那盘露天碾子，常经雨水冲刷洗尘，碾压着五谷杂粮等一应吃食，供养着王官镇的众生。龙王爷把洗碾子忘了，就是把天下生民忘了。那么，民生们便自己动手，给龙王爷提个醒，碾子脏了，干了，不转动了，天下就没有人活的路了。

由乡约出面，初选镇子上洁净、懂事、俊俏的十多个女子，作为洗碾子备用人选，交由主事李快嘴过目，最终选取七人，划归李主事麾下听用。李快嘴一双刁眼，刀子一样挑剔，把十几个女子拨来转去，用她心里的话说，看毛色是否油黑，牙口是否细密，皮梢是否莹润，膘头是否厚实，操的全都是三月三庙会上牲口市场用语，只是没叫出口而已。她当过这些女子的媒人，她们身价高，行市俏，十个里面，有六七个的婚事都没说成，心里一直窝着火。

全镇一千多人几乎都围着李快嘴一人转，她从来没享有过这般荣宠，以决断的口气向乡约发号施令，以主事名义训斥那些跑断腿的帮闲，以俯视的眼光瞧着那群备选的女子。连一个村妇，一旦坐在高处，看人的眼色都变了。

选取七人洗碾子，寓义七仙女下凡，以神的名义与龙王交涉，使得祈雨行动庄严而又神圣。她们身穿红袄绿裤，薄施粉黛，头上盘绕着一圈柳条帽儿，走动起来，身影窈窕，枝叶婆娑。拉碾子的是镇子上膘头最厚、力道最沉的雒大勇。此人赤裸着上身，打着赤脚，下身只穿了一条老黑布裤子，宽阔的裤腰打了个折儿，用一根彩绳子编织的裤带紧紧扎束起来，鼓凸的腹部仍呈下沉之势，有似一个快要临盆的孕妇。但见他一手扶着碌碡拨缰上的木杠，一手按着套在肩头上的牛隔子，弯着腰身，绕着碾盘转圈儿，把一架石碌碡拉得吱吱鸣叫，呼呼风响。

雒大勇身后，一队儿紧跟着那七名女子。她们人人挽起玉臂，右手把着前面女子的肩头，左手各抓一幅老蓝布手巾，在碾盘上不住点地抹来抹去。主事李快嘴一手拎着把郝记砖茶铺子里的大铜壶，一手捏着一把稻黍笤帚，一边朝碾盘上洒水，一边用笤帚把碾盘上的水扫来扫去，一边不时发声，语气威严至极，指挥着洗碾子活动庄严有序进行。

那七名女子，伴随着碌碡的滚动，和着拨缰吱扭吱扭的声响，踏着整齐划一的步点，众口一词，朗声吟唱着祈雨的歌段，其词曰：

碾子碾子咯儿咯，
我把碾子挪儿挪。
天大大，地妈妈，
房檐水窝窝开了花。
大雨下三场，小雨下四场。

> 天上乌云望下看，
>
> 　七个秀女手磨烂……

如是情状，周而复始，吟唱不歇，祈盼着天遂人愿，感应互通，为这方土地普降甘霖。而满街的男女老少，围着碾子，一个接一个跪倒地面，眼巴巴仰望星月当空的苍天，有的长流着两行泪水，合着七位女子的吟诵，夹杂着呜咽之声，唱响一曲悲情的哀祈之歌，滚滚声浪直达天庭，随着一阵噼里啪啦的爆竹与火铳的轰鸣，把祈雨活动推向高潮。

天上星星，只是诡谲地眨动着眼睛。

老天不为所动，直到收割时节仍滴雨未下。麦子干枯了，还没来得及吐穗，便被旱魃掐断了根须，鸟儿们算黄算割的鸣叫，成了令人揪心的讽刺。

旱情一直延续到九月，秋粮无从播种，一年之内，两料庄稼绝收，人们彻底绝了望。一斗麦子，从七个响圆，半月间暴涨到十五个响圆。十五个响圆，在平常年月，足可盖间房子。

年年防饥，夜夜防贼。说到粮食，节俭的原上人都留着一手。可到了这一年夏天乃至年底，大多数人家都吃光了全部存粮，四月半间青黄不接时便开始死人，

王官镇第一个饿死鬼，是麻苏二他老娘。这家人从一开春就断了顿，他老娘便去捡黄崇义家的玉麦芯子。那堆玉麦芯子堆在黄家门前的车房里，他娘爬在芯子堆里刨，如果发现那个芯子梢头，残存着一颗被虫子咬个半空、且发了霉的玉麦粒儿，在她眼里无异于一颗珍珠，便连同半截芯子一起折了回去，放在砸蒜的碓窝里捣烂了煮着吃，吃进去的几乎全是玉麦芯子，儿子麻苏二就拉不下便了，挣得肛门里血长流。在麻苏二尚未饿死却将被粪便憋死之际，他娘便拿挖耳朵的耳屎勺勺，塞到儿子屁股眼里掏。

麻苏二爬在他家院子里，闭着眼睛，抹了裤子的屁股高高撅着。那屁股瘦得只剩下两张黑黝黝的胴皮，被凸兀的坐骨与骶骨撑持得棱角分明。他娘爬在麻苏二屁股后面，本就老眼昏花的她视力益发不济，一手按着儿子瘦屁股，一手捏着耳屎勺勺去掏，所到之处，不着边际，戳得麻苏二业已破裂了的谷道一阵剧痛，却没了哭叫的力气，只是拖着哭音哼哼了几声。她娘干脆丢了耳屎勺勺，伸出右手食指去

抠。那鸡爪般枯干了的指拇竟也不怎么争气，长长的、尖尖的、薄薄的指甲跟凿刀一样，一个不留神，滴滴答答，又弄出一缕血来。

麻苏二姓苏，并非姓麻，因他生了一脸大麻子，在同门中排行为二，这才得了这么个雅号。小时候，他问他娘，我脸上的麻子哪来的。他娘说，生你的时候，不小心跌到豌豆囤里了。那时候的他乐呵呵地问，他娘笑嘻嘻地说，是母子俩曾经的美好记忆。此刻的麻苏二在想，有一囤豌豆多好！别说把脸跌成大麻子，就是把浑身上下全跌麻了，也千值万值！

苏家的门敞开着，麻苏二的屁股朝门外撅着。爱瞧热闹的王官镇人，似乎对一切都淡了念，偶尔有人打苏家门前走过，这么好瞧的光景，居然也逗引不起他们丝毫兴趣。起早拾粪的张三老汉，如今再也提不动他的粪担笼了，这天从街头走过，双腿一软，噗通一下，坐倒地面，就再也站不起来了。站不起来，就爬着走，他想去镇子外面的野地里碰碰运气，看能不能挖到一根蔓菁，再不济，揪一把地儿菜、灰灰菜什么的，总比躺在家里等死强。当他从苏家门前爬过时，一拧脖子，分明看见平日称作老嫂子的麻苏二他娘，正在拿指头抠他儿屁股眼里的粪便，想说句安慰的话，却几次都张了张口，没发出声来。他更多的是替自己担心，担心这一回爬得到爬不到地头上去。就是爬到了，能不能爬回来，心里实在没底。

麻苏二他娘竭尽心力，总算大功告成，抠出了儿子堵塞在肛门里的粪便，随后便坐在门前的石墩上晒太阳。一阵风刮起她那单薄破碎、绽开了对襟扣子的衣衫，她的肚子就坦露在夏日的斜阳下。那黄亮透明的肚皮，都快要贴到脊梁杆子上去了。在阳光映照下，透过那黄而且亮，亮而且透的肚皮，其内干瘪的肠肚隐隐可见。

麻苏二他娘把捣烂并煮沸了的玉麦芯子，都让儿子吃了。她想，我娃吃饱肚子，还要做活呢。男的家，饭量大，他吃干的，我喝稀的。干的叫儿子吃了，其结果是拉不下屎来。稀的让她喝了，结果是不抵饿，没营养，无异一碗又一碗断魂汤。坐着坐着，她的眼皮子便耷眯在一起。一旁路过的李快嘴，眼睁睁看着麻苏二他娘，身子像半装子小麦，脊背朝下倒在了地上。

紧接着，一辈子勤勤恳恳、起早拾粪的张三老汉死了。到了八九月间，王官镇从三天两头死个人，发展到天天死人。到了年节前后，一天之内，死的已不是一个二两，而是三个五个地死。随着麻苏二的去世，标志着王官镇出现灭门绝户的先例。麻苏二四十老几没娶到媳妇，陪着他的老父老母过了大半辈子。

至为恐怖的是第二年和第三年。这后两年的灾相，竟如同第一年的翻版。老天爷跟天下苍生逗着玩一样，该下雨时不下，到了深秋无从播种的时候却下起雨来，那个时候再播种，无异于糟蹋种子，只怕青苗刚长出来，就被一场严霜杀死了。

到了第二年春夏之交，五陵原上已是树无完皮，草无完叶，各处起土垫圈的土壤，全都变成了万人坑。卖儿卖女的人家，给孩子后颈衣领上插着草标，成群结队站在人口交易市场，母哭儿啼，惨不忍睹。起初一个娃儿尚能卖到十五到二十个响圆，到后来越来越贱，三个五个响圆便成了交，直至白白送人，还愁找不到主儿。

陵邑县民国新任县长曹秉仁生财有道，在各镇人口市场设立分口，分派课员征收人口交易税，无分男女长幼，出售一个小娃，按个数征收三到五个响圆的人头税。

黄姓家门中，黄崇义家大业大，来势再凶的饥馑，倒还不足以把这家人撂倒，厄运临头的是黄崇仁家，而这家挑大梁的黄伯贤，面临着一场严峻的生死考验。

黄伯贤夫妻俩过日子谨细，把兄弟黄伯昂送的那袋响圆，存进西省义盛祥钱庄吃利息，手里只捏着一张存票，三年之内无法抽本提现，这就断了这家人的命根子。夫妻俩仔细一合计，说是这样也好。这年月钱不叫钱，连树上的榆钱钱都不如。榆钱钱捋上一把，足可活命饱肚子，第二年还能长出来。抓一把响圆撒出去，跟打个水漂一样，即便把它攥在手里，连一月光景都凑合不出去。只要挺过这一关，保住一家三条命，存下的那些钱，说不定日后值了价，还能派上大用场。

黄伯贤这一步走对了，在后来的日子里，那笔钱果然派了大用场。可眼下的当务之急，又将如何应对呢？

到了第二年秋天，耕畜家禽，或因缺食少饮，或者被人宰杀，几乎死无噍类，唯有一两样野兽家畜，活得比任何年月都要旺相，那就是狼与狗，因为它们有肉吃。

狗以忠见称，惯常是不肯舍弃其家与主人的，这就有了儿不嫌母丑，狗不嫌家贫之说。可如今到了这般年月，面临着生与死的考验，连狗性都发生了畸变，它们纷纷弃家背主，流落荒郊，成了野狗。

最初死了人，不管薄厚，无论优劣，家人们还替死者备办些许起程，如入殓的棺木、穿戴的老衣等。可后来死的人越来越多，世上哪有那么多棺木衣料？即便有，为了苟延残喘，活人又哪顾得及死人？于是家里死了人，便拿芦席一卷，随便挖个坑一埋了事。可又有谁有那份力气，在坚硬得铁板般的土地上，挖得出一口深坑来？狼和狗三抓两刨，芦席卷儿便被掏了出来，随即便是一阵吧嗒吧嗒的饕餮。

由于保障供给，饮食无缺，这期间狼狗无争，和睦共处，形同族类。

一度芦席走俏，价格飞涨，很快便断了货源，此后再死了人，就只有丢进万人坑了。如此这般把亲人送出门，家人实在于心不忍，于是便新兴了一门行道，靠抬死人挣钱糊口。王官镇雒大勇联络了一个往日的壮小伙，独揽了这门生意。装备几乎不用投入，有一条绳索、一根木杠即可。他们学往日镇上肉铺子里屠户刘二，从后院屠宰场向肉架子上摆弄半扇肉的样儿，把木杠伸入死者肚皮底下，稍作扎束，而后叫起号子，抬上肩头。这样一来，死者的头颅与腿脚便朝了地，双折耷拉着被抬往万人坑。

抬一个死人，行价是二十个铜板。这就意味着抬五个死人，挣得的钱才能买到两个拳头大小、瓷实得砖头一般、吃起来却甜丝丝的糜面蒸馍。生意好坏，以每日死人多少而论。雒大勇厚道，并不迫切地巴望生意好起来，尽管饿着肚子，身上冒着冷汗，抬死人的双腿时刻都打着颤儿。

有一天，在抬镇子西头刘栓儿他娘时，雒大勇发现死者下身衣服被撕扯得稀哩哗啦，几不蔽体，裸露的腿部血肉糢糊。雒大勇心中一寒，扭头一看，眼见得爬在厨房门槛后面的刘栓儿婆娘，首若飞蓬，赤着双睛，正大张血口咀嚼着什么。

游荡在大原上的狼与狗，夜晚间睁着磷火般幽幽的双眼，悠闲地舔着嘴巴，饮食变得十分挑剔，老而无肉的尸身，已经逗引不起它们的食欲了。

单一个一千二百余丁口的王官镇，饿毙人众已逾百数，数十人出逃在外，不知所终，最穷的十六户人家已经绝了户。

人与人之间智略有别，危难之际，立判高下。同样穷得叮当响的黄伯贤一家人，脸上却未能全然消尽血色。秋叶跟女儿天香母女俩，眼见得黄伯贤提着个瓦罐早出晚归，整天不见人影，也不知道他去了哪里，干了什么。问吧，黄伯贤脸子顶得铁板一般平，一般冷，就是一声不吭。

黄伯贤每天徒步数十里，在泾水北岸山丘地面找了一处隐秘之地，三块石头撑起一只破铁锅，添上泉眼里滴眼泪般挤出来的一瓢水，把捡来的新鲜骨头，拿石块砸碎了，丢进铁锅里熬。当然，最受欢迎的是牛马驴骡等耕畜骨头，虽说是白骨遍地，要找这些骨头，未必凑手，它们大都是被人煮过的干骨头，形同柴火棒子，是没有榨取价值的。因而，捡着捡着，眼睛就花了，手底下就乱了。尽管如此，每当开煮之时，黄伯贤莫不仰天长跪，祈祷上苍护佑，千万莫捡回不该捡的东西，让他、包括他的家人，还活得有一点人味儿。

骨头熬尽榨干后，把它们的残渣捞出来，再把捣烂了的一把玉麦渣子下入锅内。这一把玉麦，来自他深藏家中红芋窖内的一只瓷坛，且每天只取这么一把，既不能多，也不能少，多了支撑不到几天，少了不足以吊命。当然，玉麦渣子煮烂了，还要加上他在山地搜罗的野菜，以及怀中那只小瓶子里的食盐。原上的树皮、野菜早已罄尽，泾水北岸的山地，还多少留有一些可食野菜的残余。即便添加树皮，也尽量争取扒到榆树皮。榆树皮有粘性，养分高，不涩口。等这一切都料理停当了，黄伯贤自己都舍不得先尝一口，便把锅里的汤水倾进瓦罐，踏着夜色提回家中。

第十七章　贤良方正

黄伯贤最大失误与不期而至的幸运，是让一场生意败了家，又因败了家而因祸得福。人活在世上有时很奇诡。

秋叶命运惨变，由丈夫一手酿成，黄伯贤长期陷于精神痛苦与自责，决心让秋叶过上好日子，借以减轻心理上那种负罪感。

可过好日子是要拿钱说话的，我缺的偏偏就是钱。再说了，狗咬穿烂的，人爱有钱的，你的道德再高尚，如果人穷得精×亮裆，人家面子上尊你敬你，心里却笑你没本事。

兄弟黄伯昂娶了个富家千金，捎带着让他发了笔财，此人便以此为本，打起了发家致富的算盘。他觉得自己才学没法跟伯昂比，财富没法跟伯朝比，权势没法跟伯臣比，是黄家人里面活得最窝囊的一个人。唯一令他自傲的，是在人前落了个正人君子好名声，这才在这块地面上活出了个名堂。

比起你们几个，我哪一点差了？没你们聪明，还是没你们有心计、有抱负、有恒心？黄伯贤瞅准了一门生意，一门一本万利、足可起家暴富的生意。

一天，他从《关陇民报》上读到一则消息，南京政府成立禁烟委员会，市场上的烟膏，日后再也不能自由买卖了，都得经由政府颁发牌照，贴上足额印花，把烟土税加到十多倍。还说要由政府出面，办啥戒烟所什么的。黄伯贤到底不同于两眼一抹黑的乡愚，颇具先见之明，抓住了这一商机，把兄弟送的那猪尿脬大一袋响圆，全都低价贱购了烟土，数天之内，几乎让陵邑县大大小小的烟馆断了货，而那些经营烟馆生意的乡愚们还在沾沾自喜，以为他们的生意好极了。

半月之后，他们这才大梦初醒，市面上的烟土不但断了货源，且由县府警察出面，开始背着大枪查封烟馆，下硬手把瘾犯得跟死猪一样的老烟鬼往戒烟所里拖，烟土的价位天天看涨，从原来价钱的三倍五倍、乃至八倍十倍十几倍地往上翻。黄家人行事，确乎非同一般，黄伯贤狠就狠在把那袋响圆一个不留，全都变成了现货。

起初，黄伯贤心里就思谋着，该怎么开销这笔钱呢？拿他做本钱揽桩生意，再利滚利由小做大发家致富，当个原上的大财东？呸！就是当个大财东又能干啥？二叔黄崇义不就是个大财东吗？不熬煎吃不熬煎穿，可照旧有他发熬煎的事情，把人都快熬煎到墓堆里去了。财东算个屁！从古到今，有几个财东在世上留下名了？高人早说过了，财东家留名的只有两个人，一个是陶朱公范蠡，一个是黄头郎邓通。可惜的是一个漂到爪哇国，喂了海里的王八，一个空着肚子断了气，被闫罗王打入了饿鬼城。

当个财东，充其量落个吃穿不愁，日月过得富足些。君子谋道不谋食，黄家人谋求的，岂是那些贪求富裕生活的浅陋之辈所谋所求？后来，黄伯贤发现仅凭这笔小钱，尚难以达到他跻身政界的预期，这才不得不违心地打起做生意的主意。不飞则已，一飞冲天，他这回真的要发了，别说那货疯了般的涨势，日后行情更加看好，就当时价码，足可让黄伯贤一夜暴富，跻身王官镇仅有的几家富户之列。

下来的问题就很是棘手了，有货不愁卖，黄伯贤担心的不是货卖不出去，而是心理上失去平衡。这东西瞎得很，它害人没深浅，有多少人家，都被它害得妻离子散、家破人亡。原上人看见那些做烟土生意的人，就狠不得朝他们胸膛上攮一刀子。我黄伯贤有名有声，咋能做这事呢？

黄伯贤在拷问自己的同时，也在思考着原谅自己的理由。政府既然要禁烟，为啥不下硬手一刀切，枪毙上一批，让种烟、贩烟、抽烟的跟烟土一起绝了种，却要由官家指派的商行贴上印花卖呢？还不是明知道一下子禁不住，还不如慢慢来。这就跟治病一样，药下得太猛，人病不死，反倒会被药闹死。这样一想，他的心结就解开了一半。官家能卖，我为啥不能卖？有些人瘾太重，看那要死不活的样子，也实在遭罪，还不如隔三差五吸上一口，该忌慢慢忌，叫人也别太遭罪了。如此一想，倒腾着贩卖点烟土，反倒颇具人道意味。

但是，当他看到藏在柜子里的那一包包黑黄油亮、软不拉叽、像狗屎一样的东西，心里就没好感，仍觉得拿这东西发家致富，不太光彩，随之生出一种奇怪的想法。这想法与李快嘴杀鸡如出一辙。

原上人日子过得谨细，轻易是不杀鸡的，李快嘴活了半辈子，只杀过一次鸡，那是黄伯臣与李若水两口初登袁家门，前来认亲看姑姑的那一次，家里实在拿不出像样的吃食，招待黄大官人这样的贵人，只好狠着心、咬着牙杀了一只不下蛋的公鸡。当刀架在鸡脖子上的时候，李快嘴心软了。这只芦花鸡，我一手把它喂大，毛色多好看，乖得连人都不怕，有时还跳着跳着从人手上鸽糠吃，今天咋说杀，就把它一刀杀了呢？

李快嘴出手之前，冲着待宰的公鸡，念叨了一声抚慰人心、凭吊鸡魂的祭辞。她说，鸡，鸡，你莫怪，迟早刀下一道菜；早死早投胎，莫再变回来。

第一句的意思是说，我今天杀你，是因为你本来就生了个让人吃的命，怪也不能怪到我头上。第二句充满着忧患悲悯情怀，我超度你早点上路，下辈子托生个别的什么东西，再别变成一只鸡，又要挨人一刀子。她下刀的时候，不敢直视，将头扭向一边，朝被她男人袁大头按在木砧上的公鸡脖子上砍了一刀。不曾想这一刀错过了方位，只划破了脖子上的鸡皮。于是，这只鸡便挣脱了人手，拍打着翅膀，风车一样扑棱在地上打旋儿，掀起的尘土眯了人的双眼，把血点洒得满地都是。

黄伯贤面对柜子里的烟土，思绪也在翻腾，暗自嘀咕说，烟土啊烟土，从播种到收割，炼人油一样把你炼出来，容易吗？这东西本来就是让人烧着吸的，不然，世上岂不是多了一样无用之物？但愿就此一回，把你烧尽烧绝，永远别再为祸人间。

一个不见星月的夜晚，黄伯贤结识了一个关帝庙歇脚的小叫花。当然，彼此不露形迹，隐去庐山真面，而黄伯贤却如数家珍，把对方籍贯、父母、姓名、年岁乃至一些狗盗鼠窃之事，说得严丝合缝，一件不落。他对这个机灵的小东西委以重任，由他串连其他小叫花，在陵邑地面布下一道秘密销售网。这些小叫花平日走街串巷，对底层那些乌七八糟的人和事何等稔熟，只是拿锡纸封着的一个小包包换响圆而已，换钱论包包，收钱数个个，连枰都不称，方便极了。再根据销量抽取铜板买肉包子吃。往日站在包子铺前跟贼一样，如今走进包子铺跟爷一样，动辄还把跑堂的店小二训斥几句，真他娘过上神仙般的快活日子，又何乐而不为？

到了这个筋骨眼上，烟土生意想撒手不做都难。货源越是稀缺，烟瘾犯的越是凶猛，购买的欲望也就越发强烈。即便被关进县上的戒烟所，他们的家人心里跟犯了烟瘾的亲人一样难受，总是搜搜腾腾买到烟土，趑趄摸摸朝号子里送。他们看望亲人的时候，总是抱着个小孙女，并将其递进号子，让爷爷奶奶们亲一亲。

此乃人之常情，难道戒烟连骨肉之情都要戒掉吗？当小孙女递进号子，里面的人便开始帮小孙女逮虱。那虱子不咬人，总是沾在小孙女的头发上。时间一长，看守他们的警务发现了蹊跷，在那小孙女进号子以前，先由警务逮头道，再由戒烟者逮二道。经头道一逮，二道的虱子就所剩无几了。

三月之后，销售过半。到了年底，现货便可告罄。黄伯贤约略估摸了一下，要说家势，如今的他除了远房二叔黄崇义，王官镇恐怕再没有谁家堪与争锋了。望着红纸缠裹着的一桄又一桄响圆，整整摞了大半箱子，黄伯贤没好气骂了一句。莫把黄某人小瞧了！老子想成件事，跟脱裤子一样方便！

瞒天瞒地，他婆娘秋叶是瞒不过去的。这女人心情很复杂，男人挣下这么多钱，明知来路不正，心里有亏，可是能让她跟女儿天香过上好日子，也不知道该咋办，便来了个不闻不问，装着不知道好了，心里却在隐隐地恨，默默地咒。你狗×装，猴戴寿脸，还以为你真的成了人了！

事情烂包在王家围子一个起了贪心的小叫花身上。这小东西黑黢黢的手里，攥着白花花的响圆舍不得上交，老想给自己腰包里揣上几个，被关王庙歇脚的总代理除了名。贪下的几个响圆，是长期进不得馆子的，后来又想认错入伙，被总代理断然回绝。于是，小东西找到镇公所警务室赵巡官。赵巡官就是曾跐过牛八尿骚的那位仁兄，在北洋政府时期担任王官镇警察所长。此人觉得案情重大，自声势浩大的禁烟运动以来，在整个五陵原怕都是头一桩，赵巡官贪功献媚，又找到了县长曹秉仁。曹县长当即便瞪大了眼睛，头一句问话，是这事还有谁知道。赵巡官说就我一个，再没人知道。

没人知道，事情就好办多了。

黄伯贤被人深更半夜悄悄抄了家，曹县长亲自出马，连一只狗都没惊动，只搜出三个响圆，几十个铜板。

黄伯贤的贤名，县长大人已有耳闻，早想就讲礼仪、知廉耻为主题，淳乡俗、正世风，在全县推行国民教化活动，将陵邑乡贤黄伯贤树为楷模，没想到跟这桩事撞了车。

曹县长屏退仅有的几名巡警，跟黄伯贤私下交涉，指给他两条出路。第一条，乡贤之名，不可遽毁；楷模之功，不可轻废。交出全部售烟所得，即刻息事宁人。第二条，抄没家财，判刑十年，游街示众。

黄伯贤撕开大裤衩子上的一块补丁，从中掏出一张西省义盛祥钱庄里的存票。经此一事，黄伯贤喟然浩叹，怪不得世人撞破脑袋，抢着做官！

事后，王官镇镇公所巡官调任县城，官升一级，当了县府警佐室巡警教练所所长。陵邑县府敲锣打鼓，由曹县长亲授乡贤黄伯贤一面红绸扎束的牌匾，其上大书"贤良方正"四个烫金大字。

从这一年始，黄伯贤当上了陵邑县参议员，并被任命为联保局王官镇联保所保董，手下管束着十几个村子，平日里威风八面的十多个甲长，如今都成了他的手下。县长曹秉仁也因慧眼识人，任贤荐能，颇受当地人赞许。

自从黄伯贤当了保董，不但每月定时揣回官饷，交由秋叶安顿生计，行走间屁股后面还跟着两个背枪的保丁，镇子上的人见了他，除了往日的尊重，如今又多了几份敬畏，连六七十岁的老汉，见了面都冲着他点头哈腰。秋叶隐隐觉得，自己的身价，也在别人眼里发生了微妙变化。走上街头，打招呼的人多了；待在家里，串门子的人多了。往日在背后戳事弄非，笑她瘦、不生养的那些婆娘们，如今都拿热脸来蹭她的冷屁股，或者送把时鲜小菜，或者说是要帮她做针线。

秋叶心里暗自思忖，世上的人跟狗一样，咋都这么贱！

她对男人黄伯贤恨不起来，也爱不起来。恨不起来的原由，用她的话说，这狗东西心没瞎，眼里还有我。

婚后小产那一回，秋叶昏死了三天三夜，从鬼门关逃回来的那个夜晚，刚一睁开眼，看见的是男人哭肿了的双眼。男人见她活了过

来，一把将她从炕上抱起来，又整整哭了个通宵。每次上西省，或者
三月三庙会上，手头再紧，他都要给秋叶扯块洋布，给女子天香买个
油麻糖，自己硬是饿着肚子朝回赶，一个冷蒸馍都舍不得买。身上的
衣服烂了补，补了穿，穿烂了再补，一提说给他做件新衣裳，就跟
秋叶使性子发脾气。有一次牵着毛驴送秋叶回娘家，半路上毛驴受了
惊，把秋叶摔进路旁的壕沟里。黄伯贤连想都没想，紧跟着一头扎进
壕沟，他婆娘没事，反倒把他跌歪了脚脖子，炕上躺了半个月。小产
后的秋叶身子一直虚，有一年，他背着她去谢家开在镇子上的医馆看
大夫，大夫号脉的时候，秋叶透过那扇窗户，分明看见她男人躲在门
外偷偷抹眼泪。

秋叶恨她男人，恨就恨在她小产的那件事上。它把一个丰盈俊艳
的女人，变成了一个骨瘦如柴的黄脸婆。

当年二姨家红芋窖里那场艳遇，秋叶未婚先孕，刚刚结婚便显了
怀，对石佛爷黄伯贤打击是致命的。他比谁都想得深看得远，如果让
这娃生出来，必将导致两个结果。

其一，人们会说，黄伯贤的女人不正经，是个带肚子，还没嫁人
就偷野汉，怀了个野种。所谓带肚子，说的是带着肚子进了夫家门，
没有比这事更丢人踢脸羞先人了。从此以后，人们背底里就会这样羞
辱他，说黄伯贤羞先人呢，娶了个带肚子媳妇进了门！这娃即便生下
来，也上不得黄家的家谱，进不得黄门的祠堂，更要命的是黄伯贤一
辈子都别想在人前抬起头。况且大贤咋能娶个烂婆娘？这绝对是行不
通的一件事。五陵原上自古及今，概莫能外。

其二，黄家如果生下这娃，认了这娃，并接纳了他（她），大伙
便会这样猜想，这娃绝对是黄家骨血，不然，事情不会走到这一步。
这么说，大贤先奸后娶，还没过门，就把人家女子的活做了？影响一
旦到了这一步，大贤岂不成了大奸？这样一来，黄伯贤在原上可真就
没活路了。

务须根除这个孽胎，黄伯贤别无选择。当他将此打算委婉告知新
媳妇，遭到秋叶极力反对。她说："没事，就说早产了。"

"十月怀胎，七死八活九不成，世上有四五个月就生娃的吗？"黄
伯贤考虑得深入而且周密。无法自圆其说，势必不攻自破。

"我不管！既然做下踢脸的事了，踢脸就踢脸。事情到了这一步，

丢人卖害我认了！"秋叶在孩子和自己的脸面之间，选择了孩子，选择的是一条生命。

秋叶能够容忍丢人卖害，有些人未必能够容忍。

每到端午节，原上人有个戴香包的习惯。那香包做得精巧极了。巧媳妇们根据十二属相，把香包做成牛羊猪狗等一应猛兽禽畜类，以红绸绿缎衬其羽翼，托其项背，并于其上扎花绣朵，或头角狰狞，或眼目灵动，或蹄爪如勾，一个个神韵雄阔，活灵活现，让人煞是喜爱。有的人把它当生意做，趸给货郎担卖钱，每每有巧手媳妇，借此发笔小财。有的做好了送人，分发给自己家人或亲朋好友。据说五月端午戴上香包，便注定这一年身板健旺，百邪不侵。

黄伯贤也给新媳妇买了个香包，说是为了保胎，其内雄黄香料可祛秽气，亲手挂在秋叶脖颈上。其实不止一个，他还把另外两个同样的香包，暗底里塞进秋叶的枕头。秋叶只觉得神清气爽，满屋生香，说是从来没闻过这么香的香包。

当天夜晚，天还没放亮，秋叶便寻死觅活地发作起来。由于身孕已重，来势极猛极凶，随着那个已显雏形的血肉疙瘩脱离人体，大量血污喷涌而出，涨潮一样，浸染了炕上的两条铺盖。

凭恃健旺的体格，虽然保住了秋叶一条性命，可毕竟乾元大损，气血巨亏，以至一天天形销骨枯，瘦成了如今的这般模样。至为惨痛的是，秋叶这辈子再也怀不上娃了。女儿黄天香是要下别人的娃。黄崇义婆娘心痛她的姨侄女，托人捎去六个响圆，到渭河南边一个叫作凹底王家的村子，从一小户人家，把一个不满三个月的女婴抱了回来。那家人穷，儿女又多，也想给女子寻条生路。小天香越长越机灵，越俊俏，黄伯贤夫妻俩爱得心头肉似的，自小就常跑到二爷黄崇义家，跟两个远房哥哥耍。那两个远房哥哥，就是黄伯朝的两个儿子，即黄步云、黄步霄两兄弟。

当年，黄伯贤亲手挂在并悄悄塞进他的新媳妇脖项上、枕头里的三个特大号香包，里面包的东西绝非寻常之物。此人处处留心，见多识广，偶尔听太医谢家人说，那东西有坠胎功用，叫做麝香。

第十八章　起漫

　　王豹常兴店找武一甲他妹子寻仇落了空，被黄伯昂放了一马，孤魂野鬼般游游荡荡，莫知所终。听说泾河那边办了个三民军官学校，顿然来了兴致。李家贼婆娘，仗的不就是她女婿吗？老子将来带了兵，不照样扯旗放炮耍威风？那时候石锤碡窝硬碰硬，谁泄谁的火，还不好说呢！

　　他这一去，遇见了岳先生。岳先生问他识不识字，他说认不得。岳先生说，那你就找错了地方，又问他为啥要进三民军校，他说为了耍枪杆子。再问他为啥要耍枪杆子，王豹红着眼睛，向岳先生道出了一腔苦水。岳先生说，这些旧军队，唯以维护反动政权、欺压民众之能是，不予肃清，民众又何以得见天日！当即写了封信，连同三个响圆一起交给王豹，荐他去了一个地方。那地方位于西省贫民区，很隐密，外人不得擅入，名叫讲习所。

　　这位岳先生，本名岳向东，担任三民军官学校教务长之职，另一重隐密身份，则是中共陕西省委委员、组织部长，打入各派系军政、学团、民间组织中的共产党人，均经由此人一手掌控。

　　王豹到得讲习所，首次听闻"钻进去，站稳脚；爬上去，拉出来"的兵运方针，却不晓得啥叫兵运。他问一位先生，先生说，这是兵运班的课程，跟你没关系，你专心做农运班的功课。王豹在他的班上，学到了啥叫经济斗争，啥叫政治斗争，啥叫民众处于水深火热的大灾之年，如何把经济斗争转向政治斗争和武装斗争。

农运班的六十多个学员里，王豹结识了本县十多个乡党，居然还有王官镇的雒大勇。

陵邑县长曹秉仁，在城郊的福音堂开了个粥厂，全县灾民一窝蜂涌到这里吃舍饭。舍饭清汤寡水，里面捞不到几颗小米星星，舀在碗里，能当镜子，照出灾民们瘦得变了形的鬼影儿来。雒大勇块头大，吃得多，喝这种舍饭，跟喝凉水有啥区别？

就在这当儿，饥民中疯传一个叫人恨之入骨的消息，说曹县长把西省调拨的救灾粮贪了。曹秉仁高举一只镔铁喇叭，冲着灾民大声吆喝，说是乡亲们，救灾粮数额有限，须得省吃俭用，细水长流，你们不要听信赤化分子谣言。

灾民不知是信赤化分子的话，还是信曹县长的话。雒大勇不听赤化分子的话，也不听曹秉仁的话，只听自己的肚子，那声音整天咕咕叫，叫着跟他要吃的，它就是圣旨，就是王命，其他的话都是扯闲蛋。

与其这么活活饿死，还不如放手一搏。常言道，饥寒出盗贼，仓廪实才能知礼节，人在没了活路时，啥事都做得出来。雒大勇振臂一呼，数名后生云集响应，抢了粥厂公仓里半口袋储粮，被警察局里的人大棒子打了个半死。地下党发现了这个苗子，把他送进西省讲习所。

随着陕西省府四倍加征政策出台，一年强纳五年粮，半月之内，五陵原数县全都起了漫。

起漫运动来势凶猛，式样新奇，全都是些闻所未闻的人和事。好些村子墙头上，都拿白石灰刷着抗粮、抗捐、抗税和要饭吃、要土地、要平等、要自由的大字。先是一些村子成立饥民自救团，到富裕人家吃大户，陵邑县还组织饥民扛着农具，开进县城去交农。后来有些自救团又改名红枪会，人人肩头扛上一杆梭标，标头上扎着马尾巴做成的红樱子，领头的腰里还编着把短枪。王豹、雒大勇等领头的腰里都有一把。

到大户人家屋里吃白食，天下有这么好的事情，又何乐而不为？王家围子、王官镇饿得昏了头的饥民，莫不跟着王豹和雒大勇合伙吃。黄崇义家是原上数得着的大户人家，不吃他家，再吃谁家去？不过，有人黄鼠吃过界坂，把王家围子的饥民，也开进了王官镇，此人便是王豹。雒大勇心里不舒服，然都是革命同志，也不好说什么。吃就吃，反正黄家有的是粮食。

雒大勇并不晓得，王豹是怀着仇恨来吃的。他要把黄家吃空吃净，把这一家人吃绝。

黄家门前，自救团和红枪会就地埋锅造饭，半条街上支的都是锅，整日里烟雾腾腾，香气弥漫，欢声笑语不绝于耳。笑得最爽朗的莫过李快嘴。

红枪会还有个外围组织，叫天足会，天足会会长非李快嘴莫属，因为她是镇子上她那层人里面唯一的大脚片子，具有占据独到优势的号召力。再则，她对这门营生热心极了，无人推举，纯系毛遂自荐。在后来的日子里，她越想越觉得自己当初是何等英明。不当那个小官官，就尝不到甜头，她的一对儿女就活不到今天。

其所以落得个大脚片子，得益于她的哥哥。在她年仅五岁时，她娘便拿一庹长的裹脚布，把她脚指拇朝脚掌心裹，脆骨子都被扳得嘎巴响，小贤惠疼得抓天挖地，哭爹喊娘。她娘不予理睬，说是给你脚上两条路，一条顺顺当当由娘裹，一条可以不裹脚，只要行走穿上大脚鞋，任它生来任它长就是了！啥叫娘她所说的大脚鞋？就是不缠脚穿的所有鞋，只是须得朝大脚鞋鞋旮旯里放一样东西，那就是把瓷碗打烂，捣成碎片灌进鞋旮旯。

她娘当即敲碎一只细泥瓷碗，拿砸蒜棰棰砸成渣渣，灌进小贤惠的鞋旮旯。小贤惠莫知深浅，宁愿穿大脚鞋，也不愿让她娘缠脚。可当她穿着大脚鞋走了几步，一屁股栽倒地面，抱着扎满锋利瓷片、整个糊满鲜血的双脚板，哭了个死去活来。

她娘又问，你认馍了没？小贤惠说，我认了馍了！

馍是原上人最主要吃食，一生中作为多一半食物，进了他们的喉咙。馍是原上人的命，他们把认命叫认馍。

从此，小贤惠选择了缠足。

贤惠她哥李雪松，那阵子还在私塾里念诗书，小小年纪，深明缠足之害，痛惜小妹之苦，跟她娘唱起对台戏。他娘前面兢兢业业缠，他后面偷偷摸摸放，兄妹俩联起手来，遭骂一起受，遭打一起挨，合伙跟他娘作起对来，还真把做娘的整了个干瞪眼。半年出去，他娘瞎子点灯白费蜡。

后来，李贤惠她娘每每望着女儿一双大脚板，唉声叹气说，傻女子，我看你长大没人要了咋办！李快嘴打小时候就嘴快，说，没人要我打女光棍！长大后嫁给穷汉娃袁大头，或许跟她那双大脚片子不无瓜葛。不过，后来的李快嘴，还真成了五陵原女人里面的一条光棍。

大清国力禁男人剃光头，天下男人便都蓄了发，留了辫，这无异形式上降服了清廷。大清国也力禁女人缠足，可禁来禁去到底没禁住，这便有了男降女不降之说，可见缠足之风，为时之久远、根基之牢固，直到民国年月，仍有一些当娘的，朝她家女儿下硬手。

李快嘴亲率手下天足会众家姐妹，打上门去，效仿她娘当初整治她的法门，也给那些当娘的两个选项，要么放自己女儿一马，要么自己穿上小鞋走走看。当即将其按翻在地，抽了又臭又长的裹脚布，露出奇丑无比的粽子脚，再将一把砸烂了的瓷碗碎片，灌进对方鞋旯晃，逼着其人穿上那双小脚鞋，或者甩着红绸扭秧歌，或者手捏芭蕉叶子学跳扇子舞。那些娘们登时怯了阵，谁都知道这双小鞋穿不得，莫不叫苦连天，声声求饶。

李快嘴问，这回认馍了没？娘儿们说，认了认了，这回认了你的馍了！

眼看这些人又是升子又是斗，从黄家仓里挖粮食，比挖自己家里的还从容，崇义婆娘心疼得猫抓一样，又是哭，又是骂。"我把你们这群白眼狼，吃人连骨头都不吐。就是一座山，也经不起这样个吃法呀……你还叫我黄家人活不活……呜——呜呜呜呜……"

挖着小麦去磨面的人也不还嘴，只是望着她讪讪地笑。

迫不得已，她也拎了个升子，提了个口袋，发动儿子黄伯朝夫妻俩，还有步云、步霄两个半大小子，跟着那些人一块抢着挖。在自己粮仓里跟别人抢粮食，倒也不失为一桩趣事。

挖着挖着，黄伯朝的婆娘黄杜氏住了手，把她阿家拉了一把，拖至一旁。

"妈，你能不能听媳妇一句说？以我的意思，咱还不如拿粮食买个人情，叫他们吃去就是了。我娘家有个富户，一家子都是啬皮，碎娃大门口吃冷馍，地上掉个馍花渣渣，别人家鸡鸽上几口，他家人都不悦意。后来家里遭了天火，把一座大房烧成瓦渣滩，满村的人筒起袖子看热闹，没一个人伸手救火。你看如今天干火着的，每天死人倒摞摞，咱装子（口袋）里的粮食再不松口，街坊乡党就跟咱家结下心病了。你看如今这世道乱的，谁能料想到日后还出啥怪事呀？咱还是给咱家留条后路。妈，你听你媳妇的，没错！"

黄杜氏要她阿家开仓放粮，原来是为了在乡党面前给黄家市恩。据此可见这个女人之非同凡响。四十年后，土改风潮几乎分没了黄家所有家产，仅留得两间破瓦房栖身，她男人黄伯朝作为原上最大的老地主，竟没有人给他带高帽，更没有人押着他游街示众跪板凳。红卫兵们每每试图向老地主黄伯朝下手，王官镇人莫不群起而攻之，朝着那些小兔崽子骂不绝口。你们这些不知好歹的白眼狼，要不是黄家，十八年年馑火里，连你爷你婆、你大你娘都没了，世上哪儿还能蹦出你们这群碎杂种！跟猪狗一样一辈子叫人踢一脚哼一声的黄伯朝，其所以保全性命得以善终，莫不得益于当年他婆娘的睿智与他大黄崇义的开明。

王豹领着来自王家围子的几个红枪会成员，连拖带拉，把崇义婆娘跟两个儿子扯离粮仓，并出言不逊，对黄伯朝施以拳脚。这下犯了众怒，在雒大勇、牛八等人招呼下，群起而攻，把那几个王官镇人轰出黄家院子。

面对汹汹然势不可挡的吃大户狂潮，黄崇义非但没有犯病，且表现得极冷静达观，不屑地望着疯了般的婆娘撇撇嘴，骂了句真个是小家子婆娘，肠子只有寸半长，斜躺在一把太师椅上，噗地一声，吹燃纸煤，咕噜咕噜吸着水烟，脸泛和悦之色，似乎满街满院密不透风的人潮，给他黄家添了喜气，壮了声威。

那些吃大户的人，无论长幼，不分男女，见了黄崇义，莫不低头弯腰，频频颔首，脸上堆满笑。那笑充满着善意与谦恭，似乎还不乏些许赧颜。在黄崇义近六十年经历中，除因富有引来一些人嫉恨的眼神、儿子的荣耀与显赫引来一些人敬而远之的畏怯，已很少见到这样友善且充溢着尊崇的面相了。

黄崇义有他的想法。我把粮食攒到自家囤里，眼看着原上人跟割苜蓿一样，一茬又一茬地倒，老天都不答应。世上人都死完了，我一家活在世上，有啥意思？在这筋骨眼上，一把粮食就是一条命，世上有啥比人命值钱？粮食是个啥？不就是个养命的东西吗？老天有眼呢，我就当给我儿孙积了阴德，就当给我做的那件亏心事赎了罪。见死不救，有德不积，我还害怕呼噜爷（雷神）有一天把我头抓了！

后来，崇义婆娘假传号令，背底里打发伙计福旺，上了西省去搬兵。临行时交代他说，你就给我伯臣说，黄家叫人把家抄了，你大你妈没活路了。不把队伍开回来，把这群白眼狼给我轰走，就等着给你大你妈收尸好了！婆娘黄杜氏知道他白忙活，笑了笑，嘴上没吭声，心里有底儿。哼！兄弟带着他的队伍，跟河南担打得起火带炮，哪儿还顾得上家里的事？再说了，兄弟敢拿枪筒子顶着乡党？

关中人把河南人叫河南担，把四川人叫四川舅子。黄泛区的河南人一旦遭了灾，就挑着一头装儿女、一头装行李的担儿来陕西关中逃荒，关中人就把他们叫河南担。四川苦焦的山区女人，有好些跑到陕西关中，嫁给了那里的男人，女人的兄长或弟弟们来到关中，便成了娃儿们的舅舅，因而把四川人叫四川舅子。

西安围城一役，黄伯臣所部位于朱雀门攻守要冲，遭镇嵩军重炮连番轰击，三团兵员剧损，元气大伤，只有刘强八连保持基本建制。除此而外，他面前还摆着一个天大难题。冯大将军跟老蒋翻了脸，中原大战一触即发，作为国民军，他对这场大战不存太大幻想，如果南京政府得了势，这辈子岂不是玩完了？

鉴此，黄伯臣对家里的事置若罔闻。

接到伙计传话，黄伯臣苦笑了笑，几乎跟他大想法如出一辙。"福旺叔，回去跟我妈说，如今关中各道四处都起了漫，法不拘众，谁敢把灾民往绝路上逼？枪杆子是用来保民的，哪里有当兵的拿枪指着老百姓？这么大一场灾荒，把粮食圈在囤里，眼看着一天天死人，这事我做不出。常言说饿不死的兵，旱不死的葱，我们这些当兵的，如今吃了上顿，还不知道下顿在哪达呢。叫我妈把心放宽，粮食是养命的，人命关天！她不是早晚一炷香，二门楼子底下的神堂里，供着一尊观音菩萨吗？你就说，是观世音招呼这些人来我家吃大户的。"

大凡被吃了大户的富豪人家，心有不甘，母哭儿啼，奋力抗争者大有人在。然面对汹汹来势，岂是人力即可左右？像王官镇黄家这样的开明人士，原上也有几家，但大气到黄崇义这般境界，还真不多见。岳先生通过内线，对此作出结论，并对雒大勇提出训勉。他说，你们觉得嗟来之食有味道吗？如此阵线不分，一团和气，农运如何开展？又谈何政治斗争？武装斗争？

粮食不能生吃，要让吃大户的人吃得香甜可口，天足会的众家姐妹不可或缺，更是功不可没。黄家仓房、磨坊、厨房的钥匙，本来是黄杜氏背着阿家跟她男人黄伯朝，悄悄攥戳在雒大勇手中的。李快嘴以做饭方便为由，强索对方手中钥匙。雒大勇怕人多手杂，有些心术不端的人趁机胡来，未予理会。结果这天太阳都快落了山，满街头铁锅里开水煮得泛泡泡，可就是无面条可下。这一下又犯了众怒，叫个不休。李快嘴当众撂出话说，磨坊的门让人锁了，面取不出来。

其实，早已分发出来的面粉，让她给藏了。

红枪会会长，到底还是向天足会会长让了步。

李快嘴夜色中，偷偷在黄家厨房蒸了一笼白蒸馍。黄崇义家的人，自去年遭了年馑以来，都没吃过这么白的蒸馍。她行走牵着一对半大高的儿女，把白蒸馍悄悄塞给他们吃。那天午后，袁天才把白馍拿到外面吃，被李快嘴一把拖进厨房，关了门户，搂屁股就是一掌巴。"我的活先人哟！你把这么白的馍拿到人前吃，也不怕遭了罪！如今不论小家大户，哪一家不是连麸子一起蒸着吃？叫人看见，不起了漫才怪呢！"

从此，袁天才与袁冰兰两兄妹，便把白蒸馍揣进衣兜，偷偷摸摸掐蛋蛋吃。眼见得周围没人，便掐上一蛋子，填进口里。有时嚼着嚼着，身旁来了外人，当即便停止了咀嚼，小嘴巴却憋得跟油葫芦一样。

眼看着黄家仓里的粮食，就跟太阳底下化了冰，一天一天往下折，李快嘴心里着了忙。我的妈呀，再过些天，把黄家吃空了，又到哪里吃去？

大热天，她给一双儿女，连同自己都穿了两条裤子，里面是一条窄腿裤子，外面是一条宽腿裤子，再把里面的窄腿裤裤腿扎束停当，背着他人，拿碗挖仓里的小麦，朝扯得敞敞的裤裆里灌。等小麦一直灌到大腿根儿，这才吩咐天才和冰兰，快把袄儿带巾（系）紧，千万不敢漏包了！

李快嘴左手牵着天才，右手牵着冰兰，娘们三个往回走，双腿都像灌了铅，迈着鸭子步朝前挪。因无从健步疾行，她怕被人瞧出蹊跷，索性慢到极致，走三步停两步，一路笑嘻嘻跟人打着招呼，或扯几句闲话。

小冰兰装备太沉，双腿无力，步履蹒跚，有时不免打个绊子。李快嘴每每搂屁股赏给一巴掌，悄声骂到："你狗×这时候不攒劲，等把大户吃光了，到那时叫你吸风巴屁去！妈好不容易谋食（觅觎）了个尿罐（官）子，容易吗？"

卸货时刻，是袁家人的极乐。先是严严实实关上前后里外门窗，在大炕上铺张席子，让俩娃脱了鞋子，轮番站立其上，由李快嘴亲手解开里面窄腿裤子的扎束。唰地一声，金黄的麦粒，便瀑布般沿着腿杆坠落席面。当娘的惯常都是最后一个卸货，由病恹恹的袁大头解除束缚。每每从两只裤腿里漏出的小麦，像两堆小山丘一样。即便如此，李快嘴仍忿忿然骂不绝口。她不骂别的，只骂自己两条腿。"这么大的饥荒，我这两条贱腿咋就不见掉肉呢？贼膘厚得跟板油一样，要是再瘦上寸半就好了！"

打扫了战场，这娘儿们三人，一次竟装回斗半小麦。

打吃大户那天始，由于填饱了肚皮，袁家跟镇子上其他庄户人家一样，人显得精神了些。夜晚，李快嘴盘腿坐在炕头上，嗡嗡然摇着纺车。天才跟冰兰或躺或爬，偎在他娘身边，缠着让她讲故事。七仙女跟董永等天上人间的故事讲烂了，无啥可讲了，便给她的一双儿女念歌段。

"高高山上一堆灰，姊妹三人坐一堆，大姐放了个出溜屁，给二姐溅了一脸灰，多亏三姐跑得快，总算没吃屁的亏。"

小冰兰听得此谣，笑得哼哼叽叽，眼睛眯成一条线。天才的脸却蹙得跟瓜蔓一样，拖着哭腔嚎他娘。"哼——我要听故事……我要听故事……"

李快嘴住了纺车，凝神思想。我一个大字不识的妇道人家，又不是我哥李秀才，说古道今的那些事，你娘知道个狗臭屁，我能给你讲出个啥渠渠道道来？这娃自小就聪明灵便，左邻右舍没有不夸的。在老爷庙学堂里才念了几天书，郑先生跟念经似的，把他夸得没遍数，说这娃日后不是平处卧的。想来也是，啥蔓蔓结个啥蛋蛋，凭袁家母鸡窝里，还能孵出个金翅雀来？这娃他大他妈，可能都是些有头有脸的人物尖尖。他如今落脚到我跟前，可别把这娃一辈子耽搁了！如果能从眼下这场年馑活出头，日子再难，也要把他送进西省，到洋学堂念完书。袁家要想改换门庭，在原上活出个人样，日后就指望这娃了。他日后把事干大了，活人活得位份高了，我这个当娘的也就脱了贱人坯子，成了贵人的命了。

　　直到王官镇黄家仓里挖干最后一粒麦，磨坊里的箩柜摇完最后一箩面，满街头的锅灶才断了烟火，吃大户的人们才意犹未尽地散了伙，把美妙的日子留给了记忆。

　　大户黄崇义家，是原上起漫运动中受众最广、延时最久、活人最多的一户，却也是一次最为失败的吃大户。为此，岳先生亲临陵邑，在各路红枪会会长表彰总结会上，对雒大勇提出严厉批评。其所犯错误有二。其一，红枪会与本县联保局王官镇保董黄伯贤合作，组织红枪会会员与联保所保丁，以维持秩序为由，把各路饥民拒于王官镇外。其二，与富户黄崇义相互间庇佑护短，一团和气，礼敬如宾。其错误严重性，在于是非观念糢糊，阶级阵线不明，与反动势力同流合污，让一场严肃的政治斗争，流于一次受人施舍的争食闹剧。岳先生最后总结说，如果把农运工作搞到这种境地，原上这把火是点不燃的，群众是发动不起来的，革命是没有希望的。

　　王官镇红枪会接下来的任务，是清算剥削阶级的浮财。

　　当雒大勇带着红枪会会员，走进曲终人散、冷冷清清的黄家，黄崇义仍病恹恹坐在那把太师椅上，大热天身上捂着一条薄被子，问："雒家娃呀，你还带人弄啥呀？"

　　这话把雒大勇问结嘴了。照实说的话，那就是搜你的浮财来了，可咋样也不好意思吐口。

　　王官镇红枪会会长，换上了牛八。牛八其人脸皮厚，拉得下面子，只是因为乡修（名声）不太好，服不了众，只有少数几个会员愿意跟他干。在王家围子红枪会的配合下，王豹伙同牛八，率众抄了黄崇义的家。

　　找值钱的浮财，免不了翻箱倒柜，把崇义婆娘及步云、步霄二个娃吓得吱妈连天。黄崇义依旧坐在那里，默默地流着眼泪，一声不吭。他认为自己这辈子做了亏心事，是祖宗在惩罚他，老天爷在报应他。

　　从黄家抄出的东西还真不少。单宁夏九道弯皮货，就有十几套，更别说启明泛光的绸缎料子，晃人眼目的金银首饰、珠玉珍器。响圆与金条是从黄崇义卧室的银柜里搜出来的，那原本是一只黄铜裹角的紫檀木匣子，上面扣着一把大铜锁。王豹懒得张口讨钥匙，抄起一把榔头，要不了几下，匣子便散了架子，滚落出千十个响圆，十几条黄鱼。

　　牛八的双眼当即发了直。

那堆滚落出来的金银，就摊在黄崇义脚下，可他闭着双眼，连看都懒得看上一眼，只是心里默诵着一句给自己宽心的话。拿吧，都拿着去。这么大的灾荒，人都眼巴巴盼着活命呢。能救一条性命，消我一份孽债。算命的秦瞎子说过，财多伤身。在我的名下折些财，说不定我还能在阳世上多撑几年，就能看到我二小子爬到高台板的那一天。

其实，黄崇义贴身还揣着几张西省义盛祥钱庄和恒瑞银号的银票。老鼠拉木锨，这才是黄家的大头。望着散去的众人，黄崇义暗自嘀咕，有本事，就去把西省的银号抢了。

分发黄家浮财现场，摆在黄家门前大街上。王官镇扯街两行都是人。除组织留用外，大部分分给参与行动的红枪会成员和家属，还有地方上一些穷苦百姓。镇上没有参加行动的红枪会成员和家属，一个铜板也没拿到。这让他们明白了一个道理，该出手时就出手。

闻听被红枪会抄了家，黄伯臣觉得，这也太过份了。实想带人回趟家，镇一镇那些为非做歹的暴民，可这当儿他已难得脱身了。中原大战业已打响，有可能不日将奔赴战场，没料到后院两头起了火，手下干将刘强跟他那帮兄弟，这些天行迹诡秘，像是在密谋策划什么。

刘强共党身份，如今在二十七旅一○八团已成半公开秘密。冯大将军下令清党那阵子，国民军中确也杀了一些，轰走了一些，但毕竟还是有人潜伏其中。待大将军跟老蒋反了脸，这事就更没人顾及了。

刘强曾动员黄伯臣在党，可他未置可否。

黄门家族秉承君子不党古训，少有介入，包括黄伯臣在内。随大清国覆没及"五·四"以往，东西方政坛现实给出他们父子一个结论，无党不立，主政必党。但黄崇义还是劝戒儿子，暂时莫要在党。

"娃呀，你看如今这世面上，乌龟王八都爬出来跟人争抢呢，到底谁是龙椅上的新主，如今还吃不准。王气到底在哪面，只有天下大势，有个眉眼了才看得出来。从古到今，成者王侯败者寇。我娃瞅准了再下手，一失足成千古恨，万万不可把宝押到糜子地里去了！"

糜子地是原上人所谓倒霉之处，有似于关老爷所走之麦城。

黄伯臣在他的队伍中容留了刘强，给自己留了条路，却几乎让对方瓦解了他的队伍。

会上，多数人以为形势大好，机不可失。好就好在如下方面：其一，大荒之年，百姓争生存、要饭吃，群众比任何时期都易于发动，历史上揭杆而起、反抗斗争之农民战争多发于此。其二，军阀队伍山头林立，各怀异志，混战一旦展开，自顾无暇，为我方预留广阔空间，自必游刃有余。其三，除潜入军阀队伍中之我方武装力量外，目下红枪会人数众多，有的已缴收警所保局及军阀散兵队伍枪械，已经拥有了一支自己的武装力量。得出的结论是，在全省范围内发动武装暴动。

王官镇联保所的七杆枪，就被王豹率人给缴了，且砸了官仓，分了储粮。

保董黄伯贤曾给曹县长呈了个折子。折子上说，全县的公仓，几乎都被各地开设的粥棚煮了舍饭。一旦天时得利，播种五谷，到时候连把种子都没了。请预留王官镇公仓存粮，作为日后生产自救之种，给原上人留条生的希望。

曹秉仁似受触动，自叹我咋就没想到这一点？人家确也无愧于乡贤之名号。当即表态认可，并传下话说，如果遭遇暴民哄抢，特许开枪，当场射杀之。也得益于黄崇义家大户吃得旺气，王官镇官仓的存粮果真给保住了。黄伯贤亲率七位保丁，抱着七杆快枪昼夜护守，轮班休息。黄伯贤自感责任重大，不敢马虎，连婆娘跟娃都撂下没管，一任她们流落各地吃舍饭，吃大户，睡觉时脑瓜不敢挨枕头，只是屁股塌地，蹾在墙旮旯打个目愣（打顿），把两只眼睛都熬成了胶锅。

他想，我这个面上光、里面脏的窝囊废，在人世间没干几件正经事。这件事，就算是我给原上人留了个念想，后人提说起来，还知道有过我这么一个人。

官仓十几步外拉着一条绳子，守仓的把它当作不可逾越的警戒线。王豹领着红枪会，挺着手中梭标，一步一步靠拢过来。

黄伯贤冲着王豹喊："我知道你是个睁眼豹子，在王家围子几天就逼死了三条人命，如今又跑到我王官镇撒歪来了！不管老虎也好，豹子也好，再凶的恶虫，只要不怕枪子，你就往前冲！"

这话把王豹禁住了。自己人手里的梭标，比起保丁手里的快枪，简直连高粱秆子都不如。那家伙喷火吐子冒烟烟，朝人身上钻眼眼，一钻一个准，躺倒立地就没命了。警局的人，在陵邑城墙脚下毙土匪赵刚武时，他亲眼看见过。那是一颗炸子，把姓赵的半个脑袋都揭了。

他还听说，把子弹朝鞋底上磨热，或者填进嘴里唆一口，润润唾沫，打出来就成了炸子。

红枪会到底还是被隔在警戒线外面。

哪咋办呢？总不能让保董给胁唬（震慑）住！王豹面子上有些挂不住了，便拿手中梭标去挑那道绳子。黄伯贤一把从一个保丁手里夺过家伙，砰地一声，朝天上放了一枪。

红枪会成员后退了一步，王豹也缩回了手中的梭标。

一股懊恼之气涌上心头。今天不把这个土围子攻下来，我在原上咋活人？红枪会谁还听我的？给岳先生咋交代？念此，王豹又拿梭标去挑警戒线。砰地一声，又响了第二枪，子弹射在对垒双方之间的地面上，离王豹的脚面七丈八远。

这一枪，不但把王豹没禁住，反倒给他壮了胆。第一枪朝天上放，第二枪朝地下放，有本事，就朝老子胸膛上放啊！莫不是他没那个胆子，拿那东西胁唬人呢？有了这番想法，王豹陡然间平添了几分胆气，用力一挑，还真把那条绳子挑落一旁。

七个保丁齐茬茬把眼角梢扫向保董，意思明显不过，开不开枪？

既然连警戒都被解除，再不前进，那真就给人当了孙子。王豹麻着胆子，朝前跨了一步。红枪会成员，也怯怯地朝前移了半步。

王豹跟黄伯贤较起了胆气。

王豹瞪着黄伯贤，朝前跨出第二步，枪没响。第三步，枪还是没响。

王豹振臂高呼："给我上！"

红枪会一涌而上，七条快枪转瞬之间易了主。

黄伯贤这才从心底里认清了自己。到了关键时刻，这心咋就硬不起来呢？咋就不忍心放倒几个呢？原来，我根本就不是个成事的坯子！

此刻的他，一屁股塌在官仓前，脊背紧贴门板，想拿大张的双臂护住官仓。说："这间仓里，是留给全县的种子。你们拿东拿西，啥都可以拿，就是不能拿这里一颗麦。请你们高抬贵手，给咱原上人留个希望。我们还要在这块地面上活下去……"

红枪会的人望着他，只是嘲讽地笑。后来，便有人拿梭标杆子，捣他的胳肢窝，捣他大大叉开的胯裆。

被人拖离仓门的黄伯贤，死猪一样躺在道口，汪天大哭，吐出了一句积压已久的心里话。

"呜——呜呜呜呜……没想到，我这个背了半辈子空名的乡贤，头一回做了件贤良事，却落得这样一个下场……"

……

而岳先生的看法，与众人截然相反。

"时逢罕见灾荒，人心浮动，天下汹汹，虽然部分民众被组织起来，他们意在求生，并无远大理想，我党主张，在民众之中缺乏政治基础；况且他们未经训导，毫无作战经验，打起仗来不足凭恃。打入军阀队伍中之我方有生力量，相较反动势力，形单力薄，根本不足以与其相抗衡。加之关中地面，为军阀势力集结盘踞、重兵固守之地，一马平川，无险可依，不像陕北陕南，山地交叠，据守自如，便于隐伏。就目下情形论，仓促发动武装暴动，无异以卵击石。

遗憾的是，岳先生见解，未能引起多数人足够重视。

暴动于西省东西两头发起，以东为主，以西为辅。依为犄角之势，西面的陵邑县仅作策应，形成貌似燎原之势。

像一阵烈风刮过，枪炮声很快归于死寂。一条扁担，被人拦腰砍断，前后两头全都落了空。

陵邑暴动主力为驻守西省西郊的二十七旅一〇八团一连，辅以王豹为首的全县红枪会成员。刘强刚把队伍拉向县城，士兵们一听要去攻县城，哗啦啦走散了一半。这一连人中，有刘强的心腹，也有黄伯臣的心腹。一〇八团虽容留了刘强，黄伯臣不糊涂，也对他防着一手。

陵邑残破不堪的南城墙角下，是本邑的菜市口。

生俘的官兵、红枪会成员，串在一根绳子上，被团防局团丁拖至城墙下。监斩官自非曹秉仁莫属，他背着身子，胳膊一抬，食指与拇指嘚地使劲一搓，站成一排的警察，便叫着号子放起了排子枪。倒了一串，团丁们又牵上一串。倒了又牵，牵了又倒……

串着被处决官兵及红枪会人众的绳子，团丁们都懒得解。于是乎，便叫着号子、拖着绳子把尸体朝牛车车厢上拽，像渔人兴高彩烈地收网。

死了的和没死的伤兵、会员，都被运往万人坑。牛车上活着的跟死了的杂合在一起，一个摞着一个，高高地叠作一堆。有人怕高处的滚落地面，便拿绳子把他们扎在车上。赶车的把式每年这个时辰，从地里拉回的是麦捆子，就这么拿绳子扎着。这一年地里没麦，拉的是人。血，透过车厢板子缝隙，走一路，刷刷刷地响一路，流一路。几个呲牙咧嘴的狗亦步亦趋，也跟着嗅一路，吠一路。

压在车厢底层的一个红枪会员，头脸露在一具尸体的胯裆之间，左腿和胸膛都中了枪，只是一口气息还没断。他戚戚地哭，哀哀地叫。车把式怯怯地朝他觑了一眼，陡然一惊。

那娃还不到十五岁，跟车把式同村，按班辈，还称车把式一声三叔呢。前年九月，车把式扛着他那杆公鸡头土枪，在村北三畛地守秋时，这娃还跟他一起对坐火堆旁，吃着烤熟了的红芋和玉麦梆梆。那时节，这娃嚷着叫三叔给他讲故事，讲关老爷的故事。车把式说，关老爷的段子多了去了，你想听他那一出？那娃说，我想听他出五关斩六将，不听他吃米饭巴一炕。

原上人讥讽那些老爱自吹自擂的人，就说他只说自己出五关斩六将，就不说自己吃米饭巴一炕。那娃爱听振奋人心的故事，拒听关老爷败走麦城、英雄末路的惨戚。他心中向往着美好。

车把式一手捏着鞭子，一手扶着车辕，步履蹒跚，泪眼迷蒙，喉咙里扯风箱般，一路呜咽，应和着那娃的哀哀哭叫。

车把式呜咽声中，夹杂着一声声喝问。他问："人咋贱到这地步了……人活一世，死就死了，世上咋还有这样一种死法……这人还叫人吗……人还有个人的样子吗……呜——呜呜呜呜……"

平原上起土积肥垫圈，挖出的大大小小的深坑，这年月成了现成的万人坑。距陵邑城较近的这处坑中，已被饿殍填埋垫底，如今又推入一批吃了枪子的人。有些受了伤、尚还未曾流尽最后一滴血的人，还挣扎着企图从坑里爬上来。一锨一锨凭空飞扬的黄土，先是眯了他们的双眼，后来便覆盖了他们的身子……

有句话，说是黄巢杀人八百万，在劫难逃。有一人还是逃脱了捕杀，把自己藏在一颗蚀朽中空的树身里。不猜想黄巢偏偏选中这颗树祭旗试刀，到底还是连同树身，一起被拦腰斩为两断。

陵邑县红枪会首脑人物王豹，藏得也算巧妙，他藏在自己家中的窨子里。窨子是原上人躲土匪的最后一道防线，除了它，一马平川的大原上躲无可躲，藏无可藏，形似后来冀中平原上村民们躲避日本人的地道，只是具体而微罢了。王豹选对了躲藏的方式，说明他还灵性，却选错了所在位置，又说明他毕竟还是有些蠢笨。哪里窨子不能藏，偏偏藏在自己家里的窨子里，等着别人来掏？又灵性又蠢笨的人，往往干的都是又精又傻的事。

人都知道，王豹腰里别的有短枪，无论是警察、团丁还是保丁，一时间没人敢下窨子。不过不要紧，大家有的是办法。一种办法是灌黄鼠，另一种办法是熏貒。

黄鼠生着一对大眼睛，尾巴粗粗的，跟小扫帚一样，全身黄毛溜溜光，激灵得跟毛驹溜（松鼠）一样，可爱极了，那些糟害粮食的瞎老鼠，简直不可与其同日而语。谁对襟袿子的兜兜里，如果装个黄鼠，便会引来一群爱鼠的娃儿们，偷家里的沙果、花生豆来喂。黄鼠进食时可爱至极，两只后爪撑着地面，把身子挺得笔直，前爪把食物抱了起来，捧近嘴边，咬得嘎巴脆响。吃上一口，贼溜溜的大眼睛把人瞅上一眼，像是对主人略表谢意，也像是在自鸣得意。主人一旦来了兴致，背靠土墙当街一坐，掏出黄鼠，两只大手手指握成套状，打墙的椽子一样上下翻，那黄鼠便在那人两只手中换着钻，手换得多快，黄鼠便钻得多快。有些耍家练就一副好手艺，两手倒换起来，比麻利婆娘手中的纺车轮子转得还欢。往往这个时候，那只长尾巴黄鼠，像生来就是钻套子的，在人的手中钻成一条线。

五黄六月间，要得到一只黄鼠也不难，只须担着一担水，提着一只铁马勺，到苜蓿地里去找黄鼠窝。找到窝子，尽管拿勺舀着水去灌就是了。当被水灌满了窝子的黄鼠，在里面憋不住气，吐着泡泡钻出地面时，守候一旁的人一抓一个准，一对黄鼠夫妻，大抵无一脱逃。

拿水去灌窨子里的王豹，虽属一法，但不切实际。那得多少担水？原上的水得来容易吗？那么，就只有用熏貒的法门了。有些地方的人，还把貒叫猪獾，既然跟猪沾边，二者的模样儿也八九不离十。猪是养来吃的，想必貒也堪当其用。确也如此，貒肉比蠢猪肉好吃多了，且颇受女人青睐。她们倒不是垂涎貒肉，而是觊觎一块貒油，据说那东西抹在手上，数九天吹再凛的风，皮肤不皲。

熏貒方便极了，冬日里只要找见貒窝，地头上随便捋把半干的柴草，塞到窝边，点燃拿扇子使劲煽就是了。等窝里的貒熏得熬不住了，自己便会跑出。那时候的它，已经被熏得七昏八晕九糊涂，走路颠三倒四打窜窜，抓它就跟老瓮里抓鳖一样。

有人抱来麦秸、棉秆、豆杆、玉麦杆子。仍然要半干的，那样利于生烟。把它们一捧又一棒填进窨子口，浇上点煤油，点燃了，煽旺了，再朝窨子口上，蒙床被水浸湿了的老蓝布印花单子，以便把全部的烟捂进窨子。

王豹很快被熏了出来，跟熏出来的猪獾一模一样。当他的脑袋顶着湿漉漉的单子，一拱一拱，像撑起一只洋伞。参与熏人的人们，一个个激动得尖声怪叫。

灌黄鼠以供原上人宠爱、把玩；熏貛以供原上人吃肉、抹手；把个大活人从窨子里熏出来，也是为了让原上人复仇、向原上人示众。

王豹刚被押出王家围子，还没来及得上卡车，路口上便扑出三个小伙子，把五花大绑的他压倒地面。负责押解的几个团丁，还以为遇到劫人的同党，枪栓拉得哗哗响，可到底还是没撸火。

这三个小伙，实为靳家三弟兄。这三弟兄爷爷推着板车卖筋糕（甑糕），卖出一份薄产。到了他大手里，产业得以再扩展，成了王家围子富户之一。当大的舍不得吃，舍不得穿，攒着一份家当，指望着年馑过后，给三个娃一个接一个娶媳妇。不成想三天之内，王豹率众吃大户，分浮财，靳家转眼间成了家徒四壁的穷光蛋。这家主人不像王官镇黄崇义那般大气，心里疙瘩解不开，背着家里人，悄悄一头扎进井里，三弟兄还满地面上找他大。半月之后，镇子上的人尝着饮水变了味，靳家人这才把注意力移向地下深处。

三弟兄把他大捞上地面，只见尸体泡得发面一样，凭空增了半拃膘，跟烫了毛、刮过皮的白条猪一样，既肥实又白净——既然人贱得跟动物无异，那就无妨以动物作比。

此刻仰翻路面的王豹，头被靳家老二按着，双腿被老三拿肚子压着，老大手执半尺长一节竹筒，竹筒梢头被削成一个斜面，斜面的底沿其锋若刃，将其一下子捅进王豹左眼，只那么一剜一挑，那只黑白相间的眼球，便弹丸一般飞向空中。

继而，老大以同样方式，剜去了王豹右眼。

剜眼人出手之迅疾，霹雳打闪，鹘落兔起；手法之娴熟，举重若轻，游刃有余。真可谓合于《桑林》之舞，乃中《经首》之会。

如是剜眼技法，高妙绝伦，实为原上独创，自古及今，无出其右。

　　陵邑城南戏楼子上的判决大会，原本确定的是两个角儿。惜哉！惜哉！曹秉仁不免怫然叹惋。其中之一的匪人刘强，拖了十几个当兵的，还有几个红枪会的人，包括被黄伯贤暗地里通了消息的王官镇同乡雒大勇，在大势将去的最后时刻揭瓦（逃跑）了，没能连锅煮，一窝端，让曹县长极不满意。后来，刘强受命组建秦陇游击支队，对其实施暗杀行动，曹秉仁侥幸脱身，晚上睡觉，时不时打个咯森，就不再那般安然了。

　　如此一来，就只有让全县红枪会首脑王豹唱独角戏了。

　　大清国陵邑末任知县安奉宪，曾于此枭首哥老会北莽香堂反清义士许景明。具讽刺意味的是，北莽香堂首倡陕西同盟会举义，在同样一个地方，该堂香主又把知县安奉宪正了法。直到今日民国县长曹秉仁，判决红枪会首领王豹，有一个共同之处，就是直截了当，干净利落，无须法堂呀审理呀这些拖泥带水的麻烦事，只须主事的人大笔一挥，或者像曹秉仁那样，只须一个曼妙潇洒的动作，即翘起指拇打个榧子，人的脑袋便骨碌碌滚落地头，或者砰的一声开了花。

　　瞎眼王豹被枪决时，没想到岳先生曾经耳提面命，交待他一辈子都须铭记于心的几句烫热话。岳先生曾这样说："小王啊，你知道你一家人为何活得没有尊严？就是因为有黄崇义、黄伯臣这样的人剥削你，压迫你。只有打倒他们，建立一个没有剥削压迫，人人平等自由的社会，自己才能做得自己主，而非被别人做了主。我们的流血牺牲，艰苦奋斗，就是要开创一个人民大众当家做主的新时代。"

　　王豹觉得事倒是个好事，就是千里路上吃酒席，一怕半路上饿死，二怕去迟了，肉没吃上，喝了人家恶水（泔水）。他关心的是咋样把黄伯臣扳倒。只要跟着岳先生，能把黄伯臣一枪嘣了，收拾他丈母娘那贼婆娘，还不跟挑地儿菜一样。

　　如今走到生命尽头，他想到的、也是至为担心的，是自己一对瞎了的眼睛。狗×贼婆娘，滑溜得跟黄鼠狼一样，原上刚刚起了漫，就钻到城里她女婿裤裆底下去了。要不，早就把她零割了。活着出不了这口恶气，那怕变成鬼，也要一把掐死她。只是到了那面，这双眼还能不能看见？如果跟阳世间一样，满阴司都看不见贼婆娘的影影，那就真瞎了……

　　随着二小子王豹被靳家三弟兄剜了眼，随后又押往县城吃了枪子，王家活着的人，就益发活得不像人了。断了腿的老大王虎成了残废，老三王彪痴了，他大王六十呆了，他娘金串串疯了。

金串串疯病发作起来，甚是无状。一旦出得家门，便爬上街头，时哭时笑。见不得受惊，那怕人家扬起鞭子，朝牲口吆喝一声，便被吓得哇哇惨叫，随即抹了裤子，把屁股撅给人家。

第十九章　沉塘

黄伯臣遭遇行伍生涯严冬，如今带着他不成建制的一〇八团，困在豫西一处大山深处。

黄羊坡一役，二十七旅被击溃后，沿陇海线西撤，又被老蒋的飞机炸了军列，两节脱离了主体的憋罐子车，像一只蚯蚓的后半截身子，孤伶伶撂在了两条冰冷的铁轨上。黄伯臣部仅存兵员，就封在这两节憋罐子里，与主力部队失去联系。

手下官兵叫苦不迭，黄伯臣倒还沉得住气。他有他的想法，反正西归潼关通道已被切断，大部队是追不上了，既然成了没娘的娃，那就作没娘娃的打算。

中原大战，双方交火数月，战局云谲波诡，眼下鹿死谁手，实不好说。跟着他们继续打下去，很可能血本无归，把手下这帮弟兄们全都赔进去。即便保得住本团番号，如果国民军真败在老蒋手里，又将何处是归？与其硬着头皮苦苦相撑，不如及早撤离，保全血本，待机而动。说不定，这是上天给我一个东山再起的机会。

豫西紧靠秦地，灾像不亚于关中平原。

到了这一年冬天，老天把欠天下人的雨水，一鼓脑还给了他们，一场三尺厚的大雪，把地面整整封了六十天。接着又来了个雪上加霜，且不是一般的霜，加的是一种龙霜。也不是一次半次地加，老天一连把龙霜加了十八次。

龙霜是寻常年月难得一见的奇妙景观，老百姓把它叫琼花。单听这名儿，即可想像有多美妙。那不是雪落枝头一样的白，更不是霜打残叶一样的薄，那东西长在树冠上，像深海里掏出的珊瑚树，像王母娘娘身上的凤冠霞披，只是一片耀眼的透明与惨白，让你晃若置身于东海龙王的水晶宫中。人说，世上死的人太多了，连埋都没人埋，人命贱得不如猪狗，老天自己都看不过眼了。那是老天爷送给死人的纸活。纸活是正常年份死了人，灵堂之前必备之物，有牌花、高斗、架蜡、金童银女等一应纸制供品。老天出手不凡，把世间罕有的天官造物玉树琼花送给了他们，让死者在告别这个世界时，多多少少，也算拾回一点尊严。

有了这场透雪，才有了地头上的青苗，死神跟人逗着玩一样，又接踵赶来了蝗虫。云铺了天，盖不了地；雪盖了地，铺不上天。只有这一年的蝗虫，才无妄于铺天盖地一说。天上飞了一层，不见天日；地上铺了一层，不见黄土。等它们都散去了，所过之处寸草不留。农人们敲着铜锣，想把它们惊散；燃起烟火，想把它们熏走。蝗虫惊不散，熏不走，农人们便躺在地上滚，想拿身子把蝗虫碾死。碾了一层，可前仆后继，又补上一层。于是，农人们边滚边碾，边碾边哭。等蝗虫散了，地里的青苗光了，农人的眼泪也干了。

老天一茬又一茬，生着法子、变着花样收生。灾区人口中的收生，说的是上天在收割生命。

紧跟着蝗灾，又来了场瘟疫。染上此疫，一旦跑后放窜子，不出三天，就让人连跑带放断了气。人把泻稀屎叫跑后，茅房都在后院，不去不行，不跑也不行；把放焰火叫放窜子，拿放窜子比喻泻稀屎，倒也生动形象。此疫有个洋名儿，叫作虎烈拉，人都叫它狐狸拉。

干旱收割一层，雪灾收割一层，蝗虫收割一层，最后让狐狸再拉走一层。这儿的生命，已被收割得所剩无多。

黄伯臣带着他的部下，在断绝给养的情况下，流落到豫西这片劫后余生的蛮荒之地。命运把他与他的手下弟兄推向绝境。

这是一个不到百户人家的山村，偶尔鸡鸣犬吠，及一缕缕袅袅浮动的炊烟，隐透出死寂中的几许生机。人烟招来了一支队伍，也给他们招来新的主宰。

即便这些新来的主宰，虚弱得像个干枯的玉麦杆子，一旦倒在地上，不扶就直不起来了。但是，它们的根须还没死，且正值盛期，一旦吸吮到生之濡养，即刻便会挺脱起来，光鲜起来。更别说，他们手里，还握着枪杆子，那东西不是村子里农妇们手中的拨火棍。这些，都张扬着他们的强势，而强者自必成为弱者的主宰，就跟这山上的动物一样，谁也没法。

黄伯臣感知得出，这一天之内得不到食物补充，他的手下，也包括他本人在内，明日太阳爬起的那一刻，他们就再也没人能爬得起来了。那将是一个坐等死亡的过程，他不知道要等多长时间。半天？一天？还是两天、三天？可能等不到这么长时间。小时候听娘说，七天饿死男人，八天饿死女人，那说的是突然断食。我的这些弟兄，已饿了半个月了，身子骨早就虚了，只怕连半天都撑不过去。这一路上，已有三个饿毙的疲弱士兵，填埋了沟壑。

明日，天气还像今天这般晴好吗？我与我的弟兄，七歪八倒，或坐或躺，散散落落，分布在这一荒僻村落前乱石滩上，晒着温热的阳光，沐着和煦的春风，一个眼看着一个，一个紧接着一个，告别，死去，消亡。他不敢再做假想，那将是人间何等诡异的一出景象？

黄伯臣败走麦城，英雄末路，到了人生危机之极致。

军需官把仅有的几十个响圆集中起来，由团长亲自出面，去村民家中购粮，无功而返。春天来了，士兵们穿的还是去年腊月兵出潼关时的棉装。黄伯臣想，山里不产棉花，山民衣不蔽体，兴许穿戴更为急需。遂命大家拆除军服，变绵为单，掏出棉花，去山民那儿换取粮食，没想到也是一厢情愿。

连年刀兵，烟尘四起，兵祸更甚于蝗祸，老百姓本来就对披黄皮的没好感。然这并非主因，毕竟还都是人，是人就好歹生有一副人心，问题的严重性，出在时间节点上。

即便正常年份，到了这阵子也不好挨。百姓口中有句歌段，说是一九暖；二九冻破脸；三九半，冻了锅里饭；瞎四九、歪五九，拖拖磨磨到六九；七九半，冰消散；到八九，看河柳；九九八十一，老汉顺墙立，冷倒不冷了，肚子又饥了。可怕的生之境遇，一步一呻吟，一程一呜咽，好不容易挨到春暖花开，伴之而来的却是青黄不接。这时靠墙而立、饥肠辘辘的老汉，熬过了严冬，熬得过熬不过春荒，尚未可知。每年的这个时节，不遭灾也死人，何况三年大灾之后的第一个春荒。

上苍缩回了收生的手，天时也似乎被摆弄得顺当了点，冬日的几场薄雪，金贵如油的几场春雨，让大地焕发了生机。

老牛拉破车，拉到坡头顶端的最后几步，不进则退，那才是最艰险、最危机的时刻。再有几步，还喘息着一口残气的人们，即可从死亡深渊攀爬上去。那阵子，生的希望是那样迫切，那样焦灼；而死亡的威胁，又是那样的如蚁附膻，如蛆附骨。

在这个节骨眼上，黄伯臣却拿钱去买粮，拿棉去换粮。那不是去买粮、换粮，那是去买人家的命，换人家的命。

命越旺，钱越值钱；命越衰，钱越贬值；命若不在，钱如粪土。钱有时真的不值钱。人家不卖给他、换给他，这就意味着黄伯臣和他的弟兄们，即便见到明日的太阳，也未必见到晚上的月亮。那时候别无它途，只有一条通往阴间的路。

而黄伯臣的可悲，不在英年早逝，悲在仕途上终结了脚程，悲在宦海沉浮中樯摧楫倾。怎么让黄门再度中兴，门庭再度光鲜？怎么让他大尽早脱出孽海，登临天堂并在临去时闭上眼睛？怎么让半生功业不至付诸东流，踏上最靠近顶端的那层台板？

答案只有一个，那就是活着。

黄伯臣不嫖不赌，但他赌出路，赌功业，赌前程，在拿捏不准的情况下不得不赌，包括他的三次易帜，且全都赌赢了。曾跟他同窗修艺、并肩作战的侪辈们，赌输了的全都消亡了。

只要一息尚存，即可参赌；只要多少还有点本钱，便可孤注一掷。如今，折损大半、残存的这伙还喘着气的弟兄，就是他的本钱。本钱没了，参赌的资格也就没了，他的路也就走到了尽头。即便保得一条性命，光杆司令是不受欢迎的，也没人买账。

本钱意义越是重大，弟兄们的命就越值钱；命越值钱，保命的法门亦须大展奇才，出人意表，方可奏效。况且，想象不出同生共死、患难相依的弟兄们，一个接一下倒下去，黄伯臣又将何处？

在一场精神的人肉筵席开场之前，黄伯臣在默默叩问。他叩问苍天，叩问佛祖，说："苍天啊！佛祖啊！有一头豹子，抓住一只麋鹿。如果让麋鹿活下去，豹子就会饿死。你说，它们两个，哪个该死？哪个该活？"

他似乎听得一个声音在说，难道就没有一个两全其美的法子吗？黄伯臣说，有，那就是等待佛陀现身。因为，只有佛陀才肯舍身饲虎，割肉饲鹰。如果到了生死关头，苍天无珠，佛陀畏难，那么，我黄伯臣就只有依照自然界的选择，遵从丛林法则了。

全村的男女老少，凡是喘得出一口气的，全都被集中在村外一口水塘边。黄伯臣说："我不抢你们，因为我不是土匪。我不依你们，因为我不是圣人，不是神仙，我和我的兄弟们还得活下去。其实，留住我和我的弟兄们一条贱命，未必你们全村人都会死绝。大荒之年，山里人，日子多多少少比平原上人好凑合，说不定再多揭一片树皮，再多剜几把草根，就能把眼前的光景挺过去。至少，你们这里的树皮没扒光，野草没攫尽。"

这话说得毫不越位。三年灾荒，山里人比起平原上的人，饿死的人少得多。

"可留住你们口袋里的每一颗粮食，我和我的弟兄们，明天早上，就再也没有一个人爬得起来了，等待我们的，只有一个下场。你们也不怕，村头上突然冒出这么多死鬼，扰了你们的清静？也不怕那些游荡在村子上头的阴魂，搅散了你们积给子孙后代的阴德？"

收取粮食的法门颇具智略，这就跟他指挥战斗一样，每每出其不意，攻其无备，猝然出手，致命一击，莫不一招致敌于万劫不复之地。

士兵们拖出每户家长，并将其装进一只长条形口袋，让家属们回去背粮。用背来的粮食，换取口袋里面的活人。口袋装多少斤头，换回多少斤头，多不多要一升，少不少要半碗，不偏不倚，公平合理。当然，家属们背得来背不来粮食，不予追究，采取自愿。这说明你家家长，在你眼里连一口袋粮食都不值。那好，我们把他扔到池塘里去得了，那只口袋，就当白送给他一条裹尸布。

这个法门，妙就妙在把粮食跟个大活人搅在一起来折价。人都会算账，如果拿一斤粮换一斤肉的话，吃多少斤粮、多少年粮才能长出一斤肉来？人们当然愿意选择肉身。再说，粮食是死的，没了还可再种；人是个活物，命没了，如何再生？女人可以生儿育女，但生不出爷，生不出大，更替自己生不出个丈夫来。你说要口袋里的人呢？还是要家里藏的粮呢？

起初，还没人主动回家，背粮换人。他们在观望，观望这个老总这话是真的，还是假的。双方在心里较上了劲。

解开第一只口袋的封口，露出一位银髯老者那颗皓首。接着，封口又被士兵紧紧扎了起来。那只是给他的家属们露个相，验明正身而已。果然，有人沉不住气了，哭叫起来，朝那只口袋撕扑过来。

很不幸，总得有一个杀给猴子们看的鸡。

那老人在露出头首的那一刻，望了黄伯臣一眼。

那种眼神他见过，藏在他心灵隐秘处，永远也难以销蚀。那是十二岁那年，他家那头老黄牛的眼睛。老牛力尽，躺倒在牛圈里，再也起不来了。伙计头儿福旺叔，提着一扇闪闪发光的铡刃，一步步走向黄牛。老黄牛侧了一下已经抬不起来的头颅，望了福旺叔一眼，随后就紧紧地闭合了眼睛，并挤出了一滴水珠。

银髯老者望黄伯臣的那一眼，就像当年的老黄牛，望手提铡刃的福旺叔那一眼。那是一种什么样的眼神啊！黄伯臣心头一凛，打了个寒颤。

伫立水塘边沿的他，眼前出现了一只尚还幼小的拐线虫。拐线虫拖着一条长长的、纤纤的细丝，将自己悬挂在一颗榆树已经渐渐繁茂起来的枝叶上。

拐线虫纤小的身子挣扎着，扭曲着，像一只童年的蚕。

童年的黄伯臣，每年都要养一纸盒蚕儿，眼看着它们黑黢黢的、针尖大小的躯体，从一颗颗莹亮的、小米粒大小的蚕卵里爬出来，他便爬上高高的桑树，采摘嫩嫩的叶子，将蚕儿们一天天养大。麦黄一晌，蚕老一时，当它们身子呈现晕晕的亮色时，便吐出一缕缕丝来，将自己紧紧包裹起来。不久之后，又把自己变成一只飞蛾，咬破丝编织的屋子，将卵产在一张麻纸上，又开始了一次生命的悲壮轮回。

有一年，黄伯臣苦于课业，误过时辰。当他想起放置在娘屋子里窗户背后台板上的纸盒，已是草木葱茏，春深似海的季节了。纸盒里有一张麻纸，麻纸上遍布着空了壳的蚕卵，那些小小的生命破卵而出，无叶可食，将那张麻纸咬得全是窟窿。最后，一个个全都干枯了，皱缩了，变成了星星点点的尘灰。

黄伯臣抱着纸盒，嚎啕大哭。

他不敢想象，那些渺小的、卑微的生命，经过了炎夏与酷寒的煎熬，终于等到了春天，等到了生的盛典，可等待它们的，是一个何等悲凉的世界！

那些渺小的、卑微的生命的消亡，使得曾经的黄伯臣泪流满面，痛断肝肠。今天，他要把一个大活人，一个老迈苍苍，白发皤然的长者，塞进一条口袋，丢入水塘，活活淹死。

他心头有一个冲动，一个急切的冲动，想把这位老者解脱出来，把另外一只口袋送上祭坛。可理智告诉他，不可！不可造次！万万不可造次！那样意味着退缩，意味着溃败。退缩了、溃败了，今天就收不了场了。

噗通一声，口袋落入了水塘，击溅起一幕飘散的水花，在斜阳朗照下，幻化出一道七色光彩。

黄伯臣的心，在一遍又一遍叮嘱自己。忍住！千万忍住，让心坚硬起来，凶残起来……

可是，他到底还是忍不住了，只有逃离。

黄伯臣疾步走向水塘一侧的林木丛中，捂住了自己的双眼，脚下一个绊子，扑倒地面，一手紧抓着一把青草，一手攥成拳头，一起一落，锤击着地面……

一位四十多岁的中年男子，是这个村子里一名甲长。此人哽动着喉节，扑闪着泪眼，抖着发青的口唇，把全村男女老少环视了一眼，说："看见了吗？刀把子在人家手上攥着呢，回家……回家把粮食搜腾出来……搜腾出来换命……换命要紧……刀把子害怕得很啦……刀把子要你啥，你就得给人家啥……你不顺着它，它就要你的命啊……它把人能变成猪，变成羊……变成服服贴贴的猪跟羊啊……"

一位白发老太，一手拄着拐杖，一手拽着肩头上的布袋，领着她的儿媳、孙子和孙女，颤巍巍赶至现场，跪倒地面，哆哆嗦嗦解开一只口袋，把她那五十出头的儿子掏了出来。而后，又把一家人背来大大小小的布袋中各色杂粮，一袋接一袋，朝那条掏出一个大活人的口袋里灌，有小麦，有小米，有黄豆，还有豌豆。寻常年份，豌豆是用来喂牲口的。

白发老太一边灌，一边哭，一边絮絮叨叨数说着。"呜——呜呜呜呜……人咋活得这么贱呢？一条人命，才值一袋粮食……老天爷呀，哪朝哪代，才能让人活得值价一点？才能把人当个人……呜——呜呜呜呜……"

　　除了偶尔几声鸡鸣犬吠，王官镇的夜晚宁静安谧，一如恒常。

　　这天晚上夜半三更，可突然之间就喧腾起来。这喧腾之声，出自一挂又一挂丈二长的排鞭，胡萝卜似的二踢脚，棒槌粗的麻雷子，发自富户黄崇义家高大的门楼前。炮仗之类，是黄家的常备之物，年节乃至祭祖期间也放，但没这天晚上来得如此豪壮。一时间烟遮雾罩，火光冲天，震天作响，呈现出灾年之后少有景观。

　　黄家门前，已挂起两盏担笼大的长命富贵灯笼。以福旺为首的几个长工，手头竹杆上挑着叭叭炸响的排鞭。孝顺娃黄步云是个傻大胆，捏着香头，专点蹾得满地麦茬一样的二踢脚、麻雷子。只有黄步霄捂着耳朵，缩在大门背后，比几个女人躲得还远。

　　黄伯朝他娘这天接到邮差送来一封信，那当儿黄崇义正在午休，她没敢打搅，便把它顺手丢在针线笸篮里。这老两口全都害了失眠症，半夜闭着眼睛拉闲话，说起这事。黄崇义一骨碌爬起来，点燃灯盏，览之已毕，朗声大笑，说是麻利炒俩菜，我要喝酒。

　　不用细提，黄崇义婆娘就知道，她二娃黄伯臣肯定升官了。

　　中原大战至为火热之际，隐伏豫西丛林之中的黄伯臣，敏锐捕捉到两大动向，一是国民军八月攻势受阻，二是东北军参战入关。据此判定，冯大将军快玩完了。接下来收编双方被打散散兵游勇，或缴收他们手中零散武器，有馍就给自己笼笼拾。随着灾情逐渐缓解，战争态势日趋明朗，他的队伍又恢复到一个团的建制，且改弦易张，打出讨逆军旗号，端起南京政府饭碗，成了蒋军麾下的一支队伍。

　　大战末期，黄伯臣与双方几位高级将领不谋而合，都把目光移向一个所在，那就是历来兵家必争之地的金锁潼关。大势已去的冯部败归老巢，欲将大西北依为退守之基，不曾想有人预见先机，封了潼关大门，断了他们归路。真个是一夫当关，万夫莫开，把冯大将军大队人马拦在关外，眼睁睁将被老蒋人马聚而歼之。而守关之将，正是谋定而动的黄伯臣。

　　受命肩此守关重任的杨部，昼夜兼程，马不停蹄自洛阳赶至关前，有人业已替他们血战两日一夜。该部长官以手加额，喟然叹曰，何方神圣，出此奇兵？助我据守雄关，成此大功一件！

　　此后杨部坐镇陕西，打出国民革命军第十七路军名号，黄伯臣团又成了十七路军麾下人马，被编入警备旅中，荣膺该旅副旅长兼警备六团团长之职。这是黄伯臣军旅生涯中第四次易帜。

随着那个夜晚爆竹的突兀炸响，扑风捉影的消息，第二天一个早就在王官镇轰传开来。有人说，黄伯臣率大队人马，从河南杀回陕西，披红挂彩，绕着钟楼跨马游街呢。有人说，黄伯臣血战潼关，匹马单枪，挡住雄兵十万。还有人说，黄伯臣救了长官一条命，成了十七路军大红人，如今坐镇西省警备司令部。

显然，这些消息从多张嘴巴传进多只耳朵，被夸夸其谈的人添油加了醋，可黄家二小子又高升了，却也是不争之事实。当天夜晚，那爆竹声就震麻了有些人的耳朵，也震虚了有些人的心。

曹县长灭了红枪会，可王官镇红枪会分给有些人的浮财，却还在这些人箱子角角压着。而这些浮财，都无一例外地来自黄家。牛八作为红枪会小头目，分了件价值不菲的宁夏九道弯皮货，数九天都舍不得穿，藏在他二舅家二门楼子上的棕箱子里，在外面躲了半年，如今风声不那么紧了，这才逃了回来，却又遇见这事。

咋办呀？退给人家还是留着？如果黄家二小子战场上挨了炮子，把伙食账结了，这东西穿在身上，心里就瓷实多了。可人家如今又升了官，气候比以往更大了，哪天回到原上，找我的褴褛（麻烦）咋办？就算黄家人大量，大人不记小人过，也不计较那些破玩艺，日后见了人家，麻雀还有指甲盖大个脸呢，面子上咋挂得住？

想来想去，牛八还是抱着那件皮货，羞皮臊脸蜇进黄家门。

"崇义叔，去年夏月间，侄儿鬼迷心窍，胡成了一阵精，给您怂了一肚子气。您老大人大量，放侄儿一马，就当放个屁。如今上了年纪，身子骨怕凉，这件皮货，还是留给您……"

黄崇义这些天肤色红润，格外精神，好些天都没犯病了。听得牛八一席言语，脸上绽出鲜见的笑意，说："你看这娃！皮货穿在你身上，暖的是你的身；你今天登我黄家门，说的这番话，暖的是叔的心。这就够了，东西抱回去，叔还怕穿不过来，压在箱子叫虫馋了。"

与牛八揣着同样一番心思的人，见得黄崇义这般大气，心里暗自揆摸，这样既不折财，又能向黄家讨个好，卖个乖，这便宜不占白不占，纷纷效仿牛八所为，黄家屋子，顿时热闹得跟三月三庙会一样。

李快嘴是红枪会起漫吃大户、分浮财最大受益者，不说几句人家爱听的，心里空落落的，老觉得过意不去。"好叔呢，您将军肩头立得马，宰相肚里撑得船，就凭年馑火里指头缝缝漏下那一把，不知救了多少命！您老不光是救命呢，也是给你儿孙积德呢。老天有眼，你家二小子想不高升都难。今日放道台，明日当阁老，朝堂上的蟒袍玉带，凤冠霞帔，给黄家您这一脉留着呢，别人想都别想！"

"凤冠霞帔"，是对娘家侄女若水夫贵妻荣的期盼。至于说到"您这一脉"的话，当然针对的是黄崇仁，以及他的两个儿子黄伯贤、黄伯昂那一脉而言。这话搔在黄崇义最痒处，听得他哼哼叽叽，笑出声来。

所有来人，全都搜搜腾腾说着好话，挤眉弄眼扮着诡相。

坐在太师椅上，肚腹间裹着条褥子的黄崇义，面现宦门人家的尊威，领受着人间荣宠，体味着生之极乐……

第二十章　猛虎下山

　　黄伯昂智取酒奠梁，摘了樊大麻子瓢儿，把其人的部下带上牛蹄岭不久，自个却因妻儿蒙难、思虑成疾，一拍屁股下了山，回了桃花坞谢府养起病来，把两个山头合为一体后给养不接、步调不一、难于管束、人心浮动的烂摊子，丢给了龙宝山及其手下武一甲、赵良栋、薛蛮媚子、王砣等四个小头目。

　　原酒奠梁人众归附牛蹄岭后最大不适，是匪性难循，不受管束，其中有人欺辱山下妇女，依照三大山规被龙宝山正了法。其次，牛蹄岭上生活清苦，哪像酒奠梁那样有酒有肉伺候？薛蛮媚子原对黄大才子颇具好感，谁知上山后为时不久，此人即病快快下得山去，把她鳖娃子晒盖凉在一边，落了个热脸蹭人冷屁股。这伙人觉出，他们原本跟牛蹄岭这帮造反出身的义军队伍不是一路人，整天闹着重上酒奠梁，要么就此分手各奔东西。

　　薛蛮媚子上了回青杠寨，跟老爹薛仁龙道出一腔苦水。她大训斥她当初就不该胳膊拐儿朝外扭，把人马拉给老爸不得啦！薛蛮媚子说，除樊大麻子，是人家功劳，我男人还欠了人家一份人情。再说，牛蹄岭名头多响，谁知过去后，手下弟兄不服那里的水土，再不想办法拢住人心，我两口这辈子算是玩完了。

　　一天夜晚，薛蛮媚子夫妻率酒奠梁原班人马，且捎带上牛蹄岭二瓢把子赵良栋手上十多个弟兄，偷偷摸摸下了山，半道上龙宝山率众追了上来，双方剑拔弩张，就差一个枪口没顶上另一个腰眼，眼睁睁一场火并无可避免。

薛蛮媚子一撩腥红斗篷，双手插腰，露出小蛮腰上两把盒子枪，率然直前，伶牙俐齿发话说："上山第一天，龙瓢把子就发话说，是去是留，悉听尊便，谁也不强求谁。好汉说话如拔牙，一口唾沫一颗钉。你今晚追着来，到底想咋？我还以为有头有脸的龙二少爷，放个屁都能砸出个坑来，却原来是兜着筛子放屁呢！"

"把话别说得那么难听。就是住店，临走也得给店家打声招呼。难怪人说唯小人与女子难养。要走，就光天化日之下，正正堂堂走出个样子来，别他娘跟烂婆娘养汉一样，半夜三更偷着来！"

"嘻嘻。你也知道老娘我好这一口，怪不得睡到半夜腰拱起来了。只可惜老娘今晚拍屁股走了人，让你干拱着去！烧得受不了，老娘床底下，还留了半盆洗脚水呢！"

此言一出，把双方队伍里几个喽啰们，逗得嘿嘿笑起来！

龙宝山的脸子红一阵，白一阵，半晌没泛出一句话来。

一旁的赵良栋接着插了话。"吃人的，住人的，临走还挖了人家墙角。世上偷鸡摸狗的见得多了，还没见过有这种把脸当屁股的人。请问，你要把我手下那几个弟兄，拐带到哪去？"

"哦！这屁放得够响，能把人崩个跟头。只可惜把老娘没崩死，差点活话熏死！"薛蛮媚子眉梢一扬，冲身后几个畏畏缩缩的汉子发了话，"是条汉子，就站出来吐个口，是老娘拐带了你们，还是你们死乞白赖缠着老娘，硬要走人？！"

那几个汉子里面，有个名叫宋士魁的，跟来自酒奠梁一个汉子，本属同一乡镇，自小相识。听说酒奠梁的日子如何快活，心思便活泛起来，也想过几天喝酒吃肉、耍钱掷骰子、嫖婆娘玩女人的快活日子。此刻，姓宋的硬着头皮站出来，垂着脑袋，在赵良栋面前头都不敢抬，嗫嗫嚅嚅发话说："赵大哥，当初弟兄们跟着你吃粮，当官的克扣军饷，又打又骂，拿咱弟兄不当人不说，最危险的时候，老拿咱们兄弟塞水眼。你说哗变，咱就跟着你哗变；你说上牛蹄岭，咱弟兄就跟着你上牛蹄岭。可事到如今，弟兄们两手空空，落了个啥？当年军阀队伍里当炮灰，好歹一月还有几个响圆呢，这些年，牛蹄岭谁给过我个铜板没有？如今遭了这么大年馑，我大我妈的命还不知在不在呢！"言至于此，那人眼泪哗哗，噗通一声跪在赵良栋面前，"赵大哥，看在这些年同生共死的情份上，您就放我们几个一马，让我们另寻条生路去吧！"

赵良栋一把拎起那人前襟领口，目光灼灼，厉声喝问道："当初是怎么说的？难道同生死、共患难的誓言，都让西北风吹了吗？"

龙宝山慢慢走上前，把赵良栋的手从宋士魁领口上摘了下来。"良栋兄弟，有些山头上的人，玩的是命，他们今日有酒今日醉，玩到哪天算哪天；咱们山头上的人，活的是人。牛蹄岭上的兄弟，想的是有朝一日，把人活出头来，为自己争个前程。所以，我龙宝山手下的弟兄，都是一群难兄难弟。不过，人各有各的活法。你当初带着他们，投到牛蹄岭这杆旗下，家有家训，山有山规，当时就把话说得清清白白，是去是留，各随其便，绝不强求。如今到了这一步，就让他们走吧。终去不终留，留下结冤仇。"

一旁的薛蛮媚子见机挖苦着说："姓龙的，这么说，你是替老娘我送行来了？"

"我是送瘟神来的，也是抓贼娃子来的。是谁的谁带着走，不是谁的，请把手洗干净走人！"

薛蛮媚子的脸，噗哗一下，一直红到耳根上，暗地里向一侧的武一甲丢了个眼色。武一甲忙招呼手下，把捎带了人家牛蹄岭的两挺轻机枪，三箱子弹，摆在龙宝山脚下。

薛蛮媚子两口头也不回，灰头土脸率众下了山。

牛蹄岭上往日也有股匪来投，亦因难于相处甩手而去。这些，都被黑道上各山头视为寻常。今天，看似一场变故，就这样不痛不痒、合情合理散了场。

其实，当黄伯昂一脚蹬上牛蹄岭，墙缝里的柱子不显身，执掌了这支造反起家的义军控制权后，牛蹄岭岂是谁家后花园，任你想来便来，想走便走？其所以诈病外出、放虎归山，无非是玩了手欲擒故纵之计罢了。如其不然，劳神费力取了酒奠梁，岂不是竹篮打水一场空？

上山不久，黄伯昂即隐隐觉出，赵良栋其人行事稳健，城府颇深，又识得几个字，跟他手下弟兄中的个别人关系特殊，过从甚密。鉴此他得出一个结论，这个姓赵的，绝不是平处卧的。后来交道打得多了，这才把心放在实处，且面授机宜，把斩首行动重任，交付给赵良栋手下包括宋士魁在内的几个得力人手。

青杠寨与原酒奠梁两个山头合为一体，声威大震，一夜之间赫然成了傲视群雄的终南霸主。薛仁龙趾高气扬，唯我独尊，甚至连牛蹄岭也不屑拿正眼去睬它了。

第二天正午时分，薛仁龙摆设筵宴，为女儿女婿接风洗尘，鸣炮志禧，论功行赏，排列座次，犒劳合为一体的各路弟兄。

薛蛮媚子夫妻得意得忘了形，竟连拐带了十几个牛蹄岭人众上了山的事，都给抛到了脑后，连个口风，都没透进薛仁龙耳朵。猜拳行令声中，众人酒酣耳热、东倒西歪之际，宋士魁掷杯为号，当场一枪崩了薛仁龙。手下其他人众，纷纷发难，大厅内在场的几个头目全都着了家伙，唯对醉得烂泥般的薛蛮媚子夫妻手下留情，只是把他们击昏过去，捆了起来。

与寨子上枪声相应和，黄伯昂、赵良栋与龙宝山、王砣各带人马，从前后山两路出击，喊杀之声，地动山摇，一举攻上寨顶。真个是横扫千军如卷席，除吃了枪子的、顺着山坡坡溜走的，一网下去，把青杠寨、酒奠梁余众打了个一干二净。

自此，薛蛮媚子这才恍然醒悟，当初回娘家半路上遇见他时，自己就已经让这个人下了套子。那阵子感受到的，只是他读书人的风雅，如今才领教了这个读书人的手段。当即挣脱束缚，从皮靴筒子里抽出一把匕首，照直朝黄伯昂后腰眼里捅去，被眼明手快的龙宝山一脚踹倒，众人合伙将其关押起来。

薛蛮媚子随同丈夫武一甲，与黄伯昂一帮人一直伙在一起，甚而一直游走在杀父仇雠身边，手刃此人的心思与机会一百次、一千次都有了。一则系于对其斩不断理还乱的那种如丝如缕、情义缱绻的单相思，一则敬重他的男儿气度，丈夫风骨，一则顾忌了却个人恩仇，将对围绕着此人抱起团来的一干人马生发不测风险。正因这些纷纭繁复私心杂念，让时时刻刻提刀执枪的那只手举不起来。

此后的薛蛮媚子，在夹缠不清的爱恨情仇中了此一生。

啸聚牛蹄岭的黄伯昂，这时节亦羽翼渐丰，蓄势而动。

自从智取酒奠梁、荡平青杠寨而后，终南山三大山头合为一体，声威大振，其势锐不可当，要说灭哪家小股匪众，真个跟黄伯昂当初自诩的那样，像王官镇张三老汉拾粪，一铲子下去，连地皮都挑到粪笼里去了。那些更小更弱一点的股匪，只须发个帖子，盖上黄伯昂红头大印，莫不争先恐后，望风来降。不到半年天气，来自终南山一带匪患，大部得以肃清。

黄伯昂处事用兵，布局之严谨，调度之得宜，运筹之精微，深得众位弟兄倚重，庆功宴上，公推他坐上第一把交椅。此人双眼迷蒙，浮想联翩，喟然兴叹。

"我的好兄弟，黄某一介书生，不期际遇各位好汉，被动卷入绿林。起初激于义愤，实想一统终南各个山头，壮大己方实力，刀对刀枪对枪，跟我那同门兄弟见个高低，较个短长，乃至提取此獠项上人头，方泄黄某心头之恨。后来，黄某越想越觉得其行可耻，其心可诛。仁人君子所为，岂可因一己之私，置公义于不顾，陷众位弟兄于水火！大丈夫行事，理该以生民为本，以家国盛衰兴亡为己任，天生我才当以为用，堂堂七尺之躯，才不枉人世间走了一遭。"

一个天色晴好，槐花飘香时节，从终南山撤下一支浩浩荡荡杆子队伍，把营盘扎在陵邑县王官镇，一时间倾动西省，震撼五陵，万民欢腾，实属空前盛举。

黄伯昂打出了一面保民自卫团旗号，亲任团总之职，赫然成了五陵原堂堂皇皇一路诸侯。龙宝山担任副团长，赵良栋、王砼、武一甲分别当了三个中队队长。

原上来自南面匪患大部得以扫除，地方豪门、各路商贾人身安全、个人财产、商旅通道有了保障，再也无须担忧匪徒大肆劫掠，一个个喜上眉梢，弹冠相庆，把黄团总奉若神明，把他的屁股当蜂蜜罐罐舔，纷纷出资襄助，提供给养。黄伯昂调动谢府雄厚资财，连同发掘酒奠梁、青杠寨匪首秘藏财宝予以贴补。当即统一制服，按月发饷，调剂生活。进而整肃军纪，操演兵马，担当地方保境护民防务，流窜关中平原及窝在泾河北岸零星股匪，闻风丧胆，没有哪一家敢轻易涉足，踩进五陵原地坂子，就连平日逾墙钻隙、鼠偷狗窃的贼娃子，也不得不缩回不干不净的蹄蹄爪爪，使得这块地面，初显民国以往鲜有升平景象。大灾之后的原上生民，这才得以缓过一口气来。

　　三月之后，黄伯昂接到省府秘书长颁布、省主席亲笔签发的一纸嘉奖令，对黄一举廓清终南匪患，给予高度褒奖，且由十七路军军需处送来数额可观军需物品，包括部分武器弹药补充。陵邑县县长曹秉仁，两条细瘦的麻杆腿，更是跑得赛过风车轮子，把大灾之后拟筹划组建地方保安团经费，做了个顺水人情，全都划归黄伯昂名下，让保民自卫团代行本县保安团职责。自此，保民自卫团的旗帜，在大原上猎猎飞抖，分外夺目。活在这面旗底下的人，一个个精神头十足，脸面上也平添了几分光彩，走起路来，腰杆子挺得笔直，大街小巷上，只要是个人，包括猪嫌狗不爱的牛八，都颠着颠着冲他们绽笑脸，套热乎。

　　西安饭庄招待会上，那些烧火燎毛的记者，热沾皮膏药一样，贴到身上，撕都撕不落，让黄伯昂不胜其烦。他们不是墙一样堵在你面前，又抄又写，问这问那，就是高高举起照相机，随着噗哗噗哗一道道闪光，像后窍里喷出烟雾来的甲壳虫，放起烟幕来，能把人堕入五里雾中。有个体格健硕、肌肤尤为发达的袒胸女士，左手捏着个本本，右手捏着支钢笔，穿山甲般抵着卷发挤过人群，随着人潮的一起一伏，直朝黄伯昂身上蹭，让他肉皮一阵阵发麻，心里一波波发腻。

　　无论是党国《国民日报》《西北文化日报》，还是共党地下刊物《西安评论》《西北红旗》，或者民办《关陇民报》《新秦日报》等等，凡是街头上报童招摇过市叫着卖的，小摊上贩的，悄悄给人散的，识文解字的茶馆里念的报章刊物，有关保民自卫团消息、报道、评论连篇累牍，随处可见。黄伯昂的头脸，更是炙手可热，全都摆在显眼位置。一时间街谈巷议，妇孺皆知，唯当年高中陕西解元可堪比拟。

　　静观庵后院古柏蓊郁，修竹成林，环绕着一间红墙瓦舍。瓦舍左侧有亭翼然，几案罗列；右侧池内绿水澄明，游鱼怡然。其亭檐前悬匾，上书涤尘亭；其池石上镌字，名曰洗心池。

　　有一十四五岁妙龄佳人，身着青布衲衣，一头乌油油秀发，盘绕在一顶藏青尼帽之中。那肤，莹若润玉；那眉，弯若粉蛾；那眼，澄若碧潭。望其形而察其神，令人超尘脱俗，纷杂之念，顿然敛去形迹，生发出姑射山中肌肤若冰雪，绰约若赤子，不食五谷，吸风饮露的神人般感受。

　　此刻的她静坐亭内石几之上，轻捻纤纤玉指，翻阅着石案上一册卷秩泛黄、题为《千金方副本密札》的线装古籍。两只洁白如雪的兔子，在她的脚下蹦来蹦去。

吱呕一声，解除了铁锁的门户掀了开来，静观庵主缁纱掩面，踏地无声，进得后院，落坐亭内石案一侧。

"宦娘我徒。"

"师父。"被称作宦娘的那位小姑娘站起身子，垂手侍立。

庵主轻轻捏住宦娘的两只手指。

"啊！"宦娘讶然轻叫了一声。自她记事以往，师父从未以如此亲昵的举措待她。

"宦娘我徒，你自幼落脚佛门，于静观庵修习药典，参研医理，一十五载，不常与世人谋面，也不曾过多览及凡情俗务，人间万象。因而灵台清纯，心智无暇，至今仍揣持着一腔赤子情怀。"

"师父，你今天都说了些什么。我不懂。"

"你可知道，这座山外面的世界，是何等模样？"

"不知道……"

"外面的世界，除了鱼儿、兔子，还有待宰的羔羊，嗜血的狼犲。人里面有男人，有女人；有贵人，有贱人；有富人，有穷人；有恶人，有善人。宦娘徒儿，你可知晓，为师为何不容你过早涉足凡尘？"

"不知道。"

"人之生身入世，气性多形成于后天，格物省事以往，即遭邪魔攻心，历经尘世间浊污熏染，贪嗔妒恶之念，在所难免。在你成人之前，正因未得与外界过从，免却耳濡目染，所以混沌灵台，纤尘不染，一片空明。如此一来，你即可存一份天性本真活人，持一颗赤子之心面世。这便是为师的良苦用心。"

再者，庵院女尼，是容不得生养子息的。她只能让这孩子出入于静观庵院，周游于此座山头，谋面于少许香客，交往于零星居士，尽可能将其活动范围，局限于一方净土，咫尺天涯，浑然成了两个世界。这是她不足为外人道的一桩隐痛。

"师父，您让我这样活人，这样面世做什么？"

静观庵主心头一颤。宦娘这句话，触及了一个要害，也触及到她的痛处。思虑再三，她才这样回答说："小兔子有爸爸，有娘亲。人和兔子一样，也有爸爸，有娘亲。"

"师父，我的爸爸是谁？娘亲是谁？"

"你的娘亲……死了。"

哇地一声，宦娘大哭起来。她经过见兔子的死亡，熟识医理，懂得死亡的含义。

静观庵主一把将宦娘揽进怀里。

"徒儿……你还有爸爸。你爸爸还活着……"

"呜——呜呜呜呜……师父，我爸爸在哪儿？"

"在尘世上。师父这就放你下山，去找你的爸爸。"

静观庵主何以把这个名叫宦娘的小姑娘，造作成这般情状？又何以让她以这般情状去找她的父亲？这是藏掖在庵主心里的隐秘。

先师静观神尼留下的医道典籍中，载有一桩奇案，那种罕见的恶疾叫作蛊。

"嗯！"泪流满面的宦娘抽噎着应道。

"宦娘徒儿，你自幼天赋绝佳，聪慧灌顶，大异常人，已得静观一门医道真传，假以时日，修为将不在为师之下，足可以展其才，造福苍生。临行之际，为师有一句话，叮嘱于你。世间无论贫富贵贱，尊卑贤愚，天下苍生，人人平等，切不可另眼相待。作为静观门徒，操持医道，行走江湖，更应遵行道义，秉持公心，还天下人一个平字。"

粉面桃腮、秀色袭人的宦娘身着红妆，乌云盘顶，钗光熠熠，步摇冉冉，活脱脱一位谪降人间的九天仙女。

出得庵门，行步半个时辰，她便被往日里遥不可及的九嵕暖翠山色，遍地闲花野草，无际关中沃野，蒸腾的人间烟尘所震憾，由不得大呼小叫，如醉如痴。

"此去七十余里，有一处名叫王官镇的地方，你将得到一位强悍人物的护佑。徒儿，沿着这条路，一直向南，寻求你的托庇与归宿去吧。"静观庵主指着眼前一条弯弯山间小道，声息甚是苍凉。

"师父……"

宦娘一把抓住庵主右手，将其凑拢自己面颊，轻轻摩挲着。这孩子生平第一次感受到别离之凄苦。人世间，还有多少欢情与悲情，等待着她去咀嚼，去品味？

"师父……我会常回来看您的。"

"去吧……徒儿。"庵主颈部，似在隐隐地蠕动着。

宦娘泪眼婆娑，一步一回头，告别了她的师父。即将翻过一座小山丘，已经走得很远了，回过头来，看见她的师父，仍孤伶伶站在山门前……

……

穿行在王官镇街头的宦娘，一路上打量着一家挨一家各式铺面，还有或急或缓，行色各异的行人，眼目中盈满了惊异与惶恐，哪怕一只花猫从脚下溜过，都足以令她冷丁打个咯森。当然，她无从意识到，自己已经被人盯梢。跟在她身后的，是似乎并不怎么注意她的牛八，还有其人手下的两个小混混，一个叫铲子，一个叫秃子。

肚腹中辘辘鸣响的宦娘，两只腿挪动起来，显然有些不稳。到得华岳楼下胡掌柜店铺门前，索性一屁股坐在门前台沿上。当然，牛八一行三人，也来此歇脚，至于身侧的宦娘，在他们眼里，就跟并不存在似的，可一只脏兮兮的手，已伸进宦娘斜挎在腰间的锦囊之中，并悄悄摸出一颗铜圆。

牛八的行径，早被高度警觉的宦娘觉察。但见她绽放无邪笑脸，亲近得好似见了久别的家人，笑吟吟地问："您是谁呀？"

"你大爷！"牛八试探性回答说。

"大爷？"宦娘似乎不明就里。

"哎——"

"大爷！"宦娘轻轻叫了一声。

"哎——再叫一声！"

"大爷！"宦娘提高了嗓门。

"哎——再大声点叫！"

"大爷——！"宦娘干脆来了个高八度，挣得脸子都涨了潮，引得路人频频侧目，讶然为怪。

"哈哈哈哈……哈哈哈哈……瓜子，原来是个瓜子……哈哈哈哈……"牛八、铲子以及秃子笑得哼哼叽叽，前仰后合。

对其作出确凿判定，牛八胆子壮到不加节制，大大方方去摸锦囊里的铜圆，且不厌其烦，一个接一个摸。摸上一个，手指拇一扭，丢在另一只手心旮旯，不时发出琅然声响。

"大爷，您在干啥？"宦娘饶有兴致地望着牛八。

"哈哈哈哈……"那三人又是一阵朗笑。

"大爷正在搬家？"

"啥叫搬家？"

"就是把你家的铜圆，搬到我家去……哈哈哈哈……"牛八一言未了，忍俊不禁，又笑了起来。

铲子、秃子跟着笑，宦娘便也跟着铲子、秃子笑。

笑之已毕，宦娘似乎也来了兴致。"大爷，我也帮你搬。"

说着，宦娘便摸出一个铜圆，柔荑般的小手指拇一扭，当啷一声，丢进牛八的手心旮旯。

围作一堆的四人笑着搬着，搬着笑着，牛八的脸子慢慢沉了下来，也不怎么笑得出声来了。我真他娘生就一副贱坯子，再没人要笑了，要笑到一个傻女子头上来了！

牛八把从锦囊里搬出的铜圆，全都灌回了锦囊，站起身子，拍了拍破裤子后面的尘土，望着眼前这个天仙般的小姑娘，眼神中充满了惶惑。"女子，你叫个啥？"

"宦娘。"

"宦娘？不像个穷汉家娃的名。你是从啥地方来的？"

"静观庵。我师父叫静观庵主。"

"静观庵？"

牛八甚是疑惑。莫不是个小尼姑？可咋又是这身打扮？听人说如今那个庵主，是当年神尼的高徒，医术通了神，能让死人的干骨头长出肉来，咋就教出这么个徒弟？

宦娘像是要站起身子，牛八一伸手，她便抓着大爷的手，轻快地一挺身，肚子又是一声咕咕地叫。

"大爷，我饿。"宦娘苦涩地一皱眉头。

"好办！从今天起，吃喝的事，包在我身上。咱爷孙俩有缘，这个孙女我认了。走！"

……

保民自卫团成立伊始，李快嘴闻风而动，以大媒名义找上门去，说是袁家没活路了，来团总大人这讨口饭吃。媒人的面子如何驳得？团里正好缺几个厨娘，当日的天足会会长，摇身一变，又成了保民自卫团饭堂里的炉头兼领班，负责招收原天足会众家姐妹之中部分成员，以她们心意之轻重为取舍，组建了一个伙头娘子班。拉风箱的当然非她老汉袁大头莫属，至于女儿冰兰嘛，锅锅灶灶上救个急，帮衬一把就行了。如此一来，袁家满门吃饭不掏钱，每月还从军需处帐房里领工钱，一夜之间交了狗屎运，再也用不着为供儿子天才西省求学发熬煎了。

当年的李快嘴一念之间，当了个现成媒人，为自己栽的那颗摇钱树，如今摇将起来，果然拾钱连腰都不弯。

保民自卫团厨灶间，一笼蒸汽腾腾的热包子刚出锅，李快嘴手忙脚乱，一个一个扳动着它们，免得冷却后底儿沾在甑笆上，一抓一个稀巴烂。猛一抬头，眼见得一个花朵朵般的小姑娘，从后门趑了进来，一手提着只破竹篮，一手捡着包子，一个接一个丢进篮儿，面上盈着甜甜笑意。

正在擀着包子皮儿、跟宦娘约摸一般年岁的冰兰，冲着这个突兀而至的外乡姑娘善意地笑着。

李快嘴不禁一怔。哟，谁家养了这么俊俏个女子，镇子上咋从没照过面呢？想必是谁家西省来的客人。这是队伍上开的饭堂，又不做买卖，她捡包子干啥？

"女子，你这是做啥呢？"李快嘴惑然发问。

眼看一篮包子都要装满了，没等主人家问出个究竟来，宦娘即笑嘻嘻冲李快嘴一欠腰身，既感激又像道别似的点点头，拎着篮儿，拧转身子，轻快利洒地飘然而去。

李快嘴这一惊非同小可。咋的个话？青天大白日的，抢人呀！老娘只道是贼娃子偷人呢，土匪抢人呢，还没见过笑嘻嘻白拿人的赖家子！看样子，你又不是少吃没喝的贫家女，脸皮咋比西省的城墙还厚，啥意思这是？

眼看着小姑娘出了后门，李快嘴这才发了急，一扬挽起袖子的面捶头，顺手抄起一把三尺长的擀杖，一路吆喝着追了过去，胸前两坨肥硕的奶子翻滚起来，把一件汗渍渍的老蓝布衫子撼动得浪翻波涌。

"包子——青天大白日，还没见过这样讹人的……包子——还我包子……"

宦娘一路欢悦，翩翩而行，似觉身后有异，回头一看，见得刚才那个胖女人，一路恶森森追打过来，撒脚便跑，放蹦子朝她大爷跟两位哥哥藏身的半堵墙后面奔去。随后，在那三人接应并掩护下，七弯八绕，拐进一条胡同，便在气喘吁吁的李快嘴眼前敛去形迹。

……

宦娘与街头无赖牛八，以及两个小可怜铲子与秃子混在一起，四个人独具丰采，各有特色，成了王官镇上一组绝配，更是一道景观，格外引人注目，走到哪里，哪里便响起一阵啧啧称奇声，嗷嗷叫闹声。

三寸丁牛八的特色在脑门上。除了耳茬子下面一圈稀疏且干枯的毛发，如今顶部益发拓展、磨砺得开阔而又光灿。被旱烟熏染了的牙口，像嚼着满嘴桑葚，就差黑水没溢出嘴角。

秃子是个孤儿，他大他妈年馑火里丧了命，如今就剩下他一个小可怜，跟着牛八叼着吃。秃子的特色也在头上。与牛八不同，他的头上生着黄水疮，原上人叫花痂脓（生有黄水疮的脑袋），把害这毛病的缘由归咎于他爷坟头上长了迎春花。从形象上着眼，花痂脓与迎春花好有一比。牛八常在秃子头上弹烟锅。当他抽完一锅烟，须得把烟锅里的烟灰弹掉时，秃子便主动把秃头伸过来，谨供牛八拿烟袋锅儿敲打。随着当当声响，烟灰便散落在他的头上。秃子随即拿手一抹，将其涂在流着黄水的秃头上。据牛八讲，烟灰可治黄水疮。到底治不治，秃儿没感觉，不过习惯成自然，一天不敲不抹，秃头发痒，便觉得极不舒服。

原上人受了别人责难或欺辱时，便冲着对方叫骂，说："哼！想到我头上弹烟锅，没相！"没相是休想或者不可能之意。鉴此，头上弹烟锅成了遭受人责难或欺辱的代名词。至于牛八在秃子头上弹烟锅，且弹得那般安适，秃子又承受得那般顺气，是因为牛八是秃子的统领。即便在这三人组合中，也分台板，秃子跟牛八不在一个台板上，低处的便任凭高处的敲打。

铲子的特色在牙齿上。铲子他大是个半瞎子，他妈是个半傻子，平日没甚有人管教，流落街头，后来便被牛八收罗了去。这娃从小饿肚子，吃相恶，呲牙咧嘴地啃着啃着，便把两颗大门牙啃到了嘴唇外面。有一回，秃子偷了雒大勇家瓜地里一个西瓜，他们便躲在镇子南边土地庙开吃。吃着吃着，三人为吃赃不均争吵起来，一个说一个比自己吃得多。牛八睿智过人，明断曲直，当场点验瓜皮，以正视听。被铲子铲过的每一块瓜皮上，都留有呲出的大板牙留下的那道深邃沟壑，而留有沟壑的瓜皮果然为数居多。铁证面前，铲子只有低头认罪的份，被牛八抡起鞋底，打了一顿沟板。

而宦娘的特色，充盈在她的全身。这个秀丽绝尘的小姑娘，让年画《天仙配》中的七仙女都变得少颜无色。她与牛八等组成的四人绝配，绝就绝在巨大的反差间。跟演戏一样，有了反差，这才出戏。

……

有老叟自泾河捞了几尾鱼，摆在王官镇街头叫卖。

看着鱼篓里几尾鱼儿，勾起宦娘静观庵后院洗心池畔的美好记忆。她问："大爷，您卖鱼干啥？"

"这娃瓜的，卖下钱量米籴面、称盐灌油过日子么？你说干啥呢！"

"那……别人买鱼干啥？"

"你看这娃！生得俊眉亮眼的，咋瓜得实腾腾的呢？买鱼吃呢么，干啥呢！清蒸着吃，红烧着吃，擢到滚油锅里炸着吃。难道你没吃过？"

宦娘眼眶内缓缓浮出些泪来，随后越浮越满，水银一样骨辘辘滚动，强忍着没溢出眼眶。她想起跟师父放生那件事。那是一只孤鸿，麦地里啃青时，被人拿火枪崩折了一只腿，落在静观庵后院竹林中的草丛里。她跟师父为其上了药，裹了伤，腿脚灵便后，把它扑棱棱放了。宦娘从锦囊里抓出一把铜元，其中还夹杂着一枚响圆，想把那几尾鱼儿，连同鱼篓一起买了。

当然，牛八不会眼看着孙女干傻事。当爷爷的，哪能让小孙女破费？牛八从自己怀里摸出几枚铜圆，同时又揣进一个小九九。一番争斤论两，讨价还价，替宦娘连同鱼篓买了下来。

偷偷摸摸的事，总有个不顺手的时候。牛八等四人，有时不免窝在土地庙干瞪两眼，困坐愁城。而宦娘锦囊里有的是钱，牛八不好意思张口，做爷爷的吃孙女、喝孙女，老觉得一张老脸没处撂，不免靠墙仰卧破席片上，瞅着庙顶上的窟窿索然兴叹，真他娘端着金碗要饭吃，窝囊啊！

用孙女的钱，得有个由头，才不至丢人折马，伤了面子。

　　原上无溪，只有落了大雨，方可成流。行至雨后一弯溪流旁，牛八沉吟再三，勉为其难开言说："我说乖孙女，放生是好事，难得你有这份善心。可这鱼是大爷我拿钱买的，把鱼放了，也就把大爷的钱打了水漂。你说咋办？"

　　"那你把鱼卖给我。我给你钱！"宦娘其实比谁都灵性。

　　"哎！这就对了。我孙女到底开了窍！"

　　宦娘在溪流上游放生，铲子跟秃子在下游收生，牛八负责收钱。宦娘每放一条生，便从锦囊里掏一圆钱，且不辨黄白，无分铜银，一股脑交给大爷，真个是公平交易，童叟无欺。铲子跟秃子手忙脚乱，把从下游收回的生，悄悄灌进鱼篓。

　　于是，鱼篓里就有了放不尽的生，大爷便有了收不完的钱。

　　不知经过多少次轮回，抓在宦娘手中的一尾鱼儿翻了白。宦娘知道，它要死了。静观庵后院洗心池中，她见到过一条大鱼儿翻白，师父说它老了，要去了。当时也曾经为其陨泪，为其哀泣。往日的鱼儿，死在洗心池中；今日的鱼儿，死在她的手中。她捧着往日的死鱼儿，捧的是一条终结了的生灵；捧着今日这尾死鱼儿，无异捧着一个破灭了的愿望。这一回，宦娘哭得很是伤惨，她的手在索索地抖，泪在哗哗地流，喉咙里扯风箱一样，连气都有点喘不过来了。

　　牛八跟他手下两个哼哈二将干瞪着眼睛，一个望着一个，没勇气把眼神瞅向宦娘，谁也不说话。望着望着，三人的眼睛就都潮热起来。当大爷的背过脸去，抹了把硬着心伤也没能忍住的两滴泪水，把口袋里的钱又倒腾至宦娘的锦囊，悄声细语，把自个骂了个狗血淋头。

　　"这他娘的！我这是做啥呢？明明想人家钱呢，就是拉不下一张老脸，总怕在人家娃跟前丢了面子，叫人家看得不值重了。我牛八是个啥东西？如今把人活到这地步，在别人眼里，连脬狗屎都不如，咋还老顾自己的脸面呢？别人把我不当人，我自家把自家当回人，给自家争个面子回来，可争来争去，咋就争了这么个结果？人皮咋这么难背？我牛八上辈子吃了屎了，咋想得到投了个人胎，披了张人皮，到人世上走了这一趟？投个猪胎狗胎多好，叫人踢一脚，哼一声，或者汪汪叫两声，虽说身上受点疼，可脸不红，心里不难受。投了人的胎，咋就有遭不尽的罪，受不完的辱呢？到啥时候，人跟人才能活得一般高？

　　骂之已毕，牛八心里好受了些，捏起衣袖，朝宦娘脸上抹了把泪，一把拉过她的一只手，"女子，你大爷不是人！今日个，把这么善良个碎女子，遭害成这样子！做的那事情，猪狗都不闻！走，跟大爷上醉八仙酒楼去。既然人活得没面子，就把脸抹下来，装到裤裆里去！走，拿你的钱，请大爷跟你两个哥哥，开个洋荤，好好噶上一顿。你说咋样？"

　　听得此话，宦娘破涕为笑，换作一副欢愉之色，爽朗地应了一声，显出甚是迫切的样子。

第二十一章　先后臊了两张皮

醉八仙酒楼的酒帘儿又换了。

大清国那阵，酒帘儿是一幅杏黄流苏帘儿，像一面龙旗。陕西光复后，换了一幅蓝盈盈的帘儿，像月娃屁股底下红红绿绿的烂裤子。如今又换成青白相间之色，像给云翳遮罩着的天日。不管酒帘儿咋变，酿造出来的酒水成色与味气仍没大多区别，一直贯穿着老传统，旧手艺。

这家酒楼非但招牌换得勤，而且一次比一次鲜亮光堂，可兜售出去的菜肴，听人说多为放久了的烂肠烂肚子。由于大师傅手儿巧，具化腐为奇之功效，因而生意倒也红火。

醉八仙酒楼这天分外红火，也格外热闹。时逢黄崇义七十大寿，既是官宦人家，又属五陵首富，不办不说，办将起来，自是非同一般。包括县长大人、省参议员、军界首领、商行银号、保董甲长、乡绅耆老，大凡打过交道、一起共事的地方上有头有脸的人物，莫不争相前往，给黄老太爷赏个面子，跟他家二公子套个近乎。

与其说是为主人家黄崇义祝寿，还不如说是黄崇义为其二小子升迁志禧。他说，如果真给我祝寿，不想折老子的寿，就把那身挂牌牌、带杠杠、吊絮絮的黄皮披上，代我给乡党们敬一盅酒！

身着戎装、肩披绶带、头上扣了顶大檐帽、身上牌牌杠杠星星启明泛光的黄伯臣，果然气度非凡，八面威风。陪着他的李若水，棒槌进城三年成精，打扮得妖里妖气，被她姑姑李快嘴总结为捞鱼的胳膊过河的腿，吊死鬼的头发吃娃的嘴。

黄伯臣向包厢里省府、军界、商界大员巨头们敬过酒后，来至大厅，敬酒敬到哪张席口，哪张席口的客人们，哪怕是七老八十的白头翁，莫不作缩肩谄笑状，腰杆子弓得虾米一般，没一人敢把酒盅僭越至对方酒盅上沿，一个个红头涨脸，结结巴巴，说不出一句能串成串儿的客套话。

主座上的老太爷脸上泛着红光，肤色极佳，把酒盅嘬得滋噜作响，搭在鼻梁上的蚂蚱腿水晶眼镜砣子背后的眼神，一刻也没离开二小子伟岸光彩的身躯，以及客客气气的客人们的众生像。

无论远近亲疏，好歹也该叫人家一声二叔呢，堂堂保民自卫团团总黄伯昂不露面，怎得以壮叔父大人形色？这天，他扣了顶礼帽，戴了副墨镜，摇着把折扇，率妻子佩瑶，还有龙副团长、赵良栋、王砣、武一甲夫妻一行数人，进得大厅，径直走向主座，哗啦一声，合了折扇，抱着双拳，冲黄崇义屈身作礼。

"欣逢叔父大人八十华诞，小侄姗姗来迟，多有不敬。在此谨祝叔父大人贵体康泰，福寿绵长，子息旺相，家势昌隆！"

黄伯昂刚一露头闪面，黄崇义心里便咯噔一下，立时虚了起来。这个远房侄儿的作为，做叔叔的早有领教。他不敢想象，一个把祖先朝堂上面圣的象牙笏板拿来铲狗屎的角儿，还有什么事做不出来？此刻的他由不得捏着把冷汗。咋没想到，这冷家伙会冒了出来？该不是又来搅场子，当众要老子难堪吧？

真个是一鹞入林，百鸟哑声，闹哄哄的大厅立马静了下来，地上落苗针都能听见。谁都知道，黄门一族伯昂、伯臣两兄弟，结下了不共戴天的吴越之仇。一个槽头上拴不住两个叫驴，他俩今天咋能坐在一条板凳上呢？据此，大伙由不得也捏起一把冷汗。两虎相斗，必有一伤，说不定，今天有场好戏看呢。

"九哥，你也来了。坐，兄弟给几位安排好了。"

黄伯臣主动迎上前去，陪着小心，打了声招呼，把黄伯昂一行，安顿在黄老太爷首席席口左侧一张桌子上。"一壶薄酒，几碟小菜，招呼不周，还望大家尽兴。九哥，您陪几位仁兄慢用。今天人多，兄弟我失陪了。"

黄伯臣冲众人抱拳作礼，最后，把紧抱着的双拳移向黄伯昂，并尽量屈着腰身，特意施了一礼，便后退了一步，坐回自己位子。

面对身侧的黄伯臣，自始至终，黄伯昂视同无物，未应一声，也不曾正面瞧上一眼。

大厅内恢复了喧闹气氛，人们在喝酒吃肉的同时，莫不暗底里把眼角梢瞟向前排三张席口，瞟主座上的黄老太爷，以及左右两侧席口上的伯昂、伯臣两兄弟，瞟他们的神态和一举一动。

陪着黄崇义的大都是几位黄门族人中的长者，也多为平辈中人。晚辈中只有保董黄伯贤在座，陪侍着老父黄崇仁和叔父黄崇义。黄伯贤既是同门中远房侄儿，更重要的还是一位地方上有头脸的人物，首席席口，自当占居一席之位。

右侧席口上，陪黄伯臣坐着几个同门中的同辈弟兄。还有一个名叫黄崇德的长辈，因其辈份虽高年纪尚轻，因而屈就于晚辈群伙之中。再就是其间夹杂着一位晚清秀才出身、衣衫陈旧的老苍头。此人屈着腰身，垂着脑袋，有他不多，没他不少。老人来自硝石村，是黄伯臣一位老舅子，因其终生碌碌，百无一用，大都凭黄家接济过生活，如今更是耳背眼花，老境凄凉，平日里没几个人把他瞧在眼里。今日位列显座，纯乎出于垂垂老矣，年岁当列厅堂之最，占了个老的便宜。

黄伯昂这张席口上，一干人众，大都出自江湖豪客，酒席宴上闹腾起来，大块吃肉，大碗喝酒，吆五喝六，猜拳行令，自是别有一番景象。薛蛮媚子一脚踩着凳子，一手端着粗瓷大碗，喝酒跟乳牛饮水一样，笑起来声震屋瓦，半裸的双乳，鼓得小山包一样，随着声声浪笑突突打抖，晃将起来，直炫人的眼目，给黄老太爷寿诞大壮行色。

黄伯昂手摇折扇，大马金刀，叉着双腿踞坐一侧，冷眼旁观，视线几乎不曾移开黄伯臣所在那张席口。

那张席口上，众人一个接着一个，轮回敬酒。那位名叫黄崇德的长辈，最后一个端起酒盅，首先走向靠北面南、背依屏风的上座，向就位于上座的黄伯臣敬起酒来。

但闻哗啦一声，继而砰地一记大响，紧接着又是一声炸雷般的呐喊。黄伯昂一合折扇，猛敲桌面，乍然发声："慢！"

顿时，大厅内鸦雀无声，众人眼光齐刷刷投向黄伯昂。

举着酒盅的黄崇德僵在原地，愣怔地瞅着黄伯昂。

黄伯昂挺身而起，大踏步迈向黄崇德，眼珠子直愣愣瞪了起来。

"七叔，你今年多大岁数了？"黄伯昂话倒还问得平和。

"嘿嘿……是伯昂侄儿，问这话做啥呢？叔今年四十二了。"

黄崇德满面惶惑，一双掉梢眼游移不定，无处着落。对黄伯臣而言，他这个长辈充满着景仰；对黄伯昂来说，心头充满着敬畏，每每打个照面，心里由不得落虚。

黄伯昂的第二句话，声气就不是那么平和了，猛乍来了个高八度，几乎是从喉咙里吼出一句冷话。"我看你是白糟踏了四十二年粮食，连世间的人礼待道都不懂了！"

黄伯昂一把从黄崇德手里夺过酒盅，眼窝一瞪，大喝一声，"不懂就靠边站，看你侄儿怎么敬酒，最好长些记性，一旁学着点！"

黄伯昂双手捧着酒盅，冲座中那位苍头老者弯下腰身，毕恭毕敬，肃然言道："老人家，今日有缘相聚，黄某深以为慰。若承不弃，暂借他人一杯水酒，就请赏在下一个薄面，饮了此杯，愿您老来多福，安享天年。"

那老人端起酒盅，诚惶诚恐，连盅子里面的酒都漾了出来，讷讷言道："唉哟哟……黄团总，消受不起呀！实在消受不起！您太高抬我了……我这辈子，哪喝过您这样的人敬的酒？听说您当年高中皇榜，跨马游街，在巡抚大衙门摆的琼林宴上，连学政大人，都没喝上您敬的一盅解元酒……值了……值了……我这辈子值了……"

老秀才说着说着，不胜感伤，眼泪花花，跟黄伯昂一起对饮了那盅酒。

啪地一声，黄伯昂奋力一摔，手中那只酒盅子顷刻间碎为残渣，瓷片子进了起来，溅在有个人的脸上。

"这张席口上的其他几人，把你们狗眼睛睁大点，驴耳朵伸长点，给我看清楚，听仔细了！"

黄伯昂口中的其他几个人，显然像是除老秀才、以及还在那规规矩矩站着的黄崇德而外的几个人，当然也包括上座的黄伯臣。这些人多是同辈，且年岁小于黄伯昂，一个个惧于对方威名，平日里见了他们的九哥，莫不点头哈腰，仰而视之。此刻更是唯唯诺诺，胁肩谄笑，甘受对方恐吓责罚。只有黄伯臣稳坐其位，望着这位冤家兄长，不温不火，还算沉着冷静。

"尔等可曾知晓，本人敬酒，为何首先从这位老先生敬起？因为在这个大厅里，老人家年纪最长！人一辈子，无论活得风光也好，憋屈也好，他老人家这一辈子，跌跌绊绊走到今天，白发苍苍，老态龙钟，就是喝凉水，也比你们多喝了几十年。难道他老人家不值得你们尊重？不值得你们当先敬他一盅酒？"

黄伯昂言至于此，几乎是拿指拇点着那几个人的额头。

"可你们这几个坯子，连正眼瞧都不瞧老人家一眼，首当敬奉的，全都冲着他娘那个当官的！黄家人的血脉，啥时候混和了些杂七杂八的玩意，竟生养出这么多奴才来，把人活得一个比一个贱！见了当官的，舌头伸得比狗舌头还长，扑着扑着舔人家沟子！"

黄伯昂目光似电，凌厉无比，倏然间扫向一旁的黄崇德。

"做为长者，为老不尊，竟然也撇不开一副奴颜媚骨，没等小辈为你敬酒，反倒先给小辈敬起酒来。你这样做，无非是因为小辈子把官做大了。人家活人活在你上头去了，你就把人家当祖宗供了起来？既然连班辈都疏淡了，那你就爬在当官的脚下，叫人家爹叫人家大好了！亏你还叫了一个好名字，你从来崇的都是官道，就是不崇人道！怀的又是什么德？难道这就是你的好德性！呸！从今天起，我黄伯昂不屑于喊你一声七叔！"

咚地一声，黄伯昂朝地面上狠狠一跺脚。

"大家都说，今天是什么日子？今天是黄老太爷的寿诞，不是官方的庆功会！这是什么地方，这是王官镇醉八仙酒楼，不是官家的名利场！既然不属官方行为，可有人偏偏恬不知耻，唯我独尊，把官架子摆到他大寿宴上来了！座位不分主次，也就罢了。既然要分，理当年高德劭的长者居于上座！黄某今日一席话，如果不合世情，有违天道，你们就把口水朝我脸上吐，我黄伯昂唾面自干，连擦都不擦！说！有哪个狗胆包天，敢站出来，指斥黄某一番言语，不在情理之中！？"

大厅内一片死寂，咳嗽都设人敢咳嗽一声。

"难道官做得大了，便可不分场合，时时刻刻都高人一等？草民百姓，随时随地都得匍匐在他的脚下？不过就是个国军队伍里面的副旅长罢了，前面的台板一道一道，还多得很着呢！就是爬进金銮殿，坐上龙椅又怎么了？皇后娘娘的金毛狮子狗，说不定一个不留神，还会爬到龙椅上面去呢！可人毕竟是人，狗毕竟是狗，难道爬得越高，他就越伟大了，越了不起了！"

谁也没想到，黄伯昂指桑骂槐，把黄伯臣骂了个狗血淋头，竟然意犹未尽，突发惊人之举，脱去一只皮鞋，提在手中，朝黄伯臣面前桌案狠狠拍去。随着一声震耳大响，连桌面上的盘盘盏盏，都给震得弹跳起来。

"黄伯臣，你个狗东西给我滚下来！这张席口的上座，没有你的位置！"

咯地一声，主座席口上的黄崇义立马犯了病，从椅子上溜了下去，瘫在地上，口吐白沫，抽起筋来。

大厅内顿时人声鼎沸，乱作一团……

牛八率众进得醉八仙，已错过一场热闹，深以为憾。不过，有个大人物尚还在座，此人便是近日令他气恼非常的黄团总。

鉴于往日交情，牛八想去保民自卫团谋个差使，吃碗现成官饭，自忖这个面子，团总大人是非赏不可的。结果很不美气，人家说是因不足为道的原因，实实不便接纳。牛八心里亮晶得很。狗屁原因，不就嫌老子名声不好，臊了你的皮嘛！那好，我今天就在这人多处，臊臊你的皮，看你把老子能咋！

此刻，松鹤延年雕花屏风前的八仙桌上，已重新摆上一桌丰盛酒菜，县长曹秉仁、省府高参议父女俩及保民自卫团一干人众，围绕着黄伯昂谈笑风生，开怀畅饮。

宦娘等人陪牛八围坐在一张空着的桌子周围。

大厅里各色人众与闹轰轰的场面，以及高参议娇滴滴的女儿脚下那双红色高跟鞋，引起宦娘极大关注。她指着那一女子问："大爷，她是谁啊？"

"窑姐。"牛八诡秘地凑近宦娘耳朵，悄悄言道。

不曾料想到，宦娘径直走向八仙桌，蹲伏地面，不为人察地扳起那女子腿杆。

那女子翘着兰花指，指向脚下，冲其父高参议诉苦似的娇叫一声，"爸，你看她！"

宦娘除去那女子一只鞋子，穿在自己脚上。做着这一切的她心无旁骛，认真仔细。因其鞋跟太高，又反穿脚上，瘸子一般，戳天晃地走了一圈，且无视他人，不以为怪。

直楞楞瞧着宦娘的众人满面惶惑，莫名其妙。

而黄伯昂、龙宝山和佩瑶三人，除了惶惑，更多的是惊异。他们惊异于眼前这个突兀现身的小姑娘，与某一个人的形貌何其相象，不禁全都凛然对视了一眼。

宦娘脱掉那只红色高跟鞋，摇了摇头，似乎对其大失所望，换上自己那只绒面扎花绣鞋。随后将那只鞋子，捧向那一女子，并冲她甜甜叫了一声："窑姐。"

这一叫非同小可，大厅内吃饱喝足了的看客们，顿然发出一阵哄堂大笑。

那女子再度翘起兰花指，指着宦娘，冲其父锁着双眉娇泣道："爸，她……污辱我！呜——呜呜呜呜……"

高参议愤然作色，一扬胳膊，作击打状冲宦娘怒斥道："这是谁家女子，如此少教！一张臭嘴，胡说什么？看我不打烂你的嘴巴！"

见得苗头不对，宦娘扭头便跑。

黄伯昂、龙宝山、佩瑶三人奋起直追。

宦娘燕子抄水，几个蹦子便跑到牛八等人桌前，并掩身大爷背后，偷觑着率先赶来的黄伯昂。

"他是谁呀？"宦娘怯怯地问。

"老杂毛。"牛八贴着宦娘耳朵，悄声教唆道。

"他追我干啥？"

"请你坐席吃饭呢。你得谢谢人家。"

听得此话，宦娘站起身子，冲黄伯昂面呈浅笑，道了声谢，说："谢谢你，老杂毛！"

又是一阵哄堂大笑，还有人不无揶揄地打着胡哨。

黄伯昂、龙宝山和佩瑶苦笑着对望了一眼。

一转眼，宦娘已独自坐在那张八仙桌前，且居于黄伯昂所处的那把上座椅凳，耸动秀气的鼻子，一盘一盘嗅着诸般菜肴的香气。

黄伯昂等人即刻聚拢过来，众星捧月般围坐在宦娘两旁。

宦娘率先抓起筷子，将筷子梢头朝桌面上墩了墩，对得两头一般齐了，只等着下手。

黄伯昂自第一眼瞧见宦娘，心头便为之大动，像是遭遇大铁椎锤击一般震憾。随后每看一眼，心中便一阵阵隐隐作疼。这个疼，是珍重到无价的疼，喜爱到极致的疼。他暗自琢磨，仰天叩问，莫不是苍天眷顾了我，打发这个跟当年的婉卿如是相象、又天真可爱得如同精灵般的小姑娘，前来慰藉一颗孤寂的灵魂？

"吃，吃呀！来，乖孩子。"

看着小姑娘迫不及待的样子，黄伯昂见机发了话，且夹起一坨红烧鱼块，放进她面前的碟儿。

宦娘正待下箸，吞食美味，陡然间筷子悬空，似有所悟。

"老杂毛，我大爷跟铲子哥哥、秃子哥哥还没吃呢！"

大厅里又是一阵哄笑。唯黄伯昂笑得开怀，豪放。

"哈哈哈哈……这个好办，老杂毛这就安排！店家，再摆桌酒席，请牛老弟跟两个娃娃就座。"

一桌同样丰盛的席面，很快摆上就近一张桌案。牛八噙着烟锅，倒背双手，迈着企鹅一样的绅士步伐，铲子、秃子两位哼哈二将紧随其后，捡了个上座位置，一屁股塌了下去，抽完最后一口烟，举起烟袋杆子。

一旁的秃子惶急伸过头去。

哒哒哒，烟袋锅儿的边沿，节奏感极强地敲打了几下，一坨坨闪烁着火星的烟灰，便散落在秃子的秃头上。秃子手忙脚乱，一阵摩挲，那烟灰便散作粉尘，均匀地涂抹在渗着黄水的秃头上。秃子熟能生巧，以快见长，这样便可免火烧身。

这些，似乎都在向众人暗示，今天，小人物要朝大人物头上弹烟锅了。

宦娘初尝人间美味，品着那坨红烧鱼块，陷入梦幻般的妙境之中，沉醉得连眼睛都眯了起来。

"乖，香不香？"黄伯昂似乎比对方更为沉醉，偏着脑袋问。

"香！这是啥东西？"

"哦。泾河鲤鱼啊。怎么，你没吃过？"

闻听此话，宦娘的嘴巴停止了蠕动，眼珠子也僵在了眼眶之中。随后，从眼眶里层溢出些泪水来，扑闪扑闪，滚滚欲滴。宦娘想起洗心池中的鱼儿，还有那条放生时死在自己手中的鱼儿。

"呜——呜呜呜呜……"宦娘压抑着声息，哭泣起来。

整个大厅气氛，为之一紧。

黄伯昂更是慌了手脚，惊恐非常。"啊！女子！乖女子……别，快别哭了。说说看，这到底是怎么了？"

"不……我不吃鱼……呜——呜呜呜呜……"

"哦！为啥不吃鱼？那你想吃啥？说，我这就叫他们给你做！想吃啥，就给你做啥！"

"我不吃鱼……呜呜……活着的东西，我都不吃……呜呜呜呜……"

"哦！不吃活物？你叫什么？从哪来的？能告诉老杂毛吗？"

"我叫宦娘，从静观庵来……"

"哦！静观庵？难怪你不食荤……"

登时，龙宝山与王砣二人神色一凛，暗底里对视了一眼。

十多年过去了，这二人守口如瓶，从未与任何人提及谢家别院那场奇天大火，以及大火之后的一切，只是不晓得这个不晓人情世故的傻姑娘，与当下的静观庵主有何关联。

黄伯昂当即吩咐店家，撤去桌面上所有荤腥，换上一桌洁净素菜，捡醉八仙单子上最拿手的名目，一个劲朝上端。

"听说静观庵早年有个神尼，在原上倒也颇有声望。"前些年黄伯昂久困山野，对静观庵近况不甚了了。

一旁曹秉仁来了兴致，口若悬河，插言回话说："本人主政敝邑，为时日久，对静观一门，倒也略知一二。如今有个庵主，缁纱遮颜，不以真面示人，继承当年神尼衣钵，精研歧黄，医术通神，据说比她师父还更胜一筹。只是如今的静观庵主面难见，门难进，没几个求治的病人有那份福缘。"

"哦！"黄伯昂对此颇感新奇。

"听警局里巡警教练所所长说，他舅家盘龙寨有一田姓富户，其子自幼失聪，口不能语，在神尼手里，虽经多方诊治，仍无太大起色。后来静观庵主接了手，又是扎针，又是吃药，不到年半天气，竟然双耳复聪，开口能言。你说奇也不奇！"

"啊！竟有这般高人，隐逸于五陵原上。如其得便，黄某倒还真想讨教一番。"

听得黄伯昂此话，龙宝山与王砣又暗暗对视了一眼。

各种素菜接续端了上来，宦娘吃得津津有味，满嘴流油。一张秀口，吸溜着一条长长的粉丝，吱溜溜打着旋儿，拖着哨音钻进嘴里。

"哎哟哟，慢慢吃，我娃慢慢吃。"黄伯昂爱怜得心头打颤。

"素菜这么好吃，你们为啥还要吃鱼？"

宦娘提出一个既艰涩又不失尖锐的问题。

黄伯昂稍事沉吟，回答说："鸡呀鱼呀，猪呀羊呀，它们在人的眼里，都可以当作食物，这是人的食性决定的。不单人是这样，凡是动物，都是这样。"

"动物也吃肉？"宦娘的双眼瞪了起来。

"当然了。动物分肉食动物，草食动物。像狼犲虎豹这些凶恶动物，都是肉食动物；像鸡兔牛羊这些良善动物，都是草食动物。"

"肉食动物，都是凶恶的动物；草食动物，都是良善的动物。对吗？"

"开窍了！你们瞧，谁说咱宦娘啥都不懂？多灵性的孩子，一点就通！"

"那你们这些吃肉的人，都是凶恶的动物了？"

宦娘一言既出，举座皆惊。连围坐在各张席口上的看客，一个个都瞪大了眼睛。

这话把五陵名儒黄伯昂都问结嘴了。他冲着众人一摊双手，说："我不知道该怎么回答她。大家有何高见，说说看！"

大厅内空气似凝若绝，半晌无人应答。

但闻咯的一声大响。原来是撑饱喝胀了的牛八，打了个气壮山河的饱嗝，算是对他孙女作出响亮回答，逗引得大厅内又掀起一阵哄笑。

黄伯昂夹起一块乳白色食物，欲放入宦娘碟儿，稍事沉愕，向一旁掌盘跑堂打问是何名目。

末等跑堂开言，忙于吃喝的宦娘伶牙俐齿，插嘴言道："茯苓。"

众人为之一愕，甚觉诧异。

黄伯昂目光扫向一旁抄手侍立的大掌柜，"掌柜的，贵店这道菜的名目，叫做何来？"

"黄爷，这道菜叫云苓东参菊花汤。取云南十年茯苓与长白山十年老参，配以玉翠龙爪菊熬制而成，是醉八仙款待贵宾的上上极品。正如这位小姑娘所言，那正是产于云南的一块十年茯苓精。"

众人把惊异的目光，齐刷刷扫向宦娘，未等赞叹上一句，宦娘又接过掌柜话茬，冷丁插了一句，"三年。"

众人不明就里之同时，这回轮到掌柜的惊愕了。但见他直愣愣望着宦娘，半晌没回过神来。

"怎么回事？"黄伯昂冲大掌柜追问了一句。

"回黄爷，真人面前，不敢妄语。说是十年茯苓，可十年的茯苓到哪儿找哇！这位姑娘盘中之物，的确是从西省谢家寿春堂大药房购进的一块三年老茯苓啊！"

黄伯昂柔柔望着宦娘的眼神，已不再是单纯的爱怜，而是一种无以复加的珍爱。"三年的老茯苓，也算是人间罕物了。今日幸会知遇，也不枉它在天地间存活了三年之久。来，这里还有一块，它也只配咱们小宦娘享用。"

黄伯昂又夹起一块茯苓，移近宦娘面前。

宦娘一口叼起那块茯苓，噗地一声，吐在地上，说："茯神。"

这一惊非同小可，在场人众，几乎全都瞪直了双眼。

宦娘吐之已毕，只叫出那样两个字，又开始吞食甜盘子。

所谓甜盘子，是糯米加红枣、百合、枸杞、核桃仁、葡萄干等合成的蒸制品，趁热拌上蜂密吃。这道菜极合宦娘胃口，她无视旁人，抱着盘子吃独食。

见得宦娘一口吐了茯苓，随即又叫出茯神二字，一旁的大掌柜冷丁打了个哆嗦，额头上竟冒出一抹涔涔冷汗。此人行至宦娘面前，抱拳屈身，一揖到地，随后将头拧向黄伯昂。

"黄爷呀，黄爷，我今天算是遇见神仙了！真神面前烧真香，这道云苓东参菊花汤中，三年的老茯苓，其实只有那么一块，除此而外，还搭配了几块茯神。茯苓与茯神同出一个母体，切成碎块，即便终身从医的药师也难辨认，况且还被同煮一锅汤中。黄爷，这位小仙女吐出口的，凝而未散，不曾煮烂，确是一块混杂进去的茯神啊！"

经此一事，那些吃饱看热闹的人，全都围了过来，一个个呆兮兮望着宦娘，像是在打量一个活宝。

宦娘仍大口大口享用着甜盘子，对身边的人和事置若罔闻。

"大伙瞧瞧！你们不是都以为她瓜吗？瞧瞧，这就是你们眼中的傻女子！"黄伯昂神情迷惘，慨然兴叹，"在座诸位，也未必尽人皆知。茯苓是寄生松木根部的一种药材，传说千年茯苓成精，可化玉兔，人间游走。茯神中间裹有松根，所谓抱木而生者为神；茯苓中间不裹松根，所谓无木可抱者为苓。这就是二者细微差别，正因这一差别，致其药性各不相同。"

言至于此，黄伯昂双眼迷蒙，稍显感伤。

"茯神具有安神定魄奇效。黄某命途多舛，英年丧妻，这十多年来，无时无刻不在思念着我的发妻婉卿，得下个长期失眠的毛病，谢家老二谢无常开的药方中，就有一味药，叫做茯神。茯神中间，不就多裹了一段松根而已。我就不明白了，为何多出这一小段木头，就生发出安神定魄的功效？"

噗地一声，宦娘吐出一枚枣核，接过黄伯昂话茬，口绽莲花，率然吐语，琅琅清音，有如莺鸣鹂啭。

"缘木孕化，为其所生，情必恋母；有母在心，灵台有靠，有靠则安。"

"啊！"黄伯昂惊叫一声，扶着桌沿，徐徐站起身子，眼睛一阵潮热，视物都显得有些模糊不清了。"你们可曾听明白了？"

在场人众，面现惑然者居多。

"既然如此，那我就把宦娘的话，详解给你们听听。这段话的意思是说，最靠近木质的茯神，是松根生成的，松根即是茯神生母。就像人世间的儿女，围在母亲身侧，他们就有了依托。正因有了依托，儿女们的心神，自然也就安然了。灰离火近，儿离母近，紧靠松根的茯神，就跟抱在娘的怀里一样，这就涵养了它的药性，也就具有了安神定魄的疗效。"

听得这话，人人颔首，默然相向。

"黄某害了十六年失眠症，服了十六年汤药，这个问题也困扰了我十六年。也曾请教咱原上号称神脉、决人生死、被尊为关中医圣的谢无常，连他也没能给出个令人心悦诚服的答案来。可偏偏是她，一个看起来瓜兮兮的小丫头，竟一语道破玄机，让黄某醍醐灌顶，茅塞顿开！"

听得黄伯昂一番陈说，在场人众，莫不啧啧称奇，赞赏不已。

吃饱喝足的牛八，更是斜靠椅座，翘着二郎腿，弹着脚尖儿，将嗛在嘴里的烟锅嘴儿咂得叭叭响，自得之态溢于形色。

出于情绪过于激动，抑或心怀感伤，黄伯昂接过妻子佩瑶手中一方素洁丝巾，沾了沾湿润的双眼，凄然言道："我娘死得早。小时候，每当我从书房回来，总是习惯了喊一声娘，可厨房里再也见不到她的身影了。没了娘的孩子，心里空得慌啊！"黄伯昂又沾了沾布满红红血丝儿的双眼，"我永远也忘不了我娘说给我的一件事。她说，在我两岁那年，她抱着我，去逛三月三庙会。我娘把我放在一片草地上，自个上了个茅房，回来的时候，看到我抓天挖地滚着哭，她的心都快要疼烂了。她说，这么小个娃，如果从此见不到他娘了，他咋活得下去呀！我当时还小，记不得那件事，可后来我也一直在想，如果突然见不到我娘了，不敢想象那个时候的我，在这个世界上是咋样个活法……男人这一辈子，总须有个女人恋着……小时候，我恋我娘，有我娘在，我整天活得精神头十足。自从十二岁那年，我娘撇下我走了，我就像霜打了的茄子，从此就一直蔫不拉几，再也活不出个兴头来了……"

言至于此，黄伯昂已是泪流满面。佩瑶抽过那方丝巾，替他抹了把泪水。

"苍天不负苦心人啦！后来，老天爷把谢家千金送到我身边……谢家千金，是何等尊贵！又是何等才情！何等人材！自从见了第一面，我就一门心思恋着她，整日里茶不思，饭不想，连心都像是被人掏空了……后来，我黄伯昂何其幸运，到底还是跟她合了婚，我俩可谓是琴瑟和鸣，凤侣鸾俦哇，半天不见，心里就虚得慌，真真是一对神仙伴侣……可后来……后来……呜——呜呜呜呜……婉卿啦——你如今还被压在谢家别院的废墟里……一把干骨头都见不着哇……你咋撇下我，自个走了……呜——呜呜呜呜……"

黄伯昂言至伤心处，从椅座上滑落地面，嚎啕大哭。

回思当年主仆之义、姐妹之情，佩瑶也跟着哭了起来。

一直对黄伯昂爱恨交织的薛蛮媚子，此刻也深深为其夫妻真情所动，落下几滴鲜见的热泪。

受其情绪感染，一旁的宦娘也哇地一声哭了。

龙宝山、赵良栋、王砣、武一甲及曹县长、高参议等人红着眼睛，再三解劝，也没能驱散闭锁黄伯昂心头那层郁郁悲情。

后来，还是佩瑶一句话，止歇了黄伯昂的哭号。她说，你看把宦娘吓成啥了！你再闹腾下去，把女子吓跑了咋办？

佩瑶猜到了她男人的心思。

黄伯昂抹干自己眼泪，随后便替宦娘擦，在她那秀丽的脸子上擦拭了一把又一把，并用指拇理了理她额前的留海，说："我娃别哭，这事跟你没关系。老天待我不薄啊！如今，又把这个仙女似的小姑娘，送到我的身边……她跟别我而夫的婉卿，长得这般相象，看见她，就跟猛乍看到当年的婉卿一样。即然把话说到这个份上，我就当着在座的各位仁人义士，宣布一项重大决定。我黄伯昂，要收宦娘做我的螟蛉义女！"

县长曹秉仁率先带头，鼓起掌来。

顿时，大厅里掌声与喝彩声互为交作，响成一片。

许久，大厅内方才归于宁静。

黄伯昂牵着宦娘一只手，清了清嗓门，前行一步，神采飞扬，正待发话，突然传来一记翁声翁气的怪响。

原来是撑得肚子憋闷了半晌的牛八，斜着身子，一抬屁股，打了个响亮的闷屁，一霎间大厅内回音袅袅，不绝于耳。

随着一阵哄笑，牛八抓着烟袋杆子，朝秃子秃头上弹掉烟灰，将悬挂着的烟荷包风车似的一阵紧缠，绕在烟杆之上，朝裤带上一插，腾地站起身子，朗然发声。

“乖孙女！”

“哎！”宦娘脆生生应了一声。

“这来！”

宦娘当即挣脱黄伯昂之手，噔噔噔跑向牛八。

牛八牵住宦娘一只手，在铲子、秃子护持下扭头便走。

黄伯昂等人为之一愣，相互对视了一眼。

“宦娘——”

黄伯昂第一个喊出声来，也是第一个追出大厅。

大街上，牛八倒背双手，阔步前行，宦娘紧随其后。铲子、秃子二人负责断后，行走在宦娘身后左右两侧。黄伯昂、佩瑶等一干人众，跟在那四人身后，亦步亦趋，紧追不舍。

行走之间，牛八不时扭头，朝身后瞥上一眼，且一板一眼，朗声宣示。“清平世界，朗朗乾坤，我看哪个吃了熊心豹子胆的，敢抢良家妇女！”

身后的宦娘亦倒背双手，昂然前行，且鹦鹉学舌，跟着叫道：“清平世界，朗朗乾坤，我看哪个吃了熊心豹子胆的，敢抢良家妇女！”

第二十二章　背死人

袁天才初露头角，是早年进得西省国立一中，参加青年文学社后，在《青年文学》上发表了一篇慷慨激昂、抨击时弊的政论文章。岳先生览之已毕，赞其孺子可教。后来天才加入社会主义青年团，身兼西安学联代表、陕西学生反日救国会副会长、中华民族抗日先锋队西安队部组织干事。近些年，他把一半时间摊在学校外面，如果他娘李快嘴获知此情，非得气个鼓胀不可。

因其机敏颖悟，信仰牢靠，袁天才深得岳先生依重，偶尔还兼及西北军事革命委员会对外联络工作。近日，他利用与黄伯臣同乡关系，把一项重要指令，口头转达给红军秦陇游击支队队长刘强，掩护中共代表，穿越当局城防部队警备六团防线，把毛先生的一封亲笔信，转呈给西安绥靖公署首脑人物。

这次回乡，受岳先生重托，袁天才肩负双重使命。一是与保民自卫团一中队队长赵良栋取得联系，配合鄂豫陕苏区第二次反围剿，为刘强支队提供一定数量弹药补充，提供敌方兵力部署情报，做好武力策应准备。二是在陵邑县成立民先队，以抗日名义发展地方组织，为武装斗争积蓄后备力量。

阔别家屋大半年天气的袁天才，日落时分跨进家门，刚赶上给他大收尸。

袁大头能吃能喝，却越吃越瘦，一旦尿水撒在裤子上，干了以后，白得跟落了层霜一样，谢无常把它叫消渴。李快嘴叹气说，怪不得喝起汤水来，跟饮牛一样。这病平日全凭药养，往日养不起，常断顿；如今有了钱，养得起了，却没福吃了。袁大头已遭害李快嘴十多年了，她心也淡了，对她一双儿女说："有牙没锅盔，有锅盔却没了牙，他的气数尽了，我知道就是这十头八天的事，鬼都上了灶，有几锅包子都蒸成了死圪垯！"

原上人把发面馍蒸成死面圪垯叫鬼上灶。其实是袁大头连风箱都拉不动了，火力不足。

李快嘴给儿子出了个难题，"才娃子，天一黑，把你大背到饭堂里的粮仓里去，明日一早，就说你大值夜，冻死在仓里了！"

儿子顿然一愕。

袁天才何等机敏，怎能不懂娘的意思。她这是要转移尸体，嫁祸于人，迫使保民自卫团承担丧葬开销，再诈上一笔数目可观的人命价。

"妈，这怕有些不妥！"

"呸！你把书念到屁眼去了？不趁这时捞一笔，你还想念书不？西省求学，花钱跟流水一样，我拿啥供你呢？难道把你娘剁成蛋蛋，卖人肉包子不成！"

这倒是个非常实际的问题。有一回断了给养，袁天才不得不背着他人，捎去饭堂餐桌上别人剩下的半个蒸馍。

"再说了，你大本来就是给他们守仓的，这是跟司务长当面锣对面鼓敲定了的！"李快嘴进一步阐发此举可行性。

"那我大晚上咋没睡在人家仓里？"哭红了眼睛的袁冰兰反唇相讥。

"他那杩薄身子，晚上睡到那能招住？你个贼女子，还嫌你大死得迟了？"做娘的一句话，又把女儿顶了回去。

黑天半夜背死人赶路，是个力气活，非高大硬朗的壮实小伙子莫属，袁天才充分具备这一条件，负有无可推卸的责任。咋办？我娘咋是这人？硬逼着我干这事！虽然我不是大亲生的，可他对我比对他亲女子都好，累死累活半辈子，把我养这么大容易吗？如今人都死了，还要把他的尸首背来背去，这般辱贱，人的尊严哪去了？我咋能做这事呢？

"我跟你大好歹做了场夫妻，你妹子又是你大亲生亲养，咋忍心下手？再说，我跟你妹都是女人家，少气没力，胆子又小，拿他有啥办法？你是袁家男子汉，顶梁柱，你不出手谁出手？"李快嘴先是晓之以理，进而动之以情，胁之以势，"才娃子，你手拍胸膛想一想，我做这事图啥来？难道就图几个钱？你也太小看你娘了！这都是为了供你念书，供你念书又为了啥？为了你将来把人活到高处，也让咱袁家改换个门庭，在人前扬眉吐口气。你今晚不把这事扛下来，明日个就卷铺盖回家，书也别再念了，回王官镇种庄稼，一辈子打牛后半截好了！你娘我也把心收了，咱袁家世世代代，当个贱民百姓算了。"

李快嘴把一个严峻的问题摆在儿子面前，迫使他不得不直面现实。袁天才自幼寄养袁家，可体内涌动的是黄家一脉的血，骨子里潜隐着一番别样气性，自幼即表现不俗，关王庙书房里念得最熟的一句话，便是燕雀安知鸿鹄之志，早就对自己人生作了宏大规划，岂可半途而废，就此草草收场？

但是，袁天才依旧觉得如是作为，未免鄙琐，思虑再三，希求引用岳先生一句话，证明其理论上的可行性。岳先生说，一个处事不讲策略，不善于融合变通的人，是不足以肩负重任、成就大业的。君子合而不同，我们与国民党合作，绝不是政治立场无原则的媾和。有一种虫子，没有足够能力吃掉比它强大的对手，不妨先示弱并靠近它，从后窍里喷出一股气味来，等麻翻了对手，再轻松自如地一口咬死它。

袁天才得益于岳先生那番话的最大启示，便是策略二字。他看得出来，九·一八事变后，外敌入侵，国人团结起来，一致对外舆情纷起，民声喧嚣，我党与国民党有可能再度合作。那么，我娘说的这件事，能不能理解为特定情况下，为达到远大目的采取的一个策略？保民自卫团是什么组织？有何阶级立场、政治目的？只不过是一群乌合之众罢了！赵叔叔在牛蹄岭时代便打入其中，潜伏多年，还不是为了把它拉进革命阵营？取其所有，为己所用，这不是策略，又是什么？

这样一想，袁天才干起这件事来，不便说心安理得，起码让那种沉甸甸的负罪感，不再压得他喘不过气来了。

第二天一早，李快嘴一屁股跌坐团部门前，汪天大哭。

"哎——大头哇……我可怜的大头哇……你咋就活活往死里冻呢……难道几袋粮食，比一条人命还值钱……呜——呜呜呜呜……你老鸹守死狗，守住了人家粮食，没守住你的贱命，人家谁领你的情呢，念你的义呢……哎——我的大头哇……你丢下我娘儿们三个，孤儿寡母，这往后的日子可咋过呀……我不活了……我跳井呀……咱夫妻奈何桥上一路走……呜——呜呜呜呜……"

李快嘴果真朝不远处的井台上扑去，被天才、冰兰跟几个团丁死死扣定。

李快嘴哭得情真意切，甚是伤惨，肚子里的苦水不比任何一位死了男人的女人少。不同的是，她在最该哭的时候忍住没哭，转换一个紧要的场所去哭；也能把最该诉说出来的苦情话，转换成指向和目的极为明晰的话语哭诉出来。这个本事，却不是寻常妇人家施展得出来的。

黄团总朝仓中床板上的尸体摸了一把，三九天气，果然冻得梆梆硬。无话可说，先把人厚葬了。苦主不答应。咋的话？想一埋了事？世上没那么便宜的事！可是，黄伯昂口里的抚恤金，和李快嘴嘴里的人命价数目却逗不拢去。黄伯昂出六十个响圆，这已经破了天荒。李快嘴狮子大张口，要一百二十个响圆。

黄伯昂不是舍不得钱。中日两国，必有一战，我的兄弟们迟早都得开赴战场。你男人一个守仓库的，死了都值那么多钱，那我手下这帮兄弟呢？你看他们如今都活辣辣的，说不定日后战死沙场，连抬埋都没人埋呢。你这样要价，这样闹腾，叫他们心里咋想？

黄伯昂说："就是我的弟兄们上了火线，把命丢在战场上，国难当头，别说六十，谁给一个钱的抚恤金？你可别吃饱不知道撂碗！"

"咱俩尿不到一个壶里，那就凭天断！"

李快嘴丢下这句话，一根绳子，把她男人腿脚拴了，一直拖到保民团，把进进出出的大门给封了，哭了个死去活来，声势造得铺天大，几乎把全镇的人都曳到了大街上。

哭着哭着，李快嘴朝黄伯昂要命处下了刀子。

"想当年，老娘把谢家千金说给你，你娶了娇妻，忘了媒人，三寸良心咋得安然？你早年殁了娇妻，我如今殁了男人，咱两个本是拴在一条线线上的苦虫……黄老贼呀，你咋光知道自己疼烂心肝，就不知道别人疼断肠子呢……呜——呜呜呜呜……"

黄伯昂的眼泪涮地一下，跟决堤一样地流。他跌跌撞撞走近李快嘴，哽噎着说："我认了，办你男人后事……"

黄伯昂认宦娘做了干女儿，牛八带着他的两个哼哈二将，自然也进了保民自卫团，且讨了个监军衔儿。

牛八问："啥叫监军？"

"看看那个团丁衣衫不整，街上乱窜，胡作非为，你就管教管教他。"黄伯昂说。

"包括不包括当官的？"

"当然，这一点官兵一致，人人平等，谁犯了错都得处罚。"

"这么说，我手里的监军棒，上打昏王，下打奸臣，谁都别想在老子眼皮底下吊儿郎当？"

"嗯，是这么个理。"黄团总首肯道。

宦娘把黄伯昂叫干大，又把牛八叫大爷，这样一来，连黄团总都成了牛八的晚辈，加上封他个监军之位，牛八赫然成了保民自卫团的太上皇。自此，短小的身板，驴身上挂袍一样，裹着套宽大制服，斜挎一把盒子枪，后面跟着两名哼哈二将，领着公主般娇贵的宦娘四处周游，抖尽威风。

袁家丧葬期间，宦娘认识了袁天才。

宦娘参与了袁大头穿衣、入殓、守夜、敬祖、迎宾、奠酒、出殃、转饭、起灵、下葬整个丧葬过程。原因是她大爷跑到哪，她便跟到哪。牛八何以对袁家的丧事这等热衷？且请命团总，毛遂自荐，充当致丧活动保民自卫团一方代表？他生发了个新鲜想法。老子奔五十的人了，到如今连个女人毛都没摸过。二十八岁那年，戏台子底下，瞅空朝李快嘴屁股上拧了一把，叫这贼婆撵得跟头爬扑，差点被她下了坠。如今老子阔起来了，是不是该娶个婆娘了？那么娶谁呢？

想来想去，牛八只想到一个人，那就是李快嘴。这贼婆娘一对大奶子晃起来，把老子眼都晃得扑花扑花。屁股跟面盆一样，糟害得老子早晚睡觉都不安生。

人家男人刚死，埋都没埋，他就打起人家的主意。

如此一来，便惹出一桩意外事端。往日宦娘跟着牛八跑，如今跟着袁天才跑，比跟着她大爷跟得更紧，跑得更欢。牛八于心不服，暗自叫骂。这个生狗喂不熟的贼女子，认了哥哥，就忘了爷爷！

宦娘打第一眼看见袁天才，就被他英武的面相、俊朗的神采所吸引，感觉他是那样亲切。出于固有的率性与坦然，跟冰兰一起叫他哥哥。混得熟了，偶尔还拉住他的手，跟着人家一起奔走，一起忙活。

客人们祭灵时，天才、冰兰兄妹及同门中的孝子们披麻戴孝，双手拄着纸棍，跪在灵堂两旁装着麦秸的口袋上。宦娘也紧贴天才，跪于其间。男客朝灵堂上香磕头，孝子们还之以礼，向客人磕头；女客跪向灵堂，吟吟哦哦唱着哭，孝子们也跟着哭。

宦娘哭起来，似乎比谁都伤感。在这种充斥着死亡气息的场合，她第一次真真切切感受到，儿女与父母之间的情份，是如此珍重且易于破碎，以及破碎之后的感伤与绝望。这种骨肉之情刺穿了她心坎上最柔弱的一面。宦娘想到她死去的娘亲，还有如今仍毫无着落的父亲。

李快嘴一把把宦娘揽进怀里，说："哟，我娃咋也哭得这么伤心？孝子哭他大他爷呢，你哭谁呢？我娃别糟害自家，一旁歇着去。"

原上人有时把别人家娃也叫我娃。如此叫法，意在以示感同身受的亲近，以表出自内心的爱怜。

宦娘哭着说："我娘死了，我大还活着，可他丢下我不管了。我从静观庵下来，就是来世上找我大的。直到如今，还没找见……他不要我了……他丢下他女子不管了……呜——呜呜呜呜……别人都有大呢，有娘呢，我娘死了，我大不见了……他生下我，却不管我了……不要我了……呜——呜呜呜呜……"

宦娘的泪水，从捂着面孔的指缝间涮涮地流，哭得肩膀一耸一耸，喉咙里的嘶吼、呜咽，是那样匆迫、暴烈，淹没了灵堂前所有人哭声。

李快嘴不由得眼热心酸，既惊异又伤惨，紧紧抱着宦娘，用自己脸摩挲着对方那张涕泗滂沱的脸，哭泣着安慰她说："哟，没想到我娃也这么不当（可怜），世上的人咋都活得这么难场（艰难）呢！我娃别哭了……这么乖的女子，你大咋能不管你、不要你呢……从今天起，大家一齐帮你找，总有找见的那一天。到了那一天，当你大知道这世上，他还有这么心疼个女子，非高兴疯了不可……"

头七过后，牛八等三人领着宦娘，又来到袁家。

袁天才从书包里掏出一沓红红绿绿纸张，悄悄塞给妹妹，说，冰兰，你给团丁们做饭时，抽空把这散发给他们，就说你在街上捡的。宦娘笑嘻嘻跑过去，从天才手里抽了一张，一看，见得上面印满了字，题目是《告国民党士兵书》，甚觉有趣，便缠着天才问这问那。一旁的冰兰板着面孔，一把夺过那页纸，没好气地挖苦道，狗看星星，知道个稀稠！

牛八反客为主，不待别人礼让，便一屁股塌在一张躺椅上。那张躺椅竹蔑破损、支架歪斜、躺上去吱吱咂咂、跟没膏油的叫蚂蚱土车一样。袁大头死了，这架躺椅也就空了下来。

正在洗衣服的李快嘴斜了牛八一眼，张口便骂："你个牛做下的，又跑到老娘屋里做啥！"

"嘻嘻，牛哥想你了，来看看还不成。"牛八背过孩子们，嘻皮笑脸悄声应道。

"想你娘个脚后跟！抱住你娘脚看去。"李快嘴粗声大气，毫无避忌。

"吭，吭。"牛八清了清嗓门，一敛狎笑，作肃然之状。"我说大妹子，有个正经事，牛哥今日登门，想探你个口风。"

"谁知道你肚子里闷的啥狗臭屁！"

"看你说的。咱把话朝正题上扯。近些日子，难道你没从几个娃儿们身上，瞅出点眼道来？"

"咋，你狗鼻子闻出啥巴巴了？"

"咱揣着明白，莫装糊涂，有话直说。难道你就没看出来，你家天才这小子，倒还合我孙女的脾气。既然这样，我也就对这娃高看了一眼。他们年岁说小也不小了，有些事情，该张罗就提早张罗，免得到时候事急抱佛脚，连个预当都没有。"

其实，牛八虽然有此想法，未得团总大人认可，他还轻易不敢自做主张。再者，也觉得袁家一个穷家小户，对他孙女来说，有些高攀。虽说天才这娃还出息，可至今谁也不知道，他是从哪个石头缝里蹦出来的野种，又是在袁家这个母鸡窝里抱大的，生就一副贱骨头。我孙女一看就是个龙生凤养的主，袁家娃有没有这个福气，就看他日后的造化了！再说，黄老狗把他干女爱得跟金包卵一样，狠不得把她掫到金銮殿的顶子上去，省长县长大人的公子，也未必瞧在眼里。

此番前来，牛八全然出于自身考虑，打的是李快嘴的主意。宦娘跟天才的事，只是个由头。因不便直奔主题，意在把用意由下一辈朝上一辈身上引。

听得这话，李快嘴当即瞪大了眼睛。我的妈啊！这牛做下的，咋冷不叽叽提起这事呢！王官镇谁人不知，我才娃子是天上的冷子（冰雹），从空里来的？他跟我冰兰一对金童玉女，老天早都替我袁家搭配好了。老娘前些年就放出口风，他俩天作一对，地造一双，只等家里事情摆顺了，就给他们摆成婚的酒席呢，咋就叫这牛做下的，把瓜女子抬了出来！

她已经觉察到，这些日子宦娘把她才娃染（粘）得紧，一直以为这女子心里没秤儿（傻气），娃娃们混在一起，只是凑个热闹。经牛八这么一说，她才觉出有点不对味了。天啦！这瓜女子莫不真的看上我才娃了？更让李快嘴心虚的是，牛八今天这话，到底是他的意思，还是黄老贼的意思？

"你个牛做下的瞎子夹毡少胡扑（铺），别在老娘这放你的狗臭屁！"李快嘴率先开骂。

"咋？我孙女配不上你家穷小子，还是你袁家门楼子高了，没人攀得上去？也不撒泡尿照照，瞧瞧自家是个啥玩意。老子赏你个面子，还真当猴戴寿脸呢！"

"屁股抠砣屎痂闻一闻，先看看自己是吃啥糟糠的。老娘攘你一锥子，放出来的血都是臭的！"

"狗坐轿子，你不识抬举！"

"狗逮老鼠，你多管闲事！"

"烂婆娘立牌坊，你少装正经！"

"猴戴草帽子，你少充人样！"

"夹仁核桃，世下砸着吃的东西！"

"捶布的石头，生下挨棒槌的货色！"

"把老子惹毛了，我半夜爬你墙头！"

"把老娘惹燥了，看不把你蛋挥了！"

"看老子敢不敢一枪崩了你！"牛八翻身而起，掀倒躺椅，拙拙笨笨去抽腰间的盒子枪。

"看老娘敢不敢捶扁了你！"正在搓洗的李快嘴，就手操起身旁的棒槌。

未等牛八抽出枪来，李快嘴后发先至，一只粗大的棒槌，朝牛八干瘪的屁股上着了家伙。牛八一报一还，手中的盒子枪也朝对方臀部戳去。如是这般，二人陀螺般兜着圈子，你一棒槌他一枪，连砸带戳追打起来。

两个长辈前番对骂时，天才、冰兰兄妹，铲子、秃子哼哈二将及宦娘等五人，只是捂着嘴巴一旁窃笑。直到他们动起手来，这才忍无可忍，咯咯朗笑起来。宦娘的笑声至为清朗锐耳，银玲般响成一串，以至弯着腰身，双手搛着膝盖，扑闪扑闪的双眼喜泪盈盈。

"你再捶，看老子不搂屁股憋给你一枪！"

"你憋呀！不憋就不是人生父母养的！"

"嘿嘿，这冷婆娘，把老子屁股捶得火辣辣的！"

"嘻嘻，这牛做下的，把老娘屁股戳得麻酥酥的！"

"你也不怕老子真的走了火？"

"走你娘的脚后跟！我就知道你个牛做下的没打好主意。"

第二十三章　天塌下来有大个子撑着

黄家下一代长大成人后，赶上一个非常年代，这就是中日战争。

王官镇黄家一族，在陵邑县简易师范学校就读者仅有两人，一个是黄伯朝次子黄步霄，一个是黄伯贤女儿黄天香。

黄天香纯真率直，热情似火，在袁天才开导、宣传、鼓动下，成立组织，出任队长，发展民先队员，组织学生上街游行，开展抗日救亡活动，在几千人聚集的戏楼子上，手持铁皮喇叭，高呼口号，朗声宣讲。"同胞们，蒋委员长说了，地无分南北，人无分老幼，凡我华夏一族，皆有守土抗战之责。农民兄弟们，青年学生们，在此山河破碎、中华民族生死存亡之秋，一寸山河一寸血，十万青年十万军，踊跃报名应征，投身抗日救亡洪流，用我们的血肉之躯，筑成我们新的长城！"

黄天香与黄步霄同镇同族，同校同窗。黄家伙计福旺叔赶着马拉轿车，上学时把他们一块送进城，放假时又把他们一块接回来。两人吃喝用度，学杂费用，黄步霄争着支付交纳，不容天香花费分毫。天香岂是贪占便宜的琐屑之辈，为此争得面红耳赤，黄步霄每每眼泪巴拉，像是蒙受了极大委屈。

天香看得出，步霄从心底里喜欢她。她对步霄满意的几点，是他脑子活，学习好；人生得白净、帅气；对她心诚，依恋。不满的一点是性子软不拉几，有失男人家的刚强。时间一长，天香也就慢慢接受了。我一个女儿家，生就一副火爆性子，如果再找个软硬不吃的冷家伙，钉锤对石头，两个硬碰硬，溅出火星来，这以后的日子咋过呢？说不定他那软绵性子，跟我正好是个搭配。

从高祖黄腾鲛那辈算起，到了黄天香、黄步霄这一代，已经出了五服。再者，天香又是黄伯贤跟秋叶夫妻抱养的，与黄家无血缘关系，经媒人李快嘴撮合，两家于今年夏天订了亲。目下，黄天香与黄步霄已是一对尽人皆知的未婚夫妻了。事情到了这一步，按原上人讲究，可以说是青石板上钉金钉，双方敲定了的事情，无论男方女方，就是一盆恶水，也得强忍着吞下去。

高声大喇叭鼓动人家娃当兵上战场，自己未来的男人却窝在人后面当缩头乌龟。每每虑及此事，黄天香脸上火暸暸的。她曾多次想象着有那么一天，看着自己的未婚夫，佩戴红花，高头大马，人前气昂昂从军入伍，杀奔战场，作为他的未婚妻子，未免强忍别离之苦，怀揣不时之忧，可形象是何等荣耀，品格是何等崇高，人活得又是何等值重！

每当论及这个话题，黄步霄不忍伤损天香面子，答应得甚是爽快，两只眼睛却游移不定，茫然若有所失。

在天香的极力鼓动与同学们鄙视的眼神斜乜下，黄步霄把这一议题摆上家庭桌面。他大黄伯朝慢条斯理丢出这么一句话，"好铁不打钉，好男不当兵。天塌下来，有大个子撑着呢，把你煽得那么紧做啥？"

一方面，一些热血青年踊跃报名应征，投奔沙场。一方面，一些人在等着大个子为他们撑天，在保长们强行派丁抓丁的非常时期，有人剁去一只扣板机的指头，甚而弄瞎一只瞄准的眼睛。

如今的黄伯贤，已由原先的王官镇保董升格为由多保组建的陵邑县三区联保所主任。黄伯朝的话传到他耳朵，这位被地方民众尊为乡贤的官人骂了句粗活，"羞先人呢！当年书房里念了两天半书，就认了君臣父子四个字，一辈子不偷不抢，不嫖不赌，规矩得跟圣人一样，可到了这飞火燎毛的时候，日本人都快打到家门口了，眼睁睁亡国灭种呀，你狗×却等大个子给你撑天呢！世上有多少大个子？大个子撑不住了咋办？天塌下来，还不照样把你一家子捂死！亏你还念了几天书，难道孔圣人的经书，就念出了你这么个蔫驴×，交筋处光朝里面缩？说我瞎，你狗×比我更瞎。世上人都学你这样子，这层地面上的人还有救么？"

当保董时，每遇上面征丁，黄伯贤明里虚张声势，背后消极抵制。哼！军阀征丁干啥呢？征丁保自己草头王王位呢！国共两党杀得血水里面捞骨头，政府征丁干啥呢？征丁窝里斗、争天下呢，争王位呢，苦的还不是老百姓！

如今当了联保主任，执掌陵邑县三区八个保的管辖权，在清除赤匪余孽时推行联保连坐、监督检举、签约画押制，果然搜腾出多名赤化分子。黄伯贤与秦陇游击支队刘强暗通消息，每当警局或保丁们抓人时，一扑一个母鸡窝，连个赤匪毛都没捞到。刘强等共党家人，当年红枪会会首王豹家人，以及雒大勇和至今逍遥法外、且阔起来的牛八等人，其所以安然无事，与隐伏于主任大人羽翼之下避寒取暖不无瓜葛。

无党无派两不买账的乡贤，何以对他治下三区赤党网开一面？

一天晚上，乡贤对婆娘秋叶说："天香爱闹腾，就让她闹去。你莫看如今共党不得势，这帮人里面能人多着呢！跟老蒋血拼了近十年，把老本都快折光了，叫人家撵得没处钻，逃到陕北，再有一个合围，眼看就连锅端了。恰巧日本人打了进来，他们撺掇张、杨，把老蒋给扣了，欺着欺着跟人家合作。你以为真跟他合作呢？谁都想取天下，可硬碰硬直中取取不到手，就只有屈中求了。这一招太厉害了！鸿门宴上，西楚霸王心狠点，手硬点，还有刘家四百多年基业？你不信走着看，老蒋总有玩完的那一天。我得给自己留条后路。"

这番征丁，乡贤积极主动，分外卖力，并建议县长曹秉仁，把过往三丁抽一之策，在本县变通为两丁抽一，以应时下部分人家消极抵制，丁源奇缺之急，亲率保丁，捕抓那些抽签应选，又伺隙脱逃回来的壮丁。乡贤心里是这样琢磨的：我黄伯贤驴粪蛋外面光，大伙尊我敬我，其实我不配。可人不能把事做尽做绝，不管别人咋看咋说，起码要让自己觉得，自己还配披这张人皮。眼下国难当头，到了干件正经事的时候了，能尽多大力份，我就尽多大力份。

三区联保所治下各保，唯乡贤家屋所在地王官镇一保，成了本区油跟子（末位）。全镇应卯抽签之人寥寥，犹疑观望者居多。你既是乡贤，又是主任，更是五陵首富未来的亲家，父女二人，一个乡里，一个县上两头煽，煽别人抽丁当兵，扛着枪杆上战场，你本门兄弟黄伯朝家两个丁，为啥一个都不抽？

据此，黄伯贤亲率十多个背着大枪的团丁，闯进黄家抓人，抓来抓去抓了个露油的灯。原来，黄伯朝见得这番抓丁来势汹汹，躲过初一躲不过十五，逼着大儿子黄步云剁去那根手指头。至于二儿子黄步霄，目下还在城里念书，他不信抓丁还能抓到学堂去。

黄步云是个贼大胆，人却老实巴脚，以孝名闻达于乡里，却把抗日救亡当成诮闲传，做事掂不来轻重，大说叫剁他就剁，一斧头下去，右手食指蹦得老高，跟童年苜蓿地里逮蚂蚱一样。没了指头的丁还能叫丁？放不成枪的兵还能叫兵？

显然老大这个丁是废了。跑了和尚跑不了庙，黄主任加派人手，守株待兔，单等着捕捉假日归来的老二。到了这个份上，他已顾及不到未来的女婿不女婿了。有这么个毫无血性的女婿，黄伯贤觉得脸上无光。在这件事上，不敢说大义灭亲，起码别辱没了我乡贤的名望。

黄伯朝被逼得没了奈何，下西省求告兄弟出面讲情，结果碰了个软钉子。黄副旅长说，我只有步蟾一个儿子，去年士官学校毕了业，入了伍，不久也要随我上战场。

随后，黄伯朝跟黄伯贤定了个君子协议，出九十个响圆，外加三十担麦子，一次买了三个壮丁，以此换取他二儿子金玉之身。曹秉仁对各联保处下达任务，以数目作论，黄主任抓丁亦求凑数。我一个换三个，这回该把有些人口封住了吧！不服有钱尽管买，原上卖壮丁的有的是。别说三个丁，就是一个换一个，我也认帐，只要把人数凑够。

黄伯朝、黄伯贤两兄弟一番争多论少，还真做成了这桩生意。

那三位老兄，原本就是原上的丁油子，早年不知把自己卖了多少次，熟能生巧，或者联手协作，伺隙脱逃，或者给押解他们的官兵塞个黑拐（行贿），总能奇迹般从壮丁队伍逃回来，并借此发家致富，日子过得不是一般的滋润。

……

黄天香亲率简师民先队男女队员，手执铁皮喇叭，绿红三角小旗，数面横幅标语，浩浩荡荡开往王官镇，决计配合其父，攻克这个冥顽不驯的土围子。天香英姿飒爽，健步登上关王庙前戏楼子，当着镇子上数百名乡党，口绽莲花，慷慨激昂宣讲抗日救亡大义，鼓动青壮年男子报名从军。有一穷汉家娃，捡了个半截砖头，抖手滗向戏楼台口，险些砸在黄天香脚上。

黄天香柳眉倒竖，凤眼圆睁，厉声喝道："把这甘当亡国奴，没有尊严的下贱坯子给我押上来！"

数名戴着袖章的民先队员闻风而动，把那名穷汉家娃押上台口。

"如今焦土抗战，全民总动员，民先队发动民众，投身抗战，你朝台子上抛砖头，搞破坏，是何道理！"

穷汉家娃是个独子，想卖壮丁，没能攀上黄家那么高的价码，把自己没卖出去，心里有气，这番是专找黄天香晦气来的。

"你煽播人家娃当兵卖命呢，咋就把你女婿汰（珍藏）在炕角角，舍不得让他去呢？"

听得此话，黄天香始觉释然，朗声言道："黄家两丁抽一，无可推卸。本人跟黄步霄已经谈妥，连签都不用抽，黄家的壮丁，就是他了！如果这一回，本人未来的夫婿，在民族生死存亡关头，蹴头缩脑，连这一点男人的血性都没有，我黄天香一辈子不嫁人，比屁还淡！今天当着各位乡党，我把话撂在当面！"

台上台下，哄然响起一片笑闹声，其间不乏喝倒彩，还夹杂着嘘嘘哨音。

一直奔忙于全县各区，开展救亡活动的黄天香，对黄家老大剁了指手，老二金蝉脱壳，让三个卖壮丁的应了卯这件事，至今浑然不觉。此番前来，她把红绸子扎的大花朵都准备好了，陕西民先会组织干事袁天才，还加派了一位《西北民声报》记者，以黄天香为对象，专题采写未婚妻子送郎赴战场感人事迹。

笑闹之声，势若潮涌，令黄天香生发出当场被人捉奸的感觉。她心虚了，一把揪住那个笑得眯着眼睛的穷汉家娃，急于探个究竟。

踢脸卖害的丢人事，此番捉对儿朝黄天香袭来。

其父黄伯贤亲率保丁，押解从全镇抽出的壮丁，拿绳子串作一队，把他们押往陵邑县国民兵团，再由兵团划拨给各国军队伍。此刻，他们一个个囚头丧面，正好从戏楼前经过。

黄天香强打精神，竭力搜寻壮丁队伍里黄步霄身影，结果让她大失所望。穷汉家娃一敛那副嘻皮笑脸的尊容，冲身旁黄天香说："天香妹子，实话告诉你，黄伯朝出高价，一次买了三个壮丁，顶了你女婿的缺，把他换回去了。"

穷汉家娃还朝壮丁队伍指了指，说："你看，就是他们三个。走在前面的那个人，上身穿了件湘色府绸衫子。"

黄天香胀红的脸，此刻转作青紫，嘴唇都咬出了血印子。

这姑娘跟原上许许多多人一样，把面子看得很重。有一次，她给来家里看忙罢的姨妈、姨妹端饭时，没忍住打了个不甚响的屁，抽了条出绳（套犁耕地的绳索），哭着哭着要上吊，被秋叶搧了两抽脖（耳光）。

押解壮丁的队伍行至保民自卫团门前，谁也没想到，竟被黄团总手下一帮人给拦住了去路，瓦亮瓦亮的长短家伙，顶上联保所十几个保丁的腰眼，包括团总大人一奶同胞的主任哥哥在内。

黄伯昂披了件红底黑面灯心绒斗篷，双臂插腰，像只跃然欲飞的猛禽，巍然挺立在团部门前那面猩红大旗下。

赵良栋、王砣、武一甲揪住那三个丁油子衣领，拖着条死猪般，将其贴着地皮拖进大院，作猴儿抱柱状，绑缚在团部厅堂前三根大柱之上。副团长龙宝山手里，还卷起来捏着条乌梢蛇样的牛皮鞭子。

见得这等阵势，王官镇人顿时来了兴致，瞧热闹的心思比三月三庙会耍社火还迫切，里三层外三层，把大院挤了个水泄不通。

"乡亲们，今天驴槽上，突然伸出我这个马嘴来，你们难道就不觉得奇怪吗？其实，这人世间怪事多了，也就见怪不怪了！当此家国倾覆之际，民族危难之秋，居然有人把从军入伍，效命沙场视为儿戏，拿自己一条一钱不值的狗命、腐烂发臭的皮囊做虚弄巧，偷梁换柱，谋取不义之财。似这等寡廉鲜耻之辈，不忠不义之徒，苟存于世，枉活人间，于我破碎山河何补？于我危难家国何益？今天，黄某当着众位乡亲，替五陵原除去这三个不肖儿孙、蠹乱人心的孽种……"

突兀间，又生发一桩大出人们意料的异举。但见人丛里挤出一个人来，从龙宝山手中夺过鞭子，朝那三个丁油子挨个儿抽打起来。此人非他，竟是身着红妆的女中英侠黄天香。她为了给自己争回面子，把对父亲和黄家以及未来夫婿的满腔怨愤，全都撒在这三个人身上。

在众人喝彩与三个丁油子的哀号声中，黄伯昂迎上前来，抓住黄天香一只臂膀，从她手中摘下那条鞭子。

"好一个侠肝义胆、愧煞须眉的巾帼英贤！九大有你这样一个好侄女，脸上有光啊！我娃一旁站着去，九大今天还有更大的事情要办。"

黄伯昂言罢，爱怜地抚了抚侄女额际散乱的头发，将其牵向一侧，提着带血的鞭子，目光灼灼，朝人群扫了一眼。

"黄伯朝，如果你还是个有皮脸的男人，就给我站出来！"

黄伯昂炸雷般的一声吼，让全场所有人突噜噜打了个冷颤，其中的黄伯朝和黄步霄二人这一颤，颤得寒了心。这父子两个还真挟裹在人群之中。

"有钱能买鬼推磨啊！黄某今天才大大开了眼，钱这东西，魔法大得没边没沿啊！它不但能买官鬻爵，光宗耀祖，买房买地，扩置产业，今天我才发现，钱连人命都可以买！谁都知道，战场上枪子不长眼，当兵的吃的是现成饭，穿的是现成衣。队伍一旦拉上中条山，又有多少人得以保全性命、生还故乡？你富人家娃的命是命，穷人家娃的命，就不是命了？你娃是人生父母养的，别人家娃难道是石头缝里蹦出来的？黄伯朝啊黄伯朝，你的那个宝贝儿子，可真算是龙生凤养的金玉之身，值钱得很啦！三个穷汉家娃，都没你一个娃值钱；三个穷汉家娃的命，都没你一个娃的命金贵。你的本事真大，生了这么金贵个娃！五陵原上，谁人有你这么能生？有你这么会养？"

直到这阵，大伙才晓得，团总大人今天这一出，是直直冲着黄伯朝来的。

"只说是大清国坍台了，皇王爷滚蛋了，国家走向共和了，民众当家做主了，普天之下人人平等了。可有些人仍然一门心思往高处爬，为的就是骑在别人脖子上作福作威。有权有钱、有威有势的人，总想把势单力孤、无依无靠、如同草芥一般的平民百姓踏在脚下，斜着眼睛鄙视他们，踩着面额欺辱他们，甚至不惜拿多条卑贱的性命，换他们一条金贵的性命！这狗×的世道，从古到今，换朝代就跟卖屁股的婆娘换野汉一样，换来换去，咋就没换来一个均等的世界？咋就没给所有人都赏个脸面，让人跟人活得一般高！？"

保民自卫团大院内，团丁、保丁、民先队员，乃至男女老少一应民众如聆纶音，满面肃然，首次听闻到一个平日里不甚关切、如今听起来却是这般温暖的话题。

"黄伯朝，你给我听好了！在黄某眼中，人人平等，无高低贵贱之分！我的队伍，即将接受改编，归属于原十七路军组建的三十一军团，不日将开赴前线。黄某秉天地正气，还人世公道，就是绑，也要把你家贵公子绑赴前线，以顺五陵原人心！"

黄步霄抽丁一事，五陵狂人插了手，黄家父子情知不妙，暗暗叫苦，只有打别的主意。步霄找到天香闺房里，指天划地说："我大那人使不得！我早就说了，黄家两丁抽一，迟早杀猪免不了一刀子，他硬是不听，非要出钱买壮丁，结果落了个墩沟子伤脸。"

黄天香一听，心里的憋屈气散了一半。噢，原来这是他大糨下的一锅线，看来我把步霄冤枉了。"那你的意思呢？"

"去呀！我跟你大说好了，等把咱两婚事办了，不用保丁押解，让伙计福旺赶着轿车，送我去县城国民兵团报到。"

黄天香眼睛一热，将头埋进步霄胸膛。

当步霄真要离开她的时候，天香这才感到，心理上绝然不像最初鼓动他从军那么轻松。这番生离，又有谁敢保证就不会是一场永诀？两家人原本订在腊月成亲，天香觉得，提前几个月结了也好。黄步霄对天香的钟爱出于至诚，他爱她扑闪扑闪会说话的毛眼睛、棱角分明的俏嘴巴、丰盈柔美的身段儿，也爱她坦坦荡荡、胸不藏奸的率直性子。那天傍晚，这对情人就这么相依相偎，共叙衷肠，有流不完的惜别泪，道不尽的相思苦。

一帧英姿勃发的芳照，一篇洋洋洒洒的文章，以超大篇幅刊登在《西北民声报》头版头条。陵邑女子黄天香，婚后第三天送郎上战场的感人事迹，在西省和大原上哄传开来，人们争相传颂，感奋不已，黄天香成了炙手可热的光辉典范。母校陵邑简师发来贺信，并将其感人事迹修入校史；县长曹秉仁亲书巾帼英贤四字，扎成锦旗，悬挂黄家堂屋。更有甚者，黄天香作为新兵家属代表，佩戴红花，在民先队组织干事袁天才、女权运动同盟会西安分会会长等多人陪同下，由团长黄伯昂亲自主持，出席了三十一军团独立团新兵入伍欢庆盛典。嘹亮的军乐声中，黄天香在照相机镁光灯扑闪扑闪地照耀下，仪态万方，从两排仪仗队列中间走过。士兵们以庄严军礼，向这位尊敬的女性致以崇高敬意。那一刻，黄天香心跳口颤，泪流满面，领受着此生无尚的荣光。

原上人常说，前面的路是黑的。谁能料想得到，也就是为了眼前这片刻荣光，黄天香付出毕生代价，甚或连同自己的生命。

而此刻的黄步霄，就站在独立团队伍中。他温情脉脉地张望着黄天香，揣在怀里的一只手，却紧紧捏着三根金条。临行前，黄伯朝把它交给他，说：“娃呀，我打听好了，国民兵团押解你们的人，有个叫胡长发的排长，到时候给他塞个黑拐，叫他半路上把你放了。”

黄步霄很不幸运。接受三十一军团改编，在原保民自卫团基础上扩充兵员、完备建制的独立团，直接从陵邑国民兵团提人，所有新增兵源，未经那个姓胡的排长染指。

如今大风底下一盏灯的黄崇义，拖着一副病腔腔身板活天天，活晌晌，可头脑比全家谁都灵光。他对两个孙子抽丁从军一事漠然视之，不屑置辩。哼！这两个吃馕食的，我早就把他们看透了。步云书念不进去，只知道孝顺他的瘫子娘；步霄只会耍小聪明，跟他大一样，晚上睡觉，被窝里光朝脚底下缩。还步云、步霄呢，步他娘个狗娃屁！从你娘炕头上，步到炕底下去就不错了。黄家指望的是我伯臣那一枝，这两个吃馕食的，给我步蟾孙儿拾鞋带都连不上！

孙儿步蟾将来放道台呢，还是秩阁老？黄崇义知道他等不住了，但他还在等着二儿子黄伯臣，等他位极人臣的那一天。这是他生命的唯一支撑，正如他咬着牙朝天赌咒那句话：老子就是咽不下这口气，哪怕活天天、活时辰，扛也要把这条老命扛到那一天！

黄崇义最后一次对儿子前程的决断，发生在西安事变之后。

早年的国共两党亲兄弟一般，说翻脸立马翻了脸，闹腾了十年，杀红了眼睛，如今说和好，咋就又染络到一块了？这两家翻脸跟脱袄儿一样，保不住以后又翻脸，争起天下来谁让谁？王气到底在哪边？我娃到底该投哪个主？

一顶马拉轿车，把黄崇义连同三十个响圆，拉到五陵高人惯常栖居之所，就是牛角湾那座破破落落的文殊院。走了和尚走不了庙，见不到你的人，我就等个十天半月。高人平日人难见，这一回黄崇义下了功夫。

高人自然知晓此人来意，见了面的头一句话，说是他肚子饿了，想吃热蒸馍。这事好办，黄崇义打发赶轿车的福旺马上买来热蒸馍。高人捏在手上，没有下口，只是翻来倒去地瞅，说：“听说百圪垯村上有个邋遢婆娘，把一锅馍蒸成了死圪垯。如果你肚子饿了，想吃这现成的死圪垯呢？还是想等第二锅？”

如今的黄崇义老迈年高，脑筋已不像往昔那般灵光，信念却老而弥坚，比起往昔有过之而无不及。他想，邋遢婆娘的第二锅，如果再蒸成死圪垯，干等着不是白等了？如果懒得等，现在就吃吧，万一第二锅蒸出一笼白嫩嫩、软腾腾的发面馍，岂不是馕了一肚子闷气进去？想来想去，不知作何回答，进而面现不悦，生起厌来，不免暗自嘀咕。我提着这么重的礼，求在你的门下，是托你决断我娃的前程，有话就明说，谁有心跟你扯闲蛋？

昨晚一宵夜雨，文殊院院落里，有一滩积水。

咚地一声，高人手中的蒸馍飞出户外，落在水中。

"伙计，把它给老子拾回来。"高人冲福旺一声吆喝。

主人家有求于人，作为长工的福旺不敢马虎，甚是听说。只是临行前，换了一双他婆娘新做的千层底黑色平绒布鞋，不便踩进水里。踏进泥水里，弄得浆浆水水，回去的路上，有我的好看呢。稍事迟疑，福旺决定褪去鞋袜，冒着秋末的冷冻，把那个蒸馍捞上来。

但闻噗通噗通一阵脚步响，有人早已下了水，捡起那个蒸馍，光着脚板进了文殊院。那人正是五陵高人。

五陵高人半躺在一堆柴草上，翘着二郎腿，踢搭着一只湿淋淋的光脚板，说："说说看，为啥蒸馍让我拾到手里了？"

一边的黄崇义翻了翻白眼仁子，一时间不知作何应答。

高人将湿蒸馍在破衣烂衫上擦了擦，三两口便挽攥（不雅的吃相）到肚子里去了，一翻身子，背着黄崇义呼呼睡去，再也就连个屁也没崩出来。

黄崇义无功而返，他的远房侄儿黄伯贤闻听此事，却大获教益。

我的天神！真不愧为五陵高人。头一锅馍蒸成死圪垯，这就跟眼下当朝的国民党一样，因为山头太多，各揣鬼胎，鹅鹆狗斗，把天下整得乌烟瘴气，国库耗空了便去搜刮老百姓，动不动来个四倍加征，一年收五年的田赋，你说这锅死面圪垯馍，人咋咽得下去？因此，人都盼的是下一锅。至于下一锅蒸的好也罢歹也罢，总还有个盼头，说不定还真蒸出一锅好馍来呢。这不明明暗示着人心思变，都巴不得来个改朝换代吗？

至于水里面拾蒸馍的事，这个迷魂阵摆得就更绝更妙了。福旺穿的是双新鞋，高人打的是精脚片子。常言说精脚不怕穿鞋的，跟着共产党整事的，都是些吃了上顿没下顿的精脚片子，哪一个不是玩命的下家。软的怕硬的，硬的怕横的，横的怕愣的，愣的怕不要命的。发动了一帮不要命的人整事，还有整不成的事情？看来，我得把陵邑警察局的印把子抓到手，就等于抓住了枪杆子，这是日后投共的本钱。

……

黄伯臣所在警备旅过河前，他跟他大见了一次面。黄崇义说："我娃过了黄河，跟日本人大干一场，杀出咱黄家人的威风，一定给自己捞个前程回来。大等着你，咱父子俩不见不散！"

黄伯臣比谁都清楚，他的前程吊着他大一条命。

黄门伯昂、伯臣两个冤家兄弟，率部一起上了浴火沃血的中条山。

了却君王天下事，赢得生前身后名。黄伯昂抱定必死信念，在杀奔疆场之前，完成了他遗存在五陵原上的最后一桩心愿，那就是把他的妻子谢婉卿风风光光送上山。

黄伯昂动用谢家积存的大部分财力，如同开掘皇家陵寝一般，于谢家别院旧址起陵造墓，早在他把队伍拉下牛蹄岭时便动了工，因工程浩繁，投入巨大，以至拖到今天。这些恰恰印证了当年人们的风传，五陵狂人要把他婆娘当女皇埋。

谢婉卿的陵寝，的确仿制此去西北方向数十里处的寡婆陵形制，只是具体而微罢了。宽阔的墓基均用大理石条垒砌，米浆石灰灌缝。陵前也架起一道三开间石牌楼，上书黄伯昂亲题谢氏陵三个大字，牌楼前立着两排石人石马，竖起一面墓碑，墓碑上也没刻一个字。

棺材棺外套椁，本想表里如一，全部采用七寸厚的柏木墩子，可惜有钱没货，只得从简。棺木内，除婉卿当年妆台上仅有的几样遗物，还有些陈旧书稿，再就只剩一架干骨头了。它是从废墟里挖出来的，本是当年那个大年三十风雪之夜，随黄伯臣一起潜入谢家别院的那名扈从的遗骸。

本属女人的陵寝，躺了个男人；本属妻子的棺椁，睡了个外人。造化不无恶意地愚弄了狂人，这是黄伯昂悲苦人生至为灰暗的一页。

狂人却硬要把他婆娘当寡婆埋。就陵寝形制而言，试图在一个平民女子与一代女皇之间，划个等号。

他没想到，谢氏陵本质意义上，无异于一座空冢。

崇义给他叔父黄琪葆墓坑里曾埋了条死狗；如今，由于黄伯臣懵懂作为，让黄伯昂女人墓坑里又埋了个男人。五陵原上大大小小的墓冢多得数不清，因而怪事也就常常出在墓冢里，有似戏文里的传奇故事。要是把它们编成戏，不唱则已，要唱就是一本绝唱。

举行安葬大典那天，谢氏陵前唱了台大戏，主演竟是宦娘。

黄伯昂把他义女爱得跟金豆豆一样。曾夜半三更派人飞马下西省，为的是宦娘突然想吃德懋恭点心了。买了辆军用小吉普，为的是拉着宦娘满世界去兜风。大凡亲朋好友，仕宦人等，不捎带几样宦娘喜欢的好吃好喝、时鲜玩意，最好莫进保民自卫团大门，免得坐了冷板凳。据此，如果想巴结团总，最好先孝敬宦娘，只要宦娘高了兴，要双袜子，黄伯昂连鞋都会脱给他。做干大的曾抚着宦娘的头发，眼泪花花对人说，我娃就是我的命！我这后半辈子，其所以还能精神头十足地活下去，就因有我宦娘娃撑着。

黄伯昂可怜得只剩下一个宦娘，且还是别人的女子。

宦娘尝尽人间美食，享尽人间荣宠，尽管有干大的百般呵护，无尚爱怜，然因一桩天大的心愿未了，一想起来，每每眉黛紧蹙，美目陨泪。人家都有大呢，都有娘呢。我娘死了，我大在哪儿呢？如果连大都找不见了，宦娘在世上咋活呀？上天如今把啥都给了她，就是不给她大。宦娘却说，我啥都可以不要，就要我大！

黄伯昂重聘易俗社名旦西北红，纳宦娘为徒。她生就一副银磬般的嗓门，每发一语，檀板之声无色，当师父的嫉妒之心顿生。西北红想，再教这么几个徒弟，世上还有我一碗饭吃吗？

黄伯昂五十大寿那天，干女为他唱了一折《花厅相会》，权作寿礼。当唱到高文举读书一更天，梅英打茶润喉咽；高文举读书二更天，梅英添油拨灯盏；高文举读书三更天，梅英磨墨膏笔尖……众人眼见得寿星大人出溜一下，从椅子上滑落地面，嚎啕大哭。他想起当年妻子伴他红袖添香夜读书的情景。合佩瑶、薛蛮媚子二人之力，硬是拖他不起。

宦娘不明就里，吓得呆了。当她晓得是自己唱的那段戏，惹得干大想起死去的亲人，便由不得也想起自己死去的娘、至今仍没着落的大，也哇地一声大哭起来，把一场热热闹闹的寿宴搅了个一塌糊涂。

这父女俩瘫软地面，毫无顾忌地哭。黄伯昂替宦娘抹了一把泪，说，我娃别哭了。可他自己却仍在哭；宦娘也替她干大抹了把泪，说，干大，你也莫哭了。可她比她干大哭得还伤心。

于是，在场的人全都哭了……

妻子安葬大典上，黄伯昂安排干女唱了折《鬼怨》。

宦娘身着戏服，粉黛薄施，一抛水袖，自幕帘背后飘然而出，但闻苦哇一声响遏行云的叫板，把台下乌压压一大片人的心，都叫得蹙在一起。那夺人心魄的唱腔怨愤极了，悲惨极了，苦情极了，绝望极了，直叫人觉得没了活头。

> "怨气腾腾三千丈，
> 屈死的冤魂怒满腔。
> 可怜我青春把命丧，
> 咬牙切齿恨平章。
> 阴魂不散心惆怅，
> 口口声声念裴郎。
> 红梅花下永难忘，
> 西湖船边叙衷肠。
> 一身虽死心向往，
> 此情不灭坚如钢。
> 钢刀把我头首断，
> 断不了我一心一意爱裴郎。
> 仰面我把苍天望，
> 为何人间苦断肠？
> 飘飘荡荡何处往？
> 咫尺天涯各一方……"

"婉卿——"

遍体缤经的黄伯昂厉叫一声，一头向谢婉卿墓碑撞去。

这一叫裂人肝胆，这一扑雷厉风行，这一撞排山倒海，挨着谁谁倒，撞着谁谁翻。佩瑶、薛蛮媚子、龙宝山等一干人众，接二连三被掀翻、撞倒。

这蓄势挟威的破空一撞，顷刻间将无可避免地命丧当场。被逼急了的王砣一个扑爬，抱住了黄伯昂双腿，一条伟岸身躯，似被折断了的一根大柱，轰然倒伏，额头还是磕在石面上。

血，把谢氏墓碑涂染得姹紫嫣红。

黄伯昂离不开宦娘，宦娘也嚷着要满世界去找她大。率部过河前一天，黄伯昂陪着宦娘，来至静观庵院，与她的师父作别。

渐行渐近，一阵不绝如缕的琴音袅袅而至，黄伯昂侧耳静听，神貌似有所动。

琴音时而宽缓舒徐，骤雨初歇；时而飞流湍急，银瓶乍破。那起落有致，变换繁复的韵律，使得听者感情世界，随其曼妙神韵幻化无常。或情切切、意绵绵，如春风拂面；或风凄凄、雨潇潇，如剑斩柔肠；或声哀哀、泪涟涟，如猿啼鹤唳；或天昏昏、地濛濛，如亘古洪荒……

一位年少女尼侧身庵院门前，垂首而立。

"有劳仙尼，烦通报贵庵尊主，就说山野村夫黄伯昂，携义女宦娘求见。"黄伯昂单掌合什，冲那女尼打了个问讯。

"檀越请进，师父已等候多时了。"女尼双手合什，垂首应道。

"哦！"黄伯昂闻言，似显愕然。

黄伯昂牵着宦娘一只手，率众款款进得庵门，一只脚刚刚跨过观音堂门槛，但闻嘈嘈切切的琴音嗡然一声，戛然而止。

盘膝趺坐的静观庵主面前，那具焦桐古琴上的一根弦索已然崩断，弹向一侧，且发出一声嗡然大响。

黄伯昂为之一怔，悚然色变。

莲花宝座前棕色纱帐内，隐约可见一人缁纱遮面，正襟危坐于一具焦桐古琴后面，身前几案上香火点点，青烟袅袅。

黄伯昂双手合什，肃然言道："山野村夫黄伯昂，携宝刹高足、亦为鄙人义女宦娘，专此谒见静观大师。"

"有劳惠临，拙尼愧不敢当。看座。"

独黄伯昂与佩瑶听得此话，不由心思一动。这位大师的声息，咋就听着有些耳熟呢？

黄伯昂遂落座于正前方一只蒲团之上，身后站着龙宝山、赵良栋、王砣、武一甲及佩瑶、薛蛮媚子、牛八等人。

"师父！"

宦娘神情亢奋，朝棕色纱帐跑去，被她干大一把拉住，按定在身侧的一只小蒲团上。

"未睹尊颜，先聆清音。大师精于弦律，妙韵天成，一曲惊世乐章，让黄某神思飞越，且喜且悲，心中块垒如五味杂陈，奔涌于一念之间。有生以来，从未宠蒙如此福缘，可谓造化非浅啊！"

"不堪谬赞，有辱檀越尊听了。"

"如果揣测不差，大师所奏，应为一阕古琴曲了。据鄙人所知，高山流水、梅花三弄、渔樵问答、广陵散、胡笳十八拍等十大名曲多已失传，虽有仅存于世或后人演绎附会之作，似乎均与大师所奏貌合神离，相去甚远。敢问大师演奏的这曲千古绝唱，称做什么名目？"

"拙尼东施效颦，附庸风雅。实不相瞒，此曲出自拙尼手创，名为《碧落黄泉》。"

"啊！"

黄伯昂闻言，不胜怅惘。此曲名目，想必是撷之于白乐天的《长恨歌》了。上穷碧落下黄泉，两处茫茫皆不见。莫非这位青灯古佛、黄卷衲衣的静观大师，生平也遭逢了什么非常际遇？再说了，此人皈依佛门，理当五内空明，气定神闲才是，何以这般悲喜交集，变化无常？

沉吟半晌，黄伯昂话题一转，有意问难，测其高深。

"适闻大师雅奏，黄某一介凡俗，不谙乐理，倒也算是闻弦歌而知雅意。变徵之音，悲切哀绝，至为阴柔。当日荆柯刺秦，易水诀别之际，高渐离击筑时为变徵之音，士皆垂泪涕泣；而羽音最为亢奋，荆卿大江歌罢，高渐离复为羽声慷慨，士皆瞠目，发尽上指冠。我等进得宝刹，立脚未稳，大师气性腾浮，乍悲乍喜，焦桐古琴，陡然之间变徵为羽，甘冒乐理之大忌，以至泠泠七弦，应手而绝。不知此种情由，作何解释？"

"泠泠七弦，先徵后羽；悲切失调，陡转亢奋。如严冰触及炉火，羽弦焉得不裂。其中情由，凭檀越才辨，想必自知分晓了。"

"恕黄某愚钝，今天实在是看不透这其中的精奥了！"

黄伯昂扼腕唱叹，颇感汗颜，一时间不知说什么才好。我黄伯昂放浪形骸，傲视群伦，平生又何曾把谁放在眼里？不曾想这荒山古刹之中，居然隐匿着如此高人！

黄伯昂意兴阑珊，拉着宦娘一只小手，爱怜地理了理她额前的发丝。"乖女儿，去吧。师父等着你呢。"

黄伯昂言罢，遂与众人一起，款步离开了观音堂。

"师父——"

宦娘欢快得如同一只兔子，连蹦带跳地钻进纱帐，一头扎进师父怀抱。静观庵主紧紧地将她搂在怀里。宦娘将脸紧贴在师父的胸前，一动不动，眼睛里慢慢地漾出两颗盈盈泪花。

庵主抖动着手臂。继而，全身的衲衣也在抖动，哗哗地抖动。

不知过了许久，宦娘一扫愁容，喜笑盈盈地翻弄起她身上的那只锦囊。"师父，我给你带了好多好吃的东西。有红枣、核桃、花生，还有点心，蓼花糖……"

"徒儿……"静观庵主的声音，颤抖得如同一架古旧破损的风车。

宦娘手忙脚乱，将锦囊里的东西掏了出来，堆放在横架着那具古琴的几案边沿。"师父，我的兔子还好吗？"

"还好……还好……"

"它们都生小兔子了。我拿给你看。"

一旁手执拂尘的女尼发了话，且转眼间托出一只竹篾编织的小箩筐，其内有一公一母两只雪白的兔子，还有三五只可爱的小兔崽儿。

看着小兔子或温顺地依偎在老兔子腹下，或老兔子亲昵地拱动着小兔子的身躯，一窝儿团团圆圆，宦娘神情凄凛，不由流出泪来，双手抓住静观庵主胸前衲衣，一阵使劲摇晃。

"师父……连小兔子都有大，都有娘，我娘没了，我大如今还没找见，我要我大，哇——呜呜呜呜……"

"徒儿，你不是已经有个干大了吗？"

"我要我亲大……有了他，世上才有了我，是他把我带到世上来的……师父，到了山下面，我才感到这个世界真好。人活在世上真好……我有了大爷，有了铲子、秃子哥哥、有了佩瑶姑姑、薛家姑姑，还有了干大，还有天才哥哥。他们对我可好了……我爱他们，爱世上许许多多的人……我离不开他们，舍不得他们呀……师父，哇……"

静观庵主颤抖着手臂，掏出一方纱巾，为宦娘拭了拭满面泪痕。

"师父……世上还有好多好多好吃的东西……有红枣、板栗、花生、核桃、杏子、桃子、樱桃、荔枝，还有粽子、蜂蜜、琥珀糖、蓼花糖……世上有什么，他们就给我买什么。你都没吃过，师父，我给你带来了，你也尝尝……"

静观庵主的全身都在抖动。

"师父……我跟大爷，还有铲子、秃子哥哥，到小河里放鱼……我还听干大，给我讲了好多好听的故事……我还去了西安易俗社，学会了唱戏……春天，我到野地里去采花；夏天，到大街上去淋雨；秋天，到林子里去摘野果；冬天，在院子里去堆雪人……看飞舞的蝴蝶，看雨后的彩虹，看林子的红叶，看天上的雪花……这些，都是我大我娘给的，没有他们，我什么都没有。师父，我想他们、想他们呀……呜呜呜呜……"

宦娘一边哀哀哭泣，一边叨叨地叙说，一时间心中大恸，情难自已，拿头颅顶撞着庵主的胸腹，两只腿风车般蹬着地面。

"我要我大——师父，你一定知道我大在哪里，要不，我怎么落到静观庵……你还我大，你把我大还给我……呜——呜呜呜呜……"

如珠悲泪，从静观庵主掩面缁纱下纷纷坠落。

"师父……我已经没了娘亲，你把我大还给我，还给我……"

"徒儿，你大……他很好，很好。师父一定还你，黄河之水变红了的时候……师父一定还你。"

第二十四章　　红狐狸

这天午后，黄步云前往泾河北面山上捡地软（地耳）。

除了一条腿偶尔蜷一蜷，大半个身子不能动、炕上一躺四五年、胳膊腿上的肉缩成一根麻杆子的黄杜氏，也就是步云他娘想吃地软包子。别说地软包子，有一次他问他娘想吃啥，他娘说她想吃龙肝凤胆，这傻娃还真打听哪儿有卖的。黄崇义婆娘去世后，除了她儿媳黄杜氏，黄家屋里没女人，黄步云把他瘫子娘吃喝拉撒换洗一身包了。他一手抱着他娘，一手捏着勺勺，拿口吹着喂他娘吃，喂他娘喝，他怕把他娘烫着了。他娘裹着屎尿的裤子，这娃一洗就是四五年。一天到晚，扶着他娘翻身卧起不下三十遍，五年没睡一个晚上通宵觉。像这样的孝子，大原上还真少见。

随着一声闷头雷，恶煞煞一片乌云，像打头阵的马队，从头顶狼奔豕突般飘过。原上人把这叫黑猪拱天河。

一只红狐狸，火焰般从雷暴的闪光中兔脱而出，径直窜入步云胯下，匍匐地面，瑟瑟打抖。接着一声焦雷，把近旁一颗苦楝树劈作两断。

那头黑猪拱决了天河，关中地面大片区域普降暴雨，泾河涨起数十年不遇的大洪水。突闻一声砭人饥肤的惨号，大伙掉头望去，但见波涛汹涌的河面上飘来一块木板，上面扒着个赤裸裸的女子。岸上人众悚然动容，惊呼不迭。原上不乏扶危济困血性汉子，可面对这等凶猛的大水，谁都清楚，这可是一命换一命的事。

步云也背着他娘来看水涨河塌。自黄杜氏瘫了身，步云怕车马颠散了他娘干柴火般的骨头架子，抬脚起步总是背着她。正月十五的社火，三月三的庙会，大凡有热闹可瞧，总要背着他娘走一趟。黄杜氏一手捏着棒槌粗的麻花，一手捏着黄灿灿的酥皮油糕，左嘴角流油，右嘴角溢糖，两样吃货打调咬，洋溢着满脸喜色。黄家不缺吃不缺穿，与其说是馋那些吃食，倒不如说是在成就他儿子的孝名。黄家儿孙，大都是些头角狰狞之辈，黄杜氏可怜她大娃人老实，没本事，可说到底还算占住了一头。黄步云以孝著称，遐迩闻名，大原上没有谁不知道，黄家出了个大孝子。一些家拴红眼狗，槽养趵蹶驴的老辈们，却错会了她的本意，不时飘来几句凉腔：你看那老烧包，土都拥到脖子上了，还生得一副好牙口！

为了讨母亲欢心，步云专朝人多处挤，好心的人们便站出来捧场，说是让开让开，王官镇孝子来了。

这种精屁股撵狼的事，恐怕只有傻大胆黄步云干得出，老实人一般都是忠实人。往年涨了水，原上小伙子跳进泾河捞硬柴，黄步云倒也练就一身好水性。那女子再次露出头脸，已是三里开外的回龙滩了。载着那女子的木板，其实是一面棺盖。就在连人带盖即将卷入打着旋儿的滩中时，黄步云燕子抄水，跃上棺盖，揽起那女子纤纤腰枝，攀住了崖壁上旁逸斜出的一股树杈。

获救的那人是个未婚女子，还是个好女子。

她叫胡仙桃，北面山上人氏，双亲过世，与哥嫂居家过日子，想是夜间不及退避，被滚山水卷了下来，仅穿了件遮羞的短裤。仙桃叠起双臂，掩着前胸，但那对突兀的乳峰极具张力，十分争气，丝毫不见退缩。

几个青皮光棍如蚁附膻，将那女子围在核心，睃起双眼，搜搜腾腾挖掘人家诱人之处。一些好心妇人，倒也乐意褪下衣衫，替那位姐妹遮遮羞丑，可夏月天都穿得单薄，如果舍己为人，自个未必有人家那么中看，无异自暴其短，未免大掉价码，谁又肯干这样的傻事呢？有些女人至为丧气的，就是见不得比自己眉眼顺溜一些的同性，她们幸灾乐祸，沾沾自喜，与那几个青皮后生插浑打科，尽说些麻酥酥的骚情话。

石佛爷黄伯贤抓丁路上，随带着王官镇保长和几个保丁，也顺道来看这场罕见的大水。那些流里流气的青皮后生一见联保主任，如同一群妖物，遇见一尊凭空而降的金甲神，呼拉一下作鸟兽散，胡仙桃这才摆脱了备遭窘辱的困局。

黄伯贤望见仙桃的第一眼，心里就麻酥酥打了个咯森。我的妈呀，这女子一身肉，还有这肤色、身段，咋就跟当年红芋窖里结识的秋叶，像是一个模子倒出来的！如今的秋叶比起这女子，连倒毛的老母鸡都不如。

当日，胡仙桃激流中发下重誓，如果有人舍命相救，有家室的认他作父，没家室的嫁他为妻，心甘情愿侍侯人家一辈子。再说，如今家都被大水漂得没影了，回去也是枉然，免得连累哥嫂。这事一经确定，因其太过蹊跷，有人便编排出个神话故事来，说那女子不是人，是北山上天雷打过的狐精。天雷啥都敢打，就是不敢打孝子，世上只有孝子救得了它。它在孝子胯下躲过了一劫，如今化作人形，是来黄家报恩的。北山上那个苦焦地方，能养出这么俊样的女子？你看那乌油油的头发，那水色的脸蛋，那腻润的身子，那是人长得出来的吗？还有妇人添油加醋，危言耸听，说那日凑近狐仙短裤，发现小肚下面红红的，连毛色都没变过。

有关狐仙报恩一说，越传越神。当天晚上，有妇人进得黄家明查暗访，发现狐仙吃蒸馍就蒜，打喷嚏放屁，乃至茅房里的锐响，与常人并无少异，这才平息了五花八门的传言。

黄家老二步霄媳妇都娶进门了，正张罗着给步云瞅拾个媳妇，人家交了桃花运，自个从河里捞了个，要身板有身板，要模样有模样，既省钱又便当。按理说，黄伯朝、黄杜氏两口巴不得就认了这门亲，可黄杜氏不这么想。胡仙桃一进黄家门，未来的阿家黄杜氏斜乜着一双昏花却不失深沉的眼，抖动着那只唯一能动的鸡爪般的手，从头到脚，把胡仙挑一阵打量，一番摩娑。心里暗自搓摸，这女子勾人的媚眼、挺脱的鼻梁、腻润的身子、瓷实的沟蛋子，只怕我步云娃消受不起。常言说丑妇家中宝，这女子太出众了，可别给我黄家惹出祸端来！

黄杜氏精明过人，颇有心计。黄崇义老来把家政大权交给儿媳妇，黄杜氏如今是黄家的大当家，其夫黄伯朝只披了个家长的皮。千锤打锣，一秤定音，儿子步云跟仙桃的事情，最后由黄杜氏一语敲定，"先把女子安顿下再说。"

麻烦的是当天晚上，把这女子安顿在哪里？

黄家哪能没住处？只是没过门的女子，岂能在夫家过夜？这是原上人个计较，无论男方女方，谁也不敢朝自己脸上抹这把黑。想来想去，黄伯朝把胡仙桃领进同门兄长黄伯贤家门。

黄伯贤既是长辈，又是官员，更是个人人敬仰的乡贤，坐怀不乱的石佛爷，家里除了不怎么常住的他，女儿天香已嫁给步霄，整天跑得娘家夫家两头不落屋，如今就剩下秋叶一个女人家了。把一颗熟透了的仙桃藏在黄伯贤家，就跟锁进保险箱一样。那父子俩琢磨来琢磨去，觉得世上再也没比这家更妥贴的地方了！

临出门，黄杜氏张了张口，想说什么，像是又把要说的话咽进了肚子。

蓬门未识绮罗香，落脚联保主任家的第一次感动，是大伯黄伯贤当即掏出三个响圆，打发大娘秋叶扯了几条洋布，让镇上齐裁缝等着身子，给她做了几套衣服。胡仙桃生平第一次感受到，世间还有穿在身上这么舒服的料子。这朵红花，被富态的绿叶衬托得益发动人。

大伯人真好，大娘有些面冷。这是仙桃对这个家庭成员最初的感受。黄门一族伯字辈中，黄伯贤排行老大，所以后辈们都尊他为伯。

未来的男人跑得也勤，又是背米送面，又是割肉灌油，把他未来的媳妇当活先人伺候。见了仙桃的面，先是怯怯地笑，继而脸火燎燎地红，进不敢进，退不敢退，扭捏着身子，咋看咋不舒服，像贴身衬衣的布缝爬满虱子。这娃咋看着瓜不叽叽的，没个男子汉样儿，河里捞人的劲仗哪里去了？

仙桃瞄了步云一眼，暗暗叹了口气。

胡仙桃思亲心切，端起韭菜肉馅煮馍（饺子），就想起至今下落不明、生死未知的哥嫂。黄伯贤受托于伯朝，派了两个背着长枪的保丁，护送胡仙桃上了北山。刚一上路，当伯的便跌足长叹，叫骂了自己一声。又不是老糊涂了，我咋干下这混账事呢！手下这帮青皮后生，平日里走村串乡，一个个嬉皮笑脸，跟骚猪一样，没迟没早朝女人跟前欺。说是护送她呢，还不如说把一颗熟透的仙桃，朝馋痨口里塞！

当主任的紧追慢赶，追到一片玉麦地旁，眼见得那两个保丁，蹴头缩脑爬在一道土坎下，透过扶疏的玉麦杆子底部枝叶，偏着脑袋朝地里面瞅。主任莫名其奥，也弯下腰身，朝玉麦地里瞅了瞅。原来，胡仙桃蹲在玉麦地深处，正在小解。主任抓起丢落身旁一杆长枪，抡起枪托，朝两个撅着屁股的保丁一阵饱打。

"看你妈的×呢！这两个狗×的，咋是这么不成器的东西！老子鬼迷心窍，咋想得起让你们当了这趟差。滚！还不给老子滚回去！"

两个保丁羞惭得满脸通红，连滚带爬，背起长枪落荒而去。

出得玉麦地的胡仙桃，想是了然于心，也明白了是怎么回事，娇嫩的脸子上一朵红云腾然而起，烧得这女子无处躲藏，一闪身缩在黄伯贤身后，且紧紧揪住对方后襟，怯怯地叫了声伯。

她像是在寻求保护，又显得碍于脸面。

黄伯贤把斜挎在腰上的盒子枪朝后一推，说："这两个狗东西靠不住。走，伯陪你走一趟。"

当日滚山水劈头而下，最先摧毁的是紧挨沟底那间小房子，其中的胡仙桃即被席卷而去。紧挨着的里面那间屋子，顶上的椽子随即发出一阵轧轧响动，仙桃哥嫂先后惊觉，躲过一劫，可房子没了，如今于山沟沟一个平坦所在，用柴草搭了个窝棚栖身。

根据知情人提供线索，黄伯贤领着仙桃一路走来，直到掌灯时分，尚未赶至那处栖居之地。经整整一日奔波，疲累不堪的二人就地打了个尖，坐在松软干枯的树叶上，啃起随身携带的锅盔。

突然传来一声狼嚎。那嚎声尖锐而凄厉，阴森而悠长，人们暗夜中每闻其声，莫不毛发倒竖。前些年年馑火里人肉养大的狼，如今到了繁盛期，咬起人畜来，不是寻常的恶，胡仙桃往日闺房的窗户，都曾遭受过狼爪子的掏扒。

仙桃闻声丧胆，朝背后瞥了一眼，有六个绿油油的光点，鬼火般游移不定。

"妈呀——"

随着一声砭人肌肤的惨叫，胡仙桃纵身一扑，便投入黄伯贤怀抱，两只手臂紧紧箍住对方腰身，要不是隔着层衣服，指甲甚或会抠进她大伯的肉里。

黄伯贤亦为之悚然色变，急忙抽出盒子枪，说："我娃别怕，伯手里有家伙呢！"

黄伯贤一手提枪，一手捂住怀中仙桃那只外露的耳朵，呼地一声大响，朝不远处那六朵绿色的光点放了一枪。

随着一声声低沉、短促的嘶叫，那几束绿色的光点，朝着远方游移而去。

夜，恢复了宁静。可胡仙桃仍紧紧抱着她伯，身子还在嗦嗦打抖。

黄伯贤一手执枪，一手不经意抚上仙桃纤腰。一种温热而柔绵的感觉，勾起了当年初识秋叶时那种令人心悸魄动的感受，也悄无声息地唤醒着沉睡多年的那种澎湃的激情。

秋叶当年在红芋窖里暗结珠胎，被几枚香包化于无形之后，黄伯贤揣瓜豆而执利铲，在他婆娘身上勤奋耕耘，只可惜千亩地里，再也没能生发出一颗苗来，终以抱养了人家一个女娃收场。自此，黄伯贤压抑着体内岩浆般涌动的欲念，以黄家人血脉中故有的那种强悍与坚韧，与那个见了异性便勃勃思动的丑恶怪疾苦苦相撑。时间一长，那种张牙舞爪的冲动，像是被掐了尖子的青苗，虽说不至于萎缩，可也有效节制了疯长，甚而连那种机能也在慢慢潜隐，乃至退化。十几年来，他已不曾靠拢秋叶尖锐的胯骨戳得他害肚皮疼的身子了。

这十多年来，黄伯贤不近女色，确属一位名至实归的乡贤。一次于陵邑城小巷闲游，只听有人哎了一声。但见一脂粉妇人，打坐屋前小凳，冲他弄姿搔首。黄伯贤环视周遭，别无他人，遂发声叩问："这位大妹子，你喊叫我吗？"

"不喊叫你，难道喊叫鬼不成？"

"你喊叫我做啥呢？"

那妇人没正面作答，只是嘻笑着脸子，把左手的大拇指与食指圈成一个环状，拿挺起的右手食指朝环里戳，且一出一进，作起了活塞运作。

"大妹子，你那是做啥呢？"黄伯贤当时还真没意会到什么。

那妇人不禁来了气。"看你瓜不叽叽喔样子，活了一大把年纪，连喔事都不知道。滚，别叫老娘再看见你！"

至此，黄伯贤始恍然若有所悟。原来这婆娘是个暗娼，在此招呼着接客呢？他把手伸进衣袋，衣袋里有的是响圆，可心里却在揆摸：算了算了，我咋能做这事呢？好歹背了一张乡贤的皮呢，人不能太不要脸。再说，我这辈子把我婆娘害苦了，不能再对不起她了。

如今，依香偎玉的黄伯贤血脉偾张，浑身燥热，生发出一种焦渴难耐的感觉，甚而比当初红芋窖里初尝禁果的那种冲动越发强烈。兴或压抑愈沉愈久，暴发愈猛愈烈。仓促间又有一道力量，在顽强抗拒；还有一个声言，在恶毒咀咒。黄伯贤，你个狗×想做啥？人家是个黄花闺女，还是日后的侄媳妇，你这畜生！你这猪狗不如的畜生！当伯的一只手，强劲地推开仙桃身子；另一只手，把盒子枪装进了套子。

可是，一头沉睡的猛兽一旦被唤醒，便不会再安生下去了。黄伯贤隐隐感知到，他这辈子的第二场灾难临头了。

那是进入中伏的头一天，秋叶印花老蓝布头巾里，包了几个南瓜包子来看黄杜氏。黄杜氏按说该叫秋叶一声嫂，可年岁比秋叶大了十几岁。秋叶是黄杜氏当年的阿家娘家侄女，因而两人走得很近，跟亲姊妹似的。黄杜氏通过秋叶，打问胡仙桃近况，吩咐儿子步云，把从刘二家肉铺提回来的一条羊腿给仙桃送去。

仙桃这些天赶制自己嫁妆，昨晚熬到下半夜，今天趁家里没人，打了一木盆子清水，搓了个澡，耳听得步云一声唤，并从外面开了头门的铁锁，急遽遽光着身子上了一张竹床，顺手扯过单子，掩在身上。

步云进得黄家，见仙桃正在午休，没敢搅扰，厨房里案板上放下羊腿，劈了一堆柴火，出门时碰见从三区联保所赶回家中的大伯，遂把头门钥匙交给了他。

胡仙桃太累了，一躺下身子便呼呼睡去，待黄伯贤进得房门，她翻了个身，掩体的那张单子，被揉搓得蹙在身侧……

身子一阵刺痛，惊醒了仙桃的海棠春梦。她明晰地回想起入睡前的状况，意识到发生了什么，且已既成事实，无可收场了，惊惧中失却勇气且羞于面对，没有睁开眼睛，顺手扯过单子一角，掩住自己头脸。

一阵翻江倒海般的狂暴，一颗熟透了的仙桃，给人挤轧得耆核狼藉，那张还算结固的矮脚竹床折了两根腿子。仙桃咬了咬牙，也只好认了。他是我的恩人，又是日后的男人，该来的到底要来，只是迟早的事。只是没料想到，这娃看起来老实八脚，背底里竟是个做冷活的下家，怪不得人说蔫驴踢死人！

第二天，步云在修整那张歪折了两条腿的竹床时，仙桃瞅着他，半掩樱桃小口，嗤嗤作会心之笑。黄步云受宠若惊，目光躲躲闪闪，不敢回视，以至让揳着钉子的钉锤捶痛了指拇。仙桃益发觉得别有意趣，笑得乳颤股抖，心里暗自沉吟：这个瓜步云，事到如今，又何必装模作样呢？夜日个（昨天）晌午的疯张劲哪里去了？又想顾面子，又想吃果果，亏你做得出来！

数日察言观色，揆情度理，胡仙桃越来越觉得步云不像是在装模作样，凭他的本事也装不出来。再说他又何必遮遮掩掩、死不认账呢？自从来了王官镇，这瓜娃直到今天一个样，见了我避都避不及，更别说做那种事了。倒是大伯有一天回家，没人处见了面，捏着我的指拇老不松手，还拿撩我头发的手摸我脸，显得比往日亲近多了。

念及于此，胡仙桃心里落了虚。

一天晚上，暗夜中那人二次上了身。仙桃轻挪玉臂，暗移凤爪，打算将对方浑身上下，蹄蹄爪爪来个大搜检。只可惜月宫伐桂，玉兔运杵，当玉指触及对方腰身，尚未分辨出粗细来，就由不得着了人家的道儿，转眼间成了落水的鸭子，呱呱浪叫，浑身软得跟豆腐一样，反倒把正经事忘了个一干二净。

胡仙桃从厨房风箱台板上摸了半盒美丽牌洋火（火柴），还从大娘柜子上层抽屉里搜腾了半截洋蜡，准备出其不意，先发制人，免得又给那人拿下马来，不好收场。半月之后的又一个夜晚，当那人窸窸窣窣，宽衣解带，尚未靠拢她的身子，胡仙桃一击得手，划亮了一根洋火。

噗地一声，那一苗光点被黄伯贤一口吹灭。

"伯，你咋做这事呢？"胡仙桃话语中听不出丝毫责怨。

"伯生来就有个说不出口的怪病，叫我按下去十几年。自从见了你，那臭毛病又翻巴了，发作起来，比死还难受。我要是说半句假话，天打五雷轰！"暗夜中的黄伯贤已是眼泪花花。

"伯……其实，我早就喜欢你了。想给你做小。"

"这娃瓜的！你咋说这话呢？伯年纪大了，你还是个没绽开瓣瓣的花菁菀。哎！你到底喜伯的啥呢！"

"这不是都让你给撑开了吗？你是联保主任，管陵邑三区几万百姓呢，能给你做偏房，仙桃这辈子没白活。"

"噢！你也喜当官的。"

"咋不喜？你腰上挎了个盒子炮，在北面山上走了一趟。听说你是三区联保主任，我们村上那些人，看我的眼色都变了。我哥跟我嫂，把你当神敬呢！"

听得仙桃一番言词，黄伯贤面呈浅笑，如沐春风。真没想到，一个山沟沟里钻出来的碎女子，不嫁富家小伙子为妻，却愿给我这个当官的半大老汉做小。看来，人活在世上，不单单图了个吃穿，还有比吃穿更让人眼红的。

黄伯贤略展双臂，赤身露体的仙桃，便直挺挺跪在炕上，尽展玉臂，箍住了他的脖颈。黄伯贤的右手，抓住仙桃丰润而瓷实的臀部，使劲一捏，仙桃的身子便冲着他猛地一靠，且咧着嘴羞涩地一笑。黄伯贤怜惜地报以笑，同时也皱了皱眉头。

"你看这瓜娃，使不得呀！步云救了你一条命，你又当着众人提明叫响，答应做他媳妇。况且，我还是步云他伯呢！兔子都不吃窝边草……"

"可有些老牛，专吃嫩草。"仙桃妩媚地一笑，把黄伯贤贴得更紧。

"哟！这娃瓜的，咋越说越不对窍了。先别提咱俩的事，你给黄伯朝父子俩咋交代？"

"哪里黑了哪里歇，反正我不嫁步云，就要给你做小。我大说，当个官儿比民强，他在世时，就想把我说给我们村上赵保董做小，只是那阵我年纪太小。你是联保主任，如今管八个保长呢！"

"就是我想娶你做二房，强娶侄儿没过门的媳妇，这个臭名声我背得起吗？"

"你做我活的时候，咋没想到我是你侄儿没过门的媳妇？好汉做事好汉当，别说名声不名声，反正我这窝白菜烂在你手上了。听人说咱西省东边的华清池，古时候有个常来泡澡抹身子的杨贵妃，就是皇王爷从他亲儿子被窝掏走的皇娘娘。皇王爷想咋样就咋样，天下都是他的，别说一个儿媳妇。你是这里的联保主任，管的就是他们，有人在背后放个闲屁，也得掂量掂量。"

"唉！你可能还不知道，人都背后叫我石佛爷。在众人眼里，伯人活得钢板硬正，从来不近女色……"

"嘻嘻嘻嘻……怪不得你硬得跟石锤一样。"

胡仙桃言罢，扳倒黄伯贤身子，二人一起钻进被窝。

拥香偎玉的黄伯贤，由不得生发出诸多联想。如果把原上人刨成堆儿分个类，其实只有两种人，一种是贵人，一种是贱人。多数贱人见了贵人，男的甘愿为奴，女的不惜献身。我一个狗屁联保主任，都让这女娃贱成这样子，要是攀上个道台、阁老一级的官员，那还得了？怪不得人都拼命往高处爬，大原上冢圪垯里面那些有头有脸的人，就是他们的榜样。像仙桃这样的贱人，明知道自己没那个力份，就朝我这个半拉子官员身上贴，无非是想沾一点贵气，让别人高看她一眼。

有这么个白净细嫩的碎女子，光溜溜朝人身上偎，感觉是不一样！包括我在内，人咋都活得这么不知羞呢？世上有几个人，能活出我兄弟伯昂那样的调调来？我黄伯贤驴粪蛋外面光，别人叫我乡贤，骨头里面跟别人一样俗。既然是个俗人，就打咱俗人的主意。

从保董到联保主任，黄伯贤养成一个怪癖，偶尔把自己关在房子，朝桌面上摞响圆，有一次一直摞到半人高。这倒不尽然出于对钱财的贪癖，也是在琢磨着一个道理：摞得越高，越容易倒塌；要它不倒，便须尽可能把握平衡。他悟出的为官之道，处世之策，比这高高摞起的响圆值价多了。

黄伯贤想，联保主任算个啥？这响圆还得摞下去，摞得越高越好，更重要的是把握平衡，倒了就巴下了！

胡仙桃有了身孕，连她自己都糊里糊涂，第一个瞧出端倪的是秋叶。秋叶心里一寒，身子上当即起了一层风湿圪垯（荨麻疹）。天啦！我当年受的那个辱，又让这女子摊上了。

数月后，仙桃才把这事透给黄伯贤。她想给他一个惊喜，同时也想将他一军。事情到了这一步，我看你娶不娶我！

黄伯贤一月里在家中落脚不到七八天，居然没留意到这一骇人的重大事件。他搭眼一瞧，伸手一摸。我的娘呀！如今都显了怀了，我竟然连知道都不知道。胡仙桃果然给了黄伯贤个天大的惊喜。不过，这一惊也不尽然都是惊喜，还有震惊。天啦！巴下了！这回又巴下了！我浆下的这股线咋收场呀？喜的是自己这么大岁数了，居然传花受粉坐了果，真的有了自己的亲骨肉。

无后之痛，糟害了黄伯贤半辈子。在秋叶那里广种绝收之后，迫不得已，抱养了别人家一个女子，从此，他把作为长辈的一腔爱意，全然倾注在养女天香身上。天香填补了黄伯贤精神亏空，他们父女二人，在过往岁月中留下许多美好记忆，那些令人沉醉的欢声笑语，至今犹萦萦于耳。事到如今，用黄伯贤自己的话说，这贼女子受了袁家那个野小子教唆，先是入了民先队，后来嫁了人，依旧野得娘家夫家，两不见面，除了鬼影子一样的瘦婆娘，屋子里空荡荡的。

黄伯贤平日连家都懒得回，只因仙桃寄居家中，这些日子才回来得勤了，跑得也欢了。

人到中年的黄伯贤，因膝下乏嗣，已隐隐预感到老境凄凉。随着养女天香嫁作人妇，他对子嗣的渴望，比往昔任何时候都来得强烈。我就是钱攒得再多，官做得再大，一颗大树把根断了咋办？祠堂里把香火断了咋办？家事跟朝堂上的事一个样，皇王爷把脑袋搁在裤带上打江山，打下了江山却断了龙种，皇王爷把江山传给谁去？

这些日子，黄伯贤苦思冥想，在谋划着一个万全之策。在不曾作出重大决断之前，禁绝仙桃出门，更禁绝仙桃去黄伯朝家。他一不怕老迈年高的黄崇义，二不怕被他视作豚犬的黄伯朝、黄步云父子，他怕一个女人，这个女人便是步云他娘黄杜氏。

黄杜氏一双慧眼，独具识人之明。就拿二小子步霄抽丁来说，她男人又是唆使大娃剁指头，又是买壮丁做二娃替身。她说，他大你别忙活了，咱家这一丁躲不过。黄伯朝问何以见得，她说本家兄弟黄伯贤、黄伯昂是个啥人神，你还不知道？联保主任不先抽了咱家丁，别人家的丁他抽得动？都抽不动了，他这个主任咋当？官要当下去，就得先朝自家人开刀。后来果然如此，她把黄伯贤料定了。

她男人接着买了三个壮丁，她又说，他大，你别胡成精了，这一招架住了主任，架不住团总。黄伯朝又问何以见得，她说黄伯昂是个啥人？他是玉皇大帝发落到人间，专门打抱不平的一尊金甲神，他能让别人家三条贫贱命，换你娃一条富贵命？果然又应验了。

兄弟黄伯臣一路春风，官场得意，其子黄步蟾少年得志，士官学校毕业后，发送到他大的队伍里当了排长，回到老家，宣讲起三民主义来一套又一套，嘴能得跟八哥一样。说她这个当嫂嫂、当大娘的，眼看着自己两个烂泥巴扶不上墙的窝囊废，心里没有想法，那是空话。早年，黄杜氏眼见得大娃忠实厚道，听话孝顺，于是因势利导，循循善诱，想把她步云娃造就成一个远近闻名、受人尊敬大孝子。百善孝为先，我娃不跟你比官位，跟你比德行。你那头占住了，这头占不住，我娃总有胜过你的那一头。

启蒙教育，是从一个充满着传奇色彩的经历开始的。黄杜氏说，娃呀，你刚一落草，就栽了个大跟头，全身乌青，连吷（哭）都吷不出来，朝鼻子上一摸，早没气了。硝石村接生的那个瞎眼婆子，说是要把你塞进尿盆，娘一把把你扚（抢夺）过来，揣在娘的胸口口暖呀暖。言至于此，一旁的步云早已是泣不成声。

他娘接着又说，娘把你从天麻麻黑，一直暖到后半夜，到底还是没把你暖醒来。你大见我怀里抱着个死娃不松手，怕我月子里伤了心，种下大病根子，一把把你扚了去，撂到了天厅（四合院中间的露天空地）的雪地上。那阵子，就跟割娘的肉一样，当时一口气没接上，娘一头栽倒，不醒人事。黄步云悲不自胜，哭出声来。

鸡叫二遍时，娘醒了过来，伸手一摸，我娃咋不见了？这才想起来，你被你大扚了去，撂到天厅了。娘一骨碌爬下炕，跪着把你从雪堆子里抱回来，又揣在娘怀里暖，一直暖到第二天一大早，我娃哇地一声，在娘怀里扯大声吷起来……

听得这话，黄步云一头扎进娘怀里，跟当年一样，也扯大声哭起来，说，娘，我这条命是你捡回来的，我这一辈子，一定要当个孝顺儿子，报答娘的大恩大德。瘫了这么多年的黄杜氏，一方面跟着沾了大光，另一方面，也为成就孝子的大名提供了显扬的资本。如今，黄杜氏一手造就的大孝子，已是名扬五陵，无人不晓，给黄门一族又添了个道德高地上的显赫人物。

黄杜氏厉害就厉害在这些方面，黄伯贤怕就怕的是这样一个扎手的角儿。如果仙桃一闪面，这贼婆娘眼跟刀子一样，还能瞧不出个窍道来？到时候向她傻娃盘盘算算一打听，仙桃的身子，是谁种下的祸胎，还不分明落在我身上？

交筋处最怕撞见鬼，这个鬼偏偏让黄伯贤撞见了。

这些日子，黄杜氏连吐带巴，不知害咋。吐起来汤水像射箭，巴起来稀粪像溇窜子（放焰火），一连十几天，把个原本就瘦得一把干骨头的瘫子糟害得只剩下一口气丝儿。

原上算命先生秦瞎子，人称闷葫芦，与坐堂行医的谢无常同样驰名，只是迷信与科学势不两立，这二人从不共坐一条板凳。谢无常嗜酒如命，一年四季害红眼；秦瞎子其实不聋不瞎，只是右眼长了个萝卜花，且给人掐着指头算命的时候不睁眼，故而称其瞎子。其人最大嗜好是喜欢抽一口，行走怀里揣着烟膏盒子，腰带上别着玳瑁烟枪。孝子黄步云行事不知避忌，把两个冤家同时约进门，惹得红眼瞪花眼，鳖瞅蛋一样对视了半晌，谁也一声不吭。

谢无常替黄杜氏把过脉理，说是没啥大病，只是跑后把身子跑虚脱了。他诊得黄杜氏心里吃事，肝气郁结，这倒并无大碍，主要是虚疲已极，不堪调补，没有十二分把握，不敢贸然用药，稍有不慎，便可能成为孝子眼中的罪人。鉴此，他只开了个温中和胃、扶正祛邪的方子，以求乾纲渐振，元气缓培。

算命先生八字排定，流年太岁丁丑，遭逢日柱癸未，又与大运干支相重，判了个天冲地克，岁运并临。闷葫芦心中暗暗吃惊，像这种凶上加凶的命造，一生还没遇到过几回。此人最大的长处是求卜者命里逢凶，就别想问出个结果来，大伙便送了他个闷葫芦的雅号。

秋叶明知她男人禁绝仙桃外出，偏偏打发她提了半篮鸡蛋，前去看望未来的阿家。

胡仙桃前脚出门，黄伯贤后脚进屋，不见了仙桃，便跟屁股追上前去。进得这家大门，仙桃已到了黄杜氏房间。黄伯贤没敢露面，透过窗户，察看屋子里的动静。果然，当黄杜氏昏花肿胀的双眼，落在胡仙桃稍显隆起的腹部，便久久定在那里，且张着满是胬肉的嘴巴，脸上充满惊疑与惶惑。陡然间，黄伯贤像是给人抽去了脚后跟上的板筋，身子骨软得直往下沉。

接着，侧身躺在炕上的黄杜氏，望了一眼提着篮子、走向厨房的胡仙桃，冲身旁的步云有气无力、却板着脸孔，甚是郑重地发了话。

"儿啊，妈有话问你……"

"妈，你看你说话声都出不来。有啥话，等病好了再说。谢神医的药见效了，把吐跟巴止住了。"

"也好……等病好了再说……"

黄杜氏嘴上这么说，那充满犹疑的眼神却瞅定在儿子脸上。

黄伯贤掉头转向，悄悄出了这家大门，一路上连声叫苦。瞎了！这回真的巴下了！

第二十五章　仓木的奇遇

日军牛岛、川岸两个师团，集结十万余众，组成一支西进兵团，意在强渡黄河，攻入关中，进而沿川陕一线南下，应合南方战线日军，对陪都重庆形成南北钳制之势，一旦奏功，有望尽快结束支那战事。中方应战的拦路虎，仅为原西北军十七路军仓促组建、改番号为三十一军团的区区三万之众。

第一支赶赴鸡鸣一声闻三省之风陵渡的部队，是日军精锐石田混成旅团。少将旅团长石田一郎是个中国通，早年其父作为谍报人员，以经商名义常驻西安，童年的石田一郎，陪其父在中国度过相当一段时日，说得一口较准的汉语。

"立马风陵望汉关，三峰高出白云间。西来一曲昆仑水，划断中条太华山。"面对雄关古渡，立马涯岸的一郎诗情勃发，豪气干云。

"将军阁下，您在说什么？"一旁的联队长仓木义男惑然发问。

"一首中国人的古诗。北面的中条山与南面的华山，被黄河分割的这个地方，应该是连接秦、晋、豫三省的黄河要津风陵渡了。传说中华一词，即得名于中条山与华山的合称。"

"如此说来，大日本皇军占领风陵渡，是否意味着已经或者说即将占领整个中华？"

"不！据此挥师西进，就是声威赫赫的金锁潼关。攻克潼关，即是沃野千里的关中平原，那是一个十三代王朝建都立业的地方。"

"攻克潼关，席卷关中，与华南我军形成合围之势，威逼陪都重庆，进而占领整个支那，一举实现大本营战略构想，看来指日可待了。"

"不！不……那里，也是秦始皇铁甲兵团横扫六合，并吞八荒的地方。自古秦兵耐苦战，那里土厚风烈，民情豪放剽悍，不乏效命赴死之士，未必是你想去，就可随便去得了的地方……"

诚如石田一郎所料，三十一军团团以上军官会议上，黄伯昂对目下态势作出自己判断。

"中条山西接秦陇，东临豫北，北靠运城盆地，南濒黄河河谷。其间沟壑纵横，关隘交叠，与太行、吕梁互为犄角之势。我军务须据而守之，抢占纵深，依托天险，方可与兵力及武器装备远胜于我的日军抗衡。如此一来，即可附瞰豫北晋南，屏蔽洛阳潼关，随时切断日军西进后路，断其补给，使其不敢轻渡黄河图我关中。一旦中条天险丧失，我军非但形同砧上鱼肉，任人宰割，而且陇海一线潼关重镇门户大开，我军受制于人，疲于应对，局面只怕就不好收拾了。"

此前，黄伯臣向军团总部转呈了一份中条山军事布防建议案，其战略构想与黄伯昂如出一辙。总部当即做出抢占先机，布防中条的决定，并对黄门两员虎将委以重任，将五老峰守备任务交给了黄伯昂独立团及黄伯臣警备六团。

五老峰是黄河另一要津茅津渡的天然屏障，黄氏兄弟的两个团，呈犄角之势扼守在五老峰左右两翼，首尾相衔，互为策应。兄弟俩立脚未稳，即与石田混成旅团仓木联队展开一场恶战。这一仗兄弟俩首战告捷，得益于事先占据有利地势，左右夹攻，打了个狙击。溃退日军最大败亡，是把主帅丢在了战场，下落不明且生死未卜。

黄伯昂离不开宦娘。他一天看不见她，心里一天都不会踏实；他时常到处找她，就像找自己的魂。再说，陪宦娘朝夕共处的佩瑶、薛蛮媚子进了卫生救护队，负责保护她的牛八及其两个手下，都是队伍里的人，自然也要跟着上战场。这样一来，宦娘也随军过了黄河。

师父说了，当黄河之水变成红色，就可以找到大了。这儿离黄河近，也一定离大近。宦娘心里是这么想的。

甚而，连李快嘴也抛家弃舍，跟着队伍过了黄河。一年前，袁天才把他妹冰兰、也是他未来的妻子送往陕北，这次又受命岳先生，以十八集团军教导队政委身份，率部并将其分别安插进三十一军团各部，名义是监督训导旧军队中士兵吸食鸦片、耍钱嫖娼等一应恶习，黄伯昂就此心里咕嘀说，黄鼠狼给鸡拜年，谁知道安的什么心。而且，冰兰作为教导大队卫生员，也将一起过河上战场。如今死了丈夫、孑然一身的李快嘴，心神拴在一双儿女身上，哪里还在家里待得住，自然是儿女在哪便朝哪跑。还有一件事让她丢心不下，她跟牛八的黄昏恋有了眉眼，用她的话说，这牛做下的那枵薄身子，战场上没个人照顾咋行？如此一来，也就跟着佩瑶、薛家妹子一块进了独立团卫生队，在伤病房和厨灶间两头颠，哪头紧俏顾哪头。当然，除了吃军粮，还有一份军饷。

咋？老娘就是岁数大了点，活儿比谁少干了？佘太君百岁挂帅，还带十二寡妇出征呢？反正没白吃白拿谁的。李快嘴没能意识到，如今的她已是投身沙场、效命自己祖国的一名战士了，却耽心一辈子在泥土里刨食的她，突然一下子吃起了官饭、拿起了官饷，怕人家背后论自己短长。一是角色转变猝不及防，二是不曾亲历过战争的人，或许觉得那地方跟逛三月三庙会一样热闹。直到断了胳膊折了腿，甚至连肠子都抖落出来的伤兵的抽搐与哭叫、挣扎与死亡当儿，草莽出身的薛蛮媚子倒还罢了，佩瑶和李快嘴一进救护大帐就被吓傻了。

醒转神来的李快嘴只长叹了一声。我的妈呀！我李贤惠这一回算是认了馍了。打仗咋是这么瞎的事呢？死起人来倒摞摞，咋就跟砍玉麦杆子一样呢！

在那片狭长的坡地上，士兵们抬埋着敌我双方战死士兵尸体。因死尸枕藉，积压太多，无法单个掩埋，只能作统一处理，只是己方士兵的尸体，与敌方尸体作区别对待。独立团战死士兵，被整齐排放在一条深坑作掩埋处理。战死日军尸体，被拖近一处丘壑，横七竖八地胡乱抛入，亦将作掩埋处理。此情让团座黄伯昂赶上了，并匪夷所思地予以制止。

此前的他，一直陪守着爱女宦娘。宦娘被血污与死亡吓呆了，一度眼睛发直，是恐惧得哭不出声时出现的异常症状。每经死亡与伤痛场景，佩瑶总是用纱巾遮掩着她的双眼。而义父黄伯昂却拖着她，偏向血腥暴虐的地方赶。此刻的她，被义父拖向那处丘壑边沿。

黄伯昂命令士兵，在一块空地上开掘出一条深坑，用处理己方士兵尸体的方式，同样处理日军士兵尸体。这就意味着，要把丢入丘壑的尸体一具一具重新移上地面。龙副团长及手下赵良栋、王砣、武一甲三位营长，均质询团座如此一举，有无必要。

黄伯昂说："人生天地间，活就活了个尊严。有的人别人不给他尊严，有的人自己不给自己尊严，一辈子就那么屈辱地苟活着。无论我方还是敌方士兵，既然他们都倒在我指挥的这场战事中，就是死，也要让他们尽可能体体面面地离去。"

抛入丘壑的日军尸体，又一具接一具被移送上来，整整齐齐安放在那条深坑中。独立团所有官兵，突然咋就觉得，如果人把人当人看的话，那个人既更再卑贱、再渺小，精神上却也获得了与他人同样的平等。而自己从小到大，被命运搁置在最底层台板上，天梯一样的台板高处的人，又有谁把自己当人看了？

他们不辞辛劳地在做着这一切的同时，也觉得人高尚地活着，干高尚事情，精神上又是何等快慰、崇高。

南北战场上，仅据守晋南一隅的黄部出此一举。此事传闻至石田混成旅团司令部，一郎双目迷蒙，甚是潮热。是我把这些弟兄们带了出来，又把他们送上了一条不归路，有人替我把他们体面地安葬在异国的土地上。这个名叫黄伯昂的西北军指挥官，到底是位何等人物？我石田一郎，欠下你这么大个人情，真不知该如何还你？同时，石田一郎不得不承认，五老峰一战输给了对手，不仅仅是在战场上。

佩瑶的一双手，一直遮掩着揽在自己怀里的宦娘一双眼睛。黄伯昂摘开妻子双手，那长长一排日军尸体，便齐茬茬展现在宦娘眼前。她的目光，在那排尸体中搜寻了半天，轻移碎步，下得坑内，跪在一位四十多岁的少佐身侧，抹合上他那双绝望的眼睛。

宦娘紧紧地合上双眼，把喷涌的泪水闭锁在眼眶之内，身子剧烈抖动，一双手臂在空中无助地扑抓着。黄伯昂见得此情，第一个跳进土坑，衣襟被宦娘狂躁扑抓的双手紧紧揪住。

"宦娘……宦娘……干大在这里！你心里有啥话，就说出来，干大给你做主！你既然离开庵院，来到尘世，这尘世上的事，你是躲不开的。我娃如今也长大了，该经见的，见一见也好……"

"干大——你说，他有儿女吗？"宦娘指着那个死去的少佐，冲黄伯昂直言发问，声音凄凛至极，狂躁至极。

"圣人不仁，以百姓为刍狗。他想必也有儿女，可有儿女又如何？又有谁再去照管他们呢？"

"哇——找不见了！呜——呜呜呜呜……他的儿女，找不见他了，再也找不见他大了！再也找不见了……呜呜——呜呜呜呜。找不见了……他的儿女，再也没有大了！呜呜——呜呜呜呜……"

宦娘一把将黄伯昂推离一侧，突兀倒地，扑跌翻滚，嘶声尖叫起来。佩瑶、薛蛮媚子、李快嘴跳进坑中，合三人之力，才将宦娘强拖硬拉，发落至地面，而她那一声声尖锐的呼叫，却自始至终没有停歇，经久不息地回荡在山野之间。

"大——大……你在哪里？宦娘找你，找得好苦哇……"

有一次，宦娘问她干大说："干大，你说我喊叫我大时，他听得见听不见？"

"能听见。"

"真的？"

"真的。离得再远都能听见。"

黄伯昂说，孔子有个学生，名叫曾参。有一回，曾参随师父出游，突然心慌得厉害，预感到他的母亲遭遇了什么不测，急忙赶回家中，以探究竟。原来，就是在那一刻，他的母亲思念儿子，咬破了自己的指头。孔子夸赞他的学生说，曾参之孝，精感万里。

就此，黄伯昂总结说："古人有天人感应一说。只要心诚，亲人之间离得再远，心却是相通的。你的叫声，你大一定感知得到。"

就在宦娘望着那位死去的少佐，想起至今下落不明的父亲，扑跌翻滚于坑中，且声声嘶叫着她大时，踞此数十里开外、驻守五老峰右翼的警备六团团部内，黄伯臣突兀间烦躁不安，还伴着一丝隐隐心痛，立也不是，坐也不是，在屋子里兜了个圈儿。

这种心绪不宁，忙乱无着的感觉已发生多起了。就此，黄伯臣怀疑自己身体有了什么不测，或将大病即至，专程去医所检查了一回，却也没得出个什么确切的结论来。

西安事变之后，秦陇游击支队北上延安，编入十八集团军序列，刘强等骨干成员中的关中子弟，受命于岳先生，分别投入西北军各部，继续从事兵运工作。叛将刘强不好再进黄伯臣警备六团，趁原保民自卫团受命改编扩建，进了黄伯昂的独立团，出任赵良栋一营一连连长，黄步霄即是刘连长手下的一个新兵。

不仅是一营一连，即便全团范围内，黄步霄也是平日里收到书信最多的一员。这些纷至沓来的书信，历来都是一个样式，一种字体，来自同一属地，出自同一人之手。此人便是五陵原上红极一时的黄天香。

黄天香的大名，刘强非但早有耳闻，而且多次亲眼见过其人，印象极深。无论是带领民先队街头游行、登台宣讲、串乡募捐，她那干练的英姿、圆润的嗓门、红扑扑的脸蛋、微微上翘的一双丹凤眼，无不让当时的刘强怦然心动。当他得悉手下的一名新兵，竟是黄天香的已婚丈夫时，心中不无嫉妒地暗暗叫骂了一声：这狗东西好福气，娶了这么好一房婆娘！

自此，刘强对手下这个名叫黄步霄的新兵格外关注。他惊异地发现，这娃对天香的来信似乎不怎么在意，有时读个半拉子，便折叠起来，胡乱塞进信封，压在木板通铺的草垫子底下，就再也不管它了。一次，他利用士兵集训之机，检查各排宿营地卫生，出于对黄天香其人的神秘感与一腔敬意，忍不住抽看了人家的书信。这一看，便让他这样一位陌生的男人，走进了一个女子的内心世界。

那清丽、工整的字迹，像她的模样一样清丽，像她的行事一样工整。每一封书信，通篇无半句卿卿我我，暖心的言词却足以让人潸然泪下。千言万语，反反复复激励着自己的丈夫，最后都归结在两个字上，这就是荣誉二字，即为一个男人、为一个家族、为养育了自己的那块土地、为亲你爱你的妻子的荣誉而战。

刘强旁敲侧击，委婉探询黄步霄口气，有意把黄天香的书信，作为来自家乡亲人的重托，读给大家，借以激励士兵们的斗志。没想到黄步霄对此甚是不以为意，说是随便咋样都行。当刘连长把黄天香的书信，读给他的士兵们听后，人人耸然动容，慷慨激昂，甚而有的泪流满面，矢誓血战到底，不惜以血肉之躯，把日本人堵在黄河东面。

黄天香的书信，在黄伯昂独立团各个连队宣读开来，她成了士兵们心目中的女神，成了士兵们冲锋陷阵、攻城略地的战魂。

刘强做梦都梦想不到，黄步霄背过他人，悄悄找到他说："刘连长，我把天香的书信，让你公开给全团读，也算是帮了你个大忙。我有件事，也想请连长帮个忙。"

"哦！原来你公开媳妇书信，是有条件的？"听得这话，刘强心里当时就咯噔一下。

"连长，我这人生来胆小，一听见枪响就尿到袄儿里了，实在不是干这活的材料。你瞅个机会，悄悄把我放了。"

"放你到哪里去？"

"回关中呀。"

"回关中干啥？"

"不干啥。我家在那里啊，结婚第三天，我就被他们抓进陵邑国民兵团去了。"说着，黄步霄从衬衣口袋里掏出三根金条，递向刘强，"连长，这个你留着，这是我大的一点心意。"

刘强望着黄步霄，别有深意的笑了笑，说："五老峰与日本人打响的头一仗，你抱着枪杆子，缩在战壕里，连空枪都没放一响。我只说你是个新兵蛋子，头一次上战场，免不了心里害怕，没跟你计较。今天看来，你不但把头缩进了战壕，恐怕连×都缩进肚脐眼里去了！你想回你关中家里去，搂着媳妇过你的清闲日子，让别人在这里流血拼命，把日本人挡在黄河那边？我告诉你，当初你大买下的三个壮丁，没能在团座手上替下你这个贵人；今天，在我刘强手里，你也休想用三根金条，买回你一条狗命！"

说着，刘强拔出腰间手枪，枪管点着对方脑门叫骂道："黄天香那么好个姑娘，咋就嫁了你这么个货色！一想起来，我还真替她叫屈！从今以后，如果上了战场，再敢装那狗肉上不得席面的熊样，或者掉头转向朝后跑，老子第一个敲死的就是你！"

血腥的厮杀和寂灭的死亡，令宦娘匆匆告别了充满欢乐的时光，心灵遭受着暴烈的蹂躏。只有在救助伤员的奔走劳碌中，才得暂时缓释那种蚀骨啮心的精神苦难。别人讲的大道理她听不懂，也不想听，只是对这个世界提出自己的质疑：人类为何要互相残杀？

宦娘对西医一窍不通，可在处理重危伤情时，特别是在生死存亡的紧要关头，有几样师门独传丸药、粉剂和组合方剂，往往发挥出神入化奇效，让诸般西药相形见绌，更让医术老道的老军医暗暗称奇。有多名命悬一线、军医束手、只等着抬往太平间作烈士登记处理的伤者，硬是在她的调理下延缓过一口气来。

中医西医两道，通过老军医和宦娘一番无言较量，虽各擅胜场，然在老军医使尽浑身解数仍无济于事时，接下来尚可再展其才的，往往是宦娘。尽管这只是个别案例，却也分明显现出中华传统医学之精奥。

五老峰首战伊始，就再也没听到宦娘那爽朗悦耳的笑声了。这个心底清泉一样纯净的姑娘，就此告别了欢乐，过早地遭遇了生之严酷。只有黄伯昂、牛八跟李快嘴知道，这姑娘心中还揣着个甜美的秘密。黄伯昂深感无望，李快嘴不愿提及，牛八巴不得此事当真，只是碍于与李快嘴的关系，也不敢明讲，也只能在背后悄悄跟宦娘单个说起，借以抚慰她那心灵的痛楚。

"孙女，大爷告诉你一件事。你天才哥哥，说不定过些天，会到咱们独立团来……"

宦娘的眼睛登时便亮了起来，活泛了起来，且一把抓住牛八胳膊，急切地问："大爷，是真的吗？"

宦娘时常挂在心上的有两个男人，一个是他下落不明、素昧平生的父亲，一个是仪表堂堂、高大英武的袁天才。自从袁天才他大的丧事过后，宦娘就再也没见到过他了。有时候一想起他，宦娘不避生疏，也不遮不掩，逢人便问袁天才的下落。她那急迫、焦虑的情态从来都是溢于形色，表露无遗。有时想得急切了，便把拳起的右手凑近口唇，拿牙齿垫揩着食指，双眼潮潮地瞩望着远方，叫人看在眼里，痛在心里。

"他如今是十八集团军教导大队政委，跟我们一前一后上的中条山，与三十一军团各部都有联系。前几天路过警备六团，他的人马已拉到二百多了。"

"大爷，您带我去找他！"宦娘拉着牛八的手，急切地说。

这哪儿是找的事？牛八也只能做做样子，与铲子、秃子一起陪着她在山里走走，且不敢走得太远，免得超出独立团驻防范围。

他们来到前些天的战场上。那是一片狭长坡地，坡地左侧有一道深深的沟坎。宦娘凭着医者的习性与敏感，突然扑捉到一种奇特的味道，即循着这种气味，下得沟坎，在一处枝叶掩映的隐密洞穴前打住脚跟。牛八跟他的两个部下，以为宦娘在那儿寻个方便，也就没跟了过去，在原地歇息了一会，一直等到宦娘上了沟坎。

　　自此，宦娘的行为举止出现了异常，甚而不免显得有些诡异。沟坎底下的那处所在，成了她每日定时必至之所，且从军营的伙房里偷偷捎带着些许干粮。牛八等三人对宦娘安全负有护卫之责，作为领队，又作为她大爷，牛八心里落了虚。

　　一天，他悄悄尾随孙女下得沟坎，轻轻撩开扶疏的枝叶，朝洞穴里偷觑了一眼。这一眼惊得他心胆俱丧，神魂出窍，之所以没当场叫出声来，是他先行捂住了自己嘴巴。

　　仓木联队长亲率日军秋田大队，在这面狭长坡地遭到伏击。原保民自卫团神枪营训练出来的多名射手，枪口一刻也没离开日军指挥官及机枪手、机炮手。仓木肩头、右腹部一连中了两枪，身边的几名参谋和下属先后均被打散、射杀。秋田中佐甚至一度放弃战场指挥，直到撤退时仍未能找到他的军事主官。滚下沟坎、掩身灌木丛中的仓木醒过神来，耳听得中国军队已开始打扫战场，便奋起最后一丝余力，钻进了那眼洞穴。宦娘找见仓木的这天，战事已结束整整七天了，此人的创口已大面积溃烂生蛆，昏昏然神志不醒，仅一息尚存。

　　牛八看见宦娘替那人处理完伤口之后，又开始帮那人服药进食。还依据那人一身披挂，清晰地断定了那人的大佐身份。

　　我的妈呀！连报纸广播上都说了，五老峰一战，日军在战场上丢了主帅。原来那个叫仓木义男的联队长窝在这里！

　　接下来的事情让牛八作了难。把这事报告上去吧，免不了我牛八奇功一件，除了官升一级，再发笔大财没一点麻达。可这样一来，岂不是把我孙女卖了？这女子心底纯得跟井水一样，不论中国人日本人，好人坏人，恶人善人，在她眼里都是人，都是命。她费了这么大的神，把这人救活来，我如果把他交出去，给我孙女咋交代？从此以后，她岂不恨死了我？我还配当她大爷吗？

　　呸！牛八呀牛八，看来你生来就是个贱坯子，为了自己升官发财，连认下这么乖一个小孙女都敢出卖，你还有一丝人气吗？

　　牛八气恨自己的非份之想，把自个臭骂一通，用盒子枪枪口点着铲子、秃子脑袋封了二人口，主动承担给养事务，不露声色配合宦娘，把一个敌酋侍侯得妥妥贴贴，比当年侍侯他亲老子还精心。

　　一月有余，一个夜色渐浓的傍晚，宦娘抱着一团破旧衣衫，交给仓木。

仓木面前，站着一个仙女般超尘脱俗的姑娘，还有三个挎着盒子枪、生相甚是鄙陋的士兵。他们有的像是降自天堂，有的像是出自地狱。仓木义男直至此刻仍懵懵懂懂，如梦如幻，不明白这个可爱的小姑娘为何救他，出于何种目的。但他从这几个人的神态和眼目中审视到的，除了真诚，还是真诚。

仓木联队长装扮成一个难民模样，冲着宦娘、牛八等人，说一通日本话。他说："仓木二世为人，承蒙诸位援手，无以为报。请接受鄙人至为真切的歉意、至为诚实的感恩！"

仓木沉沉弯下腰身，行了一礼，挂着一只木棍，头也不回地蹒跚着走了。

第二十六章　成了精的老参

这是黄伯贤有生以来关于妊娠一事的第二次危机。

仙桃昭然显扬的身孕，已为黄杜氏明眼察知，一旦病中的她缓过一口气来，从儿子步云口中探得真情，等待他这个乡贤和做长辈的，将不仅仅是身败名裂，甚而再也无从原上立足，半生的艰辛营求将就此完结，也包括那个尚在孕育之中的至亲骨血。

这可咋办！？

黄伯贤招来远房侄儿黄步云。

"你估计你娘这一回扛得过去？"圪蹴在炕沿上抽着老刀纸烟的他说。

"夜日个晚上吃了口梨瓜，半夜连吐带巴，病又翻巴了……"黄步云的回话拖着哭腔。

"唉！我这个兄弟媳妇哟，你咋把娃往死里害呢！"

"伯，你快给你侄儿出个主意，我到底咋办呀？"

"唉！"黄伯贤长叹一声，将眼神扫向炕头上的方桌。

方桌上陈放着一个长条形锦盒，甚是精致、雅观，中间还用一条红丝带拴着。黄步云的眼光，也被吸引了过来。

"伯，喔是啥东西？"

“哦！没啥……没啥。”黄伯贤作掩饰状，将那锦盒朝自己身边移了移。

黄步云多少也算念了几天书，人参二字倒还晓得。况且，那锦盒上印的就是一根银髯飘飘、老而成精的人参图案。

“人参！”黄步云脱口惊叫了一声，一把抓过锦盒，拉开丝带，揭开盒盖，一只与锦盒上印制的图形极为相似的老参现出真容。

“伯……听说这东西……”黄步云双眼瞪得溜圆。

“东西是好东西。就是掐上一根胡须，关键时候，也足可吊住一条性命。”

“伯，你是从哪儿弄来的？”

“西省寿春堂啊。这只百年老参，原本是寿春堂的镇店之宝，出再多的钱也是不肯卖的。听说曹县长他娘急用，又是我本人出面求情，人家这才赏了个面子。”

“伯，把它让给我！我多出一半钱！”

“不是钱不钱的事。这东西是个稀欠，只怕全西省也找不到第二根了。你揣上钱到哪买去？”

“伯，我不管！让给别人，不如让给自己人。这东西，你任今日要定了！”黄步云不容分说，把人参揣进怀里，掉头便走。

黄伯贤跳下炕，趿着鞋子，噗哒噗哒追出大门，冲着步云的背影作气急败坏状，唉声跺脚长叹道：“这娃咋做这事呢！你叫我给人家曹县长咋交代？你这不是坑人嘛！回来！你给我回来！”

孝子抓住了那只百年老参，形同抓着他娘一条命，岂肯轻易松手？当即赶回家中，把老参垫在劈柴火的木墩上，拿斧头剁成蛋蛋，又砸成末末，连一根掉在地上的胡须梢梢都捡了回来，药锅里煮了个把时辰，篦出一碗清亮亮的汁液来。

黄杜氏一夜未眠，此刻昏昏然沉睡炕头。孝子将他娘上半截身子揽在怀里，用勺子舀着参汤，吹得温凉适口了，便一勺接一勺喂进他娘嘴里。呈半睡半醒状态的黄杜氏口唇干裂，想是腹内焦渴，急需润泽，一碗参汤竟顺顺当当灌进了肚子。

黄步云做完这一切，如同完成一项壮举，一桩盛典，兴冲冲跑到三畛地头，跟他大商量那根老参价码的事去了。一路上想象着他娘这一觉醒来，病情豁然而愈，跟往常一样，炕头上靠着被儿，半仰半躺，红光满面，说一些他幼年的趣事，安排他一些屋里屋外的活路；他自个也侍候娘吃香的，喝辣的，天冷了替她把炕烧得热热的，天热了摇着扇子，替她搧搧风送送爽。那些时刻，是他作为孝子的极乐！

当黄步云陪着他大，耙完三畛犁罢的麦茬地，回得家来，他娘却直挺挺死在炕上。

孝子黄步云当即一头栽倒，不省了人事。

第一个闻讯赶来的，是谢家老二谢无常。以他的神断，黄杜氏虽说身虚体弱，乾元大损，再有个十天半月，全然有望缓过一口气来，咋会说殁就殁了呢？如果她真的栽在我手里，岂不瞎了我的手艺，臭了我的名头？

谢无常一瞅见黄杜氏胀红胀红的面色，当即心里一沉，立马断定事出有因。瞎了！这家人背着我，莫不用了另一医家的药方？紧接着便嗅到一股浓郁的异味。循着那道异味，一路搜索，找到了天厅中央石墩下的那只药锅，望着尚未倾倒的参渣，禁不住跌足叫苦。老天爷呀！原来是这孽障作了祟，看来还不是个凡品呢！

此时的黄家，包括黄伯贤两口在内，已涌进一大帮闻讯而至的乡邻。黄伯朝望望直挺挺死得僵僵的婆娘，又望望哭得闭过气去、脸子憋得紫胀、倒地不醒莫知死活的大儿子，犯了失心疯一般，在天厅里滚着滚着哭。

谢无常自感事关重大。如果不当着大伙丢出个说法，这婆娘早前一直服用我的药，人家还以为她死在我手上，这个黑锅我谢家背不起！念及于此，他一苗银针把黄步云扎醒，揪着他的后领，将其拖至天厅，指着石墩旁煎药的火炉说："贤侄啊，这炉子里的炭火火势太弱，马上就要灭了，你说咋办？"

孝子人虽醒了过来，悲伤之情糟害得他如痴似呆，没有回答对方提出的问题，抑或根本就没有理会。一旁有人点拨他说，快拨开火门呀，不通风透气，把火就憋死了。听得此话，黄步云表情木讷，动作呆滞，就跟戏台子上的肘娃娃（木偶）一样，任人摆布，伸手抠落了火炉下面的封门盖子。

谢无常作乍然色变之态，大声疾呼道："开不得啊！那东西万万开不得！风虽有助火势，火大风猛，火势才会更旺。如果火弱风紧，残火不禁强风，必然灭绝。如果想要残火复旺，只能小开风门，越小越好，残火兴许还有重旺的一线希望。"

谢无常拾起盖子，扣在风门上，只留下半个指甲盖大一眼透气的缝隙，说："贤侄，你可听明白了？"

黄步云跟瓜了一样，面无表情。

在场人众大多数都瞧出了眼道。这傻娃莫不是做下啥瓜事了？

谢无常端起药锅，挨个展示给身旁的乡邻，"你们看看，闻闻。我不敢说它是个仙品，最起码也不是个凡品。老嫂子身子枵得跟灯草一样，哪经得起这个补法？"

有人认出、抑或闻出了药锅里的渣子，惊叫了一声："人参！"

这一回大多数人都明白了，且明晰地作出一个确凿的、亦不乏附会意味的判断：黄伯朝婆娘卧床久病，弱不禁补。孝子黄步云，误用一颗千年老参，一碗汤水下了肚，活活把她娘烧死了！

这话虽说得有些夸张，可事实确系如此。

但闻砰砰然一记响亮，黄伯贤搧了黄步云两个左右耳光，揪着孝子领口，厉声叫骂的同时，语音里夹杂着抽泣与哽噎。

"我把你个吃馕食的！你娘是咋死的，你这回明白了么？你娘是你害死的！好一个五陵原上的大孝子，杀了他亲娘！大孝子亲手杀了他亲娘！呜——呜呜呜呜……"

瘦女人秋叶依身黄杜氏尸身一侧，捏着对方冰凉的手，斜着眼睛，一直在偷觑着她男人。

谢无常反过来据理力争，为孝子多方排解，"黄主任，您是娃他伯呢，训他几句，也在情理之中。可话也不能这么说，孝子为他娘熬人参喝，有啥不对？他又不是郎中，咋能知道这里面的窍道。常言说不知者不足为罪，您就别训娃了。娃心里也难受得很。"

这话说得中听，众人杂然相许，纷纷出面劝解。可两个耳光，一顿臭骂，反倒让昏聩的孝子脑瓜里闪过一线灵光。天啦！我害死了我娘！我娘是我一手害死的！

这个结果，是孝子黄步云无论如何也无从面对，也无法接受的。

"娘——"

黄步云朝他娘尸身望了一眼，嚎叫了一声，一头撞向天厅里的石墩。一旁的雒大勇眼尖手快，拉了一把，这才免却又一场惨祸。凭是如此，黄步云已撞破额角，可着地面翻滚了一通，登时染了个血脸红头发，情状甚是诡异，叫人看在眼里，碜得心里发慌。

家中遽遭如此惨变，如今年迈苍苍的黄崇义，已无力处置家中大小事务了，只能枯坐在太师椅上，望着死去的儿媳妇，以及没死没活跌绊着的大孙子黄步云，老泪空垂，心如刀割。

原上人平日里生活简朴，劙上半碗青辣子，捏一撮盐，浇一勺醋，将其搅拌了就冷蒸馍吃，足可当一顿饭打发。可操办起红白喜事来，只要财力允许，一家比一家铺张。这就跟修房造屋一样，尽管是见了面染络得跟娴祜（妯娌）们一样的乡里乡党，只要把房修盖在后头，房脊总要比前面修盖的那一家高出半拃，绝对没有拉得一线平那一说。

原上的汉子，尿脬尿都要比别人尿得高。

穷人家死了人，既是一灾，灾在亲人亡故；更是一难，难在起程艰难。起程为死者上山前各种用品，如果谁家棺材板子薄了，有人便撇凉腔说，那娃给他老娘唱了折《柜中缘》，意思是把他娘装了箱柜。如果身上的寿衣单了，没凑够一单一夹一棉老衣套，便说王官镇胡老抠杂货店凉席多的是，意思是你舍不得花钱，咋不买张席子，把你大卷埋了岂不更省？一些尖刻之辈，更是口不择言，说得更为露骨：兄弟，埋不起你老娘，咋不腿腕子上拴个蒸馍，叫野狗拉着去！

凭黄家家势，凭步云的孝行，黄家死了人，绝无腿腕子拴蒸馍让狗拉一说。黄杜氏的起程空前绝后，这份显扬也遭人忌恨。就拿灵堂前的纸活来说，别人家的纸驴，瘦小得跟刚落草的驴驹一样，而黄杜氏的纸驴牛高马大，还配有银鞍金镫，须四人抬着方能起步。有人气不过，便偷偷骂道，好一头骚叫驴，像个配桩（种驴）的货色！且不说那奋翻起舞的仙鹤，绸缎作底的彩轿，单穿金裹银的金童玉女，就能凑足一个加强排。有一小脚老太自忖百年之后，无由消受此等福缘，不免心生妒意，出言讥讽。男的女的带了这么一大帮子，哪个不是油头粉面、妖里妖气的人精？一个个青春年少，能安稳得了？他们的住处啥安排？莫不跟你个老怂滚在一张大炕上？

原上人活人难，难就难在这也不是、那也不是。

起灵送葬的前一天晚上，是黄杜氏出殃的时辰。出殃也叫回煞，指死者阴魂凝聚的那股煞气，在今夜某个时辰回归黄门，附托于僵死的肉身，随着明日起灵送葬哀声一片，火铳轰鸣，到另一个世界去安享极乐。相传回煞是件极其可怕的事情，特别是意外凶死的青壮年男女，往往弄出些骇人听闻的事情，死者动辄裂棺而出，游尸为厉，这样的事在大原上时有耳闻。大凡寿终正寝的、活到头来的老者，大抵风平浪静，不会有什么事端发生。一旦是个意外凶死的角儿，或者活着的时候不是个平处卧的，便很有可能弄出点动静来。

黄杜氏在世时就是个厉害下家。黄崇义退位后，银柜的钥匙没有交给儿子黄伯朝，而是交给了儿媳黄杜氏。正是在黄杜氏撑持下，黄家家道不显颓势，且有更趋兴旺发达之象。只是炕上一躺就是这么多年，塌了一个巾帼英才的腰杆子，临走时，居然命断亲生儿子之手，你说这个憋屈劲何人经受得起？缘此，来自渭河南岸的礼笔先生下了单子，凡属牛、属猪者务须远避，当天晚上不得逗留黄家；一更之后，包括守灵孝子在内，亦须各归屋舍，关门闭户，熄灯禁火，鸡叫前任何人不得外出。这叫避煞。

可还没等到出殃，天刚麻麻黑就出了怪事。

先是黄杜氏灵堂前，那两座棒槌粗的架蜡无风自抖，红红的火焰突然就泛了绿。堂屋檐前的两页窗扇霎然自闭，带起一股砭人肌肤的阴风，卷起纸盆里燃尽或未曾燃尽的灰烬，在供桌前打起了旋儿。包括重孝黄步云在内，排成左右两行、跪在装有软物的口袋上的几个同门孝子，头上的棉花圪垯空壳瓜皮帽，肩头哀哀吾母生我劬劳的背甲，手中柳条纸棍上白是白、红是红、抑或红白相间的纸絮絮，被旋儿风刮得飒飒作响。在场人众的头发丝，没有一个不竖了起来。

接着便从步云他娘房子里传出一声嘶叫。那叫声有如瓷片蹭铁锨，直刺耳朵芯儿，令人头皮发麻。众人掀开门帘，但见瘦女人秋叶披头散发，面色铁青，一时身子筛糠般打抖，一时发疹般连滚带爬，可着那张大炕，大张旗鼓地折腾起来。见得这般情状，礼笔先生捏着公鸡嗓门，跌足叫苦道，瞎了！瞎了！还不快请行家！

五陵原七十二行，行行出能人。卤水淀豆腐，一物降一物，这一行的行家里手，非王官镇祁二老婆莫属。此妇生得黄脸灰发，首若飞蓬，随身携带七十二把桃木橛，三十六只大盖铁钉，身着印有卐字图案的府绸玄色大褂，手执桃木鹤头拐，裤脚终年紧扎，走路如水上飘萍，时时刻刻洋溢着一身鬼气。

在场人众，至为惊恐的莫过于黄伯贤。这贼婆娘是咋的了？我就不信是兄弟媳妇的魂附了她的体！有些事，我婆娘很可能也瞅出了些眉梢，如果这贼婆娘口无遮拦，当众胡说起来咋办？

怕见鬼偏偏撞上鬼打墙，秋叶一边跌绊，一边絮絮叨叨数说起来。

"儿啊，你叫人装在布袋里，拿锥子攮呢！我娃亏死了！我步云娃亏死了！呜——呜呜呜呜……"

听得此话，众人不明就里。黄伯贤的一颗心，像坠着个石头，直朝下沉。

法师祁二老婆落坐太师椅上，咕噜噜吸着水烟，不时抖起蓬松的眼皮，将瘦女人飞快地扫上一眼。

"有些人的眼里，连我这个瘫子婆娘都容不下！我活在世上，趱了有些人的眼，碍了有些人的事么，人家能放我一马？墙缝里的柱子不显身，软刀子杀人不见血哇！呜——呜呜呜呜……"

瘦女人的话越来越不对味了，莫不是别人害了你不成？有人不免提出质疑。"老嫂子，你精明一世，临走咋就活瓜了呢？你这辈子，与谁结过芝麻粒大个圪垯？别人为啥害你呢？再说，你活在世上，把谁吃屎的路给挡住了？"

"这话没错，伯朝家的，再别瞎说白道了，小心乱了你娃的心思。"

"不管是谁家地头上的嫩草，都想叼上一口，你都不怕黄鼠吃过了界畈？算盘子拨得再精，只可惜错了位分！我的儿啊，有我这个瘫子撑在世上，还能罩上你一把。这回有你好看的了，我就看你那没过门的媳妇，将来给你养个啥祸胎出来……呜——呜呜呜呜……"瘦女人这话说得更是没头没脑，令许多人如堕五里雾中。

黄伯贤待不住了，寂寂然出得大门，跨上拴在街头马桩上联保所那匹快马，连夜晚上了北山。

想必瘾已过足，祁二老婆噗地一口，吹熄媒纸，把水烟锅沉沉置落桌案，抖擞精神，右手执槌，左手拎了只扎花蓝布袋子，在黄家屋院揠起桃木橛儿，率先布下天罗地网。

进得黄杜氏房间，祁二老婆手里已多了一碗三筷。说来也怪，随着法师一声断喝，那三根竹筷便攒拢了身子，直直耸立水碗之中，纹丝不动。这即显示恶鬼临身附体，确凿无误。

"天绝地灭的老怪听仔细了！本座眼明如镜，心细如发，妖魔鬼怪，踪迹难隐。我知你来你知我，明人不做暗事情。在世时尊你敬你，死了我迎你送你。麻利走路，免得惹我生气，动了家伙！"祁二老婆口若悬河，当即发话。

紧接着，祁二老婆燃起一蓬黄表，在瘦女人顶部燎绕三匝，遂把灰烬倾入水碗，连同竹筷一起泼出大门之外。

至此，附体阴魂算是已给送走，理当无虞了。但祁二老婆没有小觑对手，依旧落坐太师椅上，吸着水烟，以观效验。

果然不出所料，瘦女人冷哼一声，大为不屑地言道："祁家妹子，你别忙了。我步云被人装进布袋，当猫卖呢，就是想走，我走得了吗？"

祁二老婆撇了水烟锅，脸色难看极了。"这么说，你是不吃敬酒，要吃罚酒了。牵条黄狗来！"

这时候到哪去找黄狗？征得法师同意，有人抱来一只大白公鸡，祈二老婆将其按定在炕边上，操起一把菜刀，搕得砰砰作响。"你可知道，逼我下了硬手，身上溅了血腥，阴司路上的馋狼饿虎，可不好打发哟！"

"人参烧心啊，老娘喉咙里直冒烟呢。那点鸡血，还不够我塞牙缝呢！"瘦女人轻蔑地顶了一句。

铮地一声，鸡头落地，一线腥红劈头射向瘦女人面庞。

附体阴魂这回显然是被激怒了，秋叶劈手夺过公鸡，连撕带咬，鸡毛遍地，紧抓两只鸡腿，投掷铁饼一样，打着陀螺摔向对方，把祁二老婆砸了个沟子蹾。但见满屋子毛絮飘飞，血溅如雨。瘦女人红脸血发，形色诡异，发出一连串呵呵厉笑。在场人众心胆俱碎，惶惶然退避不迭。

祁二老婆气焰大挫，心犹不服，从炕沿下搁尿盆的窑窝里掏出几只鞋子，冲掌心部位按上大盖铁钉，挥锤便钉。

那几只鞋子，原是黄杜氏生前穿过的旧物。如今，每只鞋掌上都被钉上了大盖铁钉。祁二老婆洋洋自得地言道："明日个早上，你这老狗一抬出家门，我就把它埋在门槛底下，叫你变作游魂野鬼，永世进不得黄门！"

瘦女人又是一阵碜人的嘿嘿冷笑，"你还有啥手段，尽管使出来。

我这瘫老婆子一生活得窝囊，可把你这号货色还没放在眼里！我儿躲得过眼下这一劫，福缘必厚，用不着替他操心；如果人家连他都容不下，躲不过这一劫数，自会跟我作伴。黄家的门，我不出便罢，跨出门槛，就再也没想过要回来！"

祁二老婆冷汗淋漓，手脚冰凉，那一捧钉有铁钉的鞋子纷纷坠地。她又一次被对方击溃，不由情急智昏，心生歹念，从绣花蓝布袋子抖出了五雷碗，撩起前襟，一堆儿兜定，叉开双腿，气壮如山地把定了门户。

黄杜氏英年时在原上便叫得上号子，把偌大一份家业打理得旺上加旺。黄家每临大事，未经此人点头，阿公黄崇义有时都不敢自作主张，鳖囊子男人黄伯朝更是一个响屁都不敢放。有鉴于此，祁二老婆自知此人绝非易与之辈，到时候恐怕难以施为，临行时请用了从未发射过的五雷碗，一袋子囊括了全套装备，必要时不妨来个干打雷，诈唬诈唬那些不知趣的孽障。

那东西原也不甚起眼，只是蒸馍大小一个瓷碗，金箔覆面，黄表裹体，不知装了些什么东西，落地爆裂，作声不大，只是烟雾飞腾，烈焰熊熊，情状委实骇人。祁二老婆施展起来，也不敢真打，将一只五雷碗抖手朝瘦女人身侧掷去，实想在气势上压倒对方，慑服对方。

没想到瘦女人见机而动，遇险知避，瘦小的身影上跳下窜，左右腾挪，简直跟飘风一般，形同一只翩翩弄影黑蝙蝠。祁二老婆不禁一愣。瘦女人也打住了脚跟，枪口下的麂子一般，抿耳蹲蹄，双睛如炬，摆出一副周旋到底的架势。

到了这步田地，祁二老婆自忖若不动真，除此一法，就别指望将其收伏。当即黑了心思，立下杀手，将剩下的四个五雷碗尽都砸了出去。顿时，满屋子烟雾冲天，烈焰四起。但见瘦女人往来飘忽，形若鬼魅，带起阵阵阴风，拖着锐耳的啸叫，劈雷打闪般穿行在硝烟雷火之间。黄门屋院鬼气森森，一派恐怖。屋里屋外的男女老幼，一个个惊得毛发倒竖，东躲西藏。

雷火消散，烽烟俱净，但战果十分不令人满意。大炕上的被褥，已给烧出面盆大几个黑洞，仍冒着缕缕青烟。祁二老婆裤脚成灰，腿腕子上起了潦泡，脑瓜斑秃，一头蓬发所剩无几，且呈卷毛狮子形状，往日风采尽失，活脱脱炕洞里钻出的一条癞皮狗。

　　而瘦女人长身立于大炕之上，浑身上下毫发无损，发出一串夜枭般刺耳的厉笑。

　　祁二老婆这个跟斗可栽大了，一世英名顷刻间荡然无存。这营生日后可咋个干法？此人又开始敲敲打打，纵分六路，横列四排，把二十四根大盖铁钉，钉入一面木箱盖子。"我叫你尝尝滚钉板的滋味。来人啦！先把她衣服剥了！"

　　祁二老婆自知势单，为了打鬼，借助钟馗。一些看热闹的男人虽说还存有几份胆气，一听说要剥那女人衣服，又如何伸得出手去？况且，虽说让黄杜氏阴魂附了体，人却还是乡贤婆娘的身子，是联保主任婆娘的身子。她的衣服，是随便剥得的么？

　　即便单枪匹马，也要作孤注一博。这时候的祁二老婆情急智生，效仿李快嘴克敌致胜法门，逢男下坠抓卵子，逢女解带抹裤子，麻着胆子，爬上炕头，来了个就地十八滚，骨碌碌滚至瘦女人脚下，伸出指甲能切葱割韭菜的双手，抓住瘦女人裤子，使劲一扯，还真把那条裤子扯落了下来。

　　祁二老婆出其不意，攻其不备，猝然出手，奋发一击大见成效。忽啦一下，人们全都挤破头皮朝屋子里涌。尽管瘦女人早已风韵不再，春光失色，可毕竟当众被人抹了裤子，非同寻常，森森鬼气顿时化为熙熙人气。

　　缠斗中，尽管瘦女人略擅胜场，占据先机，把祁二婆娘压在胯下，可法师跟人缠斗起来，就跟她降魔驱鬼一样敬业，哪怕叫人把头捶扁，把脸搧烂，揪着对方被抹下的裤腰死不松手。瘦女人捶头抡得再欢，掌巴搧得再响，身上最招惹人眼、也最踢脸卖害的部位却露在外头。祁二老婆要的就是这个效果。

　　这一回显然把瘦女人激恼了。要得力挽窘境，扳回面子，务须一报一还，以其人之道还治其人。于是，瘦女人腾出手脚，改变战术，从祁二老婆肚皮上翻身下马，高高撅起干瘦屁股，不惜春光乍泄，奋起余威，把祁二老婆的身子翻了个肚皮贴地，一屁股塌在其人腰上，将对方双手反剪起来，用自个被拽落的那条裤带拴了个结结实实。

　　如是一来，战局顿时逆转。瘦女人背朝对方后脑，身子打了个掉儿，屁股稍稍一抬，先行提了提自个的裤腰，打了个折子掮在腰上，这才慢条斯理地抽了祁二老婆裤带，接着抹起了对方的裤子。此刻的法师叫人反剪双手，又被人一屁股死死塌在腰杆上，毫无还手之能，只有眼睁睁听人摆布。

瘦女人不下手则已，要下手就下个狠手，居然把祁二老婆那条府绸裤子抹落腿杆，抟作一团，甩落地面。祁二老婆身材短小，一身奅肉倒还发达，两只粗短的精腿风车轮子一样蹬搭起来，嘴里发出杀猪般嗷嗷嘶叫。接着，瘦女人用对方的那条裤带，撸住祁二老婆的脖颈和两条腿弯儿，整个身子被抟作肉球，居然把一个堂堂法师整了个老汉看瓜。

这一回祁二老婆彻底玩完了。

瘦女人手提条帚圪垯，冲祁二老婆肥臀上一阵抽打。

“凭你碟碟里那点水水，还漂得起船来！我一个瘫婆子，一生与人不欺，与人不争，从来不曾跟谁犯过口舌，没想到死都死了，还跟人撕挖到一块。不打便罢，要打就打个名目出来，叫你开开眼！”

瘦女大获全胜，义气风发，一手插腰，一手捏着条帚圪垯，指着祁二老婆一通叫骂。骂着骂着，心里又来了气，再度挥动条帚圪垯。

至为得意处，往往也隐伏不测。

瘦女人的裤带早就派了别的用场。谁也料想不到，就在这时，她那打着折儿褊在腰上的裤子绽了开来，唰地一声，落至脚背。

屋子里顿时响起一阵轰天爆笑。

瘦女人急忙拎起裤子，将身子缩向大炕一角，脸子也像脱裤子一样，唰地一下，变得赤红赤红。

原来鬼也知羞。

第二十七章　灵堂叫人拿屎裱了

　　黄杜氏的阴魂，附了瘦女人的身。这消息当天晚上，便在整个王官镇哄传开来。除了祁二老婆驱鬼的那场闹剧，人们的话题，渐渐转向死者借活人之口道出的那些蹊跷事儿。明明是孝子误用补药，把他娘烧死了，阴魂咋又说她是给别人害死了呢？还说她步云娃那个没过门的媳妇，将来养个祸胎出来，这话又是啥意思？哦，对了，那个黄家未过门的媳妇胡仙桃，这阵子咋没见人影了呢？

　　世上没有不透风的墙，胡仙桃的身子，到底还是给黄伯贤对门他三嫂偶尔瞧出破绽。顷刻间，胡仙桃有了身孕的风传，给本来就云遮雾罩的黄门乱象平添了一道更为离奇的色彩。这个骚动的夜晚，王官镇所有人关注的焦点，议论的中心话题，全都落在了黄家。

　　黄家亟需有人站出来，挑明真相，以正视听。不然，人们会生发诸多联想，引起多方面猜测。

　　第二天，是黄杜氏起灵发丧的日子。起灵之前，还有一项仪程，叫做游乡转饭。由重孝托着一只木盘，木盘内置放花馍、面食，走在前面带头引路，后面跟着吹吹打打的乐人，乐人后面跟着黄门一族所有男女孝子，可着王官镇大街小巷走个遍。游乡转饭之举，意在昭示人们，有人在脚下这块地面上活了一世人，如今人要走了，感念乡亲们往日的情谊，请享用亡者这辈子最后一餐感恩的饭菜吧。

　　随着游乡转饭队伍的远去，镇子上所有男人，哪怕后院起火，都得马上扛起铁锨，随着送葬的队伍赶往墓地，为亡者送埋暖墓。这是大原上的规矩，你可以不去，前提是你家永世别死人。

日上三竿，到了起灵发丧的时辰。礼笔先生一声吆喝，抬棂的八个一榾兜（敲打土坷垃的农具）扪（擂）不倒的剽壮汉子，手提绳索，肩扛木杠，齐茬茬进得堂屋，拟将厝置灵堂后面的棺木抬出屋院，架上棺罩。以重孝黄步云为首，跪于灵堂两侧的孝子们，亦将起身发丧。礼笔先生端起纸盆，将其架上重孝头顶，以便在送葬路上把它摔碎在十字路口。

就在这筋骨眼上，堂屋内匆匆挤进一男一女，颜面颇生，不知来自何处，也不知与黄门是何渊源，里外忙活的支客及乡邻们，还都以为是黄家的亲戚，冲其点了点头，避让一侧。

谁也没想到，那男人冲近桌案，扎了个弓步，抱起怀里一件物事，奋力朝黄杜氏灵堂泼了过去。

顿时，整个堂屋腾起一股令人作呕的恶臭。

等大伙明白过来，显然大恶已然铸成，为时太晚。抱在那男人怀里的，原是半个掏空了内瓤的老南瓜，里面装的是稀屎。

黄杜氏的灵堂，叫人拿屎裱了。

纸制灵堂的亭台楼阁、供桌上诸般供果、灵堂两侧的高斗架蜡上面都星星点点、淋淋漓漓糊满了稀屎，包括灵堂中央洞府内黄杜氏那幅画像。

重孝黄步云当即一个扑爬，栽倒地面，昏死过去，拿老大耳光都没搧醒。

这种事原上曾经发生过，只是实不多见。那是原上人报仇雪恨、或者用来羞辱他人的一种极端行为，是对王法的公然蔑视，是绝望中一种无可奈何的挣扎，没有创深痛巨的覆盆奇冤，不共戴天的积世夙仇，绝然不会轻易为之。

然而，孝子黄步云把谁怎么了？黄家又把谁怎么了？往年，也只是听说王家围子王家，把屎裱在对门李家的门楣上。今天，这两个冷家伙居然麻着胆、铁了心，把屎尿倾向亡人灵堂，以无与伦比的奇思妙想，别出心裁的方式方法，开创了裱人史上的新篇章。

这二人表面裱的是鬼，实际裱的是人，此番前来别有深意。

雒大勇暴喝一声，打！顿时屋内大哗，像引燃一堆火药。一只只柳木纸棍，一把把锄头、铁镬、钢铲，乃至赶牛的鞭子，坑洞里捅火的灰耙，干枯了的向日葵杆子，哪样趁手就抄起哪样，拉开一场暴风骤雨般的喝打。因为人多手杂，一时间乱了目标，混了阵线，只要看见脑袋，便着家伙，结果弄得人人挂彩，个个带灾。

乡民们丧失了起码的理智，有几个古道热肠的正直汉子，精神上处于狂癫状态。看样子，顷刻间便会闹出人命案子。由本镇保长、总管及黄门老族长出面，大声疾呼，强行干预，这才使得局面趋于缓和。雒大勇等人自然不会善罢甘休，拎着一挂麻绳，汹汹扬言，说是要剥去两个狗男女的衣服，用绳子串了游街示众。几个平日里油盐不进的狰怂（愣头青）二杆子，真的裸袖揎拳，下了硬手。

眨眼间，那一男一女给几个人扒得露了采。就在这时，不曾想驴槽伸出个马嘴，扫了大伙的兴致。但见瘦女人秋叶，从黄杜氏房间抱来一条大被，裹粽子般把那二人包了个严实。此刻只有她约略揣摸出这对男女的身份，以及受何人支使、来此泼屎撒尿的意图所在。如果真把这两个人伤得重了，甚或连命都糟害了，岂不是越发作了大孽，犯了天怒？

秋叶冷峭的脸孔和阴鸷的目光不怒自威，瘦骨嶙嶙的身子僵尸般靠边一站，手里还捏着把明晃晃的利剪，几个行径不轨的男人还真被她给镇住了。此妇平日里低眉竖眼，不苟言笑，喜怒哀乐不形于色，众人对她玩味不透，只好敬鬼神而远之。不过，她最大的长处，是对她男人黄伯贤俯首贴耳，百般恭奉，贤惠得像城里福音堂的修女，反倒落了个好名声。雒大勇等人心里明白，蔫驴踢死人，这种人一旦较起真来，十有九是个做冷活的。昨夜鬼魂附体，大发雌威，把降魔驱鬼的法师打得落花流水，其手段之高强，战力之威猛大家都是亲眼领教了的。如果把她逼极了，手里那把蛇芯子一样的利剪，谁敢料定它咬不死人？

总管断喝一声："跪下！"

那一对男女跪在了黄杜氏灵前，只露出两颗毛头血脸的脑瓜，活像个连体怪胎。于此，灵堂成了公堂，几经訇审，王官镇人这才弄清了他们的身份，原来是北山上黄步云那个未过门媳妇的哥嫂。当问及何以裱了黄家灵堂，当嫂子的当众丢出一句话，炸弹一样，当时就把王官镇人轰蒙了。

胡仙桃她嫂说："我妹子仙桃，跟黄家人一没订亲，二没拜堂，就被你黄家娃作践了，如今挺了肚子，没脸见人，整天寻死觅活，都上了三回吊了！"

这一爆炸性消息，立马证实了镇子上纷纷扬扬的传言。包括乡贤远房三嫂在内的几个长舌妇人，听得此话，顿时来了兴致，一个个挤眉弄眼，窃窃私议。每当她们落坐门前石墩，味味纳着鞋底，见得自家男人，瞅住眼盯着打街头走过的狐仙那一扭一扭的屁股，便由不得妒火中烧，恨不得撸屁股攘那狐仙个血珠珠。此刻，她们把立足点站在了王官镇的对立面，进一步坐实着黄家娃的罪孽。有的说，怪不得那狐狸精吃了鸡毛一样，从早到晚都在呃儿呃儿地呕。有的还说，那狐狸精不吃香，不喝辣，拿着竹杆，整天在牛八家窑背上打酸枣。她们的男人听了，有气不打一头来，甩手便赏了自家婆娘一个耳光。好个贼婆娘，这不明明是在臊王官镇男人的皮嘛！

这二人褙的是黄杜氏的灵堂，伤的却是整个王官镇人的脸，所以人们愤怒，进而实施恶意报复。可世上的事总有个前因后果，当得知黄家娃做下这等踢脸卖害的事，一霎间面面相觑，作声不得。食色性也，黄门虽然家教森严，步云老实本分，但毕竟是个人。猫儿狗儿，到时候还叫春跳墙呢。况且又是送米送面，送油送肉，黄家娃哪天不往他伯屋里跑几趟？他伯忙于联保所公务，又经常不在家，那个骚狐狸跟步云娃孤男寡女，整天泡在一窝子，时间长了，谁不替他们捏把汗？王官镇人不免心里落了虚。

为了人前争个面子，煮熟的鸭子嘴梆硬，总管出面打起圆场说："你妹二世为人，是步云兄弟捡了她一条性命。她感恩图报，自配黄门，那是她的情份。步云兄弟是个老实娃，十二岁拦牛放羊，还分不出个公母来。给他个热油糕，都不知道从哪下口，还怕把嘴烫了。你妹子正经得很，她当时做啥呢？如今肚子都圆了，才迷糊灵性？"

其实，即便此刻的黄步云清醒如常，要让他说清楚男女之间何以阴阳交泰、生儿育女，还真为难了他。

"天啦！我的瓜妹子，你听见了没有？黄家娃把你糟踏了，如今翻脸不认帐了。你还不赶紧站出来，在他娘灵堂前明个心，赌个咒。如果你肚子的祸胎，不是黄家的孽种，就把灵堂前褙的稀屎，给人家一口一口舔干净！如果是黄家的孽种，就叫雷神爷把他娘灵堂轰了！"

听得仙桃她哥一番言语，王官镇人像是吞进一只苍蝇，直发恶心。

"哎——我的娘呀……我不活了……呜——呜呜呜呜……"

有一女子挺着隆起的腹部，哭泣着冲向灵堂，瘫坐躺倒地面的重孝身侧，挥动两只绵软的绣拳，朝黄步云身子上捶打起来。

醒转过来的黄步云，神志仍处于懵懂状态。一连串巨大精神打击，已使其堕入病理性半痴昏地步。

胡仙桃谨遵她伯叮嘱，可哭几声，不要多言。此时无声胜有声，就凭两只绣拳一番捶打，便把肚子里的祸胎捶实在黄家娃身上。此刻，几乎无人对傻娃黄步云做下的这个冷活存任何疑意了。至于黄杜氏阴魂附体，说的毕竟是些鬼话，而人们看在眼里的，却是确凿无误的事实。笼罩在黄门屋院的迷雾，也就被一阵风吹散了。

儿子黄步云一根老参，误送了他娘性命，如今又未娶先奸，干出这码子丢人现眼的丑事，这叫当大的黄伯朝恼羞成怒，忍无可忍。

黄伯朝一生秉持君臣父子之道，吃喝嫖赌、酒色财气不沾边，人都说他是个老好人。老好人有老好人的处事原则，遇事唯求退一步想，绝不贸然出头，颇具通达忍让的谦谦君子之风。还有就是我不拿你一根针，你也休想拿我一条线，至于这条线对别人意味着什么，他从不关心。这就跟他认定好铁不打钉，好男不当兵一样，至于当兵去干什么，他就虑及不到那么多了。

正因如此，天塌下来，那些肯贸然出头的大个子，只好替这种人撑着。

此刻的老好人仍退后一步想，要不是我这个不争气的犬子作恶在前，人家也不会跑到我婆娘灵堂来作恶。至于那两口所作之恶，对于亡灵、对于他这个做丈夫的以及整个黄门意味着什么，他亦无心虑及，却把一股无名之火喷向犬子，抓起挂在牛圈槽头柱子上那根鞭子，冲死猪不怕滚水烫般呆然若痴的黄步云一阵抽打，且边打边骂。

"你这个畜牲，把你大跟黄家的脸都踢尽了！你还记得不记得，你祖婆黄红雨是咋死的？黄家那座贞节牌坊，是立到那当摆设的吗？黄家一门，有个骑木驴的女人，我看还差个钻滚筒男人。我真想把你狗×装进祠堂里的滚筒！还不给人家哥哥嫂嫂磕个头，认个错！"

连别人向他婆娘的灵堂上泼屎尿的事都能忍、都不怎么当回事的人，世上还有什么事不能忍？还能把什么事当回事？

黄伯朝上学念书，就记住了一句君君臣臣，父父子子。经王先生阐发启迪，将其中奥义铭记于心，融入血脉，把自己修炼成大原上最驯顺的人，这一点大家有目共睹。驯顺人大抵忍性都好。

主人家摆出这等姿态，让雒大勇等一帮血性汉子甚是窝火。黄家这个老好人，咋活得没皮没脸了呢？难道让黄家把赃全都背了，就这样放过那两口不成？要是换了我，不放了那两个狗男女的黑血，还不如拔根×毛吊死去！

两眼昏花然头脑并不昏聩的黄崇义，家门遭受如此辱贱，居然没有犯病，这对他来说是个奇迹。这并不奇怪，他一直端然坐在堂屋前秋日的太阳底下，怀里抱着懒得抽一口的水烟锅，透过人群的身子和腿胯间的缝隙，全神贯注地注视着一个目标，这就是胡仙桃，重点是她的肚子。

这碎婆娘生得一双勾魂的眼，还有两瓣面盆一样的沟蛋子，骚得跟野狐一样，搭眼一看，没几个男人不动心的。她逗弄我孙娃上了手，如今当婊子的，却跑到我屋里立牌坊来了，也不怕臊了自家的皮？这事就跟一脬屎一样，既然巴下了，还不赶紧埋起来，反倒拿起个棍棍往开里抄，只能是越抄越臭，难道还怕知道的人少了？胡家这三个鬼头毛客，到底打的啥主意？

黄崇义想不明白这哥嫂俩引着他妹子打上门来的意图。

"我胡家是个穷家小户，人活得再贱，也不能让人那样作践！黄家高门大户又咋了？你黄家娃再金贵，也不能把穷汉家女子不当人，想咋糟踏就咋糟踏！反正我胡家被滚山水冲了，如今连家都没了，人又让黄家娃糟害得没了脸面。长兄为父啊，我把我妹子咋嫁得出去呀！世上谁肯把个带肚子婆娘娶进门！妹子呀，你在世上咋活人呀，还不如死了干净，反正咱一家人，连个落脚的地方都没了……呜——呜呜呜呜……"

仙桃哥哥一边嚎叫，哭叙，一边解除了身上那条绳索，隔着裹在身上的被子，暗暗擩给他妹子。

胡仙桃与其兄嫂有约在先，心领神会，抓起绳子、挺着肚子，一路哭叫着朝黄家大门口跑去。"我不活了……呜——呜呜呜呜……我吊在你黄家门上呀……反正连家都没了，被滚山水冲没了，如今反正没处去了……呜——呜呜呜呜……"

那夫妻二人穿上衣衫，随其妹出得灵堂，当哥的一把抢过绳索，用一根竹竿挑着梢头，将其穿进黄家门楼上的横木，且绾了个活套。当嫂子乌龟般四蹄抓地，爬在门楼底下。胡仙桃踩上嫂嫂脊背，把活套套上自己脖颈，当嫂子的一缩身子，胡仙桃随即悬空，真个给吊了起来。

那夫妻二人与仙桃各执其事，分工明确，配合得丝丝如扣，十分默契，就跟事先演练过一般。

围拢过来的乡民们，以雒大勇为首，订立攻守同盟，采取一致意向。说到这个狐狸精上吊自尽，他们还真不信这个邪，眼睁睁看着胡仙桃挂上绳索，成心想跟胡家人赌一把，一个个脸上挂着奇诡的笑意。

胡仙桃的脸开始泛白，不知是有意还是无意伸出了舌头。

黄、胡两家，就此较上了劲。

胡家人把自己架上炉子拿火烤，其势无可旋踵，只有硬着头皮撑到底，如果黄家不作退让，情势岌岌可危，弄不好还真会闹出人命来。其结果可想而知，黄家家门声誉荡然无存，还将面临一场官司。

双手拄着拐杖、借以撑持虚弱身子的黄崇义，眼神一刻也没离开胡仙桃隆起的肚腹。

这碎婆娘的翘嘴嘴还真灿火，老实巴交的瓜孙子，不知咋样蹩摸了一下，一颗瘪豆子，在她的肥田里都能发出芽来，飞火燎毛迎风长，几天不见，肚子挺得跟鳖盖一样。只是不知肚子里这个货色，到底是个鳖囊子，还是个金麒麟？如果是个瓜怂墓冢，跟他老子一丘样，随他娘一起上了路，倒也干净。万一怀了个金麒麟，他娘一口气上不来，岂不是也要憋死在肚子里？我黄家历来都是隔代旺。我老爷那一辈旺的是黄腾鲛，我爷黄西堂那一辈就吃不开了；我大那一辈旺的是我大伯黄琪葆，我跟崇仁这一辈就屁事也没干成；我儿这一辈旺的是我二娃黄伯臣，到了孙子黄步云这一辈，一个个又倒灶成没出息的瓜怂墓冢。按说，轮也该轮到我重孙辈发旺了，这碎婆娘肚子里怀的，可是我黄崇义的大头重孙儿呀！说不定还真是个放道台、秩阁老的苗子，我黄门还等着他这一辈发旺呢，咋能就这么随着他碎娘，一口气憋死在肚子里！

念及于此，黄崇义惊出一身冷汗，急惶惶拐棍点地，语无伦次，不知说些什么，才能挽回黄门应命麒麟的一条性命。

黄崇义急，有人也急，且心里极不好受，此人即是他大儿子黄伯朝。

我的妈呀！事情咋越整越大了呢？这碎婆娘真要吊死在我黄家大门上，这场官司咋吃得起？子不教，父之过，到时候，连我这个当大的，岂不是都要被拖上县老爷大堂，让人家当差的抹子袂儿打沟板？

眼下都民国二十八年了，黄伯朝还想的是大清国那一套，害怕被人拖上县老爷大堂抹裤子打沟板。他生来就怕这怕那，吃干炒面怕呛死，吃滚水冲炒面怕烫死，吃软柿子拌炒面又怕噎死。

黄家人到底没扛住。眼看着碎婆娘一口气上不来，不但吐了舌头，连眼珠子都有点鼓了出来，一时三刻便有性命之危，黄伯朝扑了过去，从背后抱住曾经的未来儿媳妇双腿，一个劲朝上耸。

胡仙桃终于缓过一口气来，心里悬着的石头也随着这口气儿落了地。她要的就是先松松这口气，可她哥嫂的希求还没着落，不达此目的，岂可草草收场？因而还得继续吊下去，只要不死，咋折腾都不为过。

"哎——我不活了！我没脸见人了……黄步云，你救我一命，害我一命，咱两个这辈子扯平了，我今天把命还给你……呜——呜呜呜呜……"

胡仙桃一把鼻涕一把眼泪，其所以表现得如是卖力，扮演得这般逼真，自有她的道理。我豁出人前踢脸卖害，也要把赃栽在黄家娃头上。这样才能还清他的人情债，从此跟这家人刀割水洗，互不沾边，日后才能稳稳当当做伯的二房，才能给肚子里的娃一个名份。听伯的口气，他想把这娃偷偷认在秋叶姐名下，半月前，便逼着他婆娘秋叶给自家肚子上垫棉花，装作有了身子。要真这样的话，不跟这家人断了牵连，这娃将来出了世，到底把伯叫大呀，还是叫爷呀？

胡仙桃强自挣扎，鲤鱼绊膘一样，在黄伯朝怀里撒起泼来，以显其创深痛巨，死之决绝。只是动作有失闺范，臃肿的腰身一弯一挺，肥硕的臀部一收一撅，一次又一次撞击在黄伯朝的脸面上。老好人真个是拿自己的热脸，蹭起了名义上仍是未过门儿媳的冷屁股。

黄家门前，一片笑闹之声，人们情绪极为高涨，比看耍猴还热闹。

如是撞将起来，黄伯朝颜面何存？迫不得已，名义上的阿公倒脚换手，身子移向胡仙桃正面，紧紧抱起对方双腿，尽力将她的身子朝上耸动，使其脖颈上的活套不至于勒得太紧。

黄伯朝没好气地暗自嘀咕一声：我叫你墩！有本事，你屁股再朝我脸上墩呀？这回再墩到我脸上，那才算你本事！

自鸣得意的黄伯朝，不曾想又将自己置身于一个更为尴尬的处境。胡仙桃口不住点，仍在嘶叫哭泣，身子也没闲着，腰杆继续一弯一挺，臀部依旧一收一撅。这样一来，居然将胯裆一次又一次撞向黄伯朝面门。

"我不活了……我没脸见人了……呜——呜呜呜呜……"

黄家门前爆笑之声，犹如晴空霹雳，丘峦崩摧。

人们笑闹之时，多见弯腰。此刻黄家门前，雒大勇等一帮后生，居然跳着吼着大笑起来。

黄伯朝的脸，臊得比猴儿屁股还艳。

情急智生的他，一头钻进胡仙桃胯下，不惮被人骑在脖子上撒尿，将其身子架了起来。

自胡家夫妻打进门来那一刻起，看似老迈颟顸的黄崇义除了看，还侧起耳朵仔细地听。从那两口及那个碎婆娘口里，他捕捉到一个信息，这就是他们反反复复提及的一件事：家被滚山水冲了，如今无处可去了。有家没家，有处去没处去，跟这碎婆娘怀娃有个屁牵连？念此，黄崇义心里有了底。如果钱能把这件事拉下场，这碎婆娘肚子里黄家的根苗，说不定也可让银子当家。

黄崇义点着拐杖，颤巍巍走上前来，竭力忍受着椎心噬骨的屈辱，想拿几句轻松的话儿拾回黄家面子，用拐杖梢头朝胡仙桃腰上一戳，"一个碎女子家，骑在男人脖子上做啥呢？他又不是你大，你也不是三岁五岁的碎娃娃。别把自家当猴耍。下来说话。"

"不！"胡仙桃腰杆子一挺，臀部朝前一耸，胯下的黄伯朝脚下一个踉跄。

众人又是一阵哄笑。

即便黄家老太爷发了话，因发话内容尚未触及要害，仙桃仍坚持有话骑在脖子上说。

屈辱感使得黄崇义忍无可忍，浑身打颤，仰面太息一声，"唉！黄家人老几辈，跨马坐轿，前面有鸣锣开道的，后面有扯旗放炮的，哪个鬼头毛客，见了不避让三分？我伯黄琪葆的画像，都裱上了紫禁城里的紫光阁。没想到今天，黄家人让一个碎婆娘，当众骑在脖子上，就差没拉屎撒尿了。黄伯朝，你把黄家的脸踢尽了，人丢光了！这也算你活了一世人？你狗×咋不死去！你还有啥脸面活在世上！"

黄崇义越说越气，越骂越凶，索性挥动拐杖，不住点地敲击着黄伯朝的腿杆。

被骂得狗血淋头的黄伯朝面红耳赤，眼中蓄泪，两条长期奔走田间地头、爬满蚯蚓般一道道青筋的双腿，一跳一跳地避让且忍受着栬杖的敲击，活像三月三庙会上插花敷粉、男扮女装扭秧歌的假婆娘。

黄伯朝肩头上的胡仙桃似乎格外惬意。但见她高高举起双臂，紧紧抓住悬吊空中的绳索，以免随着胯下之人的弹跳起落，那只活套不至于把脖颈勒得太紧太疼，而那对肥硕鼓凸的双乳，抖动起来浪翻波涌，即便隔着层花布衫儿，亦觉随时随地，皆具滚落之势。

黄家门前人头攒动，观者如堵，一个个欢欣雀跃，眉飞色舞。黄崇义闭上了眼睛，痛苦地摇了摇头，身子晃荡了一下，险乎栽倒。气归气，恼归恼，总须面对现实，解决问题。再说，黄崇义已无精力闹腾下去了。侍侯黄崇义的那个女佣，搬来一把太师椅，把黄家老太爷扶坐其上。

"听说今年夏月天，咱原上发的那场大水，把你胡家的窝给毁了。可有这事？"黄崇义双手挂拐，端然就坐，飘飘髯须一抖一抖地说。

胡家两口、特别是骑在他人脖子上的胡仙桃听得扯上正题，当即整衣肃容，止歇了闹腾。

"黄、胡两家，说起来倒也有缘。我孙儿再不晓事，对你胡家人总有一场救命之恩。如今事情闹到这一步，姻缘不成仁义在，咱们好合好散，有话慢慢说，该咋着就咋着。要紧的是，我黄家急着埋人，你胡家等着安家。"

黄崇义拐棍一指仙桃，说："这碎女子，再别惹人笑了，快下来，我让我儿取六十个响圆，你把它揣回去，先帮你哥你嫂安个家。常言说死者为大，入土为安，我黄家起灵的日子不能变，今天之内，我孙儿得先把他娘送上山。其他的事随后再说，我黄家的大门敞开着，就是你胡家不找上门来，我黄家也要找到你胡家门上去。女子，你说咋个象？"

胡家夫妻俩听得此话，实在想笑，觉得不是场合，只能把嘴憋得蚌壳一样，硬忍住没笑出声来。做丈夫的心想，妹子她伯果然料事如神，这家人的钱太好谋食了，今日个这一闹千值万值，丢人不丢人，丢的是你黄家人。我妹子虽说面子上不好看，可这里离我们那七丈八远，只要瞒过老家的乡里乡党，别说没成亲怀了娃，就是进了窑子，也没人戳脊背指脊梁。

做嫂子的那颗心儿跳得咚咚响，隔着腔子都能听到。一阵望外之喜过后，随之而来的是满面羞惭。我把我妹子多嫌扎了（尽了），嫌她吃她哥的，穿她哥的。实指望把她蹬出家门，嫁给山上放羊的癞老三换笔彩礼，她却硬要嫁给赵保堇当二房，赵保堇是个啬皮，出不上彩礼，硬是把妹子一桩婚事搅合瞎了。如今想起来，真有些对不住她。这六十个响圆，盖三间大瓦房没一点麻达。没想到我跟我男人后半辈子，托了妹子这么大的福！

胡仙桃扑捉到哥嫂二人眼色，心领神会，装作不甚情愿的样子，叹了口气，嘤嘤地哭着，只是没见有眼泪流出。但见她缓缓将头缩出活套，双手拽着绳索，从黄伯朝肩膀上溜了下来。

黄伯朝抬起右腿，沉沉跺了一脚，重重叹了口气，掉头走向家门。围观的乡民似乎兴犹未尽，无有一人思归。他们曳长了脖颈，期待曲终人散前最后一场好戏。这场好戏的高潮是那六十个响圆。有些东西，即便求之不得，解解眼馋，亦可渐缓切切思慕之焦渴。可他们没有几人虑及到，黑眼珠子是见不得白银子的，特别是在人家手里，当时感觉良好，过后心里憋着憋着难受。

原上人对钱最经典的评语，是那东西把人害了一辈子。

黄家的响圆都是用红纸扎成桃桃的，一百个一桃子，整整齐齐码在银柜里。黄伯朝手里的一桃银元，已被折去了少一半。仙桃她哥拿捏之间，双手突突地抖。他将响圆从红纸卷儿中抠出来，默默地清点着数目，一个接一个装进衣袋。王官镇乡民们的眼珠子，灼灼地瞪着，亦随胡家男人手中的响圆在顾盼、流转。

有看客似乎也在默默地替别人清点着数目。

六十颗响圆落了袋，胡家男人怯怯地趔近黄崇义，想说什么，厚实而木然的嘴唇子嗫嚅了半晌，一个字儿也没吐出口，索性一弯腰身，冲黄家老太爷鞠了个躬，一手拖起婆娘，一手拖起妹子，扭头撒脚便走。

一场好戏到底落了幕，王官镇的看客们各有想法，也都随着胡家三人的离去星散了。

可就在这时，但闻黄老太爷发出一声气息沙哑、却也不失威严的断喝。

"慢着。"

胡家三人同时打住了脚跟。王官镇的乡民亦回过头来，惑然莫解地望着黄崇义。

黄崇义心里明白，胡家人今天这一闹，跟刀子扎心一样，伤在了人的要命处，两家的这桩姻缘没指望了。没指望了更好，这个狐骚女人养不家（不好调教），我黄家万万娶不得。孙儿步云老实巴脚，炕头上咋窝得住这么个骚婆娘？即就是勉勉强强成了亲，这碎婆娘的屁股，迟早都得朝别的男人怀里撅。当年我爷黄西堂死了的那个短命兄弟，曾娶进门冲喜的那个二娘，就是这碎婆娘的样子。可话又说回来，她那一亩三分地里，毕竟下的是我黄家的种，这茬庄稼无论如何得收回来，说不定成色好得没边没沿，把人眼窝能晃瞎。就凭这一点，绝不能薄待了人家。黄家人不是白眼狼，人得把心挂在秤杆上。

黄崇义稍显费力地一扬手臂，儿子黄伯朝便弯下腰身，将耳朵凑近他大唇吻。但见黄崇义干瘪的口唇蠕动了一番，也不知说了些什么，黄伯朝便匆匆朝家里颠去。

"女子，过来。"黄崇义冲胡仙桃一招手。

胡仙桃扫了哥嫂二人一眼，迟疑地抬脚起步，趄至黄崇义面前。黄崇义从匆匆赶来的儿子手中，接过一摞响圆，看其堆头，约摸有二十个左右。

"女子，想吃啥就买啥。把衣衫穿厚点，别做重活，小心劳轧（劳累）了身子。肚子里的胎儿值重，千万莫叫它受了亏欠！嗟，把这几个响圆揣上。手头紧了，只管开口。还是那句话，黄胡两家，姻缘不成仁义在，只要你还把我这个老不死的放在眼里，我黄崇义就把你当亲孙女待承。"

胡仙桃拢起双手，承迎着黄崇义递过来的响圆，掬了满满一捧。从小到大，别说拿过，她见都没见过这么多响圆。双眼热热地瞅着瞅着，就湿润起来。

她将盈着泪液的眼，移向面前这位耄耋老人。但见他枯瘦的双手，拄着抱在怀里的那根歪七扭八的核桃木拐杖，撑持着伛偻的腰身。尖瘦的下巴上，稀稀拉拉垂挂着一绺尽然白了的山羊胡须，核桃皮般蹙在一起的黎黑皮肤上，布满了驳杂的褐色斑点。一双昏花的眼睛，像是蒙着一层迷雾。稀疏的白发，被松松垮垮拢在脑后，且辫成一根干豇豆似的小辫儿，搭拉在撒满雪花般头屑的衣领上。

胡仙桃一阵心痛，像是给人的手揪着揪着痛。我的娘呀！我咋做这事呢？

仙桃她娘，早在她十二岁那年就病故了。今天，她仔细端详着眼前这位老人，在心坎里叫了声她死去了的娘。

人在悲伤绝望时，想起的第一个人是娘。五陵原上有个老妇人，活了整整九十岁。那时候的她，已经睡的时候盖不得被，起的时候穿不得衣了。无助的她想撒泡尿，双臂却怎么也撑不起身子，下不得炕沿，便窝在炕头上，眼泪汪汪地叫："娘我的老娘呀……"

一个九十岁的老妇人，在口口声声叫她娘。她娘在她三岁时就殁了，她已记不得她娘的模样，就连她娘的坟头也不复存在了。可是，她还在喊她娘。

娘啊，我咋做下这事呢？肚子里的胎儿，明明是当伯的种下的，却给这老汉的瓜孙子塌了茬，背了锅。这老汉被人蒙在鼓里，还真当我怀的是他亲孙子，给了我这么多钱，为我的身子操这么大的心。我做的这亏心事，咋对得住这老汉呢？

"爷……"

突然，胡仙桃冲黄崇义叫了声爷。

黄崇义愣了一下，说："女子，还有啥难处，只管开口。"

"爷，我想给你梳个头。"

听得此话，黄崇义先是张了张口，接着眨了眨眼，昏浊的眼眶内，有泪光在闪动。

胡仙桃肚腹贴着椅背，温顺的立于黄崇义身后，轻轻解开他那只小辫儿，从怀里掏出一只小巧的桃木梳子，轻柔地梳理着老人那几根疏落的白发。

陕西光复后，大原上曾多次掀起剪辫子风潮，剪来剪去，到底还是没剪到黄崇义头上。一方面，他的辫子又细又短，极不显眼，不易招惹他人关注；再者，辫子虽短，他更护短，曾放话说，要割辫子，就连我的脖子一起割了。再就是黄家乃官宦人家，高门大户，剪辫子的青年学生有些怯火（惧怕），没人敢对黄老太爷下硬手。

如今，黄崇义和渭河南面那位礼笔先生后脑勺上的小辫，成了原上大清国最后一缕遗风。

黄崇义感觉得到，胡仙桃的双手是那般轻柔，梳子刮蹭着头皮，是那般微痒而又舒坦，就像有人拿孝顺挠挠（挠痒竹器）给他搔痒一样。自从十多年前他婆娘去世后，就再也没体验过这种温情的感受了。他在感受着这份温情的同时，也感觉到这女子正在一根根、一缕缕辫起的那根细密的辫子，是那样的贫气、短小。又从这根干豇豆似的贫气、短小的辫子，忆想着英年时代的义气风发与斗志昂扬。

那时候的他身穿长袍，头带青巾，仪表堂堂，一条又粗又黑的大辫子垂于腰际，手摇一把关中名流、朝堂显达东阁大学士王鼎题词作画的折扇，车马迤逦，奔走于秦川士林，就读于关中书院，以大原上一座座巅峨冢圪垯内鳞角狰狞人物为楷模，以蟒袍玉带出将入相为人生之终极目标，以显扬门庭光宗耀祖为生平最大之幸事，曾经雄心勃勃，摩顶放踵，更深人静之时，不惮将那条大辫悬于房梁，秉烛夜读，又何啻一时半会兴之所至。无奈心比天高命如纸薄，万丈豪情化作缥缈云烟，每每科场应试，碰得头破血流。黄崇义从来不承认才力不逮，一股脑归之于时运不济，真个是天孙老矣，颠倒了天下几多杰士，蕊宫放榜，直教那抱玉卞和哭死。

黄崇义之求学，犹营商者之求财，三十不发，四十不富，五十出头寻死路。犹如美人迟暮，英雄未路，他的仕进之途走到尽头之时，满腹豪情化作云烟，黄崇义眼中流泪，心口滴血，为悲壮人生画上一道终止符，转而把黄家的中兴发达，寄望于下一代，甚或下下一代。我这辈子没活出个人样，还有我娃呢！我一定要把我娃扶到高台板上。

他为了把他娃扶上高台板，在他伯父黄琪葆的墓坑里，做下了那件振发精神的事，也是件蹂躏灵魂的事。那件事助长了他的信念，却损毁了他的心身。

黄崇义后半生，就是抱着这个不灭的信念，一直活到今天，活到眼下的八十多岁。他婆娘早早死了，他堂兄黄崇仁也死了，王官镇与他年岁一般大的男男女女都死了，只有一股风都能吹倒的病腔腔黄崇义活了下来。他能活下来的诀窍，是他横下一条心思，跟命死扛。

　　原上有个读书人出身的老先生，一辈子干净利洒，处事端方，言谈儒雅，斯文气十足。活到八十三岁那年，行动已不甚方便了，有一天巴在炕上。当夜，老先生长叹一声，都朝炕上巴起来了，这还活个啥劲呢！随着那声长叹，憋在心里的那口气便散了。第二天早上无疾而终，人也就死了。由此可见，人要是心气不散，跟命死扛，兴许还真能多挺几年。

　　在跟命相扛的日子里，黄崇义往昔的那条又粗又黑的大辫子，在一天天地变短、变细、变黄、变白、变得干枯而无星点润色，一直到今天的这个半拃长的泛白了的干豇豆模样。时势和岁月，糟害黄崇义，就跟糟害他头上的这根辫子一样。辫子不成了辫子的样儿，黄崇义也被糟害得不成人形了。

　　这颗被自己和女佣怠慢了的皓首，被一双柔润的手打理得光鲜了许多。梳头的整个过程，黄崇义沉浸在少有的安谧与暖意当中。这种温情的感受，仅经见于当年与他厮守大半生的婆娘。他伸手一摸，感觉头皮不像往日那般麻痒，擢发可数的几根发丝，也不像往日那般蓬乱了。特别是那根小辫，如今被辫得那般细密、紧凑、直挺，连黄崇义自己都觉得，人比往日精神了些许。

　　头发梳理停当了，胡仙桃便转过身来，牵着老人一只枯瘦的手，又柔柔地叫了声爷。

　　"哎。"黄崇义轻轻应了一声。

　　"我还想给你洗个脚。"

　　黄崇义昏花的老眼，再次变得润热、模糊。

　　"我娃真乖……"黄崇义干涩着嗓门着说。

　　黄崇义还想说，我一辈子世（生养）了两个儿子，我的两个儿子，又给我世了三个孙子。我黄家人老几辈，就差个女儿家。可惜，我命里没这个福气。这辈子遇见你，也是我黄崇义一桩福缘，真想把你认个孙女。跟前有个小女女疼着，多好！

　　可是，他没发出声来，因黄家与这一女子的关系太过微妙，也太复杂了。

　　女佣端来一木盆热水，胡仙桃把它置放黄崇义脚下，随后双膝跪地，脱去老人的鞋袜，解开紧扎着的裤角，绾起宽大的裤腿，裤腿里麸子一样的皮屑，便下雪般白刷刷地纷纷飘落。接着，仙桃把那双皮包骨头的脚板放进木盆，一把一把擦着热水，搓洗着麻杆一样细瘦、表纸一样黄亮、树皮一样粗糙的双腿。那双腿杆上，裹着层鱼鳞一样的甲，已经很久很久，未经水的润泽了。

黄崇义活得倔犟而刚烈，却也未免失于窝囊。他已无心于轻软舒适的穿戴，香软可口的饮食，整洁清爽的打理，唯求执拗地咬着牙活下去。

胡仙挑搓洗得很是仔细，从双腿到双脚，乃至每一道趾缝之间，每一页趾甲缝隙。洗洗搓搓间，有泪点溅入盆中，漾起一抹死水微澜。胡仙桃心中，涌动着一股莫名的伤感，拿一颗隐隐作痛的心，与另一颗苍老而孤寂心在默默地对话。

爷，听人说你儿子黄伯臣放不了道台，你就闭不上眼睛。你活这一辈子，咋就有操不完的心呢？我肚子里那娃，即便是你亲孙子种下的，那也是你的重孙子了，你还想指望他做啥呀？难道你还指望你重孙放道台不成？你心劲咋这么大的呢？世上哪有世世代代都做大官的人家？好事都叫你黄家占了去，别人还咋活呀？

眼看着黄崇义形销骨枯的腿脚，一种沉沉的负罪感涌上心头。胡仙桃难受极了。

爷，你咋也活得这么可怜呢？如今大风底下一盏灯，土都拥到脖子上了，还要受人骗，受人欺。说起来，我也真不是个东西！可你知道不知道，这世上活得难场的人，不只是你一个。我活人活得多艰难，只有我知道。你一辈子都谋食着让你娃做大官呢，人往高处走，水朝低处流，难道我就不想嫁个做官的？曹县长透了口风，伯贤马上就要升陵邑县警察局长了，我咋甘心嫁给你那个瓜孙子？况且，我跟伯贤生米已做成了熟饭，连他的种都怀上了，你说叫我如今该咋办？

又有泪滴溅进木盆。黄崇义心头一动，稍显愕然。

爷，我欠下你黄家的情，对你黄家犯下的罪，看来这辈子是还不清了，也赎不回来了。我只能给你梳梳头，洗洗脚。爷，仙桃能做到的，恐怕就只有这些了……

第二十八回　　万绿丛中一点红

自从听她大爷说袁天才上了中条山，宦娘便时时刻刻都在想，想记忆中那个袁天才的模样，想他曾经说过的那些话儿。可是，一天天过去了，她一直没见到袁天才的影子。有时候，她毫不避讳，直言追问干大，天才哥啥时候来独立团？干大的心便一拧一拧地难受。这咋办！袁家娃是他娘捡下的外姓人，跟他妹子冰兰的婚事有约在先，李快嘴那个贼婆娘又咬住不松口，岂肯让我干女插这一杠子？我宦娘这么情深意重地恋着袁家娃，岂不成了一桩孽情，到头来没个结果咋办？这，成了黄伯昂沉沉一桩心事。宦娘下得山来，他几乎满足了她的一切心愿，唯有这件事莫措手足，让他作了大难。

宦娘病了，想袁天才想病了，整日茶饭不思，大白天睡在床上不起来。牛八唉声叹气，摔碟子绊碗。黄伯昂想起《倩女离魂》那出戏，着了大忙，把十八集团军教导队袁天才的行踪，当作情报搜集，且准备领着宦娘，去会一会这个害人精。

就在此刻，发生了战事。一支赶赴永济方向打援的日军部队，被黄团堵截在一处谷地，阻断了他们的去路。随后，活动在这一带的十八集团军教导队闻风而止，切断了日军后路。

共产党这支负有特殊使命的队伍，以配合整饬军纪名义，在与西北军合作的同时，不断扩充队伍，收编、收缴散兵游勇及地方武装及枪支，如今已足以达到一个团的建制。政委袁天才清楚得很，日军急于驰援友邻部队，主攻方向是担任阻击任务的西北军独立团，他率部从后面包抄过来，虽然与黄团形成前后夹击之势，教导队想必不会是日军重点打击目标。

袁天才对日军战力早有领教，不怀配合黄团吃掉这支日军的存想，原打算在日军突破黄团防线后，趁势掩杀过去，收取伤亡日军枪枝弹药。没料想到黄团殊死抵抗，当年练就的神枪营，攀爬在树枝及各处隐密山石、灌木丛中，仍采取那套惯用战法，专敲敌方指挥官、机炮手、机枪手，打得甚是凑手，以至把这股日军困在了谷地当中。

日军中有个叫石田秀吉的准尉，与一名叫作酒井次郎的二等兵爬在一处低洼沟槽内。酒井次郎放枪时，把头埋得很低，这样一来，射出去的枪弹便失了准头。

"酒井次郎，你怕死了？"石田秀吉望了对方一眼，稍显不屑之色。

"我不怕死，但……"

"什么？"

"我的父亲也来到支那战场，我一定要找到他。"

"他叫什么？你找他干嘛？"

"他叫酒井川平，我有重要事情告诉他。在找到他以前，我不能死！我怕我见到他以前就死了。"

不远处的黑田少尉，也看见酒井次郎的熊样，冲其恶狠狠骂道："酒井，你个怕死的孬种，等回到军营，看我怎么收拾你！"

一旁的石田秀吉沉着稳定，在大树枝杈间搜寻着目标，一枪一个准，不时有中方士兵中弹落地。他，是日军混成旅团少将旅团长石田一郎的独生子。

已经错失驰援时辰，日军不再发动猛攻。独立团阻击奏效，但也伤亡惨重，担任主阵地阻击任务的王砣二营，遭日军连番炮击，伤亡三成以上。黄伯昂正在犹疑，是不惜血本，与十八集团军教导队合力吃掉这支日军呢？还是就此打住，收兵回营？问题在于，教导队有无合力啃这个硬骨头的打算。黄伯昂无法与对面的袁天才取得联系。

三伏天烈日下，战场上的枪声渐归稀落，最终趋于平静。

突然，有人跳过沟坎，穿越黄团阻击阵地，朝被堵截在谷地的日军方向飞奔过去。

那人身材娇小，着一件红色印花洋布衫，一条水绿色裤子。夏月天草木葱笼的谷地上，那跳跃起落的身影，犹万绿丛中一点红。

黄伯昂大大吃了一惊，这身影他太熟悉了。她不是我的干女儿宦娘，又是何人！

再看牛八跟他的铲子、秃子哼哈二将，当宦娘跳越阵地冲向日军那一刻，这三人都给惊呆了。当他们醒过神来为时已晚，冲上前去试图阻止时，遭一营阵地上刘强连长力阻，并将其强行拖回。

牛八之于宦娘，溺爱心切，听得袁家小子率教导队抄了日军后路，居然临阵脱身，赶回营地，把这一消息告诉了宦娘。当大爷的知道，世上只有这剂药，才能让他的孙女打起精神，从床上爬起来，面上再现往日那抹盈盈笑意。果然，昏睡多日、少进饮食的宦娘一个鲤鱼打挺，一骨碌从床上爬了起来，脱兔般冲出军营。

打她离开庵院，下得山来，原上一霸黄伯昂，让他这个爱得害心尖尖疼的干女儿，享尽了人世间的尊贵与荣宠。可她自己始料不及的，是除了干大给的这些，世间还有一样东西，比西省德懋恭点心更香更甜，比坐上军用吉普满世界兜风更意趣盎然，竟能勾去一个人的魂魄，那就是见到袁天才之后生发的那种柔情蜜意。

宦娘对婚配、嫁娶这些概念甚是模糊，乃至对羞涩的感觉也有些迟钝，麻木。她只是觉得，与袁天才在一起是那样的温存甜美，意兴万千。心里便生发出一个怀想，想跟这个人一辈子都守在一起。可是，他身边有个叫袁冰兰的妹妹，听说那个人要跟他在一起。袁大头的丧事办完后，他就领着他妹子远走高飞了，把她孤零零留在了原上。宦娘失望极了，痛苦极了，动不动为此哭上一场。她曾这样问她干大："干大，你说你啥都能给我，咋就把袁家哥哥给不了我呢？"

这一问，把黄伯昂问了个热泪纵横。

无穷思爱，把这个初涉人世、蒙昧纯真的小女子糟害得魂不守舍，心碎肠断。此刻，她迫不及待地想见到袁家哥哥，拉着他的手，叙说这么多日子来的离情愁绪。至于面前横亘着的这支持刀握枪的日军队伍，她是不甚介意的。在她心里，至今仍没有敌人这个概念；在她的眼里，中国人是人，日本人也是人。

一旦知晓了袁家哥哥的所在，大爷牛八是拦她不住的。他只好把她抱上马背，赶赴战场。只是不曾料想得到，到得战场的她，跳下马背便冲向敌阵。她要穿越日军阵地，去谷地对面会她的袁家哥哥。

黄伯昂一脚踏翻牛八，抽出手枪，揪着领口拎起他那短瘦身子，把枪口顶上脑门。要不是龙宝山竭力拦阻，当大爷的闹不好还真会丢了性命。

日军开了枪咋办？黄伯昂的心都快要跳出了腔子，眼珠子都快要瞪出了眼眶。宦娘是黄伯昂一条命，他把命押在了敌方阵地上。

跃动着的红点，愈来愈近。埋伏在阵地上的日军，已清晰分辨出来人为一女性，石田秀吉第一个哗啦啦拉动枪栓，把枪口对准了来人。

日军阵地上指挥官手把望远镜，观望着来人由远及近的身影。陡然间，指挥官身子一震，惊叫一声，收了望远镜，即刻下令身旁秋田大队长，"不许开枪！"

秋田大队长的命令，一阵风传遍日军阵地。

这位日军指挥官，正是被宦娘救活了的那个日军大佐仓木义男。当仓木联队接到驰援命令后，联队长亲率在五老峰攻守战中被打残了的秋田大队，就是冲着担任堵截任务的黄伯昂独立团来的。黄团是仓木的老对手了，他想借此机会复仇血耻。

日军官兵惊奇发现，历来板着面孔，冷若严霜的仓木联队长，此刻脸上盈满了笑意，揭下披在身上的大氅，甩落一旁，乐呵呵健步迎了上去。

宦娘在准尉石田秀吉和二等兵酒井次郎的押解下，行至日军阵地中央地带，被一个高大的身躯拦住去路。她搭眼一望，但见那人叉开两腿，将双臂抱于胸前，稍稍歪着脑袋，正在望着自己诡秘地笑着。

"仓木！"宦娘高叫一声，面现始料不及的惊喜。

"宦娘！"仓木义男大叫一声。

接着，两人便相向冲向对方。仓木义男两只大手，插向宦娘腋下，这样一来，她娇小的身子便被架于空中。仓木架着宦娘，就地陀螺般打了几个转儿，宦娘的身子，也就平平地在空中飞旋起来。在日军官兵眼里，他们的长官，好似一个做兄长的，突然见到了他久别重逢的妹妹。

战场上一扫肃杀之气，变得满目祥和。官兵们的脸上，全都盈着浅浅的笑意。

仓木义男牵着宦娘的手，来到一顶帐篷下，双双坐在弹药箱上。仓木搓着双手，不知该怎样待承这位尊贵的客人。思虑再三，他一把抓起一听牛肉罐头，打了开来。

宦娘早就饿了，耸耸秀气的鼻翼，辨析出那是吃的东西，一把夺了过来，当要入口的时候，却快快地皱了皱眉头。

通过一位翻译的解说，仓木这才晓得，宦娘不食荤腥。

仓木问："这却是为何？"

宦娘说："人是天地育化的，动物也是天地育化的。人跟它们是平等的，也都是有灵性的。因为平等，人无权处置它们；因为有灵性，杀死它们的时候，它们心里一定很难受。"

"哦！我明白了。仓木垂死之时，你其所以出手救我，只是在拯救一条生命。生命在仁者眼里，是无分亲疏、贵贱、优劣的。"

洞穴中幸获救助、与宦娘相处的那段日子里，仓木也隐隐感知到，这个可爱的小姑娘天真得有些傻气，就跟他自己那个患小儿麻痹症的妹妹有点相似。今天，他对这个姑娘的认识又深入了一层。大象无形，大音希声，在俗人眼里，人世间的至善与至真，因其鲜见且悖于常情，便多以为痴。

仓木开了一厅糖水渍梨，捧给宦娘。

宦娘将其凑近鼻孔，先是闻了闻，便大吞大嚼起来。这姑娘不讲求、也不知晓什么是淑女形象，再加上饿得极了，吃相甚是豪气，因嘴里填充得太满，腮帮子上便鼓起两个游移的小葫芦，伴随些微咀嚼吞咽声息，还有糖水从小巧嘴角缓缓溢出。

仓木又把几块压缩饼干捧向宦娘。宦娘翘起兰花指，拈了一块，填进嘴里，先是品了品味道，随后咬一口饼干，喝一口糖水，吃一块梨子，还不时冲仓木作出个不像样子的笑脸。

宦娘高高就坐弹药箱上，仓木蹲伏在她的面前，双手虔诚地捧着饼干，就这么一心一意地侍奉她进食。能为这个姑娘做点什么，他心里美意极了。

宦娘却不以为意，将其视为当然，安享着仓木赐予的一切。吞咽得急了，喉咙里不免发出几声轻微呃逆。宦娘依旧不以为意，一门心思专注于吃喝。周围的日军官兵看着她，都在浅浅的笑着。

从翻译口中得悉，宧娘穿越皇军阵地的目的，是要去会见十八集团军教导队的一位哥哥。仓木并不知悉，宧娘与她这位哥哥之间的微妙关系，令他愕然的是，这姑娘甘冒矢石，亡命奔波，穿越敌方阵地，仅仅只是为了与她的哥哥见上一面。兄妹深情，勾起了仓木的遐想。

他也有一个与宧娘年岁一般大的妹妹，童年患上了小儿麻痹症，使得她的肢体与行动失却常态。父母早亡的仓木，是退伍后第二次被征召入伍，他永远也忘不了别离家园开赴中国战场的那一刻。那是北海道最为酷寒且飘落着雪花的时节，他把孤身一人的妹妹托付给一家亲戚，在行将离开的当儿，被艰于行走、爬行而前的妹妹紧紧抱住了一只腿。

妹妹哭声尖利而凄凛，她口口声声只喊着一句话。"哥哥，我不要你走……不要你走……"

集结哨音已经吹响，做哥哥的不得不走。于是，整装待发的仓木迈开脚步，他的妹妹便被他一只腿拖着，贴身雪地匍匐前行，在积雪上划开了一道沟槽。出得家门的仓木回头一看，妹妹的一只鞋子脱落在雪地上。这是一只什么样的鞋子呀！它与另一只鞋子极不匹配，只有从中国传进来的粽子那么大，因为她的脚只有那么大。再看维系着那只脚的腿，那条因裤子短小而裸露在外的一截腿杆，只有高粱杆子般粗细，食指拇指一蜷，便能握住。就是这样一只收缩的脚、一条歪斜且短了尺寸的腿，剥夺了她行走的权利。

如今，做哥哥的要走了，要奔赴一个遥远而不知归期、生死难测的地方，抛下了世上唯一的亲人，一个爬行的妹妹。仓木再也难以忍受那种椎心蚀骨般的悲凉，跪于雪地，抱着妹妹那只裸露的粽子般的小脚、高粱杆子般粗细且七歪八扭的腿嚎啕痛哭。

多年后的一九八八年，有日本人拍摄了一部名为《萤火虫之墓》的电影，据此可见当年战争时期日本国饥荒之惨痛酷烈。仓木义男把他每月饷金，一个子不剩地寄达那家亲戚，为的是能让寄养在他家的妹妹有个照应，保全那具行动不便、饱受煎熬的残躯，留得一条卑微的生命。

可是，从朋友的来信中，得悉一个十分不幸的消息。那家亲戚，仰仗仓木微薄饷金活命的一家人，并没有提供给饷金主人的妹妹足够的食物。其理由简单而且切实，正常劳作的人生命尚且不保，养活一个百无一用的废人，无异糟踏粮食。

等同的生命，因其疾患而失衡，除了饱受病痛之苦，活着的尊严被人撕裂，活下去的权利亦被漠视。因怯于与人求同，微末无可救赎。一旦沦落，只能一步一步趋于更加卑微。这人世间到底有没有均等？

仓木看着宦娘大口大口地进食，想的却是此时此刻的妹妹，那个寄人篱下、跪地爬行的妹妹。妹妹，你此刻在那户人家屋子里的哪个角落？你在做什么？想什么？你吃东西了吗？肚子饿得难受吗……

仓木义男站起身子，走进那顶帐篷，掏出一方丝巾，捂住了双眼。

吃饱喝足了的宦娘，显得精神头十足，不及与仓木话别，便朝谷地的另一头跑去。当她经过另一顶帐篷时，却怯怯地打住了脚跟。

那顶小小的帐篷，根本无从容纳那么多伤兵，大部分躺倒在炎炎烈日之下。他们有的断了胳膊，折了腿杆，有的中了枪弹，遍体血污。呻吟声，惨叫声，哀嚎声声声入耳，袭扰得宦娘心头隐隐作痛，再也挪不开疾行的脚步。在西北军独立团的伤兵营房里，这种情景她见得多了，也就不像当初那么难以承受了。在后来的日子里，一旦置身于此等场合，她的心，显得比任何一位医护人员都要急切。宦娘急于救命，当有人在她的施救下缓过一口气来，内心的绝望与悲伤，便得到了有效的缓释。

今天，她又不经意介入了这种场合。只是，这一群人，与当初洞穴里的仓木一样，是一群语言不通的人。除此而外，在宦娘眼里，他们与西北军独立团的伤兵没有什么两样。

几名佩戴红十字袖标的卫生兵，集中了所有行军水壶，一个一个交替着，试图向垂死的伤兵们焦裂的嘴唇，哪怕是渡入一星半点水滴。可是，所有水壶均空空如也，未能倾倒出点滴水来。多名伤者因烈日长久曝晒，体内极度缺水，身子虚弱至极而丧生，被一一抬出伤兵群体。宦娘看得出，这些伤兵之死，并非亡于伤创。

尽管宦娘对西医一窍不通，可医学最基本的核心观念却无分中西。就拿饮水来说，宦娘当然晓得负伤后不宜大量饮水，可在体内极度缺水、血液浓缩到高度粘稠状态，一滴水之价值犹胜于十滴百滴热血，正常人都可能被活活渴死，况于身中枪弹、生命垂危的伤者。这种情形，几滴水便意味着几条生命，如果能给水里再加撮盐巴，当然更为相宜，所谓的负伤不能饮水，此时此刻便成了十足的教条。

宦娘随身未带药物，无从施救。然她深知即便施救，没有任何一种药物胜于一壶清水。她在帐篷一角，找到一只草绿色扁圆形铁皮水桶，背着它飞也似地向来路跑去。宦娘清晰记得，当她穿越日军阵地时，在靠近独立团一方的的谷地左侧，陡峭的崖壁上，有涓涓纤流贴崖壁泄落，倾入乱石野草丛中，形成一眼清亮的水潭。

到得水潭近前，宦娘这才发现，水潭边沿荒草丛中，躺倒着三条日军尸体，他们每人背上或手中，都有一只与她背上同样的铁皮水桶。显然，他们都是在取水时，被西北军独立团前身，即当初保民自卫团神枪营的射手们射杀了。

宦娘跪在一具日军尸体近旁，抹下了他那双大睁着的眼睛，朝对面独立团阵地望去。宦娘眼神中充满幽怨。

就在此刻，宦娘的行动乃至眼神，通过望远镜，清晰地传导进黄伯昂的双目。他抖动着双手，垂下悬于脖颈上的望远镜，仰面苍天，蹙着面额，一言不发。

很多官兵，都注意到远处崖壁下宦娘的形踪。副团长龙宝山进言，要不要趁此机会，把她抢回来？黄伯昂摇了摇头，一字一顿地说："不！我的乖女儿，要做她认为该做的事，是没有谁有权利、有资格强迫她轻易放弃的。她在拯救生命，也在拯救灵魂……"

万绿丛中，宦娘的身影火焰一样，在一无止歇地跃动，把生命之源，一桶又一桶送上日军伤兵营地。她手中那只铁皮桶内的水，是那样的清纯，透亮。它汩汩地倾进钢盔，又从钢盔内一滴一滴，润向一只只焦裂的口唇。

酷烈的骄阳下，还能挺得直身子的日军，包括酒井次郎、石田秀吉、秋田中佐，也包括联队长仓木义男，排成长长一道队列，一道整齐划一的队列，向着身背铁桶的宦娘，向着那团不熄地跃动着的火焰。

队列中，有士兵干涩的双眼，渐渐变得湿润。

义女陷于敌阵，黄伯昂胆怯心虚，思虑再三，作出一个示好性让步决断，撤除正面堵截，将队伍拉向谷地右侧的开阔地带。仓木义男手把望远镜，将这一情形观察得一清二楚，长长舒了口气，终究放下了一颗悬着的心。如果中方独立团与十八集团军那股游击部队前后堵截，外援被西北军黄伯臣警备六团阻截于五老峰东线，我部秋田大队两番受损，减员近半，目下给养断绝，沦为疲兵，陷于进退两难困境。再相持下去，秋田大队面临覆灭可能。

　　谷地另一头的袁天才，见得正面堵截的黄团撤了防，亦如释重负般长长舒了口气。他最担心的，是西北军电请第二战区第十八集团军，指令他的教导队配合西北军独立团，死啃秋田大队这把硬骨头。石田混成旅团是日军西进兵团王牌，而仓木联队及其统属的秋田大队，又是王牌中的王牌。三十一军团重托两员虎将，即黄氏两兄弟分别驻守五老峰东西两翼，把控茅津渡渡口，提防的便是以永济为依托的仓木联队。今天这场歼灭战一旦打响，秋田大队困兽犹斗，必将不遗余力，回兵后撤杀向来路。如此一来，教导队将成为日军主攻目标，即便合力吃掉秋田大队，教导队必遭大损，袁天才苦心经营、依为根基的本钱虽不至于赔光，少说也得折损过半。

　　袁天才把队伍拉向谷地右侧，急速向黄团靠拢，与其合兵一处，抱团取暖，明示且促使日军尽快撤离。

　　这样一来，仓木心领神会，从容不迫，把望远镜递给宦娘，说："宦娘，你哥哥所在部队，已经朝西北军独立团靠拢了，不信你看。"

　　宦娘听得翻译解说，接过望远镜，在急速撤离的教导队中搜寻起来。义父的望远镜，她也时常拿来把玩，使用起来倒也凑手。不久，她果然扑捉到袁天才的影子，高兴得蹦跳起来。"看到了！嘻嘻……嘻嘻嘻嘻……我看到袁家哥哥了，我看到他了！"

　　镜头里的袁天才高高绾着袖头，手提一把驳壳枪，站在一道坡坎上，像是在发号施令，一声声督促着疾行的部下。

　　宦娘一跳一蹦，神气活现，满面喜气，欢乐得像个在父母身旁撒欢的小鹿子。她欢喜了，仓木的心也暖暖的。

　　突然，宦娘的双眼移开了镜片，双臂下垂，似是酸软无力，望远镜脱手坠地。仓木吃了一惊，急惶惶追问，这到底是怎么了？宦娘意兴阑珊，怏怏不悦地说，她还看见一个人，站在袁家哥哥身边。

　　那个人，即是身着十八集团军服装、臂佩红十字袖标、担任教导队卫生队队长的袁冰兰。

　　宦娘愁眉苦脸地叙说着她的哀愁。由此，仓木知道了宦娘、袁天才、袁冰兰三人之间的微妙关系。这些信息，后来传到日军混成旅团石田将军耳朵里，便生出了许多事端来。宦娘无从料想，一场虐心的苦难在等待着她。

　　仓木不曾想到，眼前这个胸不藏机、清纯似水的姑娘，正在饱受着一场无望的恋情煎熬，愀然言道："宦娘，很是抱歉，我本不该打听这些。有幸结识你，我很幸运。仓木这条命是你搭救的，如果把这条命还给你，借以消除你心中的忧伤，我仓木也乐于为之。遗憾的是，我无从为你做点什么。我只能默默地惦记着你，我的这些部下，也会惦记着你，惦记着生命的旅程中，曾遇到过一位天使般可敬可爱的姑娘。"

那位翻译随同两名佩戴红十字袖标的日军卫生兵，把宦娘一直护送到谷地右侧黄团与十八集团军教导队临时集结地。

其中一位日军曹长说："本人奉仓木联队长命令，护送贵方卫生兵宦娘，安全抵达贵部，以示对她本人负责，也对她崇高的人道精神谨表敬意！"

宦娘轻盈地迈着快步，身子一扑，便投进黄伯昂怀抱。

黄伯昂扳着宦娘的脸庞，只看了一眼，眼泪就刷地一下流落下来，随手理了理她额前稍显零乱的刘海，抖起袖头，霸气地一擦眼泪，朝两名日军礼节性点了点头，轻轻一扬手臂。

两名日军身板挺得笔直，冲黄伯昂行了个军礼，随着那位翻译转身离去。

第二十九章　鞭头下的生灵

　　这天，军营里颠得最欢、嗓门最亮、笑得也最为灿烂的是李快嘴。到了晚上，伙房里帮着拉风箱的牛八，望着手执铁铲，翻锅炒菜都在哼着关中道情的李快嘴，心里不免来气。他心头的闷气起因始于他孙女的恋情，根源在于袁冰兰，这阵子却撒在冰兰她娘身上。

　　李快嘴拿捏着九腔十八调中藕断丝不断的调儿，唱了一段《目莲救母》。牛八说："别在那胡吱哇！要唱就唱蛤蟆跳门槛的调调，唱唱老牛爱听的　《十八摸》。"

　　"摸你娘个脚后跟！我看你个老牛做下的皮梢害痒痒了！"

　　李快嘴口里的皮梢害痒，是原上谁想收拾谁时骂出的一句前奏。一般情况下，后面紧接着的一句，便是我看该捶捶你的皮了。

　　"老牛的皮梢倒不痒，我看是你嘴痒了！"

　　"你个牛做下的再胡嚼，老娘就拿热锅上的铲子招呼你！"

　　"你嘴不痒，胡吱哇啥呢？"

　　"老娘心里高兴，爱吱哇。　不吱哇憋得慌，咋的个活！"

　　"哪里憋得慌？"

　　"心里憋得慌！"

　　"我还当是你裆里憋得慌。"

李快嘴扬起铁铲，朝锅灶门前的牛八追打过来。

就在这阵，袁冰兰进了伙房，瞅见她娘站在牛叔跟前，高高扬起手中锅铲。

"妈，你做啥呢？"冰兰惊奇发问。

叫女儿瞅见娘跟这老崽娃调情还了得！"噢。你牛叔嘴馋，想尝尝这锅葱花炒凉粉的味道。"

李快嘴机变百出，借此掩饰，并将沾着一叶葱花的铲子移向牛八口唇。牛八默契地叭哒叭哒拌着嘴巴，连声赞叹。

"嗯。你娘手艺真不错，凉粉打得白楞楞（嫩嫩）、肉墩墩。把凉粉盆子朝案板一翻，拍一巴掌，能忽噜半晌。"

牛八曾背地里朝李快嘴肥臀上拍了一掌，说这贼婆娘的屁股，跟凉粉坨子一样。

李快嘴手中的锅铲，暗暗朝牛八大张着的口中一戳，他的两只嘴角，就差没渗出血来。

袁冰兰是来端菜的。这天晚上，为庆贺袁家一家三口团聚，黄伯昂打算陪袁天才喝几盅，以示接风洗尘。

作为团部的古庙凋敝不堪，窗户的木格子破损得能钻进一个人来，屋顶上还有能瞅见星星的一处破洞。戎马倥偬，战事频仍，不及修整。

悬吊空中的三盏马灯下，摆放着一只往日里当地百姓敬神的破方桌。黄伯昂及妻子佩瑶、薛蛮媚子、龙宝山、赵良栋、王砣、武一甲陪袁家三口，围坐在方桌周围。

黄伯昂之与宦娘，犹阳光之与虹霓，霹雳之与打闪，二者原本是不可分割的。可这天晚上，谁都把宦娘请不上桌面。据此，黄伯昂心情沉重，对袁家一家人带上了浓浓的情绪，特别是那个叫袁冰兰的。本来，这姑娘生得健壮结实，而身段不失柔美，面相周正且肤色红润，活脱脱一个当年美人坯子的李快嘴，可在黄伯昂眼里咋看咋不顺眼。他知道，自己肚子里餂着一股闷气，当然看她就不顺眼了。正因世上多了个她，这才让干女儿的好事落了空。

经此一事，豪情万丈的大狂人，好似被人当头挨了一闷棍。人世间无可奈何的事情，还真多的去了。我干女儿的难处，咋就跟我婚姻上遭的罪一模一样呢？老天咋总是朝人致命处下刀子！

无论是当初关中的保民自卫团，还是来到山西地面这处荒僻的军营，哪里热闹，哪里总有宦娘的身影。黄伯昂是整个团队的核心，宦娘是黄伯昂的核心，因而她也就成了核心中的核心。今晚最热闹的酒席宴上，却偏偏缺了个最核心人物，且直至现在不知去向，这叫她大爷牛八如何放心得下？

铲子、秃子尾随牛八，可着军营旮旯夹巷到处找，找来找去，找到了作为团部的古庙近旁。朗朗月色下，宦娘紧贴一棵古老得中空了的桂花树，把大半截身子藏在树身后，透过低垂虬枝上扶疏的枝叶，张望着古庙北侧那口窗户。透过破损且洞开的窗户，庙内那些围桌而坐的人们尽收眼底。

这回与袁天才见面，与往日袁大头灵堂前相见大为不同。这回见了袁家哥哥，宦娘自感全身皮肉发紧，心儿咚咚地狂跳不休，急切地想见到并靠拢他，却又百般地惧怕且丧失抬脚起步的勇气。宦娘并不知晓，这是一个初恋女子，对她所钟爱的那个男人爱到极致的一种微妙的心理变化，却以为自己的胆子变小了，越来越上不得台面了，以至自怨自艾，对她自个的所为充满怨愤。

随后，每当她鼓起十足勇气，试图接近袁家哥哥时，人家总是跟他妹子在一起，跟他娘在一起。回到军营后的第一次照面，袁家哥仅微笑着，不热不冷地跟她打了声招呼，也没怎么多看她几眼，只说了句宦娘妹子长高了，便跟他妹子一起去了伤兵营房。那个叫冰兰的卫生队长，见了宦娘的面根本连话都不搭，只是侧着脸子，偶尔偷偷地、冷冷地瞥上她一眼。就连十分疼爱她的快嘴姨，自从她的一双儿女来到独立团，也登时变了脸，再也不见她拉着她的手，或理着她额前的刘海说我娃真乖、我娃长得多心疼了，有时打个照面，将脸转向一边，好像还在有意无意回避她。

三伏天的宦娘直觉得浑身发冷，口唇打颤，一颗心儿都结成了冰圪垯。如今的她，只能做贼一样，把自己孤零零藏在没人处，偷偷观望着那个把她糟害得寝食难安，昼夜不宁，甚或觉得人活着是这般了无生趣，还不如早早死了好的男人，与他的娘和妹贴身而坐，言笑晏晏，正在举杯畅饮。

一行清泪，长长挂在宦娘苍白的面颊。

爬在一间倒塌民房残墙断壁后面的牛八，偷偷望着桂树背后的宦娘，心跟刀剜一般，用捶头擂着地面，拿脑门撞着残墙，发出老牛力尽刀下亡般的低呜、残喘。铲子、秃子见牛八哭得太过悲伤，便拽着他的胳膊，摇着他的肩膀，劝着他说，牛叔，别这样了，小心宦娘听见了，惹得她更伤心。

牛八压抑的呜咽，被拎着笼笼前往伙房拾馍的李快嘴听见了，她还从来没听过有人哭得这般悲情。牛八跟她的恋情，经黄伯昂几番撮合，一双儿女也深表赞同，如今已有了谱儿，战乱年月，也不必讲求个排场礼数，只等瞅个合适日子，大伙坐在一起吃顿便饭，便可搬着住在一起了。

此刻，李快嘴悯然生悲，觉得这个可怜人儿，一辈子活得好恓惶。早年父母双亡，孤身一人过日月，如今都五十出头了，还是个精沟浪荡的光棍汉，不知咋样结识了宦娘，就跟捡了他一条命似的。他身边没亲人，就把这女子当成了心头肉。能把他难受成这样子，除了他孙女的婚姻，还能有啥事？唉！世上的人，咋都活得这么难场呢！

"他叔，别学得这么没出息，吙上几声对了！"李快嘴劝道。

牛八悲从中来，益发伤感。"李家妹子，你说，我宦娘咋这么可怜的呢！呜——呜呜呜呜……自幼儿没了她娘，给人送到尼姑庵，直到如今，连她的生父都没找见……好不容易相中了个可心的男人，可偏偏叫另一个女子把窝占了……她从早到晚想着那个人，念着那个人，都病得躺在炕上，爬不起身子来了……没想到，如今见了面，却是这样一个结果……呜——呜呜呜呜……我宦娘可怜得很哇！她好可怜呀……呜——呜呜呜呜……老天爷呀，你咋把我宦娘娃这么作践呢！你看她一个人，孤单单蹴在树背后，眼睁睁看着人家，偷偷地在那吙呢……我宦娘好可怜呀……呜——呜呜呜呜……"

"牛八，你脑子咋是个一窍窍，咋就这么不会想呢！她自从下了静观庵，认在她干大名下，五陵原上的女子，哪个有她那么金贵？世上啥好穿的她没穿过？啥好吃的她没吃过？人世上的福都让她享尽了，跟皇家的公主一样，就差没供到金殿上去了。你说她可怜，那像我冰兰一样的穷汉家女子，还在世上不活了？"

"李家妹子，你是个明白人，咋也在我跟前装起糊涂来了……呜——呜呜呜呜……少吃缺穿，弹的屁疼。饥也罢，冷也罢，一咬牙，也就扛过来了。人活在世上，苦的不是身子，苦的是那颗心啊！我宦娘把心都快要苦烂了……你看她苦的那样子，叫谁见了，都非把心疼烂不可……呜——呜呜呜呜……我宦娘咋这么可怜呢，老天爷呀……"

想起伤心事，说到哀情处，牛八尽量压抑着呜咽的气息，不敢哭叫出声来，便拿拳头去捶地，用脑门去撞墙。

李快嘴朝不远处树背后的宦娘望了一眼，也忍不住一阵心酸，抹了把泪水。

"对咧……再别吷了，各家都有本难念的经。咱有金弹子，打得凤凰落，你宦娘是个啥人，谁不知道？生得跟一枝花样，原上哪个女子有她那么俊样？就是我冰兰站在她跟前，都被她比得没色气了。要是生在早些年，大清国选秀，你宦娘早都被选进了皇宫，难道还愁嫁不出去？我才娃是个啥？不就是个穷家小户出身的粮子嘛！如今说是个政委，政委又算多大个官？说不定咱宦娘日后还嫁个道台，嫁个阁老呢！从面相上看，我李贤惠认定她是个诰命夫人的命，我还愁我才娃子福薄命浅，配不上她呢！"

诰命夫人是李快嘴一个心结，她把她心中所想，拿来胡乱安在宦娘身上。

此刻的古庙内，呈现出一派欢乐热闹景象。在众人吃吃喝喝，推杯换盏的喧闹声中，黄伯昂把注意力落在了袁天才身上，暗暗观察着此人的一举一动。

这袁大头跟李快嘴两口，当年从哪收罗了这么个儿子？这娃身材挺脱，眉目清朗，言谈温文尔雅，举措得体毫不失格，只是两道浓眉挨得稍稍紧了点，眉梢上挑得高了点，给人一种肃杀之感。看他那一派雄阔昂藏之器，倒像是出身于大户人家的贵胄子弟。谁家父母，把这么好个苗子送给他人做啥？他的父母，又是一对何等人物？

往年，黄伯昂偶尔看到袁家收养的这个娃儿，小小年轻，气宇不凡，便由不得生发出诸多遐想。如今，再看到这位业已长大成人的棒小伙，这种感受益发强烈，遐想伸延得愈加邈远。

袁天才在黄伯昂心中，一直是个谜。

如今，黄伯昂不得不对袁家小子刮目相看了。

时世造英雄啊！此人年纪轻轻，独当一面，除了配合西北军整饬军纪，与各部密切交往，同时扩充队伍，壮大实力，无论是山上的杆子，被日军打散了的溃军，敌战区原国民政府投敌或解体的军警、保安团团丁，吃不饱饭的穷汉家娃娃，拾到笼笼都是馍，见人就收就编，原先一个数百人的教导队，目下已足足拥有一个团的兵力。

兴许改造思想是这支共产党队伍之专长，让黄伯昂至为叹服的，是这些杂七杂八、死牛鳖犟的各路大仙，在袁政委的调教下，居然心底里服服帖帖，行动上中规中矩，成了一支像模像样、支应得起台面的队伍。

如此看来，袁家这娃还真是个人物，共产党里面的能人还真不少。就凭西安事变这步棋，共产党就把老蒋给将死了。共产党的军队在敌后战场上，如果都像袁家娃这样倒腾起来，打退日本人，国共两党又有一场好戏可看了。从古到今，这块地面上兵戎相见的豪客们，没有谁跟谁能尿到一个壶里，因而也就没有谁跟谁坐下来商量那一说。他们争的是天下，打的是江山。天下只能一人坐，江山只能一家有。

念此，黄伯昂心里沉甸甸的。

他还看得出，这支共产党的队伍，在国共合作的背景下，跟西北军打得这般热乎，定然别有所图，也明白他的独立团一营赵良栋是个共产党，却未必知晓，袁天才受命于岳先生，早就与赵良栋接上关系，把名义上解体的刘强秦陇游击支队，以单个报名、自愿应征形式，像沙子一样掺进了独立团。

黄伯昂有心通过袁天才，对中华大地崛起的共产党，这个不单强势、对他来说亦充满神秘感的组织有所了解。此刻，他向对方传上酒，举起盅子试探着问道："袁政委，请！鄙人胸无大志，无党无派，然对贵党作为，亦不乏景仰 。听说袁公子当年西省求学时，便参加了共产党。不知是何原由，促使贵公子走上这条红色之旅？"

"不敢！黄团长抬举在下了。您说到的这个问题，提起来话可就长了。"

不平则鸣。这是袁天才投身革命的唯一动因。他对不平等的最初感受，起于作为王官镇学堂的关王庙，源于穷汉家娃的他与富贵人家娃黄步云、黄步霄的生存境遇。那年月，袁天才年岁尚小，适逢民国十八年年馑，用他娘李快嘴的话说，饥饿把我娃糟害扎了，沟蛋子上没三两肉，胳膊腿细得麻杆一样，肋条鼓得像个琵琶精，浑身上下哪儿都瘪搐，只有头大得跟冬瓜一样。这，就是年馑火里十二岁少年袁天才的形象。

而黄家左右两个同桌黄步云、黄步霄却肥头大耳，吃起肉包子来满嘴流油，肚子撑得闷屁咚咚响，上学时怀里还总是揣着吃货，不是西省的德懋恭点心，就是富平的琼锅糖，礼泉的天鹅蛋。袁天才写得一手好毛笔字，王先生时常把它当影格，让其他学娃拓着写。黄家两弟兄烦于课业，便邀袁家娃替他们代写大字。当然，付出总有相应的回报，这回报便是黄家娃怀里揣的吃货。

人穷志短，马瘦毛长。时间久了，袁家娃也就被黄家娃看贱了。一天，袁家娃饿得从小板凳上溜了下去，塌在地上挺不起桶子来，散学以后只有一步一步往回爬。当他爬出关王庙，爬上通往家屋的街巷，就再也爬不动了。

黄步霄从怀里掏出一个天鹅蛋，在他眼前晃了晃，身子便一步一步朝后退。

天鹅蛋是礼泉县的特产，袁家娃也不知它是用啥做成的，里面包的是啥，反正就鹅蛋大个涂了油彩的红圪垯，外面沾着层启明泛光的白糖。那东西好吃极了，那个香啊，甜啊，就跟他看过的那本绣像小说里说的那样：五脏六腑里，像熨斗熨过，无一处不伏贴；三万六千个毛孔，像吃了人参果，无一个毛孔不畅快。童年的袁天才尝了第一口天鹅蛋，曾发出这样的感慨：世上竟有这么好吃的东西，我这个穷汉家娃算是没白活了。

天鹅蛋的巨大诱惑，使得袁家娃陡然间来了力气，加快了爬行速度。前面的黄步霄也随即加快后退步伐。就这样，黄家娃前面逗弄，袁家娃后面爬行。如此这般地逗弄了一阵子，黄家娃别出心裁，便逗弄出新的花样来。

"汪汪汪……汪汪汪……汪汪汪……"

黄家娃一边学狗叫，一边把天鹅蛋掰成渣渣，朝袁家娃面前投掷。黄步霄希望看到的，是袁天才身子一耸，来个跳跃，半空里拿嘴巴接食天鹅蛋渣渣。他逗他家那只看门狗，就是这样一个喂法。

黄家娃没有看到他所期望的那一幕。一个十二岁的少年，生平第一次品尝到屈辱的滋味。从这一刻起，小天才决定变一种活法，他将来要把试图将他变作狗的人变作狗。

对袁天才人生具有重大影响的另一件事，发生在年馑过后的第一个年头。袁家三天两头，冰锅冷灶，没一把散糊涂的荞麦面，没一捧熬稀饭的玉麦珍。那阵虽说青黄不接，可五陵原上的小麦快要成熟了，麦子扬花后开始灌浆，颗粒便一天天开始由瘪掐到丰满，由柔软到硬朗，最后到成熟收割。当此之时，那麦子的颗粒正处由柔软到硬朗的过渡时期，说软一捏捏不出浆来，说硬使劲捏也不怎么碜手，就跟当年的牛八袄缝里摸出的陈年老虱一样，肉墩墩、轱辘辘，手感妙极了。

袁天才貓一样，爬进黄家一望无际的麦地，把麦穗儿掐下来，用双手一搓，再凑近口唇一吹，手中的麦芒和衣子（包裹麦粒的草皮）便纷纷飘散了，剩下的，是一颗颗半青半黄、肉墩墩轱辘辘的麦粒，填进嘴里一嚼，从嘴角里溢出来的乳白色汁液，就跟母牛奶头渗出来的奶水一样。那种半熟的麦粒味道极尽鲜美，就跟有些人好一口的羊羔肉一样。袁天才忘乎所以，陷入梦幻般的佳境。

一声炸雷般的暴响，袁家娃被手执长鞭、怒目环睁的黄家长工头儿福旺叔逮住了。

福旺鞭头上的功夫，是五陵原上一绝。那杆长鞭挥舞起来，非但响声如雷，皮条拉成的鞭梢跟刀子一样，指哪割哪，黄家槽头上的叫驴儿马，只要听得福旺鞭子响，没有哪头不抿着耳朵，缩起臀部作股栗状。当年黄伯昂那头碰死在黄崇义家门前照壁上的特勒骡，就曾吃了福旺鞭头子上的大亏。

黄伯臣团驻防九嵕山那阵，队伍里从河套地区调来几匹军马，有一头劣倔牲口不服管教，凡是爬上牠脊背的骑手，没一个不被尥了蹶子，跌得鼻青脸肿。黄伯臣搬来他家这洞大仙，福旺挥动长鞭，接二连三甩向系在猴儿抱柱拴马桩上的牲口。一连四声晴空霹雳般的炸响，那头劣倔牲口两只耳朵梢上，分别多了排得整整齐齐两道半寸长的血口子。再看那牲口的熊样，两只耳朵抿得跟狗尾巴一样，恨不得夹到沟渠子去，四条腿弯得跟弓一样，浑身的肉颤得啪啪啪，眼睛眯得不敢瞧人。自此以后，一个胡踢乱绊的劣倔牲口，乖得跟绵羊一样，连团长娘子李若水的大屁股一轮，都可坐上牠的脊背，晃晃悠悠回娘家，有时连缰绳都懒得牵。

鞭子的厉害，就厉害在这。它是温顺的畜生们的主宰。谁手中把握了它，鞭头下的生灵，莫不充奴为役。

福旺这手技艺，是祖上传下来的。到了他这一代，非但受其真传，且能发扬光大。

此刻，手执长鞭的福旺叔，就直挺挺站在偷食麦粒的袁家娃面前。"哼！黄鼠吃过界畔，吃到黄家地头上来了！我今天叫你吃石头巴瓦渣，好吃难消化！"

福旺叔可谓天纵奇才，想出一个令人击节赞叹的奇招妙着，用以惩罚偷食麦粒的贼娃子。

福旺叔揪了一只麦穗，逼袁家娃吞下去。

大凡被鱼刺卡过喉咙的人，想必都有一番相似的感觉，那种痛苦滋味只有亲历者自知。可那只是一根鱼刺，一根纤细而光滑的鱼刺。麦芒是什么？如果从穗子上掐一根麦芒下来，朝肉皮上一划，会感到像锯齿一样的东西，隐隐从肉皮上扫过，那就是麦芒，就是与狗的阳根相较，具体而微、带有倒刺的物事。况且，卡进喉咙的鱼刺通常又有几根？而一只麦穗上的麦芒又有多少，没人数过，只是有一粒麦子，便有一根麦芒，这是定数。一只长大饱满的穗子，少说也聚集着一二十颗麦粒。

福旺叔逼着袁家娃吞下去的，就是这样一只麦穗。

袁家娃当即便被人夺了胆。那种罪可不是人受的啊！有一次，他偷食麦粒不小心，把针尖长一截麦芒咽了下去，结果卡在了喉咙，随着喉管的蠕动，那物事还在不歇脚地游走，感觉比吃刀咽剑还难受，无论是朝下咽，抑或往出呕，纵有天大的本事，也休想把它打发到合尺（恰当）处。

袁家娃不肯吞，便噗通一声，跪倒身子，向他福旺叔求饶。

"福旺叔，我再也不偷吃黄家麦颗了。你饶了我吧！"

袁家娃虔诚至极，猥琐至极，脑门撞地梆梆响。

他福旺叔没有饶恕他，且挥动了鞭子。登时，大原上上演了一出极为鲜见的闹剧。

麦田近旁是一块歇力的撂荒地，撂荒指没种庄稼的空闲地，土地生养累了，有时也好让它歇歇脚。跟耍猴一样，袁家娃可着那片撂荒地，跑到哪，福旺叔的鞭梢便炸响在哪。那一声声大啊娘啊的干嚎，一声声嘎叭脆响的爆裂，就如果神话传说中的雷神爷，在殛杀修炼千年成精作怪的妖孽。袁家娃的前襟后背，裤头袄袖，被接连炸响、势若霹雳的鞭梢切割得稀里哗啦，就像原始部落的野人身上的兽皮树叶。

这一回，袁家娃岂止是给人夺了胆，而是被人摄了魂，撮了魄，连稀屎都吓了出来，顺着裤腿朝下灌，跑到哪，便在哪布下一道稀屎阵。

袁家娃到底还是屈服了，爬在地上哭爹喊娘叫唤说："福旺爷，你饶了我！再别打我了！我吃！我咽！你叫我做啥，我就做啥……呜——呜呜呜呜……"

鞭子，再一次张扬了它的淫威。

此后的袁天才，感觉到头顶上随时随地都高悬着一根鞭子。

福旺其人，也就是黄家一个伙计头儿，原本出身贫贱，其父是个赶脚的轿夫出身，福旺这一辈子承父业，最初也只是赶黄家马拉轿车的轿夫，后来做了长工里面个头儿，由于儿女多，家口众，日子也过得恓恓惶惶。袁家娃就想，世上的可怜人，欺负起比他更可怜的人来，咋就比恶狗还凶呢？

而福旺的主人黄崇义，对可怜人就不像当长工的他这般刻薄。别说是一把尚未成熟的麦颗，就是热腾腾的蒸馍，只要讨饭的叫花子开了口，又空过哪一个的手？有一年腊月二十八，黄家杀了口大肥猪，半夜里叫贼娃子把猪头给提了去，让黄家的长工们堵在了后院。黄崇义网开一面，撤了敞开着的后门防守，把人手集中在前院虚张声势瞎吱哇。贼娃子提着猪头大摇大摆，扬长而去。福旺气不过，问主人，这却是为啥。主人说，逮贼不如放贼，贼娃子也要过年呢。

小小年纪的袁家娃，想到黄家大门左侧墙洞里那条看门狗。

狗有一个特性，主人给它吃点喝点，它便心满意足，竭尽效忠于它的主人。狗与奴是紧连手，两搭档，人骂人时这才骂出狗奴才的话来。

福旺这样的人，在大原上多得拿鞭子赶。

经此一事，少年袁天才滋生了这样一个想法：有朝一日，我要把这根鞭子，攥在自己手里。

以上两件事，是袁天才投身革命的动因。还有两件事，昭示了他的处世之策，修正了他的处世之道。

第一件，即其母李快嘴荣膺天足会会长期间，在吃大户风潮中执掌五陵首富粮仓钥匙之际，他娘朝他兄妹俩裤腿里灌粮食，牵着他们的手在王官镇街头绅士般走企鹅步的事。那阵子小小年纪的袁天才，都觉得跟老鼠一样，从别人粮仓朝自己家里倒腾粮食，是件很丢面子的事。可后来他仔细一想，却不得不承认，娘实在是英明极了！

正因此举，袁家兄妹俩全都存活了下来。曾经与袁天才一起磨马、碓鸡、丢方、掏鸟窝、摘豆角、抟泥巴的小伙伴们，有一大半饿死在年馑火里。他永远也忘不了跟他要得最好的陈民娃之死。那娃本是北山上淳化人，他的寡妇娘替他在平原上认了个干大，从此他便生活在王官镇的干大家里。那一年，镇子西头黄家井房旁边那棵老榆树，树皮去年都被人扒光煮着吃了，可老榆树还坚强地扎挣着多活了一年。第二年活是活着，却不怎么旺相，春上长出的榆钱钱只有那么稀拉拉、瘦掐掐的几股子。陈民娃饿得极了，便爬到榆树梢头去捋榆钱钱吃。

如果榆钱钱好采的话，还能轮到小孩子家下手？那几股榆钱钱长在古树梢头，枝杆太细，晃晃悠悠一打弯，便嘎叭一声折了。陈民娃从高高的榆树梢头摔了下来，跌了个七窍流血，当时便咽了气。袁天才跪在陈民娃身旁，双手推着他的肋子骨，一声声地叫："民娃，起来……起来……"

袁家娃印象最深、终生难以磨灭的记忆，是陈民娃流血的口中，溢出了一团被咀嚼成糊状的榆钱钱汁液。

在后来的岁月里，袁天才时常在想，当年饿死的那么多小伙伴，哪一家的光景，都要比我袁家好一些。他们一个个都饿死了，我跟我妹子却活了下来。要不是娘灌进我们裤腿里的那些粮食，我跟我妹肯定比他们死得早。到如今，我的那把干骨头，都不知扬散到哪里去了。

袁天才总是在想，当年娘的作为，到底有没有它的合理性？

第二件事，是他的养父袁大头之死。养父作为保民自卫团伙夫兼仓库看守，明明是擅离职守，因陈年积疾死在家里，他娘却硬逼着他，把养父的尸体移至仓库，说是活活冻死在仓库的岗位上，以此栽赃保民自卫团，企图从黄伯昂手里诈取钱财。那阵子的袁天才，已出落成一个小伙子了。当养父死得僵僵的、冻得硬梆梆的尸体架上他脊梁的那一刻，屈辱感袭扰得袁天才暗夜里都抬不起头来。

可后来活生生的现实，是仅此一举，袁家平空得了一百二十个响圆。这一百二十个响圆，对当时乃至日后的袁家、以及袁天才个人意义之重大，无异于翻天覆地，起死回生。一文钱困倒英雄汉，没有它，袁天才还真无法在西省待下去了，待不下去就无法继续求学，也就没有了加入组织，投身革命，没有了如今几千号人的队伍，更没有了日后的成就与辉煌。

除了留给家里维持生计的极少部分，李快嘴把那些响圆交付儿子手中时，曾说了这么一番话。

"才娃子，妈这辈子，就活的是我娃的人！袁家除了你，再就没指望了。从小到大，不论是镇子上的破庙里，还是城里的洋学堂，哪个教书先生，不夸我娃字写得妙，书念得绝？我不能把一颗梧桐苗子，栽在菲菜地里。咱袁家人就是脱上三层皮，也要把我娃供出来。别看他黄家人老几辈做大官，如今祖坟里早把脉气冒了，世下黄步云、黄步霄两个瓜怂墓冢，给我娃拾鞋带都连不上！风水轮流转，轮也该轮到咱袁家翻梢了！到时候我娃高官得坐，骏马得骑，让娘也跟着你享两天清福，也在人前露个脸。要是放在大清国，娘还等着朝堂上诰命夫人的封号呢！

当年黄家扩充庄基，垒土打墙时，埋在地下那个死鬼作祟，打起的墙倒了三次。黄琪葆与他的诰命夫人，分别坐在墙两边，凭着显赫的尊位与皇家的封号跟死鬼较上了劲，偏就等着墙倒下来把他两口往死里压，结果墙既不向东倒，也不向西塌，只有直挺挺坐滑下来，土连人家两口鞋都不敢沾的传说，对李快嘴影响极深。她有个不足为外人道破的心结，一辈子就仰慕当了诰命夫人的那个女人。

如果说当年他娘裤腿灌粮之举，保全了袁天才一条性命，那么李快嘴移尸嫁祸，诈取钱财一事，则成全的是袁天才的功业。他对这两件事有自己独到的见解。

如果换作如今已做了陵邑县警察局局长的黄伯贤，他对此自会以自己的信条一言以蔽之，那叫作事只可曲中求，不宜直中取。黄家仓里粮食，是供大伙吃大户的，你李快嘴掌不掌钥匙，只有保管权，没有支配权。你不偷偷摸摸往自己和娃儿们裤腿灌，采取曲求之法，大模大样直中取，扛着口袋往自家屋里背试试看？再说移尸嫁祸一事，你不曲中求，把死了人的这个茬塌在保民自卫团头上，想直中去取那一百二十个响圆，人家黄伯昂争你的？还是欠你的？凭啥给你一百二十颗响圆？

就拿他近日升任警察局长一事来说，曹秉仁荣膺省党部秘书长、即将卸任陵邑县长职务之前，把县府各部头头脑脑来了个大换班。在黄伯贤眼里，这不明摆着跟过河一样，临走前屁股再夹一瓢水嘛？我想直中取，说我第三区联保所征兵如何卖力，在全县各联保所排名第一，把大批热血青年送上前线，为抗日救亡立下汗马功劳，理应论功行赏，由联保主任一职升任县警察局长。曹县长却说，此乃我等公仆应尽之职责，岂能以此为由，依为个人升迁之资本？你瞧，这话说得多在理！直中取一般均为火中取栗，实在不好取，那就只有曲中求了。黄伯贤把县上拨给所里征兵款子的多一半，来了个脚踏黄河水倒流，哪怕下一任联保主任征兵时一扑一个母鸡窝，让它掉了个头儿，流进堤坝上打着旋儿钻洞子的水眼。原上人把那种水眼叫瞎窟窿。黄伯贤把那些公款塞进了瞎窟窿。果如其然，黄伯贤身上换了披挂，摇身一变，成了凛凛然八面威风的警察局长，住进陵邑城中，手里掌握了一百多号要枪杆子的。

对于他娘裤腿灌粮、移尸嫁祸的作为，因自己也参与其中，袁天才不可能没有想法，只是不像黄伯贤那样，在曲与直的取舍之间含混了道德准则。袁天才将其归结为变通二字，他觉得变通行事，确不失为取得成功的不二法门。

袁天才曾如是设想：就拿抗日民族统一战线来说，如果我党带着八角帽、顶着红五星、继续高举镰刀斧头旗，一条路子走到黑，拒绝变通行事，不接受国民政府改编，那么，当此山河破碎、中华民族生死存亡之际，民众便会把我党视为乱党，国民政府自必以此为由，打着攘外必先安内旗号，对我党继续且加大清剿。而第五次反围剿失败后，到得陕北的各路红军不过区区数万之众，又何以跟蒋军数百万众相抗衡？就这么变通了一下，来个第二次国共合作， 也找不到有力的论据， 我党一通百通，赢得了深入敌后，在抗日战争中锻练成长、发展壮大的机会。等到把日本人赶出中国之日，也就是我党与国民政府分庭抗礼之时。到了那个时候，多年媳妇熬成婆，到底谁当谁的家，就不由你一家说了算了！

当黄伯昂问及何以参加共党、投身革命这一话题，袁天才当然有自己的话说。

"共产党的核心主张，就是要打破贫富不均格局，为占绝大多数穷人谋幸福，建立一个没有剥削，没有压迫，人人平等、民主、自由的新中国。这是一项推动社会走向文明进步的伟大事业。所以我选择了它，并将为此奋斗终生。"

"有道理，有道理啊！我不知道孔老夫子所谓的大同世界，跟贵党的共产主义有何区别，但总觉得都十分诱人。黄巢起义，打出冲天太保均平大将军旗号；王小波、李顺起义，打出的旗号是吾疾贫富不均，今为汝等均之；钟相、扬么起义，打出的旗号亦为等贵贱、均贫富；李自成起义，打出的旗号是均田免赋；太平天国起义，打出的旗号是无处不均匀，无人不温饱；就连孙文发起的辛亥革命，也喊出平均地权，以达到耕者有其田之目的。显而易见，这些旗号，跟贵党主张相似之处，在于均等二字，所以才有那么多人跟着他们干，可谓振臂一呼，天下云集。可从古至今，又有哪朝哪代实现了贫富均衡，人人平等？"

"您说得很对。没有一个先进政党引领，农民起义，即便推翻了一个王朝，也只能流于恶性循环，只是一次没有本质区别的改朝换代而已。"

"历史上的农民战争，无论打出的旗号多么诱人，在鄙人看来，不过都是个幌子。秦末的陈胜、吴广起义，也是封建时代最早的一次农民战争，他们喊出的口号是王侯将相宁有种乎。这说明啥？说明他们起事的目的，根本就不是为了天下人，眼睛瞅的是王侯将相的位子。"

"哦！您这看法倒也新奇。"袁天才实想驳斥对方观点，一时拉不下面子，只说了句模棱两可的话。

"我说这话，可是有佐证的。陈胜少年时与人佣耕，就说过一句结实话，叫作苟富贵无相忘。"黄伯昂温婉地望着袁天才。

黄伯昂一席话，逻辑性极强，一步步推导出一个袁天才较为敏感的命题。如果将其倒推着一想，便是陈胜从小想的就是日后怎么富贵发达，其可行性及理论依据是王侯将相宁有种乎，最后揭竿而起，以实际行动为达此目的浴血奋战。

"您说的这一点，也不无道理。共产党一心一意，为天下劳苦大众谋幸福，绝非缺乏远大抱负的农民起义。这就是我们闹革命，区别于历史上任何一次农民战争的关键所在。"

黄作昂拍案而起，高举酒盅。

"好说！江山代有才人出哇。炎黄子孙，华夏儿女翘首以待，期盼有这样一个政党，期盼有那样的一天，等得太久太久，也等得太苦太苦。就让未来去见证公子今日一番豪言壮语。袁政委，请记住你说的这番话，也请你记住今天这个日子。"

"民国28年9月21日，我会记住这个日子，也会记着我说过的每一句话。"袁天才站起身子，执盅在手，回答得很是干脆。

"干！"

"干！"

包括黄伯昂与袁天才在内，除龙宝山与王砣而外，谁也梦想不到黄、袁二人，原本就是血脉相连的亲生父子。

这父子俩今日一席谈话，在许多年后，不免又被旧话重提。那阵子，是作为共产党人的袁天才，当初向他的父亲、也是向天下人的承诺该如何兑现的时候了。

第三十章　别给咱原上人丢脸

　　黄天香从陵邑简易师范学校毕业后，回到了王官镇，接替老迈年高、仍向学娃传授老古董、与新学教学内容极不适应的老塾师，担任了在关王庙原址扩建改造、由三区联保所改制成立的镇公所兴建的王官镇小学校长之职。当然，凭她大警察局长的威名，县府教育科的督学是非得给这个面子不可的。新学开男女同校就读之禁，添设教学科目，读书的娃娃们多了，需要的教员也就多了。一校之长的黄天香，年纪轻轻，统领着六七个教员，管束教导着上百号小学生，身上的担子确乎不轻。

　　天香似火热情，并没有随着组建家庭、从教就业而沉寂。星期天及假日里，仍以抗日民族先锋队名义，组织教员们带领小学生走街串巷，摇旗呐喊，开展抗日救亡活动。除此而外，便是摊上功夫给黄步霄写家书，勉励他英勇杀敌，不要太过思亲恋家。

　　这天，黄天香抽空回到娘家，惊奇地发现，她娘肚子大了。她平日里很少回家，对此颇感意外，说："娘，我简直不敢相信，铁树还真的开了花！"她娘笑了笑说："也没啥，十年总要等个润腊月。"

　　秋叶暗暗地、默默地给肚皮上垫着棉花，随着日子的推进，棉花越垫越厚，她的肚子，也就随着胡仙桃的肚子在同步鼓胀。当胡仙桃的肚子鼓胀到一朝分娩的那一天，也就是瘦女人秋叶肚皮上的棉花落地的那一天。

　　黄伯贤的构想十分美妙。到了那个时候，新生儿从胡仙桃肚腹里落草的同时，也就落进了他婆娘秋叶的怀抱。与此同时，那孩子的身份也就发生了奇妙的转变，确凿无误且名正言顺地成了黄伯贤的后人。当然，自从进了警局，在陵邑县城安了家，他并没有把这一安排的全盘布局告知胡仙桃，只是轻描淡写当闲话提说了一下，留有商量的余地。多一事不如少一事，他怕她脑筋一时转不过弯来。而金屋藏娇的胡仙桃，涉世尚浅，心思单纯，沉浸在甜蜜蜜的梦境当中，没有太多地去思虑，她二伯出此一手意味着什么，又将引发何等后果。

　　秋叶暂时没随她男人进城，图的是显摆，为的是张扬。果然，王官镇的乡党们议论纷纷，叹为观止。

　　"人运气来了，硬是门板都挡不住！伯贤兄弟不但升了官，婆娘还怀了娃，这真是双喜临门啊！"一壮年汉子如是说。

　　"伯贤老弟才五十出头，王家围子王六十他大，六十岁了还喜得贵子呢！"一老年男子说。

　　"就凭秋叶那瘦掐掐的身子，不知咋怀得上来？"对门她三嫂质询说。

　　"是个母鸡，总要下蛋的。"一中年妇人回应道。

　　"为啥十八年年馑，三年六料没收成？因为再旺的雨水，错过季节，点了种也白点；季节对了头，可就是没雨水，也是白点种子瞎忙活。"

　　"照你这么说，是秋叶姨雨水旺的时候，伯贤叔正巧点了一铲子，这才开花坐了果？"一新媳妇嘿嘿然嬉笑道。

　　"嘻嘻嘻嘻……那你雨水旺的时候，就招呼你家男人……"

　　有人反唇相讥，新媳妇羞得钻到了人背后。

　　这驴驴蛋做下这事，把我为难扎了！这是她男人跟胡仙桃瞎在一起、被秋叶窥破行藏、东窗事发后的一声叹息，也是她中年后最大一桩心病。唉！就这么认了吧，心里气不过，堵得慌；不认吧，这驴驴蛋跟那骚狐精已经滚在一个被窝，连瞎种都种下了，你说我还能咋办？

　　原上人骂人时，往往称其为瞎种，取意于一颗瞎了的种子。秋叶此话的含义，则是她男人点播在那个女人肚子里的种子，是个瞎种，有祈盼它发不出苗来的意思。

原上人骂人，有时也骂人驴驴蛋。驴驴蛋不是谁想挨谁骂就能如愿以偿的，因为骂出的这句话含有亲昵意味，跟你不沾边，人家懒得骂出口，且被骂者须活泼、可爱、油滑、刁钻得出众才配。秋叶时常心里咒骂她男人是个驴驴蛋。她每每骂出这句话时心情极其复杂，一是出于惧怕，二是出于气恨，三是出于苦恼，四是出于爱怜。其所以骂她男人骂出这么句生动形象的话来，还得从她少女时代的一次偶遇说起。

那阵子的秋叶丰姿绰约，水嫩光鲜，身子发育得甚是饱满，就像一颗憋嘟嘟的鲜枣，隔着粉底碎花洋布衫儿望去，一对丰乳不见垂落，且呈上翘之势。那一年王官镇三月三庙会，她姨妈、也就是黄崇义婆娘招呼她前来逛会。秋叶跟硝石村她家隔壁一个姐妹，路过镇子南院场庙会上的牲畜交易市场，撞见了一桩很是不雅的事端。

拴在桩上的一头毛色油光水滑的叫驴，见得近旁来了两个穿得花哩胡梢的姑娘家，便呃儿呃儿地鸣叫起来。所谓叫驴，指代公驴，因其老爱呃儿呃儿地叫，人们便把公驴称作叫驴。这头驴非但是个叫驴，且是个种驴。主人家是牵牠来会场配种做生意的。因生意清淡，这头闲不住的叫驴便发起骚来，非但不住点地呃儿呃儿鸣叫，且鼓起腰间足有一尺五寸的长圣（驴生殖器），翻着盖儿，凸着筋儿，纠纠然作豪雄昂藏壮。秋叶与她的伙伴贴身而过，那头叫驴亢奋至极，鼓起胯下驴圣，棒子一样坚挺，且起落有致，把自个肚皮抽得梆梆响。

秋叶跟她的伙伴不经意间，只扫了一眼，便双手捂着颜面，朝没人处揭瓦了。她们身后，传来几个男人一阵爆笑。

当秋叶在她姨妈家红芋窖里，遭遇黄伯贤非礼之际，当时便吓了一大跳。我的妈呀！这人咋长了那么邪乎个东西，女人家咋招得住呢？秋叶想起那年那月庙会上牲口市场上那一幕，甚是惊怖地骂了一句，这狗东西咋是个驴驴蛋呢！

被他婆娘骂作驴驴蛋的黄伯贤，娘胎里就种下那个说不出口的怪病，就跟秋叶见到的那头叫驴一样，无从收敛，没法自控，以至害了他一辈子。

秋叶有时恶气撑得肚子疼，跟害了鼓胀似的，真想跟他男人撕破脸，把他肚子里的脏下水全都扯出来，摊在众人面前，让大伙看看他们眼中的乡贤到底是个啥坯子。

可是，秋叶心硬不起来，下不了这个狠手。

黄伯贤令秋叶心动乃至潸然泪下的事多了。

年馑火里最后那年春天，原上死人跟秋后苜蓿地里的蚂蚱一样，一层一层死的时候，黄家一家三口的喉咙已经扎起来三天了。那天晚上，秋叶发现炕头上不见了男人，饿得喊他都发不出声来，更别说出门去找他了。半夜时分，秋叶听得头门咣当一声，透过窗户，看见月光下的黄伯贤，像一只塌了脊梁的老狗一样爬进院子，又从院子爬进厢房，速度比一只老乌龟快不了多少。

黄伯贤怀里揣回两个馍。这馍不是一般的馍，人们见过、抑或想象过最大的女人奶子有多大，这馍就有多大，奶子有多白，这馍就有多白。这馍也就是奶子那么个形状，只有顶头上多出了四个花瓣，那是在上蒸笼时用剪子绞的，出锅后便花瓣一样翻了开来。花瓣下面，还用红膏子点了一圈子点儿。秋叶一看就知道，那是供给死人的献礼。

用面粉做成的献礼有两种，一种是别人家做的，村子里死了人，烙上五个饦饦馍，一盘子端了，在奠酒的那天晚上奉献在死者灵前，那是村民们为死者奉献的祭礼，主人家只留上一个，剩下的四个又端了回去。一种是自家做的。别人家做的是烙的，自家做的是蒸的，就是她男人揣回来的这种。不过，一般庄户人家蒸的献礼没有这么大，也没有这么白。

年馑火里，偌大一个五陵原，能蒸出这么大、这么白献礼的只有黄崇义一家。黄崇义家是在清明祭祖时，把献礼献在黄门祠堂历代先祖灵前的。这一年清明祭祖，黄家一族，满门中仅有黄崇义与他的长子黄伯朝及两个孙儿步云、步霄参与。

黄门祠堂的钥匙，黄崇仁、黄崇义二位伯叔兄弟各掌一把，黄崇仁死后把钥匙交给了大儿子黄伯贤。秋叶知道，为了活命，她男人把供在祖宗灵堂上的献礼偷了回来。

"婆娘，把咱香香娃摇醒。你母女俩先咬上几口，垫个肚子。饿久了，不敢多吃。如果老祖宗有灵，是不会眼看着后人死绝的，他们是不会怪罪咱们的。"

爬跪在脚底（房子地面）的黄伯贤，有气无力地说完这番话，把其中的一个献礼掰了两块，高高擎在两只手中，就等着他的婆娘与女儿起身进食。

秋叶一纵身子，跳下炕头，跪在她男人身边，攥起两个捶头，朝黄伯朝肩头一阵捶打。"你狗×的，身子骨软得路都走不动了，硬往回爬，咋就不知道先吃上一口，垫垫肚子呢！呜呜呜呜……

秋叶知道，年馑火里的她男人，凡是弄到吃的，只要婆娘跟娃不下肚，他从来不吃第一口。可她并不知道，黄伯贤这天晚上差点就爬不回来了。当死亡的恐惧，像夜枭的啼鸣呼唤着他，死神的阴影，像鹰隼的翅膀，在他的眼前一掠而过的时候，黄伯贤胆寒了，寒得像万丈冰窟，透彻脊髓。妈呀！如果我爬不回去，半路上死了，把我婆娘跟香香娃丢给谁去？我婆娘跟了我半辈子，没享过一天福，又叫我糟害得人不像人，鬼不像鬼，瘦成了一把干骨头。我这一死，倒走得干净利落，她娘母两个又咋活呀？我不能死，也不敢死！就是死，也不能这阵子死。我怀里揣着的这两个献礼，就是她娘儿两个的命啊！我这阵子死了，这两条命也就一起丢了。

两条人命支撑着黄伯贤，一步步从黄家祠堂爬回家中。当那母女俩一人吃了一块干得像生铁疙瘩似的献礼，长了些精神，黄伯贤把一块献礼塞进嘴里，却连咀嚼下咽的力气都没了。秋叶见得她男人倒在地上，口里塞着一团馍花渣渣，身子纹丝不动，眼皮直翻，一时间发了急，嚎啕着扑上前去，拿舌头挖出她男人口里的馍花渣渣，在自己嘴里嚼成糊糊，渡进了她男人的喉咙。

如今，他男人把人活到人前面去了，官儿越做越大了，心事也越来越重了。其中一桩沉沉的心事，就是膝下少了个后人，心里老是空落落的。这一点做婆娘的一本尽知，且深有同感。虽然有个抱养的女儿，可如今已经成了人家的人，整天忙自己的事，虽然同住王官镇，十天半月也难得回一次娘家。百年之后，我两口靠谁守灵吊孝呢？黄家靠谁传宗接代呢？万一那贼婆娘怀了个小子，让黄崇义那老贼认了重孙，我两口岂不是连指望都没了？念此，秋叶最终还是依从他男人安排，给肚皮上垫起了棉花。

见得娘有了身子，天香虽然千般惊异，却也暗自喜悦。娘如果真生养出个弟弟或妹妹来，那该多好，日后便有了个可走的亲戚，免得孤单单的，连个相互走动的人家都没有。

今天，黄天香是来跟她娘道别的，她要出远门了。

"妈，我要去山西一趟。"

"山西？你跑到那儿做啥去呀？"

"县上几个有名望的老年人，组织了一个慰问团，要上中条山前线慰问我县抗日将士。我打算跟他们走一趟，顺便看看我男人。"

陵邑县慰问团的第一站，是黄伯昂的独立团。

飕飕秋风中，带队的苍头老翁率领多名壮汉，抬着整猪、整羊，以及装满了烈酒的瓷坛，来到独立团方阵前。

苍头老翁是陵邑县曾执教于关中书院、以学问与书法驰名的知名人士严佐尧。见得长身而立、气昂昂站在阵前的黄团长，严老也不答话，突然跪倒地面，纳头便拜。黄伯昂禁不住大大吃了一惊，连忙伸出双手，实想把他搀扶起来，可就是再怎么用力也扶不起，只有以礼还礼，也跪在对方当面，二人执手相向，叙说短长。

"严老先生，您偌大年纪，行此大礼，岂不愧煞了黄某，这叫晚辈如何担待得起！"

"老朽年逾八旬，生性耿介，生平上跪天地，下跪父母，还从来没跪拜过什么达官贵人，今日也绝非以我个人名义拜请黄团长。老朽身后，是数千万关中父老、兄弟姐妹、妻子儿女，是生养了我们的八百里秦川。我把数千万父老乡亲、兄弟姐妹，妻子儿女，还有生养了我们的那块热土的安危存亡，付托给您黄团长了，付托给独立团的全体将士了。"

"黄某投身部伍，应命出征，自当与手下弟兄，决然不负关中父老重托，誓与中条共存亡，不求沙场显世扬名，但求马革裹尸以还！"

"尔等区区三万关中子弟，面对的是日寇十万虎狼之众。这一仗打下来，还不知能有几人留得命在，生还故乡。老朽跪拜的是已经战死中条的亡灵，是您黄团长，也是您身后的这群关中汉子，热血男儿。风萧萧，河水寒，壮士一去不复返。今日黄河岸边，骨肉诀别，生死相托，岂有不拜之理！"

与其他几位老者站立一起的黄天香，听得严老先生与九大黄伯昂一番言谈，激动得血脉偾张，脸子彤红，眼睛里滚动着泪珠，紧紧攥着双拳。这女子自小就爱听镇子上茶馆里的柴老二说书，听穆桂英挂帅，听十二寡妇征西，听花木兰从军，心里常揣着一缕英雄情结。

慰问团随后为将士们敬酒过程中，有两个人的四只眼睛，几乎一刻也没离开黄天香，他们中的一人是连长刘强，一人是天香的男人黄步霄。黄天香刚一露面，队伍里的黄步霄便抬脚起步，欲将冲上前去夫妻相会，被刘强一把拉住，死死按定。

黄步霄边看边想，想成亲那天晚上与天香共度的那个良宵，想他们夫妻别离后隔了多少日子，想什么时候才能安安生生与媳妇居家过日子。

世上有一种没有思想的人，或者说是不愿意多想的人，就是黄步霄这种人。即便是优秀的小说家，面对这种人都未免裹足束手，因为他不想谁当了皇帝及当了皇帝又怎么样，不想中日这场战争该打不该打，打赢了怎么样打不赢又怎么样，不想别人何以骑在他的脖子上拉屎撒尿，也不想何以积德行善做好事会赢得众人尊崇景仰，蜜糖罐罐里长大的他，就知道安安然然过自己的小日子。要得小日子长久过下去，就得先保住一条命，因而他胆小怕死。

这就是黄步霄。他跟他爷黄崇义都走了两个极端，如果说黄崇义这种人车载斗量也量不完，而黄步霄这种人也是驴驮马载也载不尽。五陵原上名堂多，货色也多。

连长刘强也在边看边想，甚至看得比她男人更为心灼眼热，想得比她男人更远更广。刘强想第一次看见在戏台子上宣讲的黄天香时，心里突然涌起的那种奇妙的悸动；想登载于西北民声报上《妻子送郎上战场》那篇报道，以及黄天香那帧楚楚动人的照片；想一个巾帼英豪般的女性，就凭写给她丈夫的战地情书 ，竟然把包括自己在内的全连官兵塑造成视死如归的英雄，就是让狗肉上不得席面的他男人没有丝毫感觉；想怕死鬼黄步霄一旦在战场上做出丢人现眼的丑事来，像黄天香这么个看重荣誉与脸面的女子，精神上如何承受得了……

新兵蛋儿黄步霄的新媳妇，随家乡慰问团上了中条山，这消息一传开，刘强一连便炸了营盘。这一连队伍，几乎没有谁没听连长念过黄天香写给她男人的家书。他们听了那一封封家书，莫不热血沸腾，甚而热泪盈眶。他们有一个共同心愿，那就是把这位新媳妇请到连里来，给大伙做个报告。

团座黄伯昂陪着他侄女来到一营一连驻地。

黄伯昂见了他哥黄伯贤就咧眉瞪眼，喉咙里像卡了鸡毛一样不舒服，可他爱他这个不调教的侄女。原上人把三天不打上房揭瓦的那种人称作不调教。黄天香的不调教在幼年时便显露无遗。关王庙书房是她的至爱，可那阵王官镇尚未开男女同堂就读之先例。人家不准她进庙门，她便隔着破窗户朝庙里面撒瓦片，要么从后院半堵墙上翻过去，趴在关王塑像背后学猫叫。

闹腾得紧了，黄伯贤便把她锁在自家院子。女子无才便是德，女娃家上啥学呢！黄伯贤前门锁，秋叶后门放，一旦得到解放，天香便放蹦子朝她九大跟前跑。她知道九大爱她，小时候娘抱着她打街头走过，只要九大看见，总要捏鼻子揪耳朵，挠着她的下巴颏咯撸一番，惹得她在娘怀里耸着耸着笑。跟前要是有个货郎担，或者吹糖人的，那更不得了，买了把红红绿绿的豆豆糖，接着又是娃娃哨、猴轮棍、拨浪鼓、孔雀亮翅、琉璃叮当、老鼠拉鸡蛋，她的小手手抓啥，九大便给她买啥。长到十四岁那年，九大的保民自卫团扎进王官镇，他引着她逛三月三庙会，吃了粽子吃油膏，吃了油膏吃豆腐脑，吃了豆腐脑吃油麻糖，还在胡老抠的杂货店扯了几幅样布，让她娘给她缝了一身花衣裳。那阵子黄伯昂还没遇见宦娘，跟前没儿没女，孤身一人，就喜欢娃娃家。

后来，是九大成全了她念书的愿望。九大跟王先生打了声招呼，丢下几个响圆，便一撩袍幅甩袖而去。王先生眼瞪得牛卵子一样，心里有一百个不愿意，却抵不住黄伯昂的面子，还有那几个亮光光的响圆，在庙内最后面的拐角处，给她安排了个位子。黄天香后来考上了陵邑县简易师范，多亏小时候在关王庙学堂垫了个底。

可进了学堂的她还是不调教。一天，王先生偕同娘子，前去吃他老丈人的肉菜。老丈人死了，自然要摆肉菜席面，不死人这肉菜就没得吃。原上人只要说是去吃谁的肉菜，便说明此人在这个世上，算是把伙食账一次性结了。

黄天香有了可乘之机。她拆了一把扫帚，把王先生练字的宣纸裁成三角形粘在竹条上，做了八面旗子，紧贴后颈肉皮，斜插衣领，这算是戏班子里象征着武将背上披挂的令旗了。又翻出先生娘子的脂粉盒子，把自个面目抹了个五麻六怪，还把先生的羊皮坎肩扎在腰上，做了铠甲衣靠。扎束停当了，这才扳脱关王塑像背后周仓手中家伙，把先生的教鞭当马鞭，作穆桂英挂帅出征状，在学堂里耍起了大刀。

男娃们本来就劣偏，没想到一个女娃比他们还劣偏。一个个顿时来了兴致，有的拎来先生搪瓷脸盆当锣敲，有的搬起先生圆凳方桌当鼓擂，甚或连灶房里的锅碗瓢盆都抄了出来。随着一阵呕哑嘲哳的敲敲打打，穆桂英娇斥一声，儿郎们，随本帅杀了过去！随即挥刀催马，杀奔而出。剩下的男娃们，有的尾随其后，一呼百诺，有的拿腔作势，当了番兵。一阵呜哩哇啦大拼杀，庙堂之内好不热闹。如果轮番计数，当日滚翻在穆桂英刀下的番兵不下百人。

黄天香在九大陪同下，山坳里拐了个弯儿，刚一闪面，便打住脚跟，愣在营房前。展现在她面前的，是夹道而立、手扶长枪、站立着整整一个连队的士兵。他们的脚板子对得那样齐，就跟木匠用墨斗弹出的一条线一样；他们的身板挺得那样直，就跟脊梁杆子上捆着根竹竿一样。这些士兵站列两排，一个个抬头挺胸，目不斜视，庄严肃穆，凛凛然有死士之风。

一营一连这些士兵，一部分是共产党领导的原秦陇游击支队成员，如今不断渗透扩展，全连已发展党员六十多名。他们虽然归属于国民革命军三十一军团建制，从岳先生到袁天才，从袁天才到赵良栋，从赵良栋到刘强，逐级把控，一线相牵，实际上成了共产党在西北军中一支中坚力量。黄天香看得出，这长长两列队伍，摆出这等庄严阵势，分明是在夹道欢迎自己。我一个普普通通的乡里女子，一个才当了两天半小学校长的教员，在他们眼里咋就这么值重？这阵势，只有检阅队伍的大官官、或者凯旋而归的战斗英雄才配享有啊？哦，对了，想必是他们还记得去年那件事，就是西北民声报新婚妻子送郎上战场那篇文章，所以才这么待承我，才请我给他们作报告。

她并不知道，她写给黄步霄的每一封家书，都成了这帮关中冷娃冲锋陷阵的号角。"这傻女子，愣在这做啥？走哇！"

九大一声吆喝，天香这才回过神来，冲她九大呲乜（呲着牙无声地笑）一笑，缩在九大身后，怯怯地抬脚起步，跟了过去。

当走到那两排队伍跟前，九大打住脚跟，望着他侄女莞尔而笑。

天香也打住脚跟，又愣在原地。

"走哇！"九大一声吆喝。

"九大……你……你跟我一块走。"

"那可就大大不妥了。今天你是主角，他们欢迎的是你，可不是我呦。"

黄天香透过人墙般两排队伍中间的通道，搭眼望去，尽头是营房的门户。那门户不是百姓人家的木门两扇，也不是拦阻行人的沙袋与鹿砦，而是一座用树枝搭建的彩门，其上枝叶扶疏，野菊点点，煞是绚烂。彩门下面站着的，像是几名军官，天香看得不是十分真切，即便面对面站着，她也一个都不认识。最前面的是连长刘强，刘强身后的几个人，是一营营长赵良栋与一位副连长，还有三位排长。这些军官左右两旁，还站着两个高高举起一面红色横幅的士兵，扯得平展展的横幅上，大书"热烈欢迎巾帼英贤黄天香莅临一连作战地报告"一行醒目大字。这一行字迹，天香倒也影影绰绰，看得清白。

这一回黄天香心里更加落了虚。我的妈呀！这阵势咋越摆越排场了呢？我一个寻常女人，年纪轻轻，有多大德行，他们把我揿得这么高，都不害怕跌下来绊死了？

黄天香的担心不无道理。所谓皎皎者易污，峣峣者易折，用原上人的话说，叫做揿得高，绊得美。后来世事变了，黄天香从当年的最高处，一脚跌到最低处。这一跌，把这女人跌了个一佛出世，二佛升天。

咋办？人家提名叫响是请我黄天香来队伍里作报告的，甚至连报告内容都替我划定了，讲我新婚送郎上战场的想法，讲家乡父老兄妹对战场上关中子弟的期望，讲民先队宣传抗日救亡时讲过的那句话，就是那句一寸山河一寸血、十万青年十万军。我不到场咋办？

黄天香硬着头皮，抬起左脚，沿着那条直直的道路，从那两排士兵中间走向军营。"敬礼！"

但闻站在前面的那位长官一声大喝，包括他自己在内，六位长官全都齐茬茬抬起右臂，那两排士兵也全都齐茬茬抬起右臂，向她致以庄严的军礼。

妈喔呀！黄天香心底里暗叫一声。这咋把我当神敬呢！一连官兵高抬的手臂，铁打铜铸一般僵在了额前，黄天香的脚步不止，他们的手臂不落，就一直那么抬着，僵着。那一张张年轻的脸孔，因战火的炙烤与硝烟的熏染，饥饿的煎熬与疲累的摧残，看起来是那么憔悴。此时此刻，一张张年轻而憔悴的脸，看起来又是那么刻板而庄严，凄凛而肃穆。黄天香经见过这样的神色，那是后背们面对先祖的牌位，是吃斋的老太跪向佛堂，是祈雨的众生面向苍天。

由最初的虚怯到无尚的崇高，黄天香的精神在飞跃，灵魂在飘升，飞跃到一个至纯境界，飘升到一个至美时空。有泪，从天香眼角溢出，挂上那张俊美的、此时显得有些木然，有些僵硬的脸孔。

在这不足百米的道路上，黄天香行走起来，只觉得是那样漫长，那样艰难，又是那样豪气，那样荣光。突兀间，她脑海里火花般迸出两个闪亮的词语，一个是荣誉，一个是崇高。

在这一路上，黄天香默默地许了个心愿：我黄天香这后半辈子，一定要对得起此时此刻！

这个心愿许得太沉太沉，压了她半辈子，直到把她活活压死。

到得前面那位长官跟前，听得他喊了声礼毕，一连官兵们这才垂下手臂。接着，那位长官拍起了巴掌。士兵们把枪杆子背上肩头，也都跟着拍起手来。

在士兵们哗哗作响的掌声中，那位长官冲黄天香伸出双手。

黄天香的双手，与那人的双手紧紧地握在一起。

她来到中条山，第一眼看到的不是她男人黄步霄，而是此时此刻握着她手的这个男人。这男人生得一副标本式关中男人方正的脸，黄天香对他印象极深。

"国民革命军三十一军团独立团一营一连连长刘强，代表全连官兵，欢迎您的到来！"

自此，黄天香认识了这个男人，她的名字叫刘强。

三十一军团战地记者，把巾帼英贤黄天香为中条山前线关中子弟作战地报告一事，写了篇洋洋洒洒的文章，连同她那帧英姿勃勃的芳照一齐发在西北民声报上。随着黄天香第二次在关中道上走红，她大黄伯贤脸面上也跟着沾了光。新任县长吴云灿宴请她大喝酒时，当着陵邑县多位声名显赫的官场要员、豪绅名士，把警察局长结结实实褒奖了一番。黄伯贤酒意渐浓，飘飘欲仙，当晚没去金屋藏娇的胡仙桃寓所，坐着警车回了王官镇，把这一感奋人心的消息告诉了秋叶，以期跟他婆娘拉近感情，夫妻同乐。

秋叶关心的不是这些，她抚着隆得高高的空心肚皮，寻思的是队伍上乱糟糟的，香香娃好不容易跟她男人会了面，晚上住处咋安排？我一辈子不生养，跟前没儿没女，要是有个亲卫孙（外孙）抱上几天，也算我秋叶今辈子传下了一支血脉。当天晚上，黄伯昂打发人支了个床铺，把黄步霄、黄天香两口安排在团部隔壁的弹药库房里。本来，一连士兵们嚷着要来闹洞房的，只是在战时的军营里做这事，连自己都觉得有些不妥。后来，有几个被黄天香俊俏眉眼瞭摸得凉不下的臊皮后生，说是要去悄悄默默听墙根，被连长臭骂了一顿。刘强说，你们烧腾（热火）着咋呀！刚听了人家的报告，就去听人家的墙根。难道还要人家把被窝里的悄悄话报告给你们？

士兵们听得这话，觉得连长话丑理端，说得很有道理。白天新媳妇在台子上宣讲的时候，形象多高大，品德多令人敬仰！如果晚上被窝里×长毛短，跟他男人说些钻不进耳朵的污俗话，叫我们这些兵娃娃听了，对咱们的巾帼英贤又咋样看？她白天一番宣讲，把我们一个个煽得发了毛，只想提着脑袋跟日本人干，吃枪子就当吃花生豆，二十年后老子又是条好汉，一个个就像被吹得气鼓卵胀的猪尿脬，岂不是让人冷不丁扎了一针，噗嗤一下把气放了？

当年晚上，这两口还真说了些不入耳的话。

"步霄，弄……弄不成就……就别……"被压在身子底下的黄天香索然言道。

"往天……不是这样啊？"浑身冒汗满头雾水的黄步霄甚是惶惑。

"是啊。成亲后的那几天，你天天晚上……"

"是呀……谁知道是咋回事？"黄步霄甚是扫兴，龟缩在天香身侧，就一动不动了。

其实，黄步霄心里一清二楚。那是发生在那场阻击战战壕里的事。长途奔驰，连番转战，士兵们疲累不堪，富家娃黄步霄自幼没吃过苦，受过累，比起其他人就更挺不起桶子了。战斗间歇，他抱着枪杆，背靠坑道，坐倒地面睡着了。日有所思，夜有所梦，黄步霄平日最念想的人是她媳妇黄天香，想得最多的事，是婚后那短暂的几天幸福时光。

梦境中，黄步霄把他媳妇光溜溜楼在怀里。

上苍捏造人时，甚而捏造所有动物时，为了让它们一代代延续下去，不至于绝根断代，让它们苦苦挣扎着活下去的同时，也顺便给它们捏弄了个诡秘的甜头，让它们频频地尝，且尝着尝着便上了瘾。所以，动物界的种群才得以延续。要是没这个甜头可尝，动物们便会失却争锋的动力，就会活得越来越颇烦。

原上人把身上没一丝力气，只想着睡觉打瞌睡叫颇烦。一旦动物们老觉得活得颇烦了，离绝种也就不远了。

　　既然有那样的甜头可尝，就是再累也要爬起来叨上一口，况且，黄步霄毕竟还挺着一条年轻的身板。梦境中的他心思活跃起来，身子活泛起来，胯下的物事也跟着昂扬起来。就在这时，一颗日本人75口径山炮炮弹落在就近战壕边沿，弹片未曾扫到黄步霄一丝皮毛，气浪却把他的身子抬向空中，抛出去老远老远。这一震一抛一惊可不得了，非但把黄步霄的胆子给夺了，也把他的雄风灭了。从此，胯下的物事虎威不再，像扶不上墙的烂泥巴，拿它干看没了办法。

　　这还了得！黄步霄为此发了忙狈（慌张），躺在营房的通铺上，耳听得有人鼾声若雷，有人惊魇哀嚎，有人磨牙凿齿，有人大屁咚咚，他却通宵达旦地想，想的全是些花里胡哨的绮思旖想，想他媳妇俊俏的眉眼，丰润的红唇，挺脱的双乳，修长的白腿，滚圆的臀部，滑腻的双胯，以期逗引那个不争气的玩意多少长点精神，可就是千呼万唤，百般撩摸，那狗东西就像个永远也睡不醒的蠢物，摆出个低头纳闷的熊样，跟主人家作对似的耗上了。

　　如此这般，黄步霄便由不得发了蔫。这下巴下了，如果日后真的扎（竖）不起来了，媳妇不是白娶了？男人不是白当了？弄不好连个种都留不下，这人还有个啥活头！今日前线相逢，夫妻团圆，黄步霄看到黄天香的第一眼，想的就是这码事。到了晚上，弹药库房里真枪实弹上了场，现状给他来了个冷气攻心。黄步霄斜觑着脚下堆积如山的弹药发了呆。弹药再多，折了枪杆子，歪了炮筒子，咋往出发呢？

　　命运把一个天大的难题，摆在黄步霄面前。

　　这事对黄天香的打击之大，更甚于她的男人。如果战场上种下的这个病根子，今生一世除不了，我男人岂不成了个半打子废人？我黄天香虽说嫁了人，岂不是没嫁给男人，只嫁了个伴儿，连生儿育女的指望都没了？

　　除此而外，黄天香还有一重隐忧，这是疏淡于荣誉与崇高的黄步霄始料不及的。我男人好歹当了一场兵，上了一回战场，为这个国家出过征，卖过命，万一把命丢在中条山，说起来还是个烈士，他的名字会被写进县志，甚至会被刻在碑子上，后世的人会永远记着他。我黄天香说到底还是个烈士的遗孀，黄家家门中人脸上也光彩，说起来也算值了。要是保住了这条性命，将来回到原上，他给别人和政府咋交代，别人和政府给他咋交代？

　　黄天香想到的，是一个很实际的问题，这就是她男人在战场上种下的这个隐疾，算不算战斗负伤？她男人的身份，算不算残废军人？她读过书，作为民先队骨干，在陵邑县闯荡过好一阵子，知道的事情多，当然也知道退役军人跟残废军人是两码事。打完仗退了役的军人，政府给俩钱，哪来哪去就完事了。残废军人可就不同了，瘫了的政府得养起来，即便伤情轻一些，也能拿到一纸伤残证，得到政府的抚恤。

黄天香想的不是政府抚恤，黄家不缺那点小钱，她想的是作为伤残军人所享有的那份荣誉。同样是瞎子、聋子、瘸子，可战场上下来的瞎子、聋子、瘸子跟窝在家里的瞎子、聋子、瘸子是两回事。他们可以拍着胸膛说，老子其所以落得这般模样，是因为在中条山上流过血，把日本人挡在了黄河那边，拿我的一条胳膊，或者一条腿换来你们今天的安宁！只要还是个人，能不对他们肃然起敬，另眼相待？

她曾与民先队的一伙姐妹们，一起慰问过陵邑县残废军人寄养所失去自理能力的那些人，为他们献过花，梳过头，洗过脚，还设想年节期间，带着王官镇小学的师生们，集体前去慰问他们。

残了的，不是缺了胳膊，就是断了腿，或者瞎了、瓜了、聋了、哑了；伤了的，哪怕行动没大碍，身上总要留个疤。我男人明明成了残废，而且是个不要命却比要命更难受的残废，这伤咋验呢？给人咋说呢？就是有高明的医生，能查出他的病根子，一旦张扬出去，叫我男人出门咋见人呢？作为他媳妇，叫我黄天香脸往哪儿搁呢？如果把这丢人事捂得严严的，不给人说，那我男不是吃了个哑巴亏，白残了？不说夫妻生活，养儿育女，岂不是连一份残废军人的荣誉都挣不到？连别人一份敬重都没落下？

黄天香越想越不是滋味。咋样才能让它挺起来呢？男人的那种病，是不是还得女人帮着治？她灵机一动，突然生出一个女人帮男人疗治那种毛病的法门来，尚未实施，脸先红了。

她到底还是一翻身子，紧紧抱起她男人，樱唇摩挲着他面目，双手轻抚着他的背脊，乳峰研磨着他的胸腹，柔绵的身子做蠕动状，嘴里发出一阵阵哼哼唧唧的呻吟。

蠕动了一阵子，呻吟了一阵子，黄天香便腾出一只手来，试探着检验疗治效果，却很是令人失望。哟！这东西如今咋这么不争气呢？刚成亲那阵子，天天晚上整得人心里发忙狈，如今再撩摸，咋就跟蛹儿一样，越捏越缩？

黄天香少女时代养过一蒲篮蚕儿。她想起茧壳里那些蜷缩着的蛹。在她男人面前，黄天香没有表现出明显的沮丧，她明白那小东西在一个男人心目中的分量，也掂得来这件事对一个做丈夫的打击有多沉重，一怕伤了他的心，更怕伤了他的自尊，只是轻描淡写地说了一句话：莫着急，慢慢养，它总有撅起来的一天。

黄天香临走时，却声色俱厉地给她男人丢下这么一句话，"步霄，你自幼没吃过苦，胆子又小，战场上千万别丢脸。该冲的时候，就像个男人一样朝前冲；该杀的时候，就像个爷们一样下硬手。人活脸，树活皮，你黄家高门大户，丢不起这个人；你跟我都多少念了几天书，也算是识文解字的人，咱俩都丢不起这个人！"

黄天香其所以郑重其事这么说，是有缘故的。白天作完报告，包括她九大黄伯昂、一营营长赵良栋、连长刘强等一连几位军官在内的七八个人，陪黄天香吃了顿饭。大家都喝得有几分酒意了，黄天香把连长刘强悄悄叫到没人处。

"刘连长，我男人在战场上表现咋个样？"

"……"刘强张了张口，半晌没崩出一个字来。

黄天香心里登时便落了虚，接着追问道："是不是步霄应征时间短，放枪没准头，在战场上给你们出不上力？"

黄天香不愿把人朝坏处想，对谁都这样，更别说是她男人。况且，她因为跟了这个男人的缘故，享尽了世人的尊崇，领受了无限的荣光。

面对这女子坦诚的问话、清澈的双眼、急切的神情，刘强不知说什么才好。他只知道，那三根用来买命的金条，至今仍揣在黄步霄怀里。在他这个连长手里没有买通，在此人的排长手里也没买通，只是不知道此人如今的打算，以及日后还会做出什么样的事来。

对黄天香而言，刘强只知道一件事：这个要强好面子的女人脸伤不得，心伤不得。这一点倒也确凿无误，如果让原上人知道黄天香的男人是这么个货色，那她将会比当众扒光了衣服还难堪。

"黄校长，其实也没别的，步霄就是胆子小点。刚上战场的新兵都这样，慢慢会好起来的。"

黄天香心里安稳了些许，但她分明观察到刘连长在说这些话的时候，目光游移，闪烁其词，像是有点言不由衷。

"刘连长，我把我男人交给您了。我不是要您护着他，而是要您管着他。就是当不了英雄，最起码也别给咱原上人丢脸。"

"请放心，我刘强一定给您有个交代！"

"一言为定！"

"一言为定！"

黄天香欣悦地伸出双手。

当刘强握住黄天香双手的那一刻，灵魄冷丁悸动了一下。

当时的刘强，怎么也意想不到，他这一声庄重的承诺，竟让他后半生品尝了那么多的甜酸苦辣。

第三十一章　狗尿苔

两千多年前，赵国有个官居左师、名叫触龙的人，在秦国大军压境之时，以父母爱子，则为之计深远为由，以位尊而无功，奉厚而无劳，无从自托于赵，承祧国之重器为据，说服赵太后把自己小儿子长安君送往齐国，押做人质，换取救兵以解赵国之危。如此一来，长安君为国立功，为己立身，日后继承大统，也就有了挟威自重的资本。

为其子女计深远遂成传统，如今就有个京师贵胄之子，名叫王肇基，毕业于末期保定陆军军官学校。既然吃了这碗饭，穿了这身衣，总得在行伍间锤炼一番。几经辗转，他上得中条，挂了个参谋之职。三万多人的一个军团，把他安顿到那一支队伍里面呢？司令部官员们思来想去，把他安顿到黄伯臣的警备六团。其所以安排到警备六团，出于两方面考虑。一则黄团训练有素，单兵作战中规中矩，历次战斗减员较少。二则黄团战绩辉煌，功勋卓著，花名册上的功臣居多。

黄伯臣对王肇基的来头一本尽知，对上峰把他安顿到警备六团的用意亦了如指掌。上峰在电话里虚与委蛇，先是说正在考虑他升任警备旅旅长一事，最后才扯上正题，丢下一句话说，警备六团就是打得剩下一个人，那个人也只能是他。

用黄伯臣的话说，我咋觉得这事有点不对味气呢？打虎亲兄弟，上阵父子兵，我儿黄步蟾士官学校毕业，当初之所以把他拉进我的警备六团，也确实为的是有个照应，毕竟他是我的独生儿子啊。没想到日本人打了进来，我儿还不是带着他那一排弟兄，刀对刀枪对枪地跟日本人干？贵胄的儿子性命金贵，我儿黄步蟾命就贱了？千千万万平民百姓子弟的命就贱了？

黄伯臣秉承其父意愿，一门心思想升官却不怎么关心政治，遇事不往深处想。这个国家自古就有个刑不上大夫的说法，皇家还给建立殊勋的功臣敕赐免死金牌。也就是说，皇家法令默许他们尽可胡作非为。在这块地面上，人跟人怎么能一个样呢？

他只能想到贵胄的儿子，应该与平民的儿子享有同等权利，也应尽同等责任与义务。既然上峰的暗示打破了这个平等，上行下效，我为啥不能把我娃也搁到合尺（舒服）处？

黄步蟾由排长破格升任作训股长，进了团部。缘由有二。一是黄伯昂独立团前身保民自卫团神枪营训练了一批精准射手，在历次战斗中对日军造成有效杀伤，多次发挥克敌制胜关键作用，军团司令部命令各部仿而效之，筛选训练狙击手临战应命。二是黄步蟾枪打得准。说到这一点，他倒还真不肯让人，士官学校就读期间，射击科目在全校多次拔得头筹，曾受连番嘉奖。

进了团部，就不再领着一帮弟兄，在火线上打头阵了。

日军石田混成旅团仓木联队秋田大队有个名叫石口秀吉的准尉，伙同他的战友酒井次郎等人，历次都战斗在火线最前沿。除了联队长仓木义男，再就没人知晓他是少将旅团长石田一郎的独生子了。

黄伯臣一辈子都忘不了的一个眼神，是他儿子黄步蟾望他的第一眼。那时儿子刚刚落草不久，抱在媳妇若水怀里，正在喂奶。他整日忙于军务，来得迟了。当做父亲的提着马鞭，揩着满头汗水闯进家门，儿子那小小的脑袋，似乎在娘胎里就潜隐着的那种先天意识，感应到有一个对他来说极其重要的人物来到身边，从他娘怀里扭转头来，望了黄伯臣一眼。那是何等无邪、惊奇而又欢欣的一眼啊！嘴角上还似乎隐现出一丝淡淡的笑意。黄伯臣明晰地感知到，这娃这一眼，今辈子无可逃脱地把他瞅定了。那张稚嫩而又不失灵动的小脸儿，似乎在说，是这个人把我带到了这个世上，我要吃，我要喝，我要穿，我要长大成人，我这辈子把你赖定了！

黄伯臣一辈子都忘不了的一声呼唤，是他儿子黄步蟾大病初愈后第一次发声。儿子三岁那年出天花，脑门上烧得飞烫飞烫，跟摊煎饼的鏊子一样炙人。她娘抱着他哭天跄地，嘶哑了嗓子，红肿了眼睛。黄伯臣连夜晚把儿子送进西省基督教广仁医院，守候病床旁，三天三夜没合眼。第四天，昏迷不醒的儿子终于睁开了眼睛，且发出蚊蚋般的一声呼唤——他叫了一声大。黄伯臣的眼泪刷地一下，就像从泉眼里往出涌。在此后漫长的日子里，他每每与妻子若水提起那件事，总是反反复复、千篇一律的那句话。他说："我娃在鬼门关游荡了三天三夜，刚刚把他的魂叫了回来，小小个人儿，睁开眼睛的第一句话，不叫天，不叫地，不叫神，不叫佛，偏偏只叫了一声大。他这一声叫，把我的心都叫烂了。他那小心儿想必也知道，在这个世界上，他最牵心的是我，离不开的也是我。"

日渐长大的黄步蟾很要强，也很顽皮，动辄跟他大厮挖在一起，说是在练习拳脚，其实是没有任何章法的胡踢乱绊瞎成精。要么父子俩各持一把水枪，相互对射，闹得满地湿滑，水汽蒸腾。那水枪倒也做得别致，是黄伯臣送给儿子的爱物，先是截取甘蔗粗细一截竹筒，朝竹筒节巴中间锥一眼小洞，在一根筷子梢头缠上棉塞，随后捅进竹筒里去吸水，进而利用推进棉塞的压力，把吸入竹筒的水喷射出去。水枪做得合窍了，力道十足，足可喷出两三丈远一道水柱。黄伯臣哪能以大欺小，当然尽可能让着儿子，每次都被浇得落汤鸡似的，看着得胜的儿子昂昂气壮的神态，他心里滋润。

这不免让一旁的若水气恼非常，总是没好气地一顿叫骂："你看你们父子两个，跟土匪一样，把屋里整成啥样子了！连炕上的单子都浇湿了，我看迟早都得把你父子俩飘到太平洋里去！"

如今的黄步蟾身材枪杆子一般挺脱，面目满月一般白净，沿袭了黄门一族的血脉遗传，生得跟袁天才一般俊朗英武，把她娘若水爱得害心尖尖疼，每每人前自吹自擂，给西安城里的街坊邻里说，我看世上就没几个好女子，能配得上我家步蟾。

如今的李若水跟她娘和兄弟若冰，从西安城租住的民房里，搬进西门里骆驼巷。前年李家变卖了王家围子的田产，如今成了西省居民。自从男人跟儿子一块上了中条山，若水的心从早到晚都悬在空里，凭借着早年在她男人敦促下修习的一点文墨，一封连一封给黄伯臣写信，像王妈又臭又长的裹脚布，翻来覆去裹着一句话：战场上少了我儿一根头发，就别回来见我。

每当战事吃紧，或者儿子黄步蟾所在连队执行险难任务，黄伯臣的心就跟受惊的刺猬一般，只能被动提防，没法排除凶险，何尝不抟作一块肉疙瘩？

初来乍到的王肇基，跟黄步蟾同处团部机关，同属军校毕业，享有同等军衔。还有一点，他们大小都是有背景的人，尽管各自的来头差距悬殊，不可同日而语。这两人言谈投机，志趣契合，很快便染络在一起。

中条山之战打响后的第二年夏天，进入伏天以后，战事相对平静下来，警备六团借此秣马厉兵，加紧修整，作训股的训练强度，反倒比往日更火热了。炎阳炙烤下，掩体内的士兵们脖颈晒得乌黑乌黑，跟炼人油一般。

指挥山地狙击训练的黄步蟾，在距离百米外的沟坎下，一枪撂倒了一只草丛中觅食的兔子。配合训导任务的王参谋来了精神，朝那只野兔脑门上开了个口子，脱袜子一样倒翻着除去那只兔子的皮毛，掏空内脏，在溪水里仔仔细细淘洗了一番，浑身上下净斑得连一根毛都不沾。

战时给养供给不畅，士兵们饥一顿饱一顿，十天半月难沾荤腥。王肇基嘴早馋了，拎着生生的兔子肉直流口水。黄步蟾打趣他说，你看你，嘴馋得跟害娃一样。王参谋老家在南方，听不懂陕西关中人说的土话，看着士兵们诡秘地笑脸，却不知道害娃是啥意思。

害娃指代怀娃婆娘害馋嘴，老想吃酸的喝辣的。原上人谁骂谁嘴馋的时候，便说他嘴馋得跟害娃一样。有时还不无恶意地把人家的嘴，拿女性的生殖器官取而代之。

……

独立团驻地周遭的农舍人家，渐渐熄灯安寝，窗户上一抹又一抹晕黄相继寂灭。

通往独立团驻地的山路上，一辆吉普车发出狂躁的呼吼，四只轮子在凹凸不平的山路上簸荡得跳跃起来，惊涛骇浪中的小舢板一样颠向军营门前。鹿砦后面的卫兵鸣枪示警，那辆吉普的奔趋之势犹未止歇。探照灯朗朗光束照耀下，那位带队的执勤中士，眼见得吉普车上站着一位国军军官，手把篷架，满面凄凛，这才终止了向卫兵们下达实弹击发的命令。

卫兵们未及报告，团座寝室的门户，便被黄伯臣一肩头撞了开来。黄伯昂早已警觉，从枕头下摸出手枪，枪口几乎顶着闯进门来的那人胸膛，大喝一声："谁！"

来人的双手紧紧抓住黄伯昂睡衣前襟，身子虚脱了一般，瘫于地面，随即发出一声声撕心裂肺般的哀嚎。

"呜——呜呜……九哥啊——天塌了……你侄儿步蟾快要死了，他那条小命保不住了……九哥，我是向你求救来了……快！快请你手下那个中医大夫……"

这天傍晚，王参谋与黄步蟾那顿野味吃得甚是畅兴。一只野兔子，要填饱大小伙子两副寡淡的肚腹也难，可吃东西有时吃的是个情趣。战地野炊，把酒临风，知己聚首吟诗赋句相与契阔，这又将是何等况味！

可吃着吃着，就吃出了天大的麻烦。只因汤水里面多了一样东西。王肇基与黄步蟾均出身于宦门富户之家，自幼不曾下地劳作，诸般物产不识其相，没把麦苗当韭菜也就不错了。他们只是在酒席上吃过蘑菇，也隐约晓得那东西出自旷野，归为山珍。蘑菇炖小鸡味道虽美，那毕竟都是些家常菜，那么鲜菇炖野兔，想必是别有一番滋味了。二人兴冲冲漫山遍野采蘑菇，采来采去，采到的大都是一捧一捧狗尿苔。

返回营地的半路上，士兵们就发现二位长官说话颠三倒四，无缘无故面呈笑意，走路飘飘荡荡如风摆杨柳，咋看咋觉得不对窍道。到得营地，二位已是立脚不稳，瘫倒地面，呼吸急促，瞳孔也开始慢慢扩散，紧接着再怎么摇，再怎么叫，就千呼万唤也醒不来了。

警备六团那位年轻的主治军医慌了手脚，急得脑门上汗水珠滚滚而下。经他初步诊断，应为中毒，却摸不清二人究竟吃了什么，喝了什么，到底中了何种剧毒。一只兔子，还不够塞大伙牙缝，他们二人藏在山卡卡沟洼洼，独享了那份美食，从士兵们口中也打听不出个所以然来。

主治军医面临两道难题，干瞪双眼，莫措手足。一是救护室多为疗治红伤药物，缺乏抗毒药品，即便手头现存几样零散品类，因不明毒性，也不敢贸然使用。再者，他们二人处于重度昏厥状态，洗胃冲肠难与配合，手头亦无相应器械，根本无从施救。其二，目下最为奏效方略，便是给他们分别注射强心针剂，以期延缓垂危性命于一时，而后缓求良谋，别作主张。可强心针剂一旦使用，则会促使染毒血液更快扩散全身，患者原本就因饮酒进食，酒助毒威，以至发作得异常威猛，再以强心针剂助之，无疑火上浇油，除了催命促死，别无补益。

黄伯臣一把拎起手足无措的主治军医，瞪着淤血的双眼，手枪顶上了对方脑门，疾言厉色爆喝一声，"不把他俩给我救活，我当场毙了你！"

主治军医何曾不知这二人身份，又何曾不知丢了这二人的性命意味着什么。这个担子太沉了，他一个普通军医如何担待得起？散了骨头架子的主治军医，此刻耷拉着双腿，已无力支撑他那枵薄身子，全凭黄伯臣一条手臂，将其拎于空中。

"黄副旅长……您……您就饶了我吧……鄙人实在是才疏学浅，回天乏术啊！快！快！一刻都耽搁不得，快请就近独立团那位中医大夫……就……就是那位名叫宦娘的女子……"

提起宦娘，西北军中未必有多少人知晓，可吃哪一碗饭的人，关注的是哪一行的事，原上人叫弄啥的务啥，整个军团各部随军医务人员，却没一人不晓宦娘大名。宦娘的名声是独立团那位老军医扬出去的，在一次军团战地救护工作会上，老军医把被他判了死刑、且抬进太平间的多名伤者，经宦娘一番调治又活了过来的鲜活事例，眉飞色舞地讲述了一遍。

起初大伙颇以为谬，不怎么相信。这些人施行的都是西医医术，你把中医吹得这般玄乎，他们心里能烫热？这叫卖挑面的见不得卖石灰的。可后来发生的几件事，就不得不令他们感到迷惘了。包括警备六团在内，就近驻守的队伍中有几位伤重不治、奄奄一息的军官，被发落到独立团伤兵帐篷碰碰运气，结果有几人还真活了过来。当幸存者伤情痊愈，回到各自部队，那些军医们脸顶得平平，眼瞪得咯嘣咯嘣，一时间没了话说。再就是五老峰一战，宦娘救活了一位日军联队长，被人捕风捉影传扬了出去。这件事越传越神，说是那人肩膀中弹，严重感染，十多天后，蛆丫子把腔子都馊空了。能把蛆丫馊空了腔子的人救活，作为西医的他们非但深感无望，且被惊得直嗫舌头。

早已入睡的宦娘被糟害起来，睁着惺忪睡眼，听得一位陪同黄伯臣一块赶至独立团的知情人相学（形象而详细地说明），得知二人发病后的诸般症状，宦娘的心猛乍一沉，陡然打起了精神，一抹若有若无的隐忧自面部一掠而过。抬脚起步间，略微犹疑了一下，从寝室墙壁上的窑窝里，取出一只泛着光泽的土漆木匣，又从木匣内掏出一袭猩红纱巾包裹着的小巧瓷瓶，揣进怀里，而后才背起了药箱。

一旁的老军医察言观色，隐隐觉出此时此刻的宦娘面色沉凝，稍显滞郁之气，心中不免生发出几多隐忧。往日对伤者施行救治，她从来都不曾显现出这般神色。

宦娘登上吉普，车子随即响起一阵突突轰鸣。

"宦娘。"黄伯昂叫住了宦娘。

黄伯臣夜闯独立团、破门而入向其远房兄长求助，黄伯昂始终不曾瞧他一眼，更不曾与他搭话。

黄伯昂走近吉普，理了理宦娘额前尚未梳洗的头发，声气轻柔却不失郑重地说："我娃快去，使出你周身的本事，把人给我留住！"

坐在宦娘身旁的黄伯臣眼泪刷地一下，在夜色中淋淋漓漓，滴滴答答……

到得警备六团，已至三更时分。重症监护室里的王肇基、黄步蟾危殆至极，命悬一线，随时都可能断去那游丝一般的气息。年轻的主治军医与几位医护人员焦头烂额，欲哭无泪。

宦娘翻了翻那二人眼皮，把了把他们的脉象，身子一软，便瘫坐在左侧那张病床边沿，将低垂的头扭向墙角，谁也不看，一声不吭。

没有人看见，一汪悲泪在宦娘的眼眶中打着转儿。

黄伯臣见得此状，情知不妙，身子直朝下缩，双手撑住儿子铺位上的床头，这才不至瘫软仆地。

主治军医摇晃着宦娘一只臂膊，嘶声吼叫："你倒是说句话啊！到底有救没救！"

这句话也是黄伯臣亟待探寻的，但他叫不出口。有救便好，万一没救咋办？没救二字，是作为父亲的他听得起担待不起的两个字！

噗通一声，黄伯臣双膝一软，跪倒在宦娘面前。

冥冥中，似有一种神奇的力量，无可逃脱地主宰着普天之下的众生，有时还不无恶意地跟你玩上一把。如果把一个人一生经历可称做命运的话，那么，命运之途的每一道坎兴许都是定数。此刻，跪在宦娘面前的这个男人，正是她昼思夜想、苦苦寻觅的那个人。他跟她血脉相连，她把他本该叫大。

当年谢家别院年三十那个风雪交加的寒夜，她像一颗蒲公英的种子，不经意间，在一个错误的时刻、错误的地点、借助一股错误的外力、飘落到一个错误的地方。被燃烧得噼啪作响的竹质楼板的爆裂声，莫不是一条即将萌发的生命礼赞？那场奔天大火的熊熊烈焰，莫不在为这条生命的未来起舞，欢歌？

这是宦娘与黄伯臣第一次照面。上苍把他们父女俩相会的时间、地点、缘由与场景又摆弄得这般奇巧，如此诡异。

在那盏汽灯照耀下，宦娘这才清晰地看到跪在她面前的这个男人的形容。猛一打眼，宦娘的心儿悸动了一下。咦！这个男人好眼熟啊！好像在哪里见过。可究竟在哪里见过他呢，宦娘却怎么想也想不起来。再打量下去，宦娘隐隐生出一种连她自己都感到怪异的感觉。这张方正的脸，慈善的脸，看着咋就这么亲切呢？

下得静观庵，宦娘每见一个红尘中的人，都有一番别样的感受。她对她大爷牛八的感受，是这人可以坐在他的背上当马骑，因而爷爷孙子没高低，尽可胡搅蛮缠，不留面子。她对干大黄伯昂的感受，纯乎是一个忠厚且威严的长者印象，所以顽皮起来，还不敢过逾放肆，就是揪他的胡子，手头的劲道也须拿捏得恰到好处。对袁天才的感受最为特异，她每每见到他总是不由自主地心跳，心律归于平定后便变作依恋，就像毛发依恋头皮一样不忍离弃。而对于今晚遇到的这个男人，她唯独感到一种莫知所以的亲近，难于自持地袭扰着她的心神。

原上人有个说法，无论是鬼祟，还是神佛，大人看不见，抱在怀里的小娃能看见。有个耄耋老者，想抱抱他的大头孙子，可小孙孙看见他就吱妈连天地哭，再怎么也不离开他娘的怀抱。老者慨然唱叹，我的命恐怕不长久了。果然，半月之后，老者溘然而终，与世长辞。还有个抱在他娘怀里的小娃，哭得上气不接下气，就是不肯上一辆赶往王官镇三月三庙会的马车。他娘一看，她娃哭得脸都青了，跟要气死一样，那不去就不去了吧。结果，半路上那匹儿马受了惊，马车翻了，把一车人倒进一丈多深的壕沟。

为啥大人看不见的小娃能看见？因为小娃是赤子，那赤红赤红的小心儿纤尘不染。如今的宦娘虽说已经长大成人，可她胸膛里仍揣着一颗赤子之心。赤子对人世间的一切，感受最为真切。

宦娘出得庵院，一路走来，短短的历程，如今竟感到走得那样疲累，那样艰难。她真想找个安稳厚实的肩膀，找个依靠着它便可把心神安顿下来，可以忘掉整个世界的肩膀，把着它好好歇息一番。我跟眼前的这个人，只是见了今晚的第一面，咋就觉得心里那么踏实？咋就想把着他的肩膀，安安然然地睡上一觉？

黄伯臣却不曾、或者说是根本不想多看宦娘几眼，他此时此刻的心思全放在他儿子身上，眼泪哗哗，张开口，只叫了一声宦娘的名字，后面的话，实实在在没有勇气吐出口来。

"宦娘……"

"黄叔叔，请您起来说话。"宦娘声音绵柔，吐字温婉，却难掩满面焦虑且匆迫得蹙起了眉头的神情，把黄伯臣扶了起来，安顿他坐在他儿子的床沿上。

"黄叔叔，我有把握救活他们其中的一人，却没有十足的把握，把他们二人都救活。"宦娘的话说得甚是急促，像是在争分夺秒。

黄伯臣面现凛然之色，眼睛瞪得溜圆，且冲着在场人众大喝一声。"出去！都给我出去！"

年轻军医，以及在场所有医护人员，全都低眉垂眼，鱼贯退出了监护室。

黄伯臣单膝跪地，再次欺身宦娘近前，一把抓住对方双手，哆哆嗦嗦抖动着口唇，说："宦娘，你说这话是啥意思？"

宦娘言简意赅，口齿灵便，把她那句话的核心议题交代了个一清二楚。

当初听得那个知情军人的相学，宦娘便把这二人所染疾患估摸了个七厘八分，好在手头还备存有应对这种疾患的药物。宦娘之师、其实是她的亲娘静观庵主，也就是当年的谢婉卿，出身于太医世家，家学渊源极深。后来的她又继承了以医道绝学传世的静观庵第十四代传人静观神尼衣钵，可谓双璧合一，博大庞杂，应对各种疑难杂症的药料与法门可谓不一而足。而聪慧灌顶、天纵奇才的宦娘，便是这一脉相承的传统医学两大门派之集大成者。

克制这种毒物的药有了，可服用了这种药物之后，解毒需要一个过程，这个过程是以时间度量的。目下最大的难题，是等不到体内毒素得到缓解，这二人的性命就保不住了。从此刻算起，宦娘有十足的理由，判定这二人决然活不过半个时辰。要应对这道难题，宦娘也有办法，这就是服用一种药丸，先吊住他们的一口气，让解毒药物充分发挥作用，且须保证把那口气吊到体内毒素排除罄尽为止。一旦毒素得到彻底消解，这口气自然便会延续下去，人也就算有救了。反之，如果未等体内毒素清除罄尽，半路上先断了那口气，那么付出的一切努力，自然也就归于徒劳了。

如此看来，能吊住他们那口气的药丸，成了二人活命的根本。有那口气在，就说明那人的脉息还在起搏着，血液还在流动着，也就意味着那人还有救。

这种药丸名为培元理气丹，配方出自药王孙思邈《千金方》副本秘籍，暗褐色泽，约胡豆粒大小，香气四溢，蜡封后装在一只专用的小瓶子里。其神奇的功效，便是调遣患者体内仅存元阳之气，以期吊住喉咙眼里那一线纤若游丝般的气息，与摄魂夺命的死神死死相扛，一直扛到药效散尽为止。当然，除了药力而外，相扛时间长短，与患者体质息息相关。当天夜晚，宦娘临行时，从墙壁上的窨窝内取出的那只精巧的小瓷瓶内，装的就是这种药丸。

遗憾的是，瓷瓶内的培元理气丹，只剩下了一粒。

所以，宦娘才说，我有把握救活他们其中的一人，却没有十足的把握，把他们二人都救活。

这种药丸配料甚是缺罕，无异凤毛麟角，且售价高昂，难于承受，平日都由静观庵主搜罗炼制。每隔三五个月，通过兵站上运送尸体与给养的解送人员，捎来的药丸最多没超过十粒，而救护站需求量却大得出奇。没有了它，宦娘眼睁睁看着几个危重伤号，救着救着便死在了手术台上。

世上没有几人知晓，一位与世隔绝、寂然独处的庵院中人，居然间接参与了一场战争，从死神的爪子里，曾拽回了几十条性命，其中包括一名叫仓木义男的日本人。

这粒仅存的药丸，说起来倒也来得蹊跷。在宦娘的眼皮底下，天天有人流血，天天有人死亡。流血的、死亡的，都是一个个穿着军装的士兵，都是一张张年轻的面孔。如今的宦娘泪已流干，哭都哭不出声来了。人都说当医生的心硬，可不硬不行啊，下不了刀子又怎么救人呢？有趣的是，刀子可以杀人，也可以救人，就跟毒药可以毒死人，用得对了窍道，也可以活命。宦娘用来解二人之毒的药物，就是一种毒药。

宦娘的心一直硬不起来，又不得不把手往肉体上的血窟窿里面伸，于是她便转移视线，胡思乱想以求逃避。看着看着，想着想着，便于朦胧中看见了袁天才，虚幻中想起的还是袁天才，突然就生发出这样一个联想：要是天才哥有一天也躺在了手术台上，我手头没药了咋办？

宦娘私藏了一颗药丸，在任何情况下都不忍动用。为此，她时常感到羞愧，感到痛心。世上所有人都是平等的，不存在谁该死谁该活的说法，那我为啥要把那颗药丸藏起来，眼看着有人活生生地死去呢？宦娘有生以来第一次对自身提出质疑：难道人心都这么坏吗？是不是我出了静观庵，来到尘世上，也跟着有些人学坏了？

这天晚上，宦娘为了公正，到底还是把那颗私藏的药丸拿了出来。她在窑窝里拿取那只瓷瓶时，心情极其复杂。最后，她内心深处不为人知地说了这么一句话：我还是把它拿出来，既救了别人的命，也救了我的心。

对黄伯臣而言，一个天大的难题摆在了他面前。

她说她有把握救活一个人，没把握把他们都救活。可这两个人是啥人？一个是贵胄公子，一个是亲生儿子。舍弃贵胄之子，就等于断送了我的前程。司令部电话里早就交代清楚了，警备六团就是打得剩下一个人，这个人也只能是这个贵胄公子。那么，我这辈子的奋争，老父的厚望，黄门的振发，岂不是就此画了句号？我大死了，岂不是连眼都合不上？要是舍弃了亲生儿子，我黄伯臣岂不就此断嗣绝后，死了连个上香火的人都没了？我给我婆娘若水咋交代？给天地良心咋交代？虎毒不食子，我是好是歹总是个人，既然是个人，下得了下不了这个狠心？做得出做不出这样的事来？

黄伯臣揆情度理，左右权衡，只觉得舍弃任何一方，对自己来说，都将是毁灭性的打击。他不敢想象，一旦真的这样了，此后的日子将怎么熬下去？念此，脑子里突然就蹦出一个恐怖的字眼——生不如死。

人对权力与地位的贪婪充满饥渴，分外嚣张。可上天偏偏不乏恶意地把人捉弄一番，让人拿另一件值钱的东西、乃至更值钱的东西去加以置换。就像此时此刻的黄伯臣，他埋怨苍天咋不做出选择，偏偏让他来做这个决断。

"难道……真的就再也没别的法子了？"

与其说这句话是在问别人，还不如说是黄伯臣在问自己。

"有。"突兀间，宦娘接上了话茬。

黄伯臣的双睛发散出射电般的闪光，陡然站起身子。

"说！那你就说说看！"

宦娘从怀中掏出那只猩红纱巾包裹着的瓷瓶，拔除了木塞，从中倾出仅存的一粒药丸，捏碎蜡封，监护室内便氤氲起一抹淡淡的馨香。

"把这粒药丸，分成两瓣，给他们每人服用一半。"宦娘的语气甚是平和，却显得分外认真。

"那会咋样？"黄伯臣的催问就急切多了。

"有三种可能。"

"三种可能？咋样三种可能？"

"第一种可能，他们二人都活了下来；第二种可能，他们二人都死了；第三种可能，其中一人活了，另一人死了。"

如此一来，救命又成了一桩变相的赌注。如其这般，黄伯臣将在贵胄之子与亲生儿子之间来一场赌注。真可谓一场豪赌。

第一种可能十全十美，皆大欢喜，无需多言；第二种可能虽说憾恨无限，倒也不偏不倚，凭天而断，谁也无理由找谁的麻烦；关键是第三种可能，如其可能成真，这里面的精奥可就深了。它关乎体质，关乎中毒深浅，关乎此刻毒性攻入的部位与速度。说得玄乎一点，甚而关乎一个人的气运，实在不好拿捏。

然黄伯臣仍信赖且寄望于宦娘，问："那你说，他们把这粒药丸各服一半，谁活下来的希望大些？"

"我不是神仙，这一点没法预料。"宦娘的回话不藏不掖，坦诚至极。

如此看来，这场豪赌诈变百出，危机重重，貌似愈来愈加凶险。

"宦娘……以你的意思，该、该咋办？"

如果黄伯臣面前真的摆着这样一副赌具，借给他一个胆子，也是不敢轻易碰触的。困危之际，他想征询一下宦娘的意见。

"人无亲疏，更无贵贱，所有生命都是等价的。把它分成两瓣，各服一半，听天由命，还天地人心一个公平。"

黄伯臣从宦娘手中接过那粒药丸，便痴呆呆地开始瞅它。

宦娘把药箱里解毒的药丸，拿清水津得软了，捏成呈糊状后分别灌进那二人喉咙，说："黄叔叔，该服这粒培元理气丹了。"

"宦娘……你歇息去吧。让我亲手经管他们……"

宦娘默默地一点头，寂然而去，踏地无声。

黄伯臣把那粒药丸置于一只洁白的搪瓷盘儿，拿一把小刀颤颤地去切。

这一刀下去，不知切割的是哪一条命……

第三十二章　一指头掐出个枢密使

那一日仙桃给黄崇义梳了头、洗了脚，临去，老人家待闲杂人等走散后，抹下一张老脸，问了仙桃一句有点碍口的话。

"娃呀，既然你开了金口，尊了声我这老不死的一声爷，那么，爷来问你，我步云孙儿跟你做的那事，还记得日子跟时辰不？"

胡仙桃当然知道这老汉说的那事指的是啥，脸子噗哗一红，拿眼角梢瞟了老人一眼，"爷，你再没话问了，提这事做啥呢？"

"爷没别的意思。我娃也别觉得夯口，做都做出来了，还说不得了？我只想打听个日子跟时辰，请人推推这娃日后的造化。"

黄崇义不得不把问话的缘由讲了出来，一是打消这女子的疑虑，免得她胡思乱想，二是为了避嫌，免得人前落个为老不尊。

这个理由很正当，仙桃也就不怎么多想了。说："日子我记得，是六月二十八那天。时辰是晌午爷端的时候。你孙子来的时候，还给我捎了一只羊腿。"

原上人把太阳叫爷，爷端就是正午时分。胡仙桃精精确确记得这个日子与时辰，就是在那时候，她来了个迷迷糊糊的转身，从一个姑娘家变成了婆娘。也确断就是那次点下的种，她伯一炮打了个开门红，因为随后身子就再也没见落红了。她其所以把时间说得这么精确，为的是把屎盆子扣定在傻娃头上。那天黄步云的确来过她伯家，为她送来一条羊腿，也差不多就是在爷端的时辰。

仙桃还想说，那阵子我秋叶姨提着南瓜包子，去你家看步云他娘，正好让你瓜孙子钻了个空子。只是没说出口。仙桃是个傻奸傻奸的人，有时很傻，有时候又很奸猾。她怕强辩得太过分了，反倒令人生疑。

当然，真正钻了空子的，是傻娃前脚走，后面跟脚进的那个人。

黄崇义身子骨不好使唤，可脑子历来都灵光得出奇。他也隐约记得几个月前的一天，步云他娘打发她娃，是给这女子送去过一只羊腿。那天好像伯贤家的也来了这边，还递给我一个南瓜包子。这就对了，想必这日子跟时辰不会有错。黄崇义默默地点了点头。

黄崇义给仙桃肚子里的胎儿算命的目的，无外乎想看看这娃出世以后，是个男娃，还是女娃。如果是个男娃，日后究竟有多大造化。他循着黄门魔咒般隔代旺的老规律，预感到重孙辈要出个像模像样的人物。将来是擢知县呢，还是放道台，秩阁老，心里得有个底儿。

他想请人给未曾出世的那娃推个胎命。

原上给人排八字、推四柱、看命理，外加摇签相面打卦算命行当的佼佼者，自然要首推上官营秦瞎子了。早前秦瞎子给黄步云他娘算了一卦，一指头掐了个岁运并临，天冲地克，结果把黄杜氏掐死了，只是他那闷葫芦嘴儿没对外宣扬而已。

如果看阴宅的那位阴阳先生一双慧眼堪称堪破天，那么，给人算命的这位秦瞎子的十根指头亦可捅破天。大清国陕西巡抚衙门门前的旗杆，秦瞎子给它定过方位；民国陕西督军进京朝奉，秦瞎子给他推算过前程；就连陕西同盟会三十六弟兄大雁塔歃血订盟，高竖反清大旗的日期与时辰，都经由秦瞎子一手掐定，没有谁敢越雷池半步，弄出分毫差迟。

有个男人的婆娘被村上二流子拐跑了，一晃半年杳无音信。那男人知道捅破天有个嗜好，便把他约进大烟馆，陪着他烧了几个烟泡，问，秦家叔，我婆娘跑到哪儿去了，求你指个路数。秦瞎子过足烟瘾，顿然长了精神，闭着双眼掐指一算，朝窗外指了指说，就朝这个方向去找。那人朝窗外一看，捅破天指点的方向，直直对着西安城。他揆摸着说，如果我婆娘真在那儿，西省那么大，又让我到哪个旮旯夹巷找去？捅破天说，你如今在啥地方？男人说，在烟馆里。捅破天又指了指自己的一只眼睛。秦瞎子算命时大抵是不睁眼的，此时的他那只眼睛竟大大睁了开来。问，你看见啥了？男人说，我看见你一只睁开的眼睛了。秦瞎子又问，看见眼睛里面的啥了？男人说看见你眼睛里的萝卜花了。秦瞎子说，好说，那你就在烟馆跟萝卜花这两个巷子去找。

那男人苦思冥想，捅破天所说的两个巷子，一个是吸食鸦片的烟馆，一个是他眼睛里的萝卜花。心想烟馆好歹有个名目，就是找遍西省所有烟馆，也不过多跑跑路就是了，可他说的萝卜花是啥意思？难道西省还真有个巷子叫萝卜花巷？该不是让我到卖萝卜的巷子去找吧？

那男人背着褡裢，进了西省，跑遍所有烟馆，窜遍所有卖萝卜的小巷道，菜市场，也没找见他婆娘，心里不免来气。这天下馆子吃了碗羊肉泡，边吃边骂。亏你人称捅破天，捅你老娘个脚后跟！烟馆里哪有我婆娘？卖萝卜的巷子又哪有我婆娘？看老子回到原上，不砸了你的招牌才怪！

吃饱喝足的男人打了个嗝儿，放了个响屁，继而心想，老子进了趟西安城，响圆花了一河滩，把鞋底都磨穿了，连婆娘一根毛都没捞到，这一趟城进得岂不是亏大了？念此赌气钻进一家做皮肉生意的娼家，不曾想接待他的正巧是他婆娘。男人膝盖抵住婆娘脑袋，使了个肉枕，木碗般的拳头，朝面盆似的屁股上一阵猛捶。

捶着捶着，那男人灵机一动，像是这会儿才彻悟过来。

我刚进这条巷子时，问路边一个人这条巷子的名儿，那人说叫烟花巷。捅破天说的烟馆有一个烟字，他眼里的萝卜花有一个花字，他叫我到这两条巷子里面找，烟跟花合起来，岂不正好是这条烟花巷。看来捅破天算得准准的，是我悟性不高。如果早点悟到烟花巷，一到西安城，直奔烟花巷，早把我婆娘猎挖（抓捕）住了，不知要少跑多少冤枉路，也免得她钻在这瞎窟窿丢人卖害。

秦瞎子所在的上官营有个七十八岁的死老汉。所谓死老汉，指身子骨有些枵薄，人活得不怎么旺气的那种人。原上人常说的死老汉病娃，都是指代这类人。死老汉生平别无所好，就是喜欢揭一把页子牌。页子牌又名长页子，流传久远，本属市井百姓游乐嬉戏之具，相传长页子传到三国时被时人称作"凤雏"的庞统手里，添设页码，增殖点子数目，加以巧妙搭配，将其点缀得五花八门，推演得变化无穷，即便你揭上一辈子长页子，手头也难揭到同样一副牌。

一年年节期间，死老汉吃饱喝足，来到茶馆，跟几位老牌友掀起了花花——原上人把打长页子牌叫掀花花。掀着掀着，死老汉捧着一把长页子跳了起来，眉花眼笑，喜气洋洋，兴奋得大嚷大叫。

"奇了！奇了！今天真是奇了！"

原来，死老汉揭了一把从古到今罕有听闻的奇牌。他将那把长页子砰地朝桌面上一甩，昂昂气壮地说："你们看看，看我今天都揭了些啥牌！"

几颗生着花白头发的头颅拢作一处，把那把牌一阵仔细打量，不禁人人发出一声惊愕的呼叫。在总共八十四张长页子牌中，死老汉今天揭的牌全都是王牌，没有一页杂点子，分别是天九、地八、人七与和五，而且每样牌都是7张，总共四七二十八页，形成只闻传说、无人眼见的天地人和满堂彩。

这把牌太完美了，完美得登堂入室，无以复加。揭到这种牌根本就不用再打下去了，因为不可能有谁大过它。它比麻将的天胡更干脆、更绝妙、更不容易得手。后来，上官营有个在西省上洋学堂的读书人，从数学角度将这把牌作了推演，算出了它的概率，听说惊得那人直吐舌头。当然，原上人没有谁知道概率是啥玩意。

茶馆里登时便炸了营盘，苍头老儿们无人不翘起大拇指，啧啧称奇之余，同声共贺死老汉时来运转，吉星高照。死老汉自己也觉得窝窝囊囊活了一辈子，老都老了，这才走了鸿运。想必自此百邪不侵，身板子转而健旺起来，硬硬朗朗，福寿绵绵地再活他个二三十年。

当时，人称十根指拇捅破天的秦瞎子也在茶馆就坐。他不曾跟着其他人瞎起哄，甚而不无遗憾地摇摇头，就手从怀里摸出三枚世所罕见的赫连勃勃制钱，朝桌子上克朗朗一绊，当即起了一卦，得了个巽变井之象。卦书上变卦上九之解为巽在床下，丧其资斧，贞凶。说的是有个一躺下就爬不起来的路人，连一星半点的盘缠都没了，却偏要硬着头皮朝前奔。这无异于投井自绝，前路若何，可想而知。

秦瞎子眨动着那只萝卜花老眼，望着死老汉莞尔而笑，让一旁传茶倒水的老板娘瞧在眼里，凑过来悄悄问道："秦家叔，你贼脚摸手在这笑啥呢？"

秦瞎子知道死老汉是茶馆主人的老舅子，侧棱着巴掌，凑近老板娘耳朵悄悄说："给你舅家里人捎个话，叫他们给老人预当后事。"

老板娘当然就不高兴了，问："为啥来？"

"人老了，就跟快要落山的日头一样，阳气也就快要散尽了，天气也就慢慢地凉爽下来。如果这时候还像爷端了那样火爆爆地晒，你说那成了啥天气？人如果到了该衰的时候，反而超乎常情地旺相起来，绝非好事。这叫跟天道顶牛。凡是跟天道顶牛的人和事，都没好下场。"

七天之后，老汉无疾而终。

后来，老板娘把秦瞎子的神机妙算传扬了出去，原上有几个识文解字的人，对秦瞎子的那段话甚是赏识，这其中就包括五陵狂人黄伯昂。

黄伯昂曾就此高呼："但将冷眼看螃蟹，看你横行到几时！凡是跟天道顶牛的人，老子这辈子就眼睁睁看着你们的下场！"

听说秦瞎子还给袁大头算过一命。这个袁大头不是李快嘴他男人，而是民国响圆上铸着他那颗头像的袁大头。陕西督军进京朝奉，把自己的命相放在后头，首先把袁大头推在前面，因为他要投托的主儿便是此人。此人之于他而言，一荣俱荣，一损俱损。此人如果猴沟子坐不稳金殿，从大总统位子上滚了蛋子，我的银子岂不是塞了水眼？督军大人连同秦瞎子本人都不曾知晓，那天正是袁世凯登基称帝，坐上龙椅、躺上龙床的日子。秦瞎子手扣三页麻钱，绊在地上，倒腾了六次，得了个剥卦，其中"六四"之爻，出现变数。秦瞎子得人钱财，如实禀告，说是督军大人，您还是别跑这趟冤枉路，也别糟蹋银子了。

后来，这事传到黄伯昂耳朵，那人当然晓得剥卦"六四"一爻"剥床以肤，凶"的含义，不禁面呈不屑，呵呵言道："龙椅龙床，腿脚跟床板子都朽蚀中空了，这狗崽子还硬要朝上面坐，朝上面躺。逆天行事，岂得好报？不把他狗×跌死，那才叫灭了天理！"

陵邑县县长吴云灿新官上任三把火，国难当头，先从征兵抓起，继而整肃吏治，禁绝鸦片，陵邑地面人心渐拢，气象一新。这叫捅破天难受了好一阵子，烟瘾一犯，清鼻眼泪，流得汪汤汪水，死狗一样窝在太阳坡里动弹不得，家里人提着两只膀子朝回拖。福旺赶着马拉轿车来接他，悄悄贴着耳根传话说，我家主人这些日子心里高兴，请你去趟王官镇，想陪你烧几个烟泡。

黄崇义不高兴由不得他。一个押送拉军人遗体车辆的粮子，从中条山捎回一封信。他二娃说他要升任旅长了，半月之后便会接到委任状。黄崇义知道，他伯臣从副旅长的位子上扶了正，就不再兼任警备六团团长那个位位了，而是一手统领三个团。三个团是啥阵仗？是三四千号人马！三四千号人马是啥阵仗？如果把他们拉回老家，就凭每个人那身披挂，能给五陵原披上层黄金甲！

黄崇义一高兴，便破例抽起了大烟。这一抽还真不得了，只觉得云里雾里，飘飘荡荡间陡然来了精神，不但撂下拐拐能走路，连往日那丢人现眼的老毛病也犯得不怎么勤了。

秦瞎子自然知晓王官镇黄家的来头。市场上烟土再短缺，短不到黄家人头上。黄家人不拿嘴说话，拿钱说话。黄崇义跟秦瞎子躺在一个炕头上，头碰头嘴对嘴过足了烟瘾。

"黄兄，有啥交代，尽管开口。"秦瞎子知道该与人分忧了。

"我想给我重孙推个胎命。"

"报上日子跟时辰。"

"日子是六月二十八。时辰是精晌午，正是爷端的时候。"

"这么说，是午时埋下的根苗了。我的娘娘，女娃要子不得子，男娃要午不得午。如果这娃生下来是个小子，说不定还真能成一番气候呢！"

秦瞎子尚未运指开算，先声夺人，给黄崇义吃了颗定心丸。

继而，秦瞎子盘膝而坐，徐徐合上双目，一抖宽大袖头，半握双拳，两只大拇指长长的指甲，便在四个指头骨节间轮番掐了起来。对面的黄崇义，双眼瞅定在捅破天鸡爪般的十根指头上。

掐之已毕，秦瞎子徐徐睁开双目，那只干涩的萝卜花眼睛咯嘣咯嘣眨了几眨，神情一凛，稍显惊愕之色。

"日元壬辰，四柱寅辰两旺。阳水叠逢辰位，是为壬骑龙背之乡。单凭入格八字，便是个富贵双全，妙不可言的造化。更奇的是……"

说到这里，秦瞎子打住话头。

捅破天一番言辞，把黄崇义说得眉开眼笑。耳听得对方最后说了半句话，不明白那更奇的到底奇在何处，便追不及待追问道："更奇的是啥？你吐口啊！"

"以胎元推之，这娃看起来像是个小子。十月怀胎，眼看就要落草了。以二百八十天算起，我把他的胎命跟预计落草的日子参详着推了推，因摸不准出生的确切时辰，也大控摸（大抵）差不到哪儿去，都是个大富大贵的命。只是……只是更奇的，是这娃受孕时的胎命八字，跟大宋朝王枢密的八字一模一样。"

大宋王枢密姓甚名谁不重要，不知其人的根底也不重要，重要的是枢密二字。黄崇义顿时双目如炬，精光四射，乃至双腿一轮，下得炕头，靸着鞋子，倒背双手，在脚底踱起圈子，口里发出老牛舐犊般的哞哞颤音。

"我的吗呀！莫不是我重孙这一辈，真的要秩个阁老了！"

黄崇义历史知识，仅限于当年塾师的点滴传授，高台明戏的编排与演绎，可对历朝历代各级官员的提称与品级了然于心，提起来根根到头，如数家珍。他当然知晓枢密使权侔宰相，位极人臣，为唐宋以往一人之下，万人之上的一品大员。

振奋之余，黄崇义凝神蹙额，思虑半晌，似生疑义，一把拉住秦瞎子胳膊。"秦老弟，你可别把话说得太满！要知道覆水难收，你把老哥哄了，就把罪遭下了。我如今活的是我二娃的人，要不是干等着我二娃高官得坐，骏马得骑的那一天，老哥坟头上的树，恐怕都一搂八拃半粗了。你应该知道，我黄家儿孙们的前程，在老哥我心里的分量。你把我心头的火煽得这么旺，要是让一瓢冷水浇灭了，也就没老哥这条命了。"

黄崇义的心事大原上无人不晓，秦瞎子耳不聋，眼不瞎，怎得不知？

"我且问你，你算的是胎命，不是草命。胎命跟草命，到底哪个准？"黄崇义说的胎命，指胎儿受孕的八字，草命指胎儿降生落草的八字。

"何谓胎命？何谓草命？这就跟种庄稼一样，胎命是下种，草命是收割。没有下种，焉有收割？下种的讲究，比起收割就多得多了，一看籽种是不是饱满，二看地力是不是肥实，三看墒情是不是润活，四看土壤是不是松软，五看季节是不是对路，六看深浅是不是合鞘，哪一样不关系到来年的收成？何况下种那阵子，上纳天日之光华，下聚地母之灵气，就是头顶上过往的鬼神，也得打个转身绕着走。埋下的籽种到底发个啥苗苗，长个啥秧秧，千锤打锣，一秤定音，在哼哼唧唧那一阵子就定了点。你都没想想，草命咋能跟胎命比？”

秦瞎子一番有理有据、昂扬气壮的演说，一下子解了黄崇义心头疑气。“这么说，胎命要比草命算得准了？”

“当然了。难就难在胎命八字没人记得，也就只能按落草那一刻的八字算了。”

黄崇义暗自思忖：说得也是，百姓人家，男女做那事跟鸡跳架一样，哪里黑了哪里歇，谁还能把被窝里的事记得那么准，又不是皇王爷临幸后宫。我孙子跟仙桃不调教（没教养），多亏是偷偷摸摸做的事，那女子心里留的印印深，这才记住了那个日子跟时辰。

“兄弟，你能不能看细发（仔细）些说，这娃将来是个文臣，还是个武将？”

秦瞎子猫吃糨子，光在嘴上挖，躺下身子，不等主人招呼，又主动烧了个烟泡，美美地吸了一口，这才开腔搭了话。“日干适逢壬辰，这娃命带魁罡。魁罡之人临事果断，秉权好杀。以此推之，弄不好是个武职官员。”

“那你再看看，我重孙总共能统多少兵马？”

这话就不好说了。不说吧，吸了人家的烟土，临走还免不了揣上一包，觉得脸上挂不住，也显得自个的根基有失浅薄；说吧，心里实在没一点谱儿。好在他对这一行当浸淫日久，各朝代、各流派、各版本的命书烂熟于心，记得《玉匣拾遗》对将星兼带魁罡的男命有一句作注的诗文，说是四围布方阵，刀枪映日明，执掌虎符令，一统百万兵。念此，秦瞎子随口言道：“可统四路兵马，百万雄师。”

不曾想三十年后，秦瞎子这句谶语般的断言还真应验了。不过，那人虽然做了统领，但统领的既非兵马，亦非雄师。

这天，捅破天把他能掐出来、甚而掐不出来尚可演绎发挥的内容，茶盏里掷骰子般，几乎全都咯噔噔倒了出来，但有一点没敢漏风，这也符合他坏事不张口、绰号闷葫芦的为人准则。那就是史书上把大宋王枢密称作白脸奸贼，跟戏台子上的赵高、董卓、曹操、秦桧、贾似道、魏忠贤等人是一路货色。

其实，黄崇义早在一月前就打发福旺上了趟北山，一是探问仙桃身子，二是捎去几个响圆，却没见到仙桃的人影。胡家三间大瓦房已然盖起，哥嫂二人自是不敢怠慢，回话说他妹子为了避嫌，搬住到陵邑县城去了。还没过门的女女家，挺着个大肚子在村里走来走去，让乡党们心里咋想？嘴上咋说？黄崇义觉得甚是有理，也就没再过问此事。

经秦瞎子一番掐算，他的心再也凉不下了，打发福旺赶着马车，装了一斗白面，一斗小米，一条猪腿，说是这一回无论如何，也要把胡家女子接回王官镇。那儿点种那儿发苗，把人安顿在她伯屋里。我侄娃媳妇秋叶不是也快要生了吗，两个怀娃婆住在一单里（一起），也是个伴。反正已经惹人笑了，穿上开裆袄儿就不怕露屁股，谁爱笑笑去，雇个拾娃婆守在跟前，关门闭户消消停停生。

胡家夫妻并不知晓他妹子落脚到县城的哪个角落，福旺的马车把二人拉进陵邑警察局，寻人寻到她伯黄伯贤门上。这两口心里揆摸，她伯跟妹子熟，官儿大，人缘广，眼界宽，说不定知道妹子的落脚处。就是不知道，一声令下，手下那帮警察，看不把陵邑城翻个过儿，再奸的绺儿匠（贼娃子）都跑不脱，还怕找不到我妹子？

黄伯贤探明来意，吃了一惊。他跟胡仙桃的阢隉事，有两点让他心里不瓷实，没想到按住葫芦冒起瓢，如今又钻出个黄崇义来，追着仙桃脚跟要重孙。

让他心里不瓷实的第一点，事关傻娃黄步云。

虽说仙桃挺了肚子的事，起先怕他娘黄杜氏从儿子口里探得实情，一根长白山老参让她蹬腿咽了气，又撺掇胡家两口拿屎尿裱了她的灵堂，只能说暂时把黑锅背在了傻娃脊背。如果傻娃日后娶了媳妇，通了人事，即便再瓜，也会明白他跟仙桃根本没那场事，仙桃肚子里的孩子又咋会是他的娃？这样一来，他便会把这事张扬出去。一旦张扬出去，傻娃的话，反倒易于取信于人。那时候大伙便会追问，那个小杂种到底是谁的娃？自必也会有人想到，仙桃打从河里救上岸，就一直住在她伯家里。甚至还会有人这样联想，她伯的婆娘几十年都没怀上，胡仙桃刚一怀上，偏不偏，巧不巧，从不知造毛（母鸡发情）下蛋的瘦女人跟脚就怀上了？

念及于此，黄伯贤心里木乱得只想拿头撞墙。

有一次来三区镇公所公干，黄伯贤坐着警车，顺道看了看他的远房侄儿黄步云。

孝子黄步云为他娘守墓期间，一直懵懵懂懂，呆然若痴，精神状态尚未从愧悔与自责中恢复过来。往年的黄家，跟原上有名望的人家一样，都遵循着替亡故了的父母守墓的老规矩，黄崇义当年就为亡父黄琪藩守了三年墓。到了黄家伯字辈、步字辈这两代，五陵原已经没有多少人讲究这些了，可孝子黄步云坚持要守，且须守三年期满而后止。

凭黄家的财力，大可把守墓的茅舍搭建得舒坦些，然孝子黄步云不依不从，他说他是来给他娘守墓的，不是来享福的，仅替自己搭了个瓜庵子。所谓瓜庵子，指看守瓜田的人在野地里搭建的三角窝棚，窝棚里面是几块砖头支起的一块木板，权作床铺。冬天的大原上北风呼啸，凛冽至极。一场大雪融化后，倒悬在瓦沿上的冰凌，扳了下来能当刀枪，旷野上瓜庵子里的冷法就更不用说了。

黄步云给木板上垫了厚厚一层麦秸，用大捆大捆的玉麦杆子把瓜庵子围拢起来，远看就像个柴火堆子，还在庵子里架了只火盆，凭借不易速燃的炭火烘着身子，每天晚上像貓一样蜷缩其中。

他伯给侄儿送来一只气死风马灯，借以晚上照明，还温温热热说了番劝慰的话儿。临去，那辆警车没发动起来，司机打开后仓，把一桶汽油灌进油箱。呼啸的西北风，把那油腥味儿刮得很远。

黄伯贤嗅着那浓浓的油腥味，把供侄儿居处的柴火堆子望了一眼。

黄伯贤心里不瓷实的第二点，事关胡仙桃。仙桃知道她伯的婆娘拿棉花垫肚皮，也大略知道她其所以这般造作的用意。这一点经她伯详加剖解，最后也想通了。伯说得也是，这娃一生下来，暂时认在这婆娘名下，免得别人说长道短，把我跟伯的丑事掰得亮出来咋得了？等日后风声过去了，我胡仙桃明媒正娶，做了伯的二房，谁是这娃他亲娘，真的假不了，假的不得真。到那阵子，你个一辈子不下蛋的老母鸡，说起来是个正房，只怕早叫人挂到南墙上晾起来了。

瘦女人对胡仙桃怀里揣的小算盘，又何尝不是心知肚明。哼！到底是山沟沟钻出来的瓜女子，眼光只有寸半长，只看到自己的脚背背。凭你还想进我黄家门，给我男人做二房？你是个啥人？跟个卖×的一样，与城里的窑姐有啥两样？世下挨幕糊（糊涂）捶子的，我男人拿你泄火呢，你还以为把你当金包卵呢？用得着了用一下，用不着了南墙上挂起来，世上还有你这号人造的毛呢？再说了，我男人是啥人？他是人尊人敬的乡贤，是坐怀不乱的石佛爷，是有头有脸的黄大官人，陵邑城东头踏一脚，西头都呼噜呢，他能抹下脸，大红盖头八抬轿，把他侄儿没过门的媳妇娶进门？他还回不回王官镇？还进不进黄门祠堂？还在衙门里混不混？还在原上活人不活人？你叫他把老脸抹下来当屁股不成？

诚如明眼人秋叶所虑，这就是黄伯贤心里不瓷实的第二桩阢隉事。

我黄伯贤昔日污俗（肮脏）不足夸，今日要风得风，要雨得雨，难道还娶不起几房姨太太？问题是你身份不对，我屋里容得下你，可世上容不下我。你仙桃年轻轻的，将来好歹嫁个男人，哪怕只背个皮都行，咱两个就这么明来暗往通着，有你吃，有你穿，有你一辈子都享不尽的清福不就得啦？

可胡仙桃不这么想，她图的是名分，一门心思想嫁个官人。

黄伯贤出任警察局长后，对世故人情有了更深切的感受。

居然有那么多部下，见了他不是低眉竖眼，就是点头弯腰。他时常这么设想，你咋就不能眼睛平视着跟我说话？你咋就不能腰杆子挺直了跟我同步行走？我黄伯贤虽然没生得我兄弟伯昂那样一副硬骨头，也曾巴结过县长曹秉仁，但也不像你们这般下作啊，连做人起码的尊严都踩在了脚下。我又不是队伍上的司令长官，你又不是我的勤务兵，有啥义务给我打洗脚水？明明看见我洗我的裤衩，你有啥义务一把抢着去替我洗？你当你的女狱警、女报务，有啥义务替我添茶倒水，替我擦桌子抹板凳？

就连肚皮上垫着棉花的秋叶也神气起来。有几回被警车接往县城，从王官镇街头驰过的那一刻，把车窗玻璃摇得要多低有多低，生怕别人看不见，还动不动伸出胳膊，朝街头众家姐妹挥挥手，像长官在检阅部队。到得警局，别人不开车门，她连车都不下，吃吃喝喝全凭饭堂大师傅盘上盘下朝雅间端，跟一般警员不坐一张桌。

黄伯贤不敢想象，我当了个烂脏（低下的）警察局长，都有这么多人巴结奉承舔沟子，要是当了县长、行政公署的专员、省长、甚至坐了北京城还了得？怪不得从古到今，人都把脑袋削尖、头皮挤破想当官，当大官。当了官是跟平民百姓不一样啊！

念此，黄伯贤对仙桃的想法与追求也就不以为怪了。可是，他想把仙桃娶作二房，就跟想当神仙，世上却没有当神仙的灵丹或法门是一个道理，只能口头上把她糊弄住，不撕破面皮闹翻了就行，先把娃生下来，后面的事边走边看。

黄伯贤不曾想又生发出第三桩不瓷实，这就是黄崇义紧追不舍，到处撑着仙桃要重孙。这本不在黄伯贤考虑范围，因众人都知道了傻娃黄步云对胡仙桃先奸而又不肯后娶，再加上黄杜氏灵堂上屎尿那么一裱，不但把黄崇义家门臭了，连仙桃肚子里的胎儿也臭了。黄崇义、黄伯朝、黄步云祖孙三代一旦收留了那娃，他们一家人脸往哪搁？这娃将来长大了，又咋样在世上活人？

没想到捅破天秦瞎子给还没见影影的那娃推了个胎命，一指头掐出一位枢密使。这样一来，情形就大不同了。黄崇义心目中，世上还有啥东西能重过枢密使的分量？只要后世子孙秩了阁老，即便黄家满门男盗女娼，家败人亡，又何足道哉！

惊诧之余，黄伯贤面对来人，板着平平的脸孔作愠怒状。

"这才是怪事都出来了！你做哥哥的、做嫂子的，都不知道你妹子落脚到哪里去了，我一个外姓之人，一不沾亲二不带故，连你妹子的模样都记不清了，又如何得知？"

其实他刚从藏娇的金屋出来，送去一位据说十分在行的接生婆，眼睁睁等着落草的那一天。

"那……那您能不能指拨手下弟兄，帮着找找……好歹她怀的是你侄儿的肚子。"仙桃她哥嗫嚅着说。

"陵邑县警察局，是给你胡家开的？你娃也要得太大了！就是找我的亲妹子，我也不敢假公济私，随随便便动用警力啊。"

福旺甩起鞭子，赶着马车快快而归，只怕给主人没个交代，把一肚子闷气，都出在那头拉车的骡驹子耳朵梢上。

半月之后，黄家祸不单行，发生了两桩足以让家人们一头栽倒爬不起来的窝心事。一是瓜娃黄步云给他娘守墓的瓜庵子失了火，硬是把个大小伙烧成黑桩桩，像遭了天火的房顶上掉下来一截黑木头。二是黄步霄在中条山一场大战中丧了生，陵邑县民政科户政股送来了阵亡通知书，他十大（黄伯臣排行为十）黄伯臣的来信中，却说在打扫战场时，一直没找到侄儿的尸身。

王官镇人看过瓜庵子失了火、黄步云被活活烧死的现场，都说这瓜娃是猪娃往茅房跑——寻屎（死）呢！一个冬天没落几场雪，整天吹的都是干哨哨西北风，这娃咋能把瓜庵子搭得那么低，把麦秸铺得那么厚，把玉麦杆围得那么多，还把火盆端进瓜庵子，不失火才是怪事情。至于如何失的火，当然没人说得清。

黄家说殁就齐茬茬一次殁了两个后生，让黄伯朝这支苗裔断了根。当然，黄崇义尚不知悉，他的另一个孙子黄步蟾因误食狗尿苔，毒气攻心生死未卜。这一事件及其结局，当然目下不可能传到他的耳朵。黄家遭逢了一场前所未有的危机。

黄崇义这次犯病犯得极重，还没来得及蹬腿抽筋咬舌头，鼻涕眼泪糊了脸，便一脚栽倒闭了气。终日片刻不离其身的那个女佣，兰花指赶紧一翘，衔起别在胸前布衫上那苗针，紧连手攮进黄崇义人中要穴，登时便冒出豌豆大一颗血珠珠。

女佣除了揣在裤腰上的那把捣蒜锤锤，用以撬开黄崇义牙口，以免犯病时咬烂舌头，别在胸前的这苗针也是一样应急之物。两样物事操作起来，熟能生巧，麻脚利手，曾多次缓解了主人困厄。

等医家谢无常到得黄家，黄崇义已然清醒，但身不能动，口不能言，在太医谢家人诊得的老病根子癔症基础上，又添了个半身不遂。此后的黄崇义坐进一只洋椅子。那是从西省教会医院弄来的，可以推着行走，看起来既洋气又阔绰。镇子上的人把它不叫轮椅，叫推车。只是窝在推车里的人嗷嗷连声，不成音调，从此再也不能言语了。

失去了语言功能的黄崇义心里窝着两桩心事，这两桩心事对他而言比天还大。一桩是坐等二娃高官得坐，骏马得骑的那一天；一桩是追回胡仙桃肚子里的重孙，也就是他心目中黄门未来的枢密使。二娃的高升只能坐等，甚至一直等到打退日本人，功成名就衣锦还乡的那一天。而追回重孙这件事是个紧火事。啥叫紧火事？紧火一词，源于水火不留情的拉屎撒尿，原上人内急时，往往大嚷大叫，说是我紧火了，快给我让路！

既然是紧火事，就须得马上着手去办。可黄崇义口里嗷嗷连声，音不成句，无从发号施令。儿子黄伯朝不明白他的意思，当然就无动于衷。于是，女仆推着洋椅子，黄崇义挥动那只尚可活动的手臂，高举拐杖一阵追打。黄伯朝秉承君臣父子之道，既然我大要打我，就叫他打两下，因而跑得不是太快，腿杆与脑袋上不时着了家伙。当大的下手重了，做儿子的疼得狠了，不免抱头鼠窜，嗷嗷嘶叫。黄家屋院，整日就上演着这么一场闹剧。

黄伯朝并非一点也揣摩不到他大的意思，只是他有他的想法。此人不是一个提得起放得下的角儿，两个儿子相继离世，对其打击甚巨，整天身子骨发软，挺不起桶子。桶子都挺不起来，如何出门追索孙子？再者，他觉得他傻娃身为人子，做的那事太丢他这个做大的面子，再把那个来路不正的孽种引回来，岂不是叫人拿屁股笑了？况且，胡家那个骚女人又不是咱黄家人，人家会把那孽种让给咱？就是真的要回来，屋里连个女人都没有，一拃长个月娃咋养得活呢？就是养活了，他长大了咋见人呢？

黄伯朝硬肯他这一支血脉断根绝种，也不想失却面子。

伙计头儿福旺当然对黄崇义心思摸得更透，只是看到他儿子黄伯朝那副殃打了（遭遇鬼魂）的样子，心想皇上都不急，我太监急着做啥？他从心底里瞧不起黄伯朝这个东家，觉得这人就跟城里站街的暗娼一样，越是失德，越顾面子。

据此，黄伯贤心里三大不瓷实，基本去了两重。一是傻娃黄步云烧死了，不再担心他明白事理后，张扬、探讨并追究胡仙桃肚子里，究竟是何人耕耘点种发苗结了子；二是黄崇义瘫了，失语了，发不出指令、或者说是指令的权威性大打折扣，以致穷追那位未来枢密使的行动停摆了。如今就剩下胡仙桃图光彩、要名分、一心想当官太太的一件事了。此事不急，尚可缓图，黄伯贤自感有把握从容应对。

四月初，胡仙桃如期临盆，产下八斤四两重个胖墩墩的男婴。拾娃婆尽职敬业，谨慎行事，前期准备工作充分扎实，没把娃牛牛当脐带铰了，也没因伤损冷冻交感四六风，顺顺当当满了月。

当然，那娃落草的一瞬间，一声惊啼传到隔壁房间，秋叶立马撤除垫在肚皮上的棉花，连颠带跑，一头闯进产房，盘盘腿坐在大炕上，一把接过已经擦洗包裹起来的孩子，紧紧抱在怀里，朝他粉嫩的麻雀脸上叭地嘬了一口，面现从所未有的慈祥与释然，俨然真个成了产妇，成了那娃他娘。

满月酒的地点，当然非王官镇黄家老屋莫属。黄伯贤、秋叶夫妻年将半百，喜得贵子，这场满月酒是摆出来庆贺的，更是给乡里乡党们看的。黄家偌大个庭院内撑满帐篷，就跟安营扎寨的军营一样，里面摆了整整三十张桌子，换人不换位，撤席不撤座，举办了一场声势浩大的流水宴。无论送礼不送礼，也无论是亲戚朋友还是素无瓜葛的乡里乡党，甚或是闻风而动、从四面八方赶来的叫花子，只要肯赏这个脸，尽可吆五喝六团团坐，穷吃海喝肚儿圆，比年馑火里红枪会吃黄崇义家大户气派多了。

贵宾席位上，县长吴云灿自是不可或缺的顶端人物，坐了上位。再就是县府财政科、建设科、教育科、民政科、兵役科、禁烟科、粮政科，国民兵团部、社训总队部、司法处、警佐室、杂税局，以及三区镇公所镇长等一应头面人物。陵邑县大大小小的各级官员，莫不捧场助兴，给警局局长赏足了面子。

秋叶抱着娇儿，自是免不了绕场一周。她原本就是个面黄肌瘦的黄脸婆，还嫌脸黄得不够，给面颊上涂了层黄蜡。刚生过娃儿嘛，总得有个月里婆娘的样子，说起话来发蚊蚋音，走起路来作羸弱状，与镇子上的一帮姐妹们浅笑微微打着招呼。

对门三嫂撩起掩在月娃面上的红纱，一声诧然惊叫："我的妈呀！没想到你瘦麻掐掐个身子，竟生了这么大个胖小子！你喔窄不拉几的胯骨缝缝，不知是咋样把这娃憋出来的？"

三嫂的话显然触及到一个敏感话题。秋叶面色一凛，"看你说的喔话难听得！常言说，瞎马还下个好骡子呢。我伯贤给我买的补品，一箩筐一箩筐往回抬。这娃是补出来的。"

让黄伯贤颇伤脑筋的是苦思冥想，绞尽脑汁，给他娃想不出个好名儿来。步云呀，步霄呀，步蟾呀，高处都让二大崇义那一窝孙子步光了，步净了，那我娃朝啥地方步呢？想来想去，黄伯贤给他儿子取名黄步斗。我娃这个斗，不是量米盛面的木斗，是天上的北斗。北斗七星高居显位，只要一抬头，谁人看不见它？早年在西省书院门闲逛，看见有个邋遢道人，竹竿上挑了一幅魁星点斗图。那幅图画上的魁星一脚高高翘起，托着一个斗字，另一只腿脚踏着一个鳌字。一位饱读诗书的老学究，说这幅图的寓意是魁星点斗，独占鳌头。还说整个图形，是拿正心修身，克己复礼八个大字逗拢起来的。步斗步斗，这岂不正应和了魁星点斗、独占鳌头，我儿将来一举成名、位高权显的寓意？比起什么步云啊、步霄啊、步蟾啊显得更大气、更深刻、更实在。云跟霄是啥东西，不过就是一股水气，说散就散了，如今不是都没了吗？蟾又是啥东西？说得好听点，是咬金吐银的金蟾；说得不好听点，是看见就叫人恶心的癞蛤蟆。虽说人把月宫称作蟾宫，高高在上，可一辈子钻在那鬼不下蛋的地方，冷清不冷清？乏味不乏味？再说了，点斗的魁星，听说还有个古传（典故）呢。

传说魁星其人才高八斗，连中三元，因其貌不扬惊吓了皇后娘娘，被一阵乱棍逐出宫门，愤而投海。玉帝怜其才而悯其事，钦赐御笔一支，命其执掌人间科考，昌隆天下文运。查究文簿典籍，果而有此传言。

黄步斗满月这天，最恓惶的人莫过于胡仙桃。世上居然有给娃过满月不准他亲娘闪面的怪事。她被锁在藏娇的金屋，限制了行动自由。缘由简单不过。做娘的思儿心切，或者觉得自个窝里下了个蛋，让另一只害了红眼的老母鸡刨了去，你说心里憋屈不憋屈？一旦思儿心切，心里憋屈，突然来个冷不防，杀气腾腾打上门来，岂不把好端端个满月宴给搅黄了。况且这不单单是搅了满月宴的问题，是捅破黄家一面天的大是大非问题。黄伯贤预见先机，谋定而动，早就防着这一手。如其不然，仙桃今天还真有可能麻着胆子，打上门去。

人把人逼急了，再会处事，想问题都会变成一窍窍。

这咋办呀？这人咋睁眼不认人呢，把我当犯人锁起来！你是警察局长么，整天不是抓人就是关人，你咋不把我关到牢房里去！直到今天，娶我做二房的事，连个话把把都不吐，却跟饿老鸹抓鸡一样，刚把娃生下来，没等喂上一口奶，就让你婆娘一把刏着去。你婆娘刏的是我的娃，也刏的是我的心！我胡仙桃一个黄花大闺女，把白楞楞的身子给了你，没想到你竟这样待承我！

仙桃越想越气，越气心里越乱，自不免对黄伯贤的诚意、对自己的未来发生质疑。这老崽娃该不会是见我长得心疼，占了我的身子，又把我当成了给他们造毛下蛋的母鸡吧？

一天，胡仙桃抽了个空，雇了顶马拉轿车，去了趟上官营。去上官营还能有啥事？当然是去敲秦瞎子的家门。她想起她给黄崇义梳头洗脚的那一回，那老汉曾问起她跟他孙子黄步云做那事的日子和时辰，说是想给他未来的重孙推个胎命。还没出世的胎儿命都能推，我为啥不给自己推个命，看看到底有没有做官太太的福分？

有关捅破天秦瞎子算卦传言，神乎其神不一而足，仙桃信得过。她就曾听人说，秦瞎子算定某人要让崖塌死，某人来了个坐守家屋，不出远门，心里整天默默念叨，我一辈子不到悬崖底下去，看它如何个塌法！后来端了碗炒面，偏着脑袋从侧面掏着吃，把一碗炒面从外到里吃了个窄楞半坡，呈陡峭悬崖状，结果塌了下来，把某人活活呛死了。

棒槌进城三年成精，胡仙桃耳朵也比往日窝在山沟沟灵光多了，心思也比往日灵巧了些，临行时捎带了一包烟土。据说秦瞎子不见烟土不吐真言。烟土对仙桃来说，跟黄土一样稀屎烂贱。陵邑县禁烟科离开警察局，只能禁禁老百姓灶火里冒的烟。因而，黄伯贤手头压着大包大包烟土，再通过暗线把它倒腾出去，比做啥生意都赚钱。这桩买卖本来就是他的老行当，可谓驾轻就熟，得心应手。黄伯贤高价租赁的那所既隐秘又阔绰的金屋，不但藏娇，还藏烟土。一包一包的烟土，就藏在炕沿一侧的柜子里。

胡仙桃出手阔绰极了，比陵邑首富黄崇义还大方。秦瞎子猛乍看到这么一大包烟土，足够他美滋滋吸上三年五载，惊得心跳口颤，简直怀疑是在白日做梦。面对这样的主顾，秦瞎子哪有个不尽心尽意的道理，恨不能把她当老娘伺候。可是，经一番潜心掐算，眼前这个碎婆娘的命局，却让他棒槌掏牙缝，夯口得不是一星半点。

日元甲申，天干逢绝，本已克夫。结果年日同位，两柱带甲，又逢重重相克之势。捅破天暗自揣摸，克夫的命我见得多了，像这碎婆娘这种克法，我秦瞎子给人算了一辈子命，倒还真不曾见过。

这咋办呀？人家提着这么重的礼行，掐出来的却是这么个命局，说出来岂不是给了人家个×戳脸，这叫我咋张得开口呢？

胡仙桃不痴不傻，就凭闷葫芦秦瞎子的神态，焉能瞧不出个眼道来？脑子嗡地一下，就像叫人当头轮了一闷棍。仙桃明白，人生在世，命由天定，该是你的跑不脱，不是你的到手难。有关算命一事，从小就听她大念叨来念叨去，说坳底坡上神算子给他掐了一卦，说他的命里不是凶神就是恶煞。如今，我的命是好是歹，也是生来自带的，还怕说破不成？就是跟我大一样，生了六甲空亡的命，交了十恶大败的运，也得疥咯哇（蛤蟆）支桌子，撑得住撑不住都得硬撑着，也好人前装个女光棍，莫教人小看了。

"叔，有话直说。再瞎的命，也别想把我一榾兜扪倒。"

"好说！有这话，叔也就不避讳了。不然的话，叔对不起你，也对不起自己的良心。你命里克性大，将来一定要找个命硬的男人，来个碨窝对石锤，硬碰硬，这样才能安安然然过活下去。"

秦瞎子只说她的命克性大，没敢说克性太大。

胡仙桃心里咯噔一下，脚底板一撮，身子骨一晃，像是给人从脚后跟上割断了懒筋。她原以为自己的命只是比别人苦一些，甚或苦的多一些。这也没有啥，人生世来就是个苦虫，一咬牙就挺过去了。没想到落下个克夫的命，一个女人最忌讳、最恶心的命。

我的天！怪不得一把天火，把黄步云烧死在瓜庵子。这还是跟他口头上订了个亲，连婚都没成，就把他克死了！也不知伯贤的命硬不硬？如果还是个软不拉几的命，日后嫁过去，把他也克死了咋办？真的那样了，不但官太太没当成，还害了一条命，我胡仙桃这辈子就造了大孽了。

"我娃心里莫毛焦。叔指头上滤抹过的男人，命硬的人拿鞭子赶呢。从今天起，叔留神着，给我娃相端（留意）个硬上加硬的命。这事包在叔身上！"

胡仙桃口上没说，心里在想：好我的叔呢，就是有个命硬的，如果是个打牛后半截的，拧棉花机子上蹬轮子的，油坊里脱了袄儿撬大梁的，我图了个啥？你娃我的心高着呢！

"娃呀，东边不亮西边亮，这壶不开提那壶。人生在世，就跟赶脚的一样，哪里黑了那里歇。不过……"

秦瞎子尽管朝胡仙桃兜头泼了瓢冷水，可毕竟还留着一手。有句话叫做宁可先忧后喜，切莫先喜后忧。再怎么对不起人，也得对得起那么大一包烟土。

"叔，还有啥没点透？"仙桃听出了秦瞎子的话外之音。

"花无百日红，人无百年好。世上的好事，谁也别想一个人占全了。反过来说，人一辈子走过的路，没法拿一把尺子去量，十年总要等个闰腊月。我娃虽说对男人克性大了些，可你八字中子宫逢贵，有文昌照命，还怕何来？"

"叔，你赶紧，有话快说！"仙桃已经急不可耐了。

"你将来有个儿子，可能还是个人物。你的后半生，恐怕就托付在他身上了。"

"叔，我已经生了。果然是个小子！"一抹喜色，登时浮上仙桃眉梢。

胡仙桃人生得面嫩，年岁又小，这些日子保养得也好，生了孩子后又恢复了青春勃发的气韵，秦瞎子这回还真瞎了眼，没看得出。

其实原上女子都有个早嫁的乡俗。上官营就有个女娃，她大她妈嫌她后面跟了一窝子圪蹴着撒尿的，早早把作为老大的她像水一样泼了出去。一天，她跟一伙女娃坐在街道边儿，翻转着灵巧的小手，随半空中起落有致的泥丸抓着落儿，把孩子丢在身旁半寸厚的浮土里不闻不问。有个货郎担路经此地，实在看不过眼，怒冲冲吆喝一声："你看这碎女子，只顾自己玩耍，把你小弟丢在一边，饿得吱妈连天，也不知把他抱回去，让你娘喂上一口奶！"

那女娃望了货郎担一眼，嘻乜一笑，就手从浮土窝里挢起眼泪把一张土脸冲刷得沟壑纵横、被原上人戏作画眉狼的小娃，嘣嘣嘣揪开棉布疙瘩纽扣，噗噜噜露出一只奶子，把乳头填进那娃嘴里，喂起了奶水。货郎担惊了个六神出窍，急忙挑起担子，撒脚便跑。"我的妈呀！简直都成了精了。虼蚤大个碎女女，连娃都有了，也不知咋憋出来的！"

"既然是这话，那就更好办了。报上你娃八字，叔今天连你娃的命一块替你掐了。"

胡仙桃精确报出她儿黄步斗的生日与时辰，眼巴巴等着她那个文昌照命的儿子，经她叔一番掐算，看看将来到底是个多大的人物。

掐破天掐之已毕，似觉有异，说："这娃的草命，咋跟我早前在五陵大财东黄崇义家，给他重孙掐的胎命摞合（交叠）了呢？"

听得这话，仙桃知道黄家老汉走在了前面，已经替她娃掐过胎命了。因急于知晓结果，也不避讳什么，率尔言道："叔，给你实说了吧。你替黄家老汉掐的那个胎命，就是我怀的那个胎儿。怀胎的日子跟时辰，是年始个（去年）六月二十八晌午爷端的时候。"

"哈哈哈哈……拿酒来！"

秦瞎子捋着花白山羊胡须，发出一阵纵声朗笑。

掐破天一边喜滋滋品着家人端来的陈年西凤，一边意气洋洋，津津乐道。"世上的蹊跷事，咋都叫我给撞上了？老夫此生掐过的草命，跟天上的星宿一样，不计其数，可掐过的胎命就没有几个了。而胎命草命外加他娘八字，合而掐之，胎草二命前后参详，母子两代照应推解，一辈子就撞到这么一回，真真是可遇不可求哇！再说了，能把胎草二命合生母八字一条线串起来，并且掐出个眼道来的，非但是五陵原上，即便是走遍天下，也没几人参透这里面暗藏的关节。今日有此奇遇，老夫这辈子知足了！"

胡仙桃感兴趣的不是秦瞎子的奇遇，她关心的是这娃的将来。

"叔，你先说这娃日后到底有多大出息？"

"此儿黉门受教，文昌照命，此后位极人臣，必就枢密之职。身为这娃生母，别看你命带克夫之象，这辈子活得不怎么得志，如果生在前朝，老来不封她个一品诰命夫人，你便抠了老夫双眼！"

小时候的仙桃，时常拽着她大袖头，隔七里远八里跑到山外去看戏，印象最深的那台戏叫《白蛇传》。

蛇精遭了大难，被那老和尚压在塔下。可蛇精有个文曲星转世的儿子。她儿子后来高中状元，把他娘从塔下救了出来。叔说我有文昌照命，说的就是我命中那个吉星。这么说，我也有个文曲星转世的儿子？我这辈子如果没了靠头，就只能指望我步斗了。我娃抱就叫那个贼婆娘抱几天，过个娃瘾，但决不能认在她的名下！

第三十三章　造谎

那夜，宦娘走出监护室，心头五味杂陈，难受极了。她在替那个男人忧愁，也在替他痛苦，替他悲伤，替他哀泣。他手中捏着的那粒药丸，等于捏着一条性命，面对生与死，他到底在自己亲生儿子与另一个不相干的外人之间，做出怎样的抉择？到底该把他手中捏着的那一线生机，安放于哪一具躯体？宦娘不得而知。

宦娘脑子里突兀间蹦出一个奇怪的念头：如果眼前这个男人，换做是我，我又该如何选择？宦娘打住了脚跟，她的思维也跟着打住了。无从做出的抉择，就像无从举步的脚跟一样，僵在了原地。

如果我把药丸切开，让他们分而食之，谁生谁死凭天而断，这样不偏不倚，至为公平。我自小受教于恩师静观庵主，天下众生人人平等，理当秉持公心等而待之，这才无违于天道。但是，如果真就这样做了，要是死的那人偏偏是我儿子，我原本有机会保全他一条性命，如今却眼睁睁看着他死在我面前，这样做了，岂不又有悖于人道？在天道与人道之间，我又该做出何种选择？

朝闻道，夕死可矣。宦娘把道看的很重，师父在传授她医药学知识之前，传道是她启蒙教育的第一课，她所接受的道之第一要旨，便是人无贵贱，众生平等。今天，她站在这个陌生而又感到隐隐有一丝莫名亲切感的男人角度，也就是站在一个做父亲的角度，面对眼前这两个生命垂危的人，才深切感受到，人与人之间是这般难于无分轻重，等而视之。所谓千古艰难惟一死，在宦娘心目中成了千古艰难，惟在一抉。这个抉是抉择，也是决断，是给天地人心一个交代。

宦娘双膝一软，坐倒地面。有生以来，她第一次遭逢如此身心俱疲、无所依托、对人生充满困惑之窘境。回过头来，宦娘朝身后的监护室幽怨地望了一眼。监护室是一顶撑起来的帐篷，沉沉暗夜中，像一口硕大的锅反扣在大地上，只有小小一方窗户，透出一线微末的光柱，才使得天地一笼统的混沌中，还显现着一抹亮色。

宦娘想借助这一抹亮色，观察一下帐篷里的世界。在天道与人道之间，宦娘通过设身处地的想象，实在难以做出决断。她想看一看，此刻监护室里的那个男人，将作出何种决断。

监护室内孤灯寂亮，悄无声息。那个男人像一桩朽木，双手分别攥着那颗被切割开来的两瓣药丸，僵立在两个气息奄奄的躯体之间，茫然失神的双眼从儿子的脸孔，移向贵胄之子的面颊，又从贵胄之子的面颊，移向儿子的脸孔……

静若处子，动若脱兔。黄伯臣把两只手里的药物合作一处，丢入一只玻璃杯中，将其捏碎并与水融合成半杯黄亮的糊状液体，一只手臂揽起儿子上半身，并自颌部捏着他的双颊，黄步蟾的口便张了开来，另一只手里的半杯糊状液体，即刻成线状倾入他儿子的喉咙。这一系列程序与动作一气呵成，毕其功于转瞬之间。

些许液体溢出嘴角，渌染了唇吻。黄伯臣伸出一根指头，将其一一捋进黄步蟾口唇，这才如释重负地松了口气，长满胡茬的方正脸子上挂着泪水，在儿子那张稍显稚嫩的脸上一遍又一遍地摩挲着，摩挲着……

两张男人的脸，摩擦得呲呲有声。

有泪，从宦娘眼睑溢出，挣脱长长的睫毛，滴落脚下。

眼前这个男人，放弃了天道，选择了人道，打破了宦娘一直以来所秉持的道义准则，却怎么对眼前这个男人恨不起来呢？咋就觉得这个男人的抉择，是那样的自然而然，顺理成章？那么，天道与人道，到底该如何摆布？作何选择？她的师父没有教过她，这是她踏入红尘、也只有在红尘中才能经见的事，方可遇到的难题。

此后的许多年，宦娘一直对此茫然莫知所措。直到二十七年后的那场革命，出于哭而无泪、笑而无声的诞妄，做学生的拿折断了的椅凳或者课桌的腿，敲断老师的腿，同床夫妻一觉醒来翻了脸，向组织揭发告密陷对方于万劫不复，做儿女的因所谓黑五类等五花八门之名目，将巴掌搧向生身父母的嘴脸之时，她才彻悟了天道人道之异同与取舍。原来人道即天道，天道即人道。人道得昌，天道必彰，人道既失，人即非人，又奈何天？

宦娘再次生发了一个更为怪异的想法：如果上天有灵，把这事交由它来决裁，那么，上天会做出何种选择呢？聪明的宦娘继而又替上天做出回答。上天一定会说，我在创造你的时候，就已经做出了我的选择；今天的选择，应由你自己决断。

宦娘以此设想并以此观之，进而得出如下结论：天以其道而生人，为人之道亦必合于天心。违逆人道，亦即违逆天道。违逆天道而行，始于人道之畸变，人道之畸变，必致世情之诡伪。

室外的宦娘透过那方窗口，依旧痴痴地注视着眼前这个中年男人，注视着这个紧紧地怀抱着他的儿子，就像怀抱着整个世界的男人，仍一无止歇地生发着联想。人世间有没有一种亲，胜过了子女对爹娘的亲？有没有一种爱，胜过了父母对子女的爱？如果说有一种亲、一种爱超越爹娘与子女之间的互亲互爱，那是什么亲什么爱？　那是人道吗？合于天道吗？

二十七年后的宦娘，听得当时流行的一首歌曲，眼见得有一种与人道相悖的力量，正在把人变得不成其为人。

宦娘得出的结论是惟一的，确断的。人世间有没有一种亲，能胜过子女对爹娘的亲；有没有一种爱，能胜过父母对子女的爱？爹娘对子女不爱了，　子女对爹娘不亲了，人也就不明来路，无知去处，了无生趣，不繁不衍了，世间也就没有人类了。

说来说去，又合了天道。

自从打师父口里得知，她的母亲死了，从这个世界上消失了，侥幸的是她还有一个大，她大还活在这个世上。所以，她从静观庵院来到尘世间寻找她大，寻找她的亲，她的爱，寻找她与这个世界唯一的血脉牵系。她找得很苦，也很累，有时真想坐在一个没人的地方，扯大声哭一场。人家都有大呢，有妈呢。我大也没有，妈也没有，我咋这么可怜？

宦娘的双眼泛着泪花，仍静静地注视着监护室里的那个男人，注视着他紧紧抱着他的儿子，用长满胡茬的脸在儿子的脸上蹭啊蹭啊。宦娘再一次设想，要是我也有这样一个大，能从他那里得到这样深沉的父爱，那宦娘这辈子也就知足了，也就不枉在人世间走了一回。

人有己无的，即便太得寻常亦如珍奇。兴许是对父爱太得珍视，宦娘对父亲思念如痴，对父爱渴慕如狂。正是揣着这份爱，她满世界跑，满世界喊，满世界苦苦寻觅，奔走呼号。她不敢想象，如果缺少了这份爱，她非但怀疑她走出静观庵的必要，甚而怀疑她活着的意义。

爱让这个世界如此多彩，如此温暖。

然而，当她可怜兮兮活到四十六岁那一年，她所赖以活着的那个世界把爱碎为齑粉。有时候人给人心里塞的不是爱，而是恨。因恨而互斗，互斗让爱没了着落，便可把它囊括起来，附于一体；因恨脑袋发昏不再思想，不再思想让脑袋闲置，便可把它囊括起来，合而为一。这样，世间万事万物也就九九归一了。就像龙袍，只能一个人穿；就像龙椅，只能一个人坐；就像圣旨，只能一个人发；就像圣灵，只能一个人歆享所有人的膜拜。

许久，黄伯臣偶一抬头，将目光扫向窗户，与宦娘的视线交叠在一起。这是黄伯臣用心去注视眼前这位姑娘的第一眼。如今的他，把手中掌控的那一线生机付托于儿子的躯体，一颗悬着的心暂时可以放下来了。

哦！这女子咋长得这么秀气？弯弯的柳叶眉稍稍上翘，让她显得既柔媚又不失刚烈。那汪碧潭一样的双眼，叫人打眼一看，就能看到她的心里去，人常说胸不藏机，说的就是她这种坦坦荡荡的人。直挺挺的鼻梁既不上扬，也不下垂，让两只鼻孔藏而不漏，像莲花宝座上的观音菩萨一样，满面祥和，人就是心里窝着再大的怒气，在这女子跟前也发不出来。还有她那张小巧的红唇，上下两瓣都肉嘟嘟的，比娘说的那些嘴尖毛长的女子要厚实一些。我娘还说这种人来到世上，给人的多，要人的少，跟这种人打交道吃不了亏。

这是黄伯臣对宦娘产生的第一印象，他的心禁不住隐隐地悸动了一下。再打量下去，黄伯臣又从宦娘这张清秀的脸子上，隐隐看出另一个人的另一张脸。咦！她与一个人、一个我好像比较熟识的人很是相像。这个人是谁呢？哦！对了，谢婉卿！她与当年的谢家大小姐的确有几分相像。九哥叫她宦娘。好奇怪啊，谁给她起了这么一个名字？也不知其中隐含着什么？我叫黄伯臣，宦娘的宦字，宝字盖底下也是一个臣字，说不定我还真跟这个姑娘有缘。她的药丸，如果真的保全了我儿一条性命，那可的的确确是拜她所赐了。

黄伯臣掀起布帘，出得帐篷，牵着宦娘的一只手，将她拉进监护室。灯下，他再次将对方一阵更加仔细地打量，伸出一只手去，理了理她额前的刘海，心不知咋的，突兀间一阵隐隐疼痛。

黄伯臣知道，他已经不期而然地疼爱起了这个女子。这种疼，这种爱，是一个做长辈的对子女那种不藏不掖、无穷无尽的疼和爱。

黎明时分，黄步蟾闭合着的眼睑突然抖动了一下。一直抓着儿子一只手、时时刻刻陪守身旁的黄伯臣一眼便捕捉到这一情况，兴奋得从床沿跳起身子，一把抓住宦娘双手，无所顾忌地大叫大嚷。

"动了！我儿的眼皮动了！"

宦娘早从患者肤色、吐气的匀称、舒缓及轻重判别出来，再过片刻功夫，这个名叫黄步蟾的年轻人便要苏醒过来了。然而，他的苏醒，宣告了另一条同样年轻的生命将继续沉睡，永远沉睡下去。

宦娘凄切之态恒定如常，没有一丝一毫喜色。

不像红伤那么耗损，也不像其他杂症那么拖沓，毒性解除后的体能可望较快恢复。黄步蟾清醒后便试探着一欠身子，他大连忙把他扶了一把，问："步蟾，我娃……"

黄步蟾进而试探着将一只腿跷向地面，想说什么，见得眼前还站着一位年轻女子，只说了句我想解个小手。

曙色初现，医务人员次第进得监护室。那位年轻军医扫了一眼黄步蟾那张空着的床位，把目光移向另一张床，并靠近了一步，翘起右手食拇二指，翻了翻那人眼皮，粗重地叹了口气，听得身后发出些许轻微响动，拧转身子，见得黄副旅长搀扶着黄步蟾，撩起布帘，走了进来。

年轻军医目光感然，与黄伯臣稍显犀利的目光碰触在一起。

几名男女医护，把那具已然有些僵硬的尸体移向担架，张起一幅白布，掩住死者的身子、颜面，抬的抬，扶的扶，寂寂然将其抬了出去。

在医护们忙碌着的这一阵，年轻军医和黄伯臣两人对视着的目光，同时移向那具尸体，直到把它送出室外，这才收了回来，再度碰触且对视起来。

　　除了相互对视着的这二人，一旁还站着宦娘。她隐隐觉得这二人形色有异，一直默默地观察着他们。

　　黄伯臣愈来愈犀利的目光注视下，年轻军医收回了视线，微微垂首，整理起桌面上的医用器械。

　　"他们之中，一人死了，一人活了下来。这件事，你怎么看？"

　　黄伯臣的问话低沉而冷肃，双眼瞅定在年轻军医脸上。

　　"中毒有深浅，体质有差别，这本来就是说不准的事。"年轻军医说这些话时，面部神情瞬息万变。

　　"那……作为主治医师，你是如何救治的？"

　　"我对他们二人施行了同样的救治方法，尽了同样的努力。"

　　"军团派往我部军法处和监审军医一行……已经上路了。我希望你就这么如实回答。"黄伯臣的言辞一句比一句阴沉。

　　"长官放心，我会如实回答。况且，我也真是这么做的。"

　　黄伯臣一把拉住宦娘手臂，不容分说，将其连拖带拽，拉进团部自己的公务室，掩上门户。

　　宦娘被黄伯臣扶坐在自己办公的位子上，从柜子里拿出几样吃食，一堆儿摆上桌面，其中有缴获日本人的牛肉罐筒，本地出产的芮城麻片，兵站从关中转运的富平柿饼等。整整折腾了一个通宵，他估摸这女子一定饿了，填饱了肚子，尽快上路，该把她送回独立团去。

　　黄伯臣焦躁地踱着步子。该咋样酬谢她呢？可除了钱，我还有啥拿得出手的东西？拿钱酬谢她，是不是太俗气了？这女子气象高洁，未必把钱放在眼里。这份恩情太重了，我这辈子拿啥还她呢？

　　黄伯臣自然明白，什么才是目下的当务之急。可他欠了别人一份天大的人情，想来想去无法回报，心里实在愧得慌。有的人受了别人恩惠，或者以为自己运气好，或者将其视为理所当然，或者对其淡然处之。黄伯臣有异于此，哪怕受人一根针，一条线，对他来说便搁在心上，不还不报，就成了一件事情。况且，他欠下这女子的，是一条人命。

　　宦娘确乎饿了。她吃过富平出产的柿饼，咬着柔筋筋，品着甜蜜蜜，里面黄艳艳，外面还有一层白刺刺的霜，口感和味道好极了。干大说，外面那层霜，是把柿饼挂在撂天地里（室外），从柿饼里面冻出来的。不地道的柿饼没霜，便朝皮上涂层面粉糊弄人。每年临近冬天，干大总是派人专程到柿饼产地去采买，给她买最新鲜的，最纯正的，最干净的。回来时，还要顺带捎上那里的琼锅糖。

她有心尝尝这个人的柿饼，跟干大给她买的柿饼有什么不同，可就是心里堵得慌，没有一点食欲，再好的东西也吃不进去。

一条生命，在宦娘的眼皮下消亡了。有人把自己的罪愆往别人身上推，有人把无妄的罪愆往自己身上揽。宦娘揽罪的惟一理由，是她继承师父衣钵，身为医家，修习的是医术。医家的使命是活人，医术的功用是救命。身为医家不能活人，就是罪人；修习医术不能救命，就是罪孽。宦娘不信神佛，却是个地地道道的苦行僧。伴随着她这一生的，除了苦难，还是苦难。

那辆吉普车驰至团部门前，停了下来，引擎仍在轰鸣。

黄伯臣一把拉起宦娘。他要把她亲自送走，从哪里来送到哪里去，且务必赶在军团军法处与监审军医一干人众抵达之前。

就在黄伯臣把宦娘拖离椅座的那一刻，他的手臂僵住了，眼睛也瞪直了。儿子黄步蟾从阴曹地府脱出身来，幸而二世为人的巨大喜悦，以及此后面临的精神压力，冲昏了这个人的头脑，尽管他一向心思缜密。他把一个复杂的问题简单化了，想把宦娘夜临警备六团这件事抹去，就像幼年在灶火眼掏烘熟了的红芋，不小心把锅墨抹在了脸上，舀盆水洗一把就完事了，脸还会像往常一样光鲜。

黄伯臣觉悟到自己错了，错得犯傻，不免令人气恼。

头顶上落下片树叶，也会带起一丝风来。我兴师动众，把一个大活人从独立团接到警备六团，那几十双眼睛怎么遮得住？几十只嘴巴怎么捂得住？这不是在掩耳盗铃，自欺欺人吗？

身中同一剧毒，我的儿子霍然而愈，贵胄之子不治而亡，我给军团司令部如何交代？军团司令部给第二战区如何交代？甚而第二战区如何给南京政府交代？今日查究起来，定然跟篦子梳头一样，无论是虱是虮，到时候还不统统都给人家篦了出来。我是个啥？我不过是个小小的副旅长，为了我，谁敢在这件事上马虎？敢在带队将军和军法处那帮凶神面前含糊？

黄伯臣把忧郁的目光移向宦娘，也把希望寄托在她的身上。

他把她再度扶上椅座，自感人前矮了半截，圪蹴在宦娘面前，抓住她的双手，就像抓着一根救命的稻草。

"宦娘……如果今天有人问你，刚才抬出去的那个……那个年轻人，是怎么死的？你咋说？"黄伯臣的问话气息微弱，有如蚊蚋。

"是怎么死的，就怎么说。"宦娘端然危坐，心气平和。

宦娘的回答不出黄伯臣意料，他已预想到这个结果，尽管沮丧，倒还沉得住气。

"你能不能这样说……就说……就说你给他们两个，用了同样的药，那个年轻人身子弱，没扛得住……"黄伯臣心虚，发声时上气不接下气，人也显得有些虚脱。

宦娘的双眼登时直了起来，小巧的嘴巴一张，想说什么，却没有出声。她明白，有人在教唆她造谎。

宦娘自幼被她师父、也是她娘闭锁在静观庵后院那方咫尺天涯，涤尘亭涤除了俗务，洗心池洗尽了凡心，出得庵院，以赤子的本真面世，从来不知道什么叫谎言，更不会睁着眼睛去说谎。就是造谎一词，也是她干大通过一个故事阐释给她的。

她清晰地记得，干大说很早很早以前，咱们五陵原上有一座宫殿。一天，一个名叫赵高的大臣，把一只鹿子献给皇上，却指着那头鹿子，硬说它是一匹马。宫殿里的官员们，有的如实说它是鹿，有的顺着赵高的话说它是马。后来，说它是鹿的人，全都被赵高治了罪。

干大还说，宫殿里谎言盛行，是因为说谎的人头顶上悬着一柄鞭子，并不是他们认不清什么是鹿，什么是马。干大还引用了一句古人的话，叫做故天子一跬步，皆关民命，不可忽也。又说宫殿里的人造屁溜谎，百姓就会跟着造屁溜谎，这叫上行下效，人间就成了一个充满欺诈的世界。

据此二十年后的庐山顶上，曾经召开过一次大会。在这次大会上，有人又指着一只鹿子，硬说它是匹马。参会的人几乎都说是马！是马！袁天才作为与会者之一，也说它是一匹马。此后，黄伯昂跟他儿袁天才断绝了父子关系。

宦娘出得庵院，世情不谙，万物莫辨，是牛八大爷教会了她买东西要付给人家钱财，是佩瑶姨教会了她剪窗花，是薛家姨教会了她点炮放烟花，是西北红师父教会了她唱秦腔，是干大谈古论今，教会了她做人的道理，没想到今天却有人教她造谎。

她知道谎是造不得的。有一回，快嘴姨给了她一只甜梨瓜，宦娘凑近鼻子闻了闻香气，攥起小拳头，正想把它捶破，美美咥上一顿，背后却传来一声叫人很是丧气的话。

"啊——呸！臭死了，那是个巴瓜。"

宦娘问："秃子哥，啥叫巴瓜？"

"看你瓜的，连巴瓜都不知道！巴瓜就是人吃了梨瓜，巴下来的屎里面带着瓜籽，瓜籽在地里发了秧秧，又结出来的梨瓜。"

宦娘想，和在屎里的瓜籽结出来的梨瓜多脏，多臭！想着想着，心里就由不得作呕，就把那个梨瓜撂了。宦娘刚一转身，梨瓜就叫秃子捡了去，找了个没人处大吞大嚼，结果叫宦娘给瞅见了，把这件事告诉了她干大，说秃子哥不嫌脏，吃了她的巴瓜。

黄伯昂勃然大怒，左右耳光，把秃子搧了个鼻口流血，末了还把一个梨瓜朝牛屎里一蘸，说你爱吃巴瓜，老子今天就让你吃个够。你再没地方造谎了，跑到我女子跟前造谎来了！我女子是啥人？她的心底清亮得跟一碗凉水一样，咋能让你这瞎种，把啥乌七八糟的东西往里面掺合！宦娘知道，干大其所以发这么大脾气，是嫌秃子哥在她跟前造了谎，害怕把她教瞎了。

干大说，凡是造谎的人，嘴上说的仁义礼智信，怀里揣的连枷拐子棍，绝对没安好心。如果天下人都造开了谎，世事就瞎了。你说公鸡能下蛋，他说亲眼见；你说老母猪下了个象，他说鼻子长得有一丈；你说辘辘把能擀面，他说好窍道！这种人一定得防着点。

今天，当有人教唆她造谎。当她自己也将与当初的秃子哥一样，即将在人前红口白牙瞎说白道时，这才切身感知到造谎实在不是滋味。这个人要我把白的说成黑的，把反的说成正的。那我成啥人了？我咋能活得那么无耻？那么下贱？要是那么无耻，那么下贱的活着，还不如死了好！

宦娘想高贵地活着。只有高贵地活着，她才觉得活得像个人。

一汪泪水，在宦娘眼眶盈盈泛动，泪水里融入的尽是委屈。

宦娘的泪水告诉黄伯臣，她不愿意这么说。

噗通一声，黄伯臣跪在宦娘面前，自己眼里也溢出了眼泪。

男儿膝下有黄金，岂可轻易跪人，玷辱尊严？黄伯臣跪天跪地跪父母，此生还不曾跪过别人，即便当年讲武堂毕业，最初出任清廷陕西混成协常备军一位下级军官，也不曾像其他人那样，向他的上司管带大人行跪拜之礼，而是以新军时兴的军礼相见。

今天，他迁尊降贵，抹下脸面，跪在一位年轻女子面前。

宦娘那汪回绝于他的泪水，令黄伯臣怅然若有所失的同时，也由不得对这女子油然而生敬意。她不是那种畏于权势、圄于恩惠、听人摆布信口雌黄的轻贱之辈。如果真就轻易答应了他，人自贱了，也就怪不得别人轻而贱之了。黄伯臣跪她，是敬她。

作为警备部队军事长官，黄伯臣常驻西省，也时常出入上流社会，无论达官贵人家的豪门闺秀，还是士林商贾人家的小户碧玉，还从来不曾见到有哪个姑娘，像眼前这位女子那样端庄，那样祥和，那样典雅，那样高贵。黄伯臣心中不无醋意地暗自打鼓，是谁家父母，养了这么个圣女般的姑娘？她大跟她娘不知都是些啥人？他跪倒在她面前，感觉不到一丝一毫的贬损，反倒觉得是在朝圣，是在向一位圣者祈福。黄伯臣跪她，是尊她。

黄伯臣面临有生以来最大一场危机。这场危机毁灭的是他的毕生奋斗，一世功业。他预感到即将到手的警备旅旅长委任状，有极大可能随着贵胄之子的消亡而束之高阁。旅长没得当了，师长、军长的进阶之路也就告终了，将军之梦也就随之破灭了。还有一重不足为外人道的缘由，是他没法向老父交代，向黄门家族交代。如今，只有眼前这一女子，可望平息他所面临的危局。如果这女子把责任一肩担了，说她对两位身中剧毒的患者采取了同样的救治手段，使用了同样的解毒药物，那么，那个权倾朝野、一手遮天的显赫人物，他怪天怪地，也怪不到我黄伯臣头上，他只能怪他儿子命不好，别人有啥办法？如其这样，或许我的前程还能保住。黄伯臣跪她，是出于无奈。

黄伯臣一把抓住宦娘双手，眼泪刷地一下，像瓦沿上的雨水，拉成线儿往下流。

"宦娘……我给你实说了吧……我黄伯臣遇上了一件难事，一件天下最难最难的事。要保住我娃的性命，就没了我的前程；要保住我的前程，就要拿我娃的命来换。鱼与熊掌不可得兼，我在我的前程跟我娃的生死面前，选择了我娃……呜——呜呜呜呜……宦娘啊，人心都是肉长的，前程虽然要紧，可我还是个人，是个人，就长着一颗人心，因为还长着一颗人心，我割舍不下我儿子……实在是割舍不下啊……如今，我娃的命保住了，可我的前程要丢了。我这半辈子心里憋着一口气，一门心思想成为五陵原上位份最高的人，权势最大的人。一方面图的是扬名于世，光宗耀祖，成为一个声威赫赫的人上人，另一方面，也是做给一个女人看的。这个女人，就是你干大黄伯昂的前房，就是当年五陵原上才貌双全、无人不晓的谢家大小姐。那时候我已当上了秦陇复汉军第三标的标统，可谢家大小姐偏偏看中了你干大。你干大不过是个穷愁潦倒的落魄书生，我心里不服哇！后来，昏了头的我短了见识，把你干大的前房、也就是谢家大小姐活活害死了。有朝一日，等我做了将军的那一天，我要到谢家大小姐的坟头，也就是你干大为她修建的谢氏陵前，一方面向她谢罪，另一方面也向她证明，黄伯臣配得上她，她嫁给黄伯臣并不辱没了她……可……可是，如今的我把前程丢了，心里没了底气，连上她坟头的勇气都没了。说来说去，我黄伯臣奋斗了一辈子，到底还是配不上她，即便她做了鬼，也不会把我这个小人物放在眼里……我心里愧啊！我黄伯臣无地自容啊……呜——呜呜呜呜……宦娘，　　我心里的苦楚，三天三夜都道不尽！你干大把我大叫二叔呢，按辈分，你应该把我大叫一声二爷。你二爷这辈子苦得很啊！他比我活得还苦，如今都快八十岁的人了，成了吃喝拉撒都不能自理的废人，可就是一口气咽不下去，眼巴巴等着我当将军的那一天。别人都盼老人长寿，我盼我大早死，因为他活得太苦了，等得太苦了，死了比活着好受得多！宦娘……人不求人一般高，我黄伯臣也这么大岁数了，你把黄伯昂叫干大，我把黄伯昂叫九哥，按说也算是你的长辈了。我一辈子没求过人，今天……我黄伯臣跪下求你了……求你了……求你给我留条后路。如果你对来人如实说了，说我把那颗惟一的药丸……那颗救命的药丸，叫我儿子一个人吞了，眼看着另一个小伙活活毒死，我这辈子就完了，甚至连这条命都得搭进去。你不知道，宦娘，那个死了的小伙来头大得很！他的命值钱啊！我儿黄步蟾十条命，都没人家一条命值钱！我没法给人家交代……宦娘，求你留个口德，也给我留条后路，让我跟日本人再拼一场，一则为国尽忠，二则马上博取功名，争得个前程，让我在谢氏陵前扬个眉，吐口气，让你二爷早点死，死了以后，能让他闭上眼睛，再不要赖在人世上活受罪了……宦娘……我求你了……求你了……呜——呜呜呜呜……"包容在宦娘眼眶那汪泪水，终包裹不住，挣脱而出。她为眼前这个男人悲伤，也在为自己哭泣。

但见她徐徐而起，把黄伯臣搀扶起来。

"黄叔叔，我很同情你，但我不能答应您。如果我答应了您，我就要当众造谎。一旦我人前造了谎，宦娘从此便种下了心病。这个心病，是无药可医的，也是无可救赎的。我时时刻刻都会想起这件事，一旦想起这件事，就会觉得宦娘活得很耻辱，活得没了尊严。我不敢想象一个失去尊严的人，耻辱地活着是什么滋味，但我想象得出，到了那种境地，宦娘的心就死了。哀莫大于心死，宦娘觉得，人宁可身死，不可心死。黄叔叔，请给我一点尊严，别让宦娘耻辱地活着，也别让她耻辱地死去。不过……"

"不过什么？"黄伯臣急迫得浑身战栗，双睛赤红。

"不过……我已经想好了解决这个难题的办法。"

"这怎么可能？什么办法？"

黄伯臣扳着宦娘的双肩，一阵剧烈摇晃。"到底是什么办法，你能不能告诉我？！"

"黄叔叔，我只能告诉您，宦娘这个办法，虽然不能让那个年轻军人死而复生，却可以保证别人不会把罪责加在您身上。"

"宦娘……我不信，不信……你告诉我，到底是什么办法，能让他们放过我？"

"宦娘虽然才疏学浅，德望有亏，但是，既然答应了您，一诺千金，敢为女中黥布，决然不会口出妄语，让您失望。"

宦娘神色冷峻，斩钉截铁，言辞果决，黄伯臣不由得为之一愣。

"黄叔叔，请把那位死者抬回监护室，放归原位。封闭这顶帐篷，在来人到达之前，不可轻启。请您马上离开，照我说的去做！"宦娘言辞冷肃，不容置辩。

宦娘的为人黄伯臣已然见识。他没有理由怀疑她，小觑她。

死者被人抬回监护室，又平躺在他亡故的那张床位上。军用帐篷门窗的布帘，被一道道铁箍掺扣扣了起来，门户严严实实上了锁，并加派了岗哨。室内，悬挂帐篷顶部那盏尚未熄灭的汽灯，发散出晕黄的亮色，接替了白日的天光，只是暗淡了许多，冷肃了许多。

停放死者的帐篷隔绝了天籁声响，一抹死寂。

宦娘徐徐揭开掩在死者身上那幅白布。但闻哧地一声，裂帛之音甚是锐耳。那幅白布被撕裂开来，形成桌面大小、方方正正的一块，被平摊在那张空着的铺位上。继而，宦娘那只被咬破了的指头，便在那一袭白布上挥洒起来。

那一袭白布上，立时显现出几行鲜血渫染而成的字迹。那字迹粗细不一，却也整齐匀称，一横一竖，一撇一捺，像春风佛柳，亦像刀枪林立；像火焰在跃动，亦像舞者在欢歌。

一袭血染的布巾，柔柔冉冉，淋淋漓漓，掩上了亡者的胸襟、面颊。

宦娘纤纤素手，又开始将顺那已经洗涤、洁白如雪的绷带。

宦娘手捧绷带，站立桌面，把绷带的一头，穿进帐篷顶部的一条铁质横木，将绷带的两头接连起来，打了个死结。而后，她双手抓着绷带，将其套上自己脖颈。

那还是宦娘出得静观庵院的第二年，王官镇簸箕巷有个名叫兔娃的婴儿，当时只有八个月零三天大。兔娃他大爱耍钱，把二亩多一家赖以吊命的坡坡地都输给了别人。兔娃他娘是个一窍窍，一时想不开，就是这样结束了自己的生命。大爷牛八领着她，铲子、秃子二位哥哥陪着她去瞧光景，兔娃他娘就这样直挺挺挂在房梁上，兔娃滚在一旁的土炕上哭泣，鼻涕把眼睛都糊了。

宦娘终生都忘不了的一件事，是兔娃他娘被人从绳子上放下来，面朝天摆在土炕上，饿极了的兔娃便爬了过去，扒开他娘的衣衫，把嘴凑到他娘乳头上去嘬奶。兔娃他娘死了，可奶水还没断，兔娃嘬得滋滋有声。

从那以后，宦娘才知道人除了老死、病死、饿死、渴死、愁死、气死、毒死、熏死、烧死、淹死、叫人拿砖头砸死、拿棍子扪死、拿杪子（被镖）捅死、拿枪打死、拿刀杀死而外，还有这种死法。如上所述诸般死法，在红尘若浪的五陵原上走了一遭的宦娘，如今算是都经见过了。

人对他赖以生存的世界绝了望，有的人就会选择去死。那种绝望何其痛哉！可宦娘太傻，太蠢，竟然为了不愿人前造个谎，就对这个世界绝了望，就不惜采用投缳自尽的方式结束自己的生命。千古艰难惟一死，生命何其珍重！何其可贵！死亡何其可怕？又何其无可奈何？傻傻的宦娘，难道你活生生一条人命，竟比人前造个谎还要轻贱？

　　她不像她的同母异父哥哥袁天才那样善于处事，灵活变通。有人指着一头鹿子，说它是匹马。好多好多人都齐声说它是马！是马！袁天才也跟着说它是马！是马！宦娘如果在场，无妨也跟着说它是马就是了，何必那么较真？又何至于搭上一条性命？

　　多少年后的一个黄昏，静观庵第十六代传人，即继任庵主宦娘一手执着佛尘，一手搀着干大黄伯昂，在王官镇野外阡陌间散步。西方天际漫天火烧云映衬下，黄伯昂望着不远处醉八仙酒楼上变来换去的酒帘儿，突然间想起了这件事。

　　"宦娘，当年你大黄伯臣为了保全他的前程，让你在那些人面前造个谎，把贵胄之子毒发身亡的事糊弄过去，我娃你咋瓜得要上吊呢？"

　　"你娃想有尊严地活着。即便别人不给尊严，自己也要给自己留点尊严。"

　　"唉！在我娃面前，愧杀须眉，羞死丈夫！"

第三十四章　诡异的去处

宦娘把绷带勒向脖颈，伸出一只手去，试图拧熄那盏汽灯。控制燃油喷嘴的螺旋，在微微扭动，汽灯的光亮也在逐渐暗淡。

汽灯熄了。宦娘想起快嘴姨姨常说的一句话：人死如灯灭。

在她即将双脚踏空，移开桌面的那一刻，心里很乱，想得很多。近二十年的生活经历，瞬息间从脑际一掠而过。

从此以后，再也不能跟着牛八大爷，跟着铲子、秃子哥哥，在王官镇的大街小巷疯张了；不能在下白雨的时候，把浑身的衣服浇个精湿了；冬日里的大雪天，不能在关王庙前的台阶下堆雪人了；快嘴姨姨家后院的柿子红了，软了，从此再也吃不上了。牛八大爷拿麦秆给我编的蚂蚱笼儿，至今还挂在保民自卫团营房前的柱子上，他说打完仗回到原上，接着又带我到苜蓿地里逮蚂蚱，把它装进笼子，从麦秆缝隙里插进几根葱叶，供它吃供它喝，听它在麦收的时候歌唱。往日里听上几声，我就把它们一个接着一个放了生，我不忍心把它们老关在笼子里。从今以后，那个蚂蚱笼子就空了，没有人理睬它了……

还有我干大，他咋那么爱我？想方设法逗我开心，讨我喜欢。我吃他的，喝他的，亏欠他的太多太多，我还没来得及孝顺他呢！人常说积谷防饥，养儿防老，他把我认作义女，还不是嫌他一辈子孤孤单单，身边没儿没女？他跟佩瑶姨姨都老了，谁给他们洗衣服？谁给他们端茶水？谁给他们递饭食？有一天他们下世了，谁给他们披麻戴孝

摔纸盆？谁护着棺材、扶着棺罩，一步一步把他送上山？清明寒食，
靠谁在他的坟头插一炷香，烧一把纸？苍天啦！宦娘欠干大的太多太
多，你叫我咋样还他？咋样还他……你说，苍天啦……你说……你回
答我……呜——呜呜呜呜……

　　还有一桩最大的心愿，至今没有实现，可这就要走了，再也没
有实现这个心愿的机会了。我大把我带到世上，他跑到哪儿去了？你
不要你的亲生女儿了吗？你知道被你遗弃的那个没大没娘的娃，是咋
样活下来的吗？你知道她吃饱了吗？穿暖了吗？你生下了她，咋就
不管她了呢？大，你不想她，不管她，可娃想你啊！呜——呜呜呜
呜……我常做梦梦见你，你梦见我吗？我常站在高坡上喊你，叫你，
你听见了吗？你知道不知道，你女子如今都长成大姑娘了，难道你不
想看一眼，你亲生女子长了个啥模样？难道都不想让你女子当面叫你
一声大？大——你心咋这么硬的！你把你女子一个人撂在尘世上不
管了……大，你知道不知道，你女子是个没大没娘的娃，活在世上
孤单得很！可怜得很！你生娃不管娃，你的心咋这么硬……呜——
呜呜呜呜……你女子这辈子，没能见上你一面，看上你一眼，实在
是……不……不甘心呀……死了我都闭不上眼睛……

　　大——你娃活不成了，眼看就要死了……你知道我是怎么死的
吗？有人逼我人前造谎，你女子没造过谎，不会造谎，嫌造谎辱贱
人……我死了，就不用人前造谎了，只有这样，才能保全我的清白，
才不丢你的人，免得别人背后说长道短，说你养了个造谎的女子。那
些追究这件事的人，从一个死人嘴里是掏不出话来的。这样，黄叔叔
就可以躲过这一劫。大，黄叔叔活得也艰难，黄叔叔他大……就是我
二爷黄崇义活得更艰难。黄叔叔的前程，就是他父子两人的命，女儿
想拿自己这条命，换回黄叔叔的前程，也就等于换回了两条人命……
可是，我临死都没能见上你一面，你也没能亲眼看你女子一眼……
我们父女俩亏呀……好亏好亏啊……苍天啦——你告诉我，我大在哪
里？他长了个啥样？他爱不爱我？苍天啦——告诉我……请你告诉
我……呜——呜呜呜呜……

　　此时此刻，师父在做什么？她喂没喂我养的兔子？那两只老兔
子，想必都要老死了，它们生下的小兔子长大了吗？生命就是这样，
老的死了，下一辈又长大了，生死轮回，谁也挡不住。可是，我没有
轮回，到了我跟前，这一切就终止了，再也没有后代了。一男一女，

真心相爱，结为夫妻，才能生儿育女，传宗接代，这是多么幸福的一件事。宦娘也喜欢过一个人，他就是快嘴姨收养的那个儿子，就是天才哥哥。我喜欢他，可他不喜欢我，他喜欢的是那个叫冰兰的妹妹。宦娘没有年青的男人喜欢，从来就没人……还不知被那样的人喜欢……是一种啥滋味，她就要走了，就要离开人世了……我咋这么可怜……宦娘这辈子……咋活得这么可怜……

尽管围绕在宦娘身边的那些人，给了这女子太多太多的爱，可这些爱相对父爱与情爱来说，却是无法取代的，也是无从类比的。寻父无着，情爱无果，割断了这女子与这个世界最后的牵绊。

宦娘将脚心移向桌沿，稍事用力，那张桌子便倒了下去，宦娘的身子也就悬了空……

黄伯臣离开监护室，一颗悬着的心仍留在那里。对他来说，那里曾死了一个重要的人，活了一个更重要的人。还有一个人，不知采取何种方式方法，对两个人的死与活，正在做出无从想象的注释。这些，都牵着黄伯臣的心，甚而牵着黄伯臣的命。

他把他一人关在团部，关在自己那间狭小的公务室，陀螺般打着转儿，内心焦躁急迫得直想撞墙。突然，黄伯臣双手捧腹，难受得圪蹴地面，一时间冒出满头冷汗。这已不是第一次了，尚未出征时，在大原上就发生过多次心绞痛，只是这一回比任何一回都来得迅猛，来得剧烈。

它发生的那一刻，正是宦娘双脚悬空的那一刻。

焦躁升级为理智尽失的狂躁，黄伯臣冲出团部，茫然无绪，无处是归。一种神秘的力量，像一根无形的绳子，把他一步步牵向监护室，那里毕竟是他最牵心的地方。来不及解除一道道铁箍方扣，黄伯臣撩开布帘，一头扎进监护室。

潜意识告知他，这里发生了非常事件。黄伯臣极度恐惧，却不觉意外，把宦娘抱离那条索命的绷带，轻轻置放在那张空着的床铺上。

许久，直到宦娘苍白的脸色泛起一抹淡淡血色，喉咙眼里缓过游丝般一线气息，黄伯臣这才把目光移向一旁的死者，移向死者胸前及颜面上覆盖着的那方血色布巾。

布巾血书，犹火焰跃动，舞者欢歌。

　　吾静观一门，秉承无分贵贱、人人平等之行医要旨，天下苍生，等而视之。身为医家，不能活人，罪在己身；修习医术，不能救命，责无可卸。此亡者身中蛊毒，不治而终，皆因宦娘无能，束手乏策。本人无颜面对亡者，不惮以命相抵，以死求脱。除此而外，与他人无涉。望勿深究，法外留情。静观门徒宦娘绝笔。

天啦！这事跟这女子有啥关系？她咋就为了不愿人前造谎，不惜把自己性命搭上？这还莫要说起，她跟我素不相识，毫无瓜葛，凭啥替我消灾？凭啥为我开罪？佛陀说过一句话，我不入地狱，谁入地狱？难道这女子是菩萨转世，佛陀再生？难道人世间还真有她这样的活菩萨？

黄伯臣又惊出一身冷汗。要不是我来得及时，保住了这女子一条性命，我黄伯臣可就把罪遭下了！把天大的罪遭下了！如果让这样的人死在我手里，或者因我而死，鬼神都不会放过我！

该做的做了，该自责的也自责了，回过头来，毕竟还得面对现实。危机并没有因此平息，对黄伯臣而言，随着时间一无止歇的流转，一场滔天祸患愈来愈加迫近，愈来愈显严酷。

黄伯臣扳着宦娘双肩，一阵摇晃。宦娘徐徐睁开双眼，惶惑地望着黄伯臣。

"宦娘……我必须把你送走！"

"送到哪儿去？"宦娘音息低微，有若蚊蚋。

"送到一个别人找不到的地方。"

"为什么？"宦娘似乎尚未从一场劫难中醒过神来。

"死的那个年轻人来头太大，我担心那帮人没法给上面交代，为了从你口里逼出实情，他们很可能对你动粗。"

黄伯臣出于对宦娘的敬重，把不便道破的话都说了出来。

他的担心不无道理，狗急了是要跳墙的。即将抵达事发现场的那帮人，谁都想顺手牵出一个替罪羊来，把责任从自己肩头卸下来，以期保全顶上乌纱。而黄伯臣是此命案无可逃脱的涉案者及直接责任人。为什么同样中了蛊毒，别人家娃死了，偏偏你的亲生儿子活了下来？你必须给我说清楚！没有足以服众的理由，我们这些人就没法给人家娃他大交代，没法交代就没我们的好日子过。这娃他大想抹谁的乌纱，就跟抽他家月娃屁股底下的裤子一样。

要把这件事说清楚，一级一级给上面有个交代，活下来的那个娃他大是问不出实情的，只有让最后那位施治医师开口。那么多双眼睛，看着吉普车把宦娘接进警备六团，看着所有医护人员退出重症监护室，由宦娘一人接手两位重症患者的救治。再说，宦娘作为关中地区民间传统中医医师，介入并兼职中条山战地医护事务，其医疗技艺与她所掌握的一些具有独到功效的中药丹丸方剂，整个军团医护救治机构何人不知？在她救治下，一人死了，一人却活了下来，而活下来的那个人，又偏偏是该部最高军事主官的亲生儿子。谁人都会觉得这件事未免太过蹊跷。要弄清此事背后内幕，除了宦娘开口，别无他途。

宦娘如果死了，当然也就无法开口了。既然又活了过来，就不能让她开口，也不能让别人采取非常手段迫使她开口。要解决这个问题，就必须把她送走，送到一个别人找不到的地方。

还有一重担忧，他预感到宦娘面对来人，很有可能保持缄默。在这种情况下，自必会有人对她用刑，即便用刑，宦娘也有可能继续保持缄默。这就是黄伯臣的另一重担忧。

黄伯臣洞幽烛微，预见先机，这是他处事精明的一面。一个为了捍卫人格与尊严，不惜舍弃自己生命的人，怎么会轻易屈服于暴力？怎么会背弃向他人做出的庄严承诺？

宦娘为人风范，不容许黄伯臣小觑；黄伯臣凭借自己识人之明，也没看错了宦娘。正像黄伯昂许多年后对他干女儿做出的评判。在她面前，愧煞须眉，羞死丈夫。确乎如此，如果事情真发展到那一步，谁也别想从宦娘嘴里撬出只言片语。

黄伯臣面对宦娘，不曾说出口来，却实实为之担忧的，就是宦娘越是缄默，别人便会越起疑心，越说明事件背后定然隐藏着什么秘密。人家会这样猜想，我们不就是问问，你当时给这两个人是怎么医治的嘛？这有什么好隐瞒的？既然没有不可告人的内幕，说出来就是了。你闭口不言，甚而不惜一死，本身就说明一定存在着不可告人的内幕。那么，这件事背后到底隐瞒着什么？

这叫此地无银三百两。即使宦娘只字不吐，黄伯臣也把黑锅背定了，他将成为贵胄之子不明不白、蹊跷死亡最大的、也是唯一的嫌疑人。如果怀着恶意去推测，去联想，甚至怀疑他是个十恶不赦的凶手。这样一来，黄伯臣的前程，也自必不明不白，就此终结。

更有一重担忧，让黄伯臣一想起来就心惊肉跳。即便动粗撬不开宦娘金口，人家就没别的法子了？来人支使她干大出面咋办？凭她干大在她心目中的威望与地位，还有爱从鸡蛋里挑脆骨的九哥一句话出口，能把人活活噎死的那张利嘴，谁敢保证心不藏机、易于遭人糊弄的宦娘还不会开口？

如果不见宦娘人影，别人既无从问起，宦娘又何谈缄默。这是死无对证的另一种体现形式。如果别人问起来，就说宦娘是独立团的人，她不属于警备六团，谁知道她去哪儿了。

把宦娘秘密送走，这是黄伯臣目下不二选择。

气息顺畅了些，视线清晰了些，宦娘的意识也渐渐恢复了常态。她忆起了刚才发生的事，意识到自己又活了过来。

那些人会对我动粗？黄叔叔这话是啥意思？

宦娘意识中尚无刑讯概念，但她从动粗一词意识到，有人将采取粗暴手段，逼迫她开口说话。为啥他们会如此无礼？宦娘忆起黄叔叔还说过的一句话，他说死了的那个年轻人来头太大。还忆起他早前说过的一句话，说他儿黄步蟾十条命，都没那个年轻人一条命值钱！这些话的意思，无非说的是那人出身显赫，是个达官贵人的公子。

宦娘一脚踩进红尘，就隐隐感知到世上的人跟人不一样。这个不一样，不是长相不一样，而是红尘中把人分成了两类。一类人活得尊贵，便成了贵人；一类人活得卑贱，便成了贱人。亲历了警备六团监护室发生的这件事，使得她对世情的感受尤为深切，它与师门人无贵贱、众生平等的训诲，与干大黄伯昂不可狗眼看人低的教导格格不入。

正因人跟人不一样，才导致了黄叔叔目下的困境。死去的那个人，他大一定是个当大官的贵人。他大是贵人，难道贵人生的娃也成了贵人？照这么说，人都说牛八大爷吃得瞎，穿得烂，连狗见了都要汪汪咬几口，是个十足的贱人。那么，他将来要是有个儿子，是不是也成了贱人？当了帝王的人，把富贵一代一代传给他的子孙，做了百姓的人，就该把劳苦一代一代传给他们的子孙吗？贵人世世代代贵下去，贱人世世代代贱下去，难道这就是尘世上的规矩？

怪不得干大说，秦始皇当了皇帝，死后把位子传给二世，二世死了，还想把位子传给三世，就这样一代一代传下去，天下永远就成了他们一家子的天下。结果很多人都眼红皇帝的位子，纷纷起来跟他家争天下，刚刚传到第二世，秦朝就完蛋了。

尘世上的贵人不但吃得好，穿得好，住得好，受人尊，受人敬，受人捧，连命也比贱人贵得多。黄叔叔的儿子，也算是个副旅长的儿子，在大原上就够尊贵的了。他娘李若水回到王官镇，常给人夸她家公子黄步蟾小时候上学吃的啥，穿的啥，用的啥，一年要花多少钱。干大替那娃算了一笔账，说那娃一个人的花销，顶得上王官镇关王庙百十个念书娃的花销。可就这么尊贵的黄公子，如果要比拼人命的话，十条命才能比拼得上人家贵胄之子一条命。那么，像牛八大爷那样的贱民，就是有一百个儿女，他们的命也未必比拼得过人家贵胄之子的一条命。尘世上人跟人咋这么不一样呢？

为啥贵胄之子的命这么贵？因为他大是个大贵人。他大为啥成为大贵人？因为他大做了大官。宦娘经此思索，详加推导，得出一个结论：人要比人活得尊贵、值价，就要做个贵人；咋样才能做个贵人，没有别的路可走，只有做官。哪怕做生意发了大财，也只能算是个富翁。干大常说，富而不贵，不是原上人活人的最高境界。干大还说，世上只有富而不贵的富翁，没有贵而不富的官人。

干大的话不假，贵针对的是官人，他们活着享尽了荣华，死了墓堆都比别人埋得高。五陵原上的冢疙瘩，埋的全都是贵人，没有一个富人，更不会有一个贱人。

当年，宦娘出得静观庵不久，眼见得原上那么多大得邪乎的冢疙瘩，问她干大黄伯昂说，大，垒这么大土堆干啥？她干大说那不是土堆，是埋人的墓堆。宦娘心生疑意，说，前几天芳草她爷死了，只埋了粪堆大个墓堆。有的人死了，墓堆咋埋得这么大？

农人赶着碾盘大的大轱辘牛车，把粪土拉往地头，拿撸锄（刨粪土的农具）往下一刨，堆在地头上的粪堆，正好跟墓堆一般大。

干大说，娃呀，人跟人不一样，冢疙瘩里埋的都是贵人。粪堆一样大的墓堆里，埋的都是芳草她爷那样的贱人。宦娘又问，啥是贵人？啥是贱人？她干大说，贵人贵人，就是值钱的人；贱人贱人，就是不值钱的人。宦娘还要追着问，贵人有多值钱？贱人有多不值钱？她干大反问她，你说贵人的墓堆比贱人的墓堆大多少？

当时，保民自卫团的团丁们在咸阳二道原下面练靶子，宦娘跟在她干大身后瞧热闹，旁边就有一座五陵原上最大的冢疙瘩。宦娘立身其旁，望而生畏，简直不敢想象，它比起芳草她爷那个粪堆一样的墓堆，不知要大多少倍。宦娘鼓足勇气，冒冒失失报了个她自以为过了头的数目，说是比芳草她爷墓堆大一万倍。干大听了，纵声朗笑，说，我娃还是把这座家疙瘩小觑了，它至少比芳草她爷的墓堆大一百万倍。接着，她干大还说，娃呀，你这回知道贵人有多贵，贱人有多贱了吗？人家一个贵人，就顶你百万贱人。

从此，宦娘明白了尘世上人跟人不一样。这些不一样的人分为两类，一类是贵人，一类是贱人。若果说这是宦娘对尘世间人之贵贱的感官认识，当亲眼目睹了警备六团监护室发生的这件事，她对尘世间人与人之差别，已经有了理性感知。

难怪原上那么多人，跟二爷黄崇义一样，整天谋食当官的事。自己当不上，便将起袖子把子孙辈往高台板上推。就连一些女人家，生了娃娃，喂完奶水，抱在怀里亲一口，喊一声，说是官儿娃呀，娘日后还等着享你福呢！

昨夜至今日发生的事，险乎赔上了宦娘性命，可见对她刺激之深，打击之巨，也就由不得她不去思虑。宦娘首次对这个世界生发了一些不良的感受。它让她彷徨，让她疑惑，让她恐惧，让她有失所望，让她对这个世界积攒、存留的那份美好也在消减，在慢慢地隐退……

宦娘收刹烦乱思绪，把神志集中于目下。

黄叔叔说，他要把我送走，送到一个别人找不到的地方。那是一个什么地方？能躲得过别人眼目吗？如果真有这么个地方，不但成全了我，也成全了黄叔叔，让那件事石沉大海，从此不再惹这么多人烦心，也许是件好事。

是呀，该把宦娘送往何处？

把她送走是个好主意，可把她送到何处去却是个难题。这个难题也同样摆在黄伯臣面前。宦娘不能再回独立团，这是铁定了的。率土之滨，莫非王臣，独立团不是独立王国，黄伯昂也不是草头王，吃人家饭，归人家管，想护着他干女儿，也护不住，也是没理由的。不就说说昨天晚上那个死了的人是怎么死的，那个活过来的人，又是怎么活过来的吗？他常教训别人，也自会教导他干女儿坦荡做人，敢作敢当，不藏不掖，有胆子做出来，就有胆子说出来。这本来就是他的臭脾性。再说，他让他干女子顺着我的话说，那就是护着我。他为啥要护我？黄伯昂不欠黄伯臣的，只有黄伯臣欠黄伯昂的。

啥地方最安全，最隐秘？普天之下，莫非王土，要找个最安全、最隐秘的地方还真不容易。黄伯臣想把宦娘送到一处人迹罕至的深山老林，或者送到一处无可攀援的沟壑之中。当这念头甫一闪现，就由不得自己想抽自己耳光。把她一个人孤零零掀进那地方，遇见狼虫虎豹咋办？少吃没喝咋办？我这是藏她，还是杀她？我黄伯臣还算个人吗？

如此处置倒也省心，可这样的事黄伯臣做不出来，只能另找门径。这件事来人追究起来，定然不遗余力，凡三十一军团控制的大片区域，没有他们不能去的地方。那么，啥地方他们不能去？也去不了呢？

突兀间，黄伯臣起了个念头。当然，这个念头附缀着一个目标，且是一个切合实际的目标，达其目的的目标。当这个念头自脑海中甫一蹦出，再次被他否定。他把念头一词纠正了一下，确切地说，那不叫念头，应该叫歹念。

监护室外面的吉普车没有熄火，一直在突突地响。

黄伯臣一双耳朵，此刻成了顺风耳，听到了数十里、乃至数里之外奔突而来的车辆发出的突突声响。那车不会是一辆，兴或是一个车队，轰轰音响，像战场上的炮火在黄伯臣耳畔轰鸣，震撼着一颗几近破碎的心。

当决则决，当断则断。黄伯臣体现出战场上指挥若定、果断刚毅之将帅风格，把一个毋容迟缓、且别无选择的决断付诸行动，下令监护室外围撤岗，集中医护在内所有在职及闲散人员，依次撤往伤兵营房。监护室内外，仅剩三人，即宦娘、吉普车司机及他自己。

黎明时分，车子颠簸着出得警备六团营地好远了，黄伯臣这才扶起宦娘，使得她歪倒在车厢内的身子挺了起来，并除去遮罩在她身上的那条被单。

宦娘透了口气，望着跳下车子的黄伯臣，问："黄叔叔，你要把我送到哪里去？"

黄伯臣缓缓伸出手去，轻轻理了理她被被单遮裹得有些散乱的头发，望着对方一双清纯见底的双眼，还有她那秀丽端庄的面庞，只轻微地叫了声宦娘，想说什么，却没能吐出一个字来，

这女子就像从天宫贬谪下来的一个仙女，眼亮得跟天上的星宿一般，面目长得跟少女时代的观世音一般，身子灵动得跟山上攒蹄竖耳

的梅花鹿子一般，心底纯得跟原上三十六丈深的井里搅上来的凉水一般。大凡为人父母者见了宦娘，没有一个不喜爱的。李快嘴每每把她抱在怀里，大声大气吆喝道，我娃咋长得这么心疼的！看见你，我就替我娃发熬煎，熬煎世上没一个男人，能配得上我宦娘娃！灰总是离火近，要不是难以割舍她亲女子冰兰跟天才那桩姻缘，她非得把宦娘娶进门，给她儿做媳妇不可。

已为人父的黄伯臣，历经了一个非同寻常的夜晚，灵与肉的震撼至今尚未平息，也触发了他对这一女子的疼惜之情，且来得那样迅猛，那样肆无忌惮，那样超乎非亲非故之长幼之间的常态。短短一个晚上，似乎历经了好多个年头，似乎这个孩子从小就生活在自己身边。如今要分离了，就像亲人之间的相互离散，四处飘零，是那样难以割舍，就像有人在揪他的心，试图把它撕离脏腑。

宦娘问他，问他把她送到哪里去。他也在问自己，我要把她送到哪里去？黄伯臣的自问，是在叩问自己的良心。可是，他自问无从自答。我咋这么卑鄙？我黄伯臣咋把人活到了这种地步？

黄伯臣一生自遣自责、悔烂肝肠的切肤之痛，是知晓了妻子李若水谢家别院李代桃僵，做了谢婉卿的替身，而自己却误以为谢婉卿在她与黄伯昂的婚礼现场拒不认账，当面撒谎，进而在那个年三十风雪之夜，对谢婉卿施行的那场恶意报复。

他不会想到，也无从想象就是在那个夜晚，他有了一个亲生女儿。她近在咫尺，此刻就居坐在这辆吉普车上，就是这个将要被他送往炼狱的女子。

当年的谢婉卿、后来的静观庵主造就了她，也造就了今天；今天的一切又造就了他，也将造就他的未来。

静观一门医道典籍中，载有一桩奇案，那种罕见的疾患叫作蛊。其第十五代传人，把蛊种在了一个人身上。

雾随风而起，奔马般来得飞快，罩着了山川草木，罩着了红尘万象。有雾，忽来忽去，时浓时淡，迷乱了宦娘颜面，使得黄伯臣不易面对、亦惧于面对，沉下心来，收拢了纷繁苍凉的神志。

她问我把她送到哪里去，我该怎么说呢？

黄伯臣思来想去，无法正面回答这个问题，沉吟半晌，这才讷讷言道："宦娘……我不是说过了吗，把你送到一个来人找不到的地方，确切地说，是来人去不了的地方。不过……那里也不会太安全。以我猜想，它总会比有人向你动粗、逼你开口强……吉人自有天相，人世间最美好的事物，谁也不忍心毁弃它，只要还是个人！"

黄伯臣最后一句话说得很沉重，也很含混，宦娘似懂非懂，不尽了然。她隐隐意识到黄叔叔口里那个天相之人，指的就是自己，可啥是人世间最美好的事物，又是谁要毁弃它，就不怎么明白了。

黄伯臣把宦娘行走不离其身的那只小小的药箱，斜挎在她的肩头，又从怀里掏出一幅红十字袖标，套上宦娘左臂。这是他临行时从监护室顺手拈来，拿给宦娘的一只护身符。他知道，早在一八六四年，有十二个国家在瑞士日内瓦签订了一项公约，公约规定了军队医院与医务人员在战争中的中立地位。

做完这些，黄伯臣双手紧捧宦娘双臂，透过眼前烟幕般的雾障，凝视着对方面庞。宦娘形容平和得像一汪波澜不兴的池水，而黄伯臣却在战栗，浑身都在战栗，并把它传导给宦娘。宦娘感觉到黄叔叔的身子，就像她身子下面这辆吉普车，也在突突地抖。

"宦娘……好孩子……去吧，苍天有眼，神佛有知，她们会护佑你的……"

吉普车粗野地呜呜了几声，醉汉般颠踬而去。

雾满山岗，车子转眼间消失了形迹。引擎呜呜的声响，活像人在呜咽，只是越来越压抑、低微。

黄伯臣的心又一次绞痛起来，由最初隐隐作痛，到后来的如撕如割……

第三十五章　请神容易送神难

　　袁天才的教导队，目下已远远超出一个团的建制，眼睁睁都快要当上旅长了，却仍然叫它教导队。这支共产党领导的十八集团军队伍，如今名义上已不再协助西北军整饬军纪，禁毒禁赌，转变作风。他们一面加强与三十一军团内部地下党组织联系，宣传共产党主张，培植红色革命力量，还把黄伯昂、黄伯臣两兄弟的独立团、警备六团依为屏障，进而互为犄角，形成三足鼎立之势，在晋南地面扩疆拓土，建立了一块独立的守备区域，配合黄家两兄弟，协防日本人的蚕食。

　　有个名叫汪家院子的山乡小村落，人烟稀少，籍籍无名，本属袁天才教导队活动范围，因其地理位置特殊，像平地上冒出个翻着盖儿的狗尿苔，其顶端突进敌占区，阻断了日本人指向黄河要津茅津渡的交通线，在昨日一大早被秋田大队占据，随后加派一个中队就此驻守，并征集当地百姓，增修防御工事。

　　袁天才当然参透了日本人的军事意图，在第一时段，把日军这一动向通报给独立团与警备六团。因日军尚无大规模异动，这一敌我双方每天都可能发生的局部行动，并没有引起高层注意。

　　袁部并未于此驻军防守，敌我双方没有接火。因突发敌情，猝不及防，生出一桩意想不到祸患，卫生队长袁冰兰被困在汪家院子。她带着卫生队一个姐妹，是冲着小镇徐大娘来的。汪家徐大娘是这一带民兵队长汪二愣子他娘，犯了恼人的蛇缠腰，疼得炕上滚着滚着翻跟头。

　　袁天才不想跟日军硬碰硬对着来，亲率警卫排，赶赴汪家院子外围潜伏起来，意在摸清敌情，伺隙救人。其结果比预想简单多了，因不曾发生战事，日军对当地土著居民，除征集民夫而外并未多加滋扰，冰兰与她的姐妹脱去十八集团军服装，换上百姓衣饰，在村民掩护下，趁着漫天浓雾，一大早从汪家院子溜了出来，与前面侦查敌情的警卫排排长等人撞了个头碰头。

　　袁天才没有即行离去，趁此机会，想摸摸日军布防。冰兰跟她的那个姐妹，也缩在草丛里换上了那身军服。

　　雾在随风散去，望远镜里的汪家院子渐渐显形。散散落落的房舍间，有妇孺们打柴挑水的影子在移动，透出屋顶的烟囱冒着炊烟，还有偶尔几声犬吠鸡鸣，使得换了主人的小镇，并未打破一如既往的生活常态，只是村子东头靠近那条通衢大道的高坡上，集中了数十名壮丁，在持枪的日军监守下劳碌着。

　　袁天才明白，日本人要在此地构筑据点，确保这条交通干线畅通。多方迹象表明，日军对茅津渡的关注，从中条山之战打响后就一直没有松动。袁天才的心事比往日益发沉重了些。尽管有三十一军团黄氏兄弟两个主力团依为屏障，仍切实感知到他的部队及所处位置，在未来一场大战中承受的巨大压力。

　　读书人出身的袁天才具有政治与战术双重优异头脑，他的政治觉悟甚而远远超越中共某些高级将领。袁天才自以为他的部队除了与日军作战，在这场战争中还承担着两重重要使命，一重是在战争中学习战争，锻炼成长，一重是在战争中利用战争，发展壮大。尽管后来中共发动了一场百团大战，在敌后对日军进行了一次全线反击。但我的队伍我做主，袁天才讲究策略，擅于变通，他对他所掌控的这支队伍，决然不肯不孤注一掷，拿去跟人血拼。他明白打江山的路还很远、很长。做生意需要本钱，打江山也需要本钱。本钱越大，红利越大，胜算越大；折了本钱，自必无利可图，也就折了末了的胜算。

　　不远处的那条大道上，突突突驰来一辆军用吉普，引起袁天才警觉。他即刻把望远镜焦距对准了那辆吉普。车门上青天白日徽标，清晰而惹眼地标明了它的身份。眼看着吉普车一溜烟冲向汪家院子方向，袁天才为之一惊，收起望远镜，禁不住叫出声来。"啊！难道他们还不知道，汪家院子一带已经沦陷，落到日本人手里？！"

　　一旁的袁冰兰抢过望远镜。女人毕竟心细一些，打眼一看，便瞧出天大一桩蹊跷。"哥，不得了，车上坐的是宦娘！"

宦娘之于袁冰兰，无异水火之不相容让。在冰兰她大袁大头丧礼上，她最看不过眼的，就是傻女子欺着欺着跟天才哥套近乎，哭也要在他身边哭，笑也要在他身边笑，有时还不嫌丢人卖害，当众拉住天才哥的手。当时的冰兰恨不得冲上去，揪住傻女子头发，把她一把拽倒，骑在腰上搧一顿左右耳光。

更让袁冰兰气不过的，是傻女子竟要跟天才哥拜把子。

宦娘下得静观庵，尘世上结识的第一拨人是二赖子牛八跟他的铲子、秃子两员哼哈二将。铲子一对贼眼，真个跟铲子一样，朝花菁兜般的宦娘旮旯夹巷乱铲。秃子也把他那流着黄水的花痂脎朝宦娘身边凑，以至凑到颈项跟前闻香气。牛八认宦娘做了孙女，就不容许这两个孽障如是无理，逼着他们跟宦娘拜把子。一旦拜了把子，宦娘就是他们的妹妹了。世上有哪个做哥哥的，敢在妹妹跟前胡骚情？从此，宦娘跟铲子、秃子成了兄妹伙。

那是一个柿子红了的季节，袁天才从西省洋学堂回得原上，碰见牛八一伙领着宦娘，手持竹竿，在袁家后院柿子树上夹柿子。竹竿梢头的裂口一旦夹住挂满柿子的枝条，只要那么灵巧地一拧，携带着枝叶的柿子便脱离了枝干。

软了的柿子捏着把儿呼噜噜，不敢下垂，时刻都有倾覆之势。指拇一掐，外面一层薄薄的嗞楞皮（薄而透亮的皮），便脱袜子抹帽子般囫囵儿离了皮。宦娘吃相甚是不雅，纤纤素手，翘成个竞放的兰花模样，高高拎着一只抹了皮的软柿子，脑袋偏着朝上吞。未等入口，那柿子便挣脱了把柄，滚落脸面。宦娘便拿手去抓，朝口里去送。如是这般，宦娘脸便成了画眉狼，手便成了邋遢婆娘浆线爪。

这一回，宦娘跟袁天才已是很熟识了，便摊开双手，把他家后院小菜地头的黄土拢成一堆，拔了三根香毛毛（一种杂草的杆径与梢头），插于其上。她以往跟铲子哥、秃子哥就这么拜的八字。一旁的袁天才知晓，文明说法，这叫撮土为香。宦娘毋容分说，拉着袁天才跪倒地面，自报生辰八字，说是要把他认作哥哥。

当年的宦娘初出庵院，年岁尚小，并不知晓一旦认作兄妹，除了兄妹，便不可再做他想了。她当时想的只是要跟袁天才亲近，亲近，再亲近。她知晓自己喜欢上了他，但不知晓对其人喜欢得心隐隐作痛意味着什么。

宦娘此举逗引起冰兰莫大兴趣。我跟天才哥虽然兄妹相称，他是我娘抱养的，我是我娘亲生的，他并不是我亲哥，如果拜了八字，我跟他就跟亲兄妹一样了。如今一个不相干的人都跟他拜八字，我咋就不知道跟他拜个八字？

冰兰噗通一声，跪在袁天才另一边，说是要拜一起拜。宦娘忽地站起身子，咧眉瞪眼，怒气冲冲，把袁冰兰掀了个沟子蹾。

如今的袁冰兰，早已不再记恨这个少女时代的情敌了。由娘做主，早就把我许配天才哥。如今一起进了队伍，有共同信仰和理想，他对我的感情也是铁了心的。我跟他的婚事，是青石板上钉金钉，谁也不可能从中插一杠子。

有牢不可破的感情与婚姻基础，袁冰兰心里踏实了，就不怕别人想入非非。转换个角色一想，对想入非非的人反倒同情起来。她从小尼姑庵长大，没有大没有娘，没人疼没人爱，好不容易喜欢上个人，可惜人家是拾在笼笼的馍，早都有了主儿。她活得也可怜。

袁天才接过望远镜，仔细一瞧，吉普车上果然坐着宦娘。当即拔出短枪，意欲鸣枪示警，一想大大不妥，与其说是示警，倒不如说是给日军报信。情急之下，正想冲下山去，却让他妹冰兰抢了先。

冰兰心想，宦娘一个姑娘家，叫日军抓着去还了得！那还有她的活路吗？她想趁吉普车在盘山道上环绕之际，冲下山去，从路口上截住那辆车子。袁冰兰从汪家院子脱困脱得太顺溜，以为日军好糊弄，也就淡念了面临的危局。就眼下地势而言，一旦冲下山去，截住那辆吉普，自必置身险境。那里与日军盘踞的汪家院子近在咫尺。

妹子袁冰兰狂奔而去，让袁天才又平添了一重危机。既担心宦娘乘坐的车子懵懵懂懂，误闯敌营，更担心妹子莫知深浅，二度遭逢不测，匆忙向警卫排长交代了一句，没我的命令，不可妄动，便跟脚朝冰兰下山方向追去。

此刻雾霭散尽，天色大亮，旭日朗照下山色空明，树影婆娑飞鸟掠翅纤毫毕现。那辆吉普车车门上青天白日徽标，早就收入日军暗哨视线。他们不急不躁，像纹丝不动的蜘蛛，静等那只飞蛾朝张开的网上沾。

吉普车兜过盘山路上一个大圈，到得村前灵官庙左近，袁冰兰也到了那里。就在跟脚而至的袁天才一手提枪，一手抓住冰兰衣衫后襟的同时，三名日军暗哨齐茬茬自丛莽中奔突而出，截断了吉普车连同袁家兄妹的归路。

袁天才没敢放枪。他知道，一旦枪响，他跟他妹子立马就从这个世界消失了。

这已经是黄伯昂第二次打上门来。第一次还是被挟裹进牛蹄岭那阵，为若水她娘借助乘龙快婿黄伯臣官威，狗仗人势，把王家婆娘金串串逼得给人抹了裤子那件事。这次阵仗不同，来势凶煞。一辆大卡车上拉的几乎全是排以上军官，且手里提的全都是些硬家伙。车门左右两侧，还站着手提盒子枪的两位凶神，一个是当年牛蹄岭大瓢把子、如今的独立团副团长龙二少爷，一个是生得满脸刺猬般黑胡茬、大盗积贼出身、如今身为独立团二营营长王砣。

警备六团军营门前的鹿砦被大卡车撞得飞了起来。几名卫兵手中枪杆子尚未抬起，人家的枪眼已马蜂窝般指向他们胸膛。军营内顿时炸了营盘，军官们都认得这些人物，他们均属被西北军称作老虎团的团总黄伯昂手下，多为往年闯荡江湖的亡命之徒，一个个都不是善茬，只能敬鬼神而远之，没敢跟这些人招嘴动家伙，任其如入无人之境，把警备六团军营当成了游乐园、跑马场。

黄伯昂一脚踹开团部门户，爆喝一声，还我女儿来！便大鹏展翅，张牙舞爪扑向黄伯臣。他先是双手揪住对方前襟，扯风箱一样一推一拉，一前一后一番揪扯，黄伯臣军服上衣登时崩落了三颗纽扣。

"还我女儿——还我女儿——还我女儿——"

三声歇斯底里、虎吼雷鸣的叫嚣回音未散，黄伯昂倾尽全力，横向一抢，二人便跟跟跄跄滚倒墙角。骑在黄伯臣身上的黄伯昂挥动拳头，急如骤雨，朝对方面门着了家伙。黄伯臣鼻口流血，似乎又落了颗牙齿，却一任对方施为，不予还手。继而，黄伯昂双手揪住他兄弟头发，掀动脑袋，朝墙壁上接二连三一阵猛撞。此人一边撞击，一边口口声声哭叫着还我女儿，还我女儿。那面洁白的墙壁一角尽为血染。

团部大厅被双方军官挤得爆满。警备六团军官们实在看不下去，纷纷拔出短枪。独立团那帮军官早已执枪在手，瞪着眼睛只待发作。一时间双方冷眼相对，剑拔弩张，整个团部大厅，形同一只烈火炙烤着的火药桶。

可是，除了疯魔般的黄伯昂、僵尸般的黄伯臣弟兄俩，到底没人敢轻举妄动。警备六团的军官们人人都在想，真的火并起来还了得？我们这两个主力团的军事主官，都是黄家远房两兄弟，联防驻守的都是黄河要津茅津渡，军团司令部每每把我们两个团称作兄弟团。在与日军拼杀的十余次恶战中，我们相互策应，彼此配合，取得辉煌战果，活下来的官兵们，如果没了对方的策应与配合，在日后的战事中，谁也难以预料会落得个什么样的结果。这份情谊是血肉浇筑的，是生死与共、患难相依中结系起来的。如今，怎么可以为了与我们毫不相干的事情，说翻脸就翻脸，把枪口对准自己的兄弟和同胞？

况且，黄家两兄弟一个凶狂入魔，一个拒不还手，想必都有各自的道理。这两兄弟交恶由来已久，人家的家事、私事，本来就不是我们这些下级军官插得上手、说得上话的，我们何必要把不疼的指头往磨眼里塞？

黄伯昂的心痛得像是叫人拿手抓住，连捏带拧，又撕又扯。他已耗尽了发泄的力气，像被人抽去懒筋、塌了脊梁的狗，趴在地上嚎啕大哭，眼泪鼻涕拉得一尺多长。

"黄伯臣啊黄伯臣……我咋遇了你这么个前世冤家……呜——呜呜呜呜……你狗×把我害到啥时候去呀！你还嫌把我没害够吗……你把我女儿弄到啥地方去了……你说啊！你放个狗屁出来呀……你咋总是朝我的至命处下刀子？你还让我活不活哇……呜——呜呜呜呜……你还我女儿！你把宦娘还给我……还给我……把我的命还给我……还给我……你哥我还能在这个世上撑扎下去，就是因为我跟前还有个宦娘……你哥我活的是宦娘的人啊……你、你如今把她弄丢了，活不见人，死不见尸……你叫你哥咋活呀？你说……你说啊……呜——呜呜呜呜……"

人群里的佩瑶裂帛般尖叫一声，冲上前去，一屁股塌倒地面，把她男人紧紧抱在怀里，嘶声嚎哭。

"呜——呜呜呜呜……我男人咋这么可怜！我男人一辈子可怜得很啊……他咋这么可怜的……老天爷呀，你把我男人糟害到啥时候去呀……呜——呜呜呜呜……"

闹腾到这地步，想必也该收场了，可黄伯昂不依不饶，还不知折腾到什么时候去。他的一帮手下想拉偏捶，伺隙给黄伯臣个安不上（难堪），但是这样既师出无名，又担心引发内讧；想把当家的劝解一番吧，又觉得在外人面前失了面子，背下个自家给自家打圆场的瑕疵。

因之，把包括龙宝山、赵良栋、王砣在内的几名得力干将急得干瞪眼没奈何。

但闻咚地一声大响，众人为之一振，厅堂内顿时寂然无声，片刻间冷了场子。原来是李快嘴拎起黄伯臣一只大皮靴，抡圆了朝安放墙角的一张桌面着了家伙。劝架的行家一出手，便来了个先声夺人，把所有人注意力吸引到她身上。

"树有根，水有源。黄伯臣，我宦娘娃由你手里丢的，就得由你找回来！你不把我宦娘娃找回来，交到她干大手里，独立团千拾号人马，不把你一口一口活吞了，我李贤惠把姓颠倒着写！你不赶快寻你丢了的人去，还老鸹守死狗，守到这做啥呀！"

李快嘴几乎是指拇点着脑门，把黄伯臣指教了一通。一来给黄伯昂出口恶气，二来给黄伯臣个台阶，如果还是个晓事的主儿，就赶快滚你的蛋子，少在这瞪眼！

黄伯臣听得此话，果然抹了一把满鼻口的血迹，爬起身子，在手下军官扶持下，跟跟跄跄出了团部。

李快嘴的心思，是先拔了黄伯昂的眼中钉、肉中刺，让他眼睛净斑了，心里不太木乱了，再来收拾这个老杂毛。继而摆出当年出任天足会会长的架势，一手叉腰，一手指指点点，朝黄伯昂敲打起来。

"佩瑶妹子，放开他，烘下的毛病！叫他嘈，叫他闹！看他个老杂毛能嘈到啥时候！闹到啥时候！不就是咱宦娘娃出门耍去了嘛，有啥大不了的！小孩子家，要性大，忘了回家，或是把道走岔了，那么聪明的女子，还能跑丢了不成？就是一时半会寻不着，咱宦娘是啥人？是王母娘娘遣下凡尘的仙子，前面有金甲神开路，后面有观世音保佑，行走头顶上还飘着一朵祥云，鬼头毛客见了她，避都避不及，有你操的啥闲心？"

嘴是软的，舌头是扁的，李快嘴能把西瓜说成芝麻，也能把绿豆说成碌碡，这都是她当媒婆时练就的一张铁嘴。

有一回，上官营一个白净女子，叫北山上流落下来的一个老虔婆骗进西省，卖进窑子失了贞，后来瞅空逃脱出来，李快嘴接手后扬言当次品处理，吸纳了众多歪瓜裂枣，整天一窝蜂跟在她屁股后头嗡嗡。眼看雇主多了，她便水涨船高上翘行市。与其中一人议定酬金，尚未交割，又遇到个开出更大价码的雇主，想把前面那人推掉，就跟人家唧唧隆隆说："好我的傻娃呢，这婆娘千万要不得！我当媒人的不图钱财，只图积德。你也不想想，一窝白菜，叫骚猪拱了一茬又一茬，惹下了花柳病，连芯芯都烂了，你还敢要？"

说退了这头的生意，不猜想那头又出了问题，人家觉得花那么多钱，娶个窑子里出来的，不划算。李快嘴又有她的说词。"你看这娃瓜的！窑子出来的又咋了？你看人家从大地方穿回来那条灯芯绒袄儿，穿在两条大白腿上，夹得多紧，走起路来磨得咯铮咯铮，跟叫蚂蚱车子一样，老远就飘来一阵香风。听说省府里有个大官人，想接她做七姨太，正准备花大价钱给她赎身呢，结果让你抢了先。人家那么大的官员都不嫌，有你个水水浆浆的庄稼汉嫌弃的啥呢？再说了，男人跟女人就那么回事，拔了萝卜有坑在，又没少了你一根头发。"

此刻，李快嘴又来了个欲擒故纵，从团部厅堂墙壁上摘下一把从日本人手里缴获的军刀，还从薛蛮媚子腰上掏出一把左轮手枪，一起叮叮当当丢在黄伯昂面前。

"我看你个老杂毛昏了头了！想不通一头碰死去！搬个石头塌天去！要么这里有刀呢，有枪呢，看你抹脖子呀还是挨炮子呀，走水路呀还是走旱路呀，随你的便！"

李快嘴这一手来得极绝，当下便把黄伯昂挤兑得瞪直了双眼。是呀，虽说丢了干女子，未必真个就找不见了。就这样死了，是不是唐突了点？匆忙了点？

一旁的李快嘴叫骂指斥却未止息。

"人无头不行，鸟无头不飞。我且问你，你是做啥的？你个老崽娃也不想一想，你是一团之长，手下还带着千拾号人马呢！你把他们带到中条山弄啥来了？如今丢下他们不管了吗？是个男人，就给老娘爬起来，干你该干的正经事，别他娘跟娘儿们一样，在这里哭哭啼啼，丢人现眼！"

黄伯昂常骂李快嘴，说她撒起泼来跟山猪一样。他有时还真惹不起这个下家，今日就感到有些脸面挂不住。

接着由薛蛮媚子出面，才收拾了这个烂摊子。

薛蛮媚子迎上前去，跪在地上，拿一方素洁手巾，替黄伯昂揩拭着满脸的鼻涕泪痕，念起与这个男人一辈子夹缠不清的爱恨情仇，也咋就忍不住憋在肚子里的一腔悲酸，一把鼻涕一把泪地饮泣起来。

第三十六章　云麾勋章

传言黄步霄阵亡的那场大战，发生在数月前一个黄昏。

日军一个机械化装甲大队，被中方重兵堵截于晋南某处浅山丘陵地带，连日阴雨，深陷泥淖，多日未能脱困。牛岛师团长电令驻守永济一线的石田混成旅团北上驰援，日军秋田大队与中方独立团再次遭逢。

中条山战役打响后，中日双方每遭困危，各自都使出了杀手锏。日方的王牌是石田混成旅团仓木联队秋田大队。石田混成旅团脱胎于日军近卫师团一个近卫步兵联队，作为天皇禁卫军，秋田大队曾获天皇授旗，少将旅团长石田一郎也曾获天皇授剑。卷入中国战场的秋田大队，总是被石田一郎用来塞水眼。所谓塞水眼，说的是堤坝让大水冲了个窟窿，这时就需要一只装有泥沙的麻袋，把那个窟窿堵住。正因如此，秋田大队屡遭重创，然兵员火器可望得到补充，相对保持较完整建制。中方的王牌则是黄家两兄弟的两个主力团，他们两兄弟也常被军团司令部拿来塞水眼。

这一仗阵势摆得很大，伤亡也很惨。在无险可守的河滩上，独立团前面堵，警备六团后面发起滋扰性进攻，持续了近一个昼夜。

打退日军第三次冲锋，黄伯昂曾令所部来了个反冲锋，利用日军撤退之机，对其造成有效杀伤，捡了个便宜，也给独立团拾回了点面子。

往日占尽地利之宜，他的队伍跟日本人还有一磕（旗鼓相当），今日地处坦荡如砥之黄河河滩，无险可依，仅凭在乱石滩刨出个鸡窝似的掩体，如何抵挡日军强大密集的火器？黄伯昂浩然长叹，我的娘呀，我今天才认得狼是个麻的！因其皮毛呈麻色，关中人把狼叫麻狼。

刘强的担心不乏先见之明。全连士兵一窝蜂嘶叫着反扑过去，就黄步霄一人抱着枪杆子，貒一样肚皮贴地，窝在一处弹坑里纹丝不动。刘强手里的驳壳枪已对准了那人脊背，没敢搂火。

独立团不像军团其他部队，包括黄伯臣的警备六团，都有自己的督战队。黄伯昂嫌丢人，把战前组建起来的督战队撤了。他说，我的士兵不是把脑袋拎在手上，就是编在裤腰上，上了中条山，就是来送死的，不需要别人逼着他送死！可随着建制扩大，新兵补充，还真有那么几个油根子，打起仗来光朝后缩。黄伯昂把肺气炸了，将督战执行权授与连排长，说，你们看见哪个龟子丛朝后缩，就搂屁股憋给一枪。老子非把他那副臭皮囊，挂在关中道上的十字路口，叫他祖宗八代都抬不起头来！

刘强有权当即处置了黄步霄，但他没敢。他想起了黄天香。

我把这狗东西处置了，给天香咋交代？让她的脸朝哪儿搁？天香作的那场战地报告，把所有士兵的气都鼓得足足的，咋就把她男人的气没鼓起来？人都说亡了国便成了亡国奴，这狗东西是不是在他娘胎里就塌了脊梁杆子，生来就是个当奴才的料？黄天香是个气性十足的要强女子，她不单好面子，本来面子就大得没边没沿，报纸把她的英名早都传播出去了。别说王官镇，陵邑县，就是西省跟关中道上，知道她的人都不在少数。如果大家知道她男人是这么个货色，甚至当逃兵叫人从脊背后头憋了一枪，简直不敢想象，她在世上咋活人呀？

刘强一把把黄步霄拎了起来，丢落弹坑边沿，搂屁股蹬了一脚，"你个狗肉上不得席面的松沟子，还不给老子冲上去，我马上敲炸你个狗杂碎的脑袋！"

骂音未落，刘强驳壳枪枪筒，像刀子一样捅向黄步霄腰眼。

黄步霄提着枪杆，紧跑了几步，脚板子跟踩在棉花包子上一样，深一脚浅一脚，就差没一头栽倒。头顶上飞蝗般冒过的枪子，夺了此人胆气。刘强气得把牙根都咬疼了，他没时间跟这松沟子纠缠下去，独立团有个钢梆硬正的铁律，冲锋陷阵当官的必须打头阵，他要带着他的连队往前冲。

听闻集结号角，刘强心生一计，招呼他的手下每人掏出一颗手榴弹，一声号令，齐茬茬摔了出去，临走给秋田送了个硬茬货。

两军对垒之际，独立团火器低劣，被动挨打，投弹无法抵达敌阵，而对方拿掷弹筒朝中国士兵头上炸，刘强早就憋着一肚子屁一样恶心的闷气。如今冲到日军阵地前沿，再不拿铁疙瘩招呼，恐怕就再没机会了。百十颗手榴弹满天飞，冰雹一样砸进日军阵地，来了个遍地开花。此举即掩护队伍回撤时，免遭敌方枪弹攒射，又造成此役对日军惟一一次有效杀伤，以至让秋田疼得心里发颤，也把他惹毛了，亲自指挥炮兵中队，二十四门野炮外加多种口径小钢炮，屁股对屁股，摆开总共九十六门压制火炮，把前后两头的中国士兵炸了个满天飞。

战后，日方少尉以上阵亡军官骨灰罐达七十六个，伤亡二百余人，准尉石田秀吉身负重伤，也在其中。中方一连连长刘强立功受奖，与"筹划作战允洽机宜，因而致胜"之条款相符，由三十一军团司令部发给他一枚二等云麾勋章。

刘连长带着他的弟兄们撤回阵地，亲自清点人数，这才发现不见了黄步霄。他对此人特别留意，最为关注的就是他的行踪。此次反攻，刘强冲锋在先，撤退殿后，并未发现把哪个士兵丢在了战场上，只有两人一轻一重负了伤，也都被卫生兵救了回来。这说明什么？只能说明发起冲锋时，黄步霄没有跟上，当了逃兵。

刘强心里咯噔一下，又沉又痛，难受得要死。

紧接着，就是秋田那阵报复性炮击。独立团被炸惨了，满地散碎了的肢体对不拢去，也就无从确认他们的姓名。鉴此，凡属此役消失所有官兵，均被视为战殁，那些断臂残腿、血肉模糊的异处身首，被拢作一处，集体掩埋。这些不辨身份的战殁者名单里，就有黄步霄的名字。

只有刘强知晓，那些集体掩埋的战殁者，未必杂有黄步霄尸身。

刘强想把这一情由上报团部，后来一想，此举多有不妥。独立团咋会有逃兵？这不单玷辱的是老虎团的威名，更丢的是黄团长的脸。他这人好面子，非得把肺气炸不可。还有，我给天香咋交代？她把她男人交给我，我这个当连长的却把他带成逃兵，我日后咋见她的面？再说了，这叫她在原上咋活人？只怕羞都能把她活活羞死！

据此，陵邑县民政科给黄家下达了黄步霄阵亡通知书，他叔父黄伯臣的家书上，也说是不曾找到侄儿尸身。

刘强种下一桩艰于排遣的心病。这事到底咋办？

如果这狗×死了倒好，天香长痛不如短痛，一咬牙也就挺过去了，她原本就是个自尊自爱且极富荣誉感的女子。况且中条山一战，原上死的人多的去了，这以后还不知要死多少人。如果这狗×当真当了逃兵，保住了一条狗命，日后回到原上咋办？那岂不跟活见鬼一样，闹出天大笑话？真到了那一步，黄步霄不打自招，战场上当逃兵的事真相大白，他在原上咋样立足？关键是他女人黄天香在原上咋活人？这对他两口、对黄家满门来说，岂不成了一场天大的灾难？

如果黄步霄还活着的话，最好老死他乡，一辈子别回五陵原，就当从此世上没他这个人了。这样也就保住了他的面子，保住了黄家满门的面子，更重要的是保全了他女人黄天香的面子。

咋样才能断了这狗杂种回归原上的后路呢？

黄伯昂与一位军团参谋，以司令部名义，在独立团战地授勋大会上，把那枚二等云麾勋章授予一营一连连长刘强时，出了个意想不到的意外。被授勋者拒绝接受这枚勋章，并当场陈述了拒授理由。

刘强说，撤退时给秋田送的那份礼，是黄步霄出的主意，并当场复述了对方的原话。他陈述黄步霄的话说，"连长，咱们好不容易冲到敌人阵地跟前，不能空着手回去。把手上的铁疙瘩砸出去，给秋田送个硬头货！"

刘连长还说，正是听了黄步霄的建议，他这才招呼大家，一起甩出去百十颗手榴弹，炸翻了敌军前沿战地，少说也报销了日军两个小队的人马。最后还补充说，我军甩出的第一颗手榴弹，就是黄步霄甩出去的。

战火纷飞、硝烟弥漫的战场，又有何人说得清那阵子的情景？

既然一连之长、又是当事人刘强有此一说，那枚云麾勋章即刻间也就脱不了手了。后来，黄团长电请军团司令部，对此役授勋对象作出调整，那枚云麾勋章，最后还真落在了烈士黄步霄名下。

那枚勋章几经辗转，经陵邑县民政科户政股负责人之手，落到烈士遗孀黄天香手中，在五陵原掀起一波不小的声浪。

　　两年前黄天香于新婚后第三天送郎上战场，后来又亲赴前线慰问官兵并作战地报告一波未平，如今波澜再起，她的丈夫黄步霄英勇杀敌，为国捐躯，且立功受奖，荣获一枚二等云麾勋章。西北民声报头版头条，再次展现陵邑县烈士遗孀黄天香，手捧丈夫功勋章挥泪祭英灵照片，还有洋洋洒洒一篇催人泪下、感人肺腑的报道文字。巾帼英贤黄天香英名，再次在大原上传颂开来。

　　黄天香的英名，对本邑县长吴云灿而言，早已是如雷贯耳。每每下乡公干，到得三区镇公所地面，无论如何都要亲临王官镇小学，把校长黄天香探望一回。如今听得她丈夫为国捐躯，立功受奖，立马坐不住了，吆喝民政科一干人等，雇请城关镇耍社火的锣鼓队，一辆大卡车拉了，他本人也登上一辆屎巴牛小车，亲自带队，对黄天香进行首场隆重慰问。

　　吴云灿倒很会来事，他没有急着赶往小学校舍，先是由他本人抱着亲题的一面扎着大红花的牌匾，牌匾上大书"巾帼英贤"四个烫金大字，走在一行人最前面，后面跟着敲打得震天价响的锣鼓队，先把王官镇大街小巷绕了个遍。如此这般，跟招兵买马一样，吸纳了众多自愿随行的乡民以壮声威，浩浩荡荡开往小学校舍，其声势之浩大，把天上飞的麻雀都能震得落下来。

　　当熠熠生辉的巾帼英贤牌匾挂上校长宿舍门楣，黄天香泪落如雨，脸上绽放出一抹苦涩笑意。

　　拿得二等云麾勋章，定然立的是个了不起的汗马功劳。紧接着，还有一帮坐不住了的人。这些人里面承头的，是曾执教于关中书院的学界泰斗、去年亲赴中条前线慰问抗日将士的社会贤达严佐尧，余众是本邑德劭耆老、孔门名儒、商会会长、仕宦望族、乡绅富户等一干人众。

　　我等关中子民，无论士农工商，得以安枕家园，厮守故土，生息如常，还不是有赖我苦战秦兵，家乡子弟抛尸荒野，血染中条，把日本人挡在了黄河那边！如今他们伤的伤，残的残，死的死，我等家乡父老，劳无片刻之效，力无毫厘之出，财无寸缕之奉，安享其成，得无愧乎？又何以面对为国捐躯之烈烈英灵？

　　由这些人发出倡议，在陵邑县南河堤坎下的会场上，为本邑为国捐躯的英烈竖一面纪念碑。有这些头角狰狞的人物出面，此番倡议得到民众广泛响应，不到半月时间，募捐到两千三百个响圆。

一马平川的关中黄土高原缺的就是石头。把一块巨大的石头从南山深处打折（运转）回来，费了大事。又经石匠开凿打磨，最后弄成个尖顶四方石碑，高不逾两丈，身宽约为两人合抱。正面顶端出錾着一枚中华民国青天白日徽章，徽章下面，是"陵邑县抗日阵亡将士纪念碑"一行阴文隶体大字，由本邑书家范成城手书，笔力虬劲，铁画银钩，甚见方家功底。碑子左右两侧镌有一副题联，上联是争民族之生存舍生取义，下联是垂馨香于竹帛万古长青。该联由本邑学界泰斗严佐尧拟文，亦由书家范成城题写。

纪念碑背面顶端錾有一枚云麾勋章，也就是黄步霄荣获的那面勋章的翻版。云麾勋章中心为一杏黄旗帜，竖立于云霄之中，外围光芒绽放，象征荣获此章者作战神勇，功勋卓著，竞放光华。该勋章于民国二十四年六月十五日颁行，分一至九等，颁赠对象为捍卫国家、或震慑内乱建有勋绩之军人。

纪念碑上这枚勋章下面，镌刻着陵邑县迄今为止，在中条山及全国各战区战殁的国军将士姓名。黄步霄首当其冲，位列第一，后面还留有大片空白。

陵邑县抗日阵亡将士纪念碑奠基落成这天，由县政府出面，组织包括公职人员在内的全县各界人士，还有简易师范学校、城关镇中小学学生，城区及县城周边居民约两万余人，举行了声势豪壮的落成仪式。死难将士家属们都被邀约前来，胸佩大红花，坐在会场最前排。作为死难将士家属代表的黄天香，坐在主席台上，与前来庆贺的省府秘书长、咸阳行政公署专员、县长吴文灿、县参议会正副议长、商会会长、社会贤达严佐尧等有地位、有名望的人平起平坐。

省府秘书长、县长吴文灿先后代表官方讲了话。最后，死难家属代表黄天香的发言引起全场热烈反响。她不像官员们那样手里捏着纸片，低着脑袋念着讲，而是抬头挺胸，声情并茂即席发挥。讲到骨肉离散处潸然泪下，讲到悲惨壮烈处义愤填膺，讲到鼓舞人心处慷慨激昂。台下民众时而一片唏嘘，时而一片掌声，大伙的情绪，被她的声调、手势与表情调遣得时而低沉，时而高涨。而西省赶来的那些记者，当然包括西北民声报那位跟踪报道的写家子，像后窍里喷着烟雾的虫子，把噗哗噗哗闪着亮光的照相机捏得啪啪响。巾帼英贤黄天香的光辉形象，还有她那振奋人心的发言，将又一次展现各家报纸头版头条，浮现三秦儿女眼目之中。

最后一个议程，是给高高竖起的纪念碑揭幕。

本来揭幕议程是安排给县长的，吴文灿把它付托给黄天香。他说，树碑义举发起于民间，抗日英烈来自民间，把亲人送上前线的所有家属更是人民大众。因此，理应由民间人士为英烈纪念碑揭幕！巾帼英贤黄天香，是我们陵邑县的骄傲，是我们五陵原的骄傲，更是我们三秦大地的骄傲！如果每一位国人，每一位子弟兵家属，都能像黄天香那样，以抗日救亡大业为重，不惜生死，勇赴国难，何愁日寇不灭，大业不成？作为本邑县长，我在此郑重提议，由死难将士家属、五陵原巾帼英贤黄天香，为陵邑县抗日阵亡将士纪念碑揭幕！

顿时全场掌声雷动，一片欢呼。

黄天香步履沉稳，热泪盈盈，徐徐走近纪念碑，轻轻拎起那面红纱一角。

红纱流水一样，从高高的纪念碑上飘落下来。

陵邑县抗日阵亡将士纪念碑这行如血般殷红的文字，便展现在众人眼前。

黄天香一字一顿，铿锵发话。

"此时此刻，我县抗日死难将士不灭的英灵，就付托在这面纪念碑上了。纪念碑上，刻着他们的名字，刻着他们的功绩，也刻着他们的尊严！它树立在我们五陵原这片热土上，也树立在我们陵邑民众的心坎上。让我们怀着无比崇敬的心情，向英烈们默哀。"

会场上数万人齐茬茬垂下了头颅。

就坐于前排的数百位死难者家属中，有白发苍苍的老翁，有首若飞蓬的老太，有年轻少壮的寡妇，有尚未成年的垂髫孩童，还有抱在怀里嗫着奶水的婴儿。此刻，他们之中有人发出哀哀啜泣，有人发出压抑呜咽。

啜泣声、呜咽声在蔓延，在放大，倏忽间化作一片声浪滚滚的悲鸣。死难者家属们围绕着纪念碑，纷纷跪倒地面，掏出掖在怀里的蜡烛、麻纸、冥币、洋火，把该点的物件都点燃了、焚化着。荧荧烛火，把融化了的蜡烛洒落地平，泪一样滚滚地流。嚎哭的声浪卷起满地纸灰，绕纪念碑打着旋儿，飘飞得满天都是。

就在此刻，发生了件大煞风景的事。

死难者家属之中的黄伯朝，哭着哭着，便朝站立在纪念碑底座台阶上的黄天香爬了过去。此人一边爬行，一边嚎哭，还一边破口大骂。

"贱人啦——我把你个死皮不要脸的小贱人……呜——呜呜呜呜……你把我儿子戳腾到战场上，丢了性命，却给你挣了面子……挣了光彩……贱人啦……你风头出尽了没，威风耍够了没……你拿我儿子条命，给你脸上贴金呢……还我儿子，你个小贱人……还我儿子……你不是人前爱露脸吗？老子叫你今天露个够……"

爬上台阶的黄伯朝，一把拽住儿媳黄天香的裤脚一阵猛扯。

黄天香被惊呆了。她不曾意想得到，阿公会在这个场合当众撒泼。当她意识到即将发生的不测，一把抓住裤腰。

自从黄步霄死讯传进黄伯朝耳朵，他对儿媳妇的滋扰就没消停。这个天塌下来只指望大个子顶的下家，是个欺软怕硬的角儿。黄天香毕竟是个有知识、有思想、懂道理、重情分的女性，又是他的儿媳。丈夫黄步霄更是经她说服动员上了前线，如今战殁了，老觉得在阿公面前有愧。加上阿公前年死了老伴，这两年又一连死了两个儿子，跟灭门绝户一样，除了废人般的老爷子黄崇义，黄家大院如今就剩下他孤零零一个人了，本来心里就苦，所以一忍再忍，一让再让，服服帖帖，从不假以颜色。要不，凭黄天香脾性，即便是她的阿公，一旦撕破面皮，看不把他掀翻倒地鞋底子搧屁股。当年关王庙念书时，还没那个男娃整得过她。

阿公以为她软弱好欺，将一肚子闷气、委屈尽都撒在儿媳身上，三天两头跑到王官镇小学闹事，要么拿头撞天香宿舍门板，要么坐在教室外面房檐下扯大声嚎哭，把个学堂整得乌烟瘴气，学生学得不安生，先生教得就更不安生了。

黄伯朝如此作为，惹恼了天香她大。警察局长一出面，境况大为改观。黄伯朝眼见得远房兄长下得警车，随带几个背着大枪的警察进了小学大门，没等跟对方照面，便从学校西边一处坍塌了的围墙豁口翻了过去，放蹦子揭瓦了。

黄伯贤望着这个远房兄弟笑骂道，这老崽娃子，就这么点出息！一辈子见了官家人，就跟老鼠见了猫一样，可欺负起可怜人来，跟活阎王爷催命一样。这人咋把人活得这么贱呢！

黄伯贤下巴颏朝黄伯朝远去方向一伸，吩咐手下几个警察说，去，给那个老崽娃打个招呼，叫他以后少在学娃念书的地方拧刺（捣蛋）！

黄伯朝跑得再快，跑不过警车。一个警察抡起枪杆，一枪托拍在黄伯朝屁股上，把他拍了个栽脚趴扑，脚板子没收刹得住，一跤跌了个嘴啃泥。

警察一声喝问："还来不来学堂拧刺！"

"不来了！我再也不来拧刺了！"

"再来拧刺咋办？"

"再来拧刺，你就拿枪托扪我。"

说到底，黄伯朝二儿黄步霄，最终还是让黄伯昂从黄家大院猎着走的。那阵保民自卫团已经接受西北军整编，黄伯昂脚蹬皮靴，身披斗篷，手提马鞭，腰挎左轮短枪，率众闯进黄家大院，厉声喝道，把那个不肖之子给我掏出来！

黄伯朝眼睁睁看着士兵们扭着儿子双臂，把他从磨坊罗面柜里掏出来，押上大门外面的大卡车，非但未吭一声，连憋在肚子里的闷屁，都硬夹着没敢放出来。

黄伯朝欺软怕硬，一生惧官。他常念叨的一句话就是穷不跟富斗，富不跟势斗，势不跟官斗。只要官家出面，要鞋他会连袜子都脱给人家。纪念碑落成典礼上，他心里比谁都清楚，他儿子是政府按两丁抽一的政策抽着去的，要不然，无论联保主任黄伯贤、独立团团长黄伯昂，还是抗日民族先锋队队长黄天香，那个敢来黄家大院抓人？但他不敢在政府官员面前拧刺，实在难受得忍不住了，便朝儿媳黄天香下了手。

连长刘强×鬼捣棒槌，把功勋章让给黄步霄，自有他的道理。

人都知道你死在抗日前线，成了英烈；还知道你立功受奖，成了英雄。如果你个狗东西还活着的话，我看你个临阵脱逃的败类，还有脸回原上见人？除非你把脸抹下来当屁股！

刘强不曾想到，此举收到意想不到的奇效。因黄步霄立功受奖，家乡民众为死难烈士树起一面纪念碑，把黄步霄的姓名都刻上了纪念碑，而且排在第一位。

这一回，我看你个狗东西咋回原上？

刘连长又何以放弃荣誉，做出如此之大牺牲？

正像他心里想的，一切都是为了天香，为了保全她的面子，为了她在原上好活人。甚至，为把尊严与荣誉看得比命还重的她留条生路。

别人的媳妇，要他操这么大心做啥？

还有他心里不曾想到、即便想到也力图排斥的一重缘由，它深深潜隐在刘强骨子里。

他常常做梦，梦中的黄天香或紧锁眉头，或喜笑盈盈……

第三十七章　石田父子

　　袁天才敏锐观察到，他兄妹俩及宦娘、还有那位吉普车司机一行四人，乘坐一辆卡车，从汪家院子被解往石田旅团军营的路上，负责押送的日军士兵中，有两人偶尔朝宦娘望上一眼，脸上浮现出一抹隐隐的笑意。

　　这让袁天才颇费思量。它隐含些微惊诧、稔熟与愉悦，却没有丝毫不敬、冒犯与亵慢。他一路上都没能琢磨透这种眼神背后，到底潜隐着什么。

　　袁天才收拢纷乱思绪，把心思集中于目下处境。他不得不嫌怨妹妹认出吉普车上的宦娘那一刻太得轻率、太得盲动了。要不是为了冰兰，我也不会跟上去，也就不至于落到这种境地。他明白，此番落入日军手中，对他兄妹而言，将导致不测后果，生还的可能微乎其微。目下要做的、仅仅能做到的，是隐瞒他们兄妹俩在十八集团军队伍里的军官身份，最好都以卫生兵面目出现。好在共产党的队伍讲求人人平等，单凭军服，没有可供辨认的标识来区分官兵，倒也不用费心思去掩饰什么了。

　　几名日军径直把他们押至仓木联队队部，与出得门户的联队长仓木义男打了个头撞。

　　"联队长阁下，您看，我把谁给您带来了？"那名带队的笠原下士面呈浅笑，冲仓木行了个军礼。

仓木猛一抬头，见得眼前站着两男两女。男人里面，一个是十八集团军士兵，一个是国军士兵；女人里面，有一个是十八集团军卫生兵，另一个身着素洁便服，与那个十八集团军卫生兵一样，臂膀上都佩戴着一副红十字袖标。仓木联队长不免吃了一惊，半晌莫名就里。

下士将宦娘的身子友善地朝前轻轻一推。仓木与宦娘的眼神就直愣愣对视起来。

"仓木！"先是宦娘惊喜地高叫一声。

"宦娘！？"仓木似疑似惑，既惊且喜。

仓木一个健步，迈向宦娘，像前番战场上相会一个样，一双大手架进对方腋下，宦娘的身子，也就随着仓木就地旋转的身子漂浮着旋转起来。

旋转中的仓木与宦娘，同时发出阵阵爽朗的欢笑。

"哈哈哈哈……哈哈哈哈……"

"嘻嘻嘻嘻……嘻嘻嘻嘻……"

袁天才等三人大为愕然。他们并不知晓，这已是宦娘与此人第三次打交道了，就连这位日军大佐的一条命，也是宦娘赐予他的。而一旁那个笠原下士与宦娘之间，则结缘于去年夏天。在那个赤日炎炎的三伏天，秋田大队被国军独立团与十八集团军教导队围堵在那道谷地，负伤后极度干渴、休克垂死的他，也是宦娘打来的泉水，润活了一株枯萎的苗木一样润活了他。

袁天才兄妹与那个吉普车司机被关进战俘营，宦娘留在了仓木联队。

请神容易送神难，宦娘赖着不肯走了。她说，我跟那三个人一起来，要走一起走！

宦娘把一道难题，在仓木看来，是一道天大的难题，摆在了他面前。

要偿还欠下宦娘的活命之恩，就得把那三个中国军人随她一起放走。作为联队长的他或许有这个能力，至少有办法巧妙地玩转这件事。但是，这就违背了他做人的另一重原则，那就是忠诚，对天皇与国家的忠诚。

仓木义男跟许多日本人、特别是上流社会的日本人一样，多少都染有一种精神洁癖，不愿轻易接受他人恩惠。对他们来说，受恩等同于负债。负债是要偿还的，拒不认账是对精神的玷辱。但是，有些债还得起，有些债还不起。当实在还不起的时候，就只有拿命去抵偿了。

仓木义男是日本国四十七士之一的仓木家族后人。

四十七士的故事在日本国可以说是家喻户晓，无人不知。这四十七人受人之俸，食人之禄，欠下了主人家一份厚重的恩典。主人蒙难身亡，就到了他们报答主人这份情义的时候了。他们自知替主人复仇雪耻，可以了却那份恩情债，却违背了幕府法度，背上了不忠的罪名。两难之间，这四十七人选择了一起舍命复仇，报恩还债。了却了欠下主人的情义债，集体剖腹自尽，再行用鲜血洗刷了不忠的罪名。

他们驯服与狂怒、暴行与礼仪、忠诚与背叛集于一身，行起事来是这般极端化地决绝，这些都莫不在仓木身上打着印记。

宦娘对她这位老朋友的不可理解，是从他的那把战刀诱发的。

一天，宦娘摘下仓木挂在队部墙壁上的那把战刀，将其从刀鞘里缓缓抽出了一截，看见紧贴刀蕈处，有一朵錾上去的菊花图案。心想，这么一朵恬静淡雅的菊花，怎么会錾在一把杀人的凶器上呢？这两个东西又怎么能合在一处呢？

黄伯昂对日本人的认知，是从这两年多天气血与火的拼杀中，得出了自己的感受，且自以为是十分粗浅的感受。国人太得傲物自恋了，那些见浅得跟碟碟里的水一样的国人，被他们动辄称作蕞尔小国、弹丸之地的东瀛宵小，让他们来碰一碰，试试看！

如今，同样一道难题，摆在了四十七士之一的仓木家族后人面前。

五老峰一战，仓木身负重伤滚入暗洞第三天夜晚，在即将昏死、道别人世最后时刻，抛却诸多未了心愿，包括眼下这场战争，大日本帝国的未来。这些，就让活着的那些人以了未竟的大业吧！可就是有一个人，伸出距此万里之遥的那双枯手，在揪扯着他的心。那种撕裂般的疼痛，让他悟出走到生命尽头，最为割舍不开的，不是为之流血奋斗的家国大业，而是血脉相连、声气相通的亲情。那个人，就是他那个世上惟一的亲人，那个害了小儿麻痹症的残疾妹妹。

我把所有军饷都寄给了那家亲戚，为的就是托付他们替我代尽养活妹妹的义务，可他们认为健全的人都活不下去，养活一个废人无异于糟蹋粮食。我如今就要死了，再也没有钱寄给他们了，我那可怜的妹妹还活得下去吗?

一条生命因其残缺，竟变得如此卑微，失去了作人的尊严乃至活下去的必要，这公道吗? 这是仓木义男对人世间的拷问。如果说妹妹的遭际出于个人缘由，那么仓木家族的遭际，就不得不去拷问日本社会了。

仓木家族的盛衰沉浮，就像海面上的浪涛，一会儿掀上了顶峰，一会儿又落入低谷。数代人几起几落的家族兴亡史，就像一面镜子，把日本社会森严而冷酷的等级制度映照得格外分明。仓木家族昔日的辉煌，使得而今的衰朽更显寥落。辉煌时代的仓木家族人人都是贵胄，败亡时代的仓木家族个个都成了贱民。

人为什么不能无分贫富贵贱等而视之?

仓木义男有时不免在想，我在为谁而战? 回答是肯定的，我在为这个国家而战。那么，我的奋战维护着这个国家，是不是也就意味着维护了贵胄们的尊贵荣宠? 也持续了贱民们的卑微低贱? 让尊贵荣宠者继续安享尊贵荣宠? 让卑微低贱者依旧流于卑微低贱?

如果贫富贵贱不得等而视之，等而待之，不能让每个人都活出尊严来，我的奋战意义何在? 念及于此，仓木就由不得渗出一身冷汗。

他被宦娘救醒后，其所以还情愿继续接受疗治，一是想到了他的妹妹。我如果还能活下去，就可以继续拿到军饷，我的妹妹想必也就不会即刻间死去了。如果那家亲戚多少发点慈悲，存点善心，说不定她还能撑到我们兄妹重逢的那一天。另一重缘由，是救他的人不是中国军医，而是一个可爱的小姑娘，这说明他没有被俘，作为一名日本军人的荣誉与尊严没有受到玷辱。

黄伯臣的警备六团与黄伯昂独立团，在与石田混成旅团交火的两年多天气，历经大小三十余战，仅俘虏七名日军，那还是在日军负伤昏迷情况下拿获的。后来，七名俘虏中四人绝食饿毙，三人拒绝就医，伤势感染溃败而亡。

仓木以宦娘为友，乃至以之为神交已久的故旧，仅源于宦娘一句话。在那个阴暗的洞穴里，他曾比比划划，操着甚是蹩脚的汉语发问。

"我……日本人; 你……中国人。为什么……救我? "

"因为都是人。师父说，医家眼里，人无分种族，无分亲疏，无分贵贱，无分贫富，人人均等。"

宦娘也比比划划，伶牙俐齿，连珠炮般一通话，仓木大概也听懂了，特别是都是人与人人均等两句话，他非但听懂了，且直透项背，砭入脊髓，对仓木义男之震撼，无异雷鸣。此人就此悟出，尽管日本人跟中国人有这样那样的不同，然至理常情，天道相通。大抵人都巴望着活得有个人的样子。

给了即将饿毙的人一个馒头，在被给予者眼里，给予者是恩人；给了备遭屈辱的人一份尊严，在被给予者眼里，给予者是圣人。有些人宁愿高贵地死去，也不愿屈辱地活着。

当时的仓木义男没有被中国军队俘虏，却当了一个小女子的精神俘虏。在后来两次会面中，仓木眼目中充满着惊喜与爱意，从心底里把这个异国姑娘认作了他的又一个妹妹。

因为惧怕背上背叛的罪名，仓木无法满足宦娘的心愿，把随她一起误入日军占领区的那三个中国军人放走，用以报答她的恩义。要是放了这三个中国军人，摆在仓木面前的，就是重走仓木家族祖辈的老路，用鲜血来洗刷失忠的污点和背叛的耻辱。

仓木仓促间无从抉择，宦娘也就滞留在日军军营之中。

直至眼下，宦娘仍以为自己误入日军占领区，导致她的天才哥跟冰兰姐也跟着倒了霉。她从来不把人往坏处想，只把罪往自己身上揽。

仓木不曾想到，对他而言，留下宦娘，无异留了个祸害。宦娘也不曾想到，对她而言，滞留日军军营，无异陷入了炼狱。

仓木联队的秋田大队，在那个夏日里的三伏天，被中国军队堵截于那道困危绝望的谷地，那么多日军官兵，似同久旱禾苗喜逢甘霖，经受了宦娘打来的泉水润泽。打那时起，这个可爱的中国姑娘，就持久地存留在他们记忆之中。如今，她又来到军营，赫然成了联队长的座上宾。可想而知，宦娘在军中的尊贵与荣宠，是何等无可撼动。

日军官兵们还对她生发出一种别样的崇敬。那是一种奇特而又微妙的感受。缘由简单不过，就因为她是宦娘。

高贵的女性可令男人仰而视之，霸气的女性可对男人颐指气使，娇媚的女性或让男人行止失范，端庄的女性或使男人守礼中规。而宦娘是满世界的清纯女性之中无出其右者，望她一眼，就是对人心灵的一次淘洗，便足以令人俗念顿逝，五内空空，满目祥和。无论是在中方独立团伤兵营帐，还是在日军军营之中，所有人都对宦娘这么看，这么想。

她干大黄伯昂常对人说，上天按神佛的模子造出了个宦娘，也是上天打发她下到凡尘，来拯救世人灵魂的。我敢说把我宦娘娃放到狼群里，连狼都不忍把牙口呲上一呲。

战争把仓木和宦娘撮合在一起，把两人之间的恩怨纠结在一起，也给了仓木一个报答人家的机会，或者说是一次还债的机会。他想借助宦娘，跟他的上级军事主官套个交情，让那个地位更高、权力更大的人也欠人一笔债。如果他还了人家这笔债，也就等于替我还了债，不但他跟人两清，我也就跟人两清了。

仓木跟他的长官学，有时也翻阅一下孙子兵法。我把我的难题推给上司，在三十六计中，算不算李代桃僵？

仓木找到他的上级石田旅团长。

这些日子，石田将军情绪波动，沉郁寡欢。

"将军阁下，据柴田护士长讲，我部秋田大队石田秀吉准尉，腹腔内大面积感染，抗生素类药物，已无法消除体内炎症，眼下伤情危重。我有一个想法，也不知是否妥当，想征询一下您的意见。"

仓木片言只语都不曾提及对方的父子关系，只说那个伤者是他的联队所属的一位部下。

石田一郎的儿子跟黄伯臣部那个贵胄之子王肇基不同，他入伍后一直服役于一线部队，与平民的儿子酒井次郎等人一起战斗，一起流血。除了联队长仓木，再就无人知晓他们之间的父子关系。

当年的一郎明白，作为士官学校毕业生，他的儿子必将成为一名军人，在不久的将来扛起枪支，走向战场。可还是没有想到，他魂牵梦萦的独生子，居然来到了自己身边，成为这支被称为"皇军柱石"的王牌旅团之一员，做了父亲麾下的一名准尉。这个感情世界极其丰富的男人，不知道这是在陆军本部担任要职的岳父大人刻意安排，还是纯属巧合；也不知道爱子来到自己身边，到底是吉是凶，是祸是福。

石田冷冷地望了仓木一眼，没有说话。他隐隐感知到此人的来意。五老峰一战，他的这位部下失而复归是个奇迹，那么重的伤情霍然而愈更是一个奇迹。

"属下那次肩胛部负伤，无从及时处置，大面积感染，以至溃烂生蛆，已经昏死多日。幸遇那位民间小姑娘，得到她的救治，这才得以生还。这些您都知道，今天属下要说的是，那姑娘有一种神奇药丸，可延续伤者一丝微弱气息，使人神志不至昏迷。还有一种更加神奇的药粉，可强力抗菌消炎，去腐生肌，其独特功效令人匪夷所思。属下能够活下来，可以说是这位姑娘给了我第二次生命。"

仓木此番作为，自是有备而来。早前，他打发民间人士，携带宦娘手书信笺，通过中方黄伯昂部，已经捎来宦娘日常所需一应药物。来至关中地区、向独立团定期或不定期、包括中医药在内的物品，通过后方直达晋南前线的供给倒也不曾中断。至此，她干大始知他的宝贝蛋蛋误陷日军之手。鉴于宦娘与仓木有那么一段奇特渊源，因而也就暂时放宽了心思。

石田一郎也算是半个中国通了，对中华历史文化颇有参览，而中华传统医学之精奥当然也略知一二。

"你到底要说什么？别扯得太远。"一郎背身而立，语气已显关切又似不胜其烦。

"前些日子，此人乘坐一辆国军吉普，误入我部占领区汪家院子一线，她本人如今就在属下队部。"

石田一郎拧转身子，愣愣瞅着仓木，仍半晌不发一语。

中日开战之前，他所在的混成旅团系朝鲜驻屯军之一部，作为大佐军阶的他曾一度驻守异国。那时的秀吉尚在士官学校就读。思念儿子的时候，他就从抽屉里拿出一帧照片，痴痴地凝视着，一看就是大半晌。这帧照片一直放置在最靠近他的地方，也是最顺手的地方。

那是一张取景构图十分别致的照片。照片底部，是石田一郎仰面朝天、高举双手的上半截赤裸的身子。他的手中，高高托举着一个婴儿，一个约莫周岁的胖乎乎的赤身婴儿。那孩子叉着滚圆的双腿，张着滚圆的双臂，似乎要扑抓什么。小巧的口唇，隐隐显露出几颗刚刚冒尖的稚齿，笑得那样开心，那样酣畅，那样甜蜜，那样肆无忌惮，那样地充满着欢乐与向往。

在这父子二人背后，是一片澄洁的天幕。天幕上，是一轮炽热的太阳。太阳的光芒投射在那个婴儿的背部，也投射在石田一郎的背部，使得父子二人的肢体，形成了一道暗淡而幽深的剪影。那张照片底部的白色空间，用日文清晰地手写着一行文字：爱子石田秀吉周岁留念。

直至今天，这帧照片仍放置在石田一郎办公桌抽屉内，仍在最靠近的地方，最顺手的地方。

遗憾的是，往日的父子情深，而今已成昔日黄花。

一郎与秀吉父子俩的决裂，源于一次偶发事件。

那时候的秀吉还在上小学。那天，一郎脚蹬马靴，下身穿着一条马裤，一件雪白衬衣统在腰裤内，头顶上扣着一顶军帽，人显得英俊潇洒，风流偶傥。那阵子的他正沿着学校栏栅围墙，一边行走，一边观察着校内光景。操场上的孩子们有的在踢足球，有的在翻单杠。石田一郎焦灼的眼神，一直没捕捉到儿子秀吉的影子。

突然，一处长满竹木的浓荫地带，传来两个孩子的对话。约莫十二三岁的秀吉与一个年龄相仿、但明显比他肥硕健壮的孩子扭打在一起。

"你敢欺负我！我爸是大佐石田一郎！"

"我爸是柔道六段高手武田雄二！"

一郎抢步直前，双手紧紧抓住铁栏栅，静静地注视着两个打斗中的孩子。身单力薄的秀吉屡屡被对方搬掀翻倒地。一郎腾身而起，从那道铁栏栅翻了过去，长身立于两个孩子面前。

秀吉看见他的爸爸，冲一郎耸着鼻子笑了笑，勇气倍增，再度扑上前去。健硕孩子先是一愣，见来人并未采取行动，只是站在一旁观望，这才鼓起勇气，再度与对手扭打起来。

秀吉此番出手，虽然迅猛顽强，可时间一长，毕竟不是对手，再次落了下风。奋战中的秀吉不时拧转脖颈，朝一旁的父亲望上一眼。

然而，亲生父亲居然丝毫没有出手的意思。秀吉一边对抗，一边流下两行委屈的泪水，最终几乎放弃抵抗，在对手拳打脚踢下溃不成军。

突然，秀吉紧紧抱住脑袋，滚倒地面，嘶声嚎哭。一郎伸出右手，试图拉起儿子。秀吉翻身而起，一头撞向一郎，并气急败坏地厮打推搡着父亲，如同面对一个不共戴天的寇仇。

一郎一把抓住儿子领口，将其瘦小的身子拎了起来，惊愕地注视着对方，沉声发话。"孩子，这辈子别指望他人拯救你。你得自己拯救自己，不要对他人抱任何幻想！"

秀吉如同不认识似的，愣愣看着一郎，身子一步一步朝后退去。但见他咬牙切齿，双眼迸射出仇恨的火花，发出一声令人寒心的嘶喊。

"我恨你——恨你一辈子——"

一郎茫然张望着远去的儿子，一时间莫知所措，慌了手脚。

在亲情面前，一郎是脆弱的。正是出于对儿子无以复加的爱，他这才选择了观望，心里流着血在观望。他怕处处护着儿子，使其年纪小小就养成依赖的惰性，有朝一日会害了他。这本来是一份厚重的爱，深沉的爱，寻常父母难以做到的爱，可也正因如此，儿子对他这个做父亲的疏远了，陌生了，甚至于不相认了。

石田一郎人生遭遇了一次失落，一次深重的失落。

后来，一位心理学家告诉他，当一个孩子遭受欺辱的时候，他迫切需要的是得到亲人的保护。当他的亲人以旁观者的面目出现在他的眼前，甚至抱着观望或者欣赏的态度无动于衷，这个孩子岂单是对自己感到悲哀，甚至对整个世界都会绝望。一郎这才明白，自己在一个错误的时刻，面对一个错误的对象，犯了一个不可饶恕的错误。

此后的石田一郎面对皇天，发了一桩血誓：皇天在上！儿子，从今天起，无论在什么地方，什么时候，爸爸永远做你的守护神！

如今，一郎眼睁睁看着他的独生儿子身被重创，疗治无效即将夭亡，竟然束手无策。且直到此刻，他没有勇气把儿子性命危殆的消息告诉给妻子。他的妻子宫泽美惠子，是陆军参谋本部谍报机构机关长宫泽敬二中将、也是他的老上级的爱女。

宦娘在柴田贞子护士长陪伴下，随老军医松尾来至旅团伤兵营房重症监护室。

一个旅团的重症伤号全都集中在这里，使得监护室形同停尸房，不时有被抬出去的尸体。少臂缺腿、头破腹裂的伤号们面色苍白，气息微弱，死去了般躺倒着近百十人。

听说来了个中医大夫，还是位年轻女性，监护室外，每一张窗口都挤满了日军轻伤伤号。仓木义男陪同石田一郎，也静静站立一张窗口后面。

"有几名士兵生命垂危，随时都可能死亡。请您根据轻重缓急，全力施救。拜托了！"稍谙汉语的护士长柴田贞子言罢，冲宦娘深深鞠了一躬。

把脉把到第三个床位，宦娘右手食、中二指刚一搭上石田秀吉手腕，但见她神情骤变，脸上爬满了哀伤。宦娘说，他已经没气了。

老军医松尾抢步上前，探了探秀吉鼻息，痛苦地摇了摇头。

户外的仓木脸色难看至极，紧紧捏着的拳头，嘎巴嘎巴的骨节错动之音隐隐可闻。一旁的一郎双目闭合，身子晃了一晃。

宦娘一翻秀吉眼皮，又伸手朝心窝处摸了一把，从药箱里那只小巧瓷瓶内倾出一粒暗褐色药丸，填入口中，将其嚼碎，捏着秀吉双腮，把嘴凑向对方的口唇，将嚼碎了的药末度入伤者口里。

这一连串动作一气呵成，迅捷无比。众人眼神循着宦娘身影游走，像给绳子牵着一般。窗户外面的日军伤兵，也包括一郎与仓木在内，一个个眨巴着眼睛，长大着嘴巴。

"酒！白酒！"紧接着，宦娘冲身后的柴田大喊一声。

此时此地，又何来白酒？柴田贞子答应了一声，说是马上去找，又被宦娘叫住。"来不及了！朝医用酒精里兑上水。"

宦娘噙了一口混合液体，再次用嘴巴度进秀吉口唇。

一旁的老军医松尾知道，她这是利用酒力催发药性，使其在人体内尽快生发作用。在场的人眼睛潮热、湿润起来。户外的日军伤兵，包括一郎和仓木，张着雾茫茫的双眼，全都屏住了呼吸。

"火！"宦娘又喝叫了一声。

柴田护士长急忙用火柴点燃了一盏酒精灯。

宦娘看似有条不紊，实则娴熟至极，从一包洁白棉布内拈起一根银针，将针头朝火苗上燎了燎，左手拇指的指腹在秀吉人中部位按揉三番，继而食、拇二指指甲切压三道，右手捻指旋转进针，入针后又轻提三度而后至。

紧接着，宦娘以同样手法，分别在秀吉涌泉、足三里、中冲穴扎入三针，拿起一根指拇粗细棒状自制灸料，将其引燃，熄灭明火，把冒着青烟的灸料，以凤凰三点头手法，朝下针部位时近时远，逐个炙烤起来。

室内室外，一双双焦灼而惊异的目光一眨不眨，随着宦娘的身子、以及各种救治手法在移动、漂游。

突然，一名日军女护理发出一声惊叫，"动了！他的手……石田君的左手……"

众人目光齐茬茬朝石田秀吉左手望去。但见他那弯曲的左手中指轻轻地、微微地、缓缓地动了动。

老军医松尾抢上前去，探了探秀吉鼻翼，喜形于色，讷讷言道："缓过气了……他……有气了……"

窗外传来日军伤兵叽叽喳喳、充满惊喜的叫声、议论声、欢呼声。

石田一郎紧紧闭上双眼，把悬浮眼眶的泪水强行敛了进去……

第三十八章　把两条腿变成四条腿

　　石田混成旅团战俘营一个单间里，关押着一个特殊战俘。他的特别之处除了是个鹰钩鼻子蓝眼睛的美国人，还享受着日本人多方礼遇，对他不打不骂，客客气气，好吃好喝，小心伺候。只可惜好吃难消化，后来的他宁愿尽早死去，也不愿享受这份优待了。

　　他所面对的这支日军部队最高司令长官，只要不触犯他的戒条，肢体上一般不怎么虐待战俘，只是让你心里不好受。此人名叫布洛克尔，是抗战初期最早一批参与中国空军抗战的外籍非军事人员。他原是裁撤了的美国陆军航空队战斗机飞行员，失业后以个人身份秘密受聘于南京国民政府，成了中央航校数十名外籍飞行教官之一。淞沪抗战后草创的中央航校边学边打，仓促上阵。具有飞行及战斗经验的外籍教学人员，特别是相当数量美籍人员，在实战中参与教学，于教学中参与战斗，同中国空军一起投入南京守卫战。都城上空被击落的六架日军轰炸机中，有两架均飘落于布洛克尔按动的机关炮炮火之下，受到后来被尊为空军之母的蒋夫人嘉奖。

　　此后，他所在中国空军飞行中队五架美制鹰式战斗机群，受命配合第二战区晋绥军地面部队，阻遏三万日军沿同蒲一线南进，遭受地面炮火攻击，战机中弹跳伞，落入介休地面，被日军先头部队秋田大队俘获。

　　一天，所有战俘都集中在军营大院，被看似闲散、然井然有序的日军团团围定。日军们在唱着近日流行于军中的一首歌子，使得他们所到之处，都升腾着一股蓬蓬勃勃的气氛。这是石田混成旅团区别于其他部队的标志之一。

> 徐州，徐州，人马齐进，
> 徐州生活的如何，住的如何？
> 信件中描述的美好的语句，
> 带着乡间音乐的节拍。
> 如同胡子一般微笑着的麦田，
> 背负受伤的战友无法下脚，
> 向泥泞夜雨的战场前进，
> 听到背后战友抱歉的低语"对不起对不起"，
> 边走边回答道"别说傻话啊"。
> 士兵们步伐坚定地前进着，
> 肩扛武器遥望着远空，
> 白色的云朵印入眼睑。
> 远离家乡来到此地，
> 才感受到自己的爱国之情⋯⋯

在旅团参谋长、仓木义男等几位军官陪同下，石田一郎就座于围得水泄不通的日军士兵中间，侧耳聆听着这首歌子的每一句歌词。

"这就是东海林太郎取材于火野苇平《麦田与兵队》那本书，新近创作出来的那首歌曲吧？"一郎冲身边的参谋长发问道。

"是的，将军阁下。刚从南方战场流传过来。据说这本书真实地记录了徐州战场上的一些事情，在国内影响很大。"

"正如火野所言，战争是以杀人为基调的人间最大罪恶，最大悲剧。它集中了一切形式的犯罪，包括抢劫、强奸、掠夺、放火、伤害等等。"一郎还想说，"一切战争概莫能外。因此，战争是背离人性的，见不得阳光的。"然而，他没能说出口，只补充着说了这么一句，"在军方的严格控制下，即使像火野苇平这样悲天悯人的作家，他又能写出些什么呢？"

"是的！应该是这样。"参谋长随声附和了一句。

作为这场战争的参与者，一郎痛感自己也时时刻刻都在犯罪。

"世上再也没有什么比战争更扭曲人性了，它调遣出潜隐在人类骨子里的兽性。无论是我的部下，还是中国士兵，如今杀起人来，一个比一个眼红，一个比一个凶残。不管给杀人冠以何种华丽的外衣，填充以何种堂皇的理由，如果把杀人本身当做可以炫耀的事，引以为自豪的事，只能说明人类自身的虚伪与荒谬。"

既然是罪人，犯罪也就成了常态。眼下，由他一手导演的又一场犯罪即将拉开序幕。今天的这场犯罪，非但让石田一郎感到自责，甚而连他自己都鄙视自己，厌恶自己。

但是，他又认为自己不得不这么做，且具备如此作为的理由。

"大本营拟在三个月内结束中国战事，这是对中日两国综合国力与军事实力相比较前提下得出的结论，可结果又如何呢？大本营的那些衮衮诸公们，以为凭借强大的武力便可征服一个民族，岂不知中国历史上屡次异族统治，没有一次能够逃脱被这个诡异怪圈吞没的命运，最后看得见的只是自己一张虚无的影子。世界上诸多文明都消失了，只有这里的文明延续了下来。尽管它既是一份荣耀，又是一副沉重的包袱。据此，我从来没有轻视我面对的敌人。"

如上考量，回答了他如此作为的理由，也印证着他试图寻求一种游离于武力之外的途径来战胜对手。

眼睁睁看着身着航空服饰的布洛克尔，在一名日军少佐引领下，绅士般迈着方步，体体面面行止大院中央。

布洛克尔尚未感知到，接下来的境况将大为不妙。

紧邻战俘营的一处栏栅内，养着三只喷吐着血舌的狼狗。负责饲养它们的一名日军，从一只狼狗颈项上摘下一副皮质项圈，递给手里提着一根皮鞭的黑田少尉。谁也不曾意想得到，黑田把那副项圈套上了布洛克尔的脖颈。于是，绅士般的布洛克尔，便像一条狗一样牵在一手提着鞭子，一手牵着绳子的黑田少尉手中。

一郎静静地注视着这位帅气的美国人此时此刻的窘态。

那位少佐叽里咕噜说了一通日本话，一名翻译把它滴水不漏地讲给战俘们听。他说："你们瞧见了吗？这个美国佬，本来是个中立国公民，却以个人身份协助南京国民政府，参与对大日本皇军的空战。皇军不屑与这等毫无信义可讲的宵小之辈计较，你们之中，如果有人愿意出面，把这个美国佬鞭挞一顿，便可获得自由，从皇军军营里大摇大摆地走出去。旅团最高司令官，以军人荣誉和将军身份向你们保证，他说话算数，决不食言！"

此言既出，全场肃然，寂无声息。中日双方官兵，全都把惊异的目光投向布洛克尔。此时此刻的他，似乎也明白了日本人的意图，蓝汪汪的眼睛里满是惊愕。天啦！如果真的有中国军人，冲着我举起了鞭子，对我这个为了朋友而战、不惜舍弃性命的美国人来说，那将是何等的悲哀？

军营大院顿然陷于洪荒般的死寂。

战俘中没有人站出来，且全都收回了目光，不再去注视那位跟畜生一样被人牵着的美国佬。

这是石田一郎意料中的事，因而也不感到怎么在意。

"大家听好了。不久，你们将被送往满洲国服劳役。到了那里，那可是九死一生，活下来的希望就太渺茫了。这是你们唯一一次获得自由的机会。最高司令官不会撒这个弥天大谎。那样的话，不但失信于你们，也将失信于自己的官兵。你们看，旅团军营的大门向你们敞开着，你们尽可大大方方地走出去！"

战俘中有人朝军营大门望了望。果然，大门两旁岗亭内、鹿砦后面连卫兵都撤了。

战俘中最为惊骇的人莫过于袁天才。他惊骇的不是事件本身，而是这位旅团司令长官的用心。他分明看见一个身着便服的记者模样的男人手捧照相机，随时伺候在那位美国飞行员身旁。

啊！如果真有一个中国士兵，向这位美国人举起了鞭子，这个国家还有救吗？这个民族还有希望吗？他向舍命相助的朋友举起了鞭子，他那忘恩负义的丑态与恶行将会被张扬得满天飞，传遍整个世界，让世人作何感想？

身上到底是延续着大原上一个狂傲的男人、一个聪慧的女人融合了的血脉，袁天才一眼看穿了一郎的用心。诚如袁天才所想，石田一郎老觉得他正在跟一个人打架，旁边却蜷着一只磨牙吮血的卧虎。尽管日美尚未开战，他比陆军参谋本部某些高级将官，对中日之间这场战争的背景看得更为透彻。这只卧虎虽说目下处于观望状态，但不可能嗅不到他人血拼中的腥膻，它迟早得搭起爪子，参合进来。这只卧虎，就是强大的美利坚合众国。它一旦向我方下口，美利坚参战之日，必为大日本败亡之时。

如今的一郎力求干点事情，且不管发挥多大效用，只是想给这只卧虎看看，也给满世界的狮子老虎们看看，如今正跟我打架的这个人不可交，更不可帮。

战俘们的目光，从军营大门移向就坐于场地外围的司令官，这会儿差不多都信了。如果操起鞭子，朝这个美国人劈头盖脑甩上一顿，还真有可能拍屁股走人，活着从日本人的掌心脱身出去。

可是，仍然没有人走出来。他们每一个人想得都很多，想他举起鞭子的后果。那个时候，他心里会很不舒服；但就此赢得生机，脱出困境，心里又很是舒服。他们在不舒服与舒服之间做着比较，比较来比较去，觉得遭受的不舒服甚于获得的舒服，因而没人愿意做这桩买卖。

鞭子落不落也是落在别人身上，疼不疼也是疼在别人身上，却可以换取自身的自由乃至一条生命，这是一桩何其划算的买卖！可是，就这么大的便宜，却硬是没有人去捡。

拿生命都不肯去换的东西，原来仅仅只是一种感觉。

千古艰难惟一死。此时此刻，死亡对战俘们而言，竟是这般不足为论。

这仍然没有出乎石田一郎意料。如果把这些俘虏换做我的同胞，他们更不会轻易拿起鞭子。不管是中国人，还是我们日本人，只要是人，人类总有息息相通之处。他仅仅只是沉着冷静地观察着每一张战俘的脸。

要结束这种稍显尴尬的冷场处境，让场面变得热闹起来，他有的是办法。即便没人肯接手这把鞭子，可他们头顶上还高悬着另一把无形的鞭子，人类脆弱的神经经不起这把鞭子的抽打。

在这把无形的鞭子底下，就像若水她娘看见的那个耍猴人所戏耍的猴子，即那只朝人撅屁股借以讨饶的猴子，或者像五陵神鞭福旺眼中的那些驴儿马儿，即便是人类，也得抹下脸面，驯服得跟那些畜生一样。王六十婆娘金串串不就是在那把无形的鞭子下，把裤子抹给了几个小娃娃吗？所以，一个人要主宰另一个人，须得有一把时时刻刻紧捏着的高悬在对方头顶上的鞭子。

但是，石田一郎不想把事做得太绝，好好一出游戏，弄得血腥飞溅，又有什么意趣？他瞅准了一个目标，那位少佐依照司令官既定目标，从战俘中揪出了一个人。这个人袁天才认识，他就是与他同一个镇子一起长大的黄步霄。

石田一郎的眼睛，咋就跟刀子一样，偏偏瞅准了这么个人？

诚如刘强推想，在谷地那场阻击战中，独立团发起反冲锋时，黄步霄没有跟上去，借机从背后溜走了。此人晓宿夜行，也算谨慎，经过一个夜晚奔波，毕竟智略上稍欠一筹，捏着一根金条，维图包餐一顿，却疏忽了换上一身百姓人家的衣服。再加上摸黑逃窜，慌不择路，竟跑到据永济城不到十余里的一个村镇，一个早便遭遇了日本人。战后的永济城破损严重，亟待修葺，黄步霄遂被前来拉夫的日军生俘。

那位少佐礼貌地请出黄步霄，且弯着腰身，把从黑田手中接过的那把皮鞭，同样礼貌地平托于黄步霄面前。

接与不接，成了摆在黄步霄面前的一个难题。

虽然他没有袁天才想得那么多，那么深，但也明晰感知到这把鞭子接不得。这就好像自己跟一个对头正在打架，有一个外人出手帮了自己一把，自己却朝那个帮了自己的人下了手，这样的人还算是个人吗？除非他是一条疯了的狗。还有，我一旦接过了它，就意味着跟日本人站在了一起，背叛了我的同胞和脚下的这片土地。那样的话，天香还会认我吗？五陵原我还回得去吗？

他又一次感到了耻辱，比当逃兵那一刻的感觉更为羞臊。

黄步霄只是愣愣地瞅着那把鞭子，许久许久，没有伸出手去。

到了考验最高司令官眼力的时候了。那位少佐一挥手臂，一郎身后即刻窜出两名日军，架起黄步霄的身子，推推搡搡，将其架向近旁的那处栏栅。

就在黄步霄靠近栏栅的那一刻，那位负责饲养狼狗的日军尚未拉开栏栅门户，三只吐着血舌的狼狗便搭起爪子，扒着栏栅上的横木，眼睛里闪射着幽幽凶焰，冲来人呲着交错的犬牙咆哮起来。

黄步霄幼年被狗咬过，那是牛八当年豢养的那条撵兔的细狗。那狗腰细腿长，奔跑如飞，天生一副好牙口。黄家娃也爱这只狗，把他手里的德懋恭点心捏成蛋蛋去喂它。那天牛八正肚子饿得咕咕叫，心里不免来气。我他娘咋连狗都不如！狗今天都吃上了点心，我活了半辈子，咋连个德懋恭渣渣都没尝过？念此，便喝势（吆喝）疯狗咬狮子，没想到那狗还真的朝富家娃下了口。

狗的属性集中体现于一个忠字，眼中无分佛祖，无分盗跖，只要豢养它的主人授意，叫它咬那个，它就咬那个。黄步霄永远也忘不了，狗牙穿过脚后跟上的懒筋那种滋味。

此刻他脑子里的一闪念，是这三条狼狗的架势，比当年牛八家的细狗何止凶残十倍。听人说狼狗是狼跟狗杂交出来的杂种，长得像狗也像狼，既有狗性，又有狼性，不单咬人，还会吃人。它们就是眼前这三个货色的模样。也不知它们都吃了些啥，如今下巴上还沾着血，牙缝里也钻着血。

黄步霄清醒意识到，一旦让这三个家伙下了口，就决然不会像当年牛八家的细狗咬穿懒筋那么轻松了。顷刻间，他只觉得浑身的肉被撕成碎片，突噜噜打了个寒颤。

在饲养人员即将拉开栏栅门户的那一刻，黄步霄崩溃了。

尿液，沿着他的腿杆往下流，洇湿了军服裤筒，也洇湿了地面上的一片黄土。

随一声"慢着"的嚎叫，两名日军及饲养人员均住了手脚。

黄步霄被人拖回场地中央。这时候的他已经挺不住桶子了。

鞭子到底还是落在了黄步霄手中。

高悬在人头顶上的那把鞭子，又一次显示出它的淫威。

黄步霄眼泪花花望着手中的鞭子，一刹间想到了很多。

福旺是他家长工头儿，作为五陵神鞭的福旺手中那杆长鞭，黄步霄焉得不晓？福旺叔在教训劣倔牲口时，长鞭甩出的响声比年节期间的二踢脚还要震耳，少年时代的他很胆怯，很仰慕，也很惶惑。

"福旺叔，你拿鞭子割牲口的耳朵就行了，把它甩得这么响做啥呢？"

"鞭梢割的是牠的肉，响声割的是牠的心。"福旺说。

黄步霄第一次听说鞭子还能割心。

"牲口的心在腔子里长着呢，鞭子咋割得到？"

"有一把看不见的鞭子，专门割心。能看见的鞭子割了肉，比屁还淡，两天半也就好了；如果叫看不见的鞭子割了心，牲口就不叫牲口，人也就不叫人了，全都成了奴了。"

"叔，你说话咋神神道道的，我听不明白。"黄步霄摇摇头说。

"每个人的头顶上都悬着一杆鞭子。就拿你叔我来说，我手里看得见的鞭子抽的是牲口，你爷跟你大手里那杆看不见的鞭子，抽的是我。牲口拉的是木头做的车，我跟我手下这几个弟兄，拉的是你黄家这么大个家业的车。我跟我手下的这几个弟兄，如果不看着悬在头顶上这杆鞭子的鞭梢行事，我们几个跟我们的婆娘娃就没饭吃了，那还不得给活活饿死？"

把话说到这个份上，当年的黄步霄似乎听懂了些许，但伙计头哲学家仍在阐发着他的哲理。

"你叔黄伯臣如今当了靖国军的团长，回到咱原上来威风了得！可他头上也悬着一杆鞭子。如果他还嫌团长的位位不舒坦，想换个司令的位位，换个陕西督军的位位，头上没了那杆鞭子还了得？还有你老先人黄琪葆，按辈分，你该叫他一声老爷（曾祖父）了。他把官都快要做到一人之下万人之上了，头上也悬着一杆鞭子。他朝堂上见了皇王爷，不规规矩矩、颤颤活活爬在地上试试看！"

言至于此。福旺话锋一转，扯向另外一道命题。

"二公子，你说人爬在地上像啥？"

"像长四条腿的畜生。"黄步霄思索一番，很是形象地回答说。

"着嘛！从古到今，世上还有啥能把两条腿的人变成四条腿的畜生！"

今天，黄步霄算是明白了。有一种力量，正逼着他作为一个人去干一件不是人干的事。

尽管鞭子捏在手中，然尚未举起。也就是说，眼下仍可拒绝去干那件不是人干的事。如果说即将被丢入狼狗窝子的那一声呼唤出于缓兵之计——他那阵还真没虑及到底该怎么做——那么，这阵子才到了必须做出抉择的时候了。

摆在他面前的有三条路，要么朝那个美国人举起鞭子，要么被狼狗活活生吞了，要么……黄步霄眼前浮现出一幕惨烈情景，那就是当年被远房九叔黄伯昂称作特勒骠、一头撞向他家照壁的那匹骒马之死。

第二条路与第三条路，有一个共同点，那就是死。

他选择了第一条路，并在心底里为他的选择找到了依据，或者说是安慰。我黄家眼看就要灭门绝户了，我死了，丢下我大咋办？谁为他养老送终？还有我媳妇天香咋办？我死了她岂不成了寡妇？我拿鞭子抽你几下，看起来你遭了我的辱贱，可你也该想想，这样一来，我也遭了日本人的辱贱。说来说去，咱们都在遭人辱贱，又不是你一个受辱？我辱贱了你，还有你一条命在；我拒绝了日本人，我连命都没了。拿你的受辱换一条人命，值得不值得，你说个良心话？

还有一重缘由。黄步霄感觉自己的阳根在慢慢觉醒，复活。特别是夜深人静，回想起婚后的第一个夜晚，与黄天香同床共枕的情景。日后夫妻团圆了，我再也不会像独立团弹药库里的那个样了，我会恢复到咱们成亲那天晚上的样子。黄家家大业大，不能后继无人，咱们日后还要生儿育女，一起过好日子。

黄步霄觉得，人活着是那样美好。

一郎的眼力得到充分印证，预期也收到满意成效。

鞭子疾风骤雨般落在美国人脊梁上、肩胛上、脑门上。黄步霄一边抽打，一边念念有词，絮絮叨叨说着什么。绝大部分日军不明就里，袁天才等战俘们却听得一清二楚。他在复述着、强调着自己其所以痛下狠手的那些理由，他能够想到的、也自感说得出口的那些充分的理由。似乎理由越充分，抽打起那人来就越是有了底气；越是有了底气，鞭子挥动起来也就显得益发锐耳。

尽管皮鞭的抽打是如此刚猛，布洛克尔疼的并不是身子，他疼的是心。这位有家有室、抛下老父老母、妻子儿女来到中国，不惜冒着生命危险，帮助中国人抵抗日本人的教练兼战友，冲着苍天发问：我值不值得做出这样的选择？

黑田少尉不失时机，将套着布洛克尔脖颈的绳索使劲一拖，美国人就跟跄倒地。于是，黑田的一只脚便死死地踩住了靠近颈项的绳索，这样一来，美国人便无从挺直他的身板，像狗一样趴在了地上，任凭鞭子雨点一样抽打。

那位摄影记者要的就是这个效果，脚板子颠得跟尥蹶子的牲口一样欢势，不失时机地选择着最佳角度，噗哗噗哗一连拍了多张照片。

围观的日军们又是拍手，又是跳跃，欢声若雷，激动得心头发颤，眼中漾泪，几乎要把整个军营抬了起来。这是石田将军如此行事，欲将达到的另一重目的。只有从心底里对对手充满着鄙视、不屑，这才具备足够的胆气与勇力去战胜对手。

包括冰兰在内的许多男女战俘，面对黄步霄行止，心怀义愤，怒不可遏。唯有袁天才此刻的忧虑多于愠怒，也大于愠怒。他忧虑的是装在照相机里的胶卷，虽然它现在还模糊不清，但不久的将来，很多很多人会透过它看到很多很多东西。袁天才想把它捂住，就像企图捂住一个人脸上的疮疤。

这时，驴槽上伸出个马嘴来了。

宦娘在柴田护士长陪同下，也一起来这瞧热闹。如今的柴田与宦娘已经很稔熟了，甚至于交上了朋友。柴田贞子只知道，宦娘是仓木大佐的座上宾，在整个军营、甚至包括战俘营直出直入，跟在自己家里一样；秋田大队那么多官兵，见了宦娘，莫不笑嘻嘻打着招呼；重症监护室那些接受宦娘治疗的伤员，对宦娘尊重与感激就更不用说了。因而，宦娘成了这座军营里的大红人。柴田不知道的是宦娘还救活了最高司令官儿子的一条命。凭着柴田会说几句汉语，告诉了宦娘许多军营里的事，宦娘也把她的心事全都告诉了柴田，包括她跟袁天才、袁冰兰三人之间的暧昧关系。

宦娘眼眶里珠泪闪闪，对眼前的情景越看越看不下去了，多次想冲上前去，都被柴田护士长死死拖住。柴田说，司令官在座，谁也不敢搅局。不然，要冒生命危险的！

出得庵院下得山，原上好些人都觉得宦娘有些傻气，傻人自必会干出一些出乎常情的傻事来。柴田到底没能拖得住她，宦娘跟疯了一样冲上前去，先是夺了黄步霄手中鞭子，摔落一旁，一把将对方推了个沟子蹲。继而，宦娘又一把夺了那位记者手中照相机，朝地面狠狠砸去。一团胶卷，从相机破裂了的肚子冒了出来，像一堆死肠烂肚。

见此情景，袁天才悬着的心落在了实处。

一鹞入林，百鸟哑声。宦娘一露头角，大院内登时静悄悄一片死寂，人人张大了嘴巴，个个瞪直了双眼。没有几个人晓得，她倏忽间出此一手，意义非同凡响。

缓过了神思，清醒了脑袋，有些人就待不住了。黑田与那两名日军疾步上前，扑向宦娘。

但闻吭地一声大咳，从石田一郎身侧闪出个人来。但见他身材高大，紧抱双臂，板着面孔，岔开双腿，铁塔一样矗立在宦娘身后。此人便是石田混成旅团三十七联队联队长仓木大佐。黑田与另外两名日军神色一愣，打住了脚跟。仓木斜起眼角，朝左右两边的黑田及两名日军扫视了一眼，那三人便低垂着眼睑，悄无声息，退归原位。

仓木不惮冒犯长官，敢于出面，把宦娘护持于自己的羽翼之下，有恃于他在整个旅团的威名与赫赫战功。除此，还有一个不足为外人道破的缘由。将军阁下，您别忘了，您也欠了别人一笔沉甸甸的恩情债，到如今还分毫没有偿还呢！这是仓木的心里话。

一郎通过仓木，探听出宦娘的身份，晓得了她是自己老对手黄伯昂的义女，且非军人身份。一郎一直惦记着宦娘的义父，在五老峰一战给予了他战死士兵以人道与尊严。源于对黄的敬重，也就对宦娘产生了好感。当他的儿子经宦娘调治再度复活，感恩之心无以复加，拿不出一个报答这份恩情、这份重得让一个做父亲的心里发沉的恩情的礼行来，想以这支日军部队最高司令官名义，邀约她的老熟人仓木作陪，先行宴请这姑娘吃顿饭。仓木适时透漏给他一个信息。

"将军阁下，您不必考虑如何答谢她的问题。凭我对她的了解，这姑娘不计较这些。请您答应，让她回到她该去的地方就是了。"

"我又没限制她的自由。这话从何说起？"一郎不免有些茫然。

"她乘坐一辆中方吉普，跟两名十八集团军卫生兵，还有一名国军司机误闯我方占领区，所以……她才来到军营。"

"哦！"石田一郎望着仓木莞尔而笑，半晌没有作答。

一郎这才明白，这位老部下把一个烫手山药扔给了自己。尽管有些想法，但心里并不埋怨他，口头上更不会责怪他。没有仓木和他的联队，他的旅团在中条山就打不出威风来；没有仓木以及他本人负伤后与那个姑娘的交往，也就没了他的独生儿子石田秀吉；没有仓木感恩图报并把这道难题推给了他的这份苦心，他还真要怀疑这位部下的品德与为人了。

但是，要这位司令官因私废公，无原则释放三名战俘，作为他私人对那位恩人的补偿，这件事一郎还真得仔细斟酌一番，至少他现在还没拿定主意。一郎取消了宴请宦娘的设想，且不再考虑与她照面。他怕他现在乃至将来无法面对那个中国姑娘。从某种意义上讲，这虽然还谈不上推卸，却也无异于逃避。今天是一郎与宦娘的第一次直接照面，对她的印象异常深刻。

由此，宦娘一再滞留军营，也就有了她今天的表现。

宦娘半蹲半跪，依偎在倒伏地面的布洛克尔身旁，先是扶起了他的上半截身子，摘除了他颈项上的皮套及绳索，掏出一方洁白的丝绢，轻轻地擦拭着美国人满面泪痕。

布洛克尔来中国时日已久，跟中国人及中央航校的学员们交流讲习，倒也能用中国话把自己的意思表述清楚。此刻的他脸上绽出一抹淡淡笑意，望着眼前这个满面秀色，如同一轮新月一样素净的女子，殷殷然发问道："姑娘……你今天出面护着我，心里是怎么想的？"

"我只是想，既然是人，就要活得有个人的样子。也想要那些让您活得没了人样的人，也活得有个人的样儿。"

布洛克尔听得此话，眼睛一热，几乎又要落下泪来。不过那不是屈辱的泪，而是温情的泪。人活得没了人样，就失去了尊严。今天，有一个人出面维护着他的尊严，这比维护他的生命更令他振奋，更令他感激。因为他刚才失去的就是尊严，那种生不如死的感觉，让他意识到失去了尊严的生命是那样不足为道。

石田一郎不曾想到，宦娘的回答把他也捎带了进去。是哪些人让这个美国人活得没了人样？是那个挥动着鞭子的中国俘虏，更是我这个策划了这次行动的始作俑者。她说她想要那些让美国人活得没了人样的人，也活得有个人的样儿。如此说来，我石田便活得没了人样？没了人样，又是个什么样？小小女子，好深的城府，骂人连脏字都不带。此人待在军营里不走，果然别有存想，我还真把她给小瞧了！

这是宦娘与石田的第一次照面，也是第一次交锋。

布洛克尔打起精神，站立起来，也顺手拉了宦娘一把。

"感谢你，姑娘！"布洛克尔冲宦娘客气地道了声谢。

一场精心策划、意图指向明晰的行动，因宦娘出面搅局，目的未能尽然达到，石田未免稍觉失意，却也不得不就此收场了。

黄步霄的眼睛一直瞅着日军司令官。石田自然也觉察到了那道质询的眼神，冲一旁的那位少佐低声说了句什么。

少佐又向那位翻译嘀咕了几声。翻译行至黄步霄面前，指着他说："你！司令官阁下说了，你自由了，可以走出军营了。"

黄步霄颜面上浮现出一抹喜色，一弯腰身，先是冲司令官鞠了一躬，随后又冲那位少佐跟翻译行了一礼，便惴惴然抬脚起步，先慢后快，一溜烟朝军营大门颠去。

战俘们眼睁睁看着黄步霄快步颠出军营大门。

他们没看见的，是不到一时半会，黄步霄又折转了回来。那个时候，战俘们已被日军押往集中营。

第三十九章　人吃了连毛带屎的鸡

　　宦娘落入扎于永济的日军大营，义父黄伯昂焉有坐视之理？他早就派人潜入城中，伺机而动，包括刘强也在其中。刘强、赵良栋等共产党人从下到上，均与十八集团军教导队袁天才政委一线相牵。此番袁政委兄妹一并陷入日军战俘营中，刘强自愿请行，与此不无牵涉。警备六团团座黄伯臣更是出于内心自责，也派干练人手潜入城内，把握宦娘遭际与行踪。待贵胄之子夭亡事件风声稍事平息后，他打算亲自出马，把那姑娘从险境搭救出来。

　　李快嘴一双儿女落入日军大营，黄伯昂便没了片刻消停。

　　你不发兵救人，我就抱住你的腿，从早到晚不松手。这是李快嘴打的主意。黄伯昂说，你的一双儿女，是共产党的人马，要搬就搬十八集团军的兵去，抱我的腿捞×呀！

　　李快嘴眨着肿得眯成一条缝的红眼说，树有根，水有源，我儿我女不救你干女，就跌不到狼窝里去！你要吃就把老娘脊背当桌子，反正老娘吃不进去！你要睡就把老娘大腿当枕头，反正老娘睡不着！黄伯昂问，那我想巴想尿咋办？李快嘴说，那你就给老娘憋住！等老娘心里畅快了，你沟门子眼眼跟×眼眼再畅快！

　　黄伯昂让李快嘴顶得大张口，半晌无言以对。李快嘴故伎重演，又是掐，又是拧，这番又有黄伯昂好受的了。等几个警卫把李快嘴扯离黄伯昂双腿，关了禁闭，佩瑶抹起她男人裤子一瞧，想哭都没了眼泪。她男人的双腿被人掐得全是血印子，拧得满是青疙瘩，从上到下，没巴掌大一块浑全地方。

黄伯昂喟然长叹，我今天才见识啥叫麻迷子婆娘！

这天，日军军营门前意外撤岗，引起刘强等人警觉，也把他们目光吸引至军营内外。他们扮作闲杂或商旅人等，观察到军营内一片闹哄哄景象，却到底还是不明就里。当黄步霄慌慌张张逃出洞开的军营大门，却实实在在落入了他们的眼目。

这让刘强丈二和尚，一时间难以摸着头脑。这狗东西果然还活着！咋又跑到日军军营里去了？他到底是投了日本人，还是叫日本人给抓了进去？如今咋又畅行无阻，大模大样跑了出来？

不管咋样，黄步霄自然是被盯上梢了。

黄步霄逃离日军军营大门尚不到三丈开外，还没来得及拐进一条狭长胡同，一眼便认出了农人打扮的刘强跟他手下几个弟兄。

刘强等人看似谁也不曾留意，实则跟张开了的大网一样，冲黄步霄拉开一道环形散兵线。

黄步霄悚然一惊，差点叫出声来。我的妈呀！今日个事色（情况）不对，这些人咋找到这儿来了？待他掉头转向，撒脚奔逃时，却无意识逃进了日军军营。对他来说，事实上那里倒成了最安全的地方。

刘强回得军中，把黄步霄不曾战死、当了逃兵，他本人出于对独立团荣誉的维护，更是出于让其妻黄天香在原上好做人，不惜把自己军功章转授给此人，让一个逃兵变成了为国捐躯的英烈一应情由，原原本本告诉了他的长官黄伯昂。因为涉及到鞭笞美籍飞行员事件，这件事的根根节节，是共产党情报组织安插在日军军营里打杂的内线提供的，刘强随后还要把这一非常事件，如实汇报给他的长官，就必须把以往隐瞒着的事情交代清楚。不然的话，别人还当是黄步霄的鬼魂在作祟。

除了黄伯昂，当时在场的还有佩瑶跟薛蛮媚子。刘强本想背过两个女人，私下把自个干的那件事向长官说个清楚。黄伯昂却说，有啥见不得人事情？说！刘强只好如实说了。听得这件事，黄伯昂如同让殃给打了，当场人就蔫了。

紧接着又从刘强口中，得悉黄步霄当众鞭挞美籍援华战机飞行员一事。这时的黄伯昂岂止只是蔫了，那简直就跟水面上翻了白的死鱼一样，立地便鼓突了眼珠子。这件事比起此人当了逃兵、军中却误以为他英勇战殁、且立功受奖一事对黄伯昂的打击，其惨其重又何啻十倍。他一屁股塌在椅子上，痴了一样眼光失神，面皮蜡黄，别人跟他说话打招呼都一声不吭。

"你这又是咋了！不就是条见人就咬的疯狗嘛，你跟他计较啥呢？"他婆娘佩瑶急了，摇撼着他的肩膀大嚷大叫。

"水深了，啥样的鱼鳖海怪没有，把你熬煎成这样做啥呢？"一旁的薛蛮媚子也插了话。

最脆弱的人其实正是最刚烈的人，这就跟弓一样，弦上得太硬了，不是弦断就是弓折。黄伯昂哭了，这一次哭得跟往日不一样。往日暴烈，如虎吼雷鸣；今日绵柔，如抽丝剥茧。

哭声招来了龙副团长、赵良栋、王砣、武一甲等几位军官，围着团座大人好言相劝，中心议题可归总为一句话，为那个狗东西伤心不值得。黄伯昂却清鼻眼泪，跟害了绞肠痧一样，心里拧着疼，并道出让人思绪绵绵一席话。

"你们糊涂呀！难道就没有人看得出，这件事背后包藏着了不得的祸端？我不是为我那个远房侄儿伤心，那个昏猪闷狗提都不值得一提。我是在替我那个侄女黄天香伤心，替这个国家伤心，替这个民族伤心啊！你们咋就不看一看，想一想，自从中日开战后，这片土地上冒出了多少像黄步霄一样的瞎秧秧？你们把满洲国军、华北治安军、汪伪政府的皇协军加起来算一算，有多少中国人在帮日本人打中国人？这还不算敌占区那些摇身一变、在城里当了伪政府的各级官员、在乡村当了维持会长的那些专找本国人褴襫的走狗们。如今，就在咱们关中地面，就在咱们五陵原上，就在王官镇我黄姓本家的族谱中，又冒出了一个拿鞭子抽打那个美国人的不肖子孙。那个美国人，可是帮着我们中国人打日本人的人啊！你们说，人世上还有比这更让人绝望的事情吗？"

佩瑶捏着一方手绢，一把一把替她男人抹着脸上的鼻涕泪痕。

"你们想一想，打进中国的日军有多少？帮着日军打咱们本国的人、还有帮着日军跟咱们作对的那些本国人又有多少？你们算过这笔账没有？咱们在跟日本人打，同时也在跟更多的自己人打。你们说，咱们这些人可怜不可怜？悲哀不悲哀？无论是人家日本，还是美国，如果有外国人打进了他们的国家，人家会不会有一个团、一个师的军队成建制地投降了自己的敌人？又调转了枪口来打自己人？世上就有这样的地方，这地方就在咱们脚下。咱们脚底下就出这样的事，出这样的人！你们咋就活得这么糊涂，咋就不想一想，它的根子到底在哪里？！"

"大哥，你今天把话扯到这了，那你就说说，这根子到底在哪里？我们这些人都是粗人，没心思去想，就是有心思去想也想不出来。"一旁的龙宝山插话说。

"你们都吃过鸡没有？大家都会说，咱们都吃过，可咱们吃的是鸡肉，没见谁吃过鸡毛、吃过鸡屎吧？可老祖宗给我们留下的那只鸡，让咱们连毛带屎一起吃啊！吃了赃物，人也就脏了，干的事情也就脏了。你们说，我的那个远房侄子人脏不脏？他干的那些事情脏不脏？龙家二少爷，你说，啥人才能做出那样让人恶心的事来？"

龙宝山想了想，说："只有那些塌了脊梁的奴才，才能做出那些狗都不闻的事！"

"你说对了。世上吃屎的动物只有猪跟狗，吃屎的猪是蠢猪，吃屎的狗是走狗，蠢猪跟走狗多了，世上的奴才就多了。老祖宗留给我们的那只鸡，是精心调制出来的，专门滋养的就是一帮蠢猪走狗。你龙家几代人都是反贼，从大清国一直反倒今天，就因不甘给人当奴才，一门心思朝最高处爬。我黄伯昂一辈子咋活得这么窝囊？我虽然没像你大龙老英雄那样扯旗造反，可我这个读书人在吃那只鸡的时候，把那些烂肠烂肚连毛带屎都给剔除了，这才没让人给将顺成蠢猪走狗，没有顺着人家的毛儿匍（抚摸），所以人家就不爱咱、厌弃咱这些毛不顺的。人家爱的是那些乖巧的、听话的、没什么想法的、看眼色行事的、叫做啥就做啥的，人家一辈子就顺风顺水，咱这一辈子就窝里窝囊。我的那匹特勒骠不甘受辱，不甘让别人当了牠的家，不想做别人逼着牠做的事，实在没办法了，就一头撞死给他看！黄伯朝家的那头草驴，人家就会活驴，会活了就活得滋润。你要牵着我进桩，我乖乖进去就是了；无论是叫驴儿马（指雄性驴和马），谁想朝我身上爬爬就是了，谁想咋样整整就是了，所以人家没事，至今还活得旺腾腾的。我那可怜的特勒骠……呜——呜呜呜呜……"

一想起他的特勒骠，黄伯昂就肝肠寸断，伤心欲绝。

佩瑶心里一酸，也跟着落了泪。她一边擦着她男人脸上的鼻涕眼泪，一边痛心地说："唉！我男人一辈子咋这么可怜！"

"大哥，兄弟我今天算是受教了。你说，就顺着吃鸡的话题说，有些事我还没弄清白。"龙宝山继续追问道。

"当你家的人，做你主的人巴不得你连毛带屎一起吃，老祖宗传下这只鸡，就是替当你家、做你主的人养的。吃了赃物，你的骨头就硬不起来，腰杆子就容易塌下去。塌了腰杆子，就成了爬在地上走路的四条腿。只要染上奴性，耳听得悬在头顶上的鞭子响，就由不得你不爬倒在人家脚下。所以，我们脚底下这片地面上，长出的墙头草、瞎秧秧太多了！给日本人背枪杆子打我们的那些伪军，帮日本人统治我们的那些戴礼帽的汉奸，这三四百万人，就是这些墙头草、瞎秧秧。如果这些人都像咱们这些人，咱就跟石田扳个手腕，试试看！"

"大哥，这么一说，我就跟个吹胀了的猪尿脬一样，叫你扎了一针，把气给放了。"

"不！五陵原上，哪怕遍地都是叫人随便奸辱的草驴，可毕竟还有一匹特勒骡！要是没了咱们这些人，石田混成旅团早就杀过黄河了！"

"说得也是。如果没了咱们，中国的事情，可真就瞎得没眉眼了！"龙宝山想了想说。

"你咋就跟人不一样，一辈子想的这么多？"佩瑶与其说是责怪，倒不如说是爱怜地回敬了她男人一句，

"啥不思想？只有猪不思想，喂饱了，长大了，追肥了，最后挨上一刀子了事。好歹我黄伯昂还念了几本书。好在我念书跟吃鸡一样，没有连毛带屎一起吃。人生识字忧患始，念书的目的就是在于思辨明理。读书人一般都活得比较清白，可有些人就怕你心里清白。所以，当你家、做你主的人斜着眼睛看的就是读书人。从古到今，把读书人整得最惨的朝代，就是恶迹昭著的朝代，也就是最无道的朝代。咱的老先人祖龙早在两千多年前就树了榜样。"

"祖龙是谁？"薛蛮媚子不识时务地问了一句。

黄伯昂苦笑了笑，没有回答她的问题。

"不说了，扯起这个人来就没完没了了。"

言至于此，黄伯昂忽地站立起来，把在场人众环视一周，几乎是瞪着眼睛发了话。

"你们几个给我听好了。从这阵子起，除了天知地知，我知你们知，请把黄步霄还活着的事，还有他的恶行不要告诉任何人！"

众人杂然相许。黄伯昂接着又发了话。

"你们兴许也揣摸到这其中的缘由。我这个人不爱揎自家脸上的疮疤，不是怕把这件事张扬出去，丢了咱五陵原的人，丢了我黄门宗族的人。既然都做出来了，还害怕人说？我心疼的是我那可怜的天香侄女。如果把这件事张扬出去，就像刘连长说的那样，我侄女就在原上没法活人了。她即就是活着，也比死了还难受。请大家给我天香娃留点尊严。记住了没有？"

众人异口同声，答应得甚是爽脆。

继而，黄伯昂一把从挂在墙壁的刀鞘里，抽出了龙宝山当年的那把九环大刀，奋起冲天威势，运足五丁开山之力，随着一阵咯琅琅锐响，朝一旁那张古老陈旧、用作敬神上供的桌子砍去。

但闻咔嚓一声，桌案升子大小的一个棱角，被黄伯昂齐茬茬一刀劈了下来，滚落地面。

"刘强，你给我听好了！提上我的军饷，就是团部床头上那一梳头匣子响圆，打发你安顿在永济城里的眼线，把网撒得越宽越好，眼睛一刻也别离开黄步霄的踪迹！他就是钻到地缝里，老子总有一天要把他掏出来！"

"团座请放心！这狗贼是我手下的兵，当日由我手里跑了，日后也得由我一手交给您。"这是刘强的答复。

"我黄伯昂不为蒸馍，为了汽圆。就是饶了石田一郎，我也不会饶过黄步霄其人！如果让这狗东西活下去，人世间天理何存？这块地面还有啥指望？这个民族还有啥希望？当着你们大伙的面，我今天把话撂在这，就当冲着老天爷发了个毒誓！我必须给五陵原一个交代！给我黄姓满门历代祖宗跟后世儿孙一个交代！"

第四十章　螟蛉之子螺嬴负之

悠悠岁月，垂垂老矣的黄崇义仍努力地打发着光阴。

二儿子黄伯臣警备旅旅长的委任状下来了没有？咋这么长时间没见动静呢？这是他心里悬着的第一件事。第二件事就是他那个至今下落不明的枢密重孙。

口不能语、腿不得行，终日坐在推车里的黄崇义，从早到晚眼睛里泪水涟涟、嘴巴里呜呜哝哝、心底里却清晰分明地高叫着：还我重孙！还我的枢密重孙！大儿子黄伯朝每每从他身边走过，充聋作哑，把头迈向一边，装作啥也没听见，啥也没看见。黄崇义便奋起所有的余力，拿手里的拐杖去打。

拐杖对坐在推车上的黄崇义来说，无异于聋子的耳朵，它的惟一功用就是敲打他的儿子。然而，落在儿子身上的拐杖，就跟孝顺挠挠给他搔咬咬一样，被敲打者非但感觉不到疼痛，还觉得无比舒坦。到了这般地步，无能为力的黄崇义才感受到啥叫老境恓惶。

负责照顾老人的女仆看不过眼了，仗着她在黄家多年的功劳与苦劳，在主人面前耍起大来。

"我说黄家老大，你在你大跟前咋这么不孝顺的！你大口不能言，身不能动，可他心里明得跟镜儿一样。他牵心的就是他大孙子跟那个野婆娘留下的那个种。你别嫌我把话说得难听。那个种再来路不正，也是你黄家的一颗根苗。你黄家如今眼睁睁都要灭门绝户了，你还不听你大话，把那娃赶紧找回来，给黄家你这一支留个续香火的！"

女仆连轰带炸一席话，就像冲黄伯朝当头扣了一榾兜，把这人给扣灵性了。我的老天爷啊！是这么个理啊。我的两个儿子，一个跟着一个殁了，好不容易留了个孙子，如今却没了音信。我以前只知道那个孽种来路不正，嫌留下他丢人折面子，咋就不想一想，黄家我这一支绝了户咋办？如果把他找回来，就对外人说是抱养的，实际上却是我的亲孙子。既有了给我继香火的，又保住了我的脸面。这是多好的事，我咋就糊涂得想不到呢？

世上的事蹊跷就蹊跷在这，越没脸面的人越顾惜脸面，越没钱的人越装作有钱，越淫贱的女人形色上看起来越贞节。从此以往，黄伯朝背着褡裢，褡裢里装着响圆，开始了专职寻找那个野婆娘的生涯。反正家里的活有女仆，地里的活有福旺跟他手下几个伙计。

找到了大儿子的野婆娘胡仙桃，也就找到了他的嫡亲孙子。

可惜的是他还不曾知晓，有人给他的那个大头孙子把名儿都取下了，且随了他的两个儿子黄步云、黄步霄的步字辈，大号叫做黄步斗。

王官镇黄家办事拿钱夯，钱能爽心顺气，通神役鬼，跟所有人都搭得上话，特别是北面山上胡家夫妇。这两口心里琢磨，三间大瓦房哪里来的？嘴里哂着奶娘奶水，心里不能光惦着亲妈。再说了，这些还都不是托了妹子的福？妹子如今是死是活，连音信都没了，我两口在这屋里咋住得住呢？都不怕呼噜爷把头抓了？

胡家夫妻二人，干脆铁将军把门，跟着黄伯朝一起进了陵邑城，租了间民房安营扎寨，摊上功夫找起人来。按说妹子跟她伯最熟，在她伯家住了那么长时间，又是她伯把她亲手送回家的，上次找她伯寻人，却给了我个没安上（不给面子），还说警察局不是给我胡家开的。那我今天来报案行了吧？我胡家把个大活人丢了，叫人拐卖了，叫人奸杀了，该不该你们当警察的管？

胡家夫妇随黄伯朝进了警察局。局长大人毕竟跟黄伯朝是远房兄弟，自是不敢过于怠慢。黄伯贤为人何等机警，当即预感到这三人来头不善，心里登时压上了一只千斤重砣。北山上这人定是找他妹子来的。那么，黄伯朝跟着他一起来是啥意思？除了要他那个大头孙子，还能有啥事？他儿黄步云都死毬了，他跟他大那老东西咋还没死心？

压下去的葫芦，咋又跟猪尿脬一样冒了出来？这还把人臊气死呢！

黄崇义父子讨要孙子铁了心，黄伯贤为了保住他儿寒了心。

危机不单来自外部，黄伯贤后院起火，内部早炸了窝子。

仙桃最初的打算是先嫁给大官人做二房，其次是暂时让儿子黄步斗归在先房名下。但这改变不了这娃是我亲生的事实，年轻轻的我还怕陪不过你个瘦掐掐的老女人？到头来大官人还是我的夫，黄步斗还是我的娃！

可是，如今步斗叫人抱了去，成亲做二房的事却一直得不到个准信，还把我鸟鸟一样关在笼子里，轻易不准出门，发骚的时候就找上门来，×弄够了就拍屁股走人。我在这家里算个啥？在官人眼里又算个啥？

有一次，大官人爬在仙桃肚子上，正忽闪得欢势。仙桃妙展摘星手，暗袭中军帐，贼老娃（鹞子）抓鸡一样，一把逮住对方命根子没丢手，硬是把大官人拿下马来，这才振振有词发了话。

"到底啥时候娶我做二房。说！"

"要说娶早都娶了，不然咋钻得到一个被窝？"

"我说的是要你八抬大轿红盖头，吹吹打打，明媒正娶。"

"明媒正娶咋的个话？不明媒正娶又咋的个话？秋叶明媒正娶进的黄家门，可我这些年跟她一个被窝钻过没？我还怕她的胯骨割了肚皮！干梁包挤破了卵子！"

"你别跟我趔扯，我要的是名分！"

"名分是个啥？能吃还是能喝？人生在世，吃穿二字。这儿有你吃的住的，穿的戴的，几世的福都叫你一世享了，要那个空名做啥呢？"

"我嫩活活个碎女子，跟了你个半大老汉，为了吃喝来？为了穿戴来？我当初如果嫁了年轻小伙黄步云，黄家能少了我的吃喝？能少了我的穿戴？你把事弄清，我是原上的女子。就凭我一枝花的人材，嫁人嫁的不是庄户汉子，结亲结的不是米面夫妻。我看重的，是你头上的帽帽；我指望的，是官太太的名分。我胡仙桃吃饱穿暖了，还想受人的尊，受人的敬呢！"

自从秦瞎子给她跟她娃掐了命，仙桃就更坐不住了。文昌照命的文曲星咋能叫别人抱着去？我娃将来高官得坐，骏马得骑，他老娘我还等着摆诰命夫人的排场呢！

　　一想起她娃将来是个当枢密的人物，自己日后是个封诰命夫人的下家，胡仙桃的心就再也凉不下了。当年黄家老祖黄琪葆的婆娘，就是皇王爷封的诰命夫人。听说埋在地底下的厉鬼作祟，一连掀翻了三堵墙，她跟她的大官人坐在墙两边，等着墙朝他两口身上塌。结果墙直戳戳坐滑了下去，不但不敢朝他们夫妻身上塌，塌下来的土连他们的脚尖尖都不敢挨。

　　我的爷！人家诰命夫人多尊贵，鬼神都不敢惹。

　　大清国都亡了多年了，可有关黄琪葆跟他的诰命夫人这件事，原上人咋样也忘不了，还不知要把它念叨到啥时候。五陵原满地都是冢疙瘩，这里人想的都是跟冢疙瘩有牵连的事。诰命夫人的墓堆，跟她的大官人黄琪葆的墓堆一般大，两个小冢疙瘩就埋在王官镇北面赵飞燕的大冢疙瘩跟前。

　　一想到这些，胡仙桃奋激得心跳口颤。三十年河东，三十年河西，没想到我个穷家小户的山里女子，这辈子生了个诰命夫人的命！那我娃将来得坐多大的官？我胡仙桃得享多大的福？看来，得抽空上趟寡婆陵，给寡婆磕个头，进个香。

　　不行！我得先把我文曲星娃抱回来，不能让那个瘦婆娘沾手，更不能认在她名下了。从古到今，没娃的后宫娘娘都吃不开。只要娃在我怀里，你警察局长当了再大的官，也得先娶了我！不娶我你就没娃，要娃就得先娶我！再说了，如果这娃名分上真成了瘦婆娘的娃，他将来的官岂不是替她坐了？诰命夫人岂不是落在了她的头上？

　　黄伯贤记得狡兔三窟这句话，在陵邑城相端了三个落脚点。一个是警局里的一套大房子，可归之为老巢，一个住着婆娘娃，一个养着小娇娇。这些不过只是个歇脚的地方罢了，黄伯贤真正的窟构建在官场上。如今国民政府当道，蒋先生霸着皇位，咱就把窝先垒在国民政府这颗树上。如果将来共产党得了势，如今这个窝就被人戳了，再也卧不安然了，那就得把窝垒在另一颗树上。

　　黄伯贤升任警察局长后，利用当年出任保董时，庇护了县长曹秉仁大肆搜捕的共产党红枪会漏网人员雒大勇，如今暗地里又跟地下党接上了头。与他单线联系的是武一甲他妹水妹子。水妹子如今已结婚生子，她男人就是王官镇当年红枪会首领雒大勇，两口全都搬进县城，在陵邑开了家杂货店，实则是五陵原地下党的交通站，受中共陕西省委组织部岳先生手下的人指拨。

一天，胡仙桃趁名为仆人、实为监管的钱妈卖了个愣（一不留神），溜出屋子，冲黄伯贤养着婆娘娃的所在杀奔前去。

为了那娃跟他娘彻底甩脱关联，奶都没叫吃她娘的，秋叶雇了个奶妈，把步斗喂得胖乎乎、肉墩墩。瘦女人行事想得深看得远，如果叫步斗吃他娘的奶，猫儿狗儿着偎随（受爱抚），时间一长，他娘们俩越发撕不脱了。

奶妈抱着步斗，坐在老槐树下一只矮脚板凳上，一边给娃喂奶，一边摇着蒲扇驱赶蚊蝇。秋叶跪在当院一张席子上，正给她娃装棉袄。

但闻吱扭一声响动，仙桃掀动半扇门户，先露出半个脸子一只眼，观察了一番敌情，随即闪身而入，探起利爪般的双手，朝奶妈立扑过去。奶妈抬头一看，情知不妙，吱妈连天大叫一声。

"娃他妈，不得了了！强盗剐娃来了！"

爬在席子上的秋叶，干屁股撅得跟祷告一样，只顾给他娃装棉袄，并没留神屋里闯进来个剐娃的。搭眼一看，情知不妙，先是大叫一声，还不把娃抱到后院去！随即腾身而起，冲了上去。奶妈抱娃前面跑，秋叶张开双臂，拦截断后。待奶妈抱娃进了后院，院门也被秋叶一马挡定，把仙桃拦在了前院。

秋叶岔开两腿，双手叉腰，咧眉瞪眼瞅着胡仙桃，大有一夫当关，万夫莫开之威。

真个是仇人相见，分外眼红。两个女人这番照面，也不答话，立马便撕挖在一起。护雏的母鸡鹐死牛，一辈子没生养的秋叶，经这几个月偎随，唤醒了沉睡的母性，跟这娃有了感情，晚上不把他搂在怀里就睡不着觉。奶妈一个照顾不到，惹得那娃哭了鼻子，没有一次不被她骂得飞星火溅。真个叫人把娃剐着去，那可不跟割她的肉一样。就胡仙桃而言，黄步斗更是她的心头肉。刚把他生了下来，就叫人家一把抢着去，那一刻就跟摘去了她的心肝一样。刚才进门的那一刻，一眼看到奶妈怀里那个胖娃娃，心头一热，鼻子一酸，眼泪水直在眼眶打转转，恨不得一把把他抱在怀里，亲上一口，然后扯大声汪天汪地哭一场。

这二人一上手就来了个驴打滚，跟屎巴牛推车车一样，一个挖抓着一个满地跌绊，滚动的同时伺机下手，或扯衣服，或揪头发，或抓面门，且出手狠辣，不依不饶，比男人家斗狠还穷凶极恶。

今天这两个舍命护雏的下家，斗起狠来，比李快嘴跟人撒泼下坠抹裤子凶残多了。先是一个扯一个的衣服，裂帛之音时有耳闻，各自都把对方的衣裤扯得稀里哗啦。或落了扣子，敞胸露怀；或裂了裤腿开了裆。

继而一个揪住一个散乱开来的头发，亡命般的撕扯起来，一个恨不得把一个的头发连同头皮揪下来。因其凶狠，两只手便满把攥着揪；正因满把攥着揪，头发附着面积大了，就不容易揪落。只可惜二人均情急智困，忽略了战术。如果有人放弃满把攥，而是一绺一绺地揪，就眼下这个狠法、这股手劲，非得给一绺一绺地揪落不可，甚而连带着血淋淋的肉皮，其情其景，其惨其痛，势将不堪设想。据此可见，将军百战，致胜之道在于智巧，不恃蛮力。

拼斗再度升级，这二人开始一个抓一个的面门。这一手招招破相，把把见血，一个比一个出手狠辣，一个比一个爪子灿火。战事到了这般境地，取胜之道就要仰赖于各自的指甲了。常言道一寸短一寸险，指甲短的肯定比长的要吃亏，长着满把长指甲的仙桃独擅胜场，占尽机宜，把瘦女人的脖子脸抠得竖一道顺一道，像驴屁股上挂席片，满是纵横交错的血卟啉（凸起的血肉痕迹）。

磨刀恨不利，刀利伤人指。胡仙桃利器在握，未必尽然都是好事。人忙长头发，人闲长指甲，正因她平日养尊处优，无事可干，把十根指头上的指甲护得又尖又长，跟冒了芽儿的春笋一般，这就自必陷于尧尧者易折之危局。加之抠得过逾卖力，瘦女人的皮梢老而且韧，十分耐抠，结果一连抠折了四五个指甲。仙桃折戟沉沙，利器失锐，个别指甲缝里还渗出血来，自必战力大损，反倒让秋叶的短指甲占了上风。秋叶的十根指甲虽短，却十分牢靠，既不缺齿又没豁口，倒也不亚于猪八戒的九齿钉耙，抠起来得心应手，左右逢源。胡仙桃蜡蛳般莹润的颈项，吹弹得破的粉嫩脸子，哪经得起瘦女人疯抠？不到一时三刻，交战双方均变成了红脸血头发。

原上娃他妈哄娃，老拿些恐怖形象吓娃。你还不睡觉，大佬鹳来了！娃便问，大佬鹳长了个啥样？他娘便说，大佬鹳长了个红脸血头发，丈二长的脚趾甲，不吃大人吃娃娃！娃们听得这话，便把头蒙在被子里，乖乖地躺着，悄悄地静着，不再闹腾。此刻的秋叶与胡仙桃，真个便成了狰狞可怖的大佬鹳。

胡仙桃的细皮嫩肉，瘦女人越抠越来气。哼！怪不得那老狗没迟到早、黑天白日钻在这碎挨×的被窝里！这碎婆娘天生下就是个挨狠×的货色，十个男人压上去，有九个得努断腰杆子！老娘今天不把你的相破了，我就把姓颠倒着写！

原上人光前裕后，认祖归宗，看重的就是自个的姓。人骂人张狂时总是叫嚷说，不知道你姓啥为老几了！发誓赌咒也拿姓做文章。秋叶本家姓申，镇上人只知道她叫秋叶，没几个人知道她姓啥。但她永远不会忘了自己的姓，却不曾识得几个字， 也就不知道跟王六十姓王一个样， 申字颠倒着写还是个申字了。有些人就这么既糊涂又认真地活着。

胡仙桃这辈子就凭着她的模样闯世界，咋能让瘦女人破了相？况且脸已经都被抓得画眉狼一样，再破下去，非但相被破得惨不忍睹，甚而还会破了后半辈子的好光景。她原本就比秋叶生得丰盈壮实，胳膊腿都要长出好些，本来就占着上风。如今把护持脸子作为第一要务，双手掐着对方脖子，来了个倒推金山，秋叶的短胳膊瘦手当即便没了挖抓。

瘦女人情急之下，翻转着眼珠子，思思量量寻找着别的战机，到底让她瞅出了一个破绽。这个破绽，就是胡仙桃被撕得稀里哗啦的府绸裤子。夏月天本来就穿得单薄，仙桃那条水绿色府绸裤子又薄又透，平日里无风自动，走起路来更是呼噜噜直打飘儿，穿上凉快极了。物具其长，必贻其短，凉快是它好处，可太薄太透了就不免显得枵薄。那条裤子的右腿，早就让秋叶从裤脚一直扯到大腿弯弯。奋战中的胡仙桃几乎光着一条腿。

瘦女人觑准时机，猝然出手，鹰隼一般枯瘦的利爪，来了个纵深穿插，直捣黄龙，一下子掏进了仙桃胯裆，把这场惨烈的大战推向极端。

交战双方，一旦叫人攻入要害关节，必致兵败如山，全线崩溃。胡仙桃这回的的确确叫人拿下马，吱妈连天叫起苦来。得胜一方出此一箭双雕之举，亢奋之情难以遏制，更是连下杀手，余勇可贾，阴毒叫骂。"看老娘不把你个骚×撕成喇叭花，圆哈哈大张口，嗫都嗫不住，我叫那个老狗×去！"

兔子欺急咬三口，仙桃朝秋叶的瘦胳膊上下了口。隔着布衫的牙缝里登时钻了血……

事到如今，黄伯贤后院之火，只怕天河倾泻都难以扑灭。娇儿黄步斗被蜾蠃负之而去，视为己出，不容他人染指。螟蛉亲娘打响争儿夺嫡捍卫战，不把她的宝贝蛋蛋抢回来誓不罢休。

这般闹腾下去，如何了得？更要命的是胡家两口满世界搜腾他妹子，黄崇义父子满世界搜腾他孙子。陵邑县就这么卵子大个地方，我把仙桃藏到哪里去？谁敢保证胡家兄妹姑嫂不碰头？一旦他们碰了头，谁敢保证我黄步斗的来路不漏风？到时候东窗事发，真相大白，我在官场咋混呢？我在原上咋立脚呢？还叫我在世上活不活？

胡仙桃行事跟她的脸子一样嫩，自己把自己推进了深渊。她被秘密关押起来。

如今的警察局，就扎在清末陵邑县巡警局大院子里。巡警局后院就是当年的县大牢，大牢后面紧靠一道坡坎还掏了个死牢，跟地洞一样深而且黑，安了三道门户。大清国陵邑末任知县安奉宪，在死牢里关过被枭首的哥老会北莽香堂反清义士许景明。北莽香堂首倡同盟会西省举义，该堂香主又把知县安奉宪关在死牢并正了法。到了民国时期，死牢里还关过被县长曹秉仁枪决了的红枪会首领王豹。在一位掌管钥匙的老狱警记忆中，死牢里就关过这么三个人。如今已弃置多年，头道铁门上的蜘蛛网蚊帐一样密实，秤锤大的铁疙瘩锁不膏油，锁眼锈得钥匙都塞不进去。

死牢及其所在的位置既隐秘又僻静更安全，闲杂人等很少光顾，站岗的狱警晚上偶尔尿急，会在死牢门前的墙旮旯寻个方便。黄伯贤相端来相端去，给胡仙桃相端了这么个地方。除了隔窗送饭的老狱警，另一把钥匙拴在自己裤腰上，有时夜半三更抽个空，进里面去坐坐，搂着仙桃安慰一番，温存一番，有苦跟着仙桃一块诉，有泪陪着仙桃一起流。仙桃看得出来，她男人真的伤了心——她从心底里把他认作了自己的男人，从当初在黄家老屋上了她身子的那一刻起——我男人又不是个戏子，心里不难受，还能把眼泪挤出来？

恨得急了，仙桃故伎重演，拿出对付他婆娘的那一手，探爪去抓，张口去咬。但她不忍朝他脸上抓，面上咬。他是个有头有脸的人，我把他脸抓破了，咬烂了，叫他咋见人呢？如此一来，黄伯贤的胳膊、胸膛被胡仙桃连抓带咬，到处都是轻伤红印。可黄伯贤一声不吭，任其施为。抓着、咬着，后来仙桃没了趣，自己住了手，松了口。

"好我伯呢，你咋把我这样作践呢！"仙桃把她心目中的男人叫伯，意在引发对方怜惜之情。

"我不光是作践你呢，也在作践我呢。你心里难受，我比你更难受！"她伯说。

"你把我×弄够了，我把娃都替你生下了，你难受啥呢？"

"我难受的是当初没管住自己，把你害成这样子。我没想到事情会演变到这一步。你如今一不舍我，二不舍娃，难道我舍得你？舍得咱娃？我把你娶进门做了二房，就是秋叶容得下你，黄家满门容得下我？咱原上容得下我？你要知道，咱步斗的身份，在世人眼里，至今还是我侄儿黄步云的娃！如今黄崇义打发他儿满世界寻重孙，把陵邑城都能翻个底朝天！现如今只有对外说，你娃是我婆娘生的，把他认在我婆娘名下，他才是我黄伯贤的娃。你如果还念着咱俩的情分，还想让我在官场混下去，在原上活下去，就再别闹腾了！"

黄伯贤都没想到事情会演变到这一步，胡仙桃又焉能料想到自己日后会落到这般境地？在她伯眼里，她就是个要不是有个帽盖子（辫子），连前后都分不清的傻女子。当初的她虽然觉得跟伯瞎在一起，有些不对窍道，可也从来没往深处想，凭她的智略也想不到深处去，想到的只是除了年龄大点，伯比瓜娃黄步云强十倍，嫁个伯这样的大官人自己脸上光彩，胡家人在村上有面子。眼下经黄伯贤这么条分缕析，一番剖解，这才分明意识到，如今的自己人不像人、鬼不像鬼，竟把人活得下贱到这个份上！

"那你说咋办？我男人也没了，娃也没了，那我这辈子还有啥？你叫我这辈子咋活呀？"

"你说！你如今给我出个主意，看我到底该咋办？"

"你都没了主意，我能有个啥主意？我只打我的主意！"

"如今惟一的办法，就是别再提明媒正娶的事，回到有你吃、有你喝、有你穿、有你戴的住处，跟外面人别照面。就当世上暂时没你这个人了！等我把事干大了，日后调进西省，或是外省更远的地方，离开了陵邑县、五陵原，再商量咱两个的事。"

"那不是又把我关在牢里了！我岂不是又成了活死人！"

"那里起码比这里强。那里是人住的，这里是关死囚的。"

"不！我早就请秦瞎子掐过了，我是文昌照命，我娃是文曲星下凡，我还等着享我娃的荣华富贵呢！你一不给我名分，二不把娃还给我，我就不出去！我就死在这地方！"

黄伯贤跟胡仙桃没尿到一个壶里。看这架势，兴许永远尿不到一个壶里。

"那你就在这里慢慢想着去，想通了给我传句话！"她伯临走丢下这么一句话，随即拂袖而去。

胡仙桃身在死牢，心在冰窟，时间一长，人就快要疯了。

胡家夫妻俩仍在满世界找他妹子；黄崇义父子仍在满世界找他孙子。胡家夫妻找不见他妹子，黄崇义父子就找不见他孙子。这样一来，黄伯贤就守住了娇儿黄步斗，同时也就守住了一个天大的秘密。

自此而后，黄伯贤后院烽烟俱净，一派祥和。偶尔传来黄步斗叽哩哇啦的笑声，跟喜鹊闹巢一样。

第四十一章　酒井一家

跟石田的交道打得长了，黄伯昂对这支日军部队做了些了解。据传这个旅团的士兵，人人都经过极其酷苛的训练。他们对长官训令的信守无异于天皇圣旨。海滨操演，没有长官口令，即便步入深渊，舍弃生命亦不肯停歇前进的步伐。急行军演训途中，无论天气何等炎热，即便中暑昏厥，没有长官命令，行军水壶的盖子决然不会私下拧开，乃至有士兵被活活渴死。

黄伯昂据此悟出，我的意志即你的意志，我的意志一旦不成其你的意志，即可通过驯化变我的意志为你的意志。我那匹不调教的特勒骠毕竟是少数，大抵都将变成牵在黄伯朝手里的那头草驴。中华与东瀛就此遗脉而言，居然惊人相似，无愧枝蔓于一条分了叉的老根，只是驯化之程度有异罢了。

自宦娘出庵下山，被黄伯昂认作义女，从此就再也没离开过她干大。她干大对她不放心，他怕他干女太得纯稚，受人糊弄。黄伯臣那次接她去警备六团，解救他儿黄步蟾悬吊吊一条性命，黄伯昂老觉得他这个远房兄弟行事出人意表，心里不甚瓷实，但碍于情面，最终还是放了行，果然惹了麻耷（麻烦）。如今，他干女落在日军大营，而大营里又是那样一群睁眼豹子一样的日军，他心里就更不瓷实了。

他也搜求一些理由安慰自己整日狂跳、紧紧蹙成一疙瘩的那颗苦难的心。手不逗虫，虫不咬手，我宦娘娃从来拿手没逗过虫，她对啥虫虫都拿心暖呢。我就不信，再毒的恶虫，还能把她心咬了！

宦娘手不逗虫，也别拿心去暖虫，兴许风平浪静，相安无事。虽然她没拿手逗，却拿心去暖了。这一暖，就暖出了是非，还真叫一条毒虫咬了心。这是她干大黄伯昂始料不及的，他虽然多思多想，也善思善想，然毕竟不是神仙，他不曾料及他干女此番遭了大难。

宦娘凭借仓木联队长以及秋田大队几乎所有官兵尊着她，敬着她，在军营里吃得开，也就放大胆子管起闲事。最初一次，就是拿心去暖一只快要僵了的虫。

一名日军一等兵爬行地面，口叼一根鞋带，鞋带两头各挂一只军鞋，那鞋鞋底帮子上沾满泥巴。下士笠原手提橡木大棒，一棒接一棒锤击着这名士兵的臀部。打一旁走过的宦娘从柴田口中得知，那列兵是不久前补充的新兵，不懂规矩，鞋子脏了，没刷干净。在石田旅团，这是不允许的。

宦娘打来半盆清水，一把夺过笠原大棒，丢落地面，又把那双军鞋从一等兵嘴里摘除下来，圪蹴一边，旁若无人，认真仔细地刷洗起来。一等兵凝视着宦娘，眼里浮出两行泪珠。那一队士兵也肃然注视着宦娘。

"笠原，你到底遵行大日本皇军战时风纪条令，还是听这位中国姑娘的！"一旁的黑田少尉冲笠原训斥道。

"报告少尉阁下，她是天照大神的使者，曾拯救过一名大日本皇军下士的生命。不管她出于何种目的，我笠原尊重她的选择。"

笠原此话，指的是在那处谷地，宦娘背来的泉水曾救了当时负伤的他一条性命。

黑田转而把疑惑的目光投向宦娘，并打问一旁的柴田贞子护士长，宦娘所为出于何种目的。柴田把宦娘的回答转达给黑田，也转达给在场所有日军。

"她说，人应该体面的活着。她不愿意看见别人受辱。"

宦娘把洗刷干净了的鞋子，双手捧给那位列兵，并替他抹了把脸上的泪痕，随捧着药箱的柴田匆匆而去。

如果人要把人驯化得机器一般听使唤，甚至剥夺了思想的权利，是要费很大力气，使出相应手段的。无论驯化过程或功德完满之后，必伴难言之辱。宦娘的话勾起士兵们曾经的、至今仍潜隐在心底里的屈辱感。

笠原潮热着双眼，冲宦娘的背影行了个军礼。

包括那位列兵、还有酒井次郎在内的这一小队日军，神色穆然，齐茬茬冲宦娘的背影行了个军礼……

宦娘第二次与军营里这队日军遭逢，尚不到半月时间。

黑田小队士兵们排成一行，挨个儿搧着一位二等兵的耳光。那人遍体都是干结了的血污、被绳子束缚着双手、摇摇晃晃地跪在地上。此刻的他脸已经被打得肿胀起来，一条血线沿着嘴角流了下来，一直拖至地面。

宦娘从柴田口中得知，他叫酒井次郎，在近日王官岭战斗中，又一次畏葸不前。按军规要受到最严厉惩罚，已经被折磨好几次了。这一回可能连性命都保不住了。宦娘把一团棉纱塞给柴田，扑倒在酒井次郎身旁，把他的头颅紧紧抱在怀里，拧转脖颈，忿忿然盯视着黑田。

接踵而至的一名士兵扬起的巴掌没有落下，手臂高高悬在了空中。他看到的是宦娘那张清纯秀丽、凄苦哀伤的脸。

"动手！"黑田少尉怒吼一声。

那名士兵没有反应，手臂依旧高悬空中。黑田高抬右脚，把那士兵踹翻地面。接下来的一名士兵，依旧高悬着手臂，巴掌同样没有落下。随后而至的所有士兵，都没有落下高悬的手臂，也都被黑田少尉一个接一个踹翻，直到那一小队士兵中的最后一名。

黑田少尉摊开右掌，高高扬起了手臂。

士兵们都把眼神齐刷刷投向少尉。

宦娘高抬面孔，也在注视着少尉，没有丝毫的惊惧，只有岚雾一样涌动着的迷蒙，溪水一样流淌着的泪珠。

黑田少尉的手臂，照样也定格在了空中。

军营里的士兵们纷纷朝大院这边涌了过来，把宦娘跟酒井次郎围了起来。

宦娘解开次郎被绳索勒得血迹模糊的双手，把处于半昏迷状态的他上半截身子搂在怀里，朝他的脸上轻轻摩挲着。

次郎醒转过来，缓缓睁开眼睛，看见眼前的宦娘，脸上露出一丝既感激又凄楚的笑意。

透过单薄的衣衫，宦娘觉察得出，他被人打断了左侧的几条肋骨，内脏可能受损。这说明在此之前，他曾遭受过非人折磨，连忙一把脉搏，从怀里那只瓷瓶里倾出一粒暗褐色药丸，在柴田帮衬下喂进次郎腹中。

许久，缓过气来的次郎，想是要向在场的同胞们说些什么，可声若游丝，语不成句。

"我的同胞……叔叔……还有大哥哥们……酒井次郎在战场上，为了保住这条性命，畏缩不前……你们骂我，打我，羞辱我，折磨我……次郎甘心领受，一无怨言……可是……你们知道吗？知道这是为什么……为什么……从来没人问我，没有一个人问过我……"

听得此话，在场人众肃然而立，鸦雀无声。

"叔叔们，大哥哥们……你们知道吗？我酒井并不怕死……只是……只是有个心愿未了，我死不瞑目……我死去了的妈妈……也死不瞑目……就连我的爸爸……也死不瞑目……我们酒井一家人……这个心愿未了，都死不瞑目啊……"

次郎蒙蒙泪眼中，似乎看到了他的父亲，一个名叫酒井川平的汉子……

酒井家住日本最南边的鹿儿岛，其父酒井川平是个渔民。那一年，这家唯一一条破船被风暴打沉，断了这家人的生路。次郎的哥哥饿死了，其父为了养家糊口，保住二儿子次郎一条性命，偷了别人家的粮食，被警察关进监狱。其父所为激怒了宁肯饿死，也不肯拿别人一颗粮食、一根针线的母亲。此后其母发誓，此生将不再与其夫谋面。

警察拿人那天，年仅七岁的二儿子次郎抱着父亲枯瘦的腿脚，痛哭流涕。他娘却怒气冲冲叫骂道，次郎，放开他！让他走，走得远远的！从今往后，我没有这个丈夫！你就当没有这个父亲！

次郎的气色好了些，缓了口气，继续说："十年后，我爸爸出了监狱……他给我妈妈写了封信……他说，如果酒井家还收留他……妈妈还接纳他，就请在家门前的樱花树上，挂上一条红色的丝带……如果他看见了那条丝带，他就可以回家了，回到妈妈身边，回到他唯一的儿子身边了……如果看不见那条丝带，他就不回酒井家了……从此以后，他就再也不回鹿儿岛了……"

宦娘听不懂次郎在说什么，可她分明看见一旁的柴田捂住了红红的双眼。

"十年后，我那身染重病的妈妈……到底还是原谅了爸爸……那些天，别提她有多高兴了，她要跟爸爸见最后一面。她说……就是死，也要死在爸爸的怀抱里……可是，我们酒井家穷得连一条丝带都找不着……我和妈妈，在门前的那颗樱花树上，挂满了红色的纸条……它们像旗帜一样，在迎接我的爸爸……召唤我的爸爸……"

士兵们静静听着次郎的叙说。军营大院沉静得甚是冷凄，阴寒，就是地上掉根针都能听见。

"可惜……老天跟我们酒井家开了个玩笑……一夜风雨，把满树的纸条淋得不见了踪影，刮得一条不剩……我的爸爸……也就跟着消失了……消失了。妈妈临死的时候，拉着我的双手，留下了最后的遗言。她说，孩子，去找你的爸爸，告诉他……一定要告诉他，就说妈妈接纳他，眼巴巴等着他，等着他回来……酒井家的柴门，永远都向他敞开着！就是我死了，也要在坟墓里等着他……孩子，这是妈妈临死前最后一句话，也是妈妈这辈子最后一桩心愿，也是最大的一桩心愿……一定要找到你的爸爸，一定要把妈妈的话告诉他……不然，妈妈死不瞑目，死不瞑目哇……"

酒井母亲说完最后一句话，也咽下了最后一口气。

次郎揪扯着草甸子一样的榻榻米，恐怖地大睁着眼睛，冲死去的母亲一声声嚎叫着说："妈妈，你闭上眼睛！你闭上眼睛啊！妈妈，次郎记住了！我一定把你的话告诉爸爸！一定告诉爸爸！就是上天入地，我也要找到爸爸！妈妈，我向天照大神发誓，我一定会找到爸爸，把你的话告诉他！妈妈，你闭上眼睛吧，次郎求您了，您闭上眼睛吧！妈妈，妈妈……"

士兵们望着泪流满面的次郎，一个个纹丝不动，神情肃穆，有的眼睛里已盈满了扑闪闪的泪珠。

酒井次郎再次发声，有如空谷跫音，苍凉渺远，震撼着每一个士兵的心弦。

"后来，听说我的爸爸当了兵，我也跟着当了兵……再后来，听说我的爸爸到了中国战场，我也来到了中国战场……我找啊，找啊，可直到今天，仍然没找到我的爸爸……叔叔们，大哥哥们，我酒井次郎不怕死，一点也不怕……我最害怕的是我一旦死了，我对妈妈的许诺就要落空了；我对天照大神的誓言，也要落空了。我妈妈的心愿，也就跟着落空了……一个已经死去了的日本母亲唯一一桩心愿，最后一桩心愿，也是我可怜的母亲这辈子最大的一桩心愿……就要落空了……"

次郎舒了口长气，似乎蕴蓄着全身力气，泪落如雨，仰天长啸。

"爸爸——你在哪里啊！爸爸……你在哪里……你到底在哪里啊！爸爸……呜——呜呜呜呜……"

次郎极力挣脱了宦娘的怀抱，拿头去撞击地面，撞着撞着便昏厥了过去。

大多数士兵开始饮泣，落下无声的眼泪。人群中的仓木仰首云天，喉结梗动。宦娘一直愕然地瞪着眼睛，不知次郎都说了些什么。当她从泣不成声的柴田口中得悉真相，这才发了忙狈，冲士兵们高声叫嚷道："谁知道他大在哪里，快！快说！他……他就要死了！"

士兵们对宦娘的喊话听得不是很明白，可她的意思大家理解。

下士笠原从人群中挤了进来，冲宦娘跟柴田发了话。"据我所知，旅团司令部有一个姓酒井的老头，也是鹿儿岛人，只是不知道他的名字是不是叫川平。他是将军的马夫，我在马厩里观赏将军的战马时，曾跟那人说过话。"

此刻，将军的马厩里，一个五十多岁的日军老兵，正在给一匹雄健的战马槽头上添加草料。随后，他缓缓搅动手中的一根拌草棍，把半个铁皮水桶做成的槽头上那些草料搅拌得均均匀匀。

当那个马夫出现在士兵们眼前，人人禁不住为之一惊。那副皮包骨头的嘴脸，就像一只发黑的骷髅。再看那眼神，那又是一双何等哀绝凄惨的眼神啊！就如同身陷千古洪荒，面临茫茫无际、永远也走不到尽头的旷漠。任何人看它一眼，便会下意识感觉到世界的末日。

"酒井老伯，您是不是名叫川平？"笠原直接发话问道。

那位马夫朝笠原木然地点了点头。

"黑田少尉的小队里，有一名士兵，是一位来自鹿儿岛的皇军二等兵，名字叫酒井次郎，不知跟您有没有关系？"

酒井川平听得此言，神色遽变，惊讶得大张着缺齿的口唇，把惊异的目光死死地落在笠原脸上，声音如同在铁铲上磨砺着瓷片，许久许久才发出一声令人毛骨悚然的啸叫。

"次郎？次郎！我、我的儿子……"

酒井川平循着众人视线，一眼看见被宦娘扶坐地面的次郎。而此时的次郎气息奄奄，闭合着双眼，眼角上浸润着两行泪痕。

酒井川平打住蹒跚的脚步，痴痴望着他那破衣烂衫、浑身血痕、满脸泪痕的儿子，口唇翕张，全身打抖。咣当一声，他手中那根当拐杖用的拌草棍铿然落地。

"次郎——我的儿子……我的儿哇……"

酒井川平跌跌绊绊扑倒在地，一把抱住次郎，疯魔了般摇撼着对他的身子。"次郎……我的儿子……"

次郎徐徐睁开眼睛，呆滞的目光钉在了父亲脸上，如梦如幻，如呆如痴，似乎根本不相信眼前出现的这人，居然真的就是自己苦苦寻觅的父亲。许久许久，次郎这才畏怯地开了口，"爸爸……我这不是在做梦吧？爸爸，我的爸爸……"

"次郎，我的孩子，是爸爸……我就是你的爸爸酒井川平。儿啊，我的次郎……"

次郎在宦娘跟柴田贞子的扶持下，一把搂住酒井川平的脖颈，泪落如雨，号啕大哭。"哇……爸爸……我找得好苦，我找到了，终于找到您了，我找到爸爸了……呜——呜呜呜呜……"

"孩子，你这是怎么了……"

见得儿子成了这般模样，酒井川平满腹狐疑，心如刀绞。

"爸爸……妈妈临死的时候，托我给您捎了一句话……爸爸，您知道吗？妈妈原谅您了，妈妈接纳您了！爸爸，妈妈说，酒井家的柴门，永远向您敞开着……她说，她活着见不到您，她的魂，在咱家门前那颗樱花树下等您，在咱家后山松树下的坟墓里等您！爸爸……您听见了没有？爸爸……"

酒井川平闻言，神情陡然间变得异常凝重。他一把推开次郎，伸手在地面上哆哆嗦嗦地摸索起来。眼尖手快的宦娘，连忙从不远处拿过那只拌草棍，递在酒井川平手中。但见他撑持着木棍，挣扎着站起身子，把那张黑瘦得似同骷髅般的头颅仰向蓝天，面部表情发生了奇妙的变化。

酒井川平笑了，脸上多皱的皮肉抽搐成一朵怒放的菊花。

忽地一声，他把手中木棍撇向高空，随即发出一声夜枭般的嘎嘎笑声。"嘎嘎嘎嘎……嘎嘎嘎嘎……"

突然，酒井川平的身子似同墙倾房塌，轰然倒地。

此人咽下最后一口气，徐徐闭合了双眼，脸上浮现着满足的微笑，释然的微笑，无憾的微笑。

次郎吃力地移着双臂，蹬着两腿，朝他的父亲爬了过去，怔怔张望着他那僵硬了的、菊花般绽放开来的笑脸，拉起他那一只慢慢冰冷了的手，朝自己脸颊上摩挲着，摩挲着。

"爸爸，您就这么走了？也不摸次郎一把，说走就走了……爸爸，您去吧，妈妈在咱家门前的樱花树下等着您，在后山松树下的坟墓里等着您……爸爸，您去吧，次郎随后就到……我到底可以侍奉妈妈和您了……"

次郎掉转头来，以日本人膝行之礼朝宦娘爬了过了，抱住了她的两只腿腕，缓缓仰起血痕斑斑的泪脸。宦娘愣愣地看着他，似乎有些惊异，也有点害怕。

"宦娘……我比谁都清楚，次郎无论如何……是活不过今天的。是你……是你这个善良的姑娘，延缓了次郎的生命。要不然，我早就被人折磨死了……你让次郎多活了这一阵子。这一阵子，是次郎来到这个世上的全部意义，它让次郎找到了他的爸爸，了结了次郎的心愿，也拯救了次郎的父亲那颗苦难的灵魂。这份天大的恩情，次郎记住了。酒井一家三口……即就是做了鬼，也都记住了……"

次郎言罢，以其国人最敬礼仪，向宦娘跪地叩首，将额头触向地面。

士兵们兀然僵立，有的垂首，有的唏嘘，有的呜咽。仓木义男紧咬嘴唇，面如死灰。

继而，次郎把目光移向众位士兵。"叔叔们，大哥哥们……这位姑娘，在军营里很危险，我放心不下……看在次郎跟你们同生共死，患难一场，看在酒井一家三口的份上，请关照好她。拜托了……愿八百万神与她同在……"

次郎气息微弱，叨叨絮絮地说完了这些，用尽最后一丝气力，朝父亲的尸身爬去。就在距其不到一米的地方，油尽灯枯，咽下了最后一口气，脑袋一偏，溘然而逝，其右手手臂长长伸着，到底没能够着父亲那只手。

笠原下士缓缓举起右手，不知是冲着宦娘，还是冲着酒井家父子两人，行了个庄严的军礼。在场所有官兵，全都举起了右手。

在残酷的中国战场，这些士兵们时刻都面临着严苛的体罚，痛苦的流血，恐怖的死亡。他们如同一群困兽，只知道咆哮和撕咬，人世间的一切美好，离他们已经很遥远了。自从这个美丽得令人心跳、纯真得令人心痛、善良得令人心酸的中国姑娘不期而至，来到了这座军营，笼罩在军中阴翳般的戾气，被一种无形的力量慢慢地消解着，驱散着。

军营里的最高军事主官，一直伫立在不远处司令部三楼窗前……

日军心里大都装着天皇，大抵都是些无惧于死亡的人。生命的轻贱到了无视、到了可有可无，在他们看来反倒成了崇尚的极致。中国古来即有养士之风，一旦养有一批无惧于死亡，忠贞逾于狗奴的死士，即可一统江山，雄霸天下。有些祖传绝学，偶尔也会被外人学了去，加以发扬光大，倒也别具特色。青出于蓝，有时却也未必优胜于蓝。此后的第二十七年，华夏大地涌现出一批红卫兵，那才是一大批真正无敌于天下的死士。把死士养到如是死心塌地，养到遍及天下，可谓空前绝后，只怕是成了茫茫寰宇一记绝响。

死士永远都是一群失去自我的人。

宦娘的作为，让这个军营里的最高司令官担了心。她的行为，排斥着他的官兵们的团队意识、民族意识、国家意识、君主意识，却在唤醒着人的自我意识。

宦娘的到来，还使得绝了生念的许多重症伤号活了下来，监护室的死人，明显没有往日那样往出抬得欢了。尽管无视死亡，能活下来毕竟是好事。这些往日垂死的士兵，把宦娘如何嚼碎药丸、用口度进石田秀吉准尉口中，把已经气绝的他从死亡线上拖了回来，还有如何救活了自己一条性命，原原本本、生动形象地告诉了前来看望他们的老乡和朋友。于是，宦娘的名字传遍整个军中。

至于宦娘护持那位弄脏了鞋子的列兵免遭棒击、当众受辱之事，与此相类似事件还发生了多起。它让这些士兵们感觉到除了遵守长官训示，人还可以免遭屈辱，体体面面地活着。且免遭屈辱，体面地活着，心中是那样的温润，熨帖，似乎一下子人格也变得高大了，脸面上也觉得光彩了。

至于马夫酒井川平与他的儿子次郎异国奇遇，战地相逢，生死永诀双双毙命事件，以及酒井一家传奇式遭际和凄惨哀绝人生命运，有近乎千人亲历目睹了这一事件的整个过程。它被传得纷纷扬扬，字字血声声泪的泣诉与画面不绝于耳，历历于目，石田混成旅团几乎无人不晓，无所不知。

这一事件产生的影响是无可估量的。官兵们人人开始修写家书，整个旅团书信投递量遽然间比往日增多了数倍。他们比起往日来强烈地觉悟到除了自身，在遍布于日本各地的遥远家乡，还有垂垂老矣、苦挣苦熬的爷爷奶奶、父母双亲、兄弟姐妹、子女儿孙。他们其中的好些人，也像战时酒井家的父亲或者母亲一样活着。身在异国的他们惦记起身在家乡的他们。他们如今还活着吗？又是怎样地活着？

柴田贞子曾好奇地发问，宦娘，如今中日之间，处于战时敌对状态，你是中国人，为什么这样对待日本人？还保全了许多皇军的性命？宦娘的回答出乎柴田想象，她说，我只想让日本人对待中国人，也像我对待日本人一个样。柴田想，如果真的成了这样，那中日间还有什么战争？柴田想到这里，想笑，却笑不出声来。

说到底，宦娘还是没有完全甩脱初出庵院时的那种傻气。如果排除了种族与疆界，把人与人之间的爱称作博爱，宦娘居然想把博爱引入处于战争状态的两个敌对国家的人们。

这话被胸无城府、这一点近乎宦娘的柴田贞子传扬了出去，整个军中，人人都当做笑谈。可笑着笑着，就像柴田最初听到这话一样，就心里有点酸楚地笑不出来了。他们觉得嘲笑下去，就蹂躏了宦娘的那颗心。那颗心再痴再傻，就让它痴着傻着，但不可亵渎，更不可蹂躏。再不善于思想的人，有时多多少少都要生发出一些联想来。如果真像这个中国姑娘说的那样，我日后的枪口，怎样朝向中国人？

日本人是轻易不肯欠人的，即便欠了人的，也讲求回报。这样一来麻烦就大了，这叫他们如何回报？有些事情只能去做，不敢多想，因为一想就会想出问题来。高明的治世者欲平复纷乱，必先屏弃思想，让一人之想替代众人之想。

特别是监护室里那些垂危将死、又被人挽留住性命的人。欠别人一条命，是须得拿命去偿的，这样才能做到对等。他们无从偿还，便把这份恩情转换成敬意，沉甸甸压在心头。每当宦娘进得监护室，那些残肢断体的伤者能站的站起来，能坐的坐起来，不能站又不能坐的就把脖子扬起来，众口一词，齐声呐喊：宦娘！宦娘！宦娘……

第一次，也是第一声宦娘，是那位准尉石田秀吉喊出的。

谷地上那次战斗中，卧倒在前沿阵地的他第一眼看见一个红色身影，像一道火焰在万绿丛中跳荡，闪耀。也是他第一个冲她拉动枪栓，后来又把她像俘虏一样押送给他的长官。也跟其他官兵一样，后来还喝了一口她打来的续命的甘露。从那时起，每临激战过后的平静日子，宦娘的影子便不时在他眼前跳荡，也在他心中跳荡。

秀吉挣脱死神羁绊，醒过神来第一眼，看到的竟然也是宦娘。她还在冲着他微微地笑，那笑脸在秀吉看来，还不乏几分诡秘情致。那是因为她嘴对嘴把药液度进了此人口中，她自己嘴巴上仍残留着些许汁液的余痕。宦娘那番施为，实属生平首次，她觉得她跟他有缘。这个缘不是情缘，不是亲缘，是佛家讲的那种机缘。当秀吉得悉此情，一颗躁动的心就再也难以平定了。

像一阵清风，快速拂动整个军营。宦娘走到哪里，哪里便传来一声声热情洋溢的呐喊：宦娘！宦娘！宦娘……

隔着三楼那扇窗户，一阵阵不失激越的呐喊，偶尔也传进了司令部。

在一郎最初的想象中，也一门心思期望着这种声音，是出于身处群居于枯燥军营生活中的异性官兵，见到万绿丛中那一点嫣红，即凭空冒出个如是清纯俊美的女子，便情难自禁地发出了那一声声野性的嘶吼。有这样的因素，可事实并非尽然如此。他听出了那一声声嘶吼中，充满着一种礼遇，一种亲和，一种尊崇。

司令官的眉毛拧成了一条卧蚕，一颗心直往下沉。

一天，在监护室忙活着宦娘，向柴田述说着她对她的干大、牛八大爷、佩瑶跟薛家姨姨等人的相思之苦，又因牵挂心上人天才哥，以及他的妹妹冰兰安危，无从即行离开此地的愁苦与哀伤，忍不住落下几颗伤心泪。这可把在场的伤号们惊呆了，纷纷打问宦娘受了何种委屈。柴田告诉他们，她想她的亲人了，早想离开此地，回到她们那面去。

扑通一声，石田秀吉从床位上翻落地面，紧咬牙关，一步步朝宦娘爬去，且紧紧抱住她的一只腿，抬起湿漉漉的泪脸，大睁着绝望的双目。

"宦娘！我不要你走！在战场上第一眼看到你，我就有一种奇妙的感觉，感觉到我们还会见面。如今果然又见到了你。你每次给我服药，给我包扎伤口，我的心都在跳，都快要跳出胸腔了。宦娘，遇到你真好，认识你真好！是上天可怜我，把你打发到我的身边。今生今世，秀吉的命运，已经紧紧地跟你捆在一起。我不要你走！秀吉的命是你救的，你既然救活了他的命，也要救活他的心。如果你一定要走，石田秀吉就把这条命还给你，这颗心将随你而去。你走到哪里，它就会跟到那里……"

哀哀叙说着的秀吉满面泪痕，喉结梗动。这位具有诗人气质的年轻准尉，近乎痴狂地爱上了一个不期而遇的姑娘。

"等战争结束了，我带你回日本去，回长野去。那里是我的家乡，是日本最美丽的地方。那里有山，有水，有花，有草，有翩翩起舞的蝴蝶，有咕咕鸣叫的鸽子。白云蓝天下，我陪你去看牛羊成群的牧场；风雨过后，我陪你去看山那面的彩虹。春天来了，一望无际的草地上开满鲜花，我要牵着你的手，在花的海洋里奔跑。我们跑啊，跑啊，一直跑向远方，跑向太阳升起的地方……"

宦娘不甚明白此人都说了些什么，但她隐隐觉出，自己遇到了一个非常棘手的问题。它让她慌张，也让她惊惧，不由紧紧咬住嘴唇，幽幽的眼中泪花盈盈，一眨不眨地注视着脚下的石田准尉……

第四十二章　虎毒不食子

　　充斥昂扬军歌与操演呵吼的军营，第一次传出哭声。那是在近日的一个夜晚，甚是凄厉，径直灌进司令部那扇窗口，也灌进最高司令官耳朵。发出的书信多了，收到的书信亦纷至沓来。发出的信件中饱含以往缺失了的脉脉温情，回复的信件中亦捎来悬念已久的牵肠挂肚，也附带着战时的家园陷落困境的绝望与失落。一封封书信，叙说起往日不便启齿的亲人之间的情话，还有各自时刻面临的生存危机，这让许多士兵揣上了一桩桩沉沉的心事。

　　秋田大队某小队一名上士，得悉破落家屋被一场山洪卷走，同时也卷走了四岁的儿子，从泥淖中爬出来的妻子疯了。回信是邻居家一位长者书写并发出。这位上士哭声异常粗犷，除此而外，其他连队亦有饮泣者，叹息者，忧心忡忡者。一郎感觉得出，这些杂音冲击得往日的军歌失却了洪亮，操演拼刺的呵吼失却了雄浑。

　　不知出于何种缘由，一名国军战俘遭到日军监守鞭笞，让前来探望袁家兄妹、并捎来一些吃食的宦娘撞见。宦娘没去阻拦，只是寂寂然站在那里，瞅着那个监守。她那幽幽的眼神，泻出的漫天幽怨能活活把人淹死。监守手中的鞭子先是沉了起来，再而悬了起来，继而垂了下来，最后收了起来。

　　这位监守亲眼目睹了宦娘出面干涉军务，制止了对酒井次郎的惩罚并延缓了其人生命，使得次郎临死之前，了结了关乎一个灭门绝户的家庭、以及三颗苦难的灵魂惟一一桩心愿，履行了自身神圣使命的整个过程。他当时被感动得热泪滚滚，从心底里对这位圣女般的姑娘充满敬意，自己的灵魂也随之飘升到一个至善至美的崇高境界。

这已经不是日军第一次看这个姑娘的眼色行事了。

这看似平淡，在有些人看来又何其了得！一个小小丫头，一旦具备这般魔力，在她眼神俯视下的人们，岂不都成了她的精神奴役？当人们都看着她的眼色行事时，谁还看长官眼色行事？当人们心里都装着此人，谁还把团队、民族和国家装在心里？谁还把天皇装在心里？一旦真把她装在了心里，人们看见她会这样，相信看不见她也会这样；在军营里会这样，相信在战场上也会这样。那将会导致何种境况？如此深层看待问题，只有最高司令长官具此眼力。

其结果也在无情地印证着司令官的看法。在近日鹞子岭战斗中，黑田小队长眼睁睁看着他手下一名年长的军曹，负伤后倒在山坡上。当中国军队冲上来后，掏出了手雷的他却并没有拉响，呆呆地望着手雷看，不知心里到底在想着什么。

这位军曹想到了他的妻子早前的一封来信。在去年一次激战中，他身负重伤，曾被发落至国内治疗，伤愈后请了一天假，顺便回了趟家。这次家回得意义非凡，以至不再像往日那样，面对死亡是那样地决绝，而是对这个世界产生了依恋。依恋的缘由是他跟妻子有个约会。他曾把酒井次郎母子二人，在家门前樱花树上挂满红色纸条，等待接纳服刑十年、满怀新生希望匆匆归来的酒井川平一事，还有酒井一家人最终悲惨结局写信告诉了妻子。

妻子的来信是这么说的。

"孩子他爸，你这一走又快一年了，这仗打到啥时候才是个头哇！去年春天，你在中国战场上吃了枪子，回九州岛后方医院，从胸膛里抠出了那颗害人精，顺便回了一趟家。你这一枪挨得值，挨得千值万值啊！要不然，你咋能回老家来？你不回老家来，我又咋能怀上呢？我跟你过活了四五年，一直没开怀，那次只有半个晚上，咋就怪不溜溜地怀上了呢？天照大神真是开眼了！三月二十六那天，我生了，是个胖大小子，哭得叽哩哇啦，咱爸都高兴疯了，咱妈哭得笑了起来，给神磕头，把脑门子都磕破了。"

"你能不能跟长官请个假，赶咱娃满月那天回来一趟，看看你的儿子？战场上枪子不长眼，咱穷苦百姓命贱，说不定那一天，你撇下我娘儿俩撒手走了，连你的宝贝儿子都没能看上一眼，你这辈子可就亏大了。呃呃呃！你看我都说了些啥话！孩子他爸，你一定回来，回来看看你的儿子，哪怕只看一眼。我也在咱家的樱花树上，挂满红色纸条，迎接你的归来。我从早到晚守着它，不管刮再大的风，下再大的雨，纸条让风刮走了，被雨淋湿了，我就再把它们挂起来。刮一次，我挂一次，淋一次，我添一次，一直到你归来的那一天！"

这个军曹愣愣地瞅着手中紧紧攥着的手雷，心里想着他家门前樱花树上彩带一般漫天飞舞的纸条，想到樱花树下抱着娇儿的妻子，以及她们母子二人樱花般璀璨的笑脸。

日军华北战场上王牌旅团的一个步兵大队，即经天皇授旗的秋田大队，第一次出了个处于清醒状态被中国军队抓捕的俘虏。这一耻辱，对佩剑将军石田一郎来说是无从洗刷的。它在他的心中蒙上一道挥之不去的阴影。

石田旅团配合友邻部队，在此后的豫北一战战绩平平，秋田大队并没有杀出往日的威风。战场上致胜或落败之道情形极其复杂，有鉴于此，一郎搜寻所有不利要素，仍不足以证明他希望得出的结论之必然性与合理性。

一支军旅，从士兵到将领，生死与共，血脉相连，融为一个有机的整体，是有其魂的。难道真的给人使了魔法，摄了灵魄？

作为这支日军部队的最高军事主官，石田一郎生发出一种难以言传的诡异感觉，且伴有一抹愧怍与屈辱。他觉得一个堂堂大日本皇军少将，让一个小女子给侮慢了，调耍了，像是喉咙眼里卡着一只苍蝇，既恶心又极不舒服。

轰动整个军营的酒井父子双双罹难事件之后，一郎偶尔在林荫道上撞见宦娘，把她堵在通往监护室的半路上，盯着潮热的双眼，一眨不眨地凝视着她。

"姑娘，你……不该来到战争身边。"一郎没头没脑丢出这样一句话。

"战争为什么来到我身边？"沉定的宦娘瞅了一郎一眼。

石田一郎骤然一惊，不由瞪大了眼睛。

"我们日本人大多信奉神道教，听说你来自一个叫静观庵的地方，想必是信奉佛教了。神也好，佛也好，其实它们都是不存在的，只不过是人类精神世界的归属罢了。听我的士兵们说，是天照大神派你来到了军营。是不是她真的赋予了你一种力量？”

“如果她没有赋予我力量，我希望她赋予我力量；如果她赋予了我力量，我希望她继续赋予我力量。”宦娘说这话时，眼神柔和极了。

石田一郎再度瞪直了双眼。

宦娘再也不是初出庵院时的宦娘了，她那颗心，已被融入盐分的血腌渍了。

仓木也预感到他那位尊贵的客人在玩火，在大日本皇军的一支铁甲兵团玩火，在一名天皇授剑的将军背后玩火。他后悔他把她推向司令长官，比起他的恩人，甚至连将军的儿子都未必值得他在意了。宦娘务必尽快离开军营，无论与她同行的三名中国军人，能否因司令长官与人有亏而网开一面。

仓木尚未提出请求，他的长官反倒先抢去了话题。

“如果仓木君鼻子还算通窍的话，近日可曾嗅出一道特别的气味？一道笼罩在整个军营里咄咄逼人的气味！”

“哦！我到没怎么留意。将军阁下，宦娘的使命已经结束，该回到她生活的地方去了！”仓木自知对方话里有话，避实就虚，直奔主题。

“回去？回哪里去？”

“回她该去的地方！”

“她该去的地方，是大日本华北西进兵团混成旅团。她的使命并没有结束！”

“将军阁下，我不明白您这话是什么意思！”

“中国有句耐人寻味的话，叫做解铃还须系铃人。今天要与阁下探讨的，就是关于这个姑娘的神话！”

“我仍然不明白。将军阁下，您到底要说什么！”

“这个叫做宦娘的姑娘，让我想起十五世纪法国一个出身卑贱、年仅十七岁的农家姑娘，一个被英国人称为异端邪说、活活烧死在卢昂火刑柱上的女巫，一个被拿破仑誉为法国救世主的圣女！她凭什么把一场原本枯燥乏味、普通人民深受其害的王朝之间的冲突，变为一场热情激昂的保家卫国的圣战？是因为这个被誉为圣女的姑娘，相传是奉了神的意志，她被整个法兰西民族神圣化了！”

言至于此，一郎把利剑一样的目光扫向仓木，使得对方全身冷嗖嗖一阵发凉。

"我们有我们的神明，我们有我们的信仰。把另外一个人无由奉为神明，是一件可怕的事情，它可以让人疯狂，也可以让人迷失。仓木君，你请来的这位姑娘，可不仅仅是个医术高妙的郎中，你把一个神通广大的女巫请到军中，我的士兵已经把她奉为神明了。她比披坚执锐，冲锋陷阵的圣女贞德更为可怕，因为她摧毁的不是人的肉体，她摧毁的是人的斗志和精神！"

石田一郎长长地舒了口气。

"这是一种什么样的力量？！它让我的士兵拿枪的手颤抖了，举刀的手抬不起来了。我的士兵没有被中国军队打垮，却被这个小姑娘打垮了；我的军队没有被武力征服，却被一种无形的力量征服了。号称铁军的混成旅团进入中国战场以来，首次面临着一场灾难性危机。你说说看，这到底是一种什么样的力量！"

言至于此，石田一郎几乎咆哮起来。

"战争的最高境界是不战而屈人之兵。具有讽刺意味的是，我的士兵们，竟然成了一个小姑娘的精神俘虏！"

继而，一郎一把揪住仓木义男的衣领，双眼咄咄逼人，精光四射。

"战争不相信眼泪，它永远伴随着流血和死亡，人类的凶残在战场上暴露无遗，这是谁也没有办法改变的事实。中日之战还得继续，我的士兵还要战斗，他们不杀死敌人，就要被敌人杀死，除此别无选择！作为混成旅团最高指挥官，既然战争选择了我，这就注定了我石田一郎再也不可能成为一个仁人君子，必须忠实履行一个军人的使命！我们可以容忍敌人的抵抗，但绝不容忍任何人以任何形式绑架大和民族的精神！是谁把这个魔咒施加在我的士兵身上，就应该由谁去解开它。这个神话必须打破！"

战争让生命轻贱得一如浮萍，亦如鸿毛，或逐流漂转，或随风羽化。旅团往日重度伤残军人，大都寂然离去。宦娘竭力施为，让几十个废人活了过来。这些人行动甚而吃喝都无从自理。用原上人话说，他们只比死人多了一口气。其生命一旦延续下来，这些人除了消耗资源，非但一无献助，还将拴住另一些人的手脚。一郎知晓，战时或战后的日本，经受不起无谓的虚耗。让这些人体面地活着，的确不是一件容易的事。

在一些人眼里，他们功绩至伟，然使命已告终结。有些民族不惮于牺牲，他们有自己的生死观，更何况处于战时。生命的价值、意义与尊严，正在迎受一场考验。医家宦娘心目中的人人平等，将被现实碎为齑粉。

老军医松尾接受了一道密令：这份人情我们不需要！是谁亲手留住了他们，也得由谁亲手将其送走。

松尾无从心领，更是艰于神会，急切间没法执行。在旅团参谋长暗示下，这才醒悟出其中精奥。他把宦娘提供的那种去腐生肌的棕黄色药丸，浸入剧毒溶液，晾干后又恢复了它本来的模样。明日一个早，它将经由宦娘之手，送服每一位重残伤者口腹。

面对众人迟疑目光，惑然追问，也只有松尾出面应对了。他可以说那个支那姑娘的丸药的确很有效验，但是，随着伤口慢慢痊愈，潜伏体内的毒性就会发作起来。这正是中华医学神奇之处，奇就奇在取人性命于不觉不意之间。当然，还可以说作为医学博士，我早就怀疑她的药丸有问题。早在一个月前，就把一粒药丸寄往国内医药学科研机构，一直没有消息。直到今天，才接到来自国内的化验报告……

一位遵行天照大神意志降临人世的天使，就是那个既可爱又善良的天使，顷刻间将化作磨牙吮血的厉鬼。原来她美丽的外表，竟包藏着一副蛇蝎心肠！一个女巫一样的厉鬼，把她打扮成一个美丽的天使，大家还以为她是来救命的，实则是来索命的。她索起命来，怎么就跟猫逮老鼠一样，要弄够了，再把它一口咬死！

人们信奉的是尊神，膜拜的是尊神，没有人信奉厉鬼，膜拜厉鬼。

仓木预感山雨欲来，对围绕在宦娘身边的人格外留意。夜色中，他隔着窗户，冷冷注视着松尾的诡秘行经。

第二天一个早，仓木神色坦荡，率然跨进司令部。

"将军阁下，属下今日前来，特地送您一样东西。确切地说，这样东西，是送给我部秋田大队一名准尉的，他的名字叫石田秀吉。"

仓木的言辞平和极了，在一郎听来，却无异一声闷雷。

"什么意思？"一郎剑眉上挑，恨不能把仓木一眼刺穿。

"监护室那几十个还在喘气的废人，的确欠了别人一份人情。但是，如果我没记错的话，我部那位石田准尉，也同样欠了别人一份人情。虽然他的伤情大有好转，是监护室四肢健全的几人之一。既然将军阁下决定把这份人情还给人家，要还那就一起还，请别忘了我的部下石田准尉！"

一郎毕竟是一郎，听得此话的他，似乎心脏把全身的血液一股脑泵进了头部，脑子当即嗡地一下。他强自暗摄心神，没有晕倒下去。

的确，他的儿子是经由宦娘疗治的几位四肢健全的官兵之一。他们伤情痊愈后即可归队，将重新拿起武器，加入战斗序列。因此，那寥寥几人已经被抬出监护室。

仓木言下之意，自不待言。你既然不领别人那份人情，统统不领就是了，为什么有些人不领，有个别人却领了那份人情？

紧接着，仓木又追问了一句。

"再说，如果那名准尉瞎了眼睛或残了肢体，无法再上战场，也就是说，他也将跟别人一样，被人蓄意送往另一个世界。那么，您会不会做出这样一项决定？"

一郎的确不曾想过这件事。此刻，管你想与不想，仓木把它严正地摆在了作为司令官和一名父亲双重身份的一郎面前。到底作何决断，他即刻间无从答复，甚至力图规避，不愿意就此做出解说。

这的确是个问题，尽管一郎不愿面对，但以他的为人，即便缄默，也不会狡赖。既然下属把这个问题毫无顾忌地摆了出来，他不会拿一些违心的话当面搪塞，更不会装作伪君子模样虚与委蛇。一郎为人，绝不自轻自贱。是啥就是啥，自尊自重，是他的为人风范和行事准则。

还有一个连一郎自己都感到难以自圆其说的问题，也被仓木抛了出来。一郎觉得此番行事不够严谨，纰漏就出在这个地方。但他想不出更高明的办法，就是把那个所谓的圣女杀了，她的精魄还会鬼魂一样缠着我的士兵。目下要着，是绞杀她的神魄，而不是肉身。

只要玩诈术，世上原本就没有参不透的天机。

"如果有人问，导致他人毒发身亡，是因为服了那种药物，那么，监护室所有伤号都服了那种药，为什么有的去了，有的却还活着？"

这一问题，一郎就更无从作答了。

仓木义男放了一阵连珠炮，轰出的都是重磅炮弹。石田一郎无可旋踵，必须做出抉择。要么放弃此次行动；要么，请把那位名叫石田秀吉的准尉也捎带上！

一郎背对着仓木，久久无言。司令部里分外冷肃，寂寥。

"我想拜托将军阁下，把这样东西亲手转交给我的部下石田准尉。三十七联队所有官兵静待消息。"

那东西到底是什么，石田一郎已经感知到了。

这话的分量就重了！亲手转交给我的部下，这话什么意思？一郎敢往深处想吗？他在他的长官面前，还把他的三十七联队抬出来，又是什么意思？难道仓木不惮拥兵自重，以武力要挟长官？

仓木言罢，把一只小小的青霉素瓶子，寂寂然放置桌面，冲一郎的背影行了个军礼，扭头而去。

透过玻璃，小小瓶子里那一棕黄色药丸清晰可见。

秀吉被人用担架抬往司令部，后面跟着老军医松尾。一路上，秀吉一直在哼着一首名叫《故乡》的歌，情绪甚是高昂。虽然声息低微，然在静夜里仍传得很远。

> 追兔子玩的那座山，
> 钓鱼玩的那条溪，
> 现在还是频频梦见。
> 不能忘怀的故乡，
> 父母日子过得怎样？
> 竹马之友是否依然？
> 现在过得可好？
> 狂风暴雨每每让我想起故乡，
> 希望有日衣锦回归，
> 我那青山绿水的故乡……

确切地说，应该是宦娘来到这处军营后的最近一段日子，这首民歌开始在军中悄然流行起来。先是从重症监护室唱起，随后传唱军中，声响不大，但很柔情。有时，他们唱完《君之代》，就接着唱《故乡》；有时，他们唱完《同期之樱》，也接着唱《故乡》。

　　秀吉感觉得出，他这是要跟自己的父亲会面了，神情很是激动。

　　自从十三岁那年，他在校园里跟柔道六段高手武田雄二的儿子斗殴那件事之后，秀吉就再也没有与父亲交心了。此后的父亲送给他一只他所喜爱的篮球，被他一脚踢飞。士官学校就读期间，曾收到父亲的多封来信，他连一封都没回复。甚至，今天晚上，是入伍以来与父亲的第一次正面接触。但此时此刻，非比往常，他心头涌起一股急切的愿望，与父亲重归于好的急切愿望。

　　是什么促使秀吉生发了如此愿望？

　　那副担架就横陈在司令部中央的地面上。

　　老军医神情凝重地垂首站立一旁，把脸孔拧向一侧，刚一搭眼，就看见角落里那张桌面上，放置着一只小小的玻璃瓶子。瓶子里面装着的那颗棕黄色药丸，对他而言，太熟悉不过了。他明白，那东西就是仓木联队长取之于他，并转呈将军之手，今晚又将经自己之手，最终呈献给这位死而复生的准尉，呈献给将军的儿子。

　　死而生，生而死。这位年轻的准尉，又将经历一次生死轮回。

　　军医松尾的心在滴血。这个从早到晚捏着手术刀的老军医，今天晚上才真正体味到战争的残酷，并不仅仅表现在血淋淋的躯体，鲜活活生命的消亡。

　　一郎左膝点地，蹲伏担架一侧，伸出双手，试图将秀吉的身子搀扶起来。装作沉沉入睡的秀吉，猛然睁开眼睛，并忽地一下坐起身子，冲着一郎扮了个鬼脸，放声朗笑。

　　"哈哈哈哈……"秀吉笑得极为放肆，就像他五六岁时折腾在父亲的怀抱中撒刁。

　　一郎的脸痛苦地抽搐了一下，张了张口，似乎要说什么。未等一郎开口，秀吉一把拉住他的双臂，愉悦的目光定定落在其父脸上。

　　"爸爸，进入支那战场以来，不！确切地说，自从我成为石田旅团仓木联队的一名准尉，我这还是第一次与您近距离会面，也是第一次与您说话。爸爸，见到您真高兴！真的，我很高兴！"

　　秀吉一头扎进父亲的怀抱。

　　"爸爸，您知道吗？每当您检阅部队时，每当您向士兵们训话时，我总是背过脸去，连正眼都不瞧您。我恨您，爸爸，您知道吗？您还记得吗？您曾经在一个孩子最无助的时候遗弃了他，伤了那个孩子的心，伤得很重很重……"

秀吉眼中陡然闪射出令人激奋的光芒。

"爸爸，如果那件事情您还记得的话，我敢保证，另一件事情，一件关于儿子自己的事情，恐怕您连做梦都不会想到！自从我挣脱了死神的魔爪，刚一睁开眼睛，我就看见一个人。尽管我不知道跟她有没有缘分，但是，儿子这辈子，只怕是从心底里永远也跟她割舍不开了。她是天照大神派来拯救我的，她不但拯救了我的生命，还拯救了我的灵魂。我的世界从此豁然开朗，突然发现人世间竟是如此美好，就连那些很苦的药水都变成了蜜糖，连窗子外面乌鸦的叫声都变成了歌唱。说句让人不可思议的话，是她让我把恨变成了爱。您应该感谢那个人，是她让我们父子俩又走到了一起！"

一郎面对他的部下，指斥宦娘为女巫，她是必将遭到惩处的对手；面对他的内心，却也不得不承认，从内心到仪表，她几乎是个臻于完美的女子，是值得敬重的。让一郎始料不及的是，这个令他敬重的对手，居然跟石田家族如此有缘，非但在精神上挫败了父亲，又在感情上俘虏了儿子。况且，她还拯救了石田家族一条人命。

"爸爸，您当年遇见妈妈，有没有看她一眼，几乎连心都要跳出胸膛的那种感觉？爸爸，我遇见了这样一个人，第一次看见她，是在战场上。从此，她那火焰一样跳荡的身影，就一直伴着我，同我的心一起蹦跳着。没想到，又是她口对口，把生机注入了儿子体内，也把爱种在了儿子心上。爸爸，我想跟她永远在一起，就是不知道有没有这个福缘。但是，既然把她装在了心里，就再也赶不走了。哪怕死了，也会把她渗入冷却的血液，融入冰凉的骨髓……"

一郎把儿子紧紧搂在怀里，婆娑泪脸轻轻地摩挲着那张年轻而稍显稚气的脸，想说什么，却就是张不开那张口。

"爸爸，今天是秀吉有生以来最快乐的一天。您知道吗？您知道我今天为什么这么高兴吗？因为儿子原谅了您。从今往后，秀吉再也不会忌恨爸爸了！爱真是太奇妙了，心里装下了它，就容纳不下别的东西了。"

听得此话，一郎眼泪滂沱，从嘶哑的喉咙里吼出一声压抑已久的哀嚎，一头扎进司令部内的一道门户。门户内，是一郎的寝室。他没有勇气面对此时此刻的儿子，躲进了另一个空间，随即双膝一软，跪倒地面，手把门扉，从门缝里偷偷窥视着他的秀吉。

松尾捏着小瓶子的那只手在哗哗颤抖。

担架上，以双臂撑着上半身的秀吉，冲着寝室半掩着的门户，神情亢奋，依旧喋喋不休地叙说着。

"爸爸，尽管这个世界充满暴力，充满着血腥，有了你们这许许多多亲人，它还是那么让人留恋，让人痴迷。从今往后，我要好好活下去。我爱爸爸，我爱妈妈，我爱天使般的那个姑娘，就是那个长得十分秀气、又有些傻乎乎的姑娘。每当看见她，我心里又喜欢，又害怕，恨不得朝圣一般，匍匐在她的脚下。就因有了你们，我才爱上了这个世界，爱这世界上的一切。爸爸，妈妈，是你们把我带到了这个世界，让我感受到了人世间的美好。这份恩情天高地厚，秀吉一辈子都报答不尽！爸爸，您听见了吗？秀吉谢您了！谢您了！"

秀吉跪在担架上，双掌朝前，靠拢着地，脊椎与脖颈挺成一条直线，整个上半身向前倾伏，额头几乎触及地面，以日本坐礼中最高礼节双手礼，朝他的父亲连番三次，频频施礼。

从门缝里偷窥着儿子的一郎，嘶哭之音益发压抑，似同一头被断颈的老牛，从喉管里喷吐着带血的嘶吼。

秀吉似乎累了，挣扎着撑起身子，坐在担架上，把两只胳膊高高地伸向空际，打着哈欠，舒舒服服伸了个懒腰，仍在絮絮叨叨。

"活着真好！真的，真的很好……很好……"

此刻的秀吉盘膝坐在那副担架上，闭合了双目，似乎神游物外，悠悠然陷入对美好生活无限神往，脸上溢满了和悦的笑容。

松尾挪动沉重的脚步，慢慢靠拢了秀吉，抠开那只玻璃小瓶的盖子，把那粒棕黄色药丸倾入掌心。他的双手一直在瑟瑟发抖。

对一郎而言，一个非常时刻迫近了。但见他把着门沿的手青筋暴起，大张口唇，如牛汗喘，一双惊怖的眼睛死死地盯视着军医手中那粒药丸，如同被架上案砧可怜无助又万般惊恐的羔羊。

松尾声若游丝，面目狞怖。

"石田准尉……石田准尉……"

秀吉从美妙的遐思中醒转过来，一眼看见军医手中那粒药丸，脸上顿时浮现出千般惊喜，眼睛里迸射着灿烂的光华。

"啊！药丸！宦娘的药丸！"

秀吉变坐为跪，冲着军医双手着地，脸面朝下，身子弯曲四十五度，行了个坐礼中的屈手礼以示感激。

"谢谢！多谢您了！"

秀吉一把接过那粒药丸，脸上浮现出甜蜜的笑意。睹物思人，他莫不又想起了它的主人？

松尾捧着一杯清水，哆哆嗦嗦递向秀吉。

只听咣当一声，另一个空间的门户訇然中开。

咬破了口唇的石田一郎，拖着一条长长血线，形同一头暴怒的雄师，暴窜而起，凭空扑抓的双掌，接续扫落了秀吉手中的药丸，还有松尾端着的那只杯子，一把将他的儿子紧紧抱在怀里，拿他那滂沱泪脸，在秀吉的额头、腮帮、脖颈上一边嘘嘘地舔舐，一边呜呜地鸣叫着。

羔羊出生落地的那一刻，母羊在舔着羔羊身上胞衣时，发出的就是这种嘘嘘地舔舐声，呜呜的鸣叫声。

他曾发下皇天血誓，这辈子要做儿子的守护神。一个男人，到底履行了做父亲的对亲生骨肉的庄严承诺。

第四十三章　生死牌

宪兵对宦娘住所的秘密监控撤了防，仓木一颗悬着的心到底落在了实处。包括与她住在一起的好友柴田贞子在内，宦娘未曾觉察、也不曾料想到自己在不觉不意间躲过了一场劫难。

仓木驾着一辆三轮摩托，当即找到宦娘，力促其尽快离开军营，并决定亲自把她送出占领区，遭到对方断然拒绝。她还是那句话，我跟哪些人一起来的，就要跟哪些人一起走！而后，宦娘牵着柴田的手，一溜烟上街去了。她在这个军营里还真吃得开，出出进进连通行证都不带，卫兵们还冲她直点头。今日不是去永济天生德大药堂购进中药材，而是去选购宦娘情有独钟的一样新奇。她见得柴田闲来无事，脸上又是傅粉，唇吻又是点朱，突然对化妆感了兴趣。她干大黄伯昂常夸赞他干女儿说，我女子淡扫蛾眉，美颜天成，却嫌脂粉亏颜色，根本就不用化妆！宦娘想，我试化个妆，去了战俘营，让天才哥看看，我到底是化了妆好看，还是不化妆好看？她今天要选购的，是拐子胡同丽人堂的胭脂水粉。

每次出得军营，没有一次不碰见一些半生不熟的人。这些人不是干大那些装扮成农人的手下，就是伯臣叔叔派来的便衣。她知晓这些人是日本人的死对头，行事很是鬼色，轻易不跟他们直接照面，充其量冲他们挤眉弄眼暗个示。一有机会，便背过柴田，跟刘强叔叔通个消息。

　　近些日子，黄伯昂得悉干女儿在日军大营，跟逛皇会一样，哪里热闹哪里钻。仗联队长仓木义男之势，帽盖（辫子）拴辣子，轮红了。跟住店一样，如果想离开，说啥时走就啥时走，屁股一拍连尘土都不沾。可是，当得悉女儿赖着不回的缘由，心不得不再次蹙成一疙瘩。这咋得了！这娃咋这么瓜的！石田一郎又不是你干大，他能看你的脸色行事？

　　据此，当干大的又不得不叹服女儿的为人。我宦娘娃行事，果然非同凡俗！她咋忍心把袁家兄妹俩丢在战俘营，自个一个人走了？况且，我娃对袁家小子情分重得很啦！这可咋得了呀！

　　直至目下，黄伯昂并不知晓，袁天才原本就是他的骨血，也就是当年谢家别院那个襁褓里的黄天柱。如果知晓了这一层，简直难以想象，此刻的黄伯昂将又作何处？他只是通过刘强，刘强又通过宦娘，向战俘营里的袁天才传了个话，叮嘱他以普通一兵面目出现，万莫暴露十八集团军教导队政委身份。

　　袁天才是何等人物，黄伯昂这份心操得多余了。他非但时时刻刻、不漏形迹掩饰着自己身份，还要去了宦娘那副红十字袖标，与其妹一般模样，赫然以一名卫生兵面目出现，在战俘营肩负起义务性医护职责。

　　黄步霄鞭挞美籍飞行员事件当天，袁天才惊异发现，获得了自由的黄步霄二返长安，又怵然逃进日军大营。明人何须细想，他断定此人被独立团黄团长手下便衣盯上了，在劫难逃，只有折回日军大营寻求托庇。据此再朝深处一想，袁天才预见先机，立马预感到一重危机，一重巨大的危机。他把石田一郎下一步行动算定了。

　　当旅团参谋长把黄步霄去而复返的消息报告给旅团长，一郎喜出望外。"要找这么个较听使唤的角色，或许还不那么容易。这就跟对待妓院里那些女人一样，既然付出了成本，就要充分利用。"

　　"将军阁下，您的意思……"

　　"从明日开始，把耍猴的场地搬到永济城大街上去。让此人粉墨登场，重操他的老行当，一手牵着那个美国人，一手挥动鞭子，在大街小巷走上几趟。别忘了，这一次多请几位记者，最好约上西方的笔杆子，把声势造得越大越好！"

　　"将军阁下，我越来越感到您出此一手，意义非凡了。"

　　"敌我对决，并不尽然都在疆场。我们脚下的这块土地，以及这块土地上的民族，背着沉重的历史包袱。一旦负重，难免裹足不前，而他们大部分人犹未自知，仍沉醉在泱泱大国、华夏文明的光环下。我要让世人看到，也要让他们自己看到，一个愚弱的民族、缺失了自尊的民族是何等无可救药。"

　　"如果本人理解不差，您这是在进行一场心理战，意在摧毁对手精神，瓦解他们的斗志，且力求把阵线扩展到世界范围。"

　　"有人又何尝不是在跟我玩这一手？那个被我的士兵奉为圣女的姑娘，尽管她出于无心，不是也在摧毁着他人的精神，瓦解着他人的斗志吗？"

　　"这我就不可思议了。一个小小的弱女子，何来如此魔力？"

　　"这不在于她自身，在于她所代表的价值与观念。就观念而言，优胜者自必取代陈腐者。"

　　"您这么说，我就更不明白了。大和民族的传统观念，造就了大批为国家、为民族而战的英雄。难道我们的价值观念，在那个小姑娘面前，竟如此不堪一击？"

　　一郎瞥了参谋长一眼，其眼神不乏一丝不易觉察的轻蔑。

　　"统治者为维护其统治地位，以及出于多方政治目的，价值是有取向的，观念是可以养成的。为达此目的，甚而不惮让一个民族性格发生畸变，亦在所不惜。这些价值和观念，在带有普遍意义的价值和观念面前，的确不堪一击。大和民族如此，脚下这块土地上的民族更是如此。我们比起他们，没有本质意义上的区别，只是小巫见大巫，或者说是五十步笑百步罢了。"

　　"哦！将军阁下，本人今天算是受教了。如此说来，我们这些人，其实充当的是一个工具的角色。"

　　"对！不但是工具，而且必须把自己调理成一个得心应手的工具，这，就是你我的宿命。"

　　"既然扯到了这个话题，恕我冒昧。将军阁下，我想征询一下您对中日这场战争的看法。"

　　"用武力征服一个民族，或许并非上上之选。仓木联队面对的黄氏两兄弟，尽管武器装备与单兵作战能力远落后于我军，但他们死缠烂打，舍命相拼，疯狗一样咬住人不肯松口。你想过没想过，他们哪儿来这股精神头？”

“还望将军阁下明示。”

“明治维新以后，所谓‘居四夷之中’的中国日渐衰败，世人遂以梵文‘支那’取而代之。《荷兰大百科通用词典》对支那人的解释，竟也把他们说成是一群存在精神缺陷的人。至于有没有精神缺陷，也只有这个国家的一些明白人知道。如果说支那是大和民族对这个国家的通用称谓，在西方人的语汇里，还把它称作东方睡狮。睡狮其实也是一个耻辱性的比喻。人们在驯化狮子时，用涂抹着鸦片的牛肉来喂它，上台表演时虽然张牙舞爪，其实仍然沉溺在梦幻之中。睡狮并非沉睡中的狮子，而是那种迷失了自己的狮子。遗憾的是，在这场炮舰的轰天巨响声中，这个民族‘殆将长睡，永无醒时’的时代，恐怕要结束了。面对黄氏兄弟这样的抵抗者，即使是我的敌人，我从来就没有轻视过他，更没有理由拿支那人的蔑称去侮辱他。只有这样，我才能时刻保持一份清醒。如果中国人都像黄氏兄弟，这场战争的前景又将如何？我倒很希望我的部下，不要成为塞万提斯笔下的末代骑士，只晓得拿着长矛去冲击一架风车。”

“看来狮子从迷失中睡醒了，真的长精神了，那就换一种驯化它的方法。明白了，将军阁下。有此一说，我就更理解您的用意了。看来，在这个美国飞行员、还有那个名叫黄步霄的中国人身上，的确大有文章可作！”

套在布洛克尔颈项上的绳子，这一次牵在了黄步霄手中。黄步霄直觉得他手里攥着的不是一根绳子，而是一条冰凉腻软、滑不溜叽的死蛇，心里有一种想呕却呕不出来、身上有一种毛发乍竖却不能松手的既恶心又恐惧的感觉。

这咋办？看起来日本人辱贱的是美国人，其实是在辱贱我呢，辱贱我这个中国人呢。这叫他们拍成照片，传得满世界都是，在世人眼里，我还是个人吗？人家把我看扁了，岂不是把全中国人都看扁了？到那个时候，我黄步霄岂不成了罪人？世上还有我的活路吗？我咋活得这么难场？与其这样活着，还真不如死了好。

一想到死，黄步霄就想到那三只吐着血舌的狼狗。一想到那三只狼狗，黄步霄又生发出一番联想，想问他九叔黄伯昂一句话。他是他九叔手下的兵，他九叔手下的人盯上了他，已经开始捕杀他，他想对他九叔说，日本人把我逼到这一步，你说叫我该咋办？世上谁有我活得这么难场？就算我没志气，世上有多少人，能熬得住这样的折磨？如果他们也面临我眼下的处境，我就看他们该咋办？是听日本人的招呼，朝这个美国人下手？还是被丢进狼狗窝子，让那三个畜生撕成碎片片、肉蛋蛋，活活让它们生吞了？

卡车出得军营，到了街头最繁华的闹市，这里已集结了多名背着照相机的男女记者，其中日本人居多，还有西方某国的一位金发女郎，以及满洲国军、华北治安军中的几名中国记者。负责押送的十多个日军纷纷跳下车厢，黄步霄一手牵着绳子，一手提着鞭子，也跳下车厢，把布洛克尔朝下拖，却未能拖得他动。

一名军曹从黄步霄手中抢过绳子，使劲一拽，像只老狗一样蜷缩在车厢角落的布洛克尔倒了，身子底下的车厢底面上竟淤满了血迹。

布洛克尔死了。

当那副带着皮套、用来栓猪栓羊栓狗的绳索再次套上布洛克尔脖颈，他预感到又将遭受一场奇耻大辱，也预感到此后不可能活着离开日军大营了，便断了生念，开始寻死。他决然不愿他那狗一样被人拖着鞭挞的丑态，出现在世界各地任何一家报纸上。这个具有绅士风度的美国人，想的是与其屈辱地活着，不如尊严地死去，别把丑态留给世人，留给他的亲朋好友与妻子儿女。

上得卡车，他便把身子缩成一团，蜷在一个角落，纹丝不动，看起来甚是规矩，也就没有引起日军留意。其实，他是在悄悄地寻死，流出来的血，被衣物与车厢木板吸释，没有漫溢出来多少，日军也未能及时觉察。布洛克尔的右手手腕动脉断裂，失血而亡。那位军曹在他身子底下，找到了一块锋利的瓷片，那是打碎了的瓷碗散落的一块小小的残片。

如果把那只小小的瓷片看做一把刀子，递刀的人竟是袁天才。布洛克尔之死，直接死在自己手里，间接死在袁天才手里。

石田用心太险，不能让他一手导演的那场丑剧再度上演，是袁天才拿定了的主意。他这是在朝别人脸上抹屎，把中国人糟蹋得连人气都没了！一个连起码的尊严都丧失了民族，还能指望他去自救？又如何指望别人援手？不管我出得出不得这座战俘营，这条性命保得住保不住，趁着还有一口气，就得为我的祖国多少做点事。祖国祖国，我的祖祖辈辈都生活在这里，这块地面不能叫外人占了去。兄弟们还在玩命，还得跟日本人撑下去，决不能让黄步霄这狗东西泄了底气！

落入战俘营的袁天才意兴彷徨，心里很不是滋味，但他还是强自打起精神，想把一郎的这把如意算盘给砸了。这把算盘上，一郎拨动的主要是两颗珠子，一个是黄步霄，一个是布洛克尔，只要拆除了其中的任意一颗，自会满盘错乱，不成格局。黄步霄处于他的视野之外，连个人毛都摸不着。只有布洛克尔近在咫尺，虽可望不可及，用原上人话说，起码能逮住个苗息（踪影）。袁天才把注下在了布洛克尔身上。

布洛克尔被单独羁押在一间屋子，位于岗亭一侧，虽说与集中营其他成员相距不远，外人很难靠近，但也并非无空子可钻。集中营内部的岗亭只是个摆设，防守重点是集中营外围高墙及耸立在四个角儿的哨所。高墙上有通了电的铁丝网，哨所上架着机枪，晚上还有晃来晃去的探照灯，而岗亭里平日只有五六个日军轮番驻守，重在夜间巡回及过问、处理战俘营内偶发事件，并负责饲养那三条整天汪汪叫的狼狗。

通过几个晚上观察，袁天才满有把握在日军夜晚巡回空间，悄悄靠拢并从窗户潜入那所屋子。潜入之后又怎么着？成了摆在袁天才面前最大难题。莫不真要杀了他？袁天才暗中约了个帮手，那人是国军队伍里一个排长，长得闷头大汉，心里实实在在，很靠得住事。二人联手，悄悄潜入，出其不意，或许结果了此人并非难事。难的是下得了下不了这个狠手？袁天才自问自答，找了不下三五条充分理由说服了自己。朋友，对不住了，世上总有一些不可为而不得不为之事，我不得不这么做了。

继而一想，这般行事，自必留下纰漏，无异引火烧身。无论何种死法，布洛克尔遭人谋害，却是不争的事实，这样一来，战俘营就再也别想安生，即便查不出真凶，也会牵涉众多无辜。激怒了石田，必以十倍凶狂施加报复，我们这些人将落得个什么样的结局？

最好的办法，让他自行了断。袁天才一双眼睛，比刀子还灿火，怎么会看不出，浑身发散着贵族气象的布洛克尔，岂是个甘愿受辱的角色？前些天日军大营里第一次受辱，生不如死的神气，在此人脸上表露无遗，袁天才一眼就看穿了他。

到了忍无可忍的当儿，这个高傲的美国人又将如何自行了断呢？自由人想死很容易，只是他的生死由不得自己做主，这时就得悄悄默默地死，不动声色地死。一天，战俘们抢饭吃打碎一只碗，袁天才把核桃大一块残渣踩在了脚下。背着他人，跟试当年他家那把老斧头一样，拿大拇指篦了篦刃子，很是灿火，估摸着划断血管不成问题。

那个夜晚，袁天才一人踅近那间屋子，把头伸进背影处的窗户。

布洛克尔很是警觉，把那盏鬼火般荧荧欲灭的马灯拧亮了点，看清了窗洞里伸进来的那颗人头。那人一语不发，耸着剑眉，神色冷峭，与布洛克尔对视了片刻，而后伸出悄悄绾起袖头的左臂，拿右手捏着的一样东西，朝手腕内侧一划。兴许是很长时间没洗刷过了，腕子内侧的肉皮上便显现出一道隐隐地、白色的划痕。

布洛克尔先是大睁着茫然双目，似乎莫名其妙。来人抓住他的一只手臂，把右手捏着的那件物事攘进他的手心。布洛克尔隐隐地感觉到有些刺手，摊开一看，原是一片棱角锋利的瓷片。再把目光移向对方手臂上的划痕，恍然若有所悟。那蓝汪汪的双眼，先是绽放着讶异，继而迸射着火星，随后陷入沉思。沉思中的双眼愈来愈加迷蒙，伴着一缕怆然与失落。

来人目光如电，厉扫了布洛克尔一眼，临去时，还冲着他点了点头。那头点得甚是机械，甚是有力，像是给对方注入勇气，注入力量。

那天，美国人死在了卡车上，而手提鞭子的黄步霄站立当道，虽然没能丑剧重演，但还是让独立团便衣瞧在眼里。当然，黄伯昂把这笔账又记在他这个远房侄儿头上。他想，要是美国人不死，这狗东西还会第二次举起鞭子。这人没救了！

此后，失却大用的黄步霄赖在日军大营，赶都赶不走。当然，人家不会白养活着他，或推着梢桶车子掏掏大粪，或和泥挑土修葺营房，或随马车扛扛军粮包子等等，成了日军雇佣的几个当地杂役之一。

仓木这回找到他的上司，观其行色，气壮了许多。

"将军阁下，这一回，是不是也该给那个小姑娘有个交代了？"

弦外之音，是说我的部下石田秀吉又活了过来，既然他的那条命没有还给人家，是不是需要考虑以其它方式偿还人家这份恩情了？

"这份人情可以还给她，不就是那两个以兄妹相称的卫生兵嘛？不过，我倒要看看，她有没有接受这份人情的胸襟与胆略。"

"您这话什么意思，将军阁下？"仓木闻言，未免愕然。

"那位与你私交颇深的小姑娘，何以对没有血缘关系的那兄妹俩如此牵肠挂肚，想必你比我更为知情了？"

一郎没敢小觑了那个他口中称道的小姑娘，正因如此，通过柴田护士长，把宦娘与袁氏兄妹之间的暧昧关系摸得一清二楚。

"您这话我就更不明白了。"仓木预感不妙。

"大和民族信奉的神明太多了，我不想让八百万神中再多出一个！"

石田一郎不会欠别人什么，那份人情是会还给人的。不过，他们临走得留下一样东西。那样东西，就是一郎当着他所有士兵之面，声言要打破的那个神话。

战俘营外大院内，散散落落聚集着大批日军官兵，他们紧紧围拢着的是宦娘、袁氏兄妹三人，以及由参谋长、仓木等几位大佐作陪的旅团司令长官。

"想不想离开这里，回到你们该去的地方？"

一郎在袁天才等三人面前悠然踱着步子，操一口较为纯熟的汉语，主要是冲着袁天才十分客气地发了话。

袁天才本想回答说，石田将军，请收回你这份好意。只怕你开出的价码，我支付不起！但他没说，装出一副懵懵懂懂的傻相，意在让一郎小瞧了自己。他明白，一旦开了口，对方可能根据学识、教养、气质判别出他的身份，尽管他摸不清石田药葫芦里到底要卖什么药。

"何去何从，那就要看这两位姑娘的意思了。"

一郎言罢，手臂一挥。两名日军架着一名身着国军服装、腿与腰部负伤、行动甚是艰难的战俘，行止战俘营大门一侧圈着狼狗的栏栅前，打住了脚步。那三只狼狗当即大张血口，露出森森利齿，人立而起，前爪趴着栏栅门户，冲那位军国士兵狂吠起来。

"非常抱歉。石田旅团没有虐杀战俘的习惯，此人武力反抗，伺隙脱逃，实属咎由自取。"一郎如实为自己辩解了几句。

此人即是与袁天才交往颇深的那位国军排长，在昨日被押往城垣修筑碉楼时，一铁铲扪倒了一名日军，溜下城墙时跌折了一只腿，腰部又挨了一枪，眼下性命垂危，朝不保夕。

有人拉开栏栅门户，那两名日军把处于半昏迷状态的国军排长推入栏栅。三条狼狗暴窜而起，在那位国军惨叫声中被撕裂身子，咬断喉咙，眨眼间血肉模糊，没了人形。

冰兰紧紧揪扯着袁天才衣衫，一头埋向对方胸腹，发声厉叫，惨不卒听。宦娘牵着袁天才手臂，大张嘴巴，面色惨白，痴了般僵在那里。

一郎扳着面孔，缓步来到袁天才等三人面前。

"裴多菲有一首关于生命、爱情和自由的诗作，我非常欣赏。本人想跟三位做笔生意，如果成交的话，便可随时离开皇军永济大营，不但可获得自由，保全生命，而且还将享有完美的爱情。我以天皇名义、军人荣誉在此郑重承诺！怎么样，要不要听听？"

听得此话，袁天才瞪大了双眼。哦！这家伙到底要玩什么花招？

"当然了，我这只是一厢情愿。如果有人肯出这个价码，这桩生意也并非没有成交的可能。不过，我很怀疑有人出得起这个价码。你们的民族，据说也不失为一个优秀的民族，但像跪着生的黄步霄那样的角色，见得多了，这就不得不令人生出一些别的想法。今天，我还是想让我的士兵们见识一下。"

石田一郎别出心裁，出此一手，一则还某人一个大大的人情，军营大门敞开着，只要做成这桩生意，想带谁走，尽管带着他们走就是了。二则自己也算尽到了一个军人的天职，不失对帝国的忠诚，因为这桩生意价码太沉，对方须得留下点什么。至于付得起付不起这个价码，那就要看有些人的造化了。老实说，一郎对此也心里没底，那就只有凭天断了。

总之，这桩生意，无论成交与否，那个被誉为天照大神使者的人，虽不至于变身为贬谪凡尘的厉鬼，起码也将抹去罩在头顶上的光环，在我的士兵眼里黯然失色。

装作呆兮兮的袁天才似有所悟，今天麻烦大了。

一郎前行一步，逼近冰兰，指着袁天才柔声言道。

"冰兰姑娘，你爱他吗？"

冰兰冷冷地望着对方，坚定地点了点头。

"那么，宦娘，你爱他吗？"一郎又移近宦娘身旁。

宦娘愣愣地望着一郎，也坚定地点了点头。

"很好！尽管中国有娶妻纳妾的风俗，但据我所知，随着五四新文化运动的兴起，一夫多妻制已经慢慢淡出中国人视野，作为共产党领导的十八集团军，更是令行禁止，没有通融余地。冰兰姑娘，还有这位宦娘，这就是说，如果能够从皇军战俘营得以生还的话，你们两人之中，只有一个人能够与这位袁姓男子珠联璧合，结为夫妻。"

袁天才仰首云天。天上棉絮般的云朵飘飘而去，势若奔马。

冰兰和宦娘紧咬口唇，定定地盯视着一郎。

"两位漂亮的姑娘，我倒有个主意，可以解决二位姑娘所面临的难题。如果你们两人中间，有谁愿意做出牺牲，以年轻的生命为代价，换取这位袁姓男子与另外一位姑娘的人身自由，并成就他们二人之间的美满姻缘，我就立刻放他们两个走人！"

冰兰与宦娘的眼神，在一瞬间发生碰撞，几乎迸溅出火星。

"我再次向二位姑娘郑重承诺，如果有人愿意做出牺牲，主动走进那处栏栅的门户，也就是刚才那位国军少尉壮烈殉国的地方，混成旅团军营大门，就会立刻向另外两人敞开！"

哗啦一声，两名日军士兵拉开了栏栅的那两扇木门。三条狼狗吐着血舌，呲着牙齿，冲身着十八集团军服装的袁氏兄妹撕扑狂吠起来。在即将跃出门户的同时，被日军豢养人员强行拦在栏栅以内。

冰兰与宦娘缓缓把头拧向栏栅，扫向那三条恶森森的狼狗。

战俘营门外的日军大院鸦雀无声。

许久，石田一郎神情凝重地开了腔。

"两位姑娘，如果有谁愿意，请……站出来。"

冰兰跟宦娘把目光移向一郎，许久，又不约而同地移向袁天才。

接着，冰兰与宦娘双双对视起来。那眼神充满幽怨、苍凉与哀戚。

"冰兰！宦娘！不要理睬！不要理睬他！"袁天才有些急了。

宦娘缓缓拧转脖颈，朝袁天才凄然一笑，两颗豆粒大的泪珠夺眶而出。但见她毅然回首，轻移脚步，朝石田一郎走去。

愣在那里的冰兰似乎清醒过来，连忙扑了上去，拉着了宦娘的胳膊，像是要把她拖回来。宦娘胳膊一拧，甩脱了冰兰手臂，冷冷地站在了一郎面前。怔在原地的冰兰仓促之间，莫知如何是好。许久，她还是前行了一步，站在了宦娘一侧。她觉得再不跟上去，自己就渺小得连一只蚂蚁都不如了。非常时刻，人会感到活着真难。

"冰兰！宦娘！"袁天才声若霹雳，这会儿更沉不住气了。

一郎稍显惊愕，与站在他面前的两个女子冷眼相对。这有些出乎他的意料，特别是这个名叫宦娘的姑娘。但仍不敢相信、甚而不敢想象这么个弱女子，她真会从容步入那处栏栅？尽管如此，她们鼓足勇气，能够挺身站出来，就足以令他刮目相看了。许久，一郎这才感慨万端，沉声发话。

"这需要多大的勇气，多么宽阔的襟怀！非常难得！二位姑娘的选择，让我重新认识了你们。我谨以一名帝国军人名义，向二位表示敬意！"一郎除去军帽，冲宦娘与冰兰鞠了一躬，情态甚是真诚。

"游戏到此并没有结束。二位姑娘的选择，无法让这桩生意顺利成交。因为一样东西，无从授予两个买主。"

一郎戴上军帽，振衣肃容，仰望蓝天，思绪绵绵。"四十多年前，本人随同在古长安经商的父亲，在这块地面上生活过一段时间。也就是在你们关中平原一个小村庄里，有幸看到一场民间戏曲，那出戏曲的名字叫《生死牌》。大气恢弘，意蕴激昂，颇有秦人慷慨悲歌之风，至今记忆犹新啊！"

一郎手臂一挥，一名日军士兵，从一旁的桌兜里拿出两面木牌，并将其插入一只用来盛粮、现在却装满沙子的斗内。看来，为了这次盛典，一郎功课做得很足。

"烦劳二位姑娘，今日无妨上演一场当代版的《生死牌》。那里插着两面木牌，一面写有"生"字，一面写有"死"字。如果二位姑娘还有兴趣把这出戏演下去的话，就请每人各抽一面木牌。不偏不倚，唯求公正，生死存亡，各归天命。"

袁天才心儿一缩，蹙作一团。他担心的不是冰兰，而是宦娘。在他眼里，宦娘有点傻气，而傻人往往会干出一些傻事来。

宦娘与冰兰，双双把迷离悲怆的目光投向那两面木牌。

"怎么样，二位姑娘？要不要试试手气？"

宦娘心如止水，淡定从容，徐徐抬脚，款款起步，走向那两面木牌。冰兰心里一急。如果我不跟上去，就是活着，这辈子在人前咋抬得起头呢？天才哥又该咋样看待我呢？念此，她也跟了上去，抽起了剩下的那面木牌，犹疑的眼神怯怯扫向木牌背面，见得那上面用墨汁画了个圆圈，圆圈里大大地写着个生字。

冰兰捧着那面木牌的手索索抖动。她拧转脖颈，把目光投向呆呆地站立一旁、紧紧抱着另一面木牌的宦娘，泪水唰地一下夺眶而出。

袁天才焦灼的目光，游移在冰兰与宦娘身上。

一郎步履沉稳，走向冰兰，并从她手里抽过那面木牌，一个大写的生字展现眼前。但见他身子遽然震颤了一下，呼吸也似乎变得分外急促，抬头仰望着蓝天，久久一言不发。是不是玩过头了？这个名叫宦娘的姑娘今日所为，行止果决，大大出人意表，她该不会真的做出傻事来吧？

一郎在这两位姑娘人生道路上设置了三级台阶，第一阶是她们面对那扇栏栅，有没有勇气口头答应，舍身一试。第二阶是她们面对生死牌，有没有勇气去抽。第三阶是她们面对那扇栏栅，有没有勇气走进去。

这三级台阶，任何一阶都足以夺人心胆，让一个柔弱女子丧魂落魄，就此止步。然而，如今她们已经登上了第二层。

一郎倒真心巴望这场戏剧化的游戏早点结束，一旦达到预期目的，即可尽早收场。此刻，他还真担心起宦娘的安危来。他不想伤害这个姑娘，他怕对不住自己的良心，尽管他不怎么相信，有人会真的迈向第三级台阶。

一郎挪动沉重的脚步，缓缓来到宦娘面前，怔怔瞅着抱在她怀里的那面木牌。

"非常遗憾。宦娘，我不得不怀着沉痛的心情告诉你，你的手气不佳，拿到的是一面死牌。"

直到这时，宦娘才把抱在怀里的那面木牌翻转过来。果然，木牌上的黑色圈子里，大大地写着一个死字。宦娘愣愣地看着那个字，看着看着，两汪晶莹的泪水簌簌而下，脸上却隐现出一抹淡淡的、甜甜的笑意。

袁天才虎目蕴泪，全身肌肉哗哗战抖。他很担心宦娘会干出不堪想象的傻事来。这也是一郎的担心。但见他仰面苍天，身子僵直，凝然不动，沉沉发话。

"既然是游戏，当然要遵循游戏规则了。非常遗憾！宦娘，看来，你要为他们二人获得自由，并成全他们美好的姻缘做出牺牲了。"

　　说完这话，一郎在心底里默默祝告，祝告他并不相信的天照大神，期盼她出面制止这场虐心的游戏，让事件的进程就此打住。

　　已经没了眼泪、情态柔和的宦娘，把那面写着个死字的木牌放置地面，除去上身外衣，平摊脚下，弯曲并侧摊着双腿坐于其上，从随身携带的绣花布袋里拿出一件翠绿底色、绸缎布料、洒满艳红花朵的衣衫，整整齐齐穿在身上，一个挨一个扣上了对襟纽扣。接着，她又掏出一只小圆镜子，一只精巧的桃木梳子，照着镜子，仔仔细细地梳理起她那满头散乱的秀发。她要走了，得把自己收拾一下。

　　梳着，照着；照着，梳着……

　　在场人众，都把目光集中在宦娘身上。军营大院一派死寂。

　　站起了身子的宦娘整衣肃容，流光溢彩，焕然一新。一个秀丽端庄，楚楚动人的绝代佳人出现在众人眼前。

　　她双手执着那面木牌，将其紧紧贴在胸前，外露着那个扎眼的死字，轻移细步，来到袁氏兄妹面前。

　　"冰兰姐，我把天才哥……就交给你了。一会儿，你就可以跟他一起，离开战俘营，回到你俩要去的地方了。你要好好待他，不要惹他生气，跟他好好过日子……"

　　冰兰痴痴望着眼前的宦娘，眼泪唰地一下，滚豆儿往下淌，发出一声呼喊，几乎把喉咙撕裂开来。"宦娘——"

　　宦娘屈下腰身，朝冰兰深深地鞠了一躬。"冰兰姐，拜托你了。"

　　宦娘缓缓拧转身子，朝袁天才靠近了一步，大睁着眼睛，一眨不眨地望着他，眼前浮现出往昔岁月的片片段段，脸上便慢慢绽开笑意。她笑得那样妩媚，那样动人。

　　宦娘把那面木牌夹在腋下，双手抓住袁天才一只手，移向自己面部，在她的脸上一遍一遍摩挲着，摩挲着。原本盈满了笑的脸，咋就又潮水般涌出了两行滚滚热泪。

　　"天才哥，认识你真好……"只说了这么一句，宦娘的喉咙就哽噎得说不下去了。

　　袁天才抑制不住满腔悲泪，一霎间汩汩滔滔，夺眶而出。

　　"天才哥，人死了……她的魂还在吗？"

　　"在！一定在！宦娘的魂魄，永远不会消散……"

宦娘听得这话，仰起那张挂满泪水的笑脸，笑得更加明媚，更加灿烂。"天才哥，那……我的魂，以后会常来看你。"

袁天才跟他妹冰兰相拥相抱，又是嚎啕，又是呜咽，身子扭曲得跟斩断了的死蛇一样。

宦娘张着含泪的笑脸，替袁天才兄妹抹着脸上的泪水。

"天才哥，冰兰姐，你俩还没听过我唱戏呢。想听吗？"

袁氏兄妹抽噎着点了点头。

"那好……天才哥，冰兰姐，这是宦娘这辈子最后一次唱戏，是唱给你们兄妹俩听的。我就给你俩唱一出《生死牌》吧。"

宦娘言罢，拧转身子，朝栏栅内那扇敞开着的门户缓缓前行了几步。那三只狼狗，此时仍张着大口，吐着血舌，露着利齿，正凶巴巴蹲伏在门后。

袁氏兄妹呼叫着宦娘，冲上前去，被两名日军死死扣定。

宦娘冲袁氏兄妹转首回眸，凄然一笑，又毅然回头，朝前走去。

宦娘冉冉吐语，声韵清越，沧浪情怀，播满周天。

> 苍天啦——苍天已断难更改，
> 玉环姐莫要再悲哀。
> 姐姐上前受我拜，
> 临行的话儿记心怀……

吟唱至此，宦娘暮然回首，惨惨凄凄，望了身后的冰兰一眼，继而把幽怨的目光扫向石田一郎。

一郎侧身回首，迷蒙的目光充满难言的伤痛与失落。

> "刀斧手凶神恶煞来执斩，
> 无罪女带刑枷，锁铁链，
> 狐朋狗党逞凶蛮，
> 杀气腾腾刀光寒。
> 奸恶肆虐罪孽满，
> 横行霸道欺皇天，

恨苍穹何不赐利剑，

荡尽人间不白冤……"

黄伯臣无奈之下，致宦娘落入日军大营，成了石头一样压在心头的一桩沉沉心事。他派往永济的便衣与黄伯昂人手一样，都想把宦娘发落回来，可宦娘不听使唤，其他人就没了办法。这一回黄伯臣亲自出马，化妆成贩枣的乡民，与几个精悍属下推着车子进了城。这一回，抬也得把她抬回来！此人须得给黄伯昂一个交代，他不能再对不住他九哥了。

要找瓦罐，不离井边。要寻宦娘，就得在日军大营寻。这伙人一直趸摸在大营外围，或吆喝着从军营门前走过，或隔墙听着大营里的动静。无论听到或观察到的，都说明军营里出现了异动。狼狗的嘶叫，女人的哭声，特别是隐隐传来宦娘那段悲怆唱段，就足以说明问题。

黄伯臣心中一紧，不得不格外留意，跟一个手下，在靠近军营墙垣处摆起摊子，把一只破草帽扣向头顶，坐在玉麦壳子编的破草盆（蒲团）上，一边吆喝着卖水枣，一边倾听着墙内动静。

告别了苦思苦恋的那个年轻的男人，还有她心中默默念记着、牵挂着的师父、干大、牛八大爷、佩瑶姨姨、薛家姨姨、快嘴姨姨，再就是铲子、秃子两个哥哥等许多亲近的人，熟悉的人。宦娘在走向死亡的路上，与他们是那样难以分离，难以割舍。

我这就要死了吗？我在静观庵后院，被师父关了十五年，好不容来到尘世上，遇到这么多好心人，经见了这么多世事，尝到了那么多人世间好吃的东西，穿上了小时候从来没穿过的花衣裳，这才几年时间，跟一眨眼一样，难道就这么结束了？再也见不到他们了？再也不能过尘世间欢欢笑笑、哭哭啼啼的日子了？

宦娘割舍不开短短几年她所经历的苦乐人生，更割舍不开的是她出得庵院，来到尘世间那桩神圣的、也是唯一的使命。一想到她的使命，想到那桩至今未竟的使命，宦娘双腿一软，再也走不动了，身子跟面条一样，软得挺不起来了。噗通一声，宦娘坐倒在地面上，手里那面死牌也被摔落一旁。

众人眼见得坐倒地面的宦娘，两只哗哗打颤的胳膊，撑持着前倾的身子，面色变得铁青，两瓣失却了血色的口唇在索索抖动，两汪浮动在眼眶内的泪水翻江倒海。她像是在竭力抗拒着什么，当实实在在无从抗拒的那一刻，泪水便像天河中落、声浪如同巨坝溃决了般，遽然间发出一声撕肝裂肺的啸叫。

"大——呀——"

这声啸叫尖锐无比，刺得在场所有人耳鼓发麻，连毛发都竖了起来。它像蕴蓄着魔力的磁石，把世间万物都吸附在宦娘身上。军营外面，一墙之隔的黄伯臣那颗心，也就随着这一声啸叫开始绞痛，比任何一次都来得突然，来得迅猛，来得势不可遏，摧枯拉朽，直把一个柔肠汉子往死里痛。

站在人群里的仓木义男身子一晃，摇摇欲倒。被身旁两名宪兵扶了一把。这出精心编排的剧目刚一开场，他就给人监控起来。石田一郎不允许他再行出面搅局了。此刻的他估摸着，这孩子肯定是突然间想到了什么，那一定是她最牵心、最看重、一辈子也割舍不开、难以了却的一件事，或一个人。不然，她不会这么惊惧，也不会这么伤心。他刚一抬脚，欲冲上前去，就被身后两名宪兵扭住了臂膀。

今日情状，看起来是对一个小姑娘的要弄，实则是两股敌对势力精神与意志的对决，它关乎到这支日军部队的士气。即便作为对立面的宦娘，未必代表哪个国家，代表哪个民族。她只代表她自己，只代表属于她个人的精神意志。

石田一郎事先严令仓木，不许他个人插手此事，甚至对他属下的秋田大队作了集体训示，并在现场加派了一个宪兵小队。

此刻的一郎心里也极不好受。宦娘的一声呼唤也刺痛了他的心。他通过柴田贞子也了解到宦娘的身世，知道这孩子没爹没娘，从小在尼姑庵长大。她出得庵院，就来到尘世间找她的父亲。一郎从宦娘那个捕风捉影、不着边际的父亲想到了自己，想到自己这个连唯一一个独生子都险些丢弃了的父亲。又由自己这个不称职的父亲，想到了赐予他独生儿子秀吉生命的宦娘。一颗灵魂，便被捆绑在精神的十字架上，经受着道德鞭子的拷打。

今天这事，真的是玩过头了。战争在改变着一切。为了军人的使命，帝国的大业，看来，我石田一郎的心性被扭曲了。

宦娘似同一只浪迹天涯、无依无靠、可怜兮兮的小狗，浑身没了力气，只有缓缓地、一尺一寸地朝前爬，朝那三条猎猎狂吠着的狼狗所在的方向爬。

"大——我的亲大呀，你在哪里！大呀……你生下宦娘，就真的不管宦娘了吗？大，他们欺负我，逼着我寻死。宦娘活不成了……大，你救救我，救救你的宦娘吧……大呀，你的宦娘要被人逼死了……你知道吗？大呀，你在哪里？你在哪里呀？大，我不想死，我还没见你一面呢……大呀，让我看你一眼，看你一眼再死，宦娘也就心甘了。宦娘这辈子，也就成了有大的娃了！大，你再不来见宦娘，就来不及了……大……大呀……"

宦娘一只手里攥着那面死牌，一只手撑持着地面往前爬。爬着，哭着，叫着。哭叫到极伤心处，便在地面上翻滚起来，身子一伸一缩地扭曲着，像一条被无数只蚂蚁叮咬着的尺蠖，发出一声声尖利锐耳的啸叫，直让人头皮发麻，心中发磣。

"大呀——呜——呜呜呜呜……难道你就不想见见你的宦娘吗？你生下了我，可从来就没养过我，是我师父一手把我拉扯大的。你的亲生女儿，如今都长这么大了，你还一面都没见过……呜——呜呜呜呜……人家都说我长得秀气，都夸谁家的父母，养了这么个好女子！大呀……你养了个好女子，可你连她的面都没见过，你这辈子亏不亏啊！大呀，你再不来见你的亲女子，就真的来不及了哇……呜——呜呜呜呜……"

宦娘紧攥着那面死牌的右手，还有另外一只手掌，使劲拍打着地面。她一边拍打，一边哭嚎，一边叙说。

"大——我叫不答应的大呀！我见不着面的大呀！你在哪里？你如今在哪里啊？呜——呜呜呜呜……我干大说过，他说曾参跟他的师父外出，万里路上，都能感觉到他娘在想他，把手指头都咬烂了。大呀，你女儿宦娘也想你啊！我……我想你，把心都疼烂了，难道你就感觉不到吗？你的心咋那么硬呢？大呀……宦娘临死，只想跟你见上一面！你听见没有？听见了没有？听见了没有……"

绝了望的宦娘拿额头去撞击地面。

……

静观庵观音堂前，缁纱掩面的静观庵主打坐蒲团，手里捻动着一串佛珠，正在寂寂然吟唱着《大悲咒》。这些日子，庵主自感空空五内，血潮泛起，杂念汹涌，夜晚间由不得魂悸魄动，神游物外，一腔忧思飘飘荡荡，驰奔千里，再怎么屏息静气亦难把控。空门非空，一缕情思，仍牵绊着凡尘。寂寂庵院，关住了身子，但关不住那颗一无休止地跳动着的心儿。庵主自叹，修行真难。

无从看见她此刻的容色呈何情态，随着声声咒语的吟诵，只见得那捻动着佛珠的手在哆嗦，以至孱弱的身子上那件青布衲衣也在颤颤地晃，索索地抖。

咒吟大悲，声息甚微，却簸荡周天，传得很远很远。

它在咒什么？又在为谁而咒？

……

哭声渐歇，行人泪尽。宦娘用哭声和悲泪告别了她难以见面的父亲，告别着许许多多她热爱的人，牵挂的人，告别了这个世界上一切美好。她要走了，她在跟这个世界道别。

这也没啥！听干大说，人生不如意常八九。世上没有十全十美的事，也没有事事如意的人。看来，人来到世上，就是来受苦的，来伤心的。把苦受不尽，把心伤不烂，老天不会放过你。再丢不下的，也得丢下，做人就是这么难场，谁有啥办法！做梦都没想到，我宦娘把一辈子的福，在短短几年享尽了，也把一辈子的苦，在短短几年受尽了。只是有些人的苦，苦的是身；我的苦，苦的是心。我宁愿苦的是身，也不愿苦的是心。人的心苦起来，咋这么难受呢？

既然把福也享了，把苦也受了，这辈子也就值了。我的心得硬起来，把丢不下的都丢下。哭哭啼啼是一死，大大方方也是一死，临死前，不能让这么多人小看了我。宦娘撩起衣袖，挥去泪水，一扫满面忧戚，把身上的衣衫抻了抻，又把散乱了的刘海理了理，便又稍稍恢复了她那本来的模样。双手捧着那面死牌，置于腹部，步履从容，踏地无声，寂寂然走向那道栏栅。

宦娘身后，是一轮斜射的太阳。那轮太阳叠印着她的身背与头部，把万道金光投射过来，使得宦娘的身子形成一道淡淡的剪影。环绕着这道剪影，幻化出一圈奇异的五彩光环。

那道光环明灭着，闪亮着，衬托着宦娘绰约的丰姿，秀丽端庄、俨然天人的仪态，如凌波仙子，冉冉飘临。

此刻的宦娘屏除了一切杂念，灵台空明，纤尘不染，仿佛又回到了童年的赤子时代，回到了静观庵后院涤尘亭内、洗心池边，耳畔回响起当年师父莲花座前，梵唱声声，《大悲咒》的朗朗清音，一遍又一遍飘飘而至……

吐着血舌，呲着牙口的三只身躯长大的狼狗，目光烁烁地盯视着宦娘。畜类眼中，未知能否辨识出往日血迹斑斑之黄褐色军服，与一袭瑰丽红妆之异同？也未知对于恐怖的哀嚎与满面祥和的容色作何感受？不知环绕随风飘举、冉冉而至的宦娘发散开来的万道光环，在它们眼中究属何物？更不知宦娘听闻到的那一声声梵唱，对它们说来有无若即若离、飘飘渺渺的感应？

大悲咒语，声声梵唱，化作飘飘而至的朗朗清音，似同烈日下瀚海中漂浮抖动的气浪，从遥远的天边簸荡而来，似乎还挟着一股飒飒风响，扫荡着那三只狼狗的毛发，使得它们的身子也在轻轻地抖，微微地颤，连两只充血的、烁烁的眼睛，似乎也变得朦朦胧胧。

那三只畜类眼神里的凶焰在渐渐敛去，在慢慢变得愈来愈见迷蒙。随着凶焰的敛去，眼神的迷蒙，它们大张着的血口也在稍稍地合拢，竖起的耳廓也在稍稍地低垂。而后，它们身子缩沉，后背低耸，四只腿杆弯曲着，开始一步一步地后退，后退，再后退……

包括石田一郎、仓木义男在内，聚集在栏栅外围的日军，把惊异的目光尽都集中在宦娘身上，集中在那三只狼狗身上。

置身栏栅之内的宦娘，走近那名被撕裂了身子的国军少尉，柔若无骨的身子委地如泥，伸出颤抖的右手，替他抹上了仍残留着千般惊恐的双目。

宦娘盘膝趺坐地面，趺坐于那名死去的少尉尸体近旁，默默地闭合上了眼睛。随着眼睑的闭合，莹若润玉般的脸颊上，又挂上两颗盈盈珠泪。

那三只狼狗缓缓地、怯怯地、驯顺地朝宦娘围拢过来。它们在宦娘周围轻摇着尾巴，轻移着蹄爪，带血的鼻翼翕动着，一会儿嗅嗅宦娘腰身，一会儿嗅嗅宦娘肩胛。还有一只狼狗，将带血的唇吻移向宦娘头部，嗅着她的颈项，嗅着她那满头乌云般的秀发。

到了后来，畜类们紧贴宦娘的身子，长身趴卧地面。一只环绕着宦娘身背，一只把头枕在宦娘腿上，还有一只前爪扒着宦娘腰身，将头颅贴向宦娘胸腹。

宦娘颤颤的手，在畜类们身上、头上轻轻地摩挲着，摩挲着。她那闭合着的双目，再度涌出一滴泪水，溅在怀抱中那只狼狗头部。那狼狗的眼睛里，看似也很温润，潮热。

斜阳投射过来的光芒，围绕宦娘的剪影形成的那道光环，此刻愈见绚丽，益发夺目。而宦娘耳畔《大悲咒》的梵唱之音，亦如丝如缕，绵绵不绝……

石田一郎输给了宦娘，兑付许诺，向宦娘连同袁家兄妹敞开了军营大门。

此后的石田一郎毕生都在追问，在战场上，我没有输给中国军队，在自己的军营里，却输给了一个小姑娘。我输给了一个不是敌人的敌人，那是一种什么样的力量？

第四十四章　犟女人

这些日子，李快嘴的两条腿颠得比风车轮子还欢，笑起来的声气滚圆滚圆，能把它串起来的话，就跟冰糖葫芦一般。她把宦娘抱在怀里不松手，朝她那嫩活活的脸蛋上呜得叭叭响，惹得专程前来独立团安慰他娘的袁氏兄妹只是笑。还口口声声问宦娘吃啥呀，喝啥呀，让姨给你做？

前些日子，宦娘在日军大营吃不惯，喝不惯，嘴还真馋了。她说，我想吃老鼠尾巴。

老鼠尾巴是原上人对一种面食的叫法。那是把採（和面）好的面擀薄铺展，切成四棱形状，尔后摊在案板上拿双手一根一根愣搓，直到搓成一根根又长又细又圆的条儿，下到锅里煮熟了，拿笊篱打在碗里，不添汤水，调上韭菜或葱花炒的菜叶，再拌上油泼辣子吃干的。那一条一条的棒棒面真个像老鼠尾巴，很形象。挑起来忽噜噜，吸起来噗噜噜，咽起来咕噜噜，那个滑溜劲儿，筋道劲儿，滋润劲儿，香软极了，妙不可言。

黄伯昂老爱嘲笑他干女吃老鼠尾巴。宦娘一个小姑娘家，晃悠悠端着个耀州粗瓷大老碗，不像人家挑起一撮儿朝嘴里喂，而是挑起一根，嘬着嘴去吸。这一吸就吸出了问题，那根老鼠尾巴随着强劲的吸力，便在碗里撒着欢子跳荡起来，把油水儿溅得到处都是。随着一阵锐耳的哨音，老鼠尾巴被吸进宦娘嘴里。于是，她那莹润的樱桃小口周围，便涂上了一圈艳艳的、汪汪的红油。每至于此，他干大莫不声若洪钟，笑骂不绝。我把你个傻女子，看起来文绉绉，吃相咋这么恶！

今天吃了老鼠尾巴，第二天又想吃狐子耳朵，第三天还想吃狗拉裤子。宦娘一声令下，李快嘴颠得屁滚尿流，一样接着一样给她做，比孝顺她老娘还殷勤。狐子耳朵其实就是麻食子，狐子指的是野狐，把玉麦粒大小的面疙瘩拿大拇指一搓，便形成了耳朵般的形状。至于狗拉裤子，就是关中人常说的煎饼。撑起鏊子，把鏊子底下的火烧得旺旺、匀匀，和一盆面糊，舀上一勺摊在鏊子上，拿拨调（摊煎饼竹质器具）打着旋儿一拨，那面糊便平展展、均匀匀摊在了鏊子上。

李快嘴摊出的煎饼，火色上得不焦不腻，稀稠把握得不软不硬，边沿圆得跟满月一样，连茬口都没有。那个薄呀，可薄得跟透明的纸一样；那个柔呀，可柔韧得跟呼噜噜的绸子一样。通常的吃法是卷上醋溜笋瓜，蘸着油泼辣子蒜泥醋汤吃。

好的摊家子摊出的煎饼像一块料子，人们便形象地把它叫裤子。裤子垫在月娃屁股底下，免不了沾上些秽物，丢在脚底，往往会被狗拉着去舔。因而，原上人把煎饼叫狗拉裤子。每逢街头老碗会，有人看见谁卷上醋溜笋瓜，蘸着油泼辣子蒜泥醋汤吃煎饼，便亲亲热热凑上前去，老哥好口福，今日个吃的是狗拉裤子！吃的那人便花朵般盈着笑脸，冲言者投去一抹喜悦之色，吃起来也就更显可口，愈加香甜。

只有相互染络的人，人家才会骂他是狗。如果两个人不染络，平日尿不到一个壶里，想叫人家骂他是狗，口都懒得张，更别说拉裤子了，屎巴牛拉的粪蛋蛋都没得拉的。

原上人骂犟人时，便抬出这么两句话：看你犟得跟驴一样！或者说，你这人咋是个犟怂呢！原上有个女人，就犟得跟驴一样，是个地地道道的犟怂。

驴确是畜类当中最犟的角儿。常言说黄瓜打驴错了节节，没说打牛打马，单说打驴，太犟了就免不了挨打。话又说回来，犟是驴的共性，而黄伯朝家那头草驴不犟，温顺得跟绵羊一样，历年都牵到桩上，十个八个叫驴儿马挨个都上过，牠低垂着脑袋，眯缝着眼睛，别说尥蹶子，连个响鼻都不打，这是牠的个性。

如果说驴全都是些犟怂，那就把驴冤枉了。世上有犟驴，犟起来能气死人；也有顺驴，驯顺起来能呕死人。总括起来，顺驴总比犟驴受欢迎，驴犟了就不随主人意，自己也免不了挨打受骂。主人家喜欢顺驴。顺驴听使唤，叫牠咋样就咋样，主人家便变着套路把犟驴变成顺驴。

原上的女人里面，说到犟，恐怕就要数胡仙桃了。

仙桃她哥是个穷汉娃，有一年做了件新裤子，跟他婆娘出门换着穿。当初想把她嫁给凹底湾里一家富户的柳拐（跛足）儿子，图的是一笔彩礼， 仙桃一心要嫁个官人，哪怕是当地小小的个保董，跟她哥嫂犟了两年零三个月。当她被滚山水冲到平原地带，叫傻娃黄步云捞了起来，出于报恩心思， 答应嫁给傻娃，结果让远房她伯捷足先登，悄悄默默把活给做了。仙桃暗自窃喜，揪住这个官人不松手，哪怕他比她大十八岁，哪怕他娶的是他远房侄儿没过门的媳妇，冒着世所不容的风险，跟自己的命犟。

他伯扛不过那个说出来丢人卖害的臭毛病，仅仅图的是跟她热火一番。一个被尊为乡贤、坐怀不乱的石佛爷，咋能娶侄儿没过门的媳妇当二房？胡仙桃犟着不肯让步，我这张狗皮膏药，今辈子把你贴定了！不猜想当伯的一炮打响，种下祸胎，暗施移花接木之计，把那娃的名分挂在他婆娘名下。胡仙桃焉得就此罢手？我当枢密的官儿娃，老娘后半辈子还凭他享诰命夫人的荣华富贵呢，咋能让那个一身干骨头榨不出二两油的瘦婆娘抱着去！于是跟驴一样，犟得咧脖子瞪眼睛，脚后跟的板筋都绷直了，跟黄伯贤夫妻打响一场夺嫡之战。

胡仙桃极致之犟，表现在她被关入警察局后院死牢里。

黄伯贤把被他糟害到这般地步的一个女人家，关进待决囚犯的死牢，自己心里也痛啊。他求爷爷告奶奶，就差没爬在地上给他这个活祖宗磕头了。"仙桃哇，别闹了！你再别闹了！只要你答应不再闹下去，我立马把你放出去！"

胡仙桃默不作声。这就表明她一旦猛虎脱枷，跟那个瘦女人还有一场又一场不共戴天的殊死大战。

"仙桃啊，你咋这么死牛憋犟的！娃不管挂在谁名下，永远也改变不了你亲生的事实，那不过是掩人耳目罢了。等他将来长大了，我悄悄告诉他，你胡仙桃才是他的亲娘。他还能不认你这个当娘的？还能没你的福享？"

仙桃还是不张腔。这就表明娃是谁亲生的，就要归在谁的名下，别人休想冒名顶替充壳子！

"你也知道，我是个有头有脸的人，有身份有地位的人。要是让人知道我先奸后娶，把侄儿没过门的媳妇弄到手，做了自己的二房，我在原上咋立脚？我在世上咋活人？你个煮不熟、炖不烂的犟牛筋，咋就不替我想一想！"

仙桃依旧没回话，心里却在暗自嘀咕：你顾的是你的臭面子，我顾的是我警察局长二姨太的名分。我的名分总比你的臭面子值重。如果你还是个有情有义的男人，就应该给我个公道。我就不信为了那事，人家还能把你官帽上的翅翅抹了？是我心甘情愿嫁给你的，又不是你从你侄儿怀里把我抢着去的！

"我给你金条，给你响圆，我让你这辈子不愁吃不愁喝。如果你不想跟我不明不白混下去，想嫁别人也行，我替你瞅个下家，把你风风光光嫁出去。你再别跟我死扛了，这儿不是人待的地方。把你关在这里，我心跟刀子戳一样，晚上觉都睡不安宁。"黄伯贤此说倒也是大实话。

胡仙桃每次都是一句话。

"你以后不要再来了！就是把你那张铁嘴磨破，也休想让我改变主意！我这辈子做不了你的二房，把我步斗娃抢不到手，就永远住在这！啥时候答应了我，啥时候再开这扇门！"

犟女人胡仙桃能把话说绝，也能把事做尽，此后真的跟黄伯贤死扛起来。九年后，一位共产党人在国民党集中营写下了一首把牢底坐穿的诗歌。没有政治信仰的胡仙桃，居然也这般坚韧，她也打算就这样坐下去。她倒没打算把牢底坐穿，她希望这样坐下去，能坐出个结果来。

一年多天气之后，胡仙桃疯了。

疯是理所当然的事，不疯才成了怪事。当年被关在这所死牢里的哥老会北莽香堂反清义士许景明，大清国陵邑未任知县安奉宪，以及后来的红枪会首领王豹，都希望尽快被人枭首或者枪决，因为那儿确确实实不是人待的地方。多年后，五陵狂人黄伯昂隐约探知实情，未免喟然浩叹："她硬要跟权势死扛，不疯才是怪事。强势加于身，强权运于掌，逼疯个把人，那还不跟喝凉水一样！巨憨貌善，大奸似忠，让有些人等着，总有半夜鬼敲门的那一天！"

　　疯了的仙桃让黄伯贤完完全全、彻彻底底放了心。疯子还能记得个啥事情？就是记得，还能根根到头说出来？就是说出来，又有谁会相信呢？如果信了疯子说的话，那他自己岂不也成了疯子？

　　太医谢家的后人谢无常，看到整天四处游荡的胡仙桃，对疯病有一番奇奥的说法。你说人好莫情（无缘无故）为啥会疯？人只有难受到极点才会疯。这是老天爷在造人的时候，捎带给人一样应急的法宝。人在难受得实在撑不住的时候，惟一的解救法门，就是让他高兴起来。但是，人心里装着那么多恕心事，又咋高兴得起来呢？这时候，老天爷捎带给人的那东西物，就会把人变疯。于是，人把恕心事就给忘了，马上就高兴起来了。你看硝石村那个疯子吴天亮，整天高兴得亮嗓子，唱大戏，把往年他婆娘钱红娥让土匪奸杀了的伤心事忘得一干二净。还有王家围子王六十的婆娘金串串，不是也让黄副旅长他丈母娘给整疯了吗？你看她整天笑嘻嘻的，多高兴，哪儿还记得她把屁股撅给几个小娃的事？哪儿还记得她老汉钻狗洞的事？哪儿还记得他儿子王豹给人剜了眼，拉到陵邑城南戏楼子底下挨了枪子的事？

　　说到行医治病，原上人相信太医谢家人的话。大伙这才知晓了人是咋样变疯的。五陵原上疯子多，原因是这里把人难受得实在撑不住的阢陧事太多太多。

　　疯了的、被放出地牢的胡仙桃此后遭了大孽。她本来就生了个美人坯子，人又年轻，疯了以后把阢陧事忘了个干干净净，人也就活得高高兴兴。人一高兴，身子骨跟摸样儿也就出落得展妥（顺眼）起来，整天四处游荡，无论是牛角湾的文殊院，丰峪口的的麻石滩，桃花坞的铁佛寺，常兴店的马车房，王官镇的土地庙，火石寨的麦秸堆子，醉八仙酒楼的台沿上，哪里黑了哪里歇，抹裤子撒尿又不像往日那样长眼色。这样一来，还有她的好日子过吗？

　　不是她哥她嫂没良心，而是家里的柴房关不住。她被人在那非人所处的地方关怕了，再把她关起来就硬往死里碰。哪怕流落在外，总比眼睁睁看着妹子一头碰死强。每当疯婆娘胡仙桃流落到哪里，哪里便掀起一阵关于她的传言，纷纷扬扬，莫衷一是。无非是当年北面山上的狐仙，为了避开天雷，钻在孝子黄步云屁股底下，躲过了一劫。如今的狐仙，就跟让法海收服了的白娘子一样，功力散尽，现了原形。至于她跟傻娃黄步云捏捏揣揣怀上的那个孽胎，多以为早就小月了，依据是人跟妖怀上的胎儿，肯定是个妖孽，而妖孽是不容于世的，不等它生出来，早就叫天雷给震流了。

尽管竭尽想象之能是，大伙发挥出来的也仅此而已。

胡仙桃行走都是一套惯有的固定行头，身着一套水绿色散花旗袍，手提一只边儿上裹着皮革的扎花布兜。如今的这套行头已陈旧不堪，旗袍被枣刺挂得絮絮缕缕，都快跟百褶裙一样了。布兜的两只襻襻断了一只，边沿亦开裂脱扣，老是张着一只大口。没疯的那阵子，她暗地里瞄见吴云灿两口坐着屎巴牛小车，在警察局门前熄了火，县长太太配的就是这身行头，她缠着让黄伯贤也给她治了一套。当时的仙桃配上这套披挂，在搽喷镜（搽脸傅粉的大镜子）前扭着腰杆，偏着脑袋照影影，整整照了大半晌。仙桃自言自语，欣欣然嬉笑着说，这才像个官太太！

流落在外，四处漂泊的胡仙桃嘴里老念叨着一个词。大伙看见她不离不弃，手里老提着一只布兜，以为她念叨的是她的心爱之物布兜。其实，她念叨的是步斗。

疯子胡仙桃把啥都忘了，就是忘不了这两个字。

有些人给她吃的喝的，是同情她，可怜她。像一些吃斋念佛、慈眉善目的中年妇女和老太婆，还有童心未泯的垂髫小儿，待人谦和的忠厚长者。可有些人给她吃给她喝，就心怀叵测了。这些人多为青皮光棍，街头无赖，或给她一角干得崩牙的荞面锅盔，或给她半个长了绿毛的蒸馍，或给她一个涩得咋舌头的屁红（半青半红）柿子，甚至地头上扳一根长得高白不结啥的甜玉麦杆杆，晚上把她往破庙里哄，往跑了和尚的烂寺院哄，往房顶跟窗户都通风走气的炕头上哄；白天把她往拔了瓜蔓无人守候的瓜庵子里哄，往打麦场上麦秸堆子背后哄，往原上人起土垫圈挖得一丈多深的大壕里哄，往绿汪汪长得一人多高的玉麦地里哄。

后来连讨饭的叫花子也想分一瓢羹。这些人无论长幼，只要是个裆里多出二两肉的，把讨来的干蒸馍、硬锅盔、糖包子、菜饸饸、油饦饦、锅塌塌、韭菜角角、干蒸煮馍、玉麦棒子、狗拉褓子等一应吃食，摊在仙桃眼前一晃一晃，把她往没人处诱。

第四十五章　黄河水变红了

三万秦兵，与西进日军持久对峙，中条山被日方华北方面军视为盲肠，发动了一场空前会战。石田混成旅团纵深穿插，把中方防线切割开来，使其首尾难以相顾，进而集中优势兵力，把包括黄门两兄弟所部在内中方主力，困于绝境，断了生路。

中方目下局势，就像一根甘蔗，被人由中间砍断，把梢头丢在一边，先把根部的这一节嚼得吃了再说。三十一军团应对方略，是委派一支劲旅，把被砍断了的两头接起来。此番部署，既可毁弃敌指挥中枢，乱其阵脚，又可排除北面应援部队梗阻，以期南北联手，伺机脱困。如此一来，这支劲旅，便成了用来塞水眼的麻袋，丢进去就出不来了。

黄伯臣自愿请命，警备六团接下了这个差事。

毒菇事件，并未因知情人宦娘的消失，保证责任人黄伯臣仕宦之途畅通无阻。他所付出的努力，其意义仅在于保住了现有职务，没有被人从副旅长兼警备六团团长位子上撸下来，已属万幸。等啊等啊，警备旅旅长的委任状听说把红头大印都按了，可就是无踪无影，想必是被人束之高阁。他比谁都清楚，这块地面上从古到今，老虎的屁股摸得，强权碰不得。别说碰，挨都挨不得。法理在它面前，就是个刍狗，就是个娼妓，用得着就用，用不着就挂在南墙上，或者靠边站，是个随时听人使唤的角儿。要保得仕途无阻，当初惟一的办法，就是眼睁睁放弃自己儿子黄步蟾的贱命，把权势人家娃王肇基的贵命留下。

黄伯臣的仕宦之途走到尽头。活着的意义没了，他的人生之路也就到了尽头。所以，他选择了死。

三十一军团作战室的气氛凝重得让人窒息，十多分钟没人说一句话。从司令到团以上所有军官，包括他九哥黄伯昂在内，全都眼睁睁盯着一个人。这个人就是黄伯臣。

司令官的脸跟霜杀了一样，黄缥缥的。他沉着声气问："黄团长，你……有啥话要说？有啥事要交代？凡是我能做主的，我替你办！"

"我有话要说，有事要办。"

黄伯臣面色平静，语气和婉。随即站起身子，向墙面上那张军事态势图一侧的角落走去。司令官随即也跟了过去。众人眼里的司令官与黄伯臣，只见嘴动，不闻其声，谁也不知道他们两人都说了些什么。

二人的嘴住了，声自然也就停了。于是，两张脸都顶得平平的，很是肃杀，相互目不转睛地对望着。望着，望着，司令官一把把黄伯臣抱在怀里，抱得很紧很紧，眼睛里的泪水泛着花花，哽噎着说："兄弟，你放心！这件事我能办到，老哥答应你！"

回到自己的团部，黄伯臣提着挺轻机枪，当着警备六团全体官兵发了话。

"兄弟们，是独子的站出来，不想跟着我去送死的也站出来！"

长官的意思很明确，警备六团近千十号弟兄，今天要跟着他去送死了。长官有情有义，临死前，他还要给是独子的家里留下一条根，也不愿强迫不愿送死的人跟着他去送死。

这个团的弟兄，大多都是年馑火里军阀混战时从河南拉回来的那帮老弟兄。如果没有黄团长，他们的骨头恐怕早都扬撒在河南地面上了。他们的团长爱兵，多少年来同吃同住，同生共死，就跟亲弟兄一样。中条山上这几年，当兵的一茬接着一茬死，当团长的泪一颗接着一颗流。团长心软，打起仗来手硬。就凭这一软一硬，暖热了人心，鼓舞了士气，造就了这支哀军队伍。

如今，当团长的打定了死的主意，抱定了死的决心。无论是独子不是独子，想去送死还是不想送死，老半天没一人站出来。他们知道，这时候怯了场，怂了包，那就没了义气，就把人活得没了味气，就让全团所有人小瞧了。

黄伯臣放下机枪，从口袋抽出一条白布，缠在了额头上。

"弟兄们，给祖先把孝戴上，也给死去的兄弟们把孝戴上。临行前，朝埋在五陵原上的先人磕个头，最后一次行个孝，也跟亲人们告个别。日后……就再也没机会了。"

警备六团全团官兵人人戴上了孝布，劲风之中满目飘白，烈烈飞抖。他们随着自己的长官，跪倒地平，面朝西南方向的关中故土，磕了三个头。

叩拜了祖先，告别了亲人，警备六团官兵戴孝出征，随着弃马徒步、肩扛机枪、走在队伍最前头的黄伯臣团长，登上了赴死之旅。

山道一侧的坡坎上，站着男男女女十几个人。最前面的那人是黄伯昂，他的背后及左右两旁，是他的妻子佩瑶，及龙宝山等手下多位军官，宦娘也默默地立于他干大身侧。

黄伯臣打住了脚跟。他知道，这是九哥为他送行来了。他心里空落落的，突然间觉得很是难受。我这辈子，最对不起的人就是九哥了。如今就要走了，欠他的也没法还给他。如果有下辈子的话，就是变驴变马，也得给他有个交代。

黄伯臣抬脚起步之前，望了宦娘一眼，从心底里向这个善良的姑娘忏悔道：宦娘，叔把你亲手丢进狼巢虎穴，做了件天地不容的亏心事。这桩罪孽，我没法赎还，就只有等着上天惩罚了。我不知今日就此一死，能不能赎还我对你犯下的罪孽？

黄伯昂身旁的宦娘，突兀间把身子紧紧贴向她干大，一颗心儿突突地狂跳起来。连搂着宦娘后背的佩瑶都似乎觉出，这女子的心，咋突然跳得跟打鼓一样？宦娘的记忆中，从来不曾出现过今天这种心神不定，魂悸魄动的恐慌。她隐隐约约意识到，有一件关乎到她的非常事件即将发生。但她不知道将要发生些什么。

黄伯昂鼻子酸楚，喉结梗动，直想大哭一场。回头展望之间，他仿佛看见黄河南面那座卧龙般的崤山，莽莽苍苍，腾浮在如烟如幕的云雾之间。在场人众，只有他知晓，公元前268年，秦军远道奔袭郑国，无功而返，被晋国军队围歼于崤山，全军覆没。此即中国历史上有名的崤之战。

他还知道，秦国有个名叫蹇叔的大臣，望着出征的秦军远去的背影，慨然兴叹：我只看到他们就此离去，却再也看不到他们归来了！

蹇叔有个儿子，此番随军出征。他在送别儿子时哭着说，崤山分南北两翼，南面那座山上，埋有夏朝国君皋的坟墓；北面那座山，是周文王当年避风雨的地方。这两座山之间，就是你的藏身之地，我日后就等着在那儿为你收尸吧！

　　此番晋南会战，与南方战场上张自忠将军殉国一前一后，都在那一年春夏之交。抢收张将军遗体时，日军军机停止轰炸，保全了张将军遗体。晋南战场上，脱困后的独立团无暇后撤，军事主官黄伯昂亲率赵良栋一营刘强连赶往瓦溪滩主战场，为包括他兄弟黄伯臣在内的警备六团全体将士收尸。就在黄伯昂一行抢收中方阵亡将士遗体的时候，不远处的石田混成旅团司令官下达了停止炮击命令。一郎通过望远镜，清楚地捕捉到中方这位上校军官的身影，冲着这位跟他打了近三年交道的传奇式老对手行了个军礼。他记得，就是这位中国军人，曾于五老峰一役，把他手下数百名日军尸体，与中方阵亡官兵以同样的礼遇，安葬在那块鲜血浸润过土地上，给了他的士兵们临终以可贵的尊严。

　　……

　　战后的晋南淤红遍地，死尸累累。

　　警备六团补充的新兵，大都是西省学堂里念书的娃娃，村子里下巴上刚长出嫩毛的半打子后生。这些十六七、十七八岁的娃娃刚入伍，胆子怯，没啥战斗经验，老兵们护着他们，最后让日军赶到黄河岸边的悬崖上，没了退路，就下饺子一样，一个跟着一个跳进了黄河。

　　九曲黄河惊现罕见大漂尸。就像山洪暴发后被冲往下游的猪狗牛羊，肚子鼓鼓地，胀胀的。或者胸腹朝上，或者头脸埋在水里，或者并排前行，或者挨在一起，散散落落，不绝如缕地漂浮在河面上。

　　独立团四名壮汉抬着一副担架，担架上躺着身中两处枪伤、被刺刀捅进左肋、全身多处被弹片划破，遍体尽为血染的黄伯臣，沿着黄河岸边的滩涂，缓缓朝独立团驻地行进。后边跟着黄伯昂、龙宝山等多位军官，还有黏着李快嘴不离皮的牛八、卫生队的佩瑶、薛蛮媚子及宦娘等人。

　　宦娘不时拧转头去，回望黄河漂尸。还有那原本就混黄的河水，如今与血掺和一起，在斜阳映照下，那一朵朵泛起的浪花一会儿暗黄，一会儿晕红，变得光怪陆离，甚是扎眼。宦娘灵台波起，心儿猛一悸动，突然想起师父当年留给她的一句话：徒儿，你大……他很好……很好。师父一定还你，当黄河之水变红了的时候……师父一定还你。

宦娘一路遐思，心意彷徨，随着行进的人群匆匆奔走。遽然间看到一处残败的龙王庙前，布满苔藓的石台上趺坐一人。但见那人身着青布纳衣，头戴淡紫遮阳帽，缁纱掩面，幽幽然纹丝不动。身后站着一位十二三岁的小尼，贴胸抱着一只拂尘，痴痴望着一路前行的众人。

"师父！"打住了脚跟的宦娘，突兀间惊叫一声。

行进中的人们打住脚跟。黄伯昂等人为之一怔，齐莶莶把目光扫向那一老一少两位女尼。

随着宦娘一声呼叫，龙宝山与王砝朝破庙前转瞬一瞥，就由不得一阵惊悸，神色惊悚地对望了一眼。当年的龙二少爷知晓，他那个苦难的义妹到了。亦非局外人的王砝也知晓，此人便是当年年三十风雪之夜，他跟龙二少爷把她跟她褓褓里的儿子，从谢家别院精舍火海里搭救出来的那位劫后余生的谢家大小姐。他们二位，把这一秘密烂在了肚子，一守就守了近二十年。

宦娘飞也似地一扑，就扑进那位老尼怀抱，抽动着身子哭泣起来。宦娘哭得甚是伤悲，由嘤嘤的泣啼，继之以悲鸣，续之以呜咽，撒泼般在老尼怀中扭动着，翻腾着，腰杆子一拱一拱，活像个跃跃欲起的蹩蹩虫。

"师父……呜——呜呜呜呜……我没大没妈，一个人可可怜怜活在世上，难道连你也把我忘了……你咋才来看我……呜呜呜呜……"

包括扛抬担架的四条壮汉，黄伯昂等人全都围拢过来，把石台上一老一少两位女尼围在核心。此刻的老尼，好似顾不得怀抱中翻腾着的宦娘了，徐徐拧动颈项，隔着缁纱的面容，就久久地、僵直地、凝固地偏向了黄伯昂。在众人眼里，此刻的她，似乎除了她面前那个男人，世间万事万物已无复存在，尽都化为乌有。

黄伯昂的心，遽然间就砰砰地狂跳起来。这由不得他一阵沉愣，定定地瞅着眼前这位老尼，心底里直打鼓儿。哦！这又是咋的了？此人我见过一面，那是我带着宦娘，上静观庵看望她师父的那一回。此人还当着我的面，弹奏了一曲旷古绝响《碧落黄泉》，至今余音在耳，难以忘怀。她今天愣神瞅着我做啥？我今天心里空荡荡的，像是叫人把五脏六腑都给掏着去了，咋也这么魂不守舍呢？这到底是咋了？

瞅着瞅着，黄伯昂眼见得那老尼就更有些不大对劲了。她那件少颜失色的青布纳衣，咋就无风自动，索索地抖了起来？还有那双搂着宦娘的、些微外露的手臂上疤痕点点，像是也在索索地抖。这人是咋的了？莫不外出奔波，染了风寒，身子抱恙？

许久，那老尼才把不见行迹的颜面转向怀抱中的宦娘。

龙宝山与王砣不为人察地对望了一眼。这二人謦欬之间，心意互通。既然当事人无意相认，或许机缘没到，我俩还得把它烂在肚子里。

"徒儿，你不是老嚷着要找你大吗？"老尼徐徐吐语，声息苍郁而悠远。

听得此话，宦娘当即停止了呜咽，两只泪汪汪的眼睛瞪了起来。

而一旁的黄伯昂与佩瑶亦吃惊不小。这声音何其熟悉，好像是在哪儿听到过。对了，在多年前静观庵观音堂内。他们二人此刻都想了起来，想起此人当时说的那番关于那首琴曲的话，以及那种似曾熟悉的声息。

"师父……"聪颖的宦娘预感到，一个与她相关的非常时刻来临了。

"烦劳四位檀越，把那一军旅中人抬过来。"

黄伯昂当即指令四名士兵，把担架上的黄伯臣抬上石台，停靠在老尼身侧。

黄伯臣还没死。他跟他大黄崇义一样，如今也在跟命死扛。他在等，等出征前军团司令兑现答应了他的那一桩承诺，一桩神圣的承诺。

老尼伸出枯瘦的手，替黄伯臣抻了抻不甚平整的衣衫，还把他那只垂悬空中的手臂，轻轻地、柔柔地抬了起来，放置在他的胸前。黄伯臣微微张着双眼，但很困顿，很酸涩，默默地注视着眼前这位缁纱掩面的空门中人。

宦娘的视线，被师父的双手牵向黄伯臣，在此人身上游移着，凝视着。尚未经师父一语点透，她已隐隐约约、扑朔迷离间，觉察出这个命悬一线、垂危将死的人，一定跟自己宿命中存在着某种联系。在她第一次见到这个人时，就隐隐生出一种怪异的感觉，感觉到这张方正的脸、慈善的脸，看着咋就这么亲切呢？

"诸位檀越，如果方便的话，且请暂避一时。老尼有话，要跟徒儿与这位军旅中人交代。"老尼话语，依旧是那么苍郁而悠远，似同传自远古洪荒。

黄伯昂一挥胳膊，在场人众，全都一窝蜂跟着他离开龙王庙前，或蹲或坐，或半躺或圪蹴在不远处的滩涂上歇息起来。

"伯臣……你还认得老尼吗？"静观庵主此话充满温情。

老尼此话，把强自打起精神，竭尽力分不让自己昏迷过去的黄伯臣问懵了。他大睁着双眼，盯视着眼前这位空门中人，莫知何以作答。

"即便露出庐山真面，想必你也认不出来了。拜你所赐，老尼就是谢婉卿……"

至此，宦娘始知其师本名。她想起干大给他的前妻谢婉卿建造的那座谢氏陵。这么说，师父是我干大的前妻？！

庵主徐徐撩起掩面缁纱一角。但见她那张被烈火完完全全损毁了容颜的脸，疤痕遍布，颧骨裸露，一抹紫黑，令宦娘心胆俱裂，五内翻腾，嘶声尖叫起来。

黄伯臣遍体淤血的身子冷丁一抖，双腿上翘了一下，像是要翻身爬将起来，然只是微微晃动了一下，眼前一黑，便昏晕了过去。他的脑际凭空打了个霹雳，那闪电般的一瞬间，明白了往昔年三十那个风雪之夜，在谢家别院精舍那场奓天大火中，那个被他轻亵了的女人没死，居然成了这般模样，却还活在人间。

在宦娘跟那个小尼帮衬下，黄伯臣的头颈枕在了庵主腿部。她掐了把对方人中，把他唤醒过来，抖着手臂，替他抹去两行泪痕。

"你我这桩孽缘，如今不提也罢。不管怎么说，不为夫妻，却还是有了一媾之实。就因了那个晚上，这世界上便多出了个苦人儿。"

言至于此，庵主拉着黄伯臣的一只手，又拉住了宦娘的一只手。

"宦娘……我的好女儿。你娘没死，她身在空门，心在凡尘，还丢不下她那个狂放的男人，丢不下她的一双儿女，还挣扎着活在世上。你师父我，其实就是你的亲娘。娘一直瞒着你，娘怕你跟娘要你大，娘给你没法交代。如今，也该到了你们父女相认的时候了。这个叫黄伯臣的男人……这个……好、好男人，就是你的亲生父亲……就是你苦苦寻找的大……"

宦娘傻了般瞪直了的双眼，游移转换在庵主与黄伯臣身上。

尽管宦娘对她与黄伯臣宿命般的亲缘有所预感，但作为生平至为敬重的师父，居然就是她的亲娘，甚而还是干大黄伯昂的原配妻室，这倒大大出乎宦娘逆料，以至仓促之间，怎样也无从从震悸与迷惘中醒转神来。

庵主松开他们父女二人之手，把宦娘揽在怀抱，隔着那层薄薄缁纱，拿脸庞在女儿痴愣愣的面颊上摩挲着。那层缁纱，在一霎间尽为泪染。

"宦娘……娘的好女儿，你听好了！你干大一生心高气傲，屡遭困厄，他这辈子活得太不易了。娘跟你大……之间的那些事，还有你跟你大、你跟为娘之间的父女关系、母女关系，先别声张出去，给你干大留一点颜面……"

宦娘仍跟傻了般，呆兮兮望着她娘，忽而又回转头来，睃视着此刻惊恐万般、沾满血污的脸惊怖得失却了人形的黄伯臣。

那小尼帮着庵主，把黄伯臣移归原位，妥妥帖帖安置在那副担架上。站起身子的那一刻，庵主双手捧着黄伯臣一只手，握了许久，这才把它连同那只胳膊，贴着他的身子安放一侧。继而，庵主掏出一袭素洁轻纱，缓缓地、柔柔地擦拭着黄伯臣的双颊。那被泪水浸润了的血污，把那只轻纱浸染得姹紫嫣红。

"伯臣……把丢不开的，都丢开。让心……轻松些。"

安顿了那个男人，那个让这位空门中人的情感复杂得理不出个头绪来的男人，庵主把头拧向她的女儿。

"孩儿，娘的好女子……娘回咱原上去了，在静观庵等你。你大的路……走到了尽头。你把你大陪好，给他磕个头……"

安顿了她的女儿，静观庵主一手牵着那个小尼，另一只手里的拂尘轻轻一挥，踏地无声，寂然离去。

晕红晕红的太阳，比往常大了许多，让獠牙般的山垭吞咬了一半，用最后的余热，把天上的云彩烧烤得红黄橙蓝，诡异千般。转眼间，庵主跟那个小尼，便消失在腾浮着烟霭的血色黄昏中。

噗通一下，宦娘跪倒黄伯臣身侧，叫了一声："大。"

这是宦娘找到她亲大后第一次面对面叫她大，那声息弱弱的，颤颤的，声音不大，却拖得很长、很抖。那一声大里面，蕴蓄得太多太多，让人听得出辨得明的，尽都是些哀伤、隐痛、幽怨、凄苦、悲酸与苍凉，竟失却了父女相认、骨肉团员的喜庆与欢悦。

黄伯臣倾尽全身气力、也是最后的余力，上半截身子拧转过来，抖着两只手，铁钳般抓住宦娘双臂，声嘶力竭，大叫一声。

"女儿——"

一股血污，从黄伯臣口中激射而出，上半截身子一歪，继而脑袋耷拉了下来，奄奄然一丝气息，就此断绝，溘然长逝。

黄伯臣死前一声呼吼，截然咬断了舌头。

第一次正视这个姑娘，他的心就禁不住隐隐地悸动了一下，觉得她与一个人长得很是相像。想来想去，便想起那个人就是当年的谢家千金大小姐。继而觉得宦娘的名字好奇怪，当时就猜想，谁给她起了这么个名字？也不知其中隐含着什么？我叫黄伯臣，宦娘的宦字底下也是一个臣字，说不定这姑娘还真跟我有缘呢？

更让黄伯臣惊悸甚而心胆俱碎的，是宦娘那一声声撕裂肝肠般的呼唤。他对自己那颗心儿动不动就是一阵绞痛莫名其妙，一度曾让他担心自己的身体出了问题，然却并未检查出什么病症来。宦娘在走向栏栅里那三条磨牙吮血的恶犬时，隔着一道墙垣的那一声声呼唤，直把黄伯臣的心儿疼碎了。直到今天，直到临死之前，他这才醒悟出，那是他的亲生骨肉近在咫尺、或在遥远的地方一声声呼唤着自己。

而他，却非但逼着她造谎，还把她亲手送进了炼狱般的日军大营。

黄伯臣跟他的命扛不住了，再也扛不住了。他本来还等着他的长官，面对面兑现他所寄望的那桩神圣的承诺。可是，此番的他等不住了，扛不住了。他无从面对亲生骨肉，他想逃避，他想远遁，他恳求上苍把他打入十八层地狱，或者凭空一记响雷，把他殛个肝脑涂地。

可是，肉体缓缓地冷了，紧紧抓着女儿双臂的手并没有松开，且随着血脉的冷却、肌肉的冰凉变得愈来愈加僵直，就像咬合着且被焊接了的铁钳。

跪倒地平的宦娘两只手揪住黄伯臣衣衫，揉面一样一阵摇撼，一阵疯狂的摇撼，以至于连那件军服上的纽扣都揪落了两颗。宦娘一边一把把疯狂摇撼，一边一声声尖利狂叫。

"大——你醒醒！你咋走了呢？宦娘刚找到你，你咋就走了呢？你回来，你给我回来！我们父女俩刚见面，刚团圆，你咋就走了呢？你又不要宦娘了！你又不要你女儿了！你回来！你给我回来……”

宦娘一声声尖利嘶叫，简直跟刀子一样，足以刺穿每个人的耳鼓。她干大的心当即便跳出了喉咙眼，李快嘴、佩瑶等几个女人竟以为这孩子中了邪、着了魔，紧随黄伯昂身后，一阵狂颠，飞也似地围拢过来。黄伯昂发了忙狈，一把将他干女儿摘离黄伯臣身子，从背后拦腰抱起。宦娘就弩弩虫一样在黄伯昂怀里胡踢乱绊，两只胳膊跟一双腿风车轮子一样，搅得飞欢飞欢。继而拧转身子，摊开双手，岔着十根指头来揭她干大面目。

黄伯昂暗吃一惊，惧怕一张老脸让她抓烂，不得不松了双手。

此番的宦娘扑上前去，就不是摇撼着黄伯臣的身子了。她揪住她大头发使劲地摇，要么拿掌搧她大面颊。一边摇一边搧，搧了左边搧右边，可着嗓门尖声嘶叫，那声气就跟瓷瓦在铁锨上疯蹭。

“大——你睁开眼！睁开眼睛，张嘴跟我说话啊！你生下你女儿，又不管她了吗？我刚刚找见你，你就丢下我又走了……你女子跟你连一句话还没说呢，你咋忍心丢下我，说走就走了呢？你说！你说呀……我还没给你行一回孝呢，你还没吃过你女子做的一顿饭，还没穿过你女子做的一件衣，咋说走就走了呢？你说……你咋就忍心走了呢？”

佩瑶、薛蛮媚子跟李快嘴合三人之力，把宦娘连拖带抱，扯离了黄伯臣的身子。于是，她又是撕又是咬，抓到啥朝啥下手，挨到啥朝啥下口，一时间把那三人的头发揪得飞蓬一样，李快嘴的一只手，差点叫她一口撕去了一层皮。牛八吆喝铲子、秃子，扯风箱一样哭着扑上前去，抱腿的抱腿，扭胳膊的扭胳膊，搂腰杆子的搂腰杆子，这才把她定稳了下来。

宦娘实在挣不脱了，就跟自己憋气，刹那之间，一张脸子便憋得乌青乌青。搂着宦娘腰杆子的李快嘴一见着了忙，朝牛八厉声吆喝：“牛八，还不给老娘下手！打！拿耳光上，朝她脸上打，快！快叫我娃吙出来！”

宦娘居然是黄伯臣的亲女子！在场人众虽说惊异非常，然局面不容他们多想，目下要务是搭救宦娘，得尽快把她从大悲大哀中扯离出来。

静止了的宦娘把直愣愣的眼睛瞅向那副担架，见得此刻她大孤零零躺在那里，没有一个人理睬他。被鲜血尽染的一身军服，如今干结得跟盔甲一样，在落日的余晖中泛着黑色。那大睁着的一双眼睛，好像一直在望着他的女儿。那一动不动的双眼，就那么一直睁着。那眼神她曾经见过，就跟王官镇屠户刘二家后院躺倒的那头老牛一样。当年的那头老牛望着刘二手里明晃晃的铡刀，眼睛里就是这样的绝望，就是这样的哀伤。我大的眼神，咋就跟那头老牛一模一样呢？统帅千军、冲锋陷阵的我大，如今咋成了这样子？

念此，宦娘大戚大悲，大哀大痛，冲着她大厉叫一声，泪奔如雨，仰天嚎啕。

"大——我的大呀……"

黄伯昂紧跟着就一屁股塌在了河滩上，也跟着哭出声来。

"宦娘啊——我的乖女子，你到底还是吱出来了。你今天要是硬憋着，哭不出声来，这世上就没我女子了……呜——呜呜呜呜……"

龙宝山、赵良栋一应人等，啼泣着把黄伯昂搀扶起来。

宦娘再次跪倒她大身边，把头埋在她大胸前，两只手不住点地拍打着她大肩胛，怕打着黄河岸边的沙滩，要么就拿头去顶、去撞她大的身子，直哭得个天昏地暗，死去活来。

李快嘴哽噎着大声吆喝，"女子，不敢把眼泪溅在亡人身上！"

这是原上人个计较，可此刻的宦娘又哪能顾得了这些。泪，把黄伯臣被血污板结了的衣衫都快要浇湿了。

"大——我的大呀……我第一次见到你，心里就砰砰地跳，难道你看见你女子，就没一点感觉？你的心咋这么硬呢……刚一见面，就把你女子丢下了，不管了。大……你知道吗，宦娘还……还等着你替我做主，把你女子风风光光嫁出门呢……直到如今，这世上还没遇见个疼你女子、爱你女子的男人。今日个，连你都不要你女子了，丢下她不管了……大……宦娘来到世上……可怜得很啊……她心里难受啊……大……呜——呜呜呜呜……大——我的大呀……"

第四十六章　圆梦

这一年，被改编为第四集团军的三十一军团被调离中条山防线，继之以十多万国军，龙盘虎踞，强化防卫。不幸的是半年后血河浪翻，浮尸漂橹，惨败给日军，被蒋委员长谓之为抗战史上最大之耻辱。而三万秦兵，于中日之战至为酷烈之前三年，抛家弃舍，万余狻猊尸解骨枯，到底还是把日本人挡在黄河那边。

以刘强为首，黄伯昂组织了个拿奸队，把他们留在晋南。原本谓之为捉奸队，团座怕人听着想入非非，变了味儿。他说，给我把黄步霄悄悄默默捉拿回来，最好拿包袱背回来，别叫外人瞅见。不把此人背回来，就雇挂马车，把你们这伙人骨殖拉回来。我要活的，不要死的。少了他一根汗毛，我剁你一条胳膊！

这命令下得既绝且歹。拉骨殖回来的话，寓意无论熬多长时间，哪怕把你等骨头熬烂，也得把那人弄回来。要活的，不要死的，那就不知当家的打啥主意了。至于布袋里卖猫一样，拿包袱往回背，自然是怕走漏了风声。捉拿奸人，又何以怕外人知晓？外人都知道黄步霄是个荣获云麾勋章的大英烈，连高名大姓都刻在了陵邑县抗日阵亡将士纪念碑的最顶头，如今弄回来个大活人，还是个奸人，堂堂国民革命军独立团团长，给邑人作何交代？再说，黄伯昂替他天香侄女还捏着一把汗呢。他侄女是个刚烈性子，他怕她一头碰死在纪念碑上，那可不是耍的事情！

　　给黄伯臣入殓时，宦娘不许任何人染指，她口口声声哭叫着说，不准碰我大！谁也不准碰我大！她给她大洗脸擦身子，扳着趾头给她大洗脚。跟做手术一样，取除体内弹头时，居然害怕疼着他，哭着吆喝她大忍着点。还把让弹片划破的伤口、刺刀捅开的伤口一针一线缝起来，那针脚比给任何人做手术都细密。最后。她给她大整整齐齐换上了那身将军服。

　　众人眼看宦娘围着她大手忙脚乱，爬来爬去，哭泣一阵，诉说一阵，不准任何人插手，一个个把心都疼烂了。

　　黄伯臣穿着一身将军服成了殓，这是他赴死前惟一一桩心愿，最大一桩心愿，也是至为神圣的一桩心愿。他想以此换取他大跨鹤西去、早登极乐，换取他大死后合得拢双目、闭得上双眼。当时，他背过别人，对司令官悄悄说，看在我为国捐躯、毅然赴死的份上，黄伯臣不要委任状，也没人发给我委任状，只要一身将军服，让我体体面面穿在身上，把我大哄一回，让他死个心甘，死而瞑目。

　　司令官含着眼泪，慨然兑现了承诺，把自己一身将军服脱给黄伯臣，只是把中将衔换成了少将衔。

　　宦娘披麻戴孝，一路徒步，扶柩西归，把她大送回了五陵原。

　　少将旅长黄伯臣为国捐躯，战死中条，魂归故里。

　　警备六团全团战殁，无一生还，竟没一个活口为他们的主官送行。黄伯昂命独立团全团将士，集体为兄弟黄伯臣送行举哀。浩浩荡荡送行仪仗开进五陵原，最前头走着的亡人之子、国民革命军上尉黄步蟾，怀抱佩少将衔的黄伯臣画像。随后是遍体缠经的女儿宦娘相扶着的那辆缓缓行进的灵车。灵车后面，是多位徒步行进、佩戴黑纱的军政界要员，包括陕西省党部委员、省长、一位中将、十多位少将、上校。军政界人士后面跟着全省工商、文化、教育、报业等各界巨头名流。再后面的独立团官兵高擎挽联、排花、高斗、架蜡，头戴孝布，肩扛长枪，浩浩然一眼望不到头尾。五陵万民，为之倾动，男男女女，老老少少夹道相迎，跟踪而至。

　　王官镇通衢道口，人山人海，警局人手三步一岗，五步一哨维持着现场秩序。黄伯贤、严佐尧等各界头面人物、社会贤达、名宿耆老陪县党部要员及县长吴云灿列队相迎。巾帼英贤黄天香带领王官镇小学学生，一个个佩戴白花，手执金菊，声声高唱《松花江上》。

黄伯朝用那辆启明泛光的洋推车，推着黄崇义，位居迎候灵枢人员之首。黄崇义情绪亢奋，精神十足，像是转眼间年轻了一二十岁。

灵车到得路口，黄崇义一眼便瞧见孙儿黄步蟾手捧着的二儿子那副戎装画像，往日黯然失神的双眼顿时精光四射，高高举起右手拐杖，大喝一声。"慢！"

黄崇义这声吆喝，是从心里发出来的，不是从口里发出来的。因为他早就呀呀失语了。

行至黄崇义面前的孙儿打住了脚步。

"谁人告我一声，我儿黄伯臣这身披挂，到底是何顶戴，官居几品？"呜呜哝哝，口词不清的黄崇义一不问他儿何日一命归天，如何沙场战殁，张口开言第一句，打问的竟是他娃当的什么官。那位司令长官听不清白对方都说了些啥，却揣摩得出这老人揣的啥心思，亲率包括黄伯昂在内的行伍中人，冲老人家行了个军礼。

"老人家，你儿子黄伯臣是好样的！本人谨代表三十一军团全体将士，向您老人家致以崇高敬意，感谢您养了这么优秀一个好儿子。少将旅长黄伯臣的名字，将永远载入三十一军团光荣史册，陵邑民众不会忘记他，五陵原不会忘记他！"

黄崇义在长官的这段话里，挑着捡着捕捉他所关心的重要信息，敏感地抓住了少将旅长四个字，脑袋一偏，冲身旁的县长吴云灿呜哩呜喇，匆迫发问。可叹的是未能成句，语焉不清。立身黄伯朝背后那位忠实女仆，时间一长，耳濡目染，平日里也只有她跟这位老人心意交流，声色互通。此妇根据老人咬舌子（吐字不清）口音，以及揣在心窝子的那份沉甸甸的心事，对他的问话做出精确判断。

"青天大老爷，我家主人问少将旅长是个啥品级的官儿。"

吴云灿听得此话，莞尔一笑。他对作为陵邑首富的黄家家世背景、为人做派倒也时有耳闻，自然知晓老人家关心的是什么。当即避实就虚，厚此薄彼，把旅长一词撇在一边，单从少将一词做起文章。

"老人家，队伍里凡是带了将的衔头，不管是上将中将少将，都是将军。你儿黄伯臣当将军了！就拿他这个少将来说吧，如果放到大清国那阵，能当陕西兵马提督。再拿如今的国民政府跟国民革命军两相对照着说，领了少将头衔，就能当军长了。军长跟省长一般都是平级。也就是说，你儿子如今跟省长平起平坐了！"

黄崇义听得此话，似同油灯盏盏里所剩无几的一点油星，一瞬间全都轰地一下燃烧起来。但见他昏花的老眼平添了夺目的神光，绽放出罕见异彩。连龙虾般伛偻的腰杆子，也比往日挺得直了，精神头十足得不像个年近八十的老翁。嘴里嗷嗷起来，更是钢梆硬正，更不像个垂垂老朽发出的声气。黄崇义噔噔噔拐棍点地，又是一阵嗷嗷怪叫。

众人把惶惑的眼神尽都投向那位女仆。

"我家主人说了，他要开棺验尸。"女仆不负众望，详实作解。

黄崇义心里很贼。他老而不昏，怕别人胡描乱抹画了个人影影哄他。再者，黄崇义何许人也？他还有更深一层考虑。

听得此话，慌了手脚的李快嘴迈着趔趔步颠了过来，冲着黄崇义挤眉弄眼，捶捶拍拍，亲热得跟奉承她老大一样。

"哎呦——我说黄叔，你咋老糊涂了呢！皇天大日头的，这棺咋敢随便开？亡人的身子，贵贱见不得日头。这是咱原上人老几辈的规矩，你咋糊涂得连乡俗都忘了呢！"

也不知哪儿来那么大力气，黄崇义挥动拐杖，朝李快嘴劈头盖脸扪了过去。那婆娘眼色还算亮精，大屁股一扭，出溜一下闪身一旁，差一点脑门上着了家伙。

黄崇义又是一阵呜哩哇啦的叫嚣。女仆应声发话，及时准确。

"我家主人说了，他要让五陵原看看，看一看他儿子黄伯臣那身披挂！"

大伙这才明白，他要向五陵原宣示，他儿黄伯臣当了将军。

一夫当关，黄崇义就踞坐在通衢大道的路口，他不让路，灵车是无法通行的。再说了，人家是正主，不听主人听谁的？看来今天这个棺是非开不可了。

那副九寸厚的松木墩子棺材，是黄伯昂替他兄弟相端的，黑漆兼清漆里外三层倒着刷，亮得能照见人影影，要把它打开并非易事。二三十把明晃晃的刺刀挑进棺盖茬口，一声吆喝，众人撬的撬，抡大锤的拿大锤抡。咯喳咯喳一阵响，棺盖到底还是被揭了起来。

身着少将服饰的黄伯臣衣冠清整，形色冷峭，平展展躺在棺材里。正午的阳光浴遍全身，衣领、肩胛、胸前和帽檐上，标志着国军少将军衔的诸般佩饰熠熠生辉，光彩竞放，看上去甚是威武，不得不叫人刮目相待。棺木周围人头攒动，势如潮涌，一拨又一拨挤上前来，竞相一睹将军风采，俯首偃仰之间，莫不啧啧称道。

黄崇义第一眼就捕捉到儿子的全套披挂，英武雄健的仪态，心中大慰，笑逐颜开。在争睹将军的喧闹声中，此人居然奇迹般下得推车，站起身子，忽地一下，手臂一扬，把那根拐杖撇得老远。继而高举双臂，岔开两腿，朝儿子棺木颤巍巍挪动了几步，呵吼般大叫一声。众人虽然听得不甚分明，却似乎比以往呜呜啦啦的声气清白了许多。

一旁的女仆尽显其能，连忙把主人的呵吼传导给众人。

"我家主人说，他娃黄伯臣到底放了道台！"

阳光朗照下，但见一道身影倏然仆地，砰然声响。黄崇义一脚栽倒，气绝身亡。

黄伯朝翻转他大身子。众人眼见得黄崇义那沟壑纵横的脸颊上，两只眼睛的眼睑严丝合缝地闭拢在一起，面目上瓜蔓一样的皱纹蹙成了一朵花儿，在秋日温煦的阳光下分外璀璨……

死后不进祖坟，是黄崇义生前既定的原则，预设的安排。他曾把这一安排作为遗嘱，锁进枕头旁边的一只小木匣子里，交代他婆娘说，等我哪天一头栽倒闭了气，这只匣子，由我二小子亲手开，除此谁也不准动！如今的二小子黄伯臣先他而去，大小子黄伯朝就只有代行其事，打开了那只木匣。

这不免引起诸多猜疑，黄家的祖坟风水多好，一代一代出人呢，原上的脉气都聚到人家那一窝子了，这老汉咋把他埋到那个背势洼洼去了？这其中的缘由，只有他跟风水先生堪破天知晓。黄崇义当年做的那件阢陧事，逼得他没脸面见祖先，另外给他寻个地方。再说，埋他的那处牛眠要穴，可是花了大价钱瞅拾的。

黄崇义一身虽死，然使命并未结束，他还要继续荫庇他的后世儿孙。

黄家这回差点一次抬出去三个死人。除黄崇义父子俩，黄伯臣他婆娘若水差点也没命了。跟她娘一块从西省骆驼巷赶回来奔丧的若水铁青着脸，一语不发，一声不哭，前脚跷进门槛，后脚一蹬，便冷不防一头撞向黄伯臣的棺材。

谁也没想到将军婆娘会出此一手，猝不及防，险象遽发，纷乱混杂的黄家大院顿然炸了营盘。跟杨业怒撞李陵碑一样，这排山倒海般的一撞，一旦撞实，决然会撞个头破血流，气绝当场。好在她所处位置不在棺材正面，所以一头撞了个歪角子，脑门从既亮且光的棺材板子上滑溜了过去——原上人把这叫光脱了。尽管如此，仍一头撞破额角，眨眼间整成了个红脸血头发。

若水头脑尚且清醒，自觉没死得成，接着便实施第二套寻死方案，转瞬间从怀里摸出一把利剪，双手抱着剪刀把儿，朝自家心口捅了下去。得闻她男人死讯，李若水当即便抱定必死决心，临行时悄悄把那把剪刀揣进怀里。

若水双手被她娘死死扣定，这才没能扎得太深。若水娘是何等角色？女儿对她男人情分有多重，当娘的哪能不知？她一看女儿脸色，就觉得事色不对，暗自叹息，我的天神爷呀，这回叫我女子咋活呀！弄不好，非得跟她男人一路走不可。因而时时处处防着一手，热粘皮一样，随时随地不离其身前身后，防着防着还是没防得住，叫若水一连钻了两次空子。

满屋子操办丧事的繁杂人等，这才真正见识了将军婆娘。

原来这女人是个烈女！原上的烈女说起来就多了，王家围子李家祖上就一次出了三个烈女。那还是长毛子造反时，李家小儿生得粉鼻亮眼，十分乖巧，给一个长毛头儿掳了去。钻在窨子里的三姊妹爬了出来，抱着她们的小兄弟不松手。长毛头儿眼见得三个女子姿色不俗，起了花心，说是尔等如果从了本旅帅，小兄弟自可还给你们。等一双父母抱着幼弟逃得远了，那三姊妹一个跟着一个跳进渗井。早前下了场白雨，棚在渗井上的磨盘曳（下陷）了，渗井里的水聚得有一丈多深。

李若水连番寻死，未能得逞，不免发了忙狈，仍是一声不哭，一颗泪不掉，在众人扭押下，着了魔般冲着棺材一个劲疯吼。

"伯臣——我的好男人，你等着我！老天爷把眼瞎了，龟孙王八不死，咋单死的是些好男人！伯臣啊——我的好男人！世上再也找不到这样的好男人了！老天爷瞎了眼！瞎了眼的老天爷啊！你睁开眼睛看一看，看看死的都是些啥人？你咋把好男人往完里死呢！伯臣——我的好男人，你一个人走了，叫我在这世上咋活呀？你说！你说！我的好男人呦……"

　　若水对黄伯臣的情不是一般的重。自从她姑李快嘴在那个桃花盛开的时节，于谢家别院给黄家大官人下了套，暗夜中的李若水，眼睛得黑白分明的，扮演着一个尴尬角色，让糊里糊涂的黄伯臣上了身。当时的若水生出种奇妙感觉，就像一个地位卑贱、揽粗打杂的小宫女，突然间让皇上给临了幸。人家谢家大小姐多尊贵！多有才！人又长得多心疼！一家养女百家求，一马不行百马忧，求婚的达官贵人，把她家门槛都踢断了！我一个穷家小户女子，识不得字，作不得诗，弹不得琴，描不得画，人家黄大官人咋看得上我呢？

　　可那阵子黄大官人却真真切切、确确凿凿爬在她身上，狂了一样癫了一般发着威。若水心里滋润极了，身子舒服透了，嘬着小口，翘着香舌缭绕吸咂，张开双臂，岔开两腿奋力迎送。她要把这天宽地阔的恩泽全都收拢起来，归为己有，让这一个晚上把一辈子的福享完受尽，第二天一个早便打算去死。

　　真相大白后，她男人没一句怨言，甚至半辈子没朝她说过一句刻薄话，发过一顿臭脾气，还是一如既往地爱着她。在她怀上步蟾的那些日子，她男人把她搋在手上怕绊着，抱在怀里怕挤着，关着窗户怕闷着，开着门扇怕冻着。西省教会医院临产时，她男人挺挺脱脱身着上校制服，威武雄健得像个尊神，却把她从楼道里背上背下，在产房里替她喂汤喂水，让几个当修女的护士艳羡得要死，妒忌得害牙根疼。

　　李若水对她男人的爱已融入血脉，渗入骨髓。如今，他却半路上走了，丢下他的若水不管了。为了让若水哭出来，包括他娘、李快嘴、佩瑶、薛蛮媚子、瘦女人秋叶等一应妇人，全都围拢上来，纷纷解劝，为其宽心。这些人里面当数她姑李快嘴巧舌如簧，颇显力道。

　　"哎呦——好我的瓜侄女，你咋是个一根肠子通到底，从上到下一窍窍呢！你屁股一拍死了倒好，可你把你步蟾丢给谁呀？你心里放不下你男人，就放得下你儿子？如今咱娃没了他大，如果再没了他娘，想叫他一头碰死不成？这些日子，我正给我侄孙瞅势媳妇呢，眼看你都要当阿家了，你死了，谁来抱你孙子？再说了，你如今有一双儿女，一手拉扯两个娃呢，你把事弄清！在你男人眼里，宦娘娃就是他的命系系，他临死最丢心不下的就是你宦娘。只有把宦娘丢给你，他临死才能闭上眼睛。你想屁股一拍，一死了之，到阴曹寻你男人去呀？给你男人打的那座墓，是个隔葬墓，旁边留着你的位子，等你老来归了天，自然会跟他团圆！你如今急着做啥呀？喝恶水去呀？告诉你，你的算盘打错了！错得岔了杆杆了！你男人见你把一双儿女丢下，跑到阴曹来找他，不把你这张贼皮揭了，才是怪事！"

李快嘴千言万语，只有一个意思：她侄女死不得，只能乖乖活着。且实事求是，理由充分，责任重大，无可逃避。李若水是个会听话的人，暗自一想，是呀，我要是真的死了，他一定不高兴。我半辈子都没惹他啜（生）过气，死了反倒让他啜一肚子闷气，岂不是叫我男人做了鬼都不得安生？

李若水活又不想活，死又死不得，左右为难，进退维谷，一时间悲极哀绝，哇地一下扯大声嚎哭起来。李快嘴蹙成一疙瘩的心唰地一松，咧着嘴呲乜一笑。这不就着了，老娘就怕你把一股闷气憋在肚子里，不把你憋疯才是怪事！

……

黄伯臣尚未安葬入土，严佐尧等一班社会贤达、名宿耆老，便商讨着把他的高名大姓填补在陵邑县抗日阵亡将士纪念碑上，只是在军衔与职务一栏做了大难。他们在县府民政科查阅三十一军团发来的阵亡通知书，上面却清清白白填着上校军衔，职务一栏标着警备旅副旅长兼警备六团团长。那少将旅长一说，又是怎么回事？几个老者自然知晓，这是个重大事由，也是个敏感话题，没敢对外张扬。几颗雪白的脑袋凑在一起，商量来商量去，为了给陵邑民众和黄门有个交代，就照军团司令长官当初的话填。他们也知道行伍中人的军衔，跟职务不一定严丝合缝搭上茬，当旅长的将军也不是绝无仅有。没人追究了最好，万一有人问起，我等给他来个王顾左右而言他，该装糊涂时就得装糊涂。反正这座纪念碑，是民众自发集资树起来的，又不是官家立的。在我等百姓眼里，五陵原黄伯臣是当之无愧的将军！

黄伯臣的葬礼，由他女儿宦娘一人当家，一手操办。李若水、黄步蟾母子俩知道，宦娘背后有一大帮人撑着她。黄家眼下缺丁少口，势单力孤，只有她有能力把这场丧事办得风风光光。

入土归山前一天午后，首当举行的议程是祀土招魂。落日的余晖中，一名黄门中远房光头小儿，手执竹竿，上挑一面缀着流苏的招魂幡，其上竖排大书祀土招魂四个字，走在队伍最前面。紧随其后的宦娘手托木盘，木盘内放着一副香炉，香炉内插着三根香烛，还有一些供果及香蜡褙纸之类的物件。宦娘身后是身穿黄绸福寿衫的吹鼓手，八杆长唢呐吹将起来，声势浩大而又不失音韵之哀婉。李若水母子及黄门远房后人等孝子队伍，穿白戴孝，浩浩荡荡，一路跟在吹鼓手后面。礼笔先生老得走路绊绊磕磕，牙落得说话口齿不清，此刻龙虾般弓着脊梁，依旧翘着脑后干豇豆般的那条细辫，抖动山羊胡子，指指点点，一路陪行。

到得黄门祖坟，点燃香蜡，摆上供果，礼笔先生扶了扶蚂蚱腿眼镜，捏着公鸡嗓门，口绽莲花，走风漏气发了声。

"打起招魂幡，阴曹走一圈。黄门家族，列位先祖，你们听了。时逢秋月，岁在庚辰，丁男伯臣，为国捐躯。家门不幸倾梁柱，英雄儿男赴泉台，家谱再添新成员，堂前又竖新灵牌。今夜特备佳酿一坛，满汉全席，父子相会，母子团圆，合家老少，祖孙同欢，以尽天伦之乐，再续骨肉之情。列位蓬莱仙翁，瑶池老太，软轿彩辇，宝马香车，随你家长孙女宦娘一行。哎——走呀——"

接下来的议程是迎宾接友。凡经黄门报了丧的亲友，赶天黑前从四面八方陆续抵达王官镇，携带各式各样纸火，如排花、架蜡、高斗、摇钱树、聚宝盆、金童玉女、纸驴纸马等一应物品，立于街头道口，等待宦娘一行浩荡迎宾队伍，把他们一个一个接入黄门。

这天晚上，当数整个丧葬过程中重要环节。除了奠酒、唱戏，还有坐夜、出殃等一应程序。

要说图个排场，一般人家无非叫个草台班子或自乐班，摆几条板凳，端一盘瓜子，倒一壶茶水，就地围个圈子，不上靠子不搽粉，随便吼几句清唱或乱弹，就算是他大他妈的孝顺儿女了，哪儿还敢设想搭起台子唱大戏。宦娘把以她师父西北红为领班的西省易俗社搬了来，搭起高台，给她大唱起了大戏。这在原上算是破了天荒。

灵堂前面呈八字形摆了长长两溜布口袋，里面装上麦秸或玉麦壳子，供男左女右两排孝子们磕头下跪。作为重孝的黄步蟾跟宦娘，各自跪在男女孝子最前头，除了披麻戴孝，肩头上还佩戴着刑枷模样一副靠子，其上大书"哀哀吾父，生我劬劳"字样。每个孝子双手均各挂一根柳木纸棍。柳者留也，孝子们都巴望着把亲人留住，实在留不住了，就留在心里。儿辈的重孝黄步蟾跟宦娘手里，挂的是糊着白纸的纸棍；孙子辈挂的是半白半黄纸棍；重孙辈挂的是通体全黄的纸棍；有福大命长的长者死了，有玄孙的话还挂有糊着红纸的纸棍。前来奠酒的客人走向灵堂，男女孝子们便挂着纸棍，低头弯腰，纷纷向客人磕头施礼。到了明日早上送埋时，这些纸棍须插上坟头，日后谁手里的纸棍发了芽，就说明谁流的泪多，也就说明谁是个真孝子。因为沾了灵气的纸棍，是须得用眼泪去滋养的。

黄门家口凋零，人丁所剩无几，孝子却多得出奇。无论远近亲疏，跟黄家沾得上边沾不上边，只要姓黄，后辈们全都跑来给黄伯臣当孝子。一方面，他们敬重将军大官人，一方面图个吃喝。黄家的席面丰盛极了，几乎每顿摆的都是十三花。有八宝甜盘子，也有酥肉蒸鸡炸丸子。

宦娘首当其先，抬脚起步，凝重迟缓，沉稳如山，开始了奠酒仪程。在哀乐吹奏声中，但见她抱合双手，一揖到地，朝前徐徐行进三步，跪倒地面，端起供桌上的酒盅，把水酒呈弧形沥洒地面，接着额头触地，连续三番叩首，站起身子，朝后款款倒退三步。接着又重复以上动作，循环往复，不定时限。宦娘动作协调舒缓，身姿曼妙而不失凝重，合着唢呐凄婉的乐曲，令人悯然生悲，怆然欲泪。

奠酒期间，礼笔先生拿腔捏调，走风漏气，然满怀深情，诵读起祭文来，音韵倒也铿锵。

"黄门伯臣，英烈儿郎，生于关中，五陵仙乡。历代簪缨崔嵬，门庭氤氲书香。天赋才情葳蕤，尽览充栋华章；神武执戈佩剑，奇谋拜印封疆。无奈战争狂人，贪嗔诞妄；可叹军国主义，黩武拓疆。狼烟弥天地，不见卢沟晓月；烽火连三月，并吞四域八荒。吾父拜将抗倭，充当马前先锋。中华大地，血流漂杵；山河破碎，悲号国殇。人头悬马首，刀剑落处飞血雨；妇女载马上，黎庶掩面哭昊天。中华男儿，奋起反抗，力阻异族南下牧马；炎黄子孙，同仇敌忾，岂容东夷投鞭渡江。中条山上，鬼泣神嚎；三万秦兵，血染征袍。可怜吾父，九转柔肠，心存报国宏愿，情牵令爱儿郎。孤军深入，抱定必死信心；背水一战，为国英勇献身。中条山含恨捐躯，呼苍天饮弹身亡。吾父性善，星河灿朗；血浓于水，天地玄黄。泣血叩首宦娘女，肝肠寸断哭灵堂。哀哀吾父，去意仿徨，情牵孤女，阴阳相隔两茫茫。哀哀吾父，回眸瞻望，孤女宦娘，泪飞如雨呼高堂……"

灵堂前哀婉凄绝的音乐，宦娘柔肠寸断的奠酒，礼笔先生悲悯苍凉的祭词，营造出撼人心魄、痛彻骨髓的氛围，直让满街头围观的男女老幼，各色人等，莫不肃然兀立，珠泪盈盈。

夜色渐深，黄家大院撤除了几盏汽灯，此刻只剩下灵堂前一对燃烧的架蜡，发出晕黄色光彩。宦娘坐在架设棺木的条凳梢头，一只胳膊把着棺盖，依偎在棺材一侧，脸儿紧贴棺面，已然昏昏睡去。她甘冒灾异，无惧出殃，谁也赶她不走，硬要陪守她大最后一个晚上。宦娘沉睡中的颜面，偶尔露出一丝浅笑。兴许梦中父女相会，互通款曲。若水轻脚轻手，把一件衣服披在宦娘肩头，也落座于宦娘身旁。若水放心不下，她要像她男人一样疼爱这个新认的同父异母女儿。

夜半子时，出殃期间，黄家大院是毋容任何人逗留的。黄伯昂请来清虚真人，为他干女儿护法。此人身披法袍，右手执一把桃木辟邪剑，左手掐了个剑诀，威风凛凛，盘膝坐于灵堂前法台之上。法台前面，以北斗七星布局，排列着七盏水晶灯。楼观台四大弟子站立法台四角，右手平托一只五雷碗，左手食、中二指按定碗沿，神情肃穆，严阵以待。

突兀间，栖落墙根下百年古槐上的夜枭，发出一声悚然鸣叫，碜人心胆，极其刺耳。四名道士身不由己地打了个激灵。

"师父，出煞时辰到了。"一位弟子轻声耳语。

"清退闲杂人等，各回各屋，关门闭户，任何人不得靠近灵堂。"

那位弟子谨遵师命，在院子里巡视一遭，发现阒无人迹，这才回归原位。

陡然间，灵堂前一对架蜡，灯火无风自摇，忽明忽灭，闪烁不定。时而变做晕红，时而荧荧发绿。到了最后，几乎奄奄欲灭，灵堂内顿时陷于灰暗。清虚真人即刻舞动桃木剑，掐诀念咒，厉声发话。

"祭起五雷碗！"

大弟子脱手掷出一记五雷碗。轰然一声，灵堂前噗哗一下，腾起一股蓝焰，冒起一阵白烟。紧接着，一阵邪乎阴风陡然刮起，烛火闪烁，灵前各种纸火哗啦啦抖动起来。继而脚下纸盆里的灰烬打着旋儿，飞向空中，黑色蝴蝶般飘得四处都是。一位弟子又摔出一只五雷碗，那阵风声遂告寂灭。

过了没多时，未知是灵堂后面的棺材，还是其他物件，遽然发出嘎巴嘎巴一阵暴响，极像木材摵断开裂之声。清虚真人睃视灵堂，不禁一愣，沉声发话，"快将宦娘母女，拖离棺木！"

四位道士一拥而上，把宦娘跟李若水拖向一旁，围在核心。二位弟子，同时把两只五雷碗砸向棺材底部。轰然火起，烟雾弥漫，刹那间把那副棺材笼罩起来。

瘫坐地面的李若水面色煞白，紧闭双目，昏晕过去。宦娘痴痴望着眼前景象，眨巴着双眼，面呈惶惑之态。

清虚真人一手拎着一张黄裱，一手挥动朱砂笔，于法台上画了一道符咒，就着座前七星灯引燃裱符，挥动辟邪剑，把燃烧着的裱符挑向空际，挥剑作法，念念有词。

"本真人出道以来，还不曾见识过如此浊重的煞气！天地不仁，以万物为刍狗；圣人不仁，以百姓为刍狗。穷通沉浮，宠辱得失，又何足为论。承望将军阁下，把权位看得淡些，戾气内敛，怨怼中纳，还是稍安勿躁为是。"

第二天一早，那个光头小儿竹竿上挑着一面黄幡，其上大书游乡转饭四字，走在队伍前面。宦娘手里的木盘内摆着四个饦饦馍，一碗清水面，紧随小儿身后，唢呐声中，带着长龙般的孝子队伍，遍游王官镇大街小巷。这方水土上的一个过客，要跟他生活过的乡井告别了。

转饭之后，就该起灵了。

一副亭阁状的棺罩顶端飞檐翼然，流苏飘缀，金顶巍峨，四周绫罗彩缎上，福寿图案溢彩流光。棺罩底部的铜环中穿有四根木杠，组成了由八人扛抬的起灵阵容。

棺罩前面扯起丈余长一条白布，白布梢头拴在披麻戴孝的宦娘肩头。但见她双手捧着顶在头部、被黄纸封了沿口、其内盛着纸灰的纸盆，身子前倾，把那条白布直直地崩了起来。纸盆原本该由亡者子嗣黄步蟾摔的。宦娘对她大情重，经由黄门族人共同协商，黄伯昂做断宣布，破例由宦娘顶摔纸盆。左右两边的李快嘴与佩瑶，不住手地揩拭着宦娘的满脸泪痕。

棺罩后面跟着头戴孝布、遍体缟素、哀哀饮泣的李若水母子。他们身后是一帮手执铜锣唢呐、怀抱铙钹鼙鼓的吹鼓手。吹鼓手周围是闻风而来混嘴讨吃的铳子客。再往后是几十名独立团士兵，他们手中都捧着排花、架蜡、高斗、仙鹤、摇钱树、聚宝盆、纸驴纸马、麻姑拜寿、金童玉女等诸般纸火。难以计数的孝子们排在送葬队伍最后头。队伍周围站满了前来瞧热闹的乡民。黄伯昂身着湘色缎料长袍，迷惘地看着送葬队伍，感伤之情油然而生。他的身后，紧随龙宝山等独立团几位军官。

礼笔先生拱着腰身，扶了扶蚂蚱腿眼睛，颤抖山羊胡须，一字一顿地，朗然发话。"东方贵人临，西煞自退隐；一道凤凰符，南面制朱雀。卯时三刻，吉日佳辰；重孝血亲，哭灵入土；鼓乐齐奏，发丧归山。起灵——"

八名大汉一声呼吼，棺罩离开了地面。紧接着锣鼓铿锵，唢呐声声，火铳一叠声地钝响，鞭炮劈里啪啦炸响成一团，一排独立团士兵，站作两行，鸣枪壮行。送葬队伍抬脚起步，缓缓前行。到得十字路口，李快嘴冲哭得几番都要昏死过去的宦娘大声招呼，"快摔！摔呀！摔纸盆呀！"

砰然一声，纸盆碎为残渣，随风飘起一团灰烬，纷纷扬扬，漫天飞舞。就在这一刻，但闻嘎巴一声震响，惊呼声中，棺罩右前侧一只木杠突然间一撅两段，齐茬茬断裂开来。两名大汉被震翻倒地，棺罩霎时重力失衡，右前侧倾斜落地，使得其他六人脚下打着绊子，晃晃荡荡歇了肩。

众人呼啦一下，围拢过来，瞧着断裂了的木杠，惊诧得目瞪口呆。

清虚真人身背桃木辟邪剑，率领四大弟子疾步前趋，排众而入，就手捞起两节木杠，直愣愣瞅着断裂的茬口，与众位弟子愕然对视一眼。围观人众议论纷纷，大惑不解。

"这么粗的槐木杠子，咋说断就断了呢？"

"可不！这可是从来没经见过的事。"

"清虚老道，今天事色不对！你还不快给捻弄（收拾）一下！"一位龙钟老太拐棍点地，声色匆迫催促道。

清虚真人沉着冷静，一撩棺罩右侧布帘，朝那口棺材瞅了一眼，冲那两名大汉吆喝道："再换一根。"

一名汉子从棺罩木座上抽出条更加粗大的木杠，穿进铜环。

清虚真人一挥手中拂尘，说了声起。八名大汉动作协调，运劲发力，一声号子，抬起棺罩。鼓乐声中，送葬队伍抬脚起步，又浩浩荡荡朝墓地缓缓前行。

约莫行进了两丈开外，再次听得嘎巴一声。此番脆响，比起前番更为锐耳。棺罩左前侧一只木杠，又拦腰断为两截，两名壮汉被震得东扭西歪，跟跄倒地。棺罩即刻倾斜落地，送葬队伍又一次打住脚跟。

瞧热闹的男女老幼呼啦一下，把棺罩围了个密不透风。一连两番，撅断抬棺杠杆，一股肃杀之气笼罩着送葬队伍，大伙悄然伫立，神色惶恐，一语不发。

"他不肯走，到底还有何等心事，撇它不下？"清虚真人自言自语，感然言道。

"这不明摆着吗！刚跟他女子照了一面，就撒手走了。他咋梦想得到，他在这世上还有这么心疼个乖女子？那女子长得多俊样，把人肝花都能疼烂！她大临走，跟他女子连一句体己话都没来得及说。如今把她孤单单留在世上，你说她大就这么走了，能放心得下吗？"龙钟老太拐棍点地，咚咚作响。

大伙杂然相许，莫不认可，都说父女连心，骨肉难分。他牵心的是他女儿。

宦娘直愣愣凝视着棺罩，眼眶里泪花闪闪，一言不发。

"黄团长，如此看来，他是要您一句话啊！"清虚真人若有所悟，冲黄伯昂恳切言道。

"她干大，除了你，恐怕没有谁能打发他上路了。还不快禁断（呵斥）他几句！"李快嘴一旁摇唇鼓舌插了话。

"哎！我跟他这辈子，算是耗上了。不管咋说，是得留句话给他。"黄伯昂轻抚着宦娘头发，浩叹一声，率尔撩起袍袖，大步流星，登上左近一处高坡，语辞铿锵，声若洪钟发了话。

"伯臣兄弟，你给我听好了！宦娘是你的亲生骨肉，也是我的心肝宝贝，你心疼她，我比你更心疼。只要我黄伯昂还撑在世上，就没有谁敢欺负她，我宁愿不要这个世界，也不会丢下我的干女儿！九哥要让你女子，活得比世上任何一个女人都幸福！好汉说话如拔牙，一口唾沫一颗钉！你给我记清楚了，一个堂堂少将，凛凛汉子，别在这里作儿女态，给我洒洒脱脱上路，体体面面归山！"

言至于此，黄伯昂运气发声，如同凭空炸响了一声滚雷。

"起灵——"

鼓乐声中，送葬队伍浩浩荡荡，缓步前行，顺顺当当开向了墓地。

第四十七章　只捡到几颗舍利子

三十一军团调防后休整期间，袁天才紧随黄伯昂，前脚跟后脚赶回关中，名义上偕同冰兰回乡祭祖，探望老母，举办婚礼，其更重要一重目的，是及时果断把控黄团这帮人手。调防后的黄伯昂宣布解甲归田，他手下的这拨人马，袁天才可是摊了本钱，下了功夫的。

参与西安事变的这支西北军队伍，番号一变再变，主官一换再换，驻防一调再调。老蒋眼色贼亮，一张麻纸，叫人甩上了许多红红绿绿的水点，一旦粘溙，便扩散着洇了开来，染得五麻六道；同理，树叶爬上了毛虫，就别想浑全，莫不给咬得窟窿眼睛。麻纸也好，树叶也好，就咋摆咋不对劲，越长越不顺眼了。

党国党国，国家是党的，国家的军队也就成了党的军队。袁天才昂藏情怀，预见先机。这些人吃的是国家皇粮，人分双色，貌似伯仲，各怀心志，须得在分家之前多攒些私房。

这天，众人陪着去见她师父的宦娘，登上了通往静观庵的山道。

宦娘在众人眼里面子大，吃得开。用李快嘴的话说，你们一个个把我宦娘娃屁股当王屋着舔。其所以当王屋舔，因为王屋是座山，传说还是个做大王的宫殿，所以叫王屋山。此喻绝妙，不但预示她宦娘屁股大，大得跟王屋山一样，舔起来得摊上功夫，而且大得有背景，有来头，有深意。

袁天才兄妹俩既然回到了原上，不陪宦娘走一趟说不过去，他们俩欠宦娘的，比任何人负债都重，一辈子都还不清。灰离火近，一双儿女前边走，他娘李快嘴自然得跟上，且张口就是她宦娘娃、她宦娘娃。要么把宦娘抱在怀里夸，夸她的头梳得光，说我娃头梳得光的呦，能滑倒蝇子绊倒虱，虼蚤上来把胯掰。似乎在她心里，宦娘比她亲女子冰兰还亲。人会活人就精明在这些地方，此人泼得跟山猪一样，贪得跟豺狼一样，但人缘极好，跟谁都热和，别人也跟她很染络。

干女儿走到哪里，做干大的自必不离不弃，步步紧跟，没有谁把心头肉胡抛乱撒的。黄伯昂前面走，他婆娘佩瑶、单相思了半辈子的老情人薛蛮媚子、龙宝山、赵良栋、王砣、武一甲不紧连手跟着行吗？老天爷好似早就做了奇巧安排，把该凑到一起的人物，在同一时间、同一地点都凑在了一起。因有非常事件发生。

暮秋时节，冷风嗖嗖，枯叶飘零。山道上风头更高，甚是阴寒。

袁天才旁敲侧击，想探黄伯昂个口风。

"黄团长意趣高洁，志在山野。这一回丢下俗务，辞去独立团团长一职，您倒落了个清闲。不过，您手下这班跟您出生入死，患难与共的弟兄，不知在您离任以后，对他们的将来作何设想？"

黄伯昂瞟了袁天才一眼，莞尔而笑，颇有深意。

"黄某正为此事烦心呢。如此说来，袁公子也对我的队伍操上这份心了？应该！应该啊！你本来在我的队伍里，交往的朋友就多。"

"黄团长说笑了。谈不到朋友，只能说是老乡而已。"袁天才脸面上稍显赧颜，然一掠而过，化于无形。

"凭袁公子这些年在中条山一带攒下的家当，比我这个穷家小户阔多了。阁下善于筹谋，经营有道，财大气粗，想必定有高见。既然扯到这个话题，我倒想听听你的意思。"袁天才打的啥主意，黄伯昂焉得不知？

"黄团长说笑了。良禽择木而栖，贤臣择主而事。这话虽说是封建士大夫们的陈词滥调，听起来怪别扭的。不过……"

"不过如何？"

"您手下弟兄，心明眼亮，做人并不糊涂。既然屡遭猜忌，不为人所重用，又何必吃人的眼角食？想必各人都有各人的打算。黄团长何不征询一下您部下的意见？"

原上人说话形象，识文解字的袁天才拾了他娘李快嘴的牙慧，抛出了眼角食一词，分量异常沉重，像是拿棒子敲人脑袋，叫龙宝山等几位军官心里沉甸甸的。所谓眼角食，指的是你吃人家一碗饭，人家老拿眼角斜着瞅你，你说这碗饭吃着是个啥滋味？黄伯昂明白，这叫当头棒喝，暗示的就是老蒋对西北军这支队伍不足为信的诸般举措。这一棒是甩给他的部下的。他对眼前这个年轻小伙子的认知又加深了一层。我的天！共产党咋把些厉害角儿，全都挖在自己手里？有这些人当道，日后还有老蒋造的毛吗？

"宝山兄弟，老哥想听听你的意思？"黄伯昂心事重了起来。

"黄团长，是否寻个合适的地方，再扯这个话题？"袁天才扫视了众人一眼，又朝山道周遭环视了一圈，神情甚是戒惧。

"无须介意。这里都是我的兄弟姊妹，没有一个外人。宝山兄弟，你掏出心窝子，给哥一句话！"黄伯昂言辞钢棒硬正，面色正儿八经。

"大哥，我是个直性子，跟了你这么多年，杀杀砍砍，刀头对的是外人，刀背护的是兄弟。就是一奶同胞的亲兄弟，也不过如此。咱弟兄俩有话直说，我今天给你表个态。用人不疑，疑人不用，既然人家信不过咱，咱还跟在人家屁股后头打转转干啥！干脆，投了共算了！"

龙宝山此话出口，黄伯昂跟吃饭噎着了一样，一下子窝了心，不由得打住脚跟，怔在了原地，两只眼睛瞪了起来。

独立团赵良栋、刘强、宋士魁等从上到下，十多位军官早就成了军统眼里的赤化分子，黄伯昂一清二楚，只是睁一只眼闭一只眼，对此不做计较罢了。二少爷龙宝山叫人家都拉了过去，这就不得不让他吃惊了。龙宝山出身反贼世家，生来就是个后脑勺上长了反骨的角儿。他爷反清丢了命，他大接着反；他大丢了命，四弟兄又竖起反袁大旗。到了后来，四弟兄死得只剩下龙宝山一颗独根苗，仍随时随地蓄势待反，可到底反蒋还是反共，一直拿不定主意。因为目下无论是国是共，不大关心政治的龙二少爷有吃有喝，有副团长当着，尚未生成必反的理由。长期以来，黄伯昂对他这位老弟摸得透透的。

能把龙二少爷这样的角儿赤化了，且在当家人的眼皮底下，在当家人不知不觉之间，这叫当家人怎得不惊？怎得不恼？据此，黄伯昂估摸着，自己的队伍有可能被人掏空，自己这个团长也已经被架空了。他已修好一份辞职报告，同时也修了一份举荐函，首推兄弟龙宝山继任独立团团长。如是一来，这岂不把我的队伍一手交给了共产党？

"袁政委，如果黄某脑瓜子还没昏，好像记得跟秋田大队第二次接火的那一战过后，阁下第一次来我团驻地，在那间作为团部的破庙里，你我二人曾有一个君子之约。"

"黄团长所言不差，那一天好像是民国二十八年九月二十一日。"

"好说！如此看来，袁政委确乎算得上一位有心人！既然连日子都记得如此清敞，那么可曾记得，阁下当时说过的那一番话？"

"当然记得。如果连为之终生奋斗的宗旨都忘了，共产党人还革什么命？"

"那么，如果阁下不嫌黄某琐屑，就请阁下把当时说过的话复述一遍。"黄伯昂之形色，从来没有今天这么肃凛，面上还腾浮着隐隐煞气。

"哈哈哈哈……这有何难？基督徒念的《圣经》，和尚念的《心经》，道徒念的《道德经》，伊斯兰教徒念的《古兰经》。《共产党宣言》，就是我们共产党人的真经。她的核心主张，就是要打破贫富不均格局，为占绝大多数穷人谋幸福，建立一个没有剥削，没有压迫，人人平等、自由、民主的新中国。"

说话间，众人进了静观庵，到得观音堂。黄伯昂一手拉过袁天才，一手拈起六炷香，在一盏青灯上点燃了，分给对方三炷，凛然言道："我不信佛，也不从道，对那些洋教更不感兴趣，我黄伯昂只信自己的心。既然咱们两个今天一头撞在观世音面前，不妨先把你的真经撇在爪哇国，把我的心挂在南墙上。眼前这尊泥菩萨，有灵没灵，姑且不论，它好歹也歆享了世人几百年香火。今天，咱俩就叫这尊泥菩萨做个见证！"

众人知道，黄伯昂今日个动了真，跟袁天才较上了劲，一定有大事决断。包括宦娘在内，人人退缩一旁，冷眼旁观，连大气都不敢喘上一口。

黄伯昂手捧三炷香，弓着腰身，朝观世音作了个揖，把香烛插在了堂前的香炉里。袁天才亦照此行事，把他手中的三炷香也插进香炉。

"众位弟兄，今天当着观世音的面，也想让头顶上过往的鬼神听着，给我作个见证！从今伊始，我黄伯昂把手下独立团千十号弟兄，连同枪杆子一起交给了这位袁公子。苍天为证，绝无反悔。如违此誓，鬼神厌之，天诛地灭！"

听得此话，众人头上的毛发都竖了起来。

袁天才立正脚跟，神情肃然，低头弯腰，向黄伯昂深深鞠了一躬。

"黄团长，本人以十八集团军教导队政委及中共陕西省委委员名义，谨代表我党向您致以崇高敬意！"

"慢！"黄伯昂手臂一挥，打住袁天才回话。

"我把队伍交给了你，你把什么交给我？"

"黄团长，我们现在是一家人了。有什么话，您请直说。"

"我把队伍交给了你，你就得把你答应我的还给我；百姓把自己儿女交给了你，你也得把你答应他们的还给他们！阁下刚在不是念了一番你们的真经吗？我要的、也是天下百姓要的，就是你刚才说的那番话！"

"放心。如果共产党连自己的奋斗宗旨都背弃了，这个党就没有存在的必要了。"

"敢不敢跟我三击掌？！"黄伯昂大眸两眼，咄咄逼人。

"敢！这有何不敢？"袁天才率尔应对。

二人同时抬起右臂，但闻啪啪啪三声钝响，黄伯昂跟袁天才对击了三掌。

《三击掌》是一出戏，说的是王宝钏飘彩择婿，打中乞儿薛平贵，其父王允悔婚变卦，宝钏不为所动，以至父女翻脸击掌，此生誓不相认的故事。这个故事家喻户晓，关中道上无人不知。

午后的斜阳，把一束光从古旧的窗户塞腾进来，涂抹在泥塑观音脸上，使得半边依旧明艳，半边稍显黯然，看上去成了阴阳脸，让平日里端庄祥和的形容，在这阵子就有些诡谲了。

……

一缕淡淡馨香，氤氲氲氲，从静观庵后院漫溢而来。

宦娘微微耸动鼻翼，一抹悸怖之色，惶悚之情，在她颜面稍纵即逝。她循着那抹淡淡馨香，踏地无声，寂然而去。

众人默默随着宦娘，行止静观庵后院，进得庵门，但见涤尘亭旁，洗心池畔，一座高高累积的柴火轰轰火起，烈焰上蹿，舔舐着一股股松柏虬枝长长伸延的枝丫，与朗朗天光交相辉映。

进得庵院，已经多时，一直不见师父及那位小尼照面，宦娘的心就悬吊吊落不到实处。此刻，面对熊熊烈焰，宦娘双目僵直，身子几乎也要虚脱了。

那位小尼寂寂而至，一手执着拂尘，单手合十，面向宦娘屈身施了一礼，凄然言道："小尼仪贞，禀知师姐，昨夜子时，师父法驾坐化，她老人家已经圆寂了。她的法体……"言至于此，小尼仪贞朝那堆熊熊烈焰觑了一眼，"已经羽化升天了……"

昨夜，宦娘心血翻涌，难以入定，彻夜未能成眠。心事沉沉的她似乎预感到了什么，这一路上一句话都没说。到得庵院，伴随那种预感扑面而来的，乃至眼前真真切切看到的一切，似乎都在宿命般地向她诉说着什么，传递着什么。

所有人都听得到、看得见、悟得出静观庵陡生巨变，静观庵主坐化了、圆寂了，她的法身正在火化，正在升天。那团烈焰最中央，一躯暗影忽明忽灭，时浓时淡，绽放光华，朗照着在场的所有人。

噗通一声，宦娘委地如泥。小尼仪贞跌坐一侧，抱扶着她的上半截身子。

陡然之间，龙二少爷忍无可忍，耐无可耐，大痛大悲，冲那团烈火跪倒身子，哀号一声，"义妹——婉卿义妹……我的婉卿妹子啊……呜——呜呜呜呜……"

龙宝山一哭一号，叫破了天机，除王砣而外，也叫蒙了、叫愣了、叫傻了现场所有人。王砣一看，黄家父子之间、母子之间的亲缘之谜再也包不住了，也到了把这幅包得严严实实、一包就是近二十年的包袱抖落开来的时候了。王砣一把拉过袁天才，毋容分说，疾声催唤，"快！快给你亲娘磕个头！天下哪有老娘升天，做儿子的站在一旁瞧光景的？不然就连不上了！连天理都不容了！"

王砣发此一说，更让众人莫名惊怵。这话又从何说起？

就像让神通广大的法师使了定身术，在场的人都僵直了身子，跟泥塑与木雕似模似样。

被龙宝山与王砣声声呵吼震撼得立脚不稳、头脑翁然轰鸣的黄伯昂，两只眼睛陡然间瞪得牛卵子般。宝山兄弟喊叫的婉卿是谁？他义妹又是谁？正在焚毁着法身的庵主又是谁？王砣兄弟拉着袁家娃，让他给庵主下跪，喊庵主叫娘，那袁家娃又是谁？

李快嘴心里立马贼了起来。天啦！这两个人疯了吗？龙家二少爷咋把静观庵主叫妹子？他还拉着我娃朝庵主下跪，喊庵主叫娘，这又是啥意思？　难道……李快嘴想到这里，就不敢再往下想了，用她的话说，只因这事太鬼道，就像朝烧得焖红的铁锅里浇凉水，不但能把锅激炸，简直把人的心都能激炸！

小尼仪贞寂然而起，踏地无声，行至李快嘴身前，跪倒地平，以尘世间俗家最高仪礼，冲其三番稽首，直把额头触向对方脚背。

"小尼仪贞，受尊师临终遗命，向至尊至贵的施主有礼了！"

李快嘴双目虚晃，惊异不已，想一把把那小尼搀扶起来，可再拉再拖，就是拽她不起。

"师父临终有言，托小尼转呈施主。三生石上若有痕，血泪无声践前缘。度难观音，济世活佛，从来就不在庵院庙堂。小尼今日权代师父参拜的，一不是金身佛祖，二不是泥塑观音，而是活在尘世间的菩萨。"

听得此话，李快嘴直想扯大声哭一场。世上咋有人把我抬到天上去了呢？都不害怕揪得高绊得美，把我跌下来绊死了？

"你师父咋尽说些瓜话呢？快别烧腾我了。有事说事，我心里忙狈得很！到底是咋回事，你给我说清楚！"

"小尼谨代师父，过问檀越，你儿可是己未年五月芒种那天，从泾水河面一只木盆中得来？"

小尼此话甫一出口，就把李快嘴噎了个大张口。后面的话，总算是把堕入五里雾中的李快嘴拖回现实。

"想必施主还记得，那小儿怀中，附有锦囊一只，其内包裹响圆六枚，银马佩饰一件，血书一绢，注有那孩子生辰八字。"

哧溜一声，李快嘴连对襟纽扣都来不及解，使劲拽开衣襟，接着又是刺啦一声，撕开补缀在夹衫内层的一块红布，从中掏出抟作一处的纱巾，把它绽了开来，从中露出一只小巧的银马。李快嘴怕这两样信物失散，早在过黄河上山西前，就把它缝在夹衫的内层里。

黄伯昂跪地膝行，一把夺过李快嘴手中那方纱巾，展了开来，几行清秀熟悉、拿血刷写的字句，便火焰一样跳荡眼前。继而又一把抓过那只精致小巧、鞍鞯孔洞里穿着一根红绳的银马，再瞬目凝望马腹两侧"戊午庆生，爱子佩存"两行字样。这不分明就是我在王银匠那儿特意定制、满月那天挂在我儿黄天柱脖子上的那只佩饰吗？

黄伯昂一手拎着血书，一手捏着银马，颤巍巍膝行而前，步向龙宝山与王砣二人，口唇哗哗抖动，无从吐语发声。龙宝山、王砣二人跪倒大哥面前，陈明真相，黄伯昂仍难尽信。当他们提及谢家别院废墟里刨出的那具骨殖，并道明死者原本是黄伯臣当日随行的一名部下时，他这才知晓，自己为"亡妻"精心构建的谢氏陵，居然埋了个男人。

黄伯昂冲那团烈火大叫一声，爬了过去，尚未到得火堆跟前，即一头栽倒，昏厥过去。

李快嘴拉着袁天才，跪倒在那团汹汹烈焰前，双双泪陨，泣不成声。袁天才只知道自己是他娘李快嘴抱养的，至于抱养于谁家，亲生父母究属何人，他既不清楚，也不甚关心。大行不顾细谨，他自许是干大事的人，也期许自己有朝一日，干出一番大事业来。

宦娘呆呆痴立一旁，眼看着命运之手拉开了一道大幕，大幕背后的一切，都活生生浮现眼前。哦，原来天才哥，还真是我同母异父的亲哥哥。

宦娘她大走了，没来得及说上一句话。如今她娘又走了，她说她在静观庵等她，等她的女儿，却也未等得相认后说上句话儿，或者把她女子照看上一阵子，说走咋就又走了呢？虽然他们在这个世上，给她留下了一个同父异母的弟弟黄步蟾，同母异父的哥哥袁天才，可留着他们比不留更让宦娘伤心，绝望。步蟾好像不怎么打算相认他这个姐姐。袁天才呢？不管有无回报，有无结果，往日的她还对他揣着一腔情爱，如今的她连相爱的资格都没了。原来他是她的亲人，她只能把他当亲人一样敬着。他跟冰兰姐就要结婚了。快嘴姨姨给她女子的陪房都准备好了，我亲眼见了的，是两副鸳鸯枕，三条缎面被子，一对银镯，两条金耳环。

宦娘觉得这个世界薄待了她，多嫌了她，容不下她了。看来，她干大答应她大黄伯臣的承诺要落空了，她不可能比世上任何一个女子活得幸福了。她已经看到了自己的归宿。

小尼仪贞寂然而至，噗通一声，跪在了宦娘面前，掬起双手，把一枚镌有莲花图案的金质钻戒捧向宦娘。

"仪贞谨遵遗命，代传先师口谕，命你为静观一门第十六代传人，就任庵主职分，执掌本门医道药典，善理法堂佛事。"

宦娘跪接钻戒，将其默默然扣于左手无名指上。

跟做梦一样，宦娘在尘世间兴冲冲，凄惶惶绕了一圈，又回到了原点。

后来，黄伯昂在灰烬之中，刨出六颗晶亮的舍利子，纳于锦囊，揣在贴心处的口袋里，从早到晚，不离不弃，直到多少年后生命的最后一刻，随着他的遗体一起入了土。

第四十八章　点天灯

　　日军大营里打杂的黄步霄很鬼色，只要一出营门，总是感到芒刺在背，时时刻刻都觉得有人盯着梢。一天，他揣着一位过从密切的日军事务长开具的介绍信，钻进运送军粮的一辆卡车车厢，到得火车站，扒上拉煤的敞口子车厢，一溜烟逃到满洲国，在那位事务长的父亲所在开拓团种起庄稼。

　　直到中日之战即将偃旗息鼓，黄步霄逃无可逃，到底还是给黄伯昂手下扣了起来。领头的刘强不辱使命，终于给他的老团长交了差。令人叹惋的是在回来的路上，穿越日军封锁区时，刘连长踩响了地雷，身负重伤，经国军战地医院疗治，被战友们背回了关中。

　　黄伯昂把处置黄步霄的日子，选在日本天皇宣布无条件投降的半个月之后，把地点选在王官镇三月三举办庙会的大平坝子，把具体时间选在这天晚上掌灯时分。

　　大清国陕西末科头名举人、原国民革命军三十一军团独立团上校团长、五陵狂人黄伯昂逮住了个大汉奸，这天晚上要点那人天灯。消息像平地刮起一场风暴，呼啦一下席卷了五陵原。

　　点天灯是件耸人听闻的非常事件，原上人记忆当中，也仅仅有过那么一回。那还是在大清国末年，哥老会终南山堂香主、反清义士龙老英雄被陕西巡抚点了天灯。大伙儿四下里打听这个大汉奸姓甚名谁，是原上那个村子的人，他大他妈叫个啥，长了个光脸还是麻子，都跟着日本人做了些啥阢陧事。打听来打听去，竟打听不出一丝消息来。这就奇了！处置汉奸，本应宣布罪状，验明正身，把他的姓名性别、年龄籍贯公之于众才是啊，咋就跟布袋里面卖猫一样，偷偷摸摸行事呢？

越是神神秘秘，大伙心里越是捏捏揣揣。原上人本来就爱看热闹，这个热闹跟谜一样，一眼看不透，心里痒痒得就像猫娃子爪爪在抓。给牛拌草的撂下拌草棍，拦羊赶坡的娃儿封了羊圈，纳鞋底子的婆娘缠了针线，老翁老太抄起了拐棍，连抽鸦片的烟鬼也掐灭了烟泡，给娃喂奶的婆娘从娃嘴里摘落了奶头，炕头上的瘫子都爬上了亲人脊背。人潮把王官镇拥翻了，踩平了。

阔大的会场南面戏台子周遭，呈八字形竖起八幢高杆，每幢高杆上扁担般挑起一对贼亮的汽灯，台前还燃起一堆夼天大的篝火，把行刑现场照得一片通明。戏台对面、篝火背后的大坝子中央，摆放着一张八仙桌模样的社火床子，床子上铁架顶端固定着一个人。但见那人被铁丝扭结在十字形铁架上，身着黑色老布长衫，一条被截短了的装子（长条形粮袋）底部，反起来套在那人头上，并用铁丝扎在脖颈上，让人不辨行迹，难识真面。

镇子上的黄伯朝也来观景，只是不知这一蒙面汉子是谁。王官镇小学校长、巾帼英贤黄天香自是非到不可，亦不知今天被点天灯的这个下家究属何人。

"同胞们，你们可曾知道，此刻站在你们面前的这个人，是从哪里冒出来的鬼头毛客？我告诉你们，他就是吃这里的粮、喝这里的水长大的原上人，可也是个五陵原的不肖子孙。从古到今，这里的水土，养出的有活人活得钢梆硬正、做人做得四棱见方、把刀架在脖子上也面不改色、视死如归的英雄好汉，也养出了不少丢着媚眼，顺着皮毛、拉着尾巴、撅着屁股、塌着腰杆子的狗奴才！"

戏台子上的黄伯昂一席话出口，惹得众人叽叽喳喳，喧闹不休，纷纷猜测、询问着此人的来路。

"同胞们，我黄伯昂今天要处置的这个人，曾是我手下的兵，也是我手下惟一一个逃兵。他不但是个逃兵，而且逃到日本人那里去，当了人家的狗奴才！大家说，这种人叫什么？"

满场子黑压压的一大片子人齐声喝叫，都说那人该称作汉奸。

"大家说得也对。抗战胜利后，国民党抓汉奸，共产党抓汉奸，我这个脱了黄皮的草民百姓也在抓汉奸，全民摇旗呐喊全国上下都在抓汉奸。在我眼里，与其把它叫做抓汉奸，还不如说是在刨一颗大树的坏根子。今天晚上，我黄伯昂点的未必尽然是个大汉奸的天灯，说到底，我点的是一个狗奴才的天灯！一颗老树，为啥叶子落了，枝干枯了，是因为根子出了问题，找毛病就要从根子上刨起。你们谁肯相信，除了狗奴才，一个挺起腰杆子活人的人，怎么会听外敌的使唤？怎么会当外敌的走狗？"

簇拥在黄伯昂身后的严佐尧等多位社会贤达、名宿耆老，莫不杂然相许，点头称是。

"同胞们，你们想过没想过，从古到今，世上塌了脊梁杆子的人为啥这样多？因为他们头顶上时时刻刻都高悬着一把鞭子。耍猴的人为啥叫猴子爬杆就爬杆？叫翻跟头就翻跟头？叫撅屁股就撅屁股？叫磕头作揖就磕头作揖？因为主人一只手牵着绳子，一只手攥着鞭子！秦始皇筑长城、建阿房宫、修骊山墓，谁人不知那些玩意，都是拿百姓的累累白骨垒起来的？他们愿意拿白骨给人筑高墙、建宫殿、修墓堆吗？没有谁愿意，但头顶上高悬着鞭子，千千万万个孟姜女只有哭的份！"

黄伯昂的宣讲扯到交筋处，场子上静了下来，大伙都竖起耳朵静心听。乡民们一边听一边想。唉！这些话，也只有从读书人口里说出来。他们活得明白，把世事看得透彻。

"时间长了，鞭子下的猴子们都给驯化了。即便有些劣倔猴子，不惧鞭子，就有人掐诀念咒，还把咒文当古董传下来，你不调教就咒你一通。这样一来，好多好多猴子都趴下了，尾巴拉下了。你们还记得记不得，民国十三年，北面山上土匪赵刚武，黑天半夜闯进上官营。桐花她娘，把十四岁的亲女子桐花抱在怀里，母女两个哭着哭着让赵刚武作践。这到底是为啥来？因为桐花她娘后颈窝里，架着一把冰冷森凉的大刀片子！今天晚上，也有一个人，曾叫日本人的大刀片子，也架在了他的后颈窝里，逼着他干出了一件猪狗都不闻的阢陧事！"

听得此话，人们又叽叽喳喳吵闹起来，都关心的是这人到底做了件咋样的阢陧事。

"要问此人到底做了件啥事，我黄伯昂棒槌掏牙缝，夯口得实在说不出。我嫌说出来臊他祖宗八辈的皮，丢他祖宗八辈的脸。更嫌臊咱五陵原的皮，丢咱五陵原的脸！如果这件阢陧事让外人知道了，也就是让洋人知道了，那可把中国人的脸抹得五麻六怪，真个就人不像人鬼不像鬼了！或许洋人把咱们瞧不到眼里，叫咱支那人，叫咱东亚病夫，问题可能就出在这里。我今天晚上点此人的天灯，就是要把他的奴油从骨头缝里熬出来、炼出来，熬干炼尽，让人的脊梁杆子挺起来，脖行犟起来，受得住鞭子抽，经得起刀子砍。有些人就喜欢把人当猴耍，当每一只猴子的骨头都硬扎起来，耍一个碰死一个，就像本人当年的那匹特勒骠，我看他还耍谁去？我看他手里的鞭子还朝谁扬！"

站在黄伯昂前面的黄天香神情亢奋，激动得脸子彤红，在汽灯的映照下甚是娇艳，不由自主地带头拍起了巴掌。群情激奋的人们血脉偾张，勃勃思动，遽然间风雨交作般闹嚷嚷拍起了巴掌。

"同胞们，不要畏惧于高悬头顶的鞭子，让别人当了你的家，做了你的主，别学那头被人牵进桩上的草驴，别叫人家想咋样奸辱就咋样奸辱！更不要为了有口肮脏的饭吃，有身污俗的兽皮可披，就像一只塌了脊梁的狗，瞧着主人的眼色、缩着耷拉的腰身、拉着扫帚星一样的尾巴屈辱地活着！同胞们，我希望吃这块地面上的粮、喝这块地面上的水的人，只要还披了张人皮，要死，就迎风站着去死！要活，就体体面面活着！我黄伯昂胯下的畜生，就是那匹一头撞死的特勒骠，比有些人活得还有风骨！"

原上有的是识文字家，但多的是半通文墨的满瓶不响半瓶哐噹，以及更多目不识丁的粗笨汉子。虽然谈不上有多少知识，但他们都爱琢磨个事儿，推叨个理儿。听黄先生这口气，虽说今天收拾的是这个狗奴才，可他念叨得更多的，好像说的是这娃咋样变成了奴才。是谁把这娃变成了奴才？是啥把这娃变成了奴才？他说的那高高悬着的鞭子，到底指的是啥？又是谁把谁当猴耍？读书人活人就是活得深沉，有话不明说，拿尾巴梢儿擦着打人呢。

到了后来，黄伯昂牛气哄哄一挥手，叫了声点火，雏大勇立马便攀着梯子，登上社火杆子，把一张破被子缠在那人身上，再拿铁丝从上到下箍了四五道，跟接生婆襁褓里裹小儿一样。那人好像在大呀妈呀呜哩哇啦叫着哭，可就是发不出多大声气，叫不清多亮字音，像是喉咙眼里塞了东西，把气门给堵住了。

有人把一只牛角递给了雏大勇。这只又粗又长又弯的牛角，是镇子上兽医老贺家的家什，平日里把它塞进牛马驴骡高高仰起的嘴里，朝牠们肚子里灌汤药。如今的牛角被人锯断了尖儿，便成了个弯弯的漏斗。雒大勇把它的小头贴近破棉被，另外一人拎着一桶桐油，朝着牛角大头慢悠悠灌将起来。随着牛角小头从上到下，从左到右，弯弯绕绕，纵横交错，跟给人挠痒痒般缓缓移动，桐油便浸湿了整个棉被，自然也就浸透了那人全身。

如是这般，打理完毕，雒大勇接过火把，朝那人脚下的破被子底沿轻轻一点，噗哗一下，旺旺的天灯便燃了起来。

高悬夜空中的天灯，像是比一盏盏汽灯与篝火光照合起来还晃眼，把个沉沉暗夜照得通天透亮。跟燃起的一根巨型蜡烛一样，烛泪涟涟，纵横交流。那沥沥洒洒、飘落下来的不是烛泪，而是奴油。

社火床子上的天灯底下，摆着一条长凳，长凳上蹾着一只香炉，香炉里竖着三支香烛。香炉两侧蹾着两根白色蜡烛。香烛之上，青烟袅袅；蜡烛顶端，火苗扑朔。黄伯昂面朝天灯，跪倒长凳一侧，额头点地，嚎啕大哭。

"嗷——嗬嗬嗬嗬……娃呀，你是我的兵，你在我手下犯了事，理当由我来处置你。我知道，我这样待你……嗷——嗬嗬嗬嗬……太……太没人性了……可我不得不这样处置你，你得的这个病……得的太深了。世上得这病的也不止你一个，奴才太多了……太多了……你这样的人多了，这个国家就没救了，这个民族就没指望了……一个没了血性的民族，没了尊严的人种，是要遭人鄙视的，是没法在世间立足的……我眼里化的是你的身，心里焚的是你的性，黄伯昂只想借你的身子，让五陵原人亮个眼，想想人该咋样活着，让我们望着前面的路，心里还有个奔头，给我们的后世子孙丢个念想，留点指望……娃呀，你要报仇，要雪恨，就变作厉鬼，冲着我一个人来！冤有头，债有主，是我把你点了天灯，与旁人无关……我黄伯昂拿一张老羊皮，换你这头血羔子！"

刘强是若水她娘娘家所在地火石寨人。当黄天香迈进位于村子最西头那处孤零零的院子，人就不由得呆了。倒塌了的院墙豁口，锯齿一样圈着两间隔墙和房顶满是窟窿的茅草房。刘强六十多岁的瞎眼老娘，正在一件瓜庵子般狭小的厨房里摸索着做饭，背靠土墙、半仰在一间茅草房脚底一张破席片上的刘强闭合双眼，打着盹儿，下半身成了光桩桩，膝盖以上的两条腿没了。

天香从她九大黄伯昂那听说刘强负伤回了陵邑县，即刻跑到伤残军人留养所，结果扑了个空。国共两党开打以后，县府拉丁拉夫、征粮征税比打日本时还来劲得多，哪里还顾得上这些废人，每月给俩钱，全都打发他们回了家。这些人里面，唯独刘强连长遭了人的白眼。县党部摸清了他的老底，说他是窝在国军队伍里的共产党。共产党的人，咋能吃国民党的皇粮？就此断了他的抚恤。

天香这才明白，党国党国，国家是党的，不是民众的。管你抗战不抗战，断腿不断腿，你是共产党的人，就吃共产党的抚恤去，国民党的钱粮不养外人。眼见得当年带着他的弟兄们舍生忘死、冲锋陷阵的抗日英雄，如今落得这般光景，黄天香的泪刷地一下，就吧嗒吧嗒流了个没断线，把自己脚背都打湿了。

刘强原本还有个哥，在十八年年馑火里饿死了，他大前些年害了痨，拖过初一，没拖过十五，到底还是死了。他老娘如今就剩下二儿子惟一一个亲人，却把两条腿丢在了战场上。他娘抱着她的断腿娃，哭了三天三夜，把眼哭瞎了。

天香知道，这个家的家当连两个响圆都不值，拿他阿公黄崇义的洋推车，推着刘连长，推车上拴着的绳子牵着他的瞎眼老娘，把那母子俩推进王官镇小学，找了间闲置的房子安顿下来。天香想，我男人黄步霄在抗日战场上丢了性命，刘强也在抗日战场上丢了双腿，我黄天香不能眼看着世道冷了英雄的心。如果刘连长在众人眼里不值钱了，那我男人把命都丢在战场上，岂不是也不值钱了？甚至死得都没有意义了？再说，是我在他们团作的战地报告，是我鼓动他们舍生忘死，英勇杀敌的，说不定他们死的死、伤的伤，都是听了我的鼓动才落得这般下场。如今刘连长连活路都没了，我不管他谁管他？

黄伯昂听得此事，把肺都气炸了，当即掏出六十个响圆，丢给他侄女，说："一朝天子一朝臣，这个国家，不是民众的国家，是党的国家。刘强是我的兵，是我派他执行任务时丢了两条腿，让他们争他们的天下去，没人养他了我来养！"

刘强他娘眼睛不好使，拆拆换换，缝缝补补，甚而连刘强的身子擦擦洗洗，都得经由黄天香一手包揽。秀女爱英雄，英雄末路，秀女黄天香没有袖手旁观，一年半之后，黄天香谢绝她大竭力劝阻，征得九大同意，跟刘强悄悄默默结了婚，连他大黄伯贤请都没请，由九大黄伯昂主持婚礼，只请亲朋好友坐在一起，吃了桌酒席。天香和她大父女二人几乎为此撕破脸面。

秋叶心里放不下她女子，更是可怜她女子。先前嫁了个男人，战场上丢了命，如今二婚又嫁了个断了两条腿的废人，她心里难受啊。当日领着她儿步斗参加了这场婚礼，捎来几床绸缎铺盖，一双玉镯，一串脖项上挂的金链子，还有百十个响圆，算是给她女子的陪房。其实这些东西都是黄伯贤亲手置办的，只是天香不听他的话，伤了他的脸，不好意思参加婚礼，可心里也丢不下她。

黄天香结婚那天，他大忙狈得陀螺似的，在警察局院子里转圈圈，心里乱得跟团麻一样。我女子咋这么可怜的，先后嫁了两个男人，咋都不顺当呢？

西北战场上，共产党跟国民党打得起火带炮，整个大西北烟散雾罩，难见日头。街头上整天过队伍，有时跟蝗虫一样，铺天盖地，席卷过来就是一大片子，国民党有马家军的马队和胡宗南的中央军，共产党有西北野战军总部人马和各大兵团。国民革命军三十一军团独立团，在龙团长率领下，于一次大战中受命于袁天才，率部反水投共，其功至伟，以至左右了那场战役的最终结局。该团如今归属在以袁天才为政委的西北野战军某兵团战斗序列。

改朝换代的最后一年夏天，天气热得穿着鞋子的大脚板，不敢朝飞烫飞烫的路面上踩。王官镇来了一支穿着棉袄的马家军骑兵团，三十六丈深的井，成了这支队伍的救命泉。人和马围着从井里搅上来的凉水，那个争呀抢呀，跟废了蜂一样，围着木桶你拖我拉，闹嚷嚷吵成一片，叫作一团。为争一口水，有人见缝插针，把头伸进别人裆里。落在后面的扯脱了前面人的裤子，亮晃晃的屁股都露了出来，亦无暇顾及。无论是人是马，此刻的水比油贵，比血缺，一口水就是一条命。

王官镇人不管姓国姓共，只要是块料，就一把尺子量，帮他们搅水饮马活人。眼睁睁看着马儿一匹一匹倒下去，精壮汉子一条一条栽跟斗，总不能见死不救。事后，骑兵团长一声令下："拆！"

拆什么？自然拆的是棉衣。原上人把马家军叫马回回。回回们自去年冬天离开老巢，转战陕西关中、豫西、晋南地面，马不停蹄，连吃的喝的都时常断顿，哪还有夏服及时供给，以至把老棉袄从十冬腊月穿到三伏天。所谓拆，拆的其实都是棉花，而尔后把掏空了的棉衣当单衣穿。团长感恩图报，想把棉衣里的棉花掏给王官镇人，答谢他们瓢饮之恩。

那拆出来的可都是白楞楞的上好棉花。王官镇人盖的被子，穿的棉袄，大多数里面装的都是些毡片一样的烂套子，要么被蹭得团成疙瘩，盖在身上像老鼠爬，要么板结得就像旱月天裂得跟娃口一样的黄泥板，冬月里穿在身上走风露气，哨哨风刮过来，冻得跟猴啃一样，哪儿还盖过、穿过这么软和的新棉花？

不曾想这一善举招来了是非，惹上了麻烦。

给马家军搅水的大多都是年轻后生，没娶媳妇，而拆棉衣掏棉花的大多都是年轻女子。再加上每家每户能抄得起剪刀、动得了针线的青壮年妇女，人数哪能搭配得那么均匀？鉴此，女人多的家户，把掏出来的棉花全都归了己有，女人少的，甚或没有可出工的女人家庭，得来的棉花自然少得可怜，甚至连一把棉花绒绒都休想摸到。

跟当年红枪会起事吃大户一模一样，一人打头，群起而应。三月三庙会会场，也是点黄步霄天灯的那个大平坝子，顿时风起云涌，电闪雷鸣般摆起战场。几乎所有人都投入了战斗，没有一个袖手旁观的。男人跟女人对起阵来，胜败自不消说，问题是毕竟从人家手里抢东西，心里落虚，有道是男不跟女斗，下手自然得掂量着点。如此以来，倒给那些女人们以可乘之机，怀里抱着一团棉花，屎巴牛滚粪蛋子一样，滚来滚去就是不松手，反倒让大男人家没了奈何。

男性中有心思灵巧者，一边与女裙钗对阵，一边趁机揪拽对方裤腰。这一招果然凑效，屡试不爽。女人们要防着当众露彩，怀里的棉花自必疏于防范，稍一松手，就叫人家一把掏了去，硬是跟被人摘去了心肝一般，只有拎着裤子，一屁股塌在地上哭的份。

团长的好意毋庸置疑，可施舍得不对路子，便引发出出乎意料的结果。士兵们图的是有个会做针线的女人，把棉衣里的累赘掏了再缝起来，别像造毛的母鸡暖蛋抱鸡娃，把老子暖蜷黄（胎死卵中）了就行。至于掏出来的棉花归了谁，他才懒得操那份闲心呢！当兵的把衣服脱给那个妇女，便缩起仅穿着内衣的身子，把裆夹起来，圪蹴在一旁涎着脸皮看，看女人们灵巧的双手，看羞得有些粉扑扑的脸子，也看凹凸有致的腰身。没想到有人引发了一场抢夺棉花的混战，这一下就热闹了，他们眼见得在地上滚蛋蛋的女人们，夏月天单薄的衣衫不时翻卷起来，收缩起来，或露出雪白的腿胫，或隐现莹润的肚腹，一时间心浮气躁，血脉偾张，勃勃思动，恨不得立马扑将上去，奋勇参战，只图咋样把那些倒地的女人狠狠揉搓一顿。

中条战事一了，回得原上的李快嘴操办了一双儿女的婚事，自家跟牛八紧接着也缔结了良缘，成就了一对半路夫妻。遇到这般难得的发财机会，这两口自必一显身手，大展其能，焉有坐视之理？别的女人丢盔弃甲，溃不成军，唯有李快嘴独擅胜场，攻无不取，此番捡了大大个便宜。牛八身旁的棉花堆子，垒得跟小山包一样，光搬运都搬运不及。此妇仍得益于她惯有的下坠战法，单朝男人致命处着家伙。每每瞅见一个男人从女人手里夺得棉花，喜气洋洋得胜还朝，便射箭一样立扑过去，倒翻在地，一只胳膊抱腿，一只胳膊上扬，一把掏了过去，一抓一准，从无失手。每至于此，但闻那些男人嘶声哇气，吱妈连天嚎叫道："哎呦——我的活先人，你把我那里松开，棉花我不要了！"

从他婆娘手里搬运棉花的牛八又喜又恼，喜的是今日捡了个大便宜，恼的是他婆娘的手段让他太得嫉恨。这贼婆娘，咋跟掏雀雀一样，把王官镇男人一个挨一个往完里掏！她到底是抢棉花呢，还是过手瘾呢？

但闻砰砰砰三声脆响。这事惹恼了狂人黄伯昂，抽出腰里的左轮手枪，冲空里放了三响。散散落落围绕在大平坝子周围的大批骑兵马队，还以为解放军打过来了，几乎半裸着身子提枪上马，现场气氛即刻紧张起来。马家军跟解放军这阵子在这地方打将起来，那还了得？抢夺棉花的男男女女心头一紧，纷纷住手，一个个呆头呆脑，四处观望起来。

天下熙熙，皆为利来；天下攘攘，皆为利往。黄伯昂这一回算是把这些人看清了。为了一点蝇头小利，世人咋争破卵子见黄水着整事呢？此刻，他提着冒烟的手枪，登上那座戏台子，冲着台下咧眉瞪眼，大呼小叫。

"你们这些贪拾便宜的眼见小，争吃争喝的可怜虫，都给我听好了！你们争的是啥？抢的是啥？你们争的抢的这些东西，它是从哪儿来的？你们知道不知道！争天下、抢江山的这一仗打下来，这层地面上不知又要死多少人！我们的祖国，祖先留给我们的这个国，如今还在难中，你们还有心思为了这点国难财争得起火带炮，打得头破血流？你们眼里除了这点棉花还有啥？你们除了知道肚子饱身子暖还知道啥？可怜啦！我可怜的乡里乡党！"

说到这里，黄伯昂显出痛心疾首的样子，闭着眼睛，把个脑袋摇得跟拨浪鼓一样。继而，他瞪着眼睛朝场外的马家军扫视了一圈。

"你们这些当兵的，除了看热闹，还能不能找点事情做！"

台下的骑兵团长不悦意了，一手叉在腰里，一手提着马鞭，朝台子上扫了一眼。"这谁呀？是个虼蚤就想蹦跳蹦跳，也不知从哪个裤裆钻出来的！"

前年把大营扎在西省的胡宗南，还给黄先生下过帖子，叫他一把撕了。上个月西北野战军总部路经五陵原，听说有个大首长要来拜访，黄先生躲进谢家别院的瓜庵子，主动避了。你个马家军骑兵团团长算个屁，竟敢跑到原上黄先生跟前撒歪！一旁的雒大勇一看事色不对，悄悄凑上前去，对那位团长耳语说："老总，他是当年中条山抗日英雄，当过西北军三十一军团独立团团长，就是那个大清国陕西末科头名举人黄伯昂黄先生。"

听得此话，骑兵团长的一张脸顿时变得煞白煞白，急忙把手中马鞭擩戳给近旁一个当兵的，疾步直趋戏台台口，身板子挺得笔直，右脚跟朝左脚跟砰地一磕，朝黄伯昂恭恭敬敬行了个军礼。

"黄先生，鄙人有眼无珠，不知道此地是您仙乡，更不知道有缘与您幸会。兄弟们多有冒犯，鄙人也有失礼之处，还望先生海涵。您有何吩咐，尽管道来。"

"唉！也没啥太劳神你们的。成物不可损，既然心存善意，想把这些棉花留给王官镇的穷苦百姓，也属好事一桩。那就相烦当兵的把它们全都收拢起来，按人头分发给全镇乡民，别再让他们争了抢了。这样不但伤了情分，也坏了乡俗。"黄伯昂意兴索然，凄切言道。

"黄先生，鄙人谨遵训示，一定照您吩咐，把这件事办好！"

骑兵团长一声令下，全团人马闻风而动，把已经拆除出来的棉花全都集中起来。背着大枪的粮子动了手，男男女女，大都顺顺当当地交出了棉花，便没几个人敢拧刺了。可就是有个霸道的角儿，蛤蟆一样摊开四肢，爬在她所抢夺的棉花堆子上不挪窝。做得出这事的，除了李快嘴，还有何人？

"我说亲家，你咋满肚子都是些花花肠子！你不说话谁把你当哑巴不成？嘴皮子实在咬（痒）得撑不住了，就呲到茅坑的喔石头上泚泚（磨擦磨擦）去！"李快嘴爬在棉花堆子上，偏着脑袋朝她亲家一阵叫骂。

李快嘴自持是黄伯昂他儿袁天才的养母，吐出的话儿甚是尖损。

这一回还真把黄伯昂给逗毛了，一霎间狂性大发，就手从一个粮子肩头扯下一杆马枪，倒提着朝李快嘴抡了过去。枪托子拍击在李快嘴大屁股上，砰然有声，分外响亮，惹得当兵的跟乡民们拍手叫好，闹成一片，乐成一团。

李快嘴搂着屁股前面飞跑，黄伯昂倒提枪托后面紧追。

"我把你个贼婆娘的臭屁股，今天不拍成八札子，我把黄字颠倒写！"

"哎呦——我把你个黄老贼！你狗×还真下了狠手……"

第四十九章　纪念碑倒了

跟风卷残云一样，老蒋数百万军队没招打，仅仅三年时间，被共产党的队伍一鞭赶，呼噜倒腾揭瓦到台湾去了。五陵黄家一门的黄步蟾，以上校旅长身份，领着他的队伍跟老蒋跑了。

袁天才所在兵团大军卷过泾河的前五天，黄伯贤就把陵邑县警察队伍响应陕甘宁边区政府《告国民党军警宪特书》号召，准备开城迎降解放军的情报，通过雒大勇地下交通站转达了出去。解放军进占陵邑县兵不血刃，跟回自己老家一样。警察把县长吴云灿扣押起来，还缴了驻县保安联防队五六十人的械。

大军进城的那一天，王官镇小学校长黄天香带领数名男女教员，赶赴县城，与全县文化、教育、工商等各界人士及市民百姓们一起，或手执彩旗夹道欢迎摇旗呐喊，或舞动红绸子扭起秧歌舞欢庆陵邑人民翻身得解放，真个是群情激奋，民气高昂，拉开了一道改朝换代的历史大幕。从今而后，一个没有贫富差别，没有剥削压迫，人民当家作主，大伙都能过上平等、民主、自由的幸福生活，随着新中国的诞生而降临了。

牛八从县城回来，几乎高兴得都要弊跳起来了，抱着正在纺线的李快嘴，朝消尽了昔日亮色的老脸嘬了一口，"我说贼婆娘，不得了！简直不得了！改朝换代了，共产党坐了北京城。你就等着吧，从今往后，百姓有享不尽的福，福分非把咱这层人烧死不可！"

李快嘴一脚把他男人蹬了个仰绊，"烧腾你老娘个脚后跟！拾到笼笼才是馍，吃到口里才算数！哪里凉快，你先给老娘哪里歇着去！"

这天，黄伯昂一人躲进王官镇醉八仙酒楼，孤零零坐在靠墙角儿的一张八仙桌上，望着楼外石头旗杆上高悬的酒帘儿，像是又换上了一道粉扑扑的颜色。此人闲适地观望着楼外景致，把双眼瞅定在那面粉扑扑的新招牌上，专等着品品着这家老字号酒楼的菜肴酒水，看看有无新一点的好货色……

黄伯贤没有从新生的政权那捞到多大好处。不知决策者对投了过来的陵邑警局一班人马持何态度，反正解了他伪局长的职，委任黄伯贤做了本县解放后首任法院院长。这与他接任县长的既定设想相去甚远。此人为这事伤了脑筋，从此落下个头昏脑胀、心慌气短的毛病，且一天比一天沉了起来。

这天的课堂上，黄天香给小学生们领读的课文是一首古诗，名叫《闻官军收复河南河北》，读到却看妻子愁何在，漫卷诗书喜欲狂时，脸上眉飞色舞，心里格外滋润。有个学生问，诗里面说的妻子，是不是杜甫他婆娘，天香回答说，这里的妻子，指的是诗人的老伴跟儿子。当老师的就此生发出诸多联想。这些天，我跟我娃刘宝利，不也高兴得跟疯了一样。我宝利他大既是抗日战场上下来的残废军人，又是地下共产党。三十年河东，三十年河西；山不转水转，水不转人转。你国民党不认我男人的账，离了你国民党这块狗肉还不上席面了！此处不留爷，自有留爷处。如今共产党得了天下，我男人吃抚恤吃得情通理顺，吃得心安理得，才懒得吃你们的眼角食呢！

那是个阳光明媚的春日，马路一侧，谁家地头上的桃梨之花，开得如火如荼。黄天香把五岁的宝利托付给住在镇子上老屋里的娘，让兄弟步斗引着他去耍，自己推着那辆洋推车，把她男人刘强一路推进县城。她要去县政府民政科，给她男人领取残废军人荣誉证书，办理抚恤金发放手续。

这一行，黄天香两头扑了空。一位工作人员说，你男人也许真的在抗日战场上丢了腿，但他是国民党队伍里的人。我们的抚恤金发放对象，只发给人民军队里的伤残军人。陵邑县伤残军人花名册上，没有你男人的名字。

黄天香听得这话，当时就傻了般僵在那里。

思索半晌，天香又扯起另一个话题。我男人是国民党队伍里的人，可他是跟日本人打仗时负的伤，丢的腿，又不是跟解放军打仗负的伤，丢的腿，为啥不能发给他抚恤金？工作人员说。管他干啥负的伤，丢的腿，他总归是国民党队伍里的人。他如今人在大陆，不在台湾。如果在台湾，自然有人领给他荣誉证，发给他抚恤金。

这话就跟被人脱得光不溜溜丢进冰窖里，一下子冷了黄天香的心，当时就气得身子啪剌剌地直打颤。这样的话，她在国民党当政的民政科也听过。

"那好！我今天不跟你说，我男人是那个党的队伍里的人，我只跟你说，我男人虽然穿的国民党的衣，吃的国民党的饭，可他人在曹营心在汉，本来就是混在国民党队伍里的地下党。你说，他该不该发荣誉证，该不该领抚恤金？"言至于此，黄天香瞪着眼睛，拍了一把工作人员面前的桌子。

"哦！那你咋不说清楚？如果是这样的话，理所当然要承认。赶快去县委组织部，把他的档案调出来，开个证明，我马上给他补办手续。"听得这话，工作人员面色温和了些。

黄天香总算吃了个定心丸，马不停蹄，把她男人又推到县委组织部。工作人员是个女性，很客气，很耐心，翻阅了大量卷宗，甚是歉然地言道，阿姨，实在对不住。陵邑县地下党花名册中，没有你男人的名字。黄天香又让人当头扪了一闷棍，有点天旋地转，立脚不稳。

"妹子……我男人……我男人……"黄天香还没说出她男人究竟如何，眼泪水就滚豆豆似的洒落下来。"我男人确实是地下党……他所在的西北军独立团，在解放战争中投了共产党。那支队伍里的好些地下党，都可以给他作证。"

"阿姨，我给你出个主意，指条路子。这是件大事，你一定得破出功夫去办。据我了解，我党在兵运工作中，打入西北军的地下党很多，你男人很可能就是其中之一。只因为他抗战时负了伤，回到咱原上这些年来，脱离了组织关系。我建议你到西省走一回，通过省委组织部门，先查清你男人从事地下工作时，是哪一位领导、在什么时候安插他到哪个国民党军队里的，让他们出个证明。再到你男人以前所在的那个部队，也就是起义后的队伍里找当年的地下党，以个人名义也给他出个证明，最少也要有三人，证明他受组织委派，确属是潜入西北军从事兵运活动的中共地下党。那么，你男人的事就好办了。"

此后的黄天香为了此事，开始了长达两年多的持续奔波，未能理出个头绪，落得个满意结果。刘强是经由岳先生安插进西北军中的最后一批人员，时当抗日民族统一战线刚刚建立，地下党组织并未转向公开。一天，岳先生在西省尚德门附近的住所被军统特务盯上了。岳先生不怕被人抓着去，国共两党如今都成了一家人，在一口锅里一只勺把子舀饭吃，通过十八集团军驻西安办事处，只要亮明身份，他们也得乖乖放人，但一些绝密文件不能让他们抄着去。比如最后一批潜入西北军的兵运人员名单，一旦落入国民党手里，麻烦可就大了。抗日民族统一战线都建立了，你把你的人还安插在我的队伍想干啥？这个恶名岳先生背不起，结果把那份名单给烧了。

后来，岳先生仅仅记得的几个人，把他们都分别指了出来，可刘强这个人，岳先生实在没一点印象了。

黄天香还上了次北京，找到了她男人所在的那支起义部队。当年的地下党、后来的赵良栋团长战死在上党一役，宋士魁上了朝鲜战场。剩下的一个地下党，就是袁天才、赵良栋发展的龙二少爷龙副师长，居然成了反贼，不知因何事携枪出逃，被当地公安及武装警察击毙在十三陵附近的一处高粱地里。

先是丢了校长的位子，后来又丢了教书的饭碗，在王官镇种起庄稼的黄天香，成了地地道道的现行反革命，不是因为她箩筐里背着她那个断了两条腿的男人，把他倒给县政府民政科要饭吃，而是嘴里瞎说白道，骂的那话极其反动。说的那话、骂的那话反动的原因，是因为立在陵邑县南河堤坎会场上的那座纪念碑被人推倒了。那座陵邑县抗日阵亡将士纪念碑上，有她男人黄步霄的名字，而且排在所有死者姓名的最前头，那个刻在石头上的云麾勋章，就是她男人荣获的。除了她男人的名字，上面还刻着少将旅长黄伯臣的名字。黄天香把黄伯臣叫十大，她一向很崇拜她这个十大。黄门伯字辈排行中，黄伯昂为老九，黄伯臣为老十。

新中国大地上，共产党当政的天下，怎么能竖起一座刻着青天白日徽章的纪念碑？这不是为国民党树碑立传吗？五十年代、六十年代出生的娃儿们，从学堂里、书本上只知道抗战胜利后，躲在峨眉山的老蒋跑下山来摘胜利果实，国民党的军队怎么会抗日？又怎么会死了这么多人？

　　纪念碑被掀倒后给拦腰绊断了。把它往哪儿搁呢？它也许算个文物或者古董，就运到县文化馆去吧。文化馆的领导和干部讨论来讨论去，为它到底是文物不是文物争执不休。最后，认为不是文物的占了上风。从此，两个半截子石头礅礅，就躺倒在文物楼背后的荒草地里。一度文化馆修厕所，有人建议，把那两节石头礅礅逗作一处，铺在厕所门口的台沿上，下雨天上厕所时脚底子上不沾泥，倒也算是物尽其用。结果叫馆里的文学干部臭骂了一通。他叫骂说，好么！你们谁爱铺，尽管铺好了！狗×的脚踏在那上面，身上不起鸡皮疙瘩、晚上不做恶梦、半夜鬼不敲门才是怪事！

　　第一次来文化馆，见得那两个半截子埋在草丛中的石头礅礅旁，一只黑猫、一只白猫跟鳖瞅蛋一样，对着眼儿在咬春，叫得嘶声哇气，跟谁把它娘老子的墓堆掏了一样。黄天香汪汤汪水哭了一场。第二次来文化馆，见一条没人要了的野狗，翘起一条后腿，把一脬热尿冲在一截石头礅礅的人名字上，黄天香又汪汤汪水哭了一场。后来每次来到文化馆，都要汪汤汪水哭了一场。时间长了，不免引起他人的揣测与议论。谁家屋里喔个女人，整天钻到文物楼背后草窝里呋啥呢？是不是得神经病了？馆长正在谋食当文化局局长的事，他的领地隔三差五蹿进来个疯女人，钻到没人处，跟哭丧一样，动不动汪汤汪水哭一场，这成了啥事？馆长吩咐门卫郑老汉，以后不要叫喔个疯女人窜来窜去了，把她挡在门外面，少叫她进馆！

　　黄天香给她九大说，你侄女的男人领得上证也好，领不上证也好；吃得上抚恤也好，吃不上抚恤也好，我都不啜气。只要有我一口汤喝，就有他吃的一口稀饭。我啜气的是把人的脸当屁股呢！我男人跟日本人拼命丢了命，如今叫人这样辱贱，这不是跟挖了他的坟一样嘛？我是他婆娘，这是辱贱他呢，也是在打我黄天香的脸呢！我咽不下这口气，只要我活着，我就要找上面的人评评这个理！有时我心里恶气攻上来，还不如叫我男人跟所有抗日的人当初不抗日，叫日本人杀进来，把这层瞎怂杀光杀净！

　　黄天香当着她九大的面，能把这话说出来，可见她三天两头找乡上的领导，找县上的领导，找行署的领导，还能说出好听的话来？判她个现行反革命算轻饶了她。

　　黄伯昂口上没说，心里却想，娃呀，你这是在寻死呢！我天香娃一生最大的悲哀，就是为一个没有尊严的人维护尊严。

黄伯昂跟天香的第二个男人刘强，到底没有把她先房男人黄步霄叛国真相告诉她。他们两人知道，对黄天香而言，不知道真相，再难再苦她还能咬着牙活下去。一旦知道了真相，她很可能就挺不起桶子了。

新生政权为了扫除国民党残余、流窜各地的土匪、地方恶霸、反革命分子一应人等，单陵邑县就搜罗了一百七十六人，把他们拉到城南戏楼子上宣了判，镇了反。黄天香自然也在其中。

这些人都是公安局一手抓的，但执行时须得法院倒个手脚。当法院院长在布告上按刻着他高姓大名的红头大印时，按到第十三个人，竟然按到了他女子黄天香头上。布告上的姓名、性别、年龄、籍贯及一应罪行写得清清楚楚。照片虽然有些模糊，但还不至于她大连他女子都认不出来。

出溜一下，黄伯贤从法院院长的位子上溜了下去，一直溜到地面上，再也没爬起来。黄伯贤中了风。他头晕心慌的毛病发作得越来越频繁，越来越厉害。从开城迎降解放军、坐上法院院长位子算起，不到两年半时间就一命呜呼了。

第五十章　还乡

　　袁天才解放后第一次回乡，是朝鲜战事结束后的第二年，领着婆娘袁冰兰跟一儿一女两个娃，坐着一辆启明泛光的红旗牌屎巴牛专车，前面有警车开道，后面还有几辆警车护送，穿过王官镇街头维持秩序的两排警察，浩浩荡荡回到了黄家门前。

　　黄伯昂坐在头门正中央的一只矮脚板凳上，抱着那把紫砂壶，正在吱溜吱溜品着泡有沙果树叶子的茶水，没让袁天才两口进门，只是摸了摸他孙子黄耀武跟孙女黄绮丽的头，眼泪巴碴的，就是不肯抬屁股挪地方把路让出来。黄耀武、黄绮丽兄妹俩没有跟着他大姓袁，归了黄家本门姓氏。

　　佩瑶急了，大声大气禁断（呵斥）她男人。

　　"你咋老糊涂了呢！娃跟媳妇十多年，都跟你这个当老子的没照面了，好心好意从京城赶回来看你，你把娃挡在门外面做啥呢？"

　　黄伯昂把在京城里做了大官的儿堵在街头，硬是不准跷他家门槛，这场好戏不看，五陵原上还有啥热闹可瞧？袁天才富贵还乡的车队，本来就倾动了王官镇，他大紧接着又来了这一手，你说这叫人心里烧的怎么凉得下来？人都快把黄家院墙挤塌了。

　　他婆娘佩瑶一番话，也是大家伙儿心里想的、张口要问的。这老争伀（二杆子）把他娃堵在街上，不准进门做啥呢？他娃做了这么大的官，只怕八抬大轿抬都不容易抬回来。人家好心好意回来看他，把他烧得凉不下了，还不准娃进门，这到底是啥意思？这人咋动不动就做些冷不唧唧的事呢？

黄伯昂貌似谁也不看，自说自话，偶尔吱溜吱溜咂一口苦得发涩的沙果树叶子茶水，然吐出的每一句话，都跟刀子一样，直扎有个人的心。当然了，此人除了袁天才，再没别人。锣鼓听声，说话听音，镇子上的人，没有谁不把耳朵竖得跟驴一样，偏起脑袋侧着听，听黄伯昂说出的话是个啥味气。

"富贵不归故乡，如衣锦夜行啊！清风徐来，丽日当头，今日个天气不错，正是时候！"黄伯昂朝天上瞅了一眼，先是撇出了这样一句凉腔，接着又咂了口树叶子茶。

"想当年，我爷黄琪葆位列朝班，荣归故里，他摆出的那队仪仗逊色多了，身子后面才跟了几个扈从？唉！可惜他身为封建士大夫，把官都做到那个位份上了，咋就不知道在乡党面前显摆显摆！"

听得此话，乡民们才隐约悟出了缘由。嗷！这老崽娃原来嫌陪在他娃身边的人多了，嫌他娃在乡党面前有些张扬。你娃做了那么大的官，咋能跟咱这些平头百姓一样呢？人家人多尊贵？命多值钱？出门没有一群下人陪着还行？身边没有一群刀刀枪枪护着还行？这老争怂咋就跟别人想的不一样呢？

黄伯昂跟别人想的不一样，话跟别人说的更不一样，难听的还在后头。"王官镇今日个好热闹！好像是有贵人还乡了，咋没见打头的鸣锣开道人、走在前面的肃静回避牌、左右两边的青龙白虎旗呢？还有身子后面的孔雀扇、头上遮阳的玄武幢、敲敲打打的羽葆鼓、随行护驾的乌鞘鞭、轰轰隆隆的白鹭青鸾双色车，都跑到哪里去了？要是把故宫里那套卤簿配上，以壮行色，岂不就更威风了！"

黄伯昂的话越说越难听，对面的袁天才越听越别扭，就像衣缝里钻满了难以计数、圆咕噜噜的虱子，在贴着肉皮蠢蠢蠕动，只觉得浑身都不自在。

"大，您的教导……我记住了。"

"娃把话都回了，还不赶快挪个窝，跟门神一样，蹲在这做啥呢！"

佩瑶见机而行，把她男人歪（训斥）了几句，拖着他的胳膊，意欲将其拖拽一旁，让出道来。黄伯昂给了个不理不睬，胳膊一抡，就把他婆娘拨到了一边，另一只手上的紫砂壶噔地朝脚下一蹾，把一对气鼓鼓的眼睛翻向佩瑶。

"在老子眼里，乌龟王八一丘样，屁股底下的板凳一般高，谁也别想拿他的乌纱翅翅在我眼前忽闪！要进黄家门，就请他抬起一条腿，从我头顶上蹾过去！"

黄伯昂把话说死了，黄家的门自然也就进不去了。

从北京城里捎回来的铁观音、碧螺春、西湖龙井，哪怕受了潮，发了霉，黄伯昂的紫砂壶里依旧泡着又苦又涩的沙果树叶子。一盒盒名贵糕点就更可惜了，佩瑶舍不得吃，老给他男人留着。可她男人连瞅都不瞅，闻都不闻，依旧端着一小碟拿盐跟醋搅和起来的辣面子，圪蹴在街头的老碗会场，就着干狗屎一样又黑又硬的糜面馍吃。她怕老鼠吃了，把糕点封封悬在空中，老鼠还是从绳子上溜了下去，把启明泛光的糕点封封能咬得窟窿眼睛，点心渣渣落了一地。

佩瑶坐在草盆上，拍着大腿面子汪天大哭。

"哎——我男人一辈子咋这么可怜呢……呜——呜呜呜呜……"

袁天才第二次回乡，是在闹过了三年饥荒之后。跟民国十八年年馑一样，这一回也是三年，不同的是这三年一没天旱，二没雨涝，居然出现了骇人的饥荒。这一回，袁天才引着婆娘娃，悄悄默默坐火车回的家，陵邑县从上到下谁都没惊动，可还是被他大堵在了门外面，没让进门。

"大，您这是又咋了？"袁天才愁眉苦脸地问。

"我没咋。我倒要问问，你咋了？"

"大，您有话明说。是你娃的错，你娃自己揽着。"

"喔是个啥？"黄伯昂指着他家门前老槐树上拴着的一头奶羊问他娃。

这头奶羊，是佩瑶为她男人养的。家里少吃没喝，她男人营养跟不上，走路脚下老打绊子。她每天早上挤一碗羊奶，分两次给她男人熬着喝。

"大，那是一只羊。"

"哦。我还以为你眼瞎了，连羊都认不出来了！可我偏说牠是一只狗！有些人能指鹿为马，我为啥不能指羊为狗？"

袁天才这才明白，他大的直接指向是庐山上发生的那件事。他大在揭他心上那块令他终生都引以为耻辱的伤疤。即便在那次会议上，缄默的又不是他一个，那是一次在真相面前的集体缄默。一想起庐山，袁天才就想起他童年时经见过的福旺叔手中那杆鞭子。如今的福旺已亡故多年，可他手中那杆鞭子的锐响，至今仍萦绕于有些人的耳畔。

"我黄家的门，永远不会开给睁着眼睛说瞎话的人，更不会开给塌了脊梁杆子的人！"

连门都不让进，袁天才就更无从实现接他大进北京城享几天清福的心愿了。黄伯昂请都请不动，可有些人，人家即便不请也欺着欺着朝北京城里扑。这除了李快嘴，还能有谁？

牛八跟着李快嘴搭了个顺风船。他说，老子能去北京城逛荡一回，这辈子再咋都值了！

李快嘴才不客气，在儿子兼女婿面前气长得很，出门坐专车，进门吃酒席，北京城哪里热闹哪里钻，别人看得到的老娘要看，别人看不到的老娘也要看。无论是天安门上的楼亭，叫孟姜女哭塌了的长城，皇家拜天祭地的石坛，皇帝老儿巡游的景山，一院挨一院的王爷家园，一座接一座的皇家陵墓，给洋鬼子烧得横七竖八的乱石滩，皇王爷上朝理事屁股底下坐的金殿殿，皇王爷的婆娘们住的三宫六院院，你得陪着老娘一处接一处游，还得给老娘一处接一处讲。讲啥呢？讲古传呀！讲皇王爷把哪个婆娘打进了冷宫，讲皇王爷哪个婆娘跳的哪一口井。

有一天，故宫里接待外国元首，闲杂人等靠边站。李快嘴就想，不让别人进去，袁天才他娘来了，我就不信，看谁还不准她进去？果然，眼见得她娃的跟班（秘书），跟皇宫里一个管事的悄悄叨咕了几句，结果那人把她娃跟她从另一道门引了进去。就此一事，李快嘴回到原上，逢人就讲，我天才娃进皇宫，就跟进了自家院子一样。那些下人见了他，连颠带跑，屁股后面都长着眼呢。那天皇宫里来了个洋鬼子头头，天王老子都不准进，那么大个皇宫，鸦雀无声，连一只鸟鸟都飞不进去。管事的听说我天才娃陪他娘到了，二话没说，专门开了一道门，把我娘儿俩迎了进去！

故宫之行，李快嘴还干了件大大引以为幸的事。到得坤宁宫，听说那是正宫娘娘住的地方，也不知是为啥心里起了窍，李快嘴犟着硬要到那副铺锦叠翠的凤榻上坐坐，这还真叫袁天才作了难。宫殿里面是不容许外人进出的，观者只可户外隔着门窗观瞻一番。好在那天一无外人，秘书跟那位坐班的小女孩说了说，李快嘴跟贼盯出路一样，还真溜进了坤宁宫。她先是伸出一只手臂，战战兢兢朝榻面上摸了一把。而后，但见她稍稍拧转身子，把一副大屁股款款移向榻面，雌偎（犹豫）了半晌，也不知心里是咋想的，竟然没塌下去。

门口那位坐班的女孩，把一只指头含在嘴唇上，斜觑着李快嘴怪怪地笑。袁天才也隔着窗户，望着他娘微微地笑。我娘受了大半辈子苦，把我跟冰兰拉扯大实在不容易。如今有这点便利条件，就满足一下她老人家的虚荣心，也算是多多少少为娘尽了一点孝心。

这本来是李快嘴回到原上，须得大张旗鼓炫耀的一件事。她说，老娘这辈子值了！别人问她，咋样这辈子就值了？

"老娘都上了皇王爷的龙……"

李快嘴一个床字还没吐出口，咋就觉得这话怪怪的，不对了味气。正宫娘娘的凤榻，自然也是皇王爷的龙床。那是人家娘娘歇息的地方，我上去算是咋回事？她把莫大的遗憾憋在肚子里，硬是没把她上了龙床的事叫出声。

还有心有余憾的一件事，就是隔着玻璃，只是看见皇王爷几个婆娘缀着珍珠玛瑙的凤冠霞帔，可就是没能戴在头上试一试。不过后来李快嘴也想通了，并不为此留下太多遗憾。按我天才娃如今的位位，他娘我至多封个诰命夫人，跟人家正宫娘娘的位份还差得远呢，我咋配得上戴人家的凤冠？没有金刚钻，不揽瓷器罐。我的福分没到那一步，戴上了它，非把我烧死不可！

李快嘴从北京回到原上，不到一个月就死了。她家对门一个远房侄子是个穷汉娃，新庄基上盖了一间厦子房，不知是地基不牢还是墙砌得走了窍，山墙一连倒了两次。当山墙第三次砌起来，就在搭檩贯椽时，有人拎起线锤一照，发现又朝外斜了一点点。当一件事反反复复发生时，就未免有点诡异了。因为诡异，原上人就由不得往邪处想。是不是这墙根脚底下有些不净斑？所谓根脚底下不净斑，说的是那地方埋的有死人骨头，或者往年那里死过人之类的污俗事情。就像谁家那间屋子吊死过人，大家就说那屋里不净斑，一般是再也不会有人去住的。

这事惹恼了前来帮忙的李快嘴。但见她提了两个面捶头，出得灶火，解下围在腰上的裙帘，胡乱弹了弹浑身的烟尘，冲着山墙一翻眼，朗声叫道："都是怪事出来了！到底是个啥不调教的东西在这胡拧刺呢！我偏不信这个邪，你们都给我避远些，我就不信老娘把它镇不住！我叫它再往下塌！叫它塌个样子试试看！"

言之已毕，噗嗒一声，李快嘴大屁股一轮，直戳戳坐在了山墙底下。大伙这才明白，她这是在效仿当年被朝廷封了诰命夫人的黄琪葆他婆娘。原上没有人不知道，当年黄琪葆位极二品督宪，大兴土木，有一堵墙打起了三次，倒塌了三次。原来墙根底下埋了个多少年前屈死了的死人一具干骨头。黄琪葆坐在墙东边，墙朝西边塌；黄琪葆坐在墙西边，墙朝东边塌，就是不敢塌向人家督宪大人的尊身。当墙第三次打起来后，督宪大人身着二品朝服，脑门上扣着花翎顶戴，他婆娘穿戴诰命夫人凤冠霞帔，墙东坐着二品督宪，墙西坐着诰命夫人。我叫你塌，有本事就朝我夫妻俩身上塌，把我夫妻俩呜呼（埋葬）到墙底下，才算你的本事！

结果墙还是塌了。只是既没敢朝东塌，也没敢朝西塌，竟直戳戳坐滑了下来，溜到地面上的土，连人家夫妻俩的脚尖尖都没敢沾。鉴此，原上人得出一个结论，人的权势与位份一旦达到一定高度，别说是人，就是鬼神也得避让三分。

李快嘴从北京回来后，王官镇的人说起她或者当面遇见她，对她的称呼全都改了口。年长的以往叫她大头媳妇，如今叫她袁家媳妇；年龄相当的以往叫她大头嫂，如今叫她袁嫂；年纪轻的以往叫她快嘴姨，如今叫她袁姨；小娃们以往叫她快嘴婆，如今叫她袁婆；还有一些识文字家，如今叫她袁家太夫人。归根到底，都是因为北京城里她娃姓袁。

大伙就想，虽说如今世事变了，只不过换了个叫法。谁坐了北京城天下就是谁的，袁家太夫人虽说没了大清国那阵子的封号，可他娃做了那么大的官，封个诰命夫人还不绰绰有余？如今的她，实际上就是个不叫诰命夫人的诰命夫人。人家的位份到那儿去了，这是的的确确的事实，谁也不可否认。

今天，就凭袁家太夫人的位份，说不定还真能把邪给镇住。有个领头的泥水匠便大声发了话。快！加紧贯椽，叫太夫人先把邪镇住！只要搭上檩，贯了椽，把山墙拉住就倒不了了！

于是乎搭檩的搭檩，贯椽的贯椽，大家就紧锣密鼓地忙活起来。

　　不曾想哗啦一下，山墙还是倒了下去，把李快嘴呜呼在山墙底下。当大家把她从烂胡基块子里刨出来，七窍全都出了血，不过还有一口气丝丝。李快嘴说："装下的不像，学下的走样啊！我耍得太大了，把自己没认清。当年的谢家千金大小姐，人家才是正主儿……"

　　数年后，全国掀起一场文化大革命。破四旧立四新运动中，除了焚烧藏书史料、名人字画，捣毁牌坊石碑、神佛塑像，收缴梨园行头、禁演古装戏曲等等，封建士大夫黄琪葆的墓葬亦未能幸免。只是未等红卫兵手中的镢头扎（竖）起来，黄家人自己先动了手。他们就想，反正祖先的墓堆保不住了，那里面肯定埋的有值钱的东西，听老一辈人说，光老先人口里噙的那颗珠子，就能在西省开一座钱庄。与其让别人刨了去，还不如自己动手，破除四旧，先从自家的祖坟破起，在运动中反倒显得积极带头，也就没别人说的二话了。

　　黄家后人里面，掘老先人墓堆的带头人非黄步斗莫属。一则黄步斗是黄琪葆重孙辈中的嫡系真传。二则另外一个重孙、也就是黄步斗的伯叔兄长袁天才，从小让旁门外姓抱养了去。黄步斗就想，你给袁家上了门，成了袁家一口人，凭啥来刨我黄家老祖宗的坟？再说，人家在京城做了那么大的官，要刨也用不着亲自动手，有兄弟我替他刨就是了。至于他那个儿子、也就是我老爷黄琪葆的玄孙黄耀武，听说是个红卫兵头儿，正带着一帮人在北京城里破四旧，咋能跑到老家原上来插一杠子？三则嘛，就要说到黄家我二爷黄崇义那一支了，虽然都是黄家的后人，可他们不是我亲老爷黄琪葆的后人，根本没资格插手。再说，那一支除了老地主黄伯朝，原上就再没后人了。老二黄伯臣的独生子黄步蟾，在台湾当了国民党的将军，听说他也有个娃叫黄耀文，他们父子俩总不会从台湾跑回来插一杠子吧？他们早都成了公安局的内控对象，只要敢回来，人家等着他们自投罗网呢！第四条理由，也是最重要的一个原因，黄步斗他大死了以后，他跟他秋叶老娘日子过得实在可怜，如今眼睁睁活不下去了，得指望老先人墓堆里的珍藏救救急。

　　黄步斗拉上他外甥、也就是他姐黄天香的儿子刘宝利，还雇请了镇子上一帮二流子，掘开了他老爷黄琪葆的大墓。奇怪的是那副雄阔的棺椁近旁，竟躺了一副畜生的干骨头架子。有人说是只羊，有人说是头猪，还有人说是条狗。不管是羊是猪是狗，黄步斗不关心这些，他关心的是棺椁里面的藏物。

黑堂是拿青砖跟石条箍起来的，用糯米汁和成的黄胶泥灌的缝，严实得大锤都擂不开，尽管早年破了顶，进了水，可厚实的棺椁密不透气，尸体保存得相对完好。黄步斗急于探究他老爷口中虚实，揪着那绺一拃多长的胡须，朝下一拽，结果口没张开，却撕落了下巴颌上一整块肉皮。而后伸出指头去掏，果然掏出一颗亮晶晶的珠子。

黄家后人挖了自家的祖坟，这在原上人看来，非但犯了大忌，且是十恶不赦的一件事。可是，并没有人怎么斜着眼睛看黄家那个后人，因为原上被挖了祖坟的并非只此一家，他自己不挖，也得被别人挖了。连陵邑县的孔庙都拆了，孔庙前的照壁都给推倒了，他黄家的祖坟算个啥？

掏出来的两副逗在一起的石头墩子，明得跟镜儿一样，上面刻的是墓志铭，黄步斗跟刘宝利一家分了一块，做了捶布石。两根四棱见线石头楹联，也一家分了一根。黄步斗家分去的那一根，埋在头门底下，驮着两尊门钻窝（户枢）石头，其上的文字是茔后青山独钟秀。分给刘宝利的那一根，被横起来架在猪圈的门墙上，其上的文字是堂前绿水绕长明。黄步斗请了三个木匠，把那副雄阔的棺椁拆成一片一片，重新打造了四口棺材，拉到咸阳卖给了别人。墓葬的底摊叫外人掏了石头掏砖头，已经弄得一片狼藉，没法再埋人了。黄步斗没舍得让他老先人睡棺材，只是把尸体用席子卷了，埋在了镇子北面大壕里的坡坎底下。后来有人看见，尸身叫野狗刨了出来，撕扯得四五零散。

真正值大钱的东西，是黄琪葆口里掏出来的那颗珠子，可惜在西省书院门古董黑市上，让人不觉不意掉了包，变成了个弹球模样启明泛光的东西。自此，当年秦瞎子掐定做枢密的材料，竟然穷愁潦倒，娶不起媳妇，给北面山上一户赵姓人家上了门。

黄步斗养了四箱蜂，前半辈子主要经济来源也就指望着它。奇诡的是再想多养几箱，总是发展不起来。眼看第五箱第六箱就要壮大起来了，然不是蜂王死了，就是飞跑了，两箱蜂也就跟着废了。但也决然不会少于四箱，眼看有一两箱即将废了，或者快要死光了，随后总会有新蜂生出来，或者有外来的蜂补进来，十多年一直保持着四箱的定数。

原来黄崇义当初请人给他重孙、确切地说是胡仙桃请人给她步斗娃算的那一卦，说是将来可统四路兵马、百万雄师的黄枢密，当的竟是一群蜂子的枢密使。所谓的四路兵马，莫不指的就是这四箱蜂？

公元一九六六年年末的一天，天气晴好，冬阳高照，黄伯昂坐在他家门前柱顶石上晒暖暖。后院沙果树死了，再也收获不到叶子了，他手里的紫砂壶内，只装了半壶白开水，且已冰冷渗凉。他原本用壶来暖手，此刻却成了手暖壶。

同门中一个小孙女，身着一身绿，腰扎高粱纸皮带，胸前挂着一排大小不一红像章，右臂上套着个红圈圈，手里捧着一本塑料皮小红书，疯疯地打街头走过，笑嘻嘻冲老人家打了声招呼。"九爷，你晒爷呢。"

原上人把晒太阳叫晒爷，爷指的是晒人的太阳，还是晒太阳的人，没人能够说得清。黄伯昂有自己的说法，爷是太阳，太阳最亲，谁都照得到它。

黄伯昂漫应了一声，暗自思想，这小东西早前挨了我一顿打，一月天气不见人，不知跑到哪里去了？又不知从哪里钻了出来？

那已是两月多前的事情了，此女领着一群从学校跑散了的娃儿们，手执木头削的红樱枪，把守在王官镇四通八达的街巷道口，逼着行人背语录，不背出个一条半条来，休想打这条道上过。有个被打成地、富、反、坏、右的前国民党三十八军军部秘书，其人有个不通文墨的村妇婆娘，被拦在街头道口，逼着她背出一条语录来。此妇虽说胸无点墨，却也是早有准备，把一条语录背了个滚瓜烂熟。当两杆红樱枪呈交叉状拦住去路，那妇人应答如流，脱口而出。"团结紧张，芫荽馅饸！"

她把那两句话一天到晚当经念，因为并未深谙其意，念着念着便顺了口，走了音，竟然跟吃食联系起来，把严肃活泼念成了芫荽馅饸。此妇当即被此女及其手下一帮小屁孩绳捆索绑，押赴街头游行批斗，挥动手中红樱枪带敲带打，把个年近六旬的老妇人辱贱得汪天大哭。

黄伯昂怒挥枣木拐，打散了那帮胡成精的孩子们。他的那个同宗远房小孙女，还冲着他跳脚叫骂。"你反动呀你！小心我戴你高帽，拉上街头，斗你个榆木疙瘩老顽固！"

爷爷孙子没高低，黄伯昂没咋生气。况且，打她小时起，他就甚是疼爱这个精气伶俐的小孙女，正因爱得偏心、过头，她把他便不当回事，从五六岁时就开骂，有时念着歌段骂，比如，红豆豆，绿米米，我给爷爷端椅椅，爷爷叫我好乖娃，我叫爷爷老崽娃！当然，小孩子也不能尽着惯，惯得过了火，她就跟你来左（邪乎）的。有一次不如意了，便瞪着澄明透亮的俊眼眼，小手指拇点着她爷的鼻子尖骂，哼！我看硬是吃得你的肉菜了！

吃他肉菜的意思，说的是他死了，是要大摆肉菜宴席招待客人的，孩子们盼着肉菜吃，当然也就盼着他死。每至于此，黄伯昂笑得胡子打颤，眼泪花花。小孙女嚎他骂他，是他晚年最开心的时刻。

黄伯昂始料不及的是，这女女如今都十五六岁的人了，也该懂点事了，咋一下变得恶森起来了呢？他叫住孙女，望着那一身怪不溜叽的装扮，问："你个女娃家，咋弄了这样一身行头？"

那女孩脚下登时便扎了个丁字步，左手怀抱红本本，右臂紧握秀拳，高高举起，身板子挺得笔直，柳眉倒竖，凤眼圆睁，气壮山河发了话："中华儿女多奇志，不爱红装爱武装！"

我的妈呀！这女娃莫不是疯了？黄伯昂暗自吃了一惊，接着问道："你这些日子，疯张到哪里去了？"

"上了趟北京！"

"哦！"黄伯昂遽然一惊。"我活了这么大岁数，都没上过北京，你一拃长个毛丫头，咋样去的？"果然印证了他的预感，王官镇街头那颗皂角树上的高音喇叭，比皂角刺还扎人，从早到晚轰轰隆隆，跟下大白雨前响雷刮风一样。

"坐火车呀！"

"哪来的车票钱？路上吃啥？喝啥？"黄伯昂知道她家家底，有时盐都称不起，饭都做到锅里了，她娘才跑到对门他家来借盐。

"嘻嘻嘻嘻……车票钱？哪个吃了熊心豹子胆的，敢跟我们要票钱？吃啥喝啥？本姑娘不揣一文钱，走遍天下，吃遍天下，喝遍天下！"

"我的爷，你打抢人呀？那我再问你，跟谁去的？"

"多得数不清，火车上寒得满满的，行李架上睡的是人，座位底下躺的是人，连厕所都是人摞人，转身都打不开！"

"哪……坐几天几夜火车，想解个手咋办？"

"嘻嘻嘻嘻……就地解决呗。我是在两个车厢接头处方便的，那地方有道缝，利水。"

"难道……就当着那么多人？"

"都是革命小将嘛，怕啥？什么年月了，老封建！"

黄伯昂的心一抽一痛，忆起祖上黄琪葆，为了整治贪于出游赏玩、人前抛头露面的本族妇人，把馕饱了西瓜的她们，载入画舫不准靠岸，迫使其当众出丑尿裤子，联想到眼下这个小孙女，又由相隔五代人的黄门祖孙俩，联想到那个葫芦状爆米花机，叹了口长气自言自语说，难道真的要压爆了？

"到北京弄啥去了？"黄伯昂心境沉沉地问。

"再弄啥去了？你都没听广播，老得耳朵聋了吗？哎呀！一百万人啊！你没听那喊声，简直把天能掀翻！"

"你们都喊了些啥？"

"喊万岁呀！再能喊啥？"

黄伯昂心头大颤，想，一百万人，齐声喊着一个声音，那是怎样一番景象？两千多年前，从脚下这块地面喊起，皇城内外，哪朝哪代，能喊出这样一番气势来？

"我喉咙都喊噻（嘶哑）了，到如今说话还嘶儿嘶儿的，你听不出来吗？可惜……我个头低，又没力气，一百万人呢，挤不到前面去，到底没……没看见……"

言至于此，小孙女神色愀然，情绪陡然直下，将身子侧向一边，黑白分明的眼睛变得红红的，像是要哭的样子。

"那……你啥都没看见？"黄伯昂惑然莫解。

"我一跳一跳，透过人头人肩膀，只看见红墙上……"

"看见红墙上的啥了？"

"只看见红墙上两个字。"

"两个啥字？"

"共和。"

黄伯昂愕然色变，心头大骇。"你口里喊的是万岁，眼里看的是共和……难道……难道你心里都没想点啥？"

"想啥？你这人，一辈子就爱胡思乱想！不准胡想，乖乖坐那晒太阳！"小孙女又恢复了英姿飒爽的气概。

黄伯昂由不得不想。他又想到王官镇醉八仙酒楼前幻化无常的酒帘儿，还想到当年在静观庵观音堂前，跟当时的袁家娃、也就是后来的他儿子袁天才，同时给泥塑观音上香时，观音菩萨那张一明一暗的阴阳脸……

那是此后的第二年，古历四月间一个清寂的午后，黄伯昂跟老伴对坐着，吃了一碗连锅面，佩瑶端着碗筷，进得厨房刷洗去了。如今的他，行动已变得极迟滞而僵直了，朝脚底的蚁群撒了把麸皮，缓缓坐上炕头，默默抽了一锅烟，照例该打个盹儿，午休一会了，手攥着褥子，刚一趄身，只听得嘎叭一声。

黄伯昂拧转脑袋，朝炕头侧面堂屋北墙根脚望去。那里，是两只条形木凳撑起来的一口棺材，平日用芦席苫着，席面上积了厚厚一层灰尘。声响，就是从那里发出的。

黄伯昂心里咯噔一下，猛然一跳。他暗自沉吟，该起程了……

那只养了近六年的老猫，往日里回得家来，总是卧在土炕那一头的脚底下。那里有个针线笸篮，佩瑶用了一生，烂了边子，他朝笸篮里铺了些破絮、麦秸，供老猫平日卧起。无论是白天还是夜晚，老猫回得家来，便很自觉地卧进笸篮，他便朝老猫背部抚上几把，老猫儿便念经一般，咕噜咕噜，咕噜咕噜，开始了一场人与猫的叙说。

直到今天，他才恍惚忆起，一连好几天，老猫不再在土炕那头的笸篮里卧了，且见了他偏着脑袋看，绕着圈子走。

黄伯昂心头一阵悲凉。

从这天开始，黄伯昂看着佩瑶的眼睛发了直，有时追着追着看，看她坐在矮脚板凳上，默默地择着韭菜，看她抓起一把糠，在一只破葫芦瓢儿内，和着麸皮跟水一阵搅拌，端给争食的几只芦花鸡，看她迈着轻缓的步子，在堂屋与灶火（厨房）之间走出走进，看她把那把旱烟叶子，平平整整地摊在户外的窗台上……

他那双眼睛，幽深得像一口枯井。

黄伯昂是在梦境中昏过去的。

那是一个晨光熹微的平明，随着最后一声啼鸣，群鸡纷纷跳落鸡架，开始在平摊场院的衣子（麦粒外壳）里、房前屋后的草窠子里刨食。

农人们随着倾塌了的关帝庙外皂角树上悬挂着的那片犁铧破锣般当当音响，随着生产队长一声吆喝，扛起锄头，早早地出了门，合伙到土地上头去刨食。鸟儿叽叽喳喳，在后院墙角的苦楝树上跳来跳去。老伴佩瑶凉在窗台外面的旱烟叶子，也已慢慢干缩，留作她男人捏碎了，研进烟袋锅子里，供这一个冬天里抽。

日子一如恒常，继续往前过着。

黄伯昂的梦，大抵从三更做起，做得很长，也很艰涩。似是一道仅可容身的暗洞，很幽深，也很窎远，歪歪斜斜，忽左忽右，有的地方坑坑洼洼，棱角突兀，甚或连身子都给卡住了。爬呀爬呀，咋就老爬不到尽头。

爬着爬着，眼前到底还是显现出一线亮色，但很模糊。到后来就钻了出来，天好似还没大亮，身子飘飘忽忽，眼前如烟如雾。一会像是到了王官镇镇政府院子，又像不是那个院子；一会又像是到了陵邑县城文庙前，到了文庙前那个鲤鱼跃龙门照壁后面，又像不是那个砖雕图案的照壁模样。最后，也就根本不知道到底到了什么地方。但不管到了哪里，高楼幢幢，大厦林立，是处一片新奇，所有熟悉的所在已非旧时池台，就连南河堤坎上那座纪念碑，也恍恍惚惚再现了出来。又好像到处都刷着字迹，那字迹影影绰绰，忽明忽暗，自感眼睛刺痛刺痛，难以分辨，朦胧中仅分辨出核心价值什么的，再就是个平、还好像有民呀由呀什么的。那些字记忆中好似从来都不曾见过，是那样陌生而又亲切，还不时焕着亮色，心里也就一阵敞亮，一阵和暖。

不知又飘荡了多久，反正只感觉到行程甚是艰难。

恍惚间，又似乎飘到醉八仙酒楼，那面帘儿又像是在风中晃来晃去，只是焕出一面区别于任何一次的崭新色调。近得厅堂，似曾闻到了一阵浓烈酒香，一扫往日猫尿般的酸涩，厨灶间飘来的蒸气，似乎也消尽了往昔烂肠烂肚挟裹着的腥膻，顿觉从未感知的醒脑、提神。耳听得酒家一声叫卖，不由得心中又是一紧，就忽悠悠到了别处。

再朝前头望去，熹熹然出现一线亮色，并伴有一声隐隐的鸡啼……他知道，天快亮了。

老伴倒了炕沿下窨窝里的半盆尿，刷洗了一番，把那只白边黑釉瓷盆放归窨窝。接着走进灶火，从案板底下的瓦罐里抓了把绿豆，用前天电壶（热水瓶）里剩下的热水泡着，准备一会儿熬两碗小米稀饭，又从挂在空里的笼笼掏了两个糜子疙瘩馍馍，等熬稀饭时把它托（馏）热。随后在院子的菜畦里掐了几根豇豆，想，他大牙口越来越咬不动啥了，这豇豆得燎（烊）得烂烂的。

等做完了这一切，佩瑶提着电壶里的热水，进了堂屋，没见她男人的影子。心里琢磨着，日头都一杆子高了，咋还不见他起身？随即走到坑头跟前，见男人还睡着，就喊叫了一声，说："今早咋睡到这时候，还不起来？快起身洗脸。"

黄伯昂纹丝不动。佩瑶稍事愣怔，伸手摇了一把，"你咋了？咋还不起来？"

她男人还是一没吭声，二没动静。佩瑶急忙把他侧卧的身子刨了过来，这才看见他男人大睁着的眼睛，汪着泪水，没了一丝神光。挂着口水的嘴巴也张得大大的，像是要说什么，却发不出一丝声气。

佩瑶的全身，像烙铁给烫了般一抖，大声哭嚎，奔向家门，脚下打了个绊子，爬着出了堂屋，一手抓着头门门槛，一手伸向大街对面。

"妈喔呀——我男人不行了……呜——呜呜呜呜……快！三娃……三娃媳妇，快给我天才娃翻电报，就说他大不行了……呜——呜呜呜呜……快！快把地里自家人都叫回来！不行了……我男人不行了……呜呜呜呜……妈喔呀——我男人不行了……呜呜呜呜……"

一个年过七旬的白发老妪，在绝望无助的那一刻，口口声声喊她的娘亲，喊她如今连坟头都找不到了的娘亲。

佩瑶的哭叫惨凄至极，令人毛发悚然，不忍卒听。

黄门族人和左邻右舍，把黄家堂屋挤得满满的。

穿上了老衣的黄伯昂，被抬上堂屋中间一张竹床，失神的双眼，反倒比起初睁得更大了，还是一直张着口，发不出任何声息，却好似有一股气流在涌动，依旧像是有什么话要说。

他的一只手指动了一下。老伴感知到了，他男人大张着口，眼睛闭不下，一定有事要交待，便把他那只胳膊抬了起来，循着那只上翘的左手食指望去，指向的是土坑顶头的那副木架。木架上有一口大箱子，还有一口小箱子。大箱子里面，平日装的是她跟他男人的起程（丧服），小箱子不离不弃，终生陪伴着她男人。那里面装的东西，她男人知道，她知道，世上再就无人知晓了。

佩瑶战战兢兢，从木架上抱下那口小箱子，掏出长期系在他男人裤带上的那把铜钥匙，打开木箱，从中取出一副绵囊。那副绵囊历经岁月剥蚀，已然不是当初那么光鲜，倒还结实，没有残朽。

佩瑶从锦囊中掏出一物，用一根红色丝带扎束着，那是在当年的终南山牛蹄岭，谢家大小姐亲手从自己头上割了下来、用以换取她的黄郎一只胳膊的那绺青丝。最初，它在谢家大小姐义兄龙二少爷手里，二少死后，它便回归到黄伯昂手中。

佩瑶把她曾经的主人、亲姊妹般的姐姐谢婉卿那绺青丝，连同一直揣在她男人怀里的六颗舍利子，包作一处，颤颤地重新揣进他男人怀中，说："伯昂，你如果再没啥心事了，就起程吧！咱俩打的是隔葬墓，你先走一步，要不了多少日子，我再来陪你。"

众人眼看着黄伯昂大张着的口，在慢慢合拢，随着那双眼睛徐徐闭阖，将两滴浊泪挤落出来，挂在了他瘦骨嶙峋的双颊。

老妇人佩瑶觉得，他男人抓着她左手的那只手，也在渐渐地变冷、变硬，却越抓越紧，越抓越痛，跟一只铁箍子一般。

正午时分，五陵狂人黄伯昂停止了呼吸。他的儿孙们，无一人来得及见面送终。王官镇诊所里那位谢家后人，摸了摸黄伯昂胸部，那颗心，似乎还没完全停歇，在微微地动，寂寂地跳。

黄伯昂面部神情，像是沐浴着眼前熹熹然显现的那一线亮色，并伴有一声隐隐鸡啼的梦境之中……

脱稿于2018年4月25日

修订于2019年12月